내 아버지로부터의 꿈

DREAMS FROM MY FATHER

내 아버지로부터의 꿈

버락 오바마 지음
이경식 옮김

BARACK OBAMA

알에이치코리아

"

우리의 모든 조상들이 그러했듯이
우리는 주님 앞에서 이방인이요, 나그네라.
〈역대상〉 29장 15절

"

· 이 책에 쏟아진 호평과 찬사 ·

굉장히 비범한 책.

_토니 모리슨Toni Morrison(노벨문학상 수상 작가)

도발적이다. 두 개의 전혀 다른 세계에 속한다는 것, 다시 말해 결국은 아무 곳에도 속하지 않는 삶이 어떤 것인지 생생하게 묘사한다. _《뉴욕타임스The New York Times》

내가 읽은 자기 발견에 관한 책 가운데 가장 감동적인 책이다. 인종, 계급, 피부색에 대한 문제뿐 아니라 문화와 민족성에 대한 성찰까지 조명한다. 문체는 유려하고 정교하며 이야기는 마치 잘 쓰인 소설처럼 전개된다.

_샤렌 헌터-골트Charlayne Hunter-Gault(전《뉴욕 타임스》기자, PBS 뉴스 앵커)

정체성과 계급과 인종에 관한 가장 심각한 문제들이 한꺼번에 겹치는 지점에 바로 이 책이 있다. 오바마의 글솜씨는 유연하고 냉정하며 통찰력으로 가득하다.

_《워싱턴 포스트The Washington Post》

정말 아름답게 직조된 이야기다. 감동적이고 솔직하다. 미국의 인종 문제를 다룬 책들 가운데 제임스 맥브라이드의《물의 색깔The Color of Water》및 그레고리 하워드 윌리엄스의《흑백 차별 위의 내 인생Life on the Color Line》과 어깨를 나란히 하는 책이다.

_스콧 터로Scott Turow(검사 출신 변호사,《무죄추정The Presumed Innocent》의 저자)

젊은 시절의 저자가 성인이 되어가는 과정, 공동체에 대한 탐색과 그 안에서의 위치, 자신의 뿌리에 대한 탐구와 이해, 인간 생애에 대한 지혜가 번득인다. 이 책을 읽는 독자는, 인종과 지역을 떠나 누구든 자기 자신의 정체성이 무엇인지 깨우치게 될 것이다.

_ 매리언 라이트 에델먼Marian Wright Edelman(사회운동가)

오바마의 글은 신랄하면서도 너그럽다. 여러 번 읽고 음미할 가치가 충분한 책이다.

_ 알렉스 코트로위츠 Alex Kotlowitz(《키 작은 보헤미안 There Are No Children Here》의 저자)

버락 오바마는 21세기의 화두인 세계화, 상생과 다문화라는 코드를 동시에 간직한 인물이자, 새로운 아메리칸 드림의 상징이다.

_《인디펜던트The Independent》

오바마로 인해 미국인들의 정치에 대한 환멸이 사라지고, 희망이 떠오르고 있다.

_ 로이터Reuters 통신

버락 오바마. 사람들의 죄의식에 호소하길 그만두고 매력을 행사해야 함을 이해한 최초의 흑인. 아메리카에 대한 비난 대신 아메리카의 희망이고자 한 최초의 흑인. 그는 모든 흑인에게 일종의 감옥처럼 작용하는 인종적 정체성을 포함하여, 모든 정체성에 대한 살아있는 방증이다.

_ 베르나르 앙리 레비Bernard Henri Levy(《아메리칸 버티고American Vertigo》의 저자)

· 개정판 서문 ·

이 책이 나온 지 벌써 10년 가까이 지났다. 이 책은 내가 하버드 로
스쿨에 다닐 때《하버드 로 리뷰*Harvard Law Review*》*의 편집장으로 선출된
것이 계기가 되어 쓰게 되었다. 조금 더 자세하게 설명하면, 내가 약간
의 유명세를 치르자 한 출판사에서 전화를 걸어와 내 이야기를 책으로
내는 게 어떻겠느냐고 제안했다. 나는 그 제안을 받아들였다. 우리 가
족 이야기와 그 이야기를 온전하게 이해하려는 나의 노력이 어쩌면 미
국인의 경험을 특징 짓고 있는 인종적인 균열을 어떻게든 밝혀낼 수
있으리라 기대했기 때문이다. 또한 현재를 살아가는 우리 삶의 특징,
즉 불확실한 정체성, 시간적인 단절, 여러 문화의 충돌 등도 말이다.

● 하버드 로스쿨의 법학지. 법학 관련 학술지로는 가장 권위가 높다.

책을 처음 쓴 사람이 다 그렇듯이, 책이 나온 뒤에 나는 한편으로는 기대에 부풀었고 또 한편으로는 절망했다. 이 책이 내가 청년기에 꾸었던 꿈 이상의 어떤 것을 열어줄지도 모른다는 생각에 기대에 부풀었고, 정작 꼭 해야 할 말을 하지 못했다는 생각에 절망했다. 하지만 객관적인 평가는 완전한 희망도, 완전한 절망도 아니고 그 중간쯤 되었다. 평자들은 우호적이었다. 출판사에서 독자들을 만나는 자리를 여러 차례 주선했는데, 고맙게도 많은 독자들이 참석해 주었다. 책도 어느 정도 팔렸다. 그렇게 여러 달이 지났고 일상으로 돌아갔다. 당시에 나는 저자로서의 경력이 그다지 성공적이지 않을 것이라고 생각했다. 하지만 꼭 그렇지만은 않았다. 반갑게도 많은 사람들이 이 책을 칭찬해 주었고, 덕분에 저자로서의 경력이 10년 가까이 이어지고 있다.

지난 10년 동안 뒤를 돌아볼 여유가 거의 없었다. 1992년 선거에서 투표자 등록 사업을 추진했고, 인권운동을 시작했으며, 시카고 대학에서 헌법을 가르치기 시작했다. 아내와 나는 집을 장만했고, 사랑스럽고 건강한 개구쟁이 두 딸을 낳아 길렀으며, 온갖 청구서와 전쟁을 치르며 살았다. 그리고 1996년에는 주변 사람들의 권유로 주의회 선거에 출마해 당선되었다.

내가 주의회 의원으로서 정식으로 직무를 시작하기 전, 어떤 사람들은 주 정치가 워싱턴의 연방정치에 비해 덜 매력적일 것이라고 내게 귀띔해 주었다. 일을 해봐야 이름이 잘 알려지지도 않고, 몇몇 사람들에게는 중요할지 몰라도 대부분의 평균적인 시민은 관심도 없는 사안들을 다루기 때문이라는 것이었다. 이동 주택에 대한 규제나 농사 설비의 감가상각에 따른 세금 혜택 같은. 그럼에도 나는 이런 일이 만족스러웠다.

가장 큰 이유는, 주정부의 살림 규모가 작아서 적절한 시간 안에 구체적인 결과를 보기가 오히려 쉽기 때문이었다. 예를 들면, 가난한 어린이들에 대한 건강보험 확대나 죄 없는 사람을 사형대로 보내는 법을 폐지하는 일 등이 그랬다. 다른 이유도 있었다. 일리노이라는 산업화된 큰 주의 의사당 건물 안에 있으면 이 나라의 모든 이야기를 날마다 생생하게 들을 수 있었다. 빈민가에 살면서 아이를 키워야 하는 어머니들, 옥수수나 콩을 재배하는 농민들, 일용직 노동자들, 쾌적한 근교에 사는 투자 은행가들까지도 서로 자기 이야기를 먼저 하겠다고 다투었다. 나는 그 모든 사람의 이야기를 들을 수 있어서 좋았다.

몇 달 전에 나는 일리노이주의 상원의원을 뽑는 선거에 민주당 후보로 지명되었다. 나로서는 무척 어려운 선거전이었다. 상대 후보들은 모두 풍부한 자금력과 기술을 갖춘 데다 한결같이 뛰어난 사람들이었다. 하지만 나는 조직적인 뒷받침도 없었고 개인적으로 돈이 많은 것도 아니었다. 게다가 흑인이고 이름까지 특이했으니. 내가 당선되리라고 본 사람은 많지 않았다.

그런데 민주당 후보를 뽑는 선거에서 나는 흑인이 많이 사는 지역뿐 아니라 백인이 많이 사는 지역에서도 이겼고, 시카고뿐 아니라 도시 외곽에서도 경쟁 후보들을 이겼다. 그러자 오래전《하버드 로 리뷰》의 편집장으로 선출되었던 때와 마찬가지로 상당한 반향이 일었다. 내가 민주당 후보로 당선된 사실에 대한 논평은 대부분 놀랍다는 말과 함께 미국과 미국의 인종 정책에 보다 커다란 변화가 나타났음을 의미하는 것으로 보아야 한다는 내용이었다.

흑인 사회에서도 내가 민주당 상원의원 후보가 된 것을 자랑스럽게 생각한다. 그런데 이런 정서에는 좌절감도 묻어 있다. '브라운 대 교육위원회 사건'•이 있은 지 무려 50년이 지났고 선거권법이 의결된 지 40년이 지났음에도, 우리는 여전히 내가 연방의회의 유일한 그리고 역대 세 번째 흑인 상원의원이 될 가능성만을 축하하고 있다는 자괴감 때문이다. 그렇다. 내가 상원의원이 되려면 아직도 험난한 본선을 거쳐야 한다. 아무튼 나나 우리 가족, 친구들은 나에게 쏟아지는 사람들의 관심에 적잖이 당황했다. 하지만 온갖 매체가 쏟아내는 휘황한 이야기와 너절한 실제 삶의 현장 사이에는 커다란 괴리가 있음을 잘 안다.

10년 전에 내가 얻은 유명세 때문에 출판사가 책을 내자고 제안했던 것처럼, 이번에도 출판사에서 이 책의 개정판을 내자고 제안했다. 이 제안을 받고 아주 오랜만에 책을 다시 읽어보았다. 그동안 내 생각이 얼마나 바뀌었는지 알고 싶어서였다. 그런데 솔직히 고백하자면, 잘못 구사한 단어나 잘못된 문장, 경솔하게 감정을 토로한 표현이 너무도 많아서 얼굴이 화끈거릴 정도였다. 그래서 적어도 50쪽은 걷어내고 보다 간결하게 정리하고 싶었다. 그러나 솔직히 이 책에 담긴 목소리가 내 것이 아니라고 말할 순 없다. 설령 이 책의 어떤 부분들은 정치적으로 볼 때 적절하지 않다고 드러났고, 따라서 수많은 사람이 꼬투리를 잡고 달려든다 해도, 책에 담긴 이야기들을 10년 전과는 다른 새로운 목소리로 다시 이야기할 순 없다는 뜻이다.

물론 그사이 많은 것이 바뀌었다. 특히 사람들이 이 책을 읽는 맥락이 10년 전과 확연하게 달라졌다. 실리콘밸리가 각광받았고 주식시장이 활황을 누렸다. 베를린 장벽이 무너졌으며, 넬슨 만델라Nelson Mandela

---

• 아홉 살 난 딸을 둔 올리버 브라운Oliver Brown이 교육위원회를 상대로 공립학교에서의 흑백 분리 제도를 철폐하라고 주장하며 제기한 소송.

는 느리지만 확실한 걸음걸이로 감옥에서 나와 남아프리카공화국을 이끈다. 오슬로에서는 이스라엘과 팔레스타인 간 평화협정이 체결되었다. 미국 내에서는 총기 소유와 낙태 등을 둘러싼 문화적인 논쟁이 매우 격렬하게 전개되었다. 이렇게 된 정확한 이유는, 빌 클린턴Bill Clinton 이 제시한 중도 좌파적인 제3의 길, 즉 날카로운 대립각을 세울 정도의 대단한 개혁은 없지만 그래도 상당 수준의 복지를 지향하는 노선이 일상적인 생계 문제에 있어 광범위한 동의를 얻는 것처럼 보였기 때문이다. 이 노선에 대해서는 처음 대통령 선거에 나서면서 '온정적인 보수주의'를 표방했던 조지 W. 부시George W. Bush도 고개를 끄덕일 정도였다. 국제적으로는 여러 저술가가 역사는 끝났다고 선언했다. 자유시장과 자유민주주의가 보다 우세해지면서 국가와 국가 사이의 해묵은 증오와 전쟁이 사라지고, 가상 공동체와 시장에서 보다 높은 점유율을 차지하기 위한 온갖 전투가 그 자리를 대신할 것이라고 했다.

그리고 2001년 9월 11일, 세상은 쪼개졌다.

그날과 그날 이후에 일어난 일들을 묘사하기에는 내 글솜씨가 터무니없이 부족하다. 비행기들이 마치 유령처럼 강철과 유리창 안으로 사라지고, 거대한 건물들이 무너졌다. 회색빛 재를 뒤집어쓴 사람들로 가득 찬 아비규환의 거리, 그 공포와 슬픔. 그날 테러리스트들을 그렇게 몰아갔고, 그들의 신도들을 고요하게 만든 냉혹한 허무주의를 이해하는 척하고 싶은 마음은 없다. 다른 사람의 마음에 가닿는 내 공감 능력은, 관념적인 만족을 위해 아무 죄도 없는 사람들을 살해하고 만족해하는 사람들의 그 텅 빈 눈빛에까지 가닿을 수는 없다.

내가 아는 사실은, 역사가 그날 복수의 광기를 등에 업고 다시 돌아왔다는 것이다. 역사는 죽지 않고 다만 묻힐 뿐이라는 윌리엄 포크너

William Faukner의 말 그대로다. 그것은 심지어 과거도 아니다. 이 총체적인 역사, 이 과거는 나와 직접적으로 연결된다. 알카에다의 폭탄이 섬뜩할 정도로 정확하게 내 인생의 공간들, 즉 나이로비와 발리, 맨해튼의 거리와 빌딩과 사람들에게 떨어졌기 때문만이 아니다. 또 단지 내 이름이 9·11 이후 질투심 많은 공화당 앞잡이들의 홈페이지에서 온갖 조롱을 받기 때문만이 아니다. 근원적인 투쟁, 즉 풍족한 세상과 부족한 세상 사이의 투쟁, 현대적인 세상과 그렇지 않은 세상 사이의 투쟁, 넌더리 날 정도로 널려 있는 온갖 다양성을 끌어안으면서도 우리를 하나로 묶어주는 소중한 가치들을 포기하지 않는 사람들과, 어떤 기치나 구호 아래서든 확실성과 단순함을 추구하면서 우리와는 다른 사람들을 무자비하게 대해도 아무 잘못이 없다고 생각하는 사람들 사이의 투쟁은, 바로 이 책에서 제시하는 투쟁의 축소판이기도 하다.

권력 없는 사람들이 느끼는 절망감과 그들 사이에 빚어지는 무질서가 어떤 것인지 나는 알고 있다. 줄곧 보아왔기 때문이다. 나는 이런 상황이 자카르타와 나이로비 거리에 있는 아이들의 삶을 어떻게 왜곡하는지 보았다. 이런 왜곡은 시카고의 사우스사이드에서도 똑같은 형태로 진행되고 있다. 그들이 느끼는 굴욕이 언제 분노와 폭력으로 폭발할지 모른다. 그들이 얼마나 쉽게 절망하고 마는지 나는 알고 있다. 이런 무질서에 대해서 권력을 가진 사람들이 어떻게 대응하는지도. 늘 그러니까 그런가 보다 하거나, 아니면 (무질서가 박탈이라는 울타리를 부수고 나올 때 나타나는) 무력이나 징역형 혹은 보다 정교한 군사 작전을 완고하고도 경솔하게 감행하는 것, 이 둘 중 하나다. 하지만 이런 경향이 고착될 때 원리주의는 더욱 강화되고 우리의 운명은 더욱 위협받는다.

이 투쟁을 이해하고, 이 투쟁 속에서 내가 있어야 할 자리를 찾으려는 나의 내면적인 노력은 필연적으로 더욱 폭넓고 공개적인 논쟁으로 이어졌다. 이 논쟁에 나는 온몸을 던졌다. 장차 우리의 삶과 우리 자식들의 삶을 규정할 중요한 문제이기 때문이다. 여기에 대한 정책적인 대안은 다른 책에서 다뤄야 할 주제이다.

이 책에서는 좀 더 개인적인 이야기를 해야겠다. 이 책에 나오는 사람들은 대부분, 비록 정도의 차이는 있지만 지금도 여전히 내 삶의 한 부분을 이루고 있다. 나와 함께 일하거나, 누군가의 자손이거나, 같은 지역에 있거나, 혹은 운명의 배를 같이 타고 여전히 이 세상에서 함께 숨을 쉬고 있다.

나의 어머니만이 예외이다. 이 책이 발간되고 몇 달 뒤 암이라는 악마가 너무도 빠르게 그리고 비정하게 어머니를 저세상으로 데리고 갔다.

어머니는 저세상으로 가기 전 10년 동안 당신이 사랑하던 일을 했다. 세계를 여행하고, 아시아와 아프리카의 여러 마을에서 일하며 그곳 여자들이 재봉틀이나 젖소를 살 수 있도록 돕고, 또 그들이 세계 경제로 진입할 수 있는 발판을 마련해 주기 위해 교육의 기회를 제공하려고 애썼다. 지위의 높고 낮음을 따지지 않고 많은 친구를 사귀었으며, 그들과 함께 산책하고, 밤하늘의 달을 바라보고, 델리나 마라케시의 시장을 뒤져서 눈을 즐겁게 하고 웃음을 선사하는 스카프나 돌 조각상 따위의 작은 물건들을 찾았다. 또 보고서를 쓰고, 소설을 읽고, 가끔 자식들을 성가시게 하고, 어서 증손자가 생기기를 고대했다.

우리는 자주 보았고, 우리 사이를 이어주던 끈은 한 번도 끊어지지 않았다. 이 책을 쓰는 동안에도 어머니는 초고를 읽고 내가 잘못 알고 있던 이야기를 바로잡아주었다. 책에 묘사된 당신의 모습에 대해서는 가능하면 말하지 않으려 했지만, 안 좋게 비치기도 하는 아버지의 모습에 대해서는 늘 곧바로 다시 설명하면서 아버지를 두둔하려고 했다. 어머니는 병마와 싸우면서도 우아함과 쾌활함을 잃지 않았고, 나와 동생이 고통과 슬픔 속에서도 의연히 제 갈 길을 가게끔 격려했다.

나는 가끔, 만일 어머니가 병으로 일찍 세상을 떠날 줄 알았더라면 전혀 다른 책을 썼을 것이라고 생각한다. 아마도 그 책은 가고 없는 아버지를 생각하는 책이 아니라, 내 생애에 늘 변함없는 존재로 내 곁에 함께 있는 어머니를 찬양하는 책이 되었을 것이다. 내 딸들에게서 나는 날마다 어머니를 본다. 어머니의 기쁨을 보고 어머니의 경이로움을 본다. 지금도 내가 어머니의 죽음을 얼마나 슬퍼하는지 길게 설명하고 싶지는 않다. 다만 이 말만은 꼭 하고 싶다. 어머니는 내가 알고 있는 그 어떤 사람보다 친절하고 관대한 사람이었으며, 내가 가진 좋은 점들은 모두 어머니에게서 물려받았다고.

원래 내가 생각했던 것과 전혀 다른 책이 되었다. 로스쿨에 다닐 때 나는 흑인 최초로 《하버드 로 리뷰》의 편집장으로 선출되었는데, 그것이 이 책을 쓰게 된 계기가 되었다. 《하버드 로 리뷰》는 법률을 업으로 삼는 사람이 아니면 잘 알지도 못하고 관심도 가지지 않는 학술지임에도 불구하고 나는 여러 일간지를 통해서 갑작스럽게 유명세를 치렀다.

그런데 이런 신문 기사들은 내가 개인적으로 이룩한 학문적 업적을 소중하게 여긴 게 아니라 (사실 그런 게 있지도 않지만) 미국의 신화에서 하버드 로스쿨이 차지하는 특이한 위치에 주목했고, 아울러 인종 차별과 관련해서 희망적인 전망을 갈망하는 미국의 현상에 주목했다. 내가 《하버드 로 리뷰》의 편집장으로 선출된 사건이, 비록 작긴 하지만 인종 차별의 극복이라는 문제에서 미국이 분명한 진전을 이룬 증거로 보았던 것이다. 몇몇 출판사가 책을 내자고 전화를 했다. 인종 문제에 관해서 나름대로 꼭 하고 싶고, 또 해야 할 이야기가 있을 거라 생각하고는 한 출판사와 졸업 후 1년 동안 그 작업을 하기로 약속했다.

로스쿨에 다니던 마지막 해에 나는 머릿속으로 책의 내용을 꼼꼼하게 구성했다. 내 머릿속에는 이미 인종 차별 철폐 문제나 풀뿌리 조직, 아프리카 중심주의와 긍정적인 행동에 대한 보다 깊은 성찰을 통해 사회적·정치적 관심을 회복하는 문제 등이 인권 관련 소송만으로는 한계가 있다는 내용으로 책의 모든 목차가 정리되어 있었다. 그 정도로 나는 자신만만했다. 여기에다 개인적인 경험을 넣을 생각이었고, 또 끊임없이 반복적으로 나타나는 내 안의 어떤 감정들이 어디에서 유래하는지도 분석할 생각이었다. 그러니까 책을 집필하는 과정은 나에게 일종의 지적 여행인 셈이었다. 필요한 모든 지도가 있었고 또 중간에 쉴 휴게소들도 마련되어 있었다. 1장은 3월까지 끝내고 2장은 8월에 다시 검토한다는 식으로 모든 계획을 완벽하게 세웠다.

그런데 실제로 글을 쓰기 시작하자 전혀 예상치 못했던 일이 일어났다. 우선, 어떤 열망들이 내 가슴을 휘저었다. 아득한 목소리들이 나타났다가 사라지고 다시 나타났다. 어머니와 외조부모님이 어릴 적 내게 들려준 이야기들이 떠올랐다. 한 가족이 자기 존재를 설명하려고 애를 쓰는 그런 이야기들이었다. 그리고 시카고에서 공동체 조직가로서 일하던 첫해에 겪었던 일들과 이제 막 진정한 어른이 되려고 서툰 걸음을 내딛던 내 모습이 떠올랐다. 그리고 친할머니가 망고나무 아래에서 누나의 머리를 땋으면서 들려주던 이야기도 떠올랐다. 내가 제대로 알지 못했던 아버지의 참모습에 대한 이야기였다.

이렇게 마구 쏟아지는 기억들에 비해 내가 미리 생각해 둔 목차나 내가 쓰고자 했던 내용들은 어쩐지 공허하고 설익어 보였다. 아무리 봐도 그건 확실한 것 같았다. 하지만 내 과거를 책 내용으로 쓰는 데는 강한 거부감이 들었다. 그 과거가 특별히 고통스럽다거나 꼬여서가 아니었다. 그것은 내가 어떤 것을 의식적으로 선택하지 못하게 방해하는 나 자신의 어떤 측면들, 즉 적어도 표면적으로는 내가 발을 딛고 선 세상과 모순되는 나 자신의 어떤 측면들에 관한 이야기이기 때문이었다. 하지만 어쨌거나 지금 난 서른세 살이고, 인종 차별적인 상처를 주고받는 데 특히 익숙하며, 동시에 정감이 없기로 유명한 도시인 시카고에서 사회 문제와 정치 문제를 해결하려고 노력하며 열심히 일하는 변호사이다. 내가 비록 냉소주의와 싸워왔고 또 그럴 능력을 충분히 가지고 있지만, 그럼에도 나는 나 자신을 현실적인 눈으로 세상을 바라보며 너무 많은 기대를 하지 않을 만큼 조심스러운 사람이라고 평가한다.

내가 가족 이야기를 떠올릴 때 가장 먼저 드는 생각은 유년의 척도로도 상상하기 힘든 순수함이다. 이제 겨우 여섯 살인 아내의 사촌은 이미 이 순수함을 잃어버렸다. 초등학교 1학년인 그 녀석은 몇 주 전에 자기 반 아이들이 피부색이 숯처럼 새까맣다는 이유로 자기와 놀지 않겠다고 했다는 말을 제 부모에게 했다. 시카고와 게리에서 각각 성장한 그 아이의 부모는 이미 오래전에 순수함을 잃어버렸을 게 분명하다. 그들은 그 일로 견디기 어려울 정도로 참혹함을 느끼지는 않았다. 두 사람은 내가 아는 그 어떤 부모 못지않게 강인하고 자존심 강하며 꾀바르다. 그럼에도 도심 빈민가에서 백인들이 대부분인 외곽으로 이사한 걸 다시 생각해 봐야겠다고 말할 때 그들의 목소리에서는 슬픔과 고통이 묻어났다. 폭력배들이 마구잡이로 쏘아대는 총에 다칠지 모르고 또 재정난에 허덕이는 학교에 다닐 게 너무도 뻔하기에 그들은 아이를 보호하려고 이사를 단행했다. 그런데 정작 아이가 학교에서 친구들에게 따돌림받는다는 사실을 알았을 때 부모의 마음이 얼마나 참담했을까.

사람들은 너무도 많은 것을 알고 있어서 (우리는 모두 너무나 많은 것을 보아왔다) 각각 흑인이고 백인이자 아프리카인이고 미국인인 내 아버지와 어머니의 짧은 결혼 생활을 액면 그대로 받아들이지 못한다. 그래서 어떤 사람들은 있는 그대로의 나를 받아들이는 데 애를 먹기도 한다. 내가 백인인지 흑인인지 잘 알지 못하는 사람들이 처음 내 배경을 알았을 때, 그들의 눈이 내 얼굴 표정에서 어떤 단서를 포착하려고 아주 짧은 순간 미묘하게 반짝이는 것을 나는 늘 목격한다. 그들이 내 배경을 안다는 것은 자기들 스스로 알아냈다는 뜻이다. 왜냐하면 열두세 살 때부터 나는 어머니가 백인이라는 사실을 사람들에게 말하지 않았기 때문이다. 당시 나는 어머니의 인종을 밝히는 것을 어쩐지 백인에게 아부하는 것처럼 느꼈다.

하지만 그들은 내가 누구인지 알지 못한다. 아마도 그들은 자기들 멋대로 무엇이 나를 괴롭히는지 알려고 하고 자기들 나름대로 추측할 것이다. 혼혈, 분열된 영혼, 두 개의 세상에 다리를 걸치고 있는 비극적이면서 유령과도 같은 이미지 등으로 나를 해석할 것이다. 하지만 이 비극은 나의 것이 아니다. 적어도 나 혼자만의 것은 아니다. 플리머스바위*와 엘리스섬** 후손의 비극이며 아프리카 후손의 비극이다. 여섯 살짜리 처사촌의 비극인 동시에 그 아이의 초등학교 1학년 친구들의

---

* 1620년 영국의 청교도들이 메이플라워호를 타고 도착한 아메리카의 상륙 지점.
●● 미국으로 들어가는 이민자들이 입국 심사를 받으려고 대기하던 뉴욕시 앞바다의 섬.

비극이다. 그러므로 무엇이 나를 괴롭히는지 알려고 애쓸 필요가 없다. 그것의 정체는 모든 사람들이 읽는 신문 기사일 뿐이다. 우리가 이런 사실을 인정하기만 해도 비극의 악순환은 더 이상 되풀이되지 않을 것이다. 내 말이, 어쩌면 대학교 주변에서 자기 단체의 기관지를 나눠주는 고집불통 공산주의자들처럼 구제불능일 정도로 순진하게 들릴지도 모른다. 아니면 이보다 더 나빠서, 내가 나 자신에게서 도망치고 숨으려 한다는 것으로 들릴지도 모른다.

나는 사람들이 나에게 품는 의심을 비난하지 않는다. 아주 오래전 언젠가부터 나는 나의 유년과 그 유년을 형성한 여러 이야기들을 믿지 않았다. 그러다가 마침내 아주 많은 시간이 흐른 뒤, 머나먼 길을 돌아 아버지의 무덤 앞에 서서 아프리카의 황토 아래 묻힌 아버지와 대화를 나눈 뒤에야 어린 시절에 들었던 그 이야기들을 다시 평가할 수 있었다. 더 정확하게 표현하자면, 그 순간에야 비로소 나는 깨달았다. 내가 아직 태어나지 않은 내 아이들이 흔들리지 않게 딛고 설 진리의 디딤돌을 찾고자 어린 시절의 그 이야기들을 내 목소리로 다시 쓰려고 애를 쓰면서, 그 이야기 속으로 뛰어들면서, 선뜻 내키지 않는 사실들을 받아들이면서, 맹목적이고 거침없는 역사의 흐름에 대항해 내가 할 수 있는 개인적인 선택들을 하면서, 내 인생의 많은 부분을 보냈음을.

때로는 나 자신이나 내가 한 일들을 온전히 드러내고 싶지 않은 강한 충동을 느끼기도 했다. 그럼에도 이 책의 모든 면을 채우고 있는 것은 나의 개인적인 내면의 여행, 아버지를 찾는 아들의 여정이다. 아울러 이 과정을 통해서 미국 흑인으로 살아가는 내 삶에 유용한 어떤 의미를 찾고자 하는 여정의 기록이기도 하다. 그러다 보니 자서전이라는 형식이 되었다. 비록 이 책에서 서술하는 마지막 3년에 대해 사람들이 질문을 할 때면 보통 충실한 대답을 하기보다는 슬쩍 회피하긴 하지만.

일반적으로 자서전이라고 하면 기록할 만한 가치가 있는 업적이나 유명한 사람과 나눈 대화 혹은 중요한 역사적 사건에서 자기가 맡은 역할 등을 담는다. 하지만 이 책에는 그런 내용이 하나도 없다. 그리고 자서전이라고 하면 최소한 인생의 어떤 국면을 요약하거나 마감하는 내용을 담지만 이 책은 이런 조건도 충족하지 못한다. 나는 지금도 여전히 세상 속에서 내 길을 헤쳐가느라 정신없이 바쁘기 때문이다. 게다가 나는 내 경험이 미국 흑인의 경험을 보편적으로 대변한다고 생각하지 않는다. 맨해튼의 한 출판업자는 "어쨌든 간에 선생은 가난하고 불우하게 성장하지는 않았으니까요"라는 말로 내 정체성의 한 부분을 정리했다. 나는 내 백인 형제자매들이 미국에 있건 아프리카에 있건 그들을 껴안을 수 있으며, 굳이 우리의 모든 투쟁을 언급하거나 혹은 그 투쟁을 위한다는 마음 없이도 우리가 공통의 운명을 가지고 있음을 확인할 수 있다는 사실을 배우자는 게 이 책이 말하고자 하는 내용 가운데 하나이다.

마지막으로 하나 언급할 것은, 모든 자서전이 가지고 있는 위험성을 이 책 역시 안고 있다는 사실이다. 자서전을 쓰다 보면 필연적으로 여러 사건을 어떻게든 자기에게 유리한 방향으로 윤색하고 싶은 유혹이 생기고, 자기가 희생한 부분이나 봉사한 행위를 보다 높이 평가하고자 하는 심리가 작용한다. 사건이나 기억은 많지만 모든 걸 책에 실을 수 없으니 그 가운데서 어떤 것들을 선택해야 하는데, 이 과정에서도 왜곡이 일어날 수 있다. 이런 위험성은 저자가 아직 나이를 충분히 먹지 않아 지혜가 부족해서 허영심을 제대로 다스리지 못할 때 더욱 커진다. 물론 나도 이 위험성에서 충분히, 혹은 성공적으로 벗어났다고 말할 수 없다.

　이 책 내용 가운데 많은 부분을 현대의 여러 기록물과 가족들이 들려준 이야기를 바탕으로 구성했다. 대화로 처리한 부분은 실제로 내가 들었거나 제3자의 증언을 그대로 재현했음을 밝혀둔다. 그리고 이야기를 압축해야 할 필요성 때문에 이 책에 나오는 인물 가운데 몇몇은 내가 알고 있는 사람들 여러 명을 조합해서 새로 만들어냈다는 사실도 밝혀둔다. 내 가족들과 몇 안 되는 유명 인사들을 제외하고 이 책에 언급된 사람들의 이름은 사생활을 침해하지 않기 위해서 대부분 가명으로 적었다.

　이 책이 자서전이라 불리든 회고록이라 불리든, 혹은 가족사나 또 다른 어떤 것으로 불리든 상관없이, 책을 쓰면서 내가 생각했던 목적은 내 생애의 한 부분을 정직하게 털어놓고 설명하자는 것이었다. 그 과정에서 길을 잃고 헤맬 때면 출판사의 이 책 담당자 제인 다이스텔을 찾아가 그녀의 신념과 끈기에 기댔고, 또 편집자인 헨리 페리스를 찾아가 그의 부드러우면서도 단호한 비판과 수정에 기댔다. 러스 페시크를 비롯한 타임스 북스 출판사 직원들도 온갖 곳을 엉뚱하게 헤맬 수도 있었던 내 원고를 관심과 열정으로 올바르게 이끌어주었다. 원고를 읽어준 친구들, 특히 로버트 피셔에게 고맙다는 인사를 전한다. 재치와 우아함과 솔직함으로 나를 격려하고 내가 가진 모든 능력을 자극했던 나의 멋진 아내 미셸에게도 고마움을 전한다.

　이 책을 펴내며 내가 가장 깊이 감사해야 할 사람들은 내 가족이다. 바다를 사이에 둔 두 대륙 아프리카와 아메리카에 있는 어머니, 할아버지들과 할머니들, 형제들 그리고 모든 친척들. 그들에게 이 책을 바친다. 그들의 변함없는 사랑과 지원이 없었더라면, 내가 그들의 노래를 부를 수 있도록 기꺼이 허락하고 때로 잘못된 내용도 너그러이 용서해 주는 그들의 관용이 없었더라면 감히 이 책을 마칠 엄두도 내지 못했을 것이다. 글 쓰는 재주가 뛰어나서 그들을 향한 나의 사랑과 존경심이 이 책의 모든 면에서 눈부시게 빛날 수 있다면 얼마나 좋을까.

contents

차
례

제1부

뿌리, 혼란과
두려움의 시작

BARACK OBAMA

DREAMS
FROM
MY FATHER

잠에서 깼다. 꿈에서처럼 여전히 울고 있었
다. 아버지를 위해서, 그의 간수이자 판사이
자 아들인 나를 위해서 흘린 최초의 눈물이
었다. 불을 컸다. 그리고 아버지가 보낸 편지
들을 꺼냈다. 아버지를 만났던 때를 떠올렸
다. 아버지가 선물했던 농구공을 떠올렸고
춤을 가르쳐주던 아버지의 모습을 떠올렸다.
처음으로, 그는 비록 이 세상에 없지만 그의
강인한 이미지는 내가 안전하게 성장할 수
있는 튼튼한 성채가 되어준다는 사실을 깨달
았다. 내게 아버지라는 존재는 내가 부끄럽
게 혹은 실망스럽게 살지 않도록 떠받쳐주는
발판이었다.

1

스물한 번째 생일이 지나고 몇 달 뒤, 낯선 사람이 전화를 걸어 그 소식을 알려주었다. 나는 당시 뉴욕에 살고 있었다. 1번가와 2번가 사이에 있는 94번지였다. 그 구역은 이스트 할렘과 맨해튼의 나머지 부분 사이의 이름도 없는 곳이었다. 그 동네는 나무도 없고 황량하기만 했다. 매력적이라고 느낄 만한 구석이라고는 전혀 없었다. 길가에는 우중충한 아파트 건물들이 온종일 무거운 그림자를 드리웠다. 이 아파트들은 모두 한결같이 엘리베이터가 없어서 아무리 높은 층이라도 걸어서 올라가야 했다.

내가 살던 아파트는 방바닥이 평평하지 않고 기울었으며, 난방기도 제대로 작동할 때보다 고장일 때가 더 많았다. 아파트 건물 1층에 달린 초인종이 아예 작동하지 않아서 방문객은 거리 모퉁이에 있는 주유소에서 방문할 사람 집으로 전화를 걸어야 했다. 물론 전화는 돈을 내고 써야 했다. 그런데 이 주유소에는 덩치가 늑대만 한 까만 도베르만이 한 마리 있었다. 이 개는 밤새 부지런히 동네를 순찰했고, 녀석의 주둥이가 빈 맥주병을 쓰러뜨리는 소리가 끊이지 않았다.

하지만 나는 엘리베이터가 없다는 것, 초인종이 고장 났다는 것 그리고 까만 도베르만이 어슬렁거린다는 것 따위에는 그다지 신경 쓰지 않았다. 나를 찾아오는 사람이 별로 없었기 때문이다. 그 당시 나는 공부하느라 바쁘기도 했고 계획했던 일들이 뜻대로 되지 않아서 몹시 조바심이 났다. 내 눈에 비치는 다른 사람들은 그저 모두 내 정신을 산만하게 만드는 존재로밖에 보이지 않았다. 그렇다고 해서 내가 다른 사람들과 어울리는 것 자체를 싫어했다는 말은 아니다. 이웃 사람들은 대부분 푸에르토리코 출신이었는데, 그들과 기분 좋은 인사와 농담을 즐겨 나누곤 했다.

학교에서 집으로 돌아오는 길에 아파트 현관의 계단에 모여 있는 동네 조무래기들을 만나면 잠시 멈춰 서서 녀석들의 대화에 끼어들기도 했다. 녀석들은 여름 내내 그러면서 시간을 보냈다. 녀석들의 화제는 보통 네덜란드 출신들이나 간밤의 총성 따위였다. 날씨가 좋을 때면 룸메이트와 나는 건물 외벽에 딸린 비상계단에 앉아서 담배를 피우거나 도시를 뒤덮은 먼지를 놓고 온갖 이야기를 했다. 아니면 우리보다 더 잘사는 동네에 거주하는 백인들이 개를 데리고 산책을 나와 우리 동네에서 볼일을 보게 만드는 장면을 바라보기도 했다. 그러면 룸메이트는 이렇게 고함을 지르며 흥분했다.

"야, 이 도둑놈아! 똥개 데리고 꺼지지 못해!"

그러면 볼일을 보려고 쭈그려 앉은 개나 그 옆에 같이 쭈그리고 앉은 주인이 당황해서 어쩔 줄 몰라 했다. 우리는 그런 모습을 바라보면서 손뼉을 치며 웃었다.

나는 그런 순간들이 좋았다. 하지만 짧은 순간만 그랬다. 대화가 이런저런 화제로 넘어가 친밀한 부분까지 이어지면 나는 곧 변명거리를 찾을 터였다. 혼자만의 고독이야말로 내가 아는 가장 안전하고 평안한 공간이었다.

이웃에 한 노인이 살고 있었는데, 그도 나와 성격이 비슷한 것 같았다. 혼자 살던 그 노인은 무척 수척하고 허리가 구부정했다. 아주 드물기는 했지만 아파트 바깥으로 나갈 일이 있을 때는 무거운 검정 외투를 걸치고 찌그러진 중절모를 썼다. 이따금 가게에 다녀오는 노인을 바깥에서 만나기도 했다. 그럴 때면 가게에서 산 물건이 담긴 봉지를 노인의 집까지 들어다주겠다고 말했다. 길고 긴 계단을 걸어 올라가야 하는 노인으로서는 쉽지 않은 일이었기 때문이다. 나의 제안에 노인은 어깨를 한 번 으쓱했고, 나는 물건 봉지를 들고 앞장섰다. 적어도 한 층에 한 번은 멈춰 서서 노인이 숨을 고를 때까지 기다렸다. 그리고 마침내 노인의 방 앞에 다다라 봉지를 조심스럽게 내려놓으면, 노인은 고개를 한 번 정중하게 끄덕임으로써 내 노고를 치하한 뒤 곧바로 봉지를 들고 안으로 들어갔다. 안에서는 걸쇠를 거는 소리가 들렸다. 우리 두 사람 사이에는 한마디 말도 오가지 않았다. 노인은 나에게 고맙다는 말도 하지 않았다. 단 한 번도.

노인의 침묵에 나는 묘하게 이끌렸다. 노인이 나와는 마음이 잘 맞을 것 같았다. 그런데 어느 날, 3층 계단에 그 노인이 쓰러져 있는 모습을 룸메이트가 발견했다. 노인은 눈을 뜬 상태였고, 뻣뻣한 팔과 다리를 갓난아기처럼 오그리고 있었다. 사람들이 모여들었다. 여자들 가운데 몇몇은 가슴에 십자를 그으며 기도했고, 아이들은 자기들끼리 흥분한 눈빛을 주고받으며 귓속말을 했다. 얼마 뒤 병원 관계자들이 노인의 시체를 치웠다. 경찰이 잠겨 있던 노인의 방문을 열고 안으로 들어갔다. 방은 깔끔했다. 가구라고는 의자 하나와 책상 하나가 전부였다. 벽난로 위에는 빛바랜 사진 한 장이 놓여 있었다. 눈썹이 짙은 여자가 부드럽게 미소 짓고 있는 사진이었다. 누군가 냉장고 문을 열었는데, 그 안에 1,000달러가량 되는 돈이 들어 있었다. 모두 소액 지폐였다. 노인이 그 소액 지폐들을 돌돌 말아서 신문지로 싼 다음에 가지런히 정리해 둔 마요네즈통과 피클통 뒤에 숨겨놓았던 것이다.

외로움이 가슴을 때렸다. 노인의 이름이나 알아둘걸 하는 후회가 밀려들었다. 하지만 바로 그 순간, 슬픔을 동반한 그 후회를 나는 다시 후회했다. 나와 노인 사이에 오래 존재했던 무언의 약속, 서로에게 아무 말도 하지 않는다는 약속이 깨어지는 느낌이 들었다. 그 황량한 방에서 노인은 누구에게도 말하지 않은 역사, 내가 외면하고 듣고 싶지 않아 했던 이야기를 속삭이는 것 같았다.

아마도 그 일이 있은 지 한 달이나 혹은 그보다 약간 더 지났을 때쯤이었던 것 같다. 춥고 쓸쓸한 11월의 어느 날 아침이었다. 해는 옅은 구름에 가려 희미했다. 누군가 전화를 했다. 나는 아침 식사를 준비하고 있었다. 커피 물을 올려놓고 프라이팬에 달걀 두 개를 막 깨서 넣은 참이었다. 룸메이트가 나더러 전화를 받으라고 했다. 수화기에서 지지직거리는 잡음이 심하게 들렸다.

"배리? 배리 맞니?"

"예. 누구시죠?"

"그래, 배리 너구나……. 난 고모다, 나이로비에 있는 제인 고모. 내 말 듣고 있니?"

"죄송합니다만, 누구시라고요?"

"제인 고모. 내 말 잘 들어라, 배리. 네 아버지가 돌아가셨다. 자동차 사고를 당하셨어. 여보세요? 내 말 듣고 있니? 네 아버지가 돌아가셨다고. 배리, 보스턴에 있는 삼촌에게는 네가 소식을 전해주면 좋겠다. 더 말을 못 하겠구나. 그래, 배리. 또 전화할게."

그게 다였다. 전화는 끊어졌고 나는 소파에 털썩 주저앉았다. 부엌에서는 달걀이 타고 있었다. 그 냄새를 맡으며, 그리고 벽에 나 있는 균열이 몇 개나 되는지 세면서, 나는 내가 막 경험한 상실의 크기가 얼마나 되는지 가늠해 보려고 애썼다.

아버지가 세상을 떠날 즈음, 그는 나에게 그냥 평범한 사람이 아니라 신화적인 존재였다. 아버지는 1963년에 하와이를 떠났다. 당시 나는 겨우 두 살이었다. 그래서 나는 어머니와 외조부모님이 들려준 이야기를 통해서만 아버지를 알 수 있었다. 세 사람에게는 모두 각자 좋아하는 아버지 이야기가 따로 있었다. 그 이야기들을 하도 많이 하다 보니 이야기는 어느새 군더더기나 빈틈 하나 없이 완벽하고 깔끔해졌다. 나는 지금도 저녁 식사를 마친 외할아버지가 낡은 의자에 깊숙이 기대앉아서 위스키를 홀짝거리고 담뱃갑에서 뜯어낸 셀로판지로 이를 쑤시며, 담배 파이프 하나 때문에 아버지가 친구를 팔리 전망대의 낭떠러지 아래로 던져버릴 뻔한 이야기를 하던 모습을 생생히 기억한다.

"들어봐, 네 아버지와 어머니가 섬 구경을 시켜준다고 그 친구를 데리고 나갔단 말이야. 그 전망대로 차를 몰고 갔지. 그런데 벼락은 아마도 거기까지 가는 동안 내내 반대편 차선으로 달렸을 거야."

이때 어머니가 끼어들어서 보충 설명을 했다.

"네 아버지만큼 끔찍한 운전사는 없을 거야. 계속 좌측통행을 고집했거든. 영국식으로 말이야. 누군가 그게 잘못되었다고 말하면 미국의 규칙은 정말 멍청하다며 콧방귀를 뀌곤 했지."

"그래. 하여튼 그날도 그렇게 해서 마침내 한 장소에 도착했어. 세 사람은 차에서 내려 경치를 구경하려고 난간 앞에 섰지. 그때 버락은 파이프로 담배를 피우고 있었어. 내가 생일 선물로 사준 파이프였지. 버락은 파이프로 앞에 펼쳐진 풍경을 하나하나 가리키며 친구에게 설명을 해줬어. 마치 큰 배를 지휘하는 선장처럼 말이야."

이때 다시 어머니가 끼어들었다.

"네 아버지는 정말 그 담배 파이프를 아끼고 자랑스러워했어. 공부할 때도 밤새 그 파이프로 담배를 피우곤 했거든. 그런데 때로는……."

"얘, 앤. 네 이야기를 새로 시작할 거니, 아니면 내가 하던 이야기를 마저 할까?"

"죄송해요, 아빠. 계속하세요."

"그런데 그 불쌍한 친구가, 그 친구도 아프리카 출신 학생이었어, 맞지? 배를 타고 하와이에 내린 지 얼마 안 된 친구였단 말이야. 아마도 그 친구가 보기에 버락이 파이프로 담배를 피우는 모습이 무척 멋있었던가 봐. 그 친구가 버락에게 자기도 한 모금 피워볼 수 없겠느냐고 했거든. 네 아버지는 잠시 생각한 뒤에 그러라고 하면서 파이프를 건넸지. 그런데 그 친구가 한 모금 빨자마자 기침을 하기 시작했어. 얼마나 기침을 세게 했던지 파이프를 놓쳐버렸지 뭐야. 파이프는 수백 미터 절벽 아래로 떨어졌고."

할아버지는 잠시 말을 멈추고 위스키를 한 번 더 홀짝인 뒤에 다시 말을 이었다.

"네 아버지가 어떻게 했겠니? 그 친구가 기침을 멈출 때까지 기다렸단다. 점잖고 우아하게. 그리고 친구가 기침을 멈추자, 그 가엾은 친구에게 난간을 넘어 절벽 아래로 내려가서 파이프를 찾아오라고 했어. 그 친구는 허리를 숙여서 90도로 깎아지른 절벽을 내려다보고는 새 걸로 하나 사주겠다고 했지."

그러자 이번에는 부엌에 있던 투트가 끼어들었다. 우리는 할머니를 '투투' 혹은 줄여서 '투트'라고 부르는데 이는 하와이 말로 '할머니'라는 뜻이다. 내가 태어났을 때 할머니는 자기가 할머니로 불리기에는 너무 젊지 않냐며 할머니라는 말 대신 투투로 불러달라고 말했단다.

"사실 그렇게 하는 게 맞지."

할아버지는 얼굴을 찌푸리며 부엌 쪽을 노려보다가 할머니를 무시하고 하던 말을 계속했다.

"하지만 벼락은 단호하게 안 된다고 했지. 반드시 자기 파이프를 돌려받아야겠다고 했어. 그 파이프는 선물로 받은 건데, 아무리 똑같은 파이프라 해도 선물을 대신할 순 없다고 말이야. 그러자 친구는 한 번 더 절벽을 내려다보고는 고개를 저었어. 바로 그때 네 아버지가 그 친구를 번쩍 들어서는 난간 너머로 집어던지려고 했지."

할아버지는 휘이익 휘파람을 불고는 손바닥으로 무릎을 세게 쳤다. 할아버지가 웃을 때 나는 밝게 빛나는 태양을 등지고 검은 실루엣만으로 보이는 아버지를 바라보는 내 모습을 상상했다. 아버지에게 번쩍 들린 죄인은 살려달라고 발버둥쳤다.

"그러자 다른 사람들이 웅성거리며 모여들었지. 네 어머니는 네 아버지를 붙잡고 제발 그러지 말라며 애원했고 말이야. 그러다가 얼마 뒤에 네 아버지는 친구를 다시 땅에 내려놓았어. 그러고는 등을 가볍게 두드려주며 어디 가서 맥주나 한잔하자고 했지. 네 아버지가 그다음에 어떻게 했을 것 같니? 정말 아무 일도 없었던 것처럼 그 친구와 함께 관광을 즐겼다 이 말이야. 물론 네 어머니는 집에 돌아와서도 화가 풀리지 않았지만. 사실 그때까지 네 어머니는 네 아버지에게 거의 한마디도 하지 않았어. 버락은 집에 돌아와서도 네 어머니에게 미안하다는 말을 하지 않았지. 네 어머니가 우리에게 그 이야기를 할 때도 네 아버지는 머리를 젓더니 갑자기 웃기 시작했거든. 그러면서 뭐라고 했는지 아니? '진정해, 앤.' 네 아버지는 굵은 바리톤 목소리였어, 알지? 그것도 영국식 발음으로 말이야. 들어볼래?"

할아버지는 턱을 목까지 끌어당겨 아버지의 말을 흉내 냈다.

"진정해, 앤. 난 그 친구에게 다른 사람 물건을 다룰 때는 아주 조심해야 한다는 교훈을 가르쳐주고 싶었던 것뿐이란 말이야."

그리고 할아버지는 기침이 터질 때까지 계속 웃곤 했다. 투트는 담배 파이프가 떨어진 게 정말 고의가 아니라 우연한 실수이고 사고였다는 사실을 아버지가 깨달은 게 정말 다행스러운 일이라고 했다. 만일 그렇지 않았다면 진짜로 어떤 일이 벌어졌을지 모른다면서 끔찍해했다. 그러면 어머니는 내게 두 분의 말이 모두 터무니없이 과장된 뻥이라고 말하곤 했다.

"네 아버지는 좀 오만한 데가 있어."

말은 그렇게 하면서도 어머니는 희미한 미소를 짓곤 했다.

"하지만 그것도 네 아버지가 기본적으로 정직하기 때문이야. 그래서 가끔 황소고집을 부리기도 했지."

어머니는 아버지에 대해서 할아버지보다 훨씬 더 부드러운 면을 드러내는 이야기를 좋아했다. 그래서 아버지가 성적이 우수한 미국의 대학생과 졸업생으로 조직된 클럽인 피 베타 카파 열쇠를 받으러 가면서 평소처럼 표범 무늬가 있는 낡은 니트 셔츠에 청바지를 입었던 이야기를 들려주곤 했다.

"그게 그렇게 명예로운 일인지 아무도 네 아버지에게 일러주지 않았거든. 그래서 그 우아한 장소에 발을 들여놓자마자 주변에 있는 모든 사람들이 턱시도 차림이라는 사실을 알고는 깜짝 놀랐던 거야. 네 아버지가 당황하는 모습을 본 게 유일하게 바로 그때야."

그러면 할아버지가 갑자기 진지한 얼굴로 고개를 끄덕이곤 했다.

"그건 사실이야. 네 아버지는 어떤 상황이 닥치더라도 너끈히 대처하는 능력을 가지고 있었어. 그래서 모든 사람들이 네 아버지를 좋아했지. 인터내셔널 뮤직 페스티벌에서 노래를 불러야 했던 때 기억하니? 미국 노래를 부르겠다고 미리 동의했지. 그런데 가서 보니까 어마어마한 행사였지 뭐냐. 네 아버지 바로 전에 노래를 부른 여자는 그야말로 프로 가수나 다름없는 사람이었어. 밴드까지 갖춘 하와이의 명가수였으니까. 아마도 다른 사람 같았으면 그 자리에서 포기했을 거야. 뭔가 착오가 있었던 모양이라고 변명을 하면서 말이야. 하지만 버락은 그러지 않았지. 일어나서 노래를 부른 거야. 어마어마한 관중 앞에서 말이지. 이건 정말 쉬운 일이 아니야. 노래를 썩 잘 부르진 못했지만, 자기 자신에 대한 믿음이 있었기 때문에 다른 어떤 사람들보다 많은 박수를 받을 거라고 확신했던 거야."

이때쯤이면 할머니는 고개를 절레절레 흔들며 자리에서 일어나 텔레비전을 켜곤 했다. 그러거나 말거나 할아버지는 말을 계속 이어갔다.

"너는 네 아버지에게 배워야 할 게 있어. 자신감이야. 이거야말로 남자가 성공할 수 있는 비밀의 열쇠지."

●

아버지에 대한 이야기는 늘 이런 식이었다. 압축적이고, 사실인지 아닌지 의심스럽고, 하룻밤 사이에 연속적으로 이어지다가도 몇 달 때로는 몇 년 동안 입에 오르내리지 않은 채 기억의 창고에 다시 가지런히 보관된 그런 이야기들이었다. 아버지에 관한 이야기는 크리스마스 장식이나 오래전에 처박아둔 스노클링 장비를 찾으려고 벽장을 뒤지다가 우연히 발견하는 아버지의 옛날 흑백 사진들과도 같은 것이었다.

내 유년의 기억이 시작될 즈음, 어머니는 장차 두 번째 남편이 될 사람과 사귀고 있었다. 나는 왜 아버지의 사진이 벽장 속 상자 안에 치워져 있어야 하는지 그 이유를 알았다. 그러나 가끔씩 어머니와 함께 거실 바닥에 앉아서 옛날 앨범을 뒤지다가 먼지와 방충제 냄새를 맡으면서 아버지의 모습을 뚫어져라 바라보곤 했다. 웃고 있는 검은 얼굴, 툭 튀어나온 이마, 실제보다 더 나이 들어 보이게 하는 두꺼운 안경…….
그러고 있노라면 아버지의 삶에서 일어난 것으로 알고 있는 일들이 하나의 전체적인 이야기가 되어 내 귀에 들리곤 했다.

●

아버지는 아프리카인이었다. 케냐의 루오족 출신으로 알레고라는 지역에서 태어났다. 빅토리아호 주변이었다. 마을은 가난했지만 아버지의 아버지는 뛰어난 농부였고 마을의 원로이자 의사였다. 나에게는 또 한 명의 할아버지이고, 함자는 후세인 온양고 오바마이다. 아버지는 염소를 치며 영국 식민지 정부가 세운 학교에 다녔다. 아버지는 학교에서 두각을 나타내며 장래성을 보였고, 마침내 장학금을 받으며 나이로비에서 유학했다. 그리고 케냐가 독립하기 전날, 아버지는 케냐의 지도자들과 미국의 후원자들에게 선발되어 미국에 있는 대학교에서 공부할 수 있게 되었다. 서구의 기술을 배워 새롭고 현대적인 아프리카 건설에 기여하게 한다는 프로그램에 따라서 대규모로 외국에 파견한 아프리카인 1세대 가운데 한 명으로 뽑혔던 것이다.

1959년, 아버지는 스물세 살에 하와이 대학교에 입학했다. 하와이 대학교 역사상 첫 아프리카 학생이었다. 아버지는 경제학과 작시법을 전공했고, 3년 만에 대학을 수석으로 졸업했다. 아버지는 친구들이 많았고 국제학생연합회를 조직해서 초대 회장을 맡기도 했다. 그리고 러시아어 강좌를 들으면서, 어눌하고 수줍음 많던 열여덟 살의 미국인 소녀를 만나 사랑에 빠졌다. 소녀의 아버지는 처음에 펄쩍 뛰면서 반대했지만 아버지의 매력과 지성에 결국 두 손을 들고 말았다. 어린 연인은 결혼했고, 두 사람 사이에 남자아이가 태어났다. 아버지는 아들에게 자기 이름을 물려주었다. 아버지는 또 다른 장학금을 받았다. 이번에는 하버드 대학교에서 박사 학위를 밟는 것이었다. 하지만 그 장학금에 가족을 데리고 가서 함께 생활할 수 있는 돈은 포함되지 않았다. 이렇게 해서 아버지는 가족과 헤어졌다. 하버드 대학교에서 학위를 받은 뒤에는 아프리카 대륙과 한 약속을 지키려고 아프리카로 돌아갔다. 어머니와 아들은 미국에 남았다. 하지만 비록 멀리 떨어져 있어도 여전히 사랑의 끈은 이어져 있었다.

앨범이 들려주는 이야기는 여기서 끝났다. 그러면 나는 광활하고 잘 정돈된 우주 한가운데로 나를 데려다준 이야기에 푹 빠진 채 마음을 종잡을 수 없어서 동네를 서성이곤 했다. 어머니와 할아버지, 할머니가 들려준 압축된 여러 이야기 속에는 내가 도저히 이해할 수 없는 것들이 많았다. 하지만 나는 '박사'니 '식민 지배'니 하는 말들이 구체적으로 어떤 뜻인지 캐묻지 않았다. 지도에서 '알레고'라는 마을을 찾아보지도 않았다. 대신, 아버지의 삶으로 이어지는 통로가 그 궁금함을 채워주었다. 마치 언젠가 어머니가 사준 책《창조의 기원*Origins*》이 그랬던 것처럼. 이 책에는 성경에 나오는 창조 이야기와 사람이 태어난 나무 이야기, 불을 인간에게 선물한 프로메테우스 이야기, 힌두교 전설에서 지구를 떠받치는 거북 이야기 등이 실려 있었다. 나중에 내가 텔레비전과 영화에 나오는, 행복에 이르는 보다 좁은 길에 더 친숙해졌을 때, 나는 여러 가지 질문들을 앞에 놓고 끙끙댔다. 허공에서 지구를 떠받치는 거북을 떠받치고 있는 것은 무엇일까? 전지전능한 신이라면 왜 뱀이 그토록 큰 죄를 지어서 세상에 슬픔이 생기도록 만들었을까? 왜 아버지는 돌아오지 않을까? 하지만 대여섯 살이었던 나는 이런 것들을 그저 신비로운 일들로 남겨두는 데 만족했다. 그 모든 이야기들이 제각기 독립된 것들이고, 각자 다른 이야기들만큼 진실되며, 또 평화로운 꿈속에 나타나는 데 만족했던 것이다.

아버지가 내 주변에 있는 사람들과 전혀 다르다는 사실, 즉 아버지는 숯처럼 새까맣고 어머니는 우유처럼 새하얗다는 사실은 내 마음에 조금도 아프게 혹은 불편하게 새겨지지 않았다.

사실, 인종이라는 주제와 선명하게 관련된 이야기를 하나 기억하고 있다. 나이가 들어가면서 그 이야기는 점점 더 자주 반복되었다. 마치 아버지의 인생 그 자체가 되어버렸다고 할 수 있는 도덕성 이야기의 핵심을 포착하는 것처럼 말이다. 그 이야기에 따르면, 아버지는 오랜 시간 꼼짝도 않고 책상에 앉아서 공부를 하고 난 뒤, 할아버지와 할아버지의 친구들 여럿이 술을 마시고 있는 '와이키키 바'라는 동네 술집에 가서 그들과 합석했다. 술집에 있던 모든 사람들이 기타 연주를 들으며 음식을 먹고 술을 마시면서 흥겨운 분위기를 즐기고 있었다. 그런데 백인 한 사람이 벌떡 일어나 바텐더에게 모든 사람들이 들을 수 있을 만큼 큰 소리로, '깜둥이 옆에서는 좋은 술을 마실 수 없다'고 말했다. 갑자기 술집 안이 조용해졌고, 사람들은 아버지를 바라보았다. 한판 벌어지길 기대하는 눈치였다. 하지만 아버지는 자리에서 일어나 바텐더에게 항의한 남자에게 다가가서 미소를 짓고는, 그 사람에게 편견의 어리석음과 아메리칸 드림의 약속 그리고 인간이 가진 보편적인 권리에 대해서 길게 설명했다. 할아버지는 이 이야기 끝에는 늘 이런 말을 덧붙이곤 했다.

"버락이 이야기를 마쳤을 때 그 친구가 얼마나 미안해했느냐 하면, 글쎄 주머니에서 돈을 100달러나 꺼내 버락에게 주었지 뭐야. 그 돈으로 그날 밤 술집에 있던 사람들이 모두 공짜로 술을 마셨지. 그러고도 돈이 남아서 네 아버지는 그 달 치 집세를 냈어."

10대 때 나는 이 이야기가 과연 정말인지 의심하기 시작했다. 그리고 이 이야기를 다른 이야기들과 함께 더는 생각하지도 않고 옆으로 밀쳐놓았다. 그러다가 다시 여러 해가 지난 뒤에 일본계 미국인으로부터 한 통의 전화를 받았다. 그는 아버지와 함께 하와이 대학교를 다녔다고 했다. 매우 정중하게, 충동적으로 불쑥 전화를 해서 자기 자신도 당황스럽다고 했다. 그러면서 지역 신문에 실린 내 인터뷰 기사를 읽다가 내 이름과 겹치는 아버지에 대한 추억이 갑자기 밀물처럼 밀려왔다고 했다. 그런데 전화로 대화를 나누는 동안 그는 할아버지가 했던 이야기를 똑같이 반복했다. 백인 남자가 아버지에게 잘못을 사과하며 돈으로 용서를 구하고 싶다고 했다는 바로 그 이야기를.

"그 이야기는 아마도 죽을 때까지 잊지 못할 것 같군요."

그 남자는 전화선 너머로 이렇게 말했다. 그의 목소리에서 나는 오래전 할아버지에게서 느꼈던 것과 똑같은 느낌을 받았다. 불신의 느낌이었다. 아울러 희망도.

흑백 결혼. 이 말은 어쩐지 추하고 괴기스러운 느낌을 준다. 말채찍과 화염, 말라비틀어진 목련꽃과 폐허가 된 회랑의 이미지와 같은 아주 먼 옛날의 것 같은 느낌을 주기도 한다. 그러나 1967년이 되면서 바뀌었다. 내가 여섯 번째 생일을 맞이한 해이자, 1960년대 젊은이들의 반反문화운동의 상징이었던 기타 연주자 지미 헨드릭스Jimi Hendrix가 몬터레이 국제 팝 페스티벌에서 연주를 한 해이고, 마틴 루터 킹Martin Luther King 목사가 노벨평화상을 받은 지 3년 된 해이며, 미국이 평등을 주장하는 흑인의 요구에 넌덜머리를 내기 시작하던 때인 1967년은, 미국의 연방대법원이 버지니아주 정부가 서로 다른 인종 사이의 결혼을 금지하는 것은 헌법에 위배된다고 판결했던 해이기도 하다.

아버지와 어머니가 결혼했던 1960년 당시에는 미국의 전체 주 가운데 절반이 여전히 흑인과 백인 사이의 결혼을 중죄로 규정했다. 남부에서였다면 아버지는 단지 어머니를 야릇한 눈으로 쳐다보았다는 이유만으로도 충분히 나무에 목이 매달릴 수 있었다. 가장 세련된 북부지역 도시에서도 적대적인 시선이나 수군거림 때문에 어머니처럼 곤경에 처한 여자들은 뒷골목을 찾아 낙태를 해야 했을 것이다. 설령 아이를 낳는다 하더라도 어느 먼 수녀원에 갓난아기를 맡겨야 했을 것이다. 이런 이미지들은 어딘지 음습하고 괴기스러워, 시민권을 지지하던 소수의 순진한 자유주의자들을 공격하기 딱 좋은 빌미였을 것이다.

"그래 좋다. 그렇다면 당신은 당신 딸이 흑인과 결혼하도록 허락하겠다는 말인가?"

외할아버지와 외할머니가 이 질문에 "그렇소"라고 대답했다는 사실은 아무리 마지못해서 내린 결정이었다 하더라도 내게는 여전히 풀리지 않는 수수께끼로 남아 있다. 그들의 집안 배경을 보더라도 "그렇소"라고 대답할 만한 근거는 어디에도 없다. 외가의 가계를 아무리 뒤져보아도 공상적 이상주의자나 과격한 사회주의자는 찾아볼 수가 없기 때문이다. 사실 캔자스는 남북전쟁 당시 연방군인 북군 편에 섰고, 외할아버지도 당신 가계에 다양한 경향의 노예폐지론자들이 많았다는 사실을 일러주곤 했다. 외할머니도 내 질문을 받고는 당신의 매부리코와 검은 눈동자가 사실은 체로키족의 피가 섞인 증거라고 말하곤 했다.

하지만 서재에 걸린 세피아 톤의 옛날 사진 한 장이 그들의 뿌리를 가장 웅변적으로 말했다. 투트의 할아버지와 할머니 사진이었다. 각각 스코틀랜드와 잉글랜드 출신인 두 사람이 웃음기 하나 없는 얼굴로 조잡한 옷을 입고, 햇빛과 자기들 앞에 놓인 냉혹한 세상 탓에 눈을 가늘게 뜨고 허술하기 짝이 없는 농가 앞에 서서 찍은 사진이었다. 두 사람은, 앵글로색슨계 백인 신교도로 미국에서 지배적인 특권 계급을 형성하는 집단인 '와스프WASP, White Anglo-Saxon Protestant' 혈통의 가여운 사촌이라고 할 만한 얼굴이었다. 두 사람의 눈에는 나중에 내가 사실이라고 배우게 되는 어떤 진실이 담겨 있었다. 그 진실은 다음과 같았다. 캔자스가 남북전쟁의 전조였던 한 폭력 사건, 즉 존 브라운John Brown의 칼에 처음으로 피가 묻었던 전투를 경험한 뒤에 아무 조건 없이 연방군 측에 가담했다는 것, 외가 쪽 증조할아버지 가운데 한 사람인 크리스토퍼 콜럼버스 클라크는 훈장까지 받은 북군 병사였으며 그의 장모는 남부 연방의 의장 제퍼슨 데이비스Jefferson Davis와 6촌이라는 소문이 나돌았던 것. 또 비록 먼 조상이 순수한 체로키족이었다 하더라도 그런 혈통은 투트의 어머니에게는 상당한 부끄러움이었는데 그분은 이런 주제가 나올 때마다 발끈 화를 냈으며 그 비밀을 무덤까지 가져가고 싶어 했다는 것이 진실이다.

외할아버지와 외할머니가 성장한 세상은 이랬다. 바다라고는 구경도 할 수 없었던 오지의 그 세상은 체면과 인내와 개척정신이 형식주의와 의심 그리고 장차 드러날 사항이지만 눈 하나 깜박하지 않는 잔인함과 결합한 땅이었다. 두 사람이 성장한 곳은 30km 이상 떨어져 있었다. 외할아버지의 마을은 엘도라도였고 외할머니의 마을은 오거스타였다. 두 마을 모두 지도에 얼굴을 내밀 수도 없을 만큼 작은 동네였다. 그리고 두 사람이 나에게 들려주려고 즐겨 회상하던 어린 시절은 대공황 시기의 암울함이 그대로 반영된 작은 마을의 모습이었다. 독립기념일 축하 행진과 헛간의 벽을 이용한 미술전, 항아리에 빠진 개똥벌레들과 포도만큼이나 달콤했던 넝쿨토마토의 맛, 먼지 폭풍과 우박, 겨울로 들어설 무렵부터 모직 속옷을 한 번도 벗지 않아서 돼지우리 냄새를 풍기던 아이들로 가득했던 교실 등.

은행이 도산하고 농장의 소유권이 날아가던 그 아픈 기억들조차도 외할아버지와 외할머니가 회상할 때는 낭만적이었다. 모든 사람들이 그 힘든 시기를 함께 겪었고, 그런 일체감이 사람들을 가깝게 묶어놓았다. 그러므로 누구든 그 두 사람이 초년에 경험하고 숙지했던 미묘한 위계질서와 무언의 코드, 즉 가진 것 없이 변변치 못한 곳에 살아야 했던 사람의 특질을 간파하려면 두 사람이 하는 말을 주의 깊게 들어야 한다. 두 사람이 그렇게 말하는 배경에는 체면이라는 정서가 개입되어 있었다. 말하자면 존경을 받을 만큼 부유하지는 않더라도 결핍 같은 게 드러나지 않도록 더 열심히 일해야 했던 것이다.

투트의 가족은 존경을 받을 만큼 번듯했다. 그녀의 아버지는 대공황 시기에도 스탠더드오일사에 안정된 일자리를 가지고 있었다. 그녀의 어머니도 아이를 낳기 전까지는 학교에서 교사로 일했다. 집 안은 늘 청결했고, '그레이트 북'을 우편으로 주문해서 읽었다. 늘 성경을 읽었지만 텐트를 쳐놓고 벌이는 순회 부흥 집회는 되도록 피했으며, 열정보다 이성을 높이 사고 이성보다 절제를 높이 사는 감리교의 형식주의를 중시했다.

이에 비하면 할아버지 쪽은 문제가 많았다. 할아버지의 부모가 할아버지 형제를 키우면서 어째서 살림이 부유하지 않았는지 그 이유를 아는 사람은 아무도 없었다. 하지만 어쨌거나 그들은 품위를 잃을 정도로 가난하지는 않았다. 그들은 캔자스 남부의 상업과 산업 중심지로 캔자스의 최대 도시인 위치토 주변의 석유 굴착 시설에서 일해 가계를 꾸리는, 하나님을 무서워할 줄 아는 침례교 신자들이었다. 그런데 할아버지가 약간 이상하게 변했다. 몇몇 이웃들은 어릴 적에 할아버지의 어머니가 자살한 일이 그 원인일지도 모른다고 했다. 또 어떤 사람들은 영혼이 가끔 자기 머리를 스스로 흔들어대기 때문이라고 했다. 자살한 증조모의 사체를 처음 발견한 것은 당시 여덟 살이던 할아버지였다. 사람들은 소년의 어머니가 자살한 것은 남편이 바람둥이 행각을 멈추지 않았기 때문이라고 했는데, 소년은 그 바람둥이 아버지를 빼닮았다.

이유가 어쨌든 간에 할아버지가 얻은 명성은 확실히 허명이 아니었다. 할아버지는 열다섯 살 때 교장 선생의 코를 주먹으로 날렸고, 이 일로 다니던 고등학교에서 퇴학을 당했다. 그 뒤로 3년 동안 할아버지는 시카고로 가는 기차에 무임승차해서 캘리포니아까지 갔다가 다시 돌아오기도 하고, 주류 밀조에 손을 대기도 하고, 노름과 여자에 빠지기도 했다. 특히 할아버지는 이 이야기를 하기 좋아했는데, 위치토에서 당신이 가야 할 길을 찾았다고 했다. 당시에 할아버지 집과 할머니 집은 모두 위치토로 이사를 와 있었다. 그리고 할머니는 할아버지가 싫지 않았다. 투트의 부모는 청년과 관련해서 나도는 소문이 사실이라고 믿었기 때문에 청년이 자기 딸에게 구애한다는 사실을 무척 언짢아했다. 투트가 할아버지를 자기 가족에게 소개할 때, 투트의 아버지는 할아버지의 매끄럽고 검은 뒷머리와 거만하게 이죽거리는 웃음을 슬쩍 보고는 솔직한 느낌을 있는 그대로 말했다.

"라틴 쪽 사람처럼 보이네."

하지만 투트는 개의치 않았다. 막 고등학교를 졸업하고 집안일을 도우면서 체면이나 사회적 지위에 싫증 나 있던 할머니에게 할아버지는 신선한 충격이었을 게 분명하다. 나는 때로 미국이 제2차 세계대전에 참전하기 전 두 사람 모습을 상상하곤 한다. 자루처럼 헐렁한 바지에다 풀을 먹여서 빳빳한 셔츠를 입고 삐딱하게 뒤로 젖힌 모자를 쓴 청년이, 입술에 새빨간 립스틱을 바르고 머리를 금발로 물들였으며 지방 백화점의 양말 판매대에서 모델을 해도 충분할 만큼 멋진 다리를 가지고 날렵한 말솜씨를 자랑하는 아가씨에게 담배를 권하는 모습을.

청년은 아가씨에게 대도시의 온갖 풍경과 끝없이 뻗어 있는 고속도로를 이야기하면서, 자기는 머지않아 먼지만 풀풀 날리는 횅뎅그렁한 시골을 떠날 거라고 말한다. 그런 시골에서 커다란 계획이라고 해봐야 기껏 은행원이 되는 것이고, 재미있는 일이라고 해봐야 아이스크림소다나 블론디Blondie, 토킹헤즈Talking Heads 같은 그룹을 배출해 낸 전설적인

록 공연장 CBGB에서 매주 일요일에 벌어지던 뉴욕 하드코어 팀들의 난장인 선데이 마티니밖에 더 있느냐고 허풍을 떤다. 또 두려움과 상상력 부족 때문에 꿈이 말라죽으며, 태어나는 순간에 이미 어디에서 죽을지, 누가 자기를 묻어줄지 뻔히 정해진 이런 따분한 시골에서 어떻게 살 수 있느냐고 열변을 토한다. 그리고 자기는 인생을 그렇게 끝내고 싶지 않다고 힘주어 말한다. 꿈이 있고, 계획이 있다고 말이다. 그러면서 넓은 세상을 떠돌아다니고 싶은 위대한 욕망을 아가씨에게도 가르쳐주고 싶다고 한다. 사실 이 욕망 때문에 두 사람의 조상들이 오래전 대서양을 건너지 않았느냐는 말도 한다.

결국 할아버지와 할머니는 함께 도망쳤다. 그런데 공교롭게도 그 직후에 진주만이 일본군의 공습을 받았고, 할아버지는 입대했다. 이 시점에서 이야기는, 내 마음속에서 마치 보이지 않는 손이 벽에 걸린 일력을 빠르게 한 장씩 뜯어내듯 아돌프 히틀러Adolf Hitler와 윈스턴 처칠Winston Churchill, 프랭클린 루스벨트Franklin Roosevelt, 노르망디 상륙 작전이라는 자막이 나타났다가 사라지고, 조셉 매카시Joseph McCarthy 의원에 맞섬으로써 방송의 양심이라 불렸던 CBS 기자 에드워드 머로Edward Murrow의 목소리와 BBC 방송국 아나운서의 목소리가 그 위에 이어지는 옛날 영화의 한 장면처럼 무척 빠르게 진행된다. 이 옛날 영화에서 나는 할아버지가 주둔해 있던 육군 기지에서 어머니가 생명을 얻는 장면을 바라본다. 할머니는 폭탄 조립 라인에서 일하는 '리벳공 로지Rosie the Riveter'•가 되고, 할아버지는 조지 패튼George Patton 장군 휘하에서 프랑스의 어느 진

• 제2차 세계대전 당시 미국의 많은 남성들이 전쟁에 참전했던 탓에 여성들이 나서서 공장을 돌리고 미국 경제를 이끌어나가야 했는데, 이때 만들어진 계몽 포스터의 주인공이 바로 리벳공이던 로지였다.

흙 구덩이를 뒹군다.

세월이 흐른 뒤 할아버지는 진짜 전투다운 전투는 구경도 못 해보고 돌아왔다. 가족은 캘리포니아로 이사했다. 거기서 할아버지는 제대 군인 원호법의 혜택을 받아 캘리포니아 대학교 버클리 캠퍼스에 입학했다. 그러나 강의실은 할아버지의 야망을 충족하지 못했다. 활동적이던 할아버지는 좀이 쑤셔서 대학 생활을 견딜 수 없었다. 결국 가족은 다시 이사했다. 처음에는 캔자스로 되돌아갔다가, 그 뒤 텍사스의 작은 마을들을 전전한 끝에 마지막으로 시애틀에 정착했다. 시애틀에서는 상당히 오래 살았다. 적어도 어머니가 고등학교는 마칠 정도로. 할아버지는 가구 판매원으로 일했다. 할아버지와 할머니는 집을 사고 브리지 게임을 하면서 여유를 즐겼다. 어머니는 공부를 잘했고 이런 사실이 두 사람을 즐겁게 했다. 어머니는 시카고 대학교에서 조기 입학 제의를 받기도 했다. 그런데 할아버지는 딸이 아직 혼자 생활하기에는 너무 어리다고 판단하여 시카고 대학교의 제의를 거부했다.

여기서 이야기가 끝날 수도 있었다. 집, 가정, 번듯한 생활. 그러나 이런 것 외에 그 어떤 것이 여전히 할아버지를 괴롭혔던 게 분명하다. 바닷가에 서서 드넓은 태평양을 바라보는 할아버지의 모습을 상상할 수 있다. 나이에 비해서 머리가 일찍 허옇게 세고, 멀대같이 키가 큰 할아버지는 멀리 수평선을 바라보았다. 수평선 끝이 둥글게 곡선을 그리는 곳까지 바라본 그는 콧속 깊숙이 석유 시추 시설의 냄새를 맡고, 옥수수 껍질의 냄새를 맡고, 또 자기가 멀리 두고 떠나왔다고 생각하는 고단한 삶들의 냄새를 맡았다. 그래서 그가 일하던 공장의 사장이 호놀룰루에 새로운 영업점을 개설할 예정이며 사업 전망이 매우 밝다고 생각한다는 말을 듣자마자 곧장 집으로 달려가 할머니에게 집을 팔고 다시 짐을 꾸리라고 말했다. 여행의 마지막 노정에 나서야 한다면서. 서쪽으로, 해가 지는 서쪽으로 떠나는 여행이었다.

할아버지는 아마도 늘 그런 식이었을 것이다. 늘 새로운 출발을 찾고 눈에 익은 것들로부터 도망쳤다. 가족이 하와이에 도착했을 즈음, 할아버지의 독특한 성격은 아마도 완전하게 형성되어 있었을 것이다. 할아버지는 관대하고, 남을 즐겁게 해주려고 애를 쓰며, 세련됨과 촌스러움이 어색하게 뒤섞여 있고, 자칫 잘못하면 금방 마음에 상처를 받거나 분별력을 잃어버릴 수도 있을 만큼 솔직했다. 그것은 할아버지 세대의 전형적인 미국인이 보이는 성격이었다. 예를 들면 자유와 개인주의를 가슴에 품고, 어떤 대가를 치러야 하는지도 모르면서 무작정 길을 트고 앞으로 나가는 사람이거나, 혹은 뜨거운 열정 때문에 자기도 모르게 제2차 세계대전의 영웅을 매카시즘으로 몰아치고 뉘우치는 사람……. 또 있다. 기본적으로 순수하다는 바로 그 이유 때문에 위험하기도 하고 동시에 장래가 밝지만, 결국 마지막에 가서는 실망하고 마는 사람.

1960년, 그러나 할아버지는 아직 시련을 모두 겪지 않았다. 실망감으로 가슴을 칠 일은 좀 더 기다려야 했다. 그리고 그 실망감은 아주 느리게 다가올 터였다. 급하게, 폭력적으로 다가왔다면 아마도 할아버지는 다르게 바뀌었을 것이다. 더 좋게 바뀌었을지, 아니면 더 나쁘게 바뀌었을지는 알 수 없지만……. 할아버지는 자신을 자유사상가쯤으로 생각해 왔다. 어쩌면 보헤미안이라고 여겼을지도 모른다. 때로 시를 쓰고 재즈를 들었으며, 가구 공장에서 사귄 유대인 친구들을 가장 친한 친구로 꼽았다. 종교관도 독특했다. 북아메리카의 자유주의적인 그리스도교 종파인 '유니테리언 유니버설리즘Unitarian Universalism'에 가족을 모두 등록했다. 이 교파는 모든 위대한 종교들의 경전을 모두 인정하는데, 그게 마음에 든다고 했다. 그러면서 이렇게 말했다.

"당신도 생각해 봐. 하나의 종교를 믿으면서 다섯 가지 종교를 한꺼번에 믿는 셈이잖아."

투트는 할아버지의 생각을 바꾸려고 애를 썼다.

"제발, 스탠리! 슈퍼마켓에서 아침에 먹을 시리얼을 종류별로 사는 게 종교가 아니잖아요!"

만일 할머니가 천성적으로 좀 더 회의적이고, 따라서 할아버지의 황당한 생각들을 할머니 자신의 고집과 독립심 때문에 받아들이지 못하고 거부했다면, 두 사람 사이는 어떻게 변했을지 모른다. 그러나 아무튼 할머니도 할아버지의 뜻을 따랐다.

두 사람은 희미하긴 했지만 분명히 자유주의자였다. 그렇다고 두 사람의 생각이 어떤 확고한 신념이나 사상으로 발전했던 것은 결코 아니다. 이런 점에서도 두 사람은 확실히 미국인이었다. 그래서 어느 날 어머니가 하와이 대학교에서 남자친구를 한 명 알게 되었는데 아프리카 유학생이며 이름은 버락이라고 하자, 두 사람이 보인 첫 반응은 "그럼 어디 그 학생을 집에 초대해 보자"는 것이었다. 할아버지는 아마도 '그 가여운 녀석이 고향을 멀리 떠나 있어서 무척 외로울 거다'라고 생각했을 것이다. 투트는 '어떤 녀석인지 봐두는 것도 나쁘지는 않겠지'라고 생각했을 것이다.

아버지가 집에 와서 초인종을 누르자 현관에서 그를 맞이했을 할아버지는 아마도 아프리카 청년의 외모가 자기가 좋아하는 가수 중 한 명인 냇 킹 콜Nat King Cole과 무척 닮았다는 사실을 알고 깜짝 놀랐을 것이다. 내 상상 속에서 할아버지는 아버지에게 노래를 부를 줄 아느냐고 묻는다. 물론 딸의 표정을 보고서도 당신 딸이 속상해하는 줄은 전혀 알지 못한다. 할아버지는 온갖 농담을 늘어놓느라, 혹은 스테이크를 요리하는 방법을 놓고 할머니와 언쟁을 하느라 바빠서 어머니가 손을 뻗어 근육이 불거진 아버지의 팔을 살며시 끌어당기는 걸 눈치채지 못한다. 하지만 투트는 눈치챈다. 그러나 예의를 아는 정중한 사람이라서 입술을 깨물며 디저트를 내온다. 그 일로 한바탕 소란을 피워봐야 전혀 도움이 되지 않는다는 것을 본능적으로 감지했기 때문이다. 저녁 식사가 끝나고 아프리카 청년이 돌아간 뒤에 할아버지와 할머니는 청년이 얼마나 똑똑한지, 행동거지 하나하나가 얼마나 우아한지, 체격은 얼마나 균형 잡혔는지 침이 마르게 칭찬한다. 심지어 영어 발음의 악센트까지 매력적이더라고 한다.

그러나 두 사람은 과연 딸이 그 청년과 결혼해도 좋다고 허락할 수 있었을까?

우리는 아직 알지 못한다. 여기까지의 이야기만으로는 이 질문에 답을 할 수가 없다. 진실은 이렇다. 당시 대부분의 미국 백인이 그랬던 것처럼, 두 사람은 흑인에 대해서 진지하게 생각해 본 적이 한 번도 없었다. 짐 크로Jim Crow●는 할아버지와 할머니가 태어나기도 전에 이미 캔자스 북부까지 자기 영역을 넓히고 있었다. 하지만 최소한 위치토 주변에서는 짐 크로가 보다 비공식적이며 점잖은 모습을 하고 있었다. 남부의 여러 주에서처럼 노골적으로 폭력적인 모습은 보이지 않았던 것

● 공공장소에서 흑인과 백인의 분리와 차별을 규정한 '짐 크로 법'을 말한다. '짐 크로'는 흑인에 대한 경멸적인 호칭이다.

이다. 백인들의 생활을 지배했던 무언의 실천 지침이 다른 인종들과의 접촉을 최소화하게 했다. 할아버지와 할머니의 기억 속 흑인의 이미지는 피상적이었다. 흑인 남자는 일하게 해달라면서 석유 굴착 현장을 어슬렁거리고, 흑인 여자는 백인의 빨래를 하거나 백인의 집을 청소한다. 흑인은 분명히 거기 있지만 동시에 거기에 없다. 마치 피아니스트 샘이나 텔레비전 프로그램에 등장했던 우스꽝스러운 하녀 캐릭터 뷸라 혹은 인기 라디오 프로그램의 주인공 에이머스와 앤디처럼 열정도 공포도 주지 않는, 있어도 있는 것 같지 않고 없어도 없는 것 같지 않은 침묵의 존재이다.

그런데 제2차 세계대전이 끝나고 텍사스로 이사한 뒤부터 인종에 대한 관심과 의문이 두 사람의 삶에 끼어들기 시작했다. 할아버지는 직장에 나가기 시작하면서 처음 한 주 동안 동료 판매원들에게서 우정 어린 충고를 들었다. 흑인과 멕시코인 고객을 대하는 방식과 그에 관한 내용이었다.

"만일 유색인이 가구를 살펴보고 싶다고 하면, 몇 시간 뒤에 오라고 하고 물건은 직접 가져가라고 해요. 원래 그렇게 하니까요."

그리고 그 뒤에 투트도 비슷한 경험을 했다. 일을 하던 은행에서 투트는 문지기와 인사를 하며 지냈다. 제2차 세계대전 참전 용사로 키가 크고 품위가 있는 흑인이었고 이름은 '미스터 리드'였다(투트는 이 호칭 밖에 기억하지 못했다). 그런데 어느 날 두 사람이 복도에서 한담을 나누는데 은행의 관리자가 앞에 오더니 호통을 치면서 이렇게 말했다.

"깜둥이에게는 절대로 '미스터'라는 말을 쓰지 마시오!"

잠시 뒤에 투트는 미스터 리드가 건물 한구석에서 소리 죽여 울고 있는 것을 보았다. 왜 우느냐고 하자 그는 허리를 펴고 서면서 눈물을 닦았다. 그리고 대답 대신 이렇게 물었다.

"우리가 무슨 잘못을 저질렀다고 이렇게 짐승처럼 대하죠?"

할머니는 그 질문에 아무 대답도 할 수 없었다. 이 질문은 그날 이후로 계속 그녀의 머릿속을 떠나지 않았다. 이 질문을 놓고 할아버지와 할머니는 종종 어머니가 잠든 사이에 머리를 맞대고 토론을 하기도 했다. 그리고 두 사람은 결론을 내렸다. 비록 그날 이후로 그 문지기가 할머니와 마주쳐도 조심스럽게 거리를 두려는 태도를 보이고 그런 모습을 할머니가 안도 반 슬픔 반의 심정으로 이해하긴 했지만, 그래도 그를 '미스터 리드'라고 부르는 게 맞다고. 할아버지는 동료들이 맥주를 마시러 가자고 해도 가정의 평화와 아내의 행복을 위해 집에 일찍 들어가야 한다는 핑계를 대면서 동료들과의 자리를 피하기 시작했다. 두 사람은 점차 내향적으로 변해갔다. 자기들은 어쩌면 영원한 이방인일지도 모른다는 희미한 생각이 두 사람의 머리에 박히기 시작했던 것이다.

이런 음울한 분위기는 어머니에게 가장 큰 상처를 주었다. 당시 열한두 살이었던 어머니는 막 지독한 천식의 굴레에서 벗어나던 중이었다. 잦은 이사도 그랬지만 천식이라는 병이 어머니를 외톨이로 만들었다. 어머니는 쾌활하고 유순하지만 책에만 파묻혀 지내고 쓸쓸하게 혼자 산책을 하는 아이였다. 투트는 텍사스로 이사한 게 딸이 이렇게 엉뚱한 아이로 변하게 된 결정적인 계기가 되었을지 모른다고 걱정했다. 어머니는 새로 전학을 간 학교에서 친구를 거의 사귀지 않았다. 어머니는 '스탠리 앤'이라는 이름 때문에 친구들에게 짓궂은 놀림을 당했다. 할아버지가 당신 딸에게 이런 이름을 지어준 것은 아들을 원했기 때문이었다. 이것은 할아버지가 사리분별력이 조금은 떨어진다는 증거이기도 하다. 아이들은 어머니를 '스탠리 스티머'라 부르며 놀려댔다. 할머니가 일을 마치고 집에 돌아와 보면, 어머니는 앞마당에서 혼자 놀고는 했다. 자기만의 외로운 세상에 빠져들어 현관 앞의 긴 의자에 앉아서 다리를 흔들거리거나 잔디에 드러누워 있었다.

그런데 하루는 달랐다. 바람 한 점 없이 무더운 날이었다. 투트가 집으로 다가가는데, 한 무리의 아이들이 담장 밖에 모여 있었다. 집이 점점 가까워지면서 투트의 귀에 전혀 즐겁지 않은 웃음소리가 들리기 시작했다. 그리고 아이들의 일그러진 얼굴과 그 얼굴에 비친 분노와 혐오가 보이기 시작했다. 아이들은 리듬에 맞춰 노래를 부르고 있었다.

"깜둥이를 좋아한대요!"

"더러운 양키래요!"

"깜둥이를 좋아한대요!"

아이들은 투트가 다가오는 것을 보자 달아났다. 하지만 남자아이 하나만은 예외였다. 손에 들고 있던 돌을 담장 너머로 던진 다음에야 도망쳤다. 남자아이가 던진 돌은 포물선을 그리며 허공을 날았다. 투트의 시선이 돌을 따라갔다. 돌은 앞마당에 서 있는 나무 밑에 떨어졌다. 거기에 그 모든 소동의 원인이 있었다. 어머니와 어머니 또래의 흑인 여자아이가 나란히 엎드려 있었다. 두 아이의 스커트는 무릎 위까지 걷어 올려져 있었고, 두 아이의 발가락은 땅을 파고 박혀 있었으며, 둘 다 책을 앞에 놓고 두 손으로 귀를 감싸고 있었다. 멀리서 볼 때 두 아이의 모습은 잎이 무성한 나무가 만들어주는 그늘 아래에서 한없이 평화롭게만 보였다. 투트는 담장에 달린 문을 열고 마당에 들어서서야 비로소 흑인 아이가 덜덜 떨고 있고, 당신의 딸 역시 울고 있다는 사실을 알았다. 두 여자아이는 꼼짝도 하지 않고 가만히 있었다. 공포 때문에 얼어붙은 듯했다. 투트는 허리를 숙여 두 아이의 머리에 손을 올려놓으면서 이렇게 말했다.

"너희들이 정 놀고 싶다면 말이야, 안에 들어가서 놀아라. 자, 어서. 들어가자."

투트는 어머니의 손을 잡아 일으켜 세우고 다른 한 손을 흑인 소녀에게 뻗었다. 하지만 투트가 뭐라고 더 말을 하기도 전에 흑인 소녀는 있는 힘을 다해서 문밖으로 달려나갔다. 경주용 개처럼 긴 다리를 가진 소녀는 쏜살같이 거리를 달렸고 어느새 시야에서 사라졌다.

그런 일이 있었다는 말을 듣고 할아버지는 미친 사람처럼 펄쩍펄쩍 뛰었다. 어떤 녀석들이었느냐고 어머니를 다그쳐서 못된 장난을 한 아이들의 이름을 모두 적었다. 다음 날, 할아버지는 출근도 하지 않고 곧바로 학교로 찾아가서 교장 선생을 만났다. 그리고 딸을 괴롭힌 아이들의 부모에게 각각 전화했다. 그런데 통화를 한 사람들이 할아버지에게 한 말은 한결같았다.

"던햄 씨, 먼저 딸아이 교육부터 잘 시키셔야겠습니다. 우리 마을에서는 백인 여자아이가 유색인 아이와 놀지 않거든요."

●

할아버지와 할머니가 이런 일들을 얼마나 심각하게 받아들였는지, 이런 일들로 해서 어떤 영원한 신념이 생겼거나 아니면 기존의 신념이 깨졌는지는 알 수 없다. 할아버지는 이 이야기를 나에게 할 때마다, 가족이 텍사스를 떠난 이유 중 하나가 당신들에게는 그런 인종 차별주의가 견딜 수 없을 정도로 불편했기 때문이라고 말하곤 했다. 할머니 생각은 좀 달랐다. 할머니와 나 둘만 있을 때였는데, 가족이 텍사스를 떠난 유일한 이유는 할아버지가 하는 일이 잘 풀리지 않던 차에 시애틀에 사는 친구가 좋은 일자리가 있다고 불렀기 때문이라고 했다. 할머니 말에 따르면, 당시 사전에서는 '인종 차별주의'라는 단어가 아예 존재하지도 않았다는 것이다.

"네 할아버지와 나는 사람들을 잘 대해야 한다는 사실을 막 깨달았을 뿐이야. 그게 다야."

할머니는 과장된 감정이나 주장은 당연히 의심해야 한다고 생각했고 그만큼 현명했다. 과거에 일어났던 일들을 설명하는 할머니의 말이 사실이라고 믿는 이유도 이 때문이다. 이에 비해서 할아버지는 자신이 원하는 자신의 이미지에 맞게 자신의 역사를 새로 쓰려는 경향이 있다.

그럼에도 나는 할아버지가 회상하는 여러 사건들이 모두 단순한 허풍이나 자기 선전이라고 생각하지는 않는다. 그럴 수 없는 이유가 있다. 할아버지가 당신이 지어내는 허구를 얼마나 확고하게 믿는지, 또 그것들이 사실이기를 얼마나 절실히 바라는지 알기 때문이다. 설령 할아버지가 당신이 원하는 대로 모든 것을 늘 완벽하게 구성하지 못한다 하더라도 말이다. 텍사스 이후로 흑인이라는 존재가, 할아버지가 꾸며내는 이 허구, 다시 말해서 할아버지가 가진 꿈을 관통해서 전개되는 이야기의 한 부분으로 자리를 잡은 것인지는 나도 알 수가 없다. 흑인이 처한 환경, 그들이 당하는 고통, 그들의 상처 등은 할아버지의 마음속에서 할아버지의 경험과 한데 뒤섞여 녹아들었다. 할아버지에게도 아버지의 부재와 좋지 않은 소문, 어머니의 자살, 다른 아이들의 놀림, 금발이 아닌 흑발("라틴 쪽 사람처럼 보이네") 등의 고통과 상처가 있었던 것이다. 할아버지의 본능은 할아버지에게 이렇게 말했다. 인종 차별주의는 그러한 과거, 즉 관습과 체면과 번듯함의 한 부분이고, 또 자기를 늘 바깥에서만 빙빙 돌게 만드는 억지웃음과 수군거림과 헛소문의 한 부분이라고.

이런 본능적인 느낌은 매우 중요하다. 나는 그렇게 생각한다. 할아버지 세대의 수많은 백인에게 이 본능은 할아버지의 경우와 반대되는 방향인 군중이 있는 쪽으로 달렸다. 할아버지와 할머니의 관계는 두 사람이 하와이로 이주했을 즈음에는 이미 긴장 상태에 돌입한 뒤였다. 할머니는 할아버지가 마음을 정하지 못하고 금방 쉽게 바꾸며, 때로 폭력적으로 느껴질 정도로 버럭 화를 내는 모습을 결코 용서하려 들지 않았다. 그리고 할아버지의 서툰 처신을 점점 더 부끄럽게 여겼다. 그럼에도 할아버지가 마지막까지 놓지 않았던 것은 과거를 지워버리고 싶은 욕망과 당신의 세상을 처음부터 다시 만들 수 있다는 자신감이었다. 할아버지가 깨달았든 깨닫지 못했든, 당신 딸이 흑인 청년과 함께 있는 모습은 자신의 깊은 내면을 들여다볼 수 있는, 아직 한 번도 열어보지 않았지만 꼭 열어보고 싶은 창문이었던 셈이다.

설령 이런 인식을 했다 하더라도 어머니가 흑인 청년과 약혼하고 결혼한다는 사실은 할아버지로서도 결코 받아들이기 쉬운 일은 아니었을 것이다. 사실, 아버지와 어머니가 언제 어떻게 결혼했는지는 지금도 의문으로 남아 있다. 여태까지 이 문제를 감히 파헤치고 싶은 용기가 나지 않았다. 두 사람이 진짜 결혼했다는 기록이나 반지 같은 증거도 없다. 결혼식에 참석한 가족들도 없었고, 캔자스의 친지들에게 결혼 소식을 두루 알렸는지도 명확하지 않다. 치안 판사가 간단하게 두 사람의 결혼을 인정했을 뿐이다. 뒤돌아보면 이 모든 것들이 너무도 엉망이다. 되는 대로 아무렇게나 결혼해 버렸다는 느낌이 지워지지 않는다. 어쩌면 이것은 할아버지와 할머니가 의도했던 것인지도 모른다. 시련을 의연히 견디다 보면 시간이 해결해 줄 것이라 믿고, 두 사람의 결혼을 동네방네 떠들 필요도, 그렇다고 굳이 격렬하게 반대할 이유도 없었다는 말이다.

만일 그랬다면, 두 사람은 어머니의 조용한 결심뿐 아니라 자신들의 감정이 장차 어떻게 변할지 잘못 계산하고 예측했던 셈이다. 우선, 손가락 발가락이 모두 열 개인 아기가 태어나서 젖을 달라고 울면 도대체 두 사람은 어떻게 하려고 했던 것인지 미리 생각이나 하고 있었을까?

결국 시간과 장소가 공모해서 장차 불행한 일이 될 것을 용서할 수 있는 어떤 것, 아니 심지어 자랑스러운 어떤 것으로 바꾸어놓았다. 할아버지는 아버지와 맥주 몇 잔을 나누면서 새로 맞은 사위가 정치와 경제에 대해서 그리고 저 멀리 떨어진 백악관과 크렘린에 대해서 하는 말에 귀를 기울이며 그 흑인 청년과 함께 있는 미래를 상상했을 것이다. 그리고 이전보다는 신문을 더 꼼꼼히 뒤적이면서 미국이 인종 차별 제도를 철폐하고 인종 간의 통합을 추진하는 정책을 채택했다는 기사를 찾았을 것이다. 그리고 마음속으로는 세상이 변하고 있으며, 위치토 출신의 한 가족이 사실상 존 F. 케네디John F. Kennedy의 뉴 프런티어 정책과 마틴 루터 킹 목사가 염원하던 장엄한 꿈의 최전선에 서 있다고 여겼을 것이다. '인간을 우주 공간으로까지 보내는 미국이 어떻게 단지 흑인이라는 이유만으로 자기 국민에게 족쇄를 채울 수 있단 말인가' 하고 주먹을 불끈 쥐었을 수도 있다.

어린 시절의 기억 가운데 하나는, 임무를 성공적으로 마친 아폴로 우주선의 우주비행사들이 히캠 공군기지에 무사히 귀환했을 때 할아버지가 나를 무등 태우고 덩실덩실 춤을 추던 장면이다. 우주비행사들은 조종사용 안경을 끼고 차단문 너머에 있었기 때문에 거의 보이지 않았던 것으로 기억한다. 하지만 할아버지는 이 이야기를 할 때마다 늘 그 조종사 가운데 한 명이 나를 향해 손을 흔들었으며, 그래서 나도 그에게 손을 흔들어주었다고 우기곤 했다. 검은 피부를 가진 사위, 갈색 피부를 가진 손자와 함께 할아버지는 우주 시대로 들어갔던 셈이다.

이 새로운 모험의 항해를 떠나기에 가장 좋은 항구이자 50번째 주로 미국 연방에 막 합류한 하와이보다 더 나은 곳이 또 있었을까. 지금은 그때에 비해서 인구가 네 배로 늘었고, 와이키키는 패스트푸드 가게와 포르노 비디오테이프 가게들로 꽉 들어찼으며, 땅은 수많은 독립 필지로 잘게 쪼개졌다. 하지만 나는 어린 시절 첫걸음을 떼었던 장소를 여전히 찾을 수 있을 뿐 아니라 지금도 여전히 그 아름다운 경관에 넋이 빠진다. 전율이 이는 태평양의 푸른 바다, 이끼가 뒤덮인 절벽과 마노아 폭포의 시원한 물줄기, 활짝 핀 생강꽃, 새들의 소리가 하늘을 가득 채우는 모습, 북쪽 연안을 천둥처럼 무서운 기세로 때리던 거센 파도가 느리게 돌아가는 영화 속 화면처럼 하얀 포말로 부서지던 모습, 바람산의 여러 봉우리들이 드리우던 그림자, 짠맛이 진하게 느껴지던 공기…….

●

하와이! 우리 가족이 1959년에 처음 발을 들여놓은 하와이! 이 땅은 우리 가족에게, 마치 지구가 우르르 몰려다니는 군대와 고약한 문명에 진저리를 친 뒤에 에메랄드 바위로 여러 개의 섬들을 아름답게 만들어 냈고, 또 여기에 태평양 건너편에 있던 개척자들이 건너와서 태양의 힘을 받아 구릿빛의 건강한 아이들을 낳은 땅으로 비쳤을 것임에 틀림 없다. 엉터리 조약으로 원주민을 짓밟은 추악한 정복 행위, 선교사의 행렬을 따라 들어온 고약한 질병, 사탕수수와 파인애플을 경작하기 위해 비옥한 화산토를 갈아엎고 플랜테이션 농장을 만든 미국 자본, 일본과 중국 그리고 필리핀 이민자들을 해가 뜰 때부터 해가 질 때까지 이 농장에서 죽어라 일하게 만든 노역 계약서, 제2차 세계대전 당시 일본 출신 미국인을 대상으로 자행되었던 강제 수용······. 이 모든 것이 그다지 먼 과거의 일이 아니었다.

그러나 우리 가족이 하와이에 발을 들여놓았을 때쯤에는 이런 과거의 아픈 기억들은 거의 지워지고 없었다. 마치 햇살이 비치기 시작하면 아침 안개가 흔적도 없이 걷히듯, 그렇게 사라지고 없었다. 하와이에는 수많은 인종이 뒤섞여 있었다. 권력도 분산되어, 어떤 인종이든 하와이에서 자기를 꼭대기에 올려놓는 신분 질서를 주장할 수 없었다. 그리고 하와이에는 흑인이 많지 않아서, 아무리 열렬한 인종 차별주의자라 하더라도 하와이에서 일어나는 인종 혼합이 미국 대륙에 확립된 기존 질서를 전혀 위협하지 못한다는 사실에 마음을 푹 놓고 휴가를 즐길 수 있었다.

인종 간의 조화라는 실험 혹은 신화는 진정한 인종의 용광로인 하와이에서 일어났다. 할아버지와 할머니는, 특히 할아버지는 가구 사업과 관련해 다양한 사람들을 만나면서 상호 이해라는 바닷속에 풍덩 빠졌다.《카네기 인간관계론*How to Win Friends and Influence People?*》옛 판본이 아직도 할아버지의 서가에 꽂혀 있다. 나도 성장하면서 할아버지가 점차 쾌활하고 수다스럽게 바뀌는 모습을 보았다. 아마도 할아버지는 그렇게 하는 게 고객들을 대하는 데 훨씬 수월하다고 생각했을 것이다. 할아버지는 또 불쑥 가족사진들을 꺼내놓고 당신이 살아온 이야기를 이웃의 낯선 사람들에게 들려주곤 했다. 우편배달부의 손을 잡고 펌프질을 하듯 세게 흔들기도 했고, 식당에서는 종업원들에게 피부색과 관계없는 농담을 수시로 늘어놓았다.

할아버지가 이런 익살맞은 행동을 할 때마다 나는 혼자서 괜히 부끄러워했다. 하지만 사람들은 어린 손자가 생각하는 것보다 더 관대하고 인정이 많았다. 할아버지는 당신이 원하던 것만큼 영향력을 행사할 수 있는 힘은 얻지 못했지만 그래도 친구만큼은 많이 사귀었다. 우리 집 가까운 곳에서 작은 횟집을 운영하던 프레디라는 일본계 미국인이 있었다. 이 사람은 생선 가운데 가장 좋은 부위를 일부러 남겨두었다가 우리 가족에게 주곤 했다. 특히 나에게는 먹어도 되는 포장지에 싸여 있는 '쌀로 만든 사탕'을 주곤 했다. 이따금 할아버지 가게에서 배달 일을 하던 하와이 사람들이 우리를 초대해서 하와이의 토란 요리인 포이와 돼지고기 구이를 대접하곤 했는데, 할아버지가 그것들을 얼마나 게걸스럽게 먹어치웠는지 모른다. 할머니는 집에 도착할 때까지 담배를 피웠고, 달걀 스크램블로 속을 달래곤 했다. 때로 나는 할아버지를 따라서 알리이 공원에 가기도 했다. 여기서 할아버지는 필리핀 노인들과 체스를 두는 재미에 푹 빠졌다. 그 필리핀 노인들은 싸구려 담배를 피웠고, 빈랑나무 열매즙이 마치 피라도 되는 것처럼 연신 뱉어댔다.

지금도 생생하게 떠올릴 수 있는 기억이 하나 더 있다. 해가 뜨려면 아직 한참 더 기다려야 하는 이른 시각이었다. 소파 구입과 관련해 할아버지에게서 소중한 충고를 받은 어떤 포르투갈 사람이 작살로 물고기를 잡게 해주겠다면서 우리를 카일루아만으로 데리고 갔다. 작은 어선의 선실에는 가스등이 달려 있었다. 나는 어른들이 잉크처럼 검은 물에 뛰어드는 모습을 지켜보았다. 그들이 비추어대는 불빛들이 수면 아래에서 어지럽게 춤을 추던 한순간, 사람들이 커다란 물고기를 작살에 꿰어 들고 수면 밖으로 솟구쳐 나왔다. 무지개 빛깔을 반짝이던 가여운 물고기는 소용없는 저항을 하며 퍼득거렸다. 할아버지는 물고기의 이름이 하와이 말로 '후마 - 후마 - 누쿠 - 누쿠 - 아푸아'라고 했다. 할아버지와 나는 돌아오는 내내 이 물고기 이름을 서로 한 번씩 부르면서 즐거워했다.

이런 환경에서 내가 흑인과 백인 혼혈이라는 사실은 할아버지나 할머니에게 아무런 문제가 되지 않았다. 여기에 대해 얼굴을 찌푸리거나 혀를 차는 관광객들이 있다면, 하와이 주민들이 그들에게 보이던 경멸의 태도를 곧바로 할아버지와 할머니도 보여주곤 했다. 할아버지는 때로 내가 모래 장난을 하고 노는 모습을 유심히 바라보는 관광객들이 있으면 그들에게 다가가 공손한 태도를 보이면서 은근한 말투로 내가 하와이의 첫 군주인 카메하메하 왕의 증손자라고 말하곤 했다. 그러고는 나중에 나에게 이렇게 말했다.

"내가 장담하지만 아이다호에서 메인까지 네 사진을 가지고 있는 사람이 아마 수천 명은 넘을 거야."

하지만 내 생각에 이 이야기는 정말 분명치가 않다. 나는 할아버지의 이런 이야기 속에는 곤란한 쟁점을 비켜가려는 전략이 담겨 있다고 본다. 할아버지는 또 다른 이야기도 했다. 내가 바다에서 수영하는 모습을 본 어떤 관광객 하나가, 할아버지와 내가 어떤 사이인지 전혀 모른 채 할아버지에게 이렇게 말했다.

"여기 하와이 사람들은 수영 솜씨를 타고나나 보죠?"

이 말에 할아버지는 그런 것 같지는 않다고 한 뒤 이렇게 덧붙였다.

"왜냐하면 저 아이는 우연하게도 내 손자거든요. 저 애 엄마는 캔자스 출신이고 아버지는 케냐 내륙 출신인데, 둘 다 어릴 때부터 바다라고는 구경도 못 해보고 자랐거든요."

할아버지에게 인종은 이제 더는 걱정하거나 속을 끓일 문제가 아니었다. 설령 어떤 지역에 여전히 인종 문제가 남아 있다 하더라도, 곧 나머지 다른 지역처럼 그 문제가 완전히 해소될 거라고 믿었으니 걱정하거나 속을 끓일 일이 있을 리 없었다.

●

그러한 믿음이 바로 아버지에 대한 모든 이야기에서 할아버지와 할머니가 정말로 담고 싶었던 내용이 아닐까 생각한다. 두 분은 아버지에 관한 이야기는 거의 하지 않았다. 다만 아버지 주변에 있던 사람들에게서 일어난 변화들, 특히 당신들의 인종 관련 태도가 바뀐 이야기만 했다. 그 이야기들은 케네디가 대통령으로 선출되던 1961년과, 흑인과 소수민족의 투표권을 보장하는 투표권법이 의결되던 1965년 사이의 짧은 기간 동안 미국이라는 국가를 사로잡았던 어떤 정신, 즉 편협한 지방주의에 대한 보편주의의 승리를 토로하는 것이었다(진정한 승리가 아니라, 다만 승리한 것처럼 보이는 것이었다). 그 이야기들은 인종이나 문화의 차이가 오히려 교훈과 기쁨을 주며, 나아가 사람들을 고상하게 만들어주는 밝고 새로운 세상을 노래한다는 것이었다. 그 이야기들은 나의 가족을 괴롭혔던 것 못지않게, 어린 시절뿐 아니라 그 뒤의 청년 시절까지 이어지는 '잃어버린 낙원'을 끊임없이 환기시키면서 나를 괴롭혔다.

문제는 딱 한 가지였다. 아버지가 사라졌다는 것. 아버지는 낙원을 떠나버렸다. 어머니나 할아버지, 할머니는 약점이라고는 도무지 찾아볼 수 없는 이 명백한 사실을 지워버릴 수 있는 그 어떤 이야기도 해주지 않았다. 그들이 하는 이야기에는 아버지가 떠나버린 이야기가 빠져있었다. 그들은 만약 아버지가 떠나지 않고 우리 곁에 있었더라면 어떻게 되었을까, 하는 이야기는 하지 않았다. 문지기 미스터 리드나 텍사스의 주택가 거리를 쏜살같이 달려서 내빼던 흑인 소녀처럼, 아버지도 다른 어떤 사람이 들려주는 이야기 속에 조연으로 등장하고 있을지도 모른다. 그렇다면 물론 매력적인 조연일 것임이 분명하다. 친절한 데다 자기 마을을 구하고 여자의 사랑까지 얻은 신비로운 이방인. 하지만 조연은 조연일 뿐이다.

이 점에 대해서 어머니와 할아버지, 할머니를 원망할 마음은 조금도 없다. 아버지는 이들이 만들어낸 자신의 이미지나 환상을 더 좋아했을 수도 있다. 어쩌면 이런 이미지를 만드는 데 아버지도 공모했을지 모른다. 하와이 대학교를 졸업한 직후 《호놀룰루 스타 불레틴Honolulu Star-Bulletin》에 실린 인터뷰 기사에서 아버지는 신중하고 책임감 있는 인물로 묘사되었다. 모범적인 학생이자 자기 대륙을 대표하는 대사라는 표현까지 동원되었다. 아버지는 유학생들을 기숙사로 몰아넣고는 문화적 이해를 돕는다는 취지의 프로그램에 억지로 참여하게 한 대학 당국의 행위를 부드러운 어조로 비판했다. 아버지는 이런 프로그램들이 자기가 필요로 하는 실천적인 훈련과는 전혀 동떨어져 있다고 했다. 비록 자신이 어떤 문제들을 직접 경험하지는 않았지만, 여러 인종 집단 사이에서 발생하는 공공연한 차별과 스스로를 분리시키는 행태를 지적하고는, 어쩌면 하와이의 '백인들'이 편견을 받는 쪽이라는 쓴 농담을 했다. 하지만 설령 아버지의 평가가 상대적으로 명민한 것이었다고 하더라도, 결론은 매우 조심스러우면서도 낙관적인 내용으로 정리했다. 다른 나라들이 하와이에서 배울 수 있는 한 가지는 여러 인종이 공동의 발전을 위해서 기꺼이 협력하는 태도인데, 이는 다른 지역의 백인들에게서 좀처럼 찾아보기 힘든 모습이라고.

나는 이 기사가 실린 신문 조각을 내 출생증명서와 예방접종 기록표

사이에서 발견했다. 고등학교에 다닐 때였다. 아버지의 사진이 실려 있었고, 분량이 그다지 긴 기사는 아니었다. 기사에는 어머니나 나에 관한 이야기는 없었다. 이런 사실 때문에 나는 한동안 온갖 상상을 했다. 오랫동안 떠나 있을 걸 예상하고 아버지가 일부러 우리 이야기를 뺐을까? 아니면 아버지가 이야기하는 아프리카의 사정과 아버지의 태도가 너무도 절박해서 인터뷰한 기자가 자기도 모르게 개인적인 질문을 한다는 걸 깜박 잊어버렸을까? 아니면 편집 의도와 관련 없는 내용이라서 편집자가 자의적으로 뺐을까? 또 이런 생각도 해봤다. 인터뷰 기사에 어머니와 내 이야기가 빠져 있어서 어머니가 아버지에게 화를 냈고, 그 일로 두 사람이 크게 다투었을까?

당시에 내가 그런 상황들을 알았을 리 없다. 아버지란 당연히 한 집에서 함께 생활하는 존재여야 한다는 사실을 알기에는 내가 너무 어렸기 때문이다. 이것은 인종이라는 것에 대해서 알기에는 내가 너무 어렸던 것과 같은 문제이다. 어쩌면 믿을 수 없을 정도로 짧은 기간 동안 아버지 역시 어머니나 할아버지, 할머니와 마찬가지로 어떤 마법에 홀렸을 수도 있다. 그리고 내 인생의 처음 6년 동안 나는 그들의 꿈이 놓여 있었던 그 자리를 차지했다. 설령 그 마법이 풀리고, 그들이 버리고 떠났다고 생각했던 각자의 세상이 다시 그들을 교화했다고 하더라도.

2

대사관으로 가는 길은 그야말로 교통지옥이었다. 자동차, 오토바이, 삼륜 릭샤, 대형 버스, 소형 버스 등으로 도로가 가득 차 있었다. 교통량은 도로가 수용할 수 있는 것보다 두 배나 많아 보였다. 오후의 뜨거운 열기 속에서 자동차나 사람이나 아주 작은 틈만 생겨도 그 사이로 비집고 들어갔다. 우리가 탄 택시는 불과 몇 미터 전진하다가 멈추기를 반복했다. 택시 기사는 껌이나 담배를 팔려고 다가서는 소년들에게 꺼지라고 고함을 질렀다. 그 바람에 하마터면 택시 앞으로 끼어드는 오토바이를 받을 뻔했다. 뒷좌석에 한 가족을 모두 태운 오토바이였다. 아버지와 어머니, 아들, 딸이 하나로 엉겨 붙어 있었다. 그들은 자동차 배기가스를 마시지 않으려고 모두 손수건으로 입을 가리고 있었는데, 그 탓에 마치 떼강도 일당처럼 보였다.

도로 양쪽의 인도에는 말레이 군도 원주민의 허리 두르개인 사롱을 입은 옅은 갈색 피부의 여자들이, 잘 익은 과일이 가득 담긴 밀짚 바구니를 높이 쌓아놓고 손님을 기다렸다. 그 옆 자동차 수리 가게 앞에는 자동차 두 대가 서 있었고 직원은 게으르게 파리를 쫓으면서 엔진을 분해했다. 그들 뒤로 갈색 대지가 보이고, 그 위로 연기를 무럭무럭 피워내는 쓰레기 더미가 보였다. 쓰레기 더미 뒤에서 머리가 둥글둥글하게 생긴 꼬마 둘이 앙상하게 마른 검은 암탉을 향해 괴성을 지르며 달려갔다. 아이들은 진흙과 옥수수나 바나나 따위의 껍질이 뒤섞인 곳에 미끄러지면서도 좋다고 고함을 질렀다. 녀석들은 암탉을 쫓아서 더러운 길을 달려가다가 마침내 시야에서 사라졌다.

고속도로로 올라서자 한결 수월했다. 택시는 대사관 앞에서 우리를 내려주었다. 깔끔하게 차려입은 해병 둘이 우리에게 목례를 했다. 대사관 마당 안으로 들어서자 거리의 왁자지껄한 소리는 들리지 않고, 대신 정원사의 가위질 소리만 리듬감 있게 귀에 울렸다. 어머니의 상관은 풍채가 당당한 흑인이었는데 머리를 짧게 잘랐고 관자놀이 부근만 센머리였다. 그 사람 책상 옆 깃대의 미국 국기는 주름이 잔뜩 잡힌 채로 드리워져 있었다. 그 사람은 손을 뻗어서 내 손을 힘주어 잡았다.

"안녕, 꼬마 친구. 오늘은 어때?"

그 사람에게서 면도한 뒤에 바르는 로션 냄새가 났다. 빳빳하게 풀을 먹인 옷깃이 그의 목을 예리하게 파고들었다. 나는 차렷 자세로 서서 그가 묻는 질문에 대답했다. 내가 공부하는 내용과 관련된 질문이었다. 사무실 공기는 서늘하고 건조했다. 마치 산꼭대기에 서 있는 느낌이었다. 특권을 가진 사람만이 누릴 수 있는 서늘하고 맑은 바람이 불었다.

문답이 끝난 뒤 어머니는 나를 도서관에 앉혀놓고, 일을 보러 나갔다가 올 동안 책을 보라고 했다. 나는 만화책을 마저 보았다. 그리고 이 책 저 책 뒤지기 전에 먼저 해야 한다고 어머니가 다짐을 주었던 숙제도 모두 마쳤다. 거기에 있는 것들은 대부분 세계은행 보고서, 지질학 연구서, 5개년 계획 따위여서 아홉 살 소년이 관심을 가질 만한 책이 아니었다. 하지만 나는 구석에서 투명한 플라스틱으로 깔끔하게 묶인 《라이프*Life*》 잡지 여러 권을 발견했다. 나는 《라이프》를 집어 들었다. 그리고 손가락에 침을 발라가면서 광택이 번쩍거리는 광고 지면을 넘겼다. 굿이어 타이어, 도지 피버, 제니스 TV("누가 최고가 아니라고 하는가?"), 캠벨 비누("엄마, 좋아!") 등이 보였다. 흰색 터틀넥을 입은 남자들이 얼음 위에 씨그램을 붓고 있고 붉은 미니스커트를 입은 여자들이 황홀하게 바라보는 사진도 있었다. 이런 사진들을 보고 있으면 어쩐지 마음이 편안해졌다.

보도 사진을 볼 때는 사진 설명을 읽지 않고 사진 내용이 어떤 건지 맞히는 놀이를 혼자서 했다. 프랑스 아이들이 자갈길을 달려가는 사진. 이것은 행복한 장면이다. 학교 수업이나 그밖의 잡다한 일을 모두 끝낸 뒤에 숨바꼭질을 하는 모습. 그 아이들의 웃음소리는 자유를 말한다. 일본 여자가 아주 어린 여자아이를 벌거벗겨 얕은 욕조에서 목욕을 시키며 어르는 사진. 이것은 슬픈 장면이다. 여자아이는 병에 걸렸다. 아이의 다리는 뒤틀려 있고 머리는 자꾸만 엄마의 가슴으로 젖혀진다. 어머니의 얼굴은 슬픔으로 굳어 있다. 어쩌면 아이가 그렇게 된 게 자기 탓이라며 스스로를 원망하는지도 모른다.

그러다가 검은 안경을 끼고 레인코트를 입은 노인이 텅 빈 거리를 걸어가는 사진을 만났다. 그 사진이 무엇을 말하는지 도무지 알 수가 없었다. 사진으로만 볼 때는 특별한 게 없어 보였다. 다음 쪽에 다른 사진이 또 있었다. 그것은 앞의 사진에서 두 손 부분을 확대한 것이었다. 그런데 그 손이 어쩐지 낯설었다. 손은 마치 피가 다 빠져나간 것처럼 창백했다. 다시 앞쪽으로 넘겨서 처음 사진을 보았다. 그제야 나는 남자의 곱슬곱슬한 머리카락과 두꺼운 입술, 넓고 펑퍼짐한 코, 그 모든 것들이 어쩐지 균형이 맞지 않음을 깨달았다. 사진 속의 남자는 마치 유령 같았다.

이 사람은 심각한 병을 앓고 있는 게 틀림없어, 나는 그렇게 생각했다. 어쩌면 방사능에 오염된 사람일 수도 있고, 알비노 환자일 수도 있었다. 바로 며칠 전에 거리에서 알비노 환자를 보았는데, 어머니가 그런 사람을 알비노 환자라고 해서 처음으로 그에 대해서 알았다. 그런데 사진에 붙은 설명을 읽어보니 전혀 그게 아니었다. 피부색을 하얗게 만들려고 화학 수술을 받은 사람이었다. 그 수술에 전 재산을 쏟아부었다고 했다. 남자는 백인처럼 보이려고 했던 것을 후회했다. 하지만 아무리 후회해도 되돌릴 수 없는 현실이 너무 슬프다고 했다. 그런데 기사의 설명으로는, 피부색이 희면 행복이 보장된다는 광고를 믿고 그런 수술을 받은 사람이 미국에서 수천 명이나 되었다.

갑자기 목과 얼굴이 뜨거워졌다. 뱃속이 꼬이는 것 같았다. 잡지의 활자가 흐릿하게 보이기 시작했다. 어머니도 이런 일을 알고 있을까? 어머니의 상사도 알고 있을까? 이런 일을 알고 있다면 어째서 태연하게 보고서를 읽을 수 있을까? 사람들에게 내가 방금 목격한 것을 보여주고 싶었다. 어떻게 된 일인지 설명을 듣고 싶었다. 그래서 자리를 박차고 일어나고 싶었다. 그것은 강한 충동이었다. 하지만 정체를 알 수 없는 어떤 힘이 나를 붙잡았다. 마치 꿈속에서 일어나는 일처럼, 나는 새로 발견한 이 무서움을 도무지 입 밖으로 낼 수가 없었다. 그때 어머니가 왔다. 우리는 함께 집으로 돌아갔다. 내 얼굴에는 다시 미소가 떠올랐다. 잡지는 원래 있던 자리에 놓였고, 내가 숨 쉬는 공기는 예전과 조금도 다름이 없었다.

●

우리는 당시 4년째 인도네시아에 살고 있었다. 어머니가 롤로라는 인도네시아 남자와 결혼했기 때문이었다. 그 사람도 어머니가 하와이대학교에 다닐 때 만난 유학생이었다. '롤로'라는 이름은 하와이 말로 '미친'이라는 뜻이어서 할아버지는 이 이름을 입에 올릴 때마다 웃었다. 그러나 롤로는 '미친'이라는 단어와는 전혀 거리가 먼 사람이었다. 공손하고 점잖고 기품이 있었다. 키가 작고 피부색은 갈색이며 미남이었다. 또 머리카락은 굵은 흑발이었다. 누가 보더라도 멕시코 사람 아니면 인도네시아 사람으로 알아볼 수 있는 유형이었다. 그는 테니스를 잘 쳤고, 미소가 늘 한결같았으며, 성격은 침착하고 냉정했다. 내가 네 살 때부터 여섯 살 때까지 2년 동안 그는 하루가 멀다 하고 몇 시간씩 할아버지와 체스를 두고 나와 씨름을 해야 하는 고역을 참아냈다.

어느 날 어머니가 나를 앉혀놓고는 롤로가 청혼을 했고 우리더러 자기를 따라서 멀리 자기 나라에 가서 함께 살자고 했다는 말을 전했다. 나는 별로 놀라지 않았다. 그리고 반대하지 않는다고 했다. 나는 어머니에게 정말 그 사람을 사랑하는지 물었다. 사실 나도 그즈음에는 그런 게 중요하다는 사실을 알 수 있을 만큼 컸던 모양이다. 어머니의 턱이 떨렸다. 지금도 애써 눈물을 참을 때면 어머니는 턱이 저절로 떨린다. 어머니는 나를 품에 안았다. 꽤 오랫동안……. 그러고 있으니 갑자기 내가 용감해지는 느낌이 들었다. 왜 그런지 이유는 알 수 없었지만.

그 일이 있고 얼마 뒤 롤로가 갑자기 하와이를 떠났다. 어머니와 나는 여러 달 동안 온갖 준비를 했다. 여권, 비자, 비행기 표, 호텔 예약, 그리고 또 수없이 많이 찍어야 했던 사진들……. 우리가 짐을 싸는 동안 할아버지는 지도를 펼쳐놓고 인도네시아의 여러 섬을 손가락으로 짚어가면서 하나하나 읽었다. 자바, 보르네오, 수마트라, 발리……. 할아버지는 이 섬 이름들을 소년 시절에 조지프 콘래드Joseph Conrad의 소설을 읽으면서 처음 알았다고 했다. '향료 제도Spice Islands'라는 말도 처음 들었다. 지금은 '몰루카 제도'라고 부르지만 당시에는 사람들이 그렇게 불렀는데, 그 이름이 너무도 신비로웠다.

"여기 봐. 여기서는 사람들이 지금도 호랑이 사냥을 해. 오랑우탄도 있고."

그러던 할아버지가 갑자기 고개를 번쩍 들고 나를 바라보았다. 그리고 이렇게 말했다.

"사람을 사냥하는 사람도 있대."

그런 와중에 투트는 국무성에 전화해서 인도네시아의 정치 상황이 어떤지 물었다. 어떤 사람이 투트의 전화를 받았는지 알 수 없지만, 투트는 담당자가 정치적으로 안정된 상태라고 했다며 좋아했다. 그래도 혹시 무슨 일이 있을지 모른다면서 투트는 분유와 정어리 통조림 등 온갖 먹을거리들을 짐 속에 잔뜩 쑤셔 넣었다. 어머니가 말려도 소용없었다.

"그 사람들이 무얼 먹고 사는지 넌 모르잖니. 가서 너희들이 먹을 만한 게 없으면 어쩌려고?"

어머니는 한숨을 쉬었다. 하지만 투트는 다시 사탕 봉지 여러 개를 쑤셔넣으면서 나를 당신 편으로 만들었다.

마침내 우리는 팬암 제트기를 타고 지구를 돌아 멀리 태평양 너머로 날아갔다. 나는 흰색 긴팔 셔츠에 클립으로 고정시키는 회색 넥타이를 맸다. 비행기를 타고 가는 동안 스튜어디스가 나에게 온갖 질문을 했고 땅콩과자도 몇 개 더 주었다. 또 쇠로 만든 날개 모양의 조종사 휘장도 주기에 셔츠 주머니에 달았다. 비행기를 갈아타려고 일본에서 사흘을 머무는 동안, 뼛속까지 추운 비를 뚫고 가마쿠라에 가서 어마어마하게 큰 청동 불상을 보았고, 산정 호수들을 운항하는 배를 타고 녹차 아이스크림을 먹었다. 어머니는 저녁마다 외국어 학습용 플래시 카드를 연구했다.

마침내 우리가 탄 비행기가 자카르타에 도착했다. 비행기에서 내리는데, 태양은 화덕처럼 뜨거웠고 활주로의 포장은 열기에 녹아서 우글쭈글했다. 나는 어머니의 손을 잡았다. 무슨 일이 있더라도 어머니를 보호해야겠다는 생각이 들었다.

롤로가 우리를 마중 나와 있었다. 그 사이에 살이 더 찐 것 같았다. 무성하던 구레나룻이 이제는 그의 미소를 전부 뒤덮고 있었다. 그는 어머니를 안았다. 그리고 나를 위로 번쩍 들어올렸다. 그러곤 우리의 짐을 나르는 작지만 단단해 보이는 남자를 따라가라고 했다. 세관 검색대 앞에 긴 줄이 늘어서 있었지만 우리는 검색대를 그냥 지나쳐서 곧장 우리를 기다리던 차가 있는 데까지 갔다. 짐을 나르는 남자는 트렁크에 짐을 실으면서도 우리를 바라보며 쾌활하게 웃었다. 어머니는 그 남자에게 무언가 말을 하려고 애를 썼지만, 남자는 그저 웃으면서 고개만 끄덕였다. 사람들이 우리 주변으로 몰려들었다. 그들은 나로서는 도무지 알 수 없는 말로 빠르게 떠들었다. 그 사람들에게서 낯선 냄새가 났다. 롤로는 갈색 제복을 입은 군인들을 상대로 이야기했다. 우리는 꽤 오랫동안 그 모습을 지켜보았다. 군인들은 총이 꽂힌 권총집을 하나씩 차고 있었다. 하지만 롤로가 하는 말에 허리를 젖히고 웃는 모습이 쾌활해 보였다. 마침내 롤로가 이야기를 마치고 차에 탔다. 어머니는 왜 군인들이 우리 짐을 검사하지 않느냐고 물었다.

"걱정하지 말아요. 다 끝났어요."

롤로는 운전석에 앉으면서 이렇게 말했다.

"저 사람들은 다 내 친구니까."

자동차는 빌린 거라고 했다. 하지만 새 오토바이 한 대를 장만해 뒀다고 했다. 일제인데 꽤 괜찮다고. 우리가 살 집은 마무리 손질이 몇 군데 남았지만 거의 완성된 상태라고 했다. 내가 다닐 학교에도 내 이름이 이미 출석부에 올라 있으며, 친척들이 우리를 보고 싶어서 안달이라고 했다.

어머니와 롤로가 이런 이야기를 나누는 동안 나는 뒷자리에서 창밖으로 머리를 내밀고 눈앞에 흘러가는 풍경을 바라보았다. 마을이 나타났다가는 숲에 가려졌다. 갈색과 초록색이 번갈아가면서 끊임없이 이어졌다. 디젤유 냄새와 나무 타는 냄새가 났다. 남자와 여자들이 논을 걷고 있었다. 마치 두루미 같았다. 모두 커다란 밀짚모자를 쓰고 있어서 사람들의 얼굴은 보이지 않았다. 물에 젖은 수달처럼 매끈한 소년 하나가 무표정한 물소의 등에 앉아서 대나무 막대기로 엉덩이를 때리는 모습도 보였다.

도로는 점점 더 혼잡해졌다. 작은 가게들이 이어진 시장이 나타나고, 자갈이며 목재를 실은 손수레가 눈에 띄는가 싶더니, 갑자기 커다란 건물들이 나타나기 시작했다. 하와이에 있는 건물들만큼이나 큰 것들이었다. '호텔 인도네시아'는 매우 현대적인 건물이고 쇼핑센터도 새로 생겼다고 롤로가 말했다. 하지만 길 양쪽에 늘어서서 그늘을 만들어주는 나무들보다 더 높은 건물은 그다지 많지 않았다. 높은 담장과 감시 초소가 딸린 커다란 집들이 줄지어 늘어선 곳을 지나갈 때 어머니가 뭐라고 말을 했다. 나로서는 전혀 알아들을 수 없는 내용이었다. 정부와 수카르노Sukarno˚라는 사람에 대한 이야기였다.

"수카르노가 누구예요?"

나는 뒷자리에서 고함을 치듯이 큰 소리로 물었다. 하지만 롤로는 내 말을 못 들은 것 같았다. 그는 내 팔을 툭 치면서 턱짓으로 앞쪽을 가리켰다.

"저기 봐."

그가 가리키는 곳에 건물 10층 높이는 될 만큼 거대한 거인이 두 다리를 쩍 벌리고 서 있었다. 몸은 사람인데 얼굴은 유인원이었다. 롤로는 거인의 주변을 한 바퀴 돌았다.

"하누만이야. 원숭이 신이지."

나는 몸을 돌려 뒷유리를 통해 홀린 듯한 눈으로 그 거인을 바라보았다. 해를 등지고 서 있어서 어둡게 보이는 그 거인은 발아래 조그만 자동차들이 바쁘게 돌아가는 것을 아는지 모르는지 금방이라도 하늘로 뛰어오를 것만 같았다.

"하누만은 위대한 전사야. 100명도 너끈히 상대할 수 있지. 악마들과 싸워서 한 번도 진 적이 없어."

집은 시내 외곽에 있었다. 한창 개발이 진행되는 지역이었다. 길은

˚ 인도네시아의 초대 대통령. 권위주의적인 '교도敎導 민주주의'를 주장하면서 의회 제도를 탄압했다. 1966년 수하르토Suharto가 이끄는 군부에 의해 대통령직에서 물러났다.

갈색 물이 흐르는 넓은 강을 가로지른 좁은 다리로 이어졌다. 다리를 지나갈 때 마을 사람들이 강가에 늘어앉아 빨래와 목욕을 하는 모습이 보였다. 아스팔트 포장이 끝나고 자갈길이 시작되었다. 그러다가 자갈 길도 끝나고 진흙길이 나타났다. 작은 가게들과 회반죽을 바른 방갈로 들이 이어지더니, 마침내 자동차가 다니는 길은 없어지고 사람만 다닐 수 있는 좁은 길이 나왔다. 마을이었다.

우리가 살 집은 수수했다. 벽은 흙과 타일로 장식되어 있었으며 외부로 완전히 개방되어 있었다. 좁은 앞마당에는 커다란 망고나무가 한 그루 서 있었다. 대문을 지날 때 롤로는 내가 깜짝 놀랄 만한 것을 준비해 뒀다고 말했다. 하지만 롤로가 그게 무엇인지 설명하기도 전에 망고나무 높은 곳에서 귀청이 터질 듯한 소리가 들렸다. 어머니와 나는 깜짝 놀라서 펄쩍 뛰었다. 덩치가 크고 털이 성성한 동물이 낮은 나뭇가지로 내려섰다. 머리는 작고 평평했으며 팔은 길고 위협적이었다.

"원숭이다!"

내가 외쳤다.

"유인원이야."

어머니의 말이었다. 롤로는 주머니에서 땅콩을 꺼내 그 동물의 손에 떨어뜨렸다.

"이 녀석 이름은 타타야. 이 녀석을 뉴기니에서 사왔어, 너 주려고."

나는 자세히 보려고 다가섰다. 그런데 타타가 금방이라도 달려들듯이 몸을 숙이며 위협했다. 검은 테두리가 둘러진 두 눈이 사납게 경계의 빛을 쏘아보냈다. 더는 다가가지 않는 게 좋을 것 같았다. 롤로가 타타에게 땅콩을 또 하나 건네주면서 말했다.

"괜찮아, 끈으로 묶어놨어. 이리 와봐, 좀 더."

나는 어머니를 쳐다보았다. 어머니는 긍정도 부정도 아닌 모호한 미소를 지었다. 뒷마당은 작은 동물원이라고 해도 좋을 것 같았다. 삼삼오오 무리를 지어 이리저리 돌아다니는 닭과 오리, 무섭게 짖어대는 커다란 누렁이 한 마리, 극락조 두 마리, 흰 앵무새 한 마리 그리고 마당 가장자리 울타리가 쳐진 연못에 반쯤 물에 잠겨 있는 새끼 악어 두 마리. 롤로는 악어를 바라보면서 이렇게 말했다.

"원래는 세 마리였어. 그런데 제일 큰 놈이 울타리에 난 구멍으로 바깥에 나가서는, 다른 집 논에 들어가서 오리를 한 마리 잡아먹었지 뭐야. 횃불을 들고 녀석을 잡는다며 마을 사람들이 한바탕 난리를 벌였지."

곧 해가 질 시간이었지만 우리는 진흙길을 걸어서 마을로 산책을 나갔다. 동네 아이들이 자기 집 울타리 안에서 낄낄대며 우리를 향해 손을 흔들었다. 맨발의 노인 몇몇은 우리의 손을 잡으며 반가움을 표시하기도 했다. 우리는 마을의 공용지까지 갔다. 거기에는 롤로의 하인 하나가 염소들이 풀을 뜯어먹는 것을 지켜보고 있었다. 그때 한 소년이 내 곁에 다가와서 섰다. 소년은 잠자리 꼬리를 실로 묶어서 포로로 잡고 있었다. 다시 집으로 돌아왔을 때, 공항에서 우리 짐을 들어주었던 사람이 뒷마당에서 붉은빛이 도는 암탉 한 마리를 끼고 서 있었다. 그 사람의 오른손에는 칼이 들려 있었다. 그가 롤로에게 뭐라고 말했다. 롤로는 고개를 끄덕인 뒤에 어머니와 나를 불렀다. 어머니는 나를 막고 롤로에게 말했다.

"얘는 아직 어리잖아요."

롤로는 어깨를 으쓱하더니 나를 내려다보았다.

"남자라면 자기가 먹는 음식이 어디서 나오는지 알아야지. 네 생각은 어때, 배리?"

 나는 다시 어머니를 바라보았다. 그리고 닭을 들고 있는 남자의 얼굴을 바라보았다. 롤로가 다시 고개를 끄덕였다. 남자는 닭을 바닥에 내려놓고 무릎으로 몸통을 눌러서 저항하지 못하게 제압한 뒤에 모가지를 좁은 도랑 위로 쭉 잡아 뽑았다. 닭은 잠시 날개를 퍼덕이며 저항했다. 깃털 몇 개가 허공을 날았다. 닭은 곧 저항을 멈추고 늘어졌다. 그러자 남자가 칼을 들어서 닭의 모가지를 쳤다. 단 한 번으로 충분했다. 닭의 모가지에서 선홍색 피가 흘렀다. 남자는 닭을 들고 자리에서 일어섰다. 가능하면 자기 몸에서 멀리 떨어지도록 닭을 잡은 손을 옆으로 벌렸다. 그러더니 갑자기 그 닭을 허공으로 높이 던져올렸다. 닭은 날지 못하고 곧 땅에 털썩 떨어졌다. 그런데 닭이 제 몸 옆에 대가리를 덜렁덜렁 매단 기괴한 모습으로 두 발로 땅을 디디고 섰다. 그러고는 원을 그리면서 마구 달리기 시작했다. 피를 콸콸 쏟으며. 시간이 지나면서 녀석이 그리는 원이 점점 작아졌다. 그러다가 마침내 풀밭 위에 풀썩 쓰러졌다. 그제야 숨이 끊어진 것이었다.

 롤로는 손으로 내 머리를 한 번 쓰다듬고는 어머니와 나에게 저녁을 먹기 전에 씻으라고 했다. 얼마 뒤, 우리 셋은 희미한 노란색 전등 아래서 조용히 식사를 했다. 치킨 스튜와 밥이었다. 디저트는 붉은 껍질에 털이 많이 달린 과일이었다. 그런데 이 과일이 얼마나 달고 시원한지 배가 아플 때까지 계속 먹었다. 그리고 밤이 되었다. 나는 달빛이 비치는 모기장 안에 혼자 누워 귀뚜라미 울음소리를 들으면서, 몇 시간 전에 내 눈으로 목격했던 어떤 삶의 마지막 순간을 떠올렸다. 어쩐지 내 인생이 환하게 밝을 확률은 그다지 높지 않을 거라는 생각이 들었다.

"가장 먼저 기억해야 할 것은 자신을 보호하는 방법이다."

롤로와 나는 뒷마당에서 마주 보고 섰다. 그 전날 나는 머리에 달걀만 한 혹을 달고서 집으로 돌아왔었다. 롤로는 오토바이를 닦고 있다가 무슨 일이 있었느냐고 물었다. 그래서 나보다 나이 많은 동네 형하고 싸운 일을 얘기했다. 내가 친구들과 축구를 하고 있는데 그 형이 자기 공도 아니면서 축구공을 가지고 달아난 게 발단이었다. 나는 그 형을 뒤쫓았고 그는 돌멩이를 집어들었다. 정정당당한 싸움이 아니었다고 롤로에게 말하는데, 얼마나 분했던지 목소리가 제대로 나오지 않고 목에서 꺽꺽 막혔다.

롤로는 손가락으로 머리카락을 헤집고 상처를 살폈다.

"피는 안 나네."

그렇게 말하고 롤로는 소독약을 가지러 집으로 들어갔다.

그 일은 그렇게 끝나는 줄 알았다. 하지만 그게 아니었다. 다음 날 롤로는 일을 마치고 돌아오면서 권투 글러브 두 벌을 사왔다. 무두질을 한 지 얼마 되지 않은 가죽 냄새가 났다. 큰 건 검은색이었고 작은 건 빨간색이었다. 끈으로 묶인 이 권투 글러브를 롤로는 어깨에 걸치고 나타났다.

내가 낀 글러브의 끈을 다 묶은 뒤에 롤로는 뒤로 물러나서 잘 묶었는지 확인했다. 롤로가 나더러 자세를 잡아보라고 했다. 나는 두 팔을 늘어뜨렸다. 가는 나무줄기 끝에 매달린 솜뭉치처럼 나의 두 손은 볼품없었을 터였다. 롤로는 고개를 절레절레 내저었다. 글러브를 올려서 얼굴을 가리라고 했다.

"거기! 거기까지 손을 올려."

그는 내 팔꿈치 위치를 조정한 뒤에, 머리를 낮게 숙이고는 전후좌우로 흔드는 동작을 시범적으로 보여주었다.

"넌 계속 움직여야 돼. 하지만 항상 자세를 낮춰. 상대방에게 허점을 보이지 말란 말이야. 어때? 할 만해?"

나는 그가 시범을 보이는 동작을 최대한 그대로 따라 하려고 노력하면서 고개를 끄덕였다. 몇 분 뒤, 그가 동작을 멈추고 자기 손바닥을 내 얼굴 앞에 대고 쫙 벌렸다.

"좋아. 그럼 네 펀치가 얼마나 센지 한번 보자."

이건 확실히 자신이 있었다. 나는 뒤로 한 발자국 물러선 다음에 주먹을 최대한 뒤로 젖혔다가 내가 할 수 있는 최강의 펀치를 날렸다. 하지만 그의 손은 조금도 흔들리지 않았다.

"나쁘지 않아."

롤로는 고개를 끄덕였다. 하지만 표정은 바뀌지 않았다.

"나쁘지 않아. 근데 네 팔이 지금 어디 있니? 내가 뭐라고 했어? 올려야지. 올려!"

나는 팔을 다시 올리고 롤로의 손바닥에 가벼운 잽을 날렸다. 그러면서 그의 얼굴을 몇 번이고 슬쩍슬쩍 보았다. 그제야 나는 2년 동안 봐왔던 그의 얼굴이 무척이나 친숙하다는 사실을 깨달았다. 마치 우리가 함께 딛고 선 땅처럼.

인도네시아의 말과 풍습 그리고 온갖 전설을 배우는 데는 여섯 달도 채 걸리지 않았다. 나는 수두와 홍역을 이겨냈고, 학교 선생에게 맞는 대나무 회초리의 아픔도 이겨냈다. 농부와 하인과 하층 계급 사람의 자식들이 나의 가장 친한 친구가 되었다. 우리는 함께 밤낮으로 내달렸고 귀뚜라미를 잡았으며 온갖 개구쟁이 짓을 했다. 연줄을 서로 비벼서 상대방의 줄을 끊는 연싸움도 했다. 연줄이 끊어진 아이는 자기 연이 바람을 타고 하늘 높이 사라지는 모습을 허망하게 지켜봐야 했다. 얼마 뒤에는 다른 동네 아이들이 허공에서 바람을 따라 이리저리 날아다니는 줄 끊어진 연이 자기들 앞에 떨어지기를 바라며 모두 고개를 젖혀 하늘을 바라보았다. 초록색 풋고추를 밥 먹을 때 반찬 삼아서 날로 먹는 법도 롤로에게서 배웠다. 그리고 식탁이 아닌 곳에서는 개고기와 뱀고기를 먹어보기도 했고, 메뚜기를 구워 먹기도 했다. 롤로는 다른 많은 인도네시아 사람들처럼 이슬람의 전통과 믿음을 가지고 있었다. 어떤 것에든 정령이 깃들어 있다고 믿었다. 사람은 무엇을 먹든 간에 먹는 순간 그것이 가지고 있는 힘도 함께 섭취하는 거라고 롤로는 설명했다. 그러면서 호랑이 고기를 구해올 테니까 꼭 함께 먹자고 약속했다.

어린 소년의 삶은 이렇게 풍성한 모험들로 가득 차 있었다. 나는 하와이에 있는 할아버지와 할머니에게 편지를 쓸 때마다 이런 일들을 충실하게 쓰곤 했다. 그럴수록 초콜릿과 땅콩버터라는 문명사회의 소포들이 더 많이 날아올 거라고 확신했다. 그러나 모든 것을 다 편지에 담을 수는 없었다. 어떤 것들은 설명하기가 너무 힘들었다. 예를 들면, 어느 날 우리 집 문 앞에 불쑥 나타난 남자의 얼굴이 그랬다. 분명히 코가 있어야 할 자리에 구멍이 뻥 뚫려 있는 얼굴이었다. 그가 어머니에게 먹을 것을 달라고 할 때 그 휘파람과도 같던 소리도 그랬다. 또 있다. 학교에서 친구 하나가 쉬는 시간에 말하기를, 전날 밤에 자기의 갓난쟁이 동생이 죽었는데 그 직전에 악령이 바람을 타고 창문으로 들어왔다고 했고, 그 짧은 순간에 친구의 얼굴에서 공포가 춤을 추었으며, 그뒤 곧바로 그 친구가 깔깔거리고 웃으면서 내 팔을 한 대 치고는 후다닥 달아났던 일도 편지에 적지 못했다.

　편지에 다 적지 못한 일은 또 있다. 비가 한 번도 오지 않았던 어떤 해에는 농부들의 얼굴이 허망한 빛을 띠고 있었다. 구부정한 허리를 하고 가뭄으로 쩍쩍 갈라진 논에 들어가서 아무리 애를 써도 벼는 자라지 않았다. 그런데 다음 해에는 한 달 동안이나 폭우가 쏟아지는 바람에 강이 넘쳐 밭과 길이 물에 잠기고 마을도 내 허리께까지 물이 차올랐다. 사람들은 염소와 닭을 구하고 헛간에 마련해 놓은 장작을 챙기느라 미친 듯이 허둥댔다.

　세상은 거칠었다. 세상이란 예상할 수도 없고 때로는 잔인하다는 사실을, 나는 배웠다. 할아버지와 할머니는 이런 세상에 대해서 아무것도 모른다고도 판단했다. 두 사람이 대답해 줄 수 없는 질문으로 그들을 성가시게 할 필요는 없었다. 때로 어머니가 일을 마치고 집에 돌아오면 나는 그 사이에 내가 듣거나 본 일들을 말했다. 어머니는 그 이야기를 주의 깊게 듣고는 내 이마를 집게손가락 끝으로 톡톡 두드리면서 당신이 할 수 있는 최고의 대답을 해주려고 애썼다. 나는 어머니가 보여준 그런 관심을 늘 소중하게 여겼다. 어머니의 목소리와 손길은 희미한 모든 것을 분명하게 만드는 힘이 있었다. 그러나 홍수나 악령 쫓기 혹은 닭싸움에 대한 어머니의 지식은 내가 원하는 것에 한참 못 미쳤다. 나에게만 그런 게 아니라 어머니에게도 모든 게 새로웠던 것이다. 그래서 나는, 내가 질문하는 것들이 괜히 어머니에게 쓸데없는 생각거리를 안길 뿐이라 여기고 입을 다물며 대화를 중단하곤 했다.

　가르침을 받으려면 롤로에게 물어야 했다. 롤로는 함께 있기에 편한 사람이었다. 그는 친구들에게 나를 자기 아들이라고 소개했다. 그러나 나와의 관계에 대해서 있는 그대로의 사실 이상을 나에게 요구하거나 사람들에게 말하지 않았다. 나는 이렇게 적당한 거리를 두는 그의 태도가 좋았다. 남자다운 신뢰를 느낄 수 있었다. 그리고 세상에 대한 그의 지식은 내가 보기에 무한할 정도로 많았다. 펑크 난 타이어를 갈아 끼울 줄 아는 지식이나 체스에서 상대방의 공격을 멋지게 피하는 지식만이 아니었다.

예를 들면 거지를 대하는 태도도 그랬다. 거지는 어디에나 있는 것 같았다. 남자 여자 할 것 없이 그들은 더러운 누더기를 걸치고 다녔다. 어떤 사람은 팔이 없었고 어떤 사람은 다리가 없었다. 괴혈병이나 소아마비 혹은 나병으로 신체가 손상된 사람도 있었고, 두 손으로 엉금엉금 기어다니는 사람도 있었으며, 판자에 바퀴를 달아서 아무렇게나 만든 일종의 카트를 타고는 마치 곡예사가 묘기라도 부리는 것처럼 괴상하게 꼬인 다리를 질질 끌고 굴러다니는 사람도 있었다.

처음에 어머니는 우리 집에 구걸하러 온 사람이나 길 가다 손 벌리는 사람을 보면 누구에게나 돈을 집어주었다. 그러다가 나중에 손을 벌리는 사람이 끝도 없이 많다는 사실을 알고는, 구걸하는 사람의 불행이 어느 정도인지 가늠하는 방법을 터득해서 선택적으로 돈을 주었다. 롤로는 어머니의 이런 태도가 사랑스럽긴 하지만 어리석다고 생각했다. 그래서 내가 어머니처럼 거지를 만날 때 동전을 건네기라도 하면 곧바로 진지한 표정을 하고서 이렇게 물었다.

"네가 가지고 있는 돈이 얼마나 되니?"

나는 주머니를 탈탈 털어서 동전을 셌다.

"30루피요."

"거지는 몇 명이나 될 것 같니?"

나는 지난주에 우리 집에 찾아온 거지의 수를 속으로 어림했다. 하지만 내가 정확하게 알지 못한다는 사실은 분명했다.

"알았지? 돈을 아끼는 게 좋을 거다. 잘못하다간 네가 길거리에서 손을 벌리게 될지 모르니까 말이다."

그는 하인에 대해서도 마찬가지였다. 하인들은 대부분 시골에서 올라온 지 얼마 되지 않은 청년들이었다. 그들은 자기보다 특별히 잘산다고 할 수 없는 사람에게 고용되어 일하고, 그렇게 해서 번 돈을 시골에 있는 가족에게 보내거나 언젠가 시작하게 될 자기 사업을 준비하기 위해서 저축했다. 하인이 뚜렷한 목표나 야망을 가지고 있을 경우 롤로는 그들이 자기 사업을 시작할 수 있도록 기꺼이 돕곤 했다. 그리고 하인 각자의 성격이나 버릇도 너그럽게 봐주었다.

예를 들면 하인 가운데 이런 사람이 있었다. 심성이 좋은 청년이었고 1년 가까이 함께 살았는데, 주말이면 여자 옷으로 갈아입곤 했다. 그런데 롤로는 괜찮다면서 그를 아무렇지도 않게 대했다. 그 사람이 만든 음식을 롤로는 특히 좋아했다. 하지만 일이 서툴거나 시킨 일을 잘 잊어버리거나 쓸데없이 돈을 쓰게 만드는 하인은 가차 없이 해고했다. 어머니나 내가 해고당할 처지에 놓인 하인을 변호하면서 한 번만 용서해 주라고 하면 롤로는 난처해했다.

"네 어머니는 너무 착해서 탈이야."

한번은 어떤 하인이 탁자에 놓여 있던 라디오를 떨어뜨렸다. 롤로가 그 하인을 해고하겠다고 말했다. 어머니가 롤로를 막아서며 용서해 주라고 했다. 그러자 롤로가 나에게 이렇게 말했다.

"마음씨가 착하다는 건 여자에게는 좋아. 하지만 남자에게는 아니야. 너도 언젠가 어른이 될 테지만, 남자는 여자보다 더 많이 생각해야 한다."

그것은 선악의 문제도 아니고, 내가 좋아해서 하고 싫어해서 안 할 문제도 아니라고 했다. 그것은 삶의 문제라며.

텅! 롤로의 주먹이 내 턱에 가한 강한 충격을 느끼면서, 땀에 젖은 그의 얼굴을 올려다보았다.

"무슨 생각을 해? 정신 바짝 차려! 손 올려야지!"

그 뒤로도 30분이나 더 연습한 뒤에야 롤로는 이제 쉬자고 했다. 팔은 얼얼하고 머리는 욱신거렸다.

"지쳤니?"

그가 물었다. 나는 힘없이 고개를 툭 떨어뜨렸다. 고개를 끄덕인다는 게 너무 힘이 들어서 그렇게 되어버린 것이다. 그가 피식 웃었다. 그가 허벅지를 긁으려고 한쪽 바지를 걷어 올리는데, 톱니 모양으로 들쭉날쭉한 여러 개의 흉터가 발목에서 정강이 중간까지 이어져 있는 게 눈에 들어왔다.

"그게 뭐예요?"

"거머리…… 거머리한테 물린 자국. 뉴기니에 있을 때 입은 상처야. 늪지대를 행군할 때 군화 안으로 거머리들이 기어들어온 거야. 밤에 양말을 벗는데 거머리란 녀석들이 달라붙어 있지 뭐냐. 피를 얼마나 빨아먹었던지 몸이 통통해져서 말이야. 거머리는 소금을 뿌리면 죽어. 그렇지만 거머리를 떼어내려면 칼을 뜨겁게 달궈서 파내야 해."

나는 손가락을 뻗어 타원형 모양의 홈들을 만져보았다. 뜨거운 칼로 지졌다는 그 부분에는 털도 자라지 않고 반들반들했다. 많이 아팠는지 물었다.

"물론 많이 아팠지."

롤로는 물을 한 모금 마시고 다시 말을 이었다.

"때로는 아픈 걸 걱정할 수조차 없을 때가 있어. 언젠가 너도, 아무리 아파도 참고 네가 달성해야 할 목표에 집중하는 것만 생각해야 할 때가 있을 거야."

잠시 우리는 아무 말도 하지 않았다. 나는 곁눈으로 그를 바라보았다. 그 순간 나는 그가 자기 감정을 말하는 것을 한 번도 들어본 적이 없다는 사실을 깨달았다. 그는 마치 표면이 딱딱하고 모든 생각이 잘 정돈된 세상에 사는 것처럼 보였다. 갑자기 엉뚱한 생각이 떠올랐다.

"죽은 사람 본 적 있어요?"

그가 놀란 눈으로 나를 쳐다보았다.

"있어요?"

내가 다시 물었다.

"있다."

"피를 흘리고 죽은 사람요?"

"그래."

잠시 생각한 뒤에 다시 물었다.

"그 사람은 왜 죽었어요?"

"그 이유는, 그 사람이 약했기 때문이야."

"그게 다예요?"

롤로는 어깨를 한 번 으쓱하고는 걷어 올렸던 바지를 내렸다.

"보통 그 이유만으로 충분하지. 사람은 누구나 다른 사람의 약점을 이용하거든. 나라와 나라 사이도 마찬가지란다. 힘센 사람이 약한 사람의 땅을 차지해 버리지. 그러고는 약한 사람이 자기 땅에서 일하도록 만들어. 만일 약한 사람의 아내가 예쁘면 힘센 사람이 그 여자도 차지해 버린단다."

그는 잠시 말을 멈추고 다시 물을 한 모금 마셨다. 그러고는 내게 물었다.

"너는 어느 쪽이 되고 싶니?"

나는 아무 대답도 하지 않았다. 그는 눈을 가늘게 뜨고 하늘을 올려다보았다.

"힘센 쪽이 좋아."

그리고 일어서면서 이렇게 덧붙였다.

"만일 힘이 세질 수 없다면 영리해야 돼. 그래야 힘센 사람과 평화를 지켜나갈 수 있어. 하지만 힘이 세면 늘 좋아. 늘……."

어머니는 집 안에서 우리를 보았다. 책상에 앉아 시험지의 답안을 채점하면서 우리를 보고 있었다. 두 사람이 무슨 이야기를 나눌까 궁금해했다. 아마도 피에 관한 이야기이거나 남자의 배짱에 관한 그런 유쾌한 이야기일 거라고 생각했다.

어머니는 소리 내어 웃었다. 그러다가 갑자기 웃음을 뚝 멈추었다. 그래서는 안 될 것 같다고 생각했던 것이다. 나를 따뜻하게 돌봐주는 롤로에게 어머니는 무척 고마운 마음을 가졌다. 친자식과 조금도 다르지 않게 나를 대했기 때문이다. 그녀는 롤로와 같은 사람을 만나서 행운이라고 생각했다. 시험 답안지를 옆으로 젖혀놓고 어머니는 팔굽혀펴기를 하는 내 모습을 바라보았다. 아이가 참 빨리 자라는구나, 하고 그녀는 생각했다. 어머니는 스물네 살에 아이 하나 딸린 이혼녀가 속속들이 잘 알지도 못하는 외국 남자와 결혼해서 타국에 첫발을 디딘 그날을 잊지 않으려고 애썼다. 이제야 알게 되었지만, 어머니는 미국에서만 살았던 자기가 얼마나 순진했는지 처음에는 알지 못했다. 나쁜 상황을 맞을 수도 있었다. 훨씬 더 나쁜 상황을.

　어머니는 이 새로운 삶이 힘들고 어려울 거라 예상했었다. 하와이를 떠나기 전에 그녀는 인도네시아에 대한 모든 것을 다 배워두려고 노력했다. 세계에서 다섯 번째로 많은 인구, 수백 개나 되는 서로 다른 부족과 방언, 제2차 세계대전 때 석유와 금속, 목재 등의 광대한 천연자원을 확보하려고 혈안이 되었던 일본, 독립전쟁과 수카르노라는 자유의 투사이자 초대 대통령……. 수카르노가 권좌에서 물러난 건 얼마 전 일이었다. 그러나 모든 언론은 무혈 쿠데타였으며 국민들은 이 변화를 지지한다고 보도했다. 수카르노는 장기 집권 끝에 너무 부패했다고 말했다. 그는 선동 정치가였고 전체주의자였으며 공산주의자들과 너무 가까웠던 것이다.

　가난한 나라, 미개발국, 완벽하게 이국적인 나라……. 이런 것들을 어머니는 미리 알고 있었다. 그녀는 설사약과 해열제를 준비했으며, 찬물에 목욕을 해야 하거나 바닥에 뚫린 구멍 위에 쭈그린 자세로 소변을 봐야 할 상황에 대해서도 준비했다. 또 몇 주 동안 계속되는 정전이나 더위, 끝없이 달려드는 모기에 대해서도 준비했다. 그래서 불편한 것쯤은 아무렇지도 않게 참을 수 있었다. 그녀는 보기보다 훨씬 더 강인했다. 자기가 생각했던 것보다도 더. 버락이 떠나간 뒤에 롤로에게 끌렸던 이유는, 어쩌면 부모의 손길이 닿지 않을 만큼 멀리 떨어진 오지에서 국가 재건에 힘쓰고 있는 롤로를 도와야 한다는 어떤 당위 혹은 새롭고 중요한 약속 때문이었을지도 모른다.

　하지만 그녀는 외로움에 대한 준비는 되어 있지 않았다. 외로움은 가쁜 숨처럼 늘 그녀를 따라다녔다. 하지만 뭐라고 꼬집어 말할 수는 없었다. 롤로는 그녀를 늘 따뜻하게 대했으며, 그녀가 하와이의 자기 집에 있는 것처럼 느끼도록 할 수 있는 일은 뭐든 다 했다. 롤로의 가족도 그녀를 세심하고 관대하게 대했다. 물론 그녀가 데리고 온 아들도 자기 핏줄처럼 대해주었다.

그러나 롤로와 어머니는 헤어졌다. 헤어지기 전에 두 사람 사이에 어떤 일이 일어났다. 하와이에서 롤로는 삶에 충실했고, 자기 계획을 실천하려고 온 힘을 다했다. 그때는 밤에 두 사람만 오붓하게 있을 때, 롤로는 자기가 한창 성장하던 시기인 전시에 겪었던 일들을 그녀에게 이야기하곤 했다. 아버지와 큰형이 혁명군에 가담하러 떠나는 모습을 바라본 일이나 두 사람이 전사했다는 슬픈 소식을 들은 일, 네덜란드 군인들이 집에 불을 지른 일, 가족이 시골로 도망을 갔던 일, 먹을 것을 구하려고 어머니가 아끼던 금붙이를 팔았던 일 등……. 이제 네덜란드 군도 철수했으니 상황이 좋아질 거라고 롤로는 말했다. 그리고 자기는 고국으로 돌아가 대학에서 학생들을 가르치며 국가의 변화를 이끄는 한 축이 되겠다고 했다.

그런데 롤로는 이제 더는 그런 이야기를 하지 않았다. 사실, 롤로는 말을 전혀 하지 않는 것 같았다. 꼭 필요할 때나 질문을 받았을 때만 말했다. 그것도 펑크 난 타이어를 때운다거나 멀리 떨어져 사는 사촌 집을 방문해야겠다는 따위의 말뿐이었다. 그는 마치 자기가 가진 모든 밝은 면을 다 챙긴 뒤에, 다른 사람의 손이 닿지 않는 어둡고 찾기 힘든 곳에 숨어 들어간 사람처럼 보였다. 모든 사람이 잠든 밤에 일어나서 수입 양주병을 손에 들고 집 주변을 어슬렁거리며 자기가 안고 있는 비밀들을 키우는 날이 하루 이틀이 아니었다. 자기 전에 베개 밑에 권총을 넣어두는 일도 허다했다. 어머니가 왜 그러느냐고 물을 때마다 그는 피곤해서 그렇다는 말로 회피했다. 어쨌거나 그는 말 자체를 불신하게 된 것 같았다. 말 그리고 말이 실어나르는 모든 감정을.

어머니는 이런 변화가 롤로가 하는 일과 관계 있지 않을까 하고 의심했다. 그녀가 인도네시아에 처음 갔을 때 그는 지리학자로서 도로와 터널을 측량하는 일로 군에 복무했다. 그 일은 봉급도 적었을 뿐 아니라 지루하고 시시했다. 봉급을 두 달 동안 한 푼도 쓰지 않고 모아야 냉장고 한 대를 살 수 있을 정도였다. 그런데 부양해야 할 아내와 아이까지 있는 상황이었으니, 그가 의기소침해진 것도 당연한 일이라고 그녀는 생각했다. 그리고 자기가 여기까지 온 것은 남에게 짐을 지우기 위해서가 아니라는 결론을 내리고, 자기 짐은 스스로 덜겠다고 결심했다.

그녀는 곧바로 일자리를 찾아 나섰다. 그리고 미국 대사관에서 인도네시아 사업가들에게 영어를 가르치는 일을 하게 되었다. 이 강좌는 미국이 개발도상국에 제공한 여러 가지 원조 가운데 하나였다. 여기에서 나오는 돈은 생활에 도움이 되었지만, 그녀의 외로움을 달래주지는 못했다. 인도네시아 사업가들은 영어의 세세한 표현법에는 그다지 관심이 없었다. 그들 가운데 몇 명이 그녀에게 지분거렸다. 미국인이라고는 대개 나이 든 남자로, 국무부 소속 공무원이나 수수께끼처럼 몇 달 동안 사라졌다가 나타나곤 하는 미국 대사관에 어떻게 기여하는지도 불분명한 경제 전문가나 기자 들이었다. 이들 가운데 몇몇은 '추악한 미국인'의 전형을 보이며 인도네시아 사람을 깔보는 농담을 해댔다. 그러다가 그녀가 인도네시아 사람과 결혼했다는 사실을 알고는 아무 일도 아니라는 듯 다시 뭉개버리곤 했다. 예를 들면 이렇게.

"저 친구 말 그냥 흘려들어요. 더위 먹었나 본데요 뭘. 그건 그렇고, 아들은 잘 있나요? 멋지고 잘생긴 아들. 예?"

그 사람들은 인도네시아라는 나라를 알고 있었다. 비록 부분적이긴 해도 해골들이 묻혀 있는 더러운 땅을 분명히 알고 있었다. 점심을 먹을 때나 일상적인 대화를 통해서 그들은 공식적인 언론 매체에서는 드러나지 않는 사실들을 그녀에게 가르쳐주었다. 그들은 그렇지 않아도 인도차이나반도 전역에 준동하는 공산주의자들의 움직임 때문에 신경이 곤두설 대로 곤두선 미국 정부를 수카르노가 민족주의적인 언동과 비협조적인 노선으로 얼마나 짜증 나게 만드는지 설명했다. 그들은 수카르노가 아프리카의 민족주의 지도자 파트리스 루뭄바Patrice Lumumba나 이집트 대통령 가말 압델 나세르Gamal Abdel Nasser만큼이나 나쁘다고 했다. 그들이 하는 말을 들으면, 비록 그 누구도 확실한 증거를 댈 수 없지만 CIA가 수카르노를 몰아내는 쿠데타에 어느 정도 개입한 게 분명했다. 그리고 더 확실한 사실은 쿠데타 이후에 군부가 공산주의자들에게 동조하는 입장을 보였던 시골 지역들을 완전히 쓸어버렸다는 것이었다. 어떤 사람은 총사망자 수가 수십만 명이라고 추정했다. 50만 명이 죽었다는 말도 있었다. 정보국의 똑똑한 사람들도 정확한 수치를 집계하지 못했다.

정치 상황을 비꼬는 말들과 곁에서 슬쩍 엿듣게 된 말들을 통해 그녀는 현대사에서 가장 잔인하고 신속한 압살 작전이 자행된 지 채 1년도 되지 않은 시점에 우리가 자카르타에 첫발을 디뎠다는 사실을 깨달았다. 엄연한 역사적 사실이 그토록 감쪽같이 묻혀버릴 수 있다는 사실에 그녀는 전율했다. 한때는 거리를 내달렸을 사람들이 흘린 피의 강물을 그 비옥한 땅이 흔적도 없이 빨아들일 수 있다는 사실에 그리고 사람들은 마치 아무 일도 없었다는 듯이 새 대통령의 거대한 초상화 밑에서 태연하게 사업 이야기를 하고 국가는 개발 사업에 열중할 수 있다는 사실에 전율했다. 그녀가 사귀는 인도네시아 친구들의 층이 넓어지면서, 그들 가운데 몇몇은 그녀가 알지 못했던 또 다른 이야기들도 들려주었다. 정부 관리들 사이에 부패가 만연했다거나 경찰과 군인이 민간인의 재산을 갈취하고 약탈한다거나 대통령의 친인척과 측근이 주요 산업의 요직을 독차지했다는 이야기였다. 그녀는 이런 이야기들을 새로 들을 때마다 롤로에게 가서 물었다.

"사실이에요?"

그럴 때마다 그는 대답하지 않았다. 물으면 물을수록 그는 더 굳게 입을 다물었다. 오히려 그는 그녀에게 되물었다.

"왜 그런 일에 걱정하는 거요? 파티에 참석할 때 입을 드레스나 새로 한 벌 사지 그래요."

마침내 그녀는 롤로의 사촌 가운데 한 명에게 불만을 털어놓았다. 전쟁이 났을 당시 롤로를 뒷바라지했던 소아과 의사였다.

"이해를 못 하는군요."

"예? 내가 뭘 이해하지 못하죠?"

"롤로가 귀국하게 된 배경 말입니다. 잘 아시겠지만 원래 하와이에서 그렇게 일찍 돌아올 계획은 아니었어요. 숙청 기간 동안 외국에서 공부하는 모든 유학생들이 소환되었죠. 어떤 설명도 없었어요. 그들이 가지고 있던 여권도 무효가 되었어요. 롤로가 비행기에서 내릴 때 그는 어떤 일이 벌어질지 전혀 알지 못했어요. 우리는 롤로를 만날 수도 없었죠. 군인들이 롤로를 데리고 가서 심문했습니다. 그리고 롤로가 군대에 징집되었으며 뉴기니의 정글에서 1년 동안 복무하게 될 거라고 통보했죠. 그래도 롤로는 행운아인 셈입니다. 동구권 국가에서 공부하던 유학생들에 비하면 말이죠. 그들 가운데 상당수가 아직도 감옥에 갇혀 있어요. 아니면 실종되었거나. 그러니까 롤로를 너무 몰아치지 마세요. 이런 아픈 일들은 잊어버리는 게 최선 아니겠습니까."

사촌의 집을 나서는 어머니의 발걸음은 현기증으로 허청거렸다. 밖에는 태양이 높이 떠 있었고 공기에는 먼지가 가득했다. 택시를 타고 곧장 집으로 돌아가야 옳았지만, 그녀는 목적지도 없이 그냥 걸었다. 걷다 보니 어떤 부자 동네에 와 있었다. 외교관들과 군 장성들이 사는 동네였다. 정교한 세공을 자랑하는 커다란 철제 대문을 가진 건물은 모두 거대한 위용을 자랑하고 있었다. 그런데 그녀의 눈에 누더기 같은 숄을 걸치고 신발도 신지 않은 어떤 여자가 보였다. 그 여자는 열려 있는 어떤 대문으로 들어섰다. 그리고 저택의 현관까지 이어진 차도에 올라섰다. 거기에는 한 무리의 사람들이 메르세데스 벤츠와 랜드로버 차량을 닦고 있었다. 그 가운데 한 사람이 여자에게 나가라고 고함을 질렀다. 그러나 여자는 계속 안쪽을 향해 걸었다. 앙상하게 여윈 손이 그녀를 막았다. 그녀의 얼굴에 그림자가 드리워졌다. 그러자 또 다른 남자가 주머니에서 동전을 한 움큼 꺼내 여자에게 던졌다. 여자는 동전이 날아간 곳으로 무서운 속도로 달려갔다. 그러고는 주위를 살피며 동전을 주워서 가슴께에 집어넣었다.

권력. 권력이라는 단어가 어머니의 마음에 저주처럼 박혔다. 미국에서 권력은 늘 보이지 않는 곳에 숨어 있었다. 현상의 껍데기를 들추고 파내야 권력을 볼 수 있었다. 인디언 보호구역에 직접 가보거나, 자기를 믿어주는 흑인과 대화를 나눠보아야만 권력의 실체를 볼 수 있었다. 그러나 여기서는 권력이 아무런 위장도 하지 않은 채 벌거벗은 몸뚱어리 그대로 늘 생경하게 존재했다. 그것은 롤로를 붙잡아다가 권력이 얼마나 무서운지 본때를 보였고, 아무리 자기 삶이라고 해도 자기 마음대로 할 수 없음을 깨닫게 해주었다. 어머니가 깨달은 진실은 그것이었다. 인도네시아에서는 그랬다. 그런 현실을 바꿀 수는 없었다. 다만 그 규칙대로 살아야만 했다. 그 규칙은 일단 배우기만 하면 너무도 간단했다. 롤로는 권력과 손을 잡았고 망각의 지혜를 배웠다. 그의 처남이 국영 석유 회사의 고위직에 있으면서 엄청난 돈을 긁어모으듯이 그렇게. 그리고 또 다른 처남이 그렇게 하려다가 실패해서 우리 집에 방문할 때마다 은수저를 하나씩 훔쳐다가 나중에 팔아서 싸구려 담배나 사 피울 생각을 하듯이 그렇게.

그녀는 롤로가 언젠가 했던 말을 떠올렸다. 그녀가 하도 집요하게 물어대자 그가 마침내 짜증 섞인 목소리로 이렇게 말했다.

"죄의식은 외국인이나 가질 수 있는 사치야. 머리에 떠오르는 생각은 뭐든 다 말하는 당신처럼 말이오."

그녀는 모든 것을 송두리째 잃어버린다는 게 어떤 것인지 몰랐다. 아침에 일어났을 때 먹을 게 아무것도 없다는 게 어떤 것인지 몰랐다. 자신의 안전을 보장하기 위해서 얼마나 약삭빠르게 굴고 얼마나 높은 경쟁률을 뚫어야 하는지 몰랐다. 모든 신경을 곤두세워야 했다. 그 길은 한 번 방심해서 삐끗하다간 곧바로 나락에 떨어지는 어려운 길이었다.

롤로가 옳았다. 당연하다. 그녀는 외국인이었다. 그것도 중산층에 백인이었다. 본인이 보호받기를 원하든 원하지 않든, 무슨 일이 생기면 미국 대사관을 통해서 자동으로 보호받을 수 있었다. 그리고 상황이 좋지 않으면 언제든 훌쩍 떠날 수도 있었다. 이런 가능성 때문에 그녀가 롤로에게 했던 모든 말의 진심이 희석되었다. 이런 가능성은 또한 두 사람 사이에 놓인 뛰어넘을 수 없는 장벽이었다.

그녀는 다시 창밖으로 시선을 돌렸다. 롤로와 내가 일어나 다른 곳으로 걸어가고 있었다. 우리가 앉았던 자리에는 풀이 납작하게 눌려 있었다. 웬일인지 갑자기 온몸에 가벼운 전율이 일었다. 그녀는 자리에서 일어났다. 갑자기 공황이 엄습해 왔다.

권력이 내 아들을 데리고 간다!

●

되돌아보면, 당시에 어머니가 느끼고 경험했던 게 무엇인지, 롤로가 어머니에게 주려고 그토록 힘들게 노력했던 것이 어째서 두 사람 사이의 거리를 멀어지게 만들었는지를 롤로가 과연 충분히 이해했을지 확신이 가지 않는다. 롤로는 이런 질문을 자기 자신에게 할 사람이 아니었다. 대신 그는 집중 상태를 계속 유지했다. 우리가 인도네시아에 사는 동안 계속해서 위로, 더 많은 권력이 있는 곳으로 올라갔다. 처남의 도움을 받아서 미국 석유 회사 소속으로 인도네시아 정부를 상대하는 일을 했다. 우리는 더 좋은 집으로 이사했다. 오토바이 대신에 승용차를 샀고, 악어와 타타 대신에 텔레비전과 멋진 오디오 세트를 샀다. 롤로는 근사한 저녁 식사를 하고서도 사인 하나만으로 식사비를 대신할 수 있었다.

때로 나는 두 사람이 다투는 소리를 듣기도 했다. 보통은 롤로의 회사가 주최하는 부부 동반 디너 파티에 어머니가 가지 않겠다고 해서 일어나는 다툼이었다. 이런 파티는 텍사스와 루이지애나에서 온 미국의 사업가들이 롤로의 어깨를 치면서 자기들이 시굴권을 따내기 위해서 얼마나 많은 뇌물을 동원했는지 모른다는 따위의 이야기를 떠벌리는 자리였다. 한편 그 사업가의 부인들은 어머니에게 인도네시아 정부의 지원이 형편없다면서 고개를 젓는 그런 자리이기도 했다. 롤로는 자기 혼자 파티에 가면 꼴이 얼마나 우습겠냐고 말했다. 또 파티에 참석하는 사람들은 어머니와 같은 미국인이 아니냐고 했다. 그러면 어머니는 한껏 목소리를 높여서 이렇게 외쳤다.

"난 미국인이 아니야!"

하지만 이런 말다툼은 드물었다. 어머니와 롤로는 여동생 마야가 태어나면서 서로에게 성심을 다했고, 또 그 이후에 별거를 했으며, 마침내 이혼을 하고 말았기 때문이다. 그리고 10년 뒤에 나는 롤로를 마지막으로 보았다. 만성적인 간 질환으로 51세에 삶을 마감할 수도 있었던 롤로는 로스앤젤레스에서 수술을 받았다. 이때 롤로가 미국에 올 수 있도록 어머니가 도움을 주었다. 아무튼, 인도네시아에 있을 당시에 내가 느꼈던 긴장은 주로 어머니의 태도가 롤로가 아닌 내 쪽으로 이동했던 것과 관련이 있다.

어머니는 인도네시아에 빠르게 적응하라며 늘 나를 자극하고 격려했다. 그랬기 때문에 나는 다른 미국 아이들에 비해서 상대적으로, 비록 풍족한 형편은 아니었지만 자부심 강하고 또 예의가 발랐다. 그녀는 흔히 외국인들이 미국인의 특성으로 꼽는 무지와 오만을 경멸하라고 가르쳤다. 하지만 그녀는 미국에서 붙잡을 수 있는 삶의 기회와 인도네시아에서 붙잡을 수 있는 삶의 기회는 엄청나게 다르다는 사실을 깨달았다. 롤로가 진작 깨달았던 그 사실을. 그녀는 자기 아들이 어느 쪽에 있는 게 더 나을지 알았다. 그녀는 나를 미국인으로 생각했다. 결국 나의 진정한 삶은 인도네시아가 아니라 다른 곳에 있었다.

그녀가 가장 중요하게 여긴 것은 교육이었다. 그녀는 나를 잘 가르치는 데 가장 큰 노력을 기울였다. 자카르타에 있는 대부분의 외국인 아이들은 국제학교에 다녔다. 그러나 나를 거기에 보낼 경제적 여유가 없었던 어머니는 인도네시아 학교에서 받는 수업과 병행하여 미국의 또래 아이들이 학교에서 공부할 내용을 나에게 직접 가르쳤다. 어머니의 개인 교습은 우리가 인도네시아에 도착한 직후부터 시작되었다.

그런데 어머니의 이런 노력이 점점 더 강화되었다. 한 주에 다섯 번, 그녀는 새벽 4시면 내 방에 들어왔다. 그리고 거의 강제로 아침을 먹이고는, 내가 등교하고 그녀가 출근하기 전 세 시간 동안 영어를 가르쳤다. 나는 이런 가혹한 일정에 강경하게 저항했다. 하지만 내가 아무리 머리를 짜서 거짓말로 핑계를 대고("배가 너무 아파요"), 때로는 사실대로 호소해도(내 눈은 5분마다 한 번씩 감겼다) 그녀는 늘 하던 대로 가장 강력하게 반격했다.

"애, 꼬마야. 나도 지금 소풍 나온 거 아니다."

그녀는 내가 다치기라도 할까 봐 늘 신경을 곤두세웠다. 이런 성격으로 볼 때 어머니는 외할머니의 피를 물려받은 게 틀림없다.

어느 날, 날이 어두워진 뒤에야 집으로 돌아왔는데, 우리 집 마당에 마을 사람들로 이루어진 대규모 수색대가 막 수색 작업에 들어가려 하고 있었다. 나를 보고 얼마나 가슴을 쓸어내렸던지 어머니는 진흙투성이의 젖은 양말이 내 팔목에 감겨 있는 것을 한참 만에 발견했다.

"그게 뭐니?"

"뭐가요?"

"그거. 왜 젖은 양말로 손목을 감쌌느냐고."

"좀 베었어요."

"보자."

"아무것도 아니에요."

"배리! 어서 보자니까!"

나는 양말을 풀었다. 손목에서 팔꿈치까지 길게 찢어진 상처가 드러났다. 아슬아슬하게 정맥을 비켜갔지만, 근육까지 깊게 파인 상처였던지라 살이 벌겋게 드러났다. 나는 그녀를 진정시키기 위해서 최대한 아무렇지도 않은 듯, 무슨 일이 일어났는지 설명했다. 어떤 친구와 둘이서 지나가는 차를 얻어 타고 그 친구의 농장에 갔는데 비가 억수같이 쏟아졌다. 운이 없으려니까 진흙에 미끄러지고 말았는데 하필이면 거기에 가시 철망 울타리가 쳐져 있었고, 그 철망에 팔이 닿으면서, 그래서…….

"롤로! 빨리요!"

어머니는 이 이야기를 할 때마다 이 부분에서 큰 소리로 웃는다. 자기 아들이 저지른 지나간 잘못을 용서해 주는 웃음이다. 하지만 이 웃음은, 롤로가 늦었으니까 일단 자고 나서 다음 날 아침 병원에 가서 꿰매자고 했던 기억을 떠올리는 순간, 어쩐지 톤이 약간 달라진다. 그날 밤, 그녀는 롤로의 제안을 한마디로 거부하고 마을에서 유일하게 자동차를 가지고 있던 이웃 사람을 윽박지르다시피 해서 나를 태우고 병원으로 갔다.

병원은 불이 거의 대부분 꺼져 있었다. 접수를 받는 사람도 보이지 않았다. 어머니는 지금도 그때 텅 빈 복도를 미친 듯이 달려가면서 온 복도를 울렸던 당신의 발소리를 기억하고 있다. 오랫동안 병원을 뒤진 끝에 작은 방에서 트렁크 팬티를 입고 도미노 게임을 하던 젊은 사람 둘을 찾았다. 어머니가 두 사람에게 의사가 어디 있느냐고 묻자, 두 사람은 쾌활한 목소리로 자기들이 의사라고 대답했다. 그들은 계속해서 게임을 했고, 게임을 마친 뒤에야 바지를 꿰입고 내 손목의 상처를 꿰맸다. 스무 바늘이었다. 이 상처는 지금도 남아 있다. 이 일을 겪으면서 그녀를 사로잡은 생각은 단 하나뿐이었다. 자기가 아들을 돌보지 않으면 아들의 목숨은 언제라도 죽음의 나락으로 미끄러질 수 있으며, 자기 외에는 모두 제 일이 바빠서 아들의 목숨이 위태로운 줄 알지 못한 다는 것이었다. 오로지 자기만이 아들의 운명을 위협하는 것에 맞서 싸울 수 있다는 것이었다.

성적이 좋아야 한다거나 다치지 않고 건강하게 몸을 보전해야 한다 는 것보다 뚜렷하고 명확하지는 않지만, 어머니가 나에게 가르치고자 했던 핵심은 따로 있었다. 그녀는 나에게 이렇게 말하곤 했다.

"진정한 어른으로 성장하려면 소중하게 여겨야 할 덕목들이 있단다."

●

정직해라. 롤로는 세무서 직원들이 들이닥친다는 말을 미리 들었을 때, 냉장고를 창고에 감추지 말았어야 했다. 설령 세무서 직원들을 포 함한 모든 사람들이 당연히 냉장고를 숨길 거라고 생각한다 하더라도 말이다. 정정당당해라. 부유한 가정의 학부모들은 라마단 기간에 교사 들에게 텔레비전을 주지 말았어야 했다. 그렇게 해서 받은 좋은 점수 를 보고 아이들이 자부심을 가질 턱이 없다. 솔직하게 말해라. 만일 네 가 생일 선물로 받은 셔츠가 마음에 들지 않는다면 마음에 드는 척하 고선 옷장 맨 아래에 넣어둔 채로 손도 대지 않는 일은 하지 말고, 처음 부터 마음에 들지 않는다고 말해라. 스스로 판단해라. 다른 아이들이 어떤 아이의 헤어스타일이 우습다고 놀린다 해서 너도 그 아이들과 똑 같이 할 필요는 없다.

하지만 어머니의 이런 시도는 미국 중서부 지역에 존재했던 과거의 덕목들을 이야기하고 그것들을 순수한 원형 그대로 나에게 들이미는 것과 같았다. 문제는 그녀에게 가르침을 보충할 수 있는 다른 소재들 이 없었다는 점이다. 어머니가 이런 잔소리를 할 때마다 나는 의무적 으로 고개를 끄덕였다. 하지만 어머니가 말하는 것들 가운데 많은 것들이 비현실적으로 비쳤다는 사실을 그녀가 알았어야 했다.

롤로는 가난과 부패와 자기 안전을 위한 끊임없는 쟁탈에 대해서 설명했다. 그의 설명은 내게 늘 가까이 있었고, 내 안의 몰인정한 회의주의에 자양분이 되었다. 그런데 바늘 끝처럼 예리하고 날카로운 덕목들에 대해서 어머니가 가지고 있었던 자신감은 내가 가지고 있지 않았던 어떤 믿음에 의지한 것이었다. 이 믿음을 그녀는 종교적이라고 규정하길 거부했다. 그녀의 경험으로 볼 때 그걸 종교적이라고 하는 것은 신성 모독이었다. 그 믿음은 합리적이고 사려 깊은 사람은 자신의 운명을 스스로 개척할 수 있다는 내용이었다. 운명론이 고난을 견뎌내는 데 꼭 필요한 덕목으로 자리 잡은 땅에서, 궁극적인 진리가 간단하지 않은 고난의 일상과 따로 존재하는 땅에서, 그녀는 세속적인 휴머니즘을 추구하는 외로운 증인이었고, 뉴딜 정책과 평화봉사단 그리고 정책 자료집 속의 자유주의를 위해 싸우는 병사였다.

그녀의 동맹군은 단 한 사람뿐이었다. 멀리 떨어져 있는 나의 아버지라는 존재였다. 그녀가 아버지에 대한 이야기를 들려주는 일이 점점 더 많아졌다. 아버지가 얼마나 가난하게 자랐는지 이야기했고, 그 나라와 그 대륙이 얼마나 가난한지 이야기했으며, 아버지가 얼마나 힘든 삶을 살아야 했는지 이야기했다. 어쩌면 롤로보다 더 힘든 삶을 사는지 모른다고도 했다. 하지만 아버지는 쉬운 길을 택하지 않고 모든 방법을 동원해서 정면으로 맞서 싸웠다. 아버지는 부지런하고 정직했다. 아무리 비싼 대가를 치른다고 하더라도 정직함을 버리지 않았다. 아버지는 다른 종류의 시련을 요구하는 원칙에 따라서, 더욱 고귀한 형태의 권력을 약속하는 원칙에 따라서 자기 삶을 살았다. 그러므로 나도 아버지처럼 살아야 한다. 이게 어머니의 판단이고 결정이었다. 나에게는 다른 선택의 여지가 없었다. 그건 유전자의 문제였다.

"네 눈썹을 보면 너한테 고맙다는 생각이 든단다. 네 아버지도 너처럼 눈썹이 가늘었거든. 하지만 눈썹은 아무것도 아니야. 넌 네 아버지의 두뇌와 성격도 물려받았으니까."

그녀의 이런 태도는 전체 흑인을 감싸안는 것으로 나아갔다. 그녀는 민권운동에 관한 책이나 흑인 영가의 일인자 마하리아 잭슨Mahalia Jackson의 레코드판과 마틴 루터 킹 목사의 연설집을 집으로 가지고 왔다. 그녀가 미국 남부 지역의 흑인 아이들이 부유한 백인 아이들이 쓰던 책을 얻어서 공부한 끝에 의사가 되고 변호사가 되고 과학자가 되었다는 이야기를 들려줄 때, 아침에 일어나서 공부하는 것을 마땅찮아했던 나 자신이 부끄러웠다. 내가 그때 인도네시아의 보이스카우트 대원들이 대통령 앞에서 무릎을 굽히지 않고 발을 높이 들면서 행진하는 장면을 이야기했다면, 그녀는 아마도 나보다 나이가 많지 않은 미국의 아이들이 자유를 위해서 행진했던 장면을 이야기했을 것이다. 흑인 남자는 모두 미국 최초 흑인 판사 서굿 마셜Thurgood Marshall이고 흑인 최초 아카데미 남우주연상 수상자 시드니 포이티어Sidney Poitier였으며, 흑인 여자는 모두 민권운동 지도자 패니 루 해머Fannie Lou Hamer나 흑인 여배우 레나 혼Lena Horne이었다. 흑인이라는 사실은 위대한 유산과 특별한 운명의 혜택을 받았다는 뜻이고, 얼마든지 강인해서 충분히 짊어질 수 있는 영광스러운 짐을 졌다는 뜻이었다.

이 짐을 멋지게 짊어져야 했다. 이따금 어머니는 이런 말을 했다.

"해리 벨러폰티Harold Belafonte●는 이 지구상에서 가장 잘생긴 남자야."

● 서인도제도나 흑인의 민요 등에 대중적인 감각을 가미한 모던포크송의 일인자.

자기 피부를 벗겨내려고 애썼던 어떤 흑인의 사진을 《라이프》에서 본 것이 바로 이 무렵이었다. 그때도 그랬지만 지금도 나는 다른 흑인 아이들도 나와 비슷한 각성을 하게 되는 순간들을 경험할 것이라고 생각한다. 대부분의 흑인 아이들은 아마도 나보다 훨씬 어린 나이에 이런 경험을 할 것이다. 부모로부터 이웃의 어떤 경계 지점을 넘지 말라고 주의를 받거나, 아무리 머리를 길게 기르고 빗질을 해도 바비 인형과 똑같은 머리카락을 가질 수 없어서 좌절하거나, 고용주나 경찰관으로부터 부당한 대우와 모욕을 받고 분개하는 아버지나 할아버지의 불만을 자는 척하면서 들을 것이다. 어쩌면 흑인 아이들은 어릴 때부터 나쁜 이야기들을 조금씩 줄기차게 들으면서 자기 안에 서서히 방어벽을 튼튼하게 쌓아올릴 것이다. 이런 점에서 보면 나는 행운아인지도 모른다. 자긍심을 잃는 일 없이 어린 시절을 보냈기 때문이다.

《라이프》에 실린 그 기사는 분명 나에게 충격이었다. 기습 공격으로 뒤통수를 한 대 맞은 셈이었다. 그런 일이 있기 전에 어머니로부터 편견을 가진 완고한 고집쟁이에 대한 이야기를 들었다. 그들은 무식한 데다 교육을 받지 못한 사람들이기 때문에 피해야 한다고 했다. 언젠가는 나도 죽는다는 사실을 제대로 깨닫지 못했을 때, 롤로는 내가 어쩌면 병에 걸리거나 사고를 당해서 불구가 될 수도 있고, 인생이 잘못 풀려서 불행해질 수도 있는 가능성이 아주 당연하게 내 주변에 도사리고 있다는 사실을 이해하도록 도움을 주었다. 나는 다른 사람들이 공통적으로 가지고 있는, 혹은 내 안에 있는 탐욕이나 잔인함을 정확하게 간파할 수 있었다. 하지만 그 한 장의 사진은 전혀 다른 것을 말해주었다. 적이 숨어 있다. 적은 누구도 알지 못하는 사이에, 심지어 나도 알지 못하는 사이에 나를 덮칠 수 있다는 내용이었다.

그날, 집으로 돌아온 나는 욕실로 들어가서 발가벗고 거울 앞에 섰다. 내 육체와 감각들은 늘 그랬던 것처럼 조금도 다름없이 멀쩡해 보였다. 그래서 도대체 뭐가 문제인지 의아했다. 내 주변에 있는 어른들이 다들 미친 것 같았다. 그렇게밖에 생각할 수 없었다. 그렇게 생각해도 무섭긴 마찬가지였지만.

최초로 왈칵 몰려왔던 걱정은 곧 사라졌고, 나는 인도네시아에 살았던 나머지 기간 동안 예전과 다름없이 지냈다. 나에게는 자신감이 있었다. 그러나 이 자신감은 늘 도전을 받았다. 나에게는 불행을 예감하는 억누를 수 없는 재능도 있었다. 나의 미래 그림은 끊임없이 흔들리고 바뀌었다. 1960년대 중반 저녁 시간에 방영되는 미국 텔레비전 프로그램을 보면서, 흑인 주인공인 코스비는 TV 시리즈 〈아이 스파이 *I Spy*〉에 나오는 여자들을 차지할 수 없으며, 〈미션 임파서블 *Mission Impossible*〉에서 흑인이 등장하는 공간은 주로 지하라는 사실을 깨닫기 시작한 것이다. 그리고 할아버지와 할머니가 보내주던 시어스 로벅의 크리스마스 카탈로그에는 나처럼 피부가 검은 사람은 하나도 없다는 사실을 깨달았다.

나는 이런 깨달음을 나 혼자만 간직하기로 했다. 어머니는 이런 사실을 알아서는 안 되었다. 나를 보호하려고 그토록 애썼던 그녀의 노력이 소용없었음을 드러내서는 안 될 것 같았기 때문이다. 나는 여전히 어머니의 사랑을 신뢰했다. 그러나 우리가 살던 세상과 아버지에 대한 어머니의 설명이 어딘가 완전하지 못하다는 사실에 직면해야 했다.

3

군중 속에 섞인 그들을 알아보는 데는 잠시 시간이 걸렸다. 자동문
이 처음 열렸을 때 내 눈에 비친 것은 난간 너머로 얼굴을 숙이고 미소
를 띤, 그러면서도 걱정스러운 표정을 한 수많은 얼굴들이었다. 마침내
키가 크고 머리카락이 허옇게 센 남자가 한끝에 서 있는 게 보였다. 그
옆에 안경을 낀 키 작은 여자는 하마터면 보지 못할 뻔했다. 두 사람은
내 쪽을 향해서 손을 흔들고 있었다. 하지만 내가 손을 흔들기도 전에
두 사람은 다시 유리문 뒤로 사라졌다.

나는 고개를 빼고 내가 선 줄 맨 앞쪽을 바라보았다. 중국인 가족이
세관원과 실랑이를 벌이고 있었다. 홍콩에서부터 비행기 안에서 내내
시끄럽게 떠들던 가족이었다. 아버지는 신발을 벗은 채 통로를 오갔고
아이들은 좌석 등받이 위로 기어 올라가서 장난을 쳤다. 또 어머니와

할머니는 잠시도 쉬지 않고 큰 소리로 이야기를 주고받았다. 두 여자는 비행기에서 내릴 때 담요와 베개를 몰래 자기들 가방에 챙겨 넣기도 했다. 그런데 이 사람들이 이번에는 꼼짝도 하지 않고 서 있었다. 마치 투명인간이라도 되려고 하는 것 같았다. 그들의 눈은 자기들의 여권과 짐을 챙기는 사람들의 손을 위협적인 침묵으로 지켜보았다. 이 중국인 가족의 아버지를 보자 롤로가 생각났다. 나는 손에 들고 있던 나무로 만든 탈을 바라보았다. 어머니의 친구인 인도네시아 부조종사가 준 선물이었다. 어머니와 롤로와 여동생 마야가 입구에서 지켜보는 가운데, 나는 그 부조종사를 따라서 탑승구를 향해 발걸음을 옮겼다. 눈을 감고 탈을 얼굴에 대보았다. 견과 냄새와 계피 냄새가 났다. 그러자 바다와 구름을 건너서 보랏빛 수평선 너머 내가 얼마 전까지 발을 딛고 서 있던 땅으로 돌아간 듯한 느낌이 들었다.

●

누군가 내 이름을 불렀다. 그 순간 백일몽은 사라졌다. 얼굴에서 탈을 치우자 다시 내 눈에 할아버지와 할머니가 보였다. 여전히 그 자리에 서 있었다. 두 분은 미친 사람처럼 나를 향해 손을 흔들었다. 이번에는 나도 손을 흔들어주었다. 그러고는 아무 생각 없이 탈을 다시 얼굴에 댔다. 나는 머리를 조금씩 흔들었다. 마치 춤이라도 추듯이. 할아버지와 할머니는 손으로 나를 가리키며 웃었다. 두 분의 웃음은 세관 직원이 내 어깨를 두드리며 미국인이냐고 물을 때까지 계속되었다. 직원의 물음에 나는 고개를 끄덕이고 여권을 건넸다.

"됐다, 가거라."

중국인 가족은 세관 검색대를 통과하지 못한 채 한쪽으로 비켜서 있었다. 이번에는 자동문이 내 뒤에서 닫혔다. 투트는 나를 끌어안더니 사탕과 껌 따위로 만든 화환을 내 목에 걸었다. 할아버지는 커다란 팔을 내 어깨에 걸치고는 나무 탈이 멋지다고 했다. 두 분을 따라서 나는 그들이 최근에 구입한 새 차에 올라탔다. 할아버지는 차에 장착된 에어컨을 자랑삼아서 작동시켰다. 우리는 고속도로를 따라 달렸다. 패스트푸드 가게들을 지나고 모텔들을 지나고 또 꽃줄을 쳐놓은 중고차 매매 센터를 지났다. 나는 두 분에게 여행하면서 보고 느낀 이야기와 자카르타에 남아 있는 사람들 이야기를 했다. 할아버지는 환영 만찬을 멋지게 계획해 뒀다고 했다. 그리고 할머니는 학교에 가려면 옷을 새로 사야겠다고 말했다.

갑자기 대화가 끊어졌다. 그 순간 나는 낯선 사람들과 살아야 한다는 사실을 깨달았다.

처음 그 이야기를 들었을 때는 그다지 나쁘지 않을 것 같았다. 이제 미국에 있는 학교에 다닐 때가 되었다고 어머니는 말했다. 미국에 있는 학교에서 미국 아이들과 똑같은 교과 과정을 공부해야 한다고. 머지않아 당신과 마야도 하와이로 뒤따라올 것이라고 했다. 아무리 늦어도 1년 안에는 그렇게 될 테니 크리스마스를 하와이에서 함께 보내자고. 어머니는 내가 지난해에 할아버지, 할머니와 얼마나 재미있는 시간을 보냈는지 생각해 보라고 했다. 아이스크림, 만화책, 해변에서 보낸 시간들……. 그리고 내 귀를 가장 솔깃하게 했던 이 말도 했다.

"그러면 넌 이제 새벽 4시에 일어나지 않아도 돼."

그런데 언제까지 머물게 될지도 모를 하와이 생활을 막 시작하면서 할아버지와 할머니가 나를 위해 마련한 여러 가지 계획을 듣는 순간, 두 분이 그 사이에 얼마나 변했는지 그제야 깨달았다. 어머니와 내가 떠난 뒤에 두 분은 우리가 함께 살던 집을 팔았다. 대학교 인근에 있던 커다랗고 다소 짜임새가 없던 그 집을 팔고, 베레타니아 거리에 있는 침실 두 개짜리 고층 아파트에 세를 얻었다. 할아버지는 가구 사업에서 손을 떼고 생명보험 회사 직원으로 일했다. 하지만 당신이 사람들에게 팔려고 하는 보험 상품이 그들에게 왜 필요한지 스스로도 확신이 없었고, 또 상품을 권했다가 퇴짜를 맞을 때는 그러려니 하고 아무렇지 않게 받아들여야 하는데 그걸 잘 못 하다 보니, 일이 그다지 재미가 없었다.

일요일 밤마다 나는 시간이 갈수록 더 애를 태우며 흥분하는 할아버지의 모습을 지켜보곤 했다. 할아버지는 서류가방을 들고 텔레비전 앞에 의자를 가져다 놓았다. 그러다가 얼마 뒤 할머니와 나를 거실에는 얼씬도 하지 못하게 내쫓고는 전화로 사람들과 만날 약속을 잡았다. 물론 전화를 하는 대상은 할아버지가 고객으로 삼고 싶은 사람들이었다. 할아버지가 이렇게 전화를 걸 때 나는 종종 물을 마시려고 까치발로 살금살금 부엌에 가곤 해서, 이때 할아버지가 어떤 모습이었는지 잘 알고 있다. 한마디로 절망적인 모습이었다. 전화하는 상대방이 화요일은 곤란하고 목요일은 더 곤란하다고 했을 때, 두 사람 사이에는 긴 침묵이 흘렀다. 할아버지는 전화기를 내려놓은 뒤에 길게 한숨을 쉬었다. 그리고 다시 무릎에 놓인 주소록을 뒤적였다. 할아버지의 손은 덜덜 떨렸다. 마치 노름판의 깊은 수렁에 빠져 헤어날 가망성이 없음을 스스로도 잘 아는 노름꾼의 손처럼…….

그러다가 몇 사람이 상냥하게 대하면 할아버지의 상처는 금방 말끔하게 나았다. 할아버지는 내 방에 들어와서는 젊었을 때의 이야기나 《리더스 다이제스트Reader's Digest》에서 읽은 새로운 농담을 던졌다. 때로 일요일 밤의 전화 작업이 특별히 잘 되었을 때는 당신이 여전히 꿈꾸고 있는 계획들을 이야기하곤 했다. 시를 쓰기 시작했는데 그것을 묶어서 시집을 내는 일이나 언젠가는 새로 지을 근사한 집, 버튼 하나로 온갖 편의시설이 작동하고 인근의 경치를 마음껏 조망할 수 있는 멋진 발코니가 딸린 그런 집의 평면도 이야기였다. 실현 가능성이 낮을수록 계획은 더 근사하고 대담했다. 하지만 나는 할아버지의 그런 계획 속에서 당신이 오랫동안 간직해 온 열정을 느낄 수가 있었다. 그래서 나는 할아버지가 그런 좋은 기분을 계속 유지할 수 있도록 일부러 이런저런 질문을 하면서 맞장구를 쳤다. 그러면 어느 순간엔가 투트가 끼어들었다. 그녀는 내 방 바깥에서 고개를 숙이고 서 있었는데, 할아버지를 비난하는 태도가 역력했다.

"왜 그러고 섰소, 매들린?"

"전화하는 일은 다 끝났나요?"

"그럼 물론이지! 전화 작업 다 끝냈어. 이제 밤 10시잖소."

"그렇게 역정을 낼 것까진 없잖아요. 난 그냥 이제 부엌에 들어가도 되는지 알고 싶은 것뿐이에요."

"내가 역정을 내다니! 오오, 주여. 난 도무지 이해할 수 없는데 말이오. 당신이 지금……."

하지만 할아버지가 말을 다 마치기도 전에 할머니의 모습은 보이지 않았다. 그러면 할아버지는 낙담하고 화난 얼굴로 내 방에서 나갔다.

두 분의 말다툼에 나도 익숙해졌다. 이런 말다툼은 시작과 끝이 늘 같았기 때문이다. 말다툼의 뿌리는 할머니가 할아버지보다 돈을 더 많이 번다는 사실에 있었다. 물론 이런 사실이 두 분의 입에서 나온 적은 거의 없었다. 할머니는 여자로는 처음으로 부지점장 자리에 오름으로써 능력을 인정받았다. 할아버지는 할머니가 그렇게 될 수 있었던 것은 당신이 외조를 잘한 덕분이라고 종종 말하곤 했다. 하지만 할머니의 성공은 두 분 사이를 소원하게 만드는 원인이었다. 할아버지의 수입이 가계에 보탬이 되는 비율이 줄어들면 줄어들수록 더욱 그랬다.

투트는 애초에 커리어우먼으로 성공해야겠다는 생각이 없었다. 전혀 예상치 않게도 내가 태어나자, 가계에 조금이라도 보탬이 되어야겠다는 생각으로 처음에 비서 일을 시작했다. 하지만 할머니는 민첩하고 영리했다. 한마디로 업무 능력이 뛰어났던 것이다. 그래서 조금씩 승진했고, 마침내 능력만으로 승진할 수 있는 최고 위치까지 올라갔다. 할머니는 그 자리에 20년 가까이 있었다. 제대로 휴가 한 번 가보지도 못했다. 반면에 다른 남자 직원들은 골프장에서 그녀가 얻지 못하는 정보를 입수해 활용함으로써 계속 사다리의 높은 곳으로 올라갔고 훨씬 더 많은 돈을 벌었다. 이런 모습을 그녀는 그냥 지켜볼 수밖에 없었다.

어머니는 가끔 할머니에게, 결국 은행이란 데는 그런 뻔뻔스러운 성차별을 떨쳐낼 수 없는 직장이라고 말했다. 하지만 할머니는 누구나 핑곗거리는 있게 마련이라면서 어머니의 말을 일축했다. 투트는 불평하지 않았다. 날마다 새벽 5시면 일어났다. 그리고 평소 집에 있을 때 늘 그렇듯이 추레한 모습에서 하이힐을 신은 날렵한 커리어우먼으로 변신했다. 얼굴에 분을 바르고, 엉덩이는 거들로 바짝 치켜올리고, 숱 없는 머리를 가능하면 크게 부풀렸다. 그리고 6시 30분 버스를 타고 누구보다 일찍 사무실에 도착했다. 이따금 할머니는 당신이 하는 일에 대해 자부심을 드러내며 은행계 내부에 떠도는 이야기를 들려주곤 했다.

하지만 내가 점점 나이를 먹자, 할머니는 하얀색 목책을 둘러친 집에 살면서 빵을 굽거나 브리지 게임을 하거나 도서관에서 자원봉사를 하면서 세월을 보내고 싶다며 속마음을 털어놓곤 했다. 할머니의 이런 태도에 나는 놀랐다. 마음속에 품은 기대나 실망을 거의 입 밖에 내지 않던 사람이었기 때문이다. 혼자 상상했던 또 다른 삶을 실제 삶보다 더 좋아했다는 게 사실일 수도 있고 아닐 수도 있다. 그러나 나는 주부로서 여자가 집 밖에서 하는 일을 자랑으로 여기지 않는 시대에 할머니는 여전히 직장 생활을 한다는 사실을 깨달았다. 그녀가 계속 직장 생활을 했던 것은 손자 손녀들 때문이었고, 또 당신의 조상들이 가지고 있던 금욕주의 정신 때문이었다. 그녀는 이런 말을 자주 했다.

"너희들만 잘되면 그게 다야, 내가 바라는 건."

이게 바로 우리 할아버지와 할머니가 살아온 이유였다. 이제는 집을 찾아오는 사람들도 뜸해졌지만, 그들은 여전히 손님을 위해서 싱싱한 회를 준비했다. 할아버지는 여전히 하와이안 셔츠를 입고 직장에 나갔고, 할머니도 계속 자기를 '투트'로 불러달라고 했다. 하지만 두 분이 하와이에 오면서 가지고 왔던 야망들은 점차 시들어갔다. 그리고 마침내 그곳의 일상생활이나 여가나 날씨가 한결같다는 사실이 두 분의 가장 중요한 위안거리로 자리를 잡았다. 두 분은 때로 일본인들이 하와이를 장악했다거나 중국인들이 하와이 경제를 주름잡는다고 불평했다. 워터게이트 청문회가 벌어질 때, 어머니는 두 분이 1968년 선거에서 법과 질서를 수호하겠다던 닉슨에게 표를 던졌다는 사실을 알고는 화를 냈다. 우리는 이제 해변에도 나가지 않았고 함께 하이킹을 가지도 않았다. 밤이 되면 할아버지는 텔레비전을 보았고 할머니는 방에서 추리소설 속의 살인 사건을 추적했다. 두 분이 함께 흥분하는 일은 커튼이나 새 에어컨에 관한 것뿐이었다. 마치 성숙한 중년의 나이에 당연히 있어야 할 어떤 만족감을 생략하고 그냥 뛰어넘어버린 것 같았다. 영혼을 자유롭게 하는 성취감 같은 게 없었다. 내가 없는 동안, 두 분은 손실을 최대한 줄이고 현상을 유지하기로 결정한 모양이었다. 두 분에게는 더 이상 바라는 목표가 없었다.

●

여름이 끝나갈 즈음 새 학교에 다닐 일로 나는 점점 들뜨기 시작했다. 나의 주된 관심사는 내 또래의 친구들을 찾는 일이었다. 하지만 할아버지와 할머니에게 내가 하와이 최고의 명문 사립학교 푸나호우에 입학한 사실은 어떤 위대한 일의 출발을 알리는 것이었다. 가족과 가문의 위상이 한층 높아지는 일이었던 것이다. 그래서 두 분은 내가 푸나호우 학교에 입학한다는 사실을 힘든 줄도 모르고 당신들이 알고 있는 모든 사람들에게 알렸다. 푸나호우는 1841년에 선교원으로 출발해서 하와이의 엘리트 집단을 배출해 내는 명문으로 성장한 학교였다. 사실 어머니가 나를 하와이로 보낼 결심을 한 것도 따지고 보면 이 학교의 명성 때문이었다. 할아버지와 할머니는 이 학교에 입학하는 게 쉬운 일이 아니라고 어머니에게 말했다. 나 말고도 대기자가 무척 많았는데, 할아버지의 직장 상사가 다리를 놓았기 때문에 들어갈 수 있었다. 그 사람은 이 학교의 졸업생이었다. 내가 보기에 이 학교에 입학할 수 있었던 것은 내가 흑인이라는 사실과 아무런 관련이 없었던 것 같다.

그 전해 여름에 나는 푸나호우의 입학 담당자와 여러 차례 면접을 봤다. 담당자는 일 처리를 매우 잘할 것처럼 보이는 활기찬 여자였다. 내가 적어놓은 장래 목표에 대해 꼬치꼬치 캐물으면서 나를 당황하게 만들 때, 그녀는 의자에 앉은 나의 발이 바닥에 닿지도 않는다는 사실에 대해서는 신경도 쓰지 않았다. 면접을 마친 뒤에 그 여자는 할아버지와 내게 학교 안을 둘러보라고 했다. 푸른 잔디밭이 널찍하게 깔려 있고 싱그러운 녹음을 드리운 나무들이 즐비했으며, 오래된 기숙사 시설이 유리와 쇠로 된 현대적인 건물과 조화를 이루고 있었다. 테니스 코트도 여러 개 있었고, 수영장과 사진을 찍는 스튜디오도 여러 개 있었다. 할아버지가 내 팔을 붙잡고 속삭였다.

"죽인다……. 배리, 여긴 학교가 아니야. 여긴 낙원이야. 나도 너랑 같이 이 학교에 다니고 싶다."

어느 토요일 오후, 우리는 입학 허가서를 받았다. 두툼한 안내 책자도 함께 왔다. 할머니는 이 안내 책자를 놓고 열심히 공부해야 했다. 책자는 "푸나호우의 가족이 된 것을 환영합니다"라는 문장으로 시작되었다. 나의 개인 사물함이 배정되어 있었고 식단을 선택할 수도 있었다. 체육 시간에 입을 옷, 몇 가지 종류의 가위, 자, 연필 등 내가 사야 할 물건도 많았다. 할아버지는 저녁 내내 그 두꺼운 안내 책자를 읽었다. 내가 7년 동안 듣게 될, 학교가 전통적으로 자랑하는 여러 가지 비교과 활동과 대학 준비 과정에 대한 내용까지 빠트리지 않고 모두 읽었다. 새로운 항목이 나올 때마다 할아버지의 눈빛이 반짝였다. 그리고 몇 번이나 엄지손가락을 읽던 부분에 끼워서 들고는 투트가 추리소설을 읽는 방으로 들어가서 고함을 질렀다. 할아버지의 목소리에는 놀라움이 가득했다.

"매들린, 이것 좀 읽어봐!"

그랬기 때문에 나를 데리고 처음 학교에 갈 때도 할아버지는 이만저만 흥분한 것이 아니었다. 일찍 서둘러 다른 사람들보다 먼저 가야 한다고 할아버지는 주장했다. 우리가 학교에 도착했을 때 5학년과 6학년이 공부하는 건물인 캐슬 홀은 아직 문을 열지도 않은 상태였다. 제법 많은 아이들이 학교에 와 있었다. 방학 동안에 있었던 이야기들을 하느라 다들 정신이 없었다. 우리는 커다란 치아교정기를 달고 있는 호리호리하게 생긴 중국인 남자아이 옆에 앉았다. 할아버지가 그 아이에게 말을 걸었다.

"안녕! 얘는 배리야. 나는 얘 할아버지고. 날 할아버지라고 불러도 돼."

할아버지는 소년과 악수를 나누었다. 소년의 이름은 프레더릭이었다.

"배리는 전학생이야."

"저도 그래요. 이 학교는 처음이에요."

할아버지와 프레더릭은 곧 이야기꽃을 피웠다. 나는 당황해서 그냥 앉아 있었다. 마침내 문이 열리자 우리는 반을 찾아가서 앉았다. 문 앞에서 할아버지는 우리의 등을 세게 쳤다.

"내가 하려고 하는 일에 대해서 너희들은 입 다물고 가만히 있어야 한다."

이렇게 말하면서 할아버지는 씩 웃었다.

"네 할아버지 정말 재밌다."

할아버지가 우리를 담임 선생인 미스 헤프티에게 소개할 때 프레더릭이 한 말이다.

"그래, 맞아."

우리는 네 명의 아이들과 함께 한 탁자에 앉았다. 짧은 회색빛 머리에 활기찬 중년 여성인 헤프티 선생이 자리에 앉았다. 그녀가 내 정식 이름을 부를 때 교실에서 킥킥거리며 웃는 소리가 났다. 프레더릭이 내게 슬쩍 기대면서 물었다.

"네 이름은 '배리' 아니었니?"

헤프티 선생도 물었다.

"우리가 '배리'라고 부르는 게 더 좋겠니, 아니면 '버락'이라고 부를까? 네가 원하는 대로 해. 할아버지한테서 네 아버지가 케냐 사람이라고 들었단다. 나도 옛날에 케냐에서 산 적이 있어. 거기서 네 또래 아이들을 가르쳤지. 케냐는 정말 멋진 나라야. 아버지가 어떤 부족 출신인지 아니?"

그녀의 질문 때문에 웃음소리가 더 커졌다. 나는 한동안 입을 다물고 아무 말도 하지 못했다. 그러다가 마침내 '루오'라고 대답하자, 머리카락이 모래 색깔과 같던 내 뒷자리 아이가 큰 소리로 야유하듯이 '루오'라는 말을 마치 원숭이가 내는 소리처럼 여러 번 되풀이했다. 아이들도 더는 참지 못하고 웃음을 터트렸다. 헤프티 선생이 웃는 아이들을 엄하게 꾸짖은 다음에야 소동은 진정되었고, 다른 아이의 이름을 부르는 순서로 넘어갔다.

나는 그날 온종일 멍한 상태로 보냈다. 머리카락이 빨간 여자아이가 내 머리카락을 만져봐도 되느냐고 물었다. 나는 안 된다고 했다. 그 여자아이는 상처를 받은 것 같았다. 얼굴이 불그스름한 남자아이는 우리 아버지가 사람도 잡아먹느냐고 물었다. 집에 돌아갔을 때 할아버지는 식사를 준비하고 있었다.

"그래, 어땠니? 헤프티 선생님이 케냐에서 산 적이 있다는 게 정말 놀랍지 않니? 그 때문에 첫날 수업이 조금 더 편안했을 것 같은데, 내 말 맞지?"

나는 내 방으로 들어가서 방문을 잠가버렸다.

자기 반에 나와 같은 존재가 있다는 진귀한 사실은 아이들 사이에서 곧 아무렇지도 않은 일이 되었다. 하지만 내가 그 아이들과 다르다는 의식은 시간이 흐를수록 계속 커져만 갔다. 게다가 할아버지와 내가 고른 옷은 너무 유행에 뒤져 있었다. 자카르타에서는 멋지게 잘 어울리던 인도네시아 샌들이 너무 초라했던 것이다. 반 아이들은 대부분

하와이의 상류층 집안 자제들이었고, 집집마다 수영장이 딸린 부자 동네에 살면서 유치원 때부터 함께 어울린 사이였다. 그들의 아버지는 리틀 리그 야구단 감독이었고, 어머니는 빵을 구워서 파는 자선행사를 후원하는 사람들이었다. 축구나 배드민턴 혹은 장기를 두는 아이들은 없었다. 나는 멋진 자세로 야구공을 던질 줄도 몰랐고, 스케이트보드를 타고 균형을 잡을 줄도 몰랐다.

열 살짜리 소년의 악몽이었다. 너무도 불편한 나날이었다. 나는 키가 너무 크거나 작은 여자아이, 과잉행동과 집중력 부족으로 늘 튀는 남자아이, 천식 때문에 체육 시간이면 다른 아이들이 뛰노는 모습을 구경만 해야 하는 아이들처럼 어딘가 부족한 축에 속했다.

우리 반에 나와 비슷한 악몽을 겪는 아이가 또 한 명 있었다. 코레타라는 여자아이였다. 그 아이는 내가 전학을 가기 전에는 우리 학년에서 유일한 흑인이었다. 뚱뚱한 데다 흑인이어서 친구가 많지 않은 것 같았다. 첫날부터 우리는 서로를 피했다. 그러나 멀리서 서로를 관찰했다. 서로 이야기를 하거나 가깝게 지내면 우리가 느끼는 고립감이 더 커질 것만 같아서였다.

구름 한 점 없이 무더운 어느 날이었다. 쉬는 시간이었는데, 문득 우리가 운동장 한구석에 함께 있다는 사실을 깨달았다. 그때 우리가 무슨 이야기를 나누었는지는 기억나지 않지만, 갑자기 그 아이가 나를 잡으려고 뛰어왔고 나는 정글짐과 그네 주변을 돌면서 달아났다. 그 아이는 밝게 웃었고 나는 그 아이를 놀리면서 요리조리 도망을 다녔다. 그러다가 결국은 그 아이에게 잡혀 둘이 함께 운동장에 쓰러졌다. 가쁜 숨을 몰아쉬는데 한 무리의 아이들이 우리를 내려다보는 게 시야에 들어왔다. 아이들이 해를 등지고 있어서 얼굴을 알아볼 수 없었다. 그런데 이 아이들이 우리를 가리키며 이렇게 노래를 부르듯이 외쳐댔다.

"코레타에게— 남자친구— 생겼대요!"

"코레타에게— 남자친구— 생겼대요!"

몇몇 아이들이 가세하자 노랫소리는 더 커졌다. 나는 우물거리면서 말했다.

"얘는 내 여, 여자친구가 아니야."

나는 도움을 청하는 눈빛으로 코레타를 바라보았다. 하지만 코레타는 땅만 쳐다보면서 아무 말도 하지 않았다.

"코레타는 남자친구 생겨서 좋겠다. 남자친구 씨, 코레타한테 키스 한번 하지 그래?"

"나는 얘 남자친구가 아니야!"

나는 고함을 질렀다. 그리고 코레타에게 달려가서 그애를 밀쳤다. 뒤로 밀려난 코레타가 나를 쳐다보았다. 하지만 여전히 아무 말도 하지 않았다. 나는 코레타에게 큰 소리로 외쳤다.

"나 혼자 있게 내버려두란 말이야!"

그러자 갑자기 코레타가 달려가기 시작했다. 그애의 달음박질이 점점 더 빨라지더니 마침내 내 시야에서 사라졌다. 잘했다고 칭찬하는 소리와 웃음소리가 내 주변에서 피어올랐다. 그때 수업 시작종이 울렸고, 선생님들이 나타나서 교실로 들어가라고 했다.

그날 내내 나는 코레타가 달려가기 직전에 보였던 표정에 시달렸다. 그 실망과 분노의 표정……. 나는 코레타에게 해명을 하고 싶었다. 절대로 개인적인 감정은 없었다고. 그리고 나는 한 번도 여자친구가 있어본 적이 없으며, 또 지금 여자친구가 있어야 할 특별한 이유도 없다고……. 하지만 나는 그게 과연 진심인지도 알 수 없었다. 내가 알았던 유일한 사실은, 해명하기에는 너무 늦었고, 내가 어떤 시험을 당했으며, 내가 어딘가 부족하다는 점을 알았다는 것이었다. 코레타를 슬쩍슬쩍 훔쳐봤지만, 그애는 마치 아무 일도 없었다는 듯 머리를 숙이고 책만 보았다.

코레타를 배신한 대가로 다른 아이들은 자기들 사이에 내가 들어갈 약간의 틈을 허용했다. 하지만 나는 거의 외톨이였다. 그러다가 몇몇 친구를 사귀게 되어 대화를 나누고, 럭비공을 서투르게 던지고 받는 사이가 되었다. 하지만 그날 이후로 나의 한 부분이 짓밟히고 깨져버렸다는 느낌을 지울 수 없었다. 나는 할아버지가 이끌었던 생활 속으로 도망쳤다. 학교 수업이 끝나고 나면 다섯 블록 떨어진 집으로 걸어가곤 했다. 주머니에 용돈이 좀 있을 때면 맹인 남자가 운영하는 신문 가판대에 들러서 새로 들어온 만화책이 있는지 물었다.

집에 가면 보통 할아버지가 문을 열고 나를 맞았다. 할아버지가 낮잠을 자는 동안에는 텔레비전으로 애니메이션이나 재방송되는 시트콤을 보았다. 4시 30분이 되면 투트를 태워 오려고 할아버지를 깨워 함께 자동차를 타고 시내로 나갔다. 그리고 숙제는 저녁을 먹기 전에 했다. 저녁은 보통 텔레비전을 보면서 먹었다. 이렇게 시작된 텔레비전 시청은 저녁 내내 이어졌다. 텔레비전을 보며 할아버지가 슈퍼마켓에서 가장 최근에 나온 거라며 사온 과자를 먹었고, 또 할아버지와 채널 선택권을 놓고 협상을 벌이기도 했다. 그러다 10시가 되면 자니 카슨 Johnny Carson이 진행하는 토크쇼가 시작되었다. 하지만 그때부터는 협상의 여지가 조금도 없었다. 나는 내 방으로 들어가야 했다. 그리고 라디오에서 흘러나오는 '가요 순위 톱 40'의 음악을 들으면서 잠이 들었다.

부드럽고 달콤한 미국 소비문화의 품 안에서 나는 평온함과 안전함을 느꼈다. 마치 긴 겨울잠을 자는 것 같았다. 어느 날 투트가 우편함에서 전보를 발견하지 않았더라면 내가 얼마나 거기에 머물렀는지도 모를 정도로 겨울잠에 취해 있었을 것이다.

"네 아버지가 널 만나러 온단다. 다음 달에. 네 어머니가 여기 오고 나서 두 주 뒤구나. 두 사람 다 여기서 새해를 맞을 생각인가 보더라."

투트는 전보를 조심스럽게 접어서 부엌 서랍에 넣었다. 할머니와 할아버지 두 분 다 입을 닫았다. 아마도 의사에게서 심각한, 그러나 충분히 고칠 수 있는 병에 걸렸다는 말을 들었을 때 사람들이 취할 것 같은 그런 침묵이었다. 한동안 무거운 침묵이 흘렀다. 세 사람은 각자 자기 생각에 빠져 있었다. 그러다가 마침내 투트가 먼저 입을 열었다.

"네 아버지가 머물 곳을 알아봐야겠구나."

할아버지는 안경을 벗고 눈을 비볐다.

"최악의 크리스마스가 되겠군."

●

점심을 먹으면서 나는 남자아이들에게 우리 아버지는 왕자라고 말했다.

"할아버지는 그러니까 추장이지. 추장이 뭐냐 하면 한 부족의 왕이야. 다들 알지? 인디언 같은 거야. 그래서 우리 아버지가 왕자야. 언젠가 할아버지가 돌아가시고 나면 아버지가 다음 왕이 될 거야."

"그다음에는 어떻게 되는데?"

음식 쓰레기를 버릴 때 한 친구가 물었다.

"내 말은 그러니까, 네가 고향으로 돌아가서 왕자가 되어야 하는 것 아니냐는 말이야."

"물론. 내가 원하기만 하면 그럴 수 있겠지. 그런데 그게 좀 복잡한 문제야. 왜냐하면 거긴 전사들이 넘쳐나거든. 예를 들어서 오바마 같은 이름을 가지고 있는 사람들이야. 오바마는 '불타는 창'이라는 뜻이야. 우리 부족의 남자들은 모두 다 추장이 되고 싶어 해. 그래서 내가 돌아가려면 그런 반란의 움직임을 모두 진압해야 돼."

이런 이야기를 하고 나자 어쩐지 아이들이 나를 다시 보는 것 같았다. 나에게 호기심을 가지고 친해지려는 것 같았다. 아이들은 교실 뒤에서 나를 가운데 두고 내가 하는 말에 귀를 기울였다. 그러다 보니 나도 그 이야기가 진짜라고 믿게 되었다. 그런데 또 다른 나는 그것이 어머니에게서 들은 이야기들을 내 멋대로 짜깁기해서 만들어낸 새빨간 거짓말임을 잘 알고 있었다. 그래서 아버지가 하와이에 온 지 딱 일주일 만에 나는 상상 속의 아버지, 내가 필요할 때마다 얼마든지 바꾸거나 지워버릴 수 있는 아버지가 훨씬 낫다고 결론을 내렸다. 아버지가 나를 실망시킨 게 아니었다면, 설령 그렇다 하더라도 아버지는 여전히 알 수 없고 언제 사라져버릴지 모르는 모호하고 위협적인 존재로 내게 남아 있었던 게 분명하다.

어머니는 당시에 내가 아버지 때문에 무슨 걱정을 하고 있는지 알았다. 이런 걱정은 어머니도 똑같이 하지 않았을까 싶다. 그래서 아버지가 머물 집을 준비하는 동안에 아버지를 만나는 일이 그다지 부담스럽거나 힘들지 않을 거라고 몇 번이나 나한테 말했다. 어머니는 우리가 인도네시아에 있는 동안에도 아버지와 계속 편지를 주고받았다고 했다. 어머니와 마찬가지로 아버지도 재혼했다. 케냐에 사는 내 형제는 모두 여섯 명이나 되었다. 남자가 다섯 명이고 여자가 한 명이었다. 아버지는 교통사고로 심하게 다쳤는데, 이번에 하와이에 오는 것도 오랫동안 병상에 누워 있던 끝에 건강을 회복하기 위해서라고 했다.

"너하고 아버지는 굉장히 좋은 친구가 될 거야. 분명해."

어머니는 그렇게 단정했다. 아버지가 온다는 말이 나온 뒤에 어머니는 내 머릿속에 케냐 역사를 비롯해서 케냐에 대한 온갖 지식을 쑤셔 넣기 시작했다. 그 지식은 케냐의 초대 대통령인 조모 케냐타에 관한 책에서 나온 것들이었다. 사실 '불타는 창'이라는 이름도 이 사람한테서 훔친 것이었다. 하지만 어머니가 해준 이야기 가운데는 내 의심을 잠재울 만한 것은 아무것도 없었다. 그래서 어머니가 준 지식과 정보는 아주 조금밖에 챙기지 못했다.

딱 한 번, 내 호기심이 불꽃을 튀긴 적이 있다. 아버지가 속한 부족인 루오족이 처음에는 세상에서 가장 긴 나일강 주변에 살다가 나중에 케냐로 이주한 민족이라는 말을 들었을 때였다. 이 이야기는 정말 근사했다. 실제로 할아버지는 옛날에 당신이 직접 그렸다는 구릿빛 피부의 이집트인 그림을 그때까지 가지고 있기도 했다. 흰 말이 끄는 황금 전차에 올라탄 전사를 그린 그 그림은 어떤 화가의 작품을 그대로 모사한 것이었다. 고대 이집트라고 하면 떠오르는 영상이 또 있었다. 이집트의 위대한 왕국을 책에서 읽은 적이 있었기 때문이다. 피라미드와 파라오, 네페르티티와 클레오파트라…….

어느 토요일, 나는 집 근처에 있는 도서관에 갔다. 그리고 신경질적인 목소리를 가진 늙은 사서의 도움을 받아 동아프리카에 관한 책을 앞에 놓고 펼쳤다. 그 사서는 나의 진지함을 무척이나 높이 평가했다. 그런데 피라미드에 관해서는 아무런 언급도 없었다. 그뿐만이 아니었다. 루오족에 관해서도 아주 짤막하게만 언급되어 있었다. '나일강 유역 민족'이라는 것도 사실은 이집트 제국에서 먼 남쪽에 있는 백나일강 유역의 수단 지역에 기원을 둔 여러 유목 민족을 통틀어 부르는 호칭임을 깨달았다. 루오족은 가축을 키우고 진흙으로 만든 오두막에서 생활하며 옥수수죽과 얌 혹은 수수(이런 단어들이 있는 줄은 그때 처음 알았다)를 먹는다고 했다. 사타구니를 가죽으로 만든 끈으로 가리는 게 전통 의상이라고 했다. 나는 그 책을 책상에 펼쳐놓은 채로 버려두고 도서관을 뛰쳐나왔다. 사서에게 눈인사도 하지 않았음은 물론이다.

마침내 그날이 왔다. 헤프티 선생은 수업이 모두 끝나기 전에 나만 일찍 집에 보냈다. 행운을 빈다는 말도 덧붙였다. 나는 텅 빈 운동장을 걸어가며 내가 참 재수 없는 사람이라는 생각을 했다. 발걸음이 무거웠다. 집이 가까워지면 가까워질수록 가슴은 더 크게 방망이질을 했다. 아파트의 엘리베이터에 타고서도 층 버튼을 누르지 않고 가만히 서 있었다. 문이 닫혔다. 한참 만에 다시 문이 열렸다. 4층에 사는 필리핀 할아버지가 탔다. 나를 보더니 기분 좋게 웃으면서 이렇게 말했다.

"네 할아버지 말씀으로는 오늘 네 아버지가 온다면서? 신나겠구나?"

엘리베이터에서 내린 뒤, 나는 집 앞에서 한참 동안 서 있었다. 창밖으로 멀리 수평선에 떠 있는 배를 바라보았다. 그리고 빠르게 허공을 가로질러 날아가는 참새 떼도 보았다. 하지만 아무리 그래봐야 도망칠 데는 없었다. 어쩔 수 없이 초인종을 눌렀다. 투트가 문을 열었다.

"왔구나, 배리! 어서 들어와. 네 아버지가 와 있단다!"

집 안으로 들어섰다. 불을 켜지 않은 통로에서 나는 아버지를 보았다. 키가 크고 피부가 검은 남자였다. 그 남자는 다리를 조금 절면서 나에게 다가왔다. 그리고 내 앞에 쪼그려 앉더니 두 팔을 벌려 나를 안았다. 나는 차렷 자세로 가만히 서 있었다. 아버지 뒤에 어머니가 서 있었다. 어머니의 턱이 가늘게 떨리고 있었다. 아버지가 말했다.

"배리, 널 보니 기쁘구나. 정말 오랜만에…… 정말 좋구나."

그는 내 손을 잡고 거실로 이끌었다. 그리고 모두가 둘러앉았다.

"배리, 할머니 말씀을 들으니까 학교에서 공부를 아주 잘하고 있다며?"

나는 그냥 어깨를 으쓱했다.

"얘가 부끄러운가 보네."

투트가 끼어들어 미소를 지으며 내 머리를 쓰다듬었다.

"부끄러워? 공부 잘하는 걸 부끄러워할 이유는 하나도 없다. 네 형과누나, 동생들도 다 공부를 잘한다는 말 엄마한테 들었니? 내 피를 물려받아서 그런가 봐."

아버지는 이렇게 말하고는 큰 소리로 웃었다. 어른들끼리 이야기하는 동안 아버지를 조심스럽게 한 군데씩 뜯어보았다. 내가 상상했던 것보다 훨씬 야윈 모습이었다. 바지가 무릎 부분에서 예리하게 꺾어진 걸 보면, 다리도 무척 야윈 게 분명했다. 그런 몸으로 어떻게 다른 사람을 번쩍 들어 절벽 아래로 던지려 했는지 상상이 되지 않았다. 끝이 뭉툭한 지팡이 하나가 벽에 세워져 있었다. 아버지가 짚고 다니는 지팡이가 분명했다. 그는 밝은 스포츠 재킷에 흰 셔츠를 입고 보라색 스카프 모양의 넥타이를 하고 있었다. 뿔테 안경이 불빛을 반사해서 눈은 자세히 볼 수 없었다. 그러다가 콧잔등을 문지르려고 안경을 벗을 때, 그의 눈이 한때 말라리아를 앓은 적이 있는 사람처럼 약간 노랗다는 사실을 확인했다. 그의 몸은 어쩐지 쉽게 부서질 것처럼 연약해 보였다. 담배에 불을 붙이려고 할 때나 맥주를 집으려고 손을 뻗을 때 조심하는 기색이 엿보였다.

한 시간쯤 이야기를 나눈 뒤에, 피곤해 보이는데 낮잠을 한숨 자는 게 어떻겠느냐고 어머니가 말했다. 그는 그렇게 하겠다고 말하고는 여행가방을 집더니 그 안에서 잠시 무언가를 찾았다. 그리고 마침내 나무를 깎아서 만든 인형 세 개를 꺼냈다. 사자 인형과 코끼리 인형 그리고 전통 복장으로 북을 치는 흑인 인형이었다. 그는 인형들을 내게 건넸다.

"고맙습니다, 하고 말씀드려야지."

어머니가 말했다. 나는 중얼거리듯이 말을 뱉었다.

"고맙습니다."

아버지와 나는 그 조각품을, 내 손 안에 있는 생명 없는 물건들을 바라보았다. 아버지가 내 어깨에 손을 얹었다.

"그냥 작은 물건들이야."

아버지의 말은 부드러웠다. 그는 할아버지에게 고개를 끄덕여 보였다. 어른들은 모두 아버지의 짐을 들고 아래층에 있는 아버지가 머물 집으로 갔다.

●

한 달이었다. 우리 다섯 명은 거의 날마다 저녁이면 할아버지 댁의 거실에서 함께 시간을 보냈다. 낮에는 섬 주변을 드라이브하거나 옛날 아버지가 우리와 한 가족이던 시절에 함께 지냈던 장소, 즉 우리 집이 있던 곳을 찾아서 산책하기도 했다. 할아버지가 하와이에서 처음 장만했던 집이자 내가 태어났던 곳이기도 한 그 집은 리모델링을 거쳐서 병원이 되어 있었다. 그 한 달 동안 할 이야기가 너무도 많았다. 설명할 것도 많았다. 하지만 기억을 더듬어 아버지가 했던 말 혹은 아버지와 나누었던 대화를 떠올리려고 하면 도무지 생각이 나지 않는다. 어쩌면 그것들이 내 의식 속 너무 깊은 곳에 각인된 바람에, 내가 지금 지각할 수 있는 것은 매끌매끌하게 닳은 조개 껍데기뿐일지도 모른다. 내가 짊어지고 있는 모든 종류의 복잡한 (유전자의 유형만큼이나 복잡한) 주장들의 씨앗이라고 할 수 있는 아버지의 목소리는 떠오르지 않았다.

이런 현상을 아내는 아주 단순하게 설명한다. 즉, 서로를 깊이 신뢰하지 않는 남자아이와 아버지 사이에는 함께 나눌 대화가 거의 없다는 것이다. 어쩌면 아내의 말이 당시 우리의 관계를 정확하게 지적하는 것일지도 모른다.

사실 당시에 나는 아버지와 단둘이 있을 때면 꿀 먹은 벙어리가 되곤 했다. 아버지도 나에게 억지로 말을 시킨 적이 한 번도 없었다. 지금 나에게 남아 있는 아버지는 거의 대부분 이미지들뿐이다. 마치 멀리서 들리는 소리처럼 내 머릿속에 나타났다가 사라지는 그런 이미지 말이다. 예를 들면 이런 것들이다. 나와 어머니가 크리스마스 장식을 달고 있을 때 할아버지가 던진 농담을 듣고서 머리를 뒤로 젖히고 웃던 모습, 하와이 대학교의 동창에게 나를 소개할 때 내 어깨를 힘주어 잡던 모습, 또 진지하고 어려운 책을 읽을 때는 눈을 가늘게 뜨고서 성긴 수염을 톡톡 건드리던 모습 등…….

내가 기억하는 이미지와 아버지가 다른 사람들에게 끼친 영향에 대해서도 꼭 이야기를 해야 할 것 같다. 왜냐하면 아버지가 말을 할 때마다 우리 가족 사이에 갑자기 어떤 변화가 일어나는 것을 직접 보았기 때문이다. 아버지는 말을 할 때 한쪽 다리를 다른 쪽 다리 위에 올려놓고, 쫙 펼친 커다란 두 손으로 듣는 사람이 주의를 집중하도록 하거나 혹은 주의를 다른 쪽으로 돌렸다. 목소리는 저음으로 깊이 울렸다. 또 늘 쾌활했고 웃는 얼굴이었다. 아버지와 함께 있는 동안 할아버지는 더 정력적이고 생각이 깊은 사람으로 변했고, 어머니는 더 부끄럼을

탔으며, 심지어 투트조차도 사냥꾼이 피운 연기 때문에 굴 바깥으로 기어나오는 동물처럼 은신처로 삼았던 침실에서 나왔다. 투트와 아버지는 정치나 금융을 화제 삼아 대화를 나누었다. 투트는 파란 정맥이 도톰하게 돋아난 손으로 허공을 마구 찔러대면서 열변을 토했다. 아버지의 존재가 옛날에 가족이 공유했던 정신을 되살려놓은 것 같았다. 모두가 각자 자기에게 주어진 역할을 다시금 충실하게 수행하는 것 같았다. 마치 마틴 루터 킹 목사가 아직 흉탄에 저격되지 않았고, 또 케네디가 여전히 미국의 대통령인 것 같았다. 전쟁과 폭동, 기근은 잠시 나타났다가 사라지고 말 것처럼 보였다. 두려울 게 아무것도 없었다.

아버지가 발휘한 이 낯선 힘이 나를 사로잡았다. 그제야 나는 처음으로 아버지를 현실에 진짜로 존재하는 사람으로, 어쩌면 영원히 존재할 수도 있는 사람으로 생각했다. 하지만 한 주가 지나고 두 주가 지나는 동안 내 주변에 어떤 긴장감이 점차 쌓여갔다. 그걸 느낄 수 있었다. 할아버지는 아버지가 자기 의자에 앉는다고 불평했다. 투트는 설거지를 하면서 자기가 왜 아버지의 하녀 노릇을 해야 하는지 모르겠다고 투덜거렸다. 식사를 할 때 어머니는 입을 다물었고, 웬만하면 할아버지 할머니와 눈을 마주치려 하지 않았다.

어느 날 저녁, 나는 〈그린치Grinch〉라는 만화영화를 보려고 텔레비전을 켰다. 그런데 나의 이 작은 행동이 우리 사이의 작은 속삭임을 서로에게 고함을 질러대는 언쟁으로 바꿔놓고 말았다. 사태가 그렇게 발전하는 과정에서 핵심적인 역할을 한 사람은 물론 아버지였다. 처음에 아버지가 나를 꾸짖은 게 발단이었다.

"배리, 넌 오늘 텔레비전 많이 봤잖아. 그러니까 이제 네 방에 가서 공부해야지. 어른들끼리 편하게 이야기할 수 있게 말이야."

투트가 일어나서 텔레비전을 껐다. 그리고 이렇게 말했다.

"자네는 침실에서나 텔레비전을 보겠구먼."

"제 말은 그게 아닙니다. 얘가 여태까지 텔레비전을 봤으니까, 이제는 그만 들어가서 공부를 해야 하지 않겠느냐는 겁니다."

이번에는 어머니가 나섰다. 지금은 크리스마스 휴가 때나 마찬가지이고, 실제로 그 만화영화는 크리스마스 특집으로 편성된 것이며, 내가 그것을 보기 위해 무척 기다렸다고 설명했다.

"게다가 이제 얼마 안 있으면 끝나잖아요."

"애나, 그건 말이 안 돼요. 학생이라면 내일 숙제를 미리 다 해놔야지 그다음 날 숙제를 할 수 있어요. 그렇지 않으면 휴가가 끝나자마자 숙제에 매달려야 하잖아요."

아버지는 나를 바라보며 말했다.

"내 말 잘 들어라, 배리. 네가 당연히 해야 하는 것에 비하면 너는 결코 열심히 공부하는 게 아니다. 지금 당장 방으로 들어가거라. 화를 내기 전에."

나는 내 방으로 들어가서 쾅 소리가 나게 문을 닫았다. 그런데 바깥에서 목소리들이 점점 더 커져갔다. 할아버지는 거기가 자기 집이라 했고, 투트는 아버지에게 그동안 단 한 번도 얼굴을 보이지 않던 사람이 갑자기 불쑥 나타나서는 나를 포함한 가족 그 누구에게도 자기 의견을 강요할 권리는 없다고 했다. 여기에 맞서서 아버지는 가족이 모두 나를 망쳐놓는다며 나를 좀 더 엄하게 키워야 한다고 했다. 어머니는 할아버지와 할머니에게 두 분은 어쩌면 그렇게 옛날과 변한 게 하나도 없느냐고 했다. 모두가 서로를 나쁜 사람으로 몰아붙였고, 우리는 그렇게 나쁜 사람이 되어 있었다. 심지어 아버지가 당신 숙소로 돌아가고, 투트가 내 방에 와서 문제의 그 특선 만화영화가 아직 끝나지 않았으니 거실에 나와서 보라고 했을 때도, 우리 사이에 어떤 거대한 틈이 나 있다는 느낌을 지울 수 없었다. 도깨비들이 오래 숨어 있던 굴 바깥으로 마구 뛰쳐나오는 듯한 무시무시한 느낌이었다.

크리스마스를 망칠 생각이었던 초록색의 그린치가 결국에는 마을 사람들에게 감화되어 자기 잘못을 뉘우치는 모습을 보면서, 나는 그게 뻔한 거짓말이라고 생각했다. 그리고 어서 빨리 아버지가 자기 나라로 돌아가서 모든 게 정상으로 되돌아가기를 간절히 바랐다.

다음 날, 투트는 나더러 아버지가 있는 아파트로 가서 빨랫감이 있는지 알아보라고 했다. 문을 두드리자 아버지가 나를 맞았다. 윗옷은 입지 않은 상태였다. 안으로 들어가서 보니 어머니가 아버지의 옷을 다림질하고 있었다. 어머니의 머리카락은 말꼬리처럼 뒤로 묶여 있었다. 어머니의 눈은 부드럽고도 어두웠다. 마치 계속 울고 있었던 것처럼. 침대에 앉은 아버지는 나더러 당신 옆에 앉으라고 했다. 하지만 나는 선 채로 할머니가 어머니를 도와주라고 했고, 빨랫감이 있으면 가져오라 그랬다고 말했다. 그리고 곧바로 집으로 돌아왔다. 내 방을 청소하는데 어머니가 들어왔다.

"아빠한테 그러면 안 돼. 널 얼마나 사랑하시는데. 그냥 가끔씩 조금 엄격하신 것뿐이야."

"알았어요."

나는 어머니에게 눈길도 주지 않은 채 대답했다. 어머니의 시선이 계속해서 나를 따라다닌다는 걸 느낄 수 있었다. 마침내 어머니가 무거운 한숨을 쉬었다. 그리고 문으로 향했다. 문을 열고 나가려다가 돌아서서 이렇게 말했다.

"이 모든 게 너에게 얼마나 혼란스러운지 나도 잘 알아. 그렇지만 나도 마찬가지야. 내가 조금 전에 한 말 마음에 새겨둬라. 알았지?"

나는 고개를 끄덕였다. 그리고 어머니는 나갔다. 그런데 채 1분도 안 되어 다시 내 방으로 들어왔다.

"그건 그렇고 말이야. 네게 이야기한다는 걸 깜박 잊었는데, 헤프티 선생님이 아빠에게 부탁을 하나 했다더라. 너희 반 아이들에게 이야기를 좀 들려달라고 말이야. 아빠가 선생님이 되시는 거지. 이번 목요일에 말이다."

그보다 더 나쁜 소식은 없었다. 반 아이들이 진흙으로 만든 오두막 이야기를 듣고 내가 한 말이 모두 거짓이었음을 알게 되었을 때 지을 황당한 표정 때문에 그리고 그 뒤에 이어질 게 뻔한 조롱과 놀림 때문에 걱정이 되어 밤새 잠을 한숨도 못 잤다. 그다음 날도 마찬가지였다. 하루에도 수십 번씩 나도 모르게 화들짝 놀라서 벌떡 일어나곤 했다.

마침내 그날 그 순간이 다가왔다. 그때까지도 나는 반 아이들에게 어떻게 설명하면 좋을지 머리를 쥐어짜고 있었다. 헤프티 선생님은 아버지를 반갑게 맞았다. 아버지는 미리 준비된 의자에 앉았다. 영문을 모르는 반 아이들은 자기들끼리 수군거렸다. 그 소리들이 하나도 빠짐없이 모두 내 귀에 들어왔다. 그런데 전혀 예상하지 못했던 상황이 나를 더욱 깊은 절망의 수렁으로 밀어넣었다. 수학을 가르치는 엘드리지 선생님이 자기 반 학생 서른 명을 이끌고 우리 반 교실로 들어왔던 것이다(그는 하와이 원주민이었다). 아버지의 강의를 자기 반 아이들에게도 들려주겠다는 것이었다. 마침내 헤프티 선생님이 아버지를 소개했다.

"우리는 오늘 특별한 손님을 맞았어요. 여기 계신 분은 우리 친구 배리 오바마의 아버지예요. 여러분에게 자기 나라의 역사를 이야기해 주려고 저 멀리 아프리카의 케냐에서 여기까지 오셨어요."

아버지가 자리에서 일어나자 아이들이 나를 쳐다보았다. 나는 고개를 빳빳이 들고 시선을 아버지 뒤에 걸린 칠판의 한 점에다 고정시킨 채 미동도 하지 않았다. 아버지는 헤프티 선생님의 오크 책상에 기댄 자세로 인류가 처음 모습을 드러냈던 아득한 옛날의 아프리카에 대해 이야기했다. 평원을 어슬렁거리던 난폭한 동물들, 어린 소년에게 사자를 죽임으로써 진정한 어른이 되었음을 증명하게 했던 여러 부족의 관습을 이야기했다. 그리고 루오족의 갖가지 관습에 대해서도 이야기했다. 노인이 가장 존경을 받으며, 그들이 커다란 나무 밑에서 모든 사람들이 따를 법을 제정하는 이야기도 했다. 자유를 위해 싸웠던 케냐의 역사도 들려줬다. 미국에서 그랬던 것처럼, 영국이 얼마나 끈질기게 버티면서 물러나려 하지 않았는지, 또 케냐 사람들을 얼마나 부당하게 억압했는지 이야기했다. 하지만 교실에 있는 모든 사람들과 마찬가지로 케냐 사람들은 그럼에도 자유를 꿈꾸었고, 끈기와 희생으로 시련을 물리치고 발전해 왔다고 말했다.

아버지가 강의를 마쳤을 때 헤프티 선생님은 자부심과 긍지를 느끼며 환하게 웃었다. 아이들은 모두 진심에서 우러나오는 감동의 박수를 쳤다. 몇몇은 용기를 내어 질문을 하기도 했다. 질문을 하나씩 받을 때마다 아버지는 잠시 깊이 생각한 뒤에 대답했다. 점심시간을 알리는 종이 울린 뒤 엘드리지 선생님이 내게 다가왔다.

"넌 정말 멋진 아버지한테서 태어났구나."

식인종 이야기를 했던 얼굴 붉은 아이도 이렇게 말했다.

"네 아빠 진짜 끝내준다!"

나는 멀찍이 떨어진 곳에 있는 코레타를 보았다. 그애는 몇몇 아이들에게 작별 인사를 하는 아버지를 바라보고 있었다. 얼마나 열중해서 바라보던지 얼굴에 미소도 띠지 않았다. 만족스러운 빛이 코레타의 얼굴에 가득했다.

두 주 뒤에 그는 떠났다. 그때 우리는 크리스마스트리 앞에 나란히 서서 사진을 여러 장 찍었다. 할아버지, 할머니와 아버지, 어머니 그리고 내가 함께 있는 유일한 사진이 바로 이때 찍은 것이다. 나는 오렌지색 농구공을 들고 있다. 아버지가 나에게 준 선물이다. 그는 내가 선물한 넥타이를 들어 보이고 있다. 내 선물을 받고 아버지는 이렇게 말했다.

"이 넥타이를 매고 있으면 다들 내가 굉장히 중요한 사람이란 걸 알아볼 거야."

재즈 피아니스트 데이브 브루벡Dave Brubeck의 연주회에 갔을 때는 아버지 옆자리에 가만히 앉아 있는 게 여간 고역이 아니었다. 연주자들의 음악을 좀처럼 따라갈 수 없었다. 그래서 그냥 아버지가 박수를 칠 때 나도 덩달아 박수를 쳤다. 그리고 짧은 며칠이었지만 아버지의 아파트에서 둘이서만 잠을 자기도 했다. 퇴직한 할머니가 혼자 살던 집을 잠시 빌린 거라서 집에는 퀼트와 장식용 천 등 그 할머니의 취미거리가 온통 널려 있었다. 그 아파트에서 아버지는 책을 읽었고, 나도 옆에서 내 책을 읽었다. 그런데도 아버지는 나에게 여전히 불투명한 존재로 남아 있다. 그 몸짓이나 말투를 흉내 내보지만, 그런 것들이 어디에서 유래했는지 혹은 얼마나 중요한 의미가 있는지 나는 알지 못한다. 그리고 또 그런 것들이 긴 세월에 걸쳐 어떻게 없어지지 않고 대대로 이어졌는지 알지 못한다. 아무튼 나는 아버지와 함께 있는 것에 점차 익숙해졌다.

●

아버지가 떠나던 날, 어머니와 나는 짐 싸는 걸 돕고 있었다. 그때 아버지가 흐릿한 갈색 재킷 안에 든 45회전 레코드판 두 장을 찾아냈다.

"배리! 이것 봐. 이걸 너 주려고 가져왔는데 깜박했네. 네 조국의 소리들이다."

그는 잠시 생각한 뒤에 할아버지 할머니의 오래된 전축을 떠올렸다. 마침내 판이 돌기 시작했다. 그는 바늘을 조심스럽게 판 위에 올렸다. 깡통에서 나는 소리와 같은 음색의 기타 연주가 서두를 장식했다. 그 다음에는 찢을 듯 날카로운 나팔 소리와 북소리가 들렸고, 이어서 다시 기타 연주가 이어졌다. 그리고 사람들의 목소리가 흘러나왔다. 강한 비트의, 기쁨에 넘치는 맑은 목소리였다. 그 목소리가 우리의 손을 잡아끌었다.

"이리 와봐. 넌 지금 세계 최고의 춤 선생 앞에서 배우는 거야."

아버지의 호리호리한 몸이 앞뒤로 흔들거렸다. 화려한 소리가 한층 고조되면서 그의 두 팔은 마치 보이지 않는 그물을 던지는 것처럼 흔들거렸고, 그의 발은 네 박자로 온 방을 누볐다. 불편한 다리가 뻣뻣해 보였지만 엉덩이는 날렵하게 돌아갔다. 머리가 뒤로 젖혀지고 엉덩이는 팽팽한 원을 그리며 돌았다. 리듬이 빨라지고 나팔 소리가 울렸다. 그는 눈을 감은 채 황홀경에 빠져들었다. 그러더니 한쪽 눈을 슬며시 떠 나를 보았다. 그의 엄숙한 얼굴이 바보처럼 싱긋 웃었다. 어머니가 미소를 지었다. 할아버지와 할머니도 무슨 소동이 벌어지나 싶어 우리를 보러 왔다. 나는 눈을 감고 시험적으로 첫발을 떼어보았다. 아래로,

위로 팔을 흔들면서……. 사람들의 노랫소리는 점점 고조되었다.

지금도 나는 아버지의 그 목소리를 듣는다. 내가 아버지를 따라 그 소리 안으로 들어갈 때, 아버지는 빠르게 한 번 고함을 지른다. 밝고도 높은 외침이다. 그것은 많은 것을 뒤로한 채 더 많은 것을 얻으려고 나아가는 외침이다. 또한 웃음을 갈망하는 외침이다.

4

"야! 나 이 엿 같은 푸나호우 파티에는 진짜 더 안 나갈 거야. 손 끊고 발 끊고 다 끊었어."

"그래. 근데 너 지난번에도 똑같이 말한 거 알지?"

레이와 나는 자리에 앉아서 햄버거를 싼 포장을 벗겼다. 레이는 나보다 두 살 위였다. 군인인 아버지가 하와이로 전출 명령을 받으면서 그 전해에 아버지를 따라 하와이에 와 있었다. 나이가 두 살이나 차이가 났음에도 우리는 쉽게 친구가 되었다. 가장 큰 이유는 우리 둘이서 푸나호우 학교의 흑인 고등학생 숫자의 절반 가까이를 채웠기 때문이다. 나는 레이와 함께 있는 게 좋았다. 그는 마음씨가 따뜻했고, 로스앤젤레스 생활과 관련해서 허풍을 많이 떨었다.

예를 들면, 하와이에 이사를 온 뒤에도 로스앤젤레스의 여자애들이 밤마다 장거리 전화를 해대서 귀찮아 죽겠다고 했고, 풋볼 팀에서 터치다운을 몇 번이나 했는지 모른다고 했으며, 또 유명한 배우와 가수 이름을 대면서 잘 안다고 했다. 나는 그의 말을 대부분 믿지 않았다. 그러나 '대부분'이었지 전부는 아니었다. 그는 실제로 하와이에서 가장 빠른 단거리 선수로 손꼽혔기 때문이다. 올림픽에 나갈 재목이라고 하는 사람도 있었다. 그러나 그가 달릴 때마다 땀에 흠뻑 젖은 셔츠 안에서 뱃살이 흔들렸고, 결국은 육상부 코치나 선수들 모두 머리를 절레절레 흔들고 말았다. 레이를 통해서 나는 대학교나 부대 안에서 열리는 흑인 파티에 대해 알게 되었다. 레이 덕분에 낯선 데를 드나들 수 있었던 것이다. 대신 나는 그가 쏟아놓는 불평을 고스란히 들어줘야 했다.

"이번에는 진짜야. 거짓말 아니야."

나는 또 그의 투덜거림을 들어줘야 했다.

"그 여자들은 완전히 연방정부의 농무부가 보장하는 100퍼센트 순수한 인종 차별주의자들이잖아. 전부 다. 백인 여자애들 말이야. 아시아 여자들, 젠장! 걔들은 백인 애들보다 한 술 더 떠요. 우리가 무슨 병균이나 옮기고 다니는 인간들인 것처럼 본다니까."

"걔들이 네 커다란 궁둥이를 봤나 보지 뭐. 야! 아까 보니까 너 달리기 연습하는 것 같더라니까?"

"네 거 먹어. 내 감자튀김에 손대지 말고. 내 애인도 아니면서, 깜둥이 자식. 근데 무슨 말 하다 말았지?"

"인종 차별주의자. 여자애들이 너랑은 파티에 안 간다고 해서 걔들을 인종 차별주의자로 몰면 안 되지."

"웃기지 말라 그래. 한두 번이면 내가 말을 안 해. 들어볼래? 모니카한테 파티에 같이 가자고 그랬더니 뭐랬는지 아니? '싫어', 그러잖아. 그래서 내가 그랬지. '그래 알았다, 네 똥 굵고 뜨끈뜨끈해서 참 좋겠다.'"

레이는 여기서 잠시 말을 끊고 내 반응을 살폈다.

"그래, 뭐…… 진짜 그런 말을 한 건 아니고. 그냥 알았다고만 했어. 모니카는 '그래도 우린 친한 사이야' 그러대. 근데 내가 아는 분명한 사실은, 걔가 스티브 쪼다 야마구치한테 삑이 갔다는 거 아냐. 파티에서 보니까 둘이서 한 쌍의 잉꼬라도 되는 것처럼 손을 잡고 비비고, 정말 봐줄 수가 없더라. 좋다 이거야. 바다에 고기가 저 하나밖에 없냐고. 그래서 파멜라에게 파티에 같이 가자고 했지. 그랬더니 자기는 춤을 출 생각이 없다나 뭐라나. 그래서 그러냐고 했지. 근데 나중에 파티에서 보니까 어떤 애가 릭 쿡의 목을 끌어안고 춤을 추더라. 누구게? 누구겠어, 파멜라지. 나보고 뭐랬는지 알아? '하이, 레이!' 뻔뻔스럽게 하이 레이? 릭 쿡, 걔가 나보다 낫다 이거 아냐. 빌어먹을! 난 왜 안 되냐 이거야! 되는 게 없어. 아무것도 안 돼!"

그는 감자튀김을 한 주먹 집어서 입 안에 쑤셔넣었다.

"근데 그게 말이야, 나만 그런 게 아니더라고. 너도 나보다 나을 게 하나도 없잖아. 여자애들한테 찬밥 신세인 건 너도 마찬가지 아냐?"

왜냐하면 나는 부끄럼을 많이 타서 그렇지, 라고 속으로만 말했다. 아무튼 나는 레이의 주장을 곧이곧대로 인정하고 싶은 마음이 없었다. 레이는 계속해서 밀어붙였다.

"우리가 같이 파티에 가서 다른 여자애들을 만난다고 쳐. 어떻게 되겠니? 어떻게 되는지 얘기해 볼까? 빌어먹을! 걔들의 내일에는 우리가 낄 자리가 없어. 고딩이든 대딩이든 마찬가지야. 예쁜 척하면서 웃고 떠들지. 속으로는 아마 이렇게 말할 거야. '그래 잘해봐. 잘하면 전화번호 가르쳐주지. 미안하게도 그럴 일은 없겠지만.' 내가 장담한다."

"그런데?"

"그런데라고? 모르겠어? 너는 같은 농구부원인데 왜 다른 애들에 비해서 시합에 뛰는 시간이 적다고 생각하니? 너보다 많이 뛰는 애들 가운데 적어도 두 명은 너보다 한 수 아래야. 그건 너도 알고 걔들도 알아. 나도 봤어. 걔들은 너한테 어림도 없어. 이번 시즌에 내가 왜 풋볼 팀에서 빠진 것 같니? 날아오는 공도 제대로 못 받는 것들을 수두룩하게 놔두고 왜 내가 빠져야 했겠냐고! 우리가 흰둥이라면 이런 대접을 받을까? 아니면 일본인이나 하와이 사람이거나. 또 있다, 옛 같은 에스키모라도 말이야."

"내가 말하는 건 그게 아니야."

"그게 아니야? 그럼 네가 말하는 저건 뭔데?"

"그래, 내가 하는 말 잘 들어. 다른 사람들보다 우리는 데이트를 하기가 힘들어. 왜냐, 우리 주변에 흑인 여자애들이 없으니까 그래. 이걸 가지고 여기 사는 여자애들을 전부 인종 차별주의자로 몰아붙일 수는 없다는 거야. 여자애들은 그냥 자기 아빠나 오빠 같은 남자애 혹은 그 비슷한 애와 데이트하고 싶은 거야. 아무튼 우리가 아니야. 그리고 내가 농구 시합에서 많이 못 뛰는 건 내가 백인 애들처럼 경기를 하지 않기 때문이야. 다른 애들은 감독이 원하는 경기 방식을 잘 따라 하지만, 난 잘 못 하거든."

마지막 남은 레이의 감자튀김 하나를 손으로 집으면서 나는 이렇게 덧붙였다.

"내 말은 말야, 감독이 너를 안 좋아할 수도 있어. 왜냐하면 넌 똑똑한 깜둥이거든. 하지만 네가 이 자리에서 먹어 치운 감자튀김을 제발 앞으로는 그만 먹고 임신 6개월의 몸매와 체중을 조금씩 바로잡아간다면 너한테 도움이 될 거야. 이게 내 말의 요지야."

"야! 난 네가 왜 걔들 편을 드는지 모르겠다."

레이는 자리에서 일어나며 쓰레기를 휴지통에 넣었다.

"그만 나가자. 네 말을 들으니까 그렇지 않아도 복잡한 머리가 더 복잡하게 꼬인다."

●

레이가 옳았다. 모든 게 그렇게 간단하지만은 않았다. 아버지가 다녀간 지 5년이란 세월이 지난 뒤였다. 적어도 표면적으로는 평온한 시기였다. 그 또래의 미국 아이들에게 기대할 수 있는 일상적인 것 외에는 아무것도 일어나지 않았다. 그저 그런 성적표와 선생님의 호출, 햄버거 가게 아르바이트, 여드름, 운전면허 시험, 분출하는 욕망 등으로 점철된 시기였다. 학교에 가면 어울리는 친구들이 있었고, 가끔 어색하고 서툰 데이트를 하기도 했다. 그리고 반 아이들의 신체가 몇몇은 더 발달하고 또 몇몇은 그렇지 못하거나 혹은 누가 차를 새로 사는 일 따위로 반에서의 내 위치가 조금씩 바뀌긴 했지만, 그래도 처음에 비하면 내 위치가 꾸준히 나아졌다는 생각을 위안으로 삼았다. 나보다 집안 사정이 좋지 못한 아이들이나, 내가 어딘가 꿀린다고 생각되는 아이들은 거의 만나지 않았다.

이런 점과 관련해서 어머니도 최선을 다했다. 내가 하와이에 온 직후 어머니도 롤로와 이혼하고 하와이로 돌아와서 인류학 석사 과정을 밟기 시작했다. 3년 동안 나는 어머니와 마야 이렇게 셋이, 푸나호우에서 한 블록 떨어진 작은 아파트에서 살았다. 어머니가 받는 장학금이 우리 세 식구의 생계를 지탱했다. 때로 수업이 끝난 뒤에 친구들을 집으로 데려가곤 했는데, 냉장고에 먹을 게 별로 없고 집 안이 어쩐지 주부의 손길이 덜 미친 것 같다고 친구들이 말했다. 이 말을 우연히 들은 어머니는 나를 불러다 놓고 이런 말을 했다. 당신은 늦은 나이에 학교에 다니면서 두 아이를 키워야 하는 이중고를 겪고 있다. 그러니 과자를 굽는 일 따위는 당신이 해야 할 일 가운데 그다지 중요하지 않은 일이다. 내가 학교에서 받는 훌륭한 교육에 만족하지만 나나 친구들이 당신에게 건방진 태도를 보이는 건 참을 수 없다. 그리고 이렇게 덧붙였다. 내 말 알아들었니?

충분히 알아들었다. 나는 따로 나가서 살겠다는 말을 자주 그리고 퉁명스럽게 하곤 했지만, 우리 둘 사이는 무척 가까웠다. 그리고 나름대로는 어머니를 도우려고 최선을 다했다. 생필품을 사러 가게에 가고, 빨래를 하고, 내 동생으로 태어난 검은 눈동자의 눈치 빠른 여자아이를 돌보았다. 그러나 어머니가 인류학과의 현장 작업을 하러 인도네시아로 가게 되었을 때, 세 식구가 함께 가서 거기 있는 국제학교에 다니는 게 어떻겠냐고 제안하자 나는 그 자리에서 싫다고 했다. 인도네시아가 과연 나에게 무엇을 줄 수 있을지 의심스러웠고, 또 모든 걸 다시 새롭게 시작해야 한다는 게 끔찍했다.

어머니가 떠난 뒤, 가장 중요한 사실인데, 나는 할아버지, 할머니와 무언의 협정을 맺었다. 두 분과 함께 살겠지만 내가 겉으로 말썽을 일으키지 않는 한, 간섭하지 말고 나를 가만히 내버려두라는 내용이었다. 이런 계약 내용은 내가 생각했던 목적에 딱 맞는 것이었다. 물론 이 목적을 두 분에게는 말하지 않았다. 나는 어머니와 할아버지 할머니의 간섭을 받지 않고 나의 내면에서 일어나는 변덕스러운 투쟁에 몰두했다. 미국의 흑인으로 나를 우뚝 세우려고 노력했다. 하지만 내 주변에 있는 그 누구도 미국에서 흑인으로 우뚝 선다는 게 어떤 의미인지 정확하게 알지 못하는 것 같았다.

다행히 아버지가 보낸 편지들이 단서가 되었다. 아버지가 보낸 편지는 한 장짜리 종이에다 내용을 써서 접은 다음 풀로 붙인 것이라서 풀칠을 한 가장자리 부분의 글씨는 잘 안 보이기 일쑤였다. 내용은 늘 모든 사람들이 다 잘 있다는 것과 공부를 열심히 하라는 것이었다. 그리고 우리만 좋다면 언제든지 환영하니 세 식구 모두 케냐로 오라고 했다. 얼마든지 돌봐주겠다고. 또 가끔 충고의 말을 담기도 했다. 아포리즘 형식의 충고였는데, 그 의미를 나는 제대로 알지 못했다. 예를 들면 이런 식이었다. '머물 곳을 찾아서 끊임없이 흘러가는 물처럼, 너도 언젠가는 너에게 맞는 일을 찾게 될 것이다.' 아버지의 편지를 받으면 나는 곧바로 괘선이 굵게 쳐진 종이에다 답장을 써서 부쳤다. 그러고는 아버지의 편지를 상자에 보관했다. 이 상자는 아버지의 사진을 모아놓은 어머니의 상자 옆에 있었다.

●

할아버지에게는 흑인 친구들이 많았다. 대부분 포커나 브리지 게임을 함께 하는 친구들이었다. 할아버지가 속이 상하거나 말거나 신경 쓰지 않을 나이가 되기 전까지는, 할아버지에게 이끌려 그들이 게임을 하는 곳에 따라가곤 했다. 모두 말쑥하게 차려입은 노인이었다. 목소리는 쉬었고 그들이 입은 옷에서는 담배 냄새가 났다. 그리고 다들 나름대로 여유가 있어서 특별히 걱정할 게 없는 사람들이었다. 설령 걱정거리가 있다 하더라도 그런 이야기를 하기에는 남은 시간이 그다지 많지 않다는 사실도 잘 알고 있었다. 그들은 나를 볼 때마다 장난삼아 내 등을 한 대씩 치기도 하며 어머니 안부를 물었다. 하지만 게임을 시작하고 나면 게임 이외의 말은 단 한마디도 하지 않았다.

그런데 예외인 사람이 한 명 있었다. 프랭크라는 시인이었다. 그는 와이키키의 허름한 구역에 있는 낡은 집에서 살았다. 자기가 시카고에 살 때 유명 흑인 작가 리처드 라이트Richard Wright, 흑인 시인 랭스턴 휴즈Langston Hughes와 함께 어울렸던 사람이라고 자랑하곤 했다. 할아버지도 언젠가 한번은 흑인 시선집에 실린 그의 시를 보여주었다. 하지만 내가 프랭크를 처음 보았을 때 그는 여든 살 가까운 노인이 틀림없었다. 얼굴은 크고 목살이 아래로 처졌으며, 빗질을 하지 않은 회색 머리카락 때문에 마치 갈기가 있는 늙은 사자처럼 보였다. 그는 할아버지와 내가 자기 집에 들를 때마다 자작시를 읽어주곤 했다. 그리고 할아버지와 빈 젤리 병을 술잔 삼아서 위스키를 나누어 마셨다. 밤이 다가오면 두 사람은 야릇한 내용을 담은 약약강격弱弱强格의 5행 정형시를 쓰면서 자기들을 도와달라고 나를 귀찮게 했다. 그러다가 마지막에 가면 대화는 늘 여자들에 대한 탄식으로 이어졌다.

"여자들 때문에 너도 술을 마시게 될 거다. 그리고 네가 무방비 상태로 가만히 있으면 여자들이 널 무덤으로 밀어넣을 거다."

프랭크가 진지하게 하던 말이다. 나는 늙은 시인 프랭크에게 끌렸다. 그의 책과 위스키 냄새가 나는 숨결 그리고 눈꺼풀에 반 이상 덮인 눈 뒤에 녹아 있는, 어렵게 얻었을 성싶은 지식에 끌렸다. 그의 집을 방문할 때마다 나는 어쩐지 까닭 모를 불안감을 느꼈다. 마치 할아버지와 프랭크 사이에 이루어지는 어떤 복잡한 거래, 내가 도무지 이해할 수 없는 무언의 거래를 목격하는 느낌이었다. 이와 똑같은 느낌을, 할아버지가 자주 가던 호놀룰루 홍등가에 있는 술집에 따라가서도 느꼈다.

"할머니한테는 비밀이다."

할아버지는 눈을 한 번 찡긋하면서 이렇게 말하곤 했다. 우리는 낮은 두껍고 몸은 부드러운 거리의 여자들 사이를 뚫고서 작고 어두운 술집으로 들어갔다. 주크박스가 하나 있고 포켓 당구대가 두 개 있었다. 거기에서는 할아버지 혼자 백인이었고 나는 열한두 살밖에 되지 않은 소년이었지만 그런 사실에 신경 쓰는 사람은 아무도 없었다. 몇몇은 우리에게 손을 흔들었다. 뚱뚱한 팔뚝을 드러낸 밝은 피부색의 여자 바텐더는 할아버지에게 스카치위스키를 주고 나에게는 콜라를 건넸다. 당구대가 비어 있을 때는 할아버지가 당구를 가르쳐주기도 했다. 하지만 보통은 바에 팔을 괴고 발을 대롱거리며 콜라 거품을 불거나 벽에 걸린 야한 사진들을 바라보았다. 동물 가죽을 걸친 여자들의 형광 사진으로, 디즈니 만화에 나오는 캐릭터들이 야한 자세를 하고 있는 그림들도 있었다. 이름이 로드니였던 어떤 사람은 챙이 넓은 모자를 쓰고 다녔는데, 그는 나를 보면 늘 다가와서 말을 걸었다.

"대장, 학교 열심히 다니지?"

"그럼요."

"전 과목 A, 맞지?"

"대충요."

"그럼, 그래야지. 샐리, 내 친구에게 콜라 한 잔 더 줘."

로드니는 이렇게 말하고 주머니에서 꺼낸 지폐 묶음에서 20달러짜리 한 장을 벗겨내 바에 올려놓고는 어두컴컴한 자기 자리로 돌아가곤 했다.

그때 경험했던 짜릿한 흥분이 아직도 기억난다. 어둠, 당구공이 부딪치면서 내는 경쾌한 소리, 빨간색과 초록색 불빛이 반짝거리던 주크박스 그리고 실내를 가득 채운 피곤한 웃음이 자아내는 흥분은 야릇했다. 비록 어리긴 했어도 나는 이미 그 나이에, 그 술집 안에 있던 사람들 대부분은 수많은 경우의 수에서 자유롭게 선택하여 거기에 온 게 아니라는 사실을 눈치챘다. 아울러 할아버지가 찾았던 것은 당신을 평가하려 들지 않고 당신이 가진 걱정거리들을 잊게 해줄 수 있는 사람과 어울리는 자리였다는 사실도 알았다. 그런 점에서 어쩌면 그 술집이 할아버지에게 도움이 되었을지도 모른다. 그러나 다른 사람들이 당신을 어떤 식으로든 판단하지 않을 거라던 할아버지의 믿음이 틀렸음을 나는 어린아이의 확실한 본능으로 알아차렸다. 우리가 거기에 있는 게 부자연스럽게 느껴졌다. 그리고 중학교에 들어갈 때쯤에는 그 술집에 함께 가자는 할아버지의 청을 뿌리치는 방법을 터득했다. 내가 추구하고 내가 필요로 하는 게 무엇이든 간에, 그것은 그 술집이 아니라 다른 곳에서 찾아야 한다는 사실을 알았기 때문이다.

텔레비전과 영화와 라디오. 이런 것들이 출발점이었다. 대중문화는 어쨌거나 피부색과 관련이 있었다. 피부색의 암호에 따라서 걷고 말하고 춤추고 몸을 치장하는 것이 바로 대중문화였다. 나는 마빈 게이Marvin Gaye처럼 읊조리진 못해도 '소울 트레인'●의 모든 스텝을 배웠다. 샤프트나 슈퍼플라이처럼 총을 들고 다니진 못해도 리처드 프라이어Richard Pryor처럼 욕을 잘할 수는 있었다.

나는 언제나 내가 가진 재능의 한계를 넘어서는 뜨거운 열정으로 농구를 할 줄 알았다. 아버지가 보낸 크리스마스 선물이 도착했을 때는 하와이 대학교 농구부가 본토에서 영입해 온 다섯 명의 흑인 선발 선수들의 활약에 힘입어 전국 대회의 랭킹에 올랐을 무렵이었다. 그해 봄에 할아버지는 하와이 대학교 농구부의 한 경기에 나를 데리고 갔

● 흑인 전문 음악 방송으로 여기서 주관하는 음악상이 유명하다.

다. 나는 경기가 시작되기 전에 몸을 푸는 선수들을 바라보았다. 아직 어린 학생들이었지만 그때 내 눈에 비친 그들은 자신감으로 충만한 전사들이었다. 그 전사들은 자기들끼리 농담을 하며 낄낄거렸고, 온갖 아양을 떨어대는 열성 팬들을 바라보며 사이드라인에 있는 여자아이들에게 윙크를 보내고, 레이업슛을 쏘고, 높이 뛰어오르고, 그러다 마침내 호각이 울리면 코트 안에서 사나운 전투를 벌이기 시작했다.

나도 그 세계에 속해야겠다고 결심했다. 그래서 할아버지의 아파트 근처에 있는 운동장에 부지런히 나가기 시작했다. 투트는 10층의 침실 창문을 통해 어두워진 뒤에도 부지런히 코트를 뛰어다니는 나를 바라보았다. 처음에는 두 손으로 슛을 했다. 그러다가 어설프지만 점프 슛을 하고 크로스오버 드리블도 배웠다. 그렇게 혼자서 몇 시간이고 농구를 했다. 고등학생이 될 무렵에 나는 푸나호우 농구부 선수가 되었다. 그리고 대학 코트에서 경기를 했다. 그 경기장에 있던 많지 않은 흑인들은 농구와 아무 상관없는 어떤 태도를 나에게 가르쳐주었다. 그들은 대부분 전성기가 지난 퇴물들이었다. 존경심은 자기가 무엇을 하느냐에 따라 받을 수 있는 것이지 자기 아버지가 누구인가는 전혀 중요하지 않다는 사실, 상대방을 물리치기 위해서 온갖 말들을 할 수 있지만 그렇게 하지 못할 거면 아예 입을 다물고 있어야 한다는 사실, 누구든 내가 보이고 싶어 하지 않는 감정, 예를 들면 마음의 상처나 두려움 따위를 나 몰래 훔쳐보도록 내버려둬서는 안 된다는 사실 등이 그때 내가 배운 것이다.

●

그것 말고도 많은 것을 배웠다. 그 전에는 누구에게서도 듣지 못했던 것이었다. 경기가 박빙으로 진행되고 땀이 솟구쳐 흐를 때 모든 선수들이 하나가 될 수 있는 방법을 배웠다. 최고의 선수는 자기가 올리는 점수가 몇 점인지 신경 쓰지 않지만, 최악의 선수는 자기가 올리는 점수에만 신경을 쓴다는 사실을 배웠다. 스코어가 중요한 것은 오로지 황홀한 경지를 유지해 주기 때문이라고 했다. 이런 경기를 할 때는 자기도 깜짝 놀랄 움직임과 패스가 나올 수 있으며, 막아서는 상대 선수조차 마치 "죽이네"라고 말하는 듯한 미소를 짓게 만들 수 있다는 사실을 배웠다.

내 아내는 이런 말에 깜짝 놀랄지도 모른다. 아내는 오빠 때문에 농구 스타의 대형 브로마이드를 보며 성장했지만, 자기 아들이 농구공을 던지기보다 차라리 첼로를 연주하길 바란다고 말할 것이다. 물론 아내가 옳다. 나는 흑인 청소년의 전형적인 삶을 살았다. 그것은 바로 불안하게 흔들리는 미국 남자의 초상이었다. 하지만 남자아이가 아버지가 걸었던 지친 발자국을 따라갈 생각이 없을 때, 들판에서 추수를 해야 하거나 공장에서 일해야 하는 피할 수 없는 의무가 절박하지 않을 때, 그래서 어떻게 살 것인가 하는 문제에 대한 선택의 폭이 더 넓게 열려 있다고 할 때, 심지어 잡지 속에서 선택의 방안을 찾을 수 있다고 할 때, 내가 내 주변의 다른 아이들(서핑을 하던 아이들, 풋볼 선수들, 장차 로큰롤 기타리스트가 될 아이들)과 근본적으로 달랐던 점은, 내가 마음대로 선택할 수 있는 선택의 가짓수가 한정되어 있었다는 사실이었다.

우리는 모두 각자 어떤 선택을 하고 미래의 불확실성에 대비한다. 최소한 나는 농구 코트에서 내가 속한 공동체를 발견할 수 있었다. 풋볼 경기장이라면 내가 흑인이라는 사실이 불리하게 작용할지도 모르지만, 어쨌거나 나로서는 가장 친한 백인 친구를 사귈 수 있는 곳도 바로 농구 코트였다. 거기서 나는 레이를 비롯한 내 또래의 친한 흑인 친구들을 만났다. 그들이 겪었던 혼란과 분노는 나에게 고스란히 전달되어서, 나의 혼란과 분노가 형성되는 데 기여했다. 그 친구들 가운데 한 명은 나와 단둘이 있을 때만 이런 말을 하곤 했다.

"그게 바로 백인 녀석들이 장차 너를 대할 방식이야."

누구나 낄낄거리며 웃었고 머리를 가로저었다. 내 마음은 난간을 가로지른 널빤지 위를 건너는 것처럼 그렇게 다른 곳으로 달려갔다. 그렇게 달려가서 처음 만난 녀석은 7학년° 때 나를 '쿤'°°으로 불렀다가 나한테 코피가 터진 녀석이다. 그 아이는 나에게 일격을 당한 뒤 놀라고 당황해서 왜 때리느냐고 물었다. 토너먼트 경기가 벌어질 당시 게시판에 붙은 일정표를 만지면 검댕이 묻을지도 모른다면서 만지지 말라고 했던 프로 테니스 선수도 있었다. 내가 그 말을 사람들에게 이야기하겠다고 하자, 그는 얇은 입술로 미소를 지으며 "그냥 농담이야 짜샤, 농담도 몰라?"라고 말했다.

할아버지 집에 살 때 무심코 어떤 할머니 뒤를 따라서 아파트 엘리베이터를 탄 적이 있다. 그런데 이 할머니가 짜증을 내며 경비원에게 달려가서는 내가 해코지를 할 마음으로 자기 뒤를 밟는다고 신고했다. 이 할머니는 내가 그 아파트에 사는 사람이란 사실을 확인하고서도 끝까지 나에게 사과하지 않겠다고 버텼다. 뉴욕 출신의 우리 학교 농구부 코치는 즉석에서 팀을 만든 수다스러운 흑인들을 상대로 한 경기가 끝난 뒤에, 나를 비롯한 농구부원 세 명이 그가 하는 말을 들을 수 있을 만큼 가까운 거리에서, 깜둥이들한테 그렇게 많은 점수를 내줬다는 건

● 우리 학제로 중학교 1학년에 해당.
●● 흑인을 부르는 경멸적인 호칭.

수치스러운 일이라고 했다. 그 말을 듣고 분을 참지 못한 내가 더러운 입 닥치라고 말했다. 내가 그렇게 화를 냈다는 사실에 나 자신도 놀랐다. 그러자 그 코치는 차분하게 이렇게 설명했다. 그가 한 말은 표면적으로 보자면 너무도 명백한 사실이었다.

"이 세상에는 흑인이 있고 깜둥이가 있는데, 저 친구들은 깜둥이야."

이게 바로 백인 녀석들의 태도다. 이런 표현 속에 담긴 잔인함만이 문제가 아니었다. 이런 말을 함으로써 흑인도 비열해질 수 있다는 사실을 나는 깨달았다. 우리가 쓴웃음을 짓게 만드는 것은, 그런 말을 한다는 사실만 빼고는 멀쩡한 사람의 오만함이나 우둔함의 어떤 특별한 경향이다. 내가 볼 때 이런 말을 하는 사람은, 마치 백인은 자기가 잔인한 짓을 한다는 사실을 알지 못한다거나, 최소한 흑인은 그런 대우를 받아도 싸다고 생각하는 것 같았다.

백인 녀석들. 처음에는 입에서 이 말이 잘 나오지 않았다. 나는 마치 어려운 외국어 표현을 더듬거리는 사람처럼 그 말을 입 속에서 굴리며 더듬거렸다. 때로 나는 레이와 '백인 녀석들'을 흉보는 내 모습을 발견하고 놀라곤 했다. 그 순간 어머니의 미소가 떠오르기도 했다. 내가 입 밖으로 내는 그 단어는 어쩐지 어색했다. 단어 선택을 잘못한 것 같았다. 그리고 저녁을 먹은 뒤에 할아버지를 도와서 설거지를 하거나 할머니가 잘 자라는 말을 하고 돌아설 때 문득 그 단어가 마치 환하게 켜진 네온사인 불빛처럼 뇌리에서 번쩍거렸다. 그러면 나는 입을 다물고 아무 말도 하지 않았다. 마치 절대로 말해서는 안 되는 비밀을 간직한 사람처럼.

혼자 있을 때면 이 어려운 생각의 엉킨 실타래를 풀어보려고 애를 쓰곤 했다. 일부 백인 집단은 보편적으로 불신의 대상으로 꼽는 범주에서 제외시켜야 옳다는 사실. 그것은 분명했다. 레이도 우리 할아버지, 할머니가 얼마나 멋진 사람들인지 모른다는 말을 입에 달고 다녔다. '화이트'라는 단어는 그에게 단지 속기速記의 문제였다. 어머니가 늘 똥고집을 부리는 사람들이라고 불렀던 이들에게 그가 붙인 꼬리표였던 것이다. 나는 그의 용어 사용법에 녹아 있는 위험성을 인식하고 있었다. 농구부 코치와 똑같이 형편없는 생각을 하기가 얼마나 쉬운지 모른다. 그날 나도 농구부 코치에게 "이 세상에는 백인과 개만도 못한 무식한 놈들이 있다"라고 말했으니까. 하지만 레이는 우리 흑인이 상식적인 생각을 가지고 있다면 백인들이 그러는 것처럼 절대로 백인 앞에서 백인 이야기를 하지 않을 거라고, 그건 불변의 진리라고 강변했다. 상식적인 생각을 가지고 있지 않을 때는 대가를 치러야 한다.

하지만 그 말이 옳을까? 대가를 치러야 한다는 말이 통용될 수 있을까? 그것은 매우 복잡한 문제였다. 레이와 내가 결코 동의할 수 없는 문제였다. 레이가 만난 지 얼마 안 된 어떤 금발 여자에게 로스앤젤레스의 비열한 거리에 사는 사람들 이야기를 하거나, 열성적인 어떤 젊은 교사에게 인종 차별주의가 빚어낸 상처에 대해서 설명하는 것을 여러 번 들었다. 맹세하지만, 멀쩡한 표현 뒤에 숨어서 레이는 나를 향해 은밀한 공모의 눈빛을 날렸다. 백인 세상을 향한 우리의 분노는 특정한 대상이 따로 필요 없다, 라고 말하는 듯했다. 확인할 필요도 없었다.

그가 한 번씩 이런 행동을 할 때마다 나는 최소한 그가 진심에서 그렇게 한다는 것은 믿지만, 그의 판단이 과연 옳은지는 의심하곤 했다. 우리는 할렘이나 브롱크스의 난방도 되지 않는 어떤 건물에 수용되어 있는 게 아니었다. 우리가 사는 데는 죽이게 좋은 할렘이었다. 우리는 우리가 말하고 싶은 대로 말하고, 우리가 원하는 장소에서 먹고, 그 누구의 눈치도 보지 않고 버스의 맨 앞자리에 얼마든지 앉았다. 농구부의 제프나 스코트 같은 백인 친구들 가운데 어떤 녀석도 우리를 대할 때 조금도 차별하지 않았다. 그 녀석들은 우리를 사랑했고, 우리 역시 녀석들을 사랑했다. 그 녀석들 가운데 반은 자기들이 흑인이면 좋겠다고 생각했다. 아니면 적어도 닥터 J*까지는 얼마든지 되어도 좋겠다고 생각했다.

"그래, 그건 맞아"라고 레이는 인정했다.

"어쩌면 우리는 여유를 가지고 고약한 깜둥이 자세를 잠시 접어둘 수도 있어. 진짜 필요할 때 써먹기 위해서 말이야."

레이는 고개를 내저었다.

"자세? 자세라고? 자세가 아니라 네 이야기를 하란 말이야."

레이는 자기 명예와 모든 것을 걸고 불같이 화를 낼 때가 있었다. 좀처럼 보이지 않던 모습이었지만 분명 그럴 때가 있었다. 하지만 나는 달랐다. 나로서는 나의 자아, 나의 정체성이 무엇인지 알지 못했다. 위험에 노출되고 싶지 않아서, 그게 두려워서, 더 안전한 장소로 재빨리 몸을 피하곤 했다. 그게 내 모습이었다.

아마 우리가 뉴욕이나 로스앤젤레스에 살았더라면 우리가 했던 고위험-고수익 게임의 규칙들을 좀 더 빠르게 습득했을 것이다. 하지만 나는 흑과 백의 두 세상 사이에서 줄을 타는 법을 익혔다. 각각의 세상은 각각의 언어와 관습과 의미 구조를 가지고 있다는 사실을 이해했

---

* 프로 농구선수 줄리어스 어빙Julius Erving. 마이클 조던Michael Jordan보다 조금 이른 시기에 활동했다. '농구박사'라는 의미로 '닥터 J'로 불렸다.

다. 그리고 나로서는 두 세상 사이의 언어를 번역하는 데 약간의 노력만 기울이면 얼마든지 두 세상에 동시에 속할 수 있다고 확신했다. 내 눈으로 보자면 두 세상은 얼마든지 공존이 가능했던 것이다. 하지만 개운치 않은 느낌은 여전히 가시지 않았다. 백인 여자가 대화를 하던 도중에 스티비 원더Stevie Wonder를 좋아하냐고 물을 때, 슈퍼마켓에 있는 여자가 농구를 좋아하냐고 물을 때, 혹은 교장 선생님이 나를 보고는 열심히 잘하고 있다며 등을 두드릴 때, 내 머릿속에서는 경고음이 삐릭삐릭 울렸다. 스티비 원더를 좋아하고, 농구를 좋아하고, 공부를 열심히 하려고 노력한다. 그런데 왜 이런 질문을 받을 때마다 신경이 곤두서는 걸까? 어딘가에 분명히 속임수가 있다, 그렇게 생각했다. 비록 그 속임수가 무엇인지, 누가 나를 속이려 드는지 그리고 누가 속는 것인지는 또렷하게 파악할 수 없었지만.

초봄의 어느 날이었다. 수업이 끝난 뒤에 레이와 나는 바위 벤치 쪽으로 걸어가던 중이었다. 바위 벤치는 커다란 반얀나무를 빙 둘러싸고 있는 것으로 푸나호우의 명물이었다. 아이들은 이곳을 '시니어 벤치'라고 불렀다. 이곳은 보통 만남의 장소였다. 그런데 풋볼 팀 수비수인 (당연히 덩치가 보통이 아니었다) 커트가 거기 있다가 우리를 보고는 큰 소리로 외쳤다.

"헤이, 레이! 나의 멋진 꼬붕! 어디 가?"

레이는 다가가서 커트가 펼친 손바닥에 자기 손바닥을 쳤다. 커트는 내게도 똑같은 행동을 기대하며 손바닥을 내밀었다. 하지만 나는 그냥 손을 쓱 흔들고 지나쳤다. 뒤에서 커트의 목소리가 들렸다.

"쟤 왜 저래?"

얼마 뒤 레이가 뒤따라와서 왜 그러냐고 물었다.

"야, 쟤들이 우릴 가지고 놀려고 하잖아."

"무슨 헛소리야?"

"몰라서 그래? '어이 꼬붕들, 내 손바닥 한번 멋지게 쳐봐!' 개새끼들."

"그래, 너 민감한 줄 잘 알아. 하지만 커트는 그런 뜻으로 한 게 아니야."

"정말 그렇게 생각해? 진심이야?"

레이의 얼굴이 갑자기 굳어졌다.

"야, 내 말 잘 들어. 난 그냥 아무것도 아니야. 아무 일도 없어. 농구 경기 때문에 네가 선생들에게 숙제 마감일을 하루 늦춰달라고 말할 때, 너도 아무 일 없지? 그렇지? 그렇게 아무 일 없다고. 그래, 까놓고 얘기하자. 솔직히 이런 거 아냐? '엿 같은 걸레 선생님, 이 소설이 진짜 재미있걸랑요. 그래서 말인데, 숙제 하루만 연기해 주면 선생님의 하얀 엉덩이를 빨아줄게요.' 우리 이러고 사는 거 맞잖아. 쟤네들 세상이야. 그래, 쟤네들 세상이고 그 안에 우리가 있다고. 그런 걸 어쩌라고, 어? 꺼져! 네 면상은 보기도 싫으니까!"

하루가 지나고 나자 우리의 격한 언쟁은 열기가 식었다. 레이는 자기 집에서 토요일에 파티를 열 건데 제프와 스코트를 초대하자고 제안했다. 잠시 망설였다. 흑인들끼리 하는 파티에 백인을 부른 적이 한 번도 없었기 때문이다. 하지만 레이는 그게 뭐 어떠냐고 했다. 결국 마땅한 핑계를 찾지 못한 나는 두 사람에게 가서 파티에 초대한다고 말했다. 둘 다 내가 자동차로 태워만 준다면 그러겠다고 했다. 그래서 토요일 밤에 우리 셋은 농구를 한 게임 뛴 다음에 덜덜거리는 할아버지의

낡은 포드 그라나다를 타고 시내에서 50km 정도 떨어진 스코필드 기
지로 달려갔다.

우리가 도착했을 때 파티는 한창 무르익어 있었다. 우리는 음료수부
터 한 잔씩 마셨다. 제프와 스코트의 등장에도 별다른 파장은 일어나
지 않았다. 레이는 그 둘을 사람들에게 소개했다. 둘은 사람들과 약간
의 이야기를 나누었고, 또 여자애들과 함께 플로어에서 춤을 추었다.
하지만 나는 그 파티장의 모든 모습들이 백인 친구들을 놀라게 했다는
사실을 금세 알 수 있었다. 두 친구는 쉬지도 않고 계속해서 미소를 지
었다. 밀리고 밀리다가 구석까지 밀려서 더 갈 데가 없었다. 그리고 음
악에 맞추어 의식적으로 고개를 끄덕였다. 그리고 거의 1분에 한 번씩
"어, 미안해"라고 말했다. 한 시간쯤 지났을까? 두 사람이 나에게 집까
지 태워다주지 않겠느냐고 했다. 레이에게 둘이 나간다는 뜻을 손짓으
로 알렸다. 레이는 음악 소리 위로 고함을 질렀다.

"왜 그래? 왜 가? 열기가 한참 뜨거운데, 그냥 가?"

"우리 세상 안에 있기 싫은가 보지 뭐."

레이와 나의 시선이 맞부딪쳤다. 우리는 한참 동안 서로를 쏘아보면
서 그러고 서 있었다. 음악 소리와 웃음소리가 우리 주위에서 파도치
듯 넘실거렸다. 레이의 눈빛에서는 만족감을 찾아볼 수 없었다. 그렇다
고 실망했음을 확인할 수 있는 단서가 보였던 것도 아니다. 그는 그냥
가만히 나를 바라볼 뿐이었다. 마치 뱀처럼 눈을 한 번도 깜박이지 않
았다. 마침내 그가 손을 내밀었다. 내가 그 손을 잡았다. 그는 여전히
내 눈을 바라보면서 이렇게 말했다.

"다음에 보자."

그의 손이 내 손에서 빠져나갔다. 그는 아이들 틈으로 비집고 들어

가서는 조금 전에 자기와 이야기를 나누던 여자애가 어디 갔는지 다른 아이들에게 물었다.

바깥 공기는 어느새 차갑게 식어 있었다. 거리에는 인적 하나 없었다. 레이의 집에서 흘러나오는 음악 소리만 없다면 그야말로 완전한 정적 그 자체였다. 길을 따라 줄지어 늘어선 단층집들의 창문에서 파란 불빛들이 새어나오고 있었다. 길을 따라 늘어선 가로수들은 야구장으로 긴 그림자를 드리웠다. 차에 탄 뒤에 제프가 내 어깨에 손을 얹더니 이렇게 말했다.

"야! 너도 알겠지만 뭔가 배운 게 있는 거 같아. 내 말은 그러니까, 학교에서 벌이는 파티 때 너와 레이가 거친 면모를 보이는 게 약간은 이해가 된다 이 말이야."

그 말에 나는 숨을 거칠게 내쉬며 이렇게 대꾸했다.

"그래, 맞아."

나의 한 부분이 곧바로 녀석의 얼굴에 주먹을 꽂기를 원했다. 시내를 향해서 자동차를 몰았다. 우리 셋은 아무 말도 하지 않았다. 무거운 침묵 속에서 나는 레이와 나누었던 말들을 되씹었다. 커트 때문에 벌였던 언쟁 그리고 그 이전의 또 다른 언쟁 그리고 그날 파티에서 있었던 일까지.

제프와 스코트를 내려줄 즈음에는 내가 사는 세상, 즉 너무도 단순해서 무섭고, 또 그것이 담고 있는 의미 때문에 숨 막히는 세상의 새로운 지도가 보이기 시작했다. 우리는 늘 백인의 경기장에서 백인이 정한 규칙에 따라 경기를 한다고 레이는 말했었다. 만일 교장이나 코치, 교사나 커트가 네 얼굴에 침을 뱉고 싶어 한다면 그렇게 할 수 있다. 왜냐하면 그들은 권력을 가지고 있고, 너에게는 그런 권력이 없으니까.

만일 그들이 그렇게 하지 않는다면, 다시 말해서 그들이 자기 동료를 대할 때와 똑같이 너를 대하거나 혹은 너를 변호하고 나설 때는 네가 하는 말이나 네가 입은 옷, 네가 읽는 책, 네가 가진 포부나 욕망이 이미 자기들의 것과 같다는 사실을 알기 때문이다. 그들이 어떤 결정을 내리든 간에 그 결정은 그들이 내리는 것이지 네가 내리는 것이 아니다. 너를 지배할 수 있는 기본적인 권력을 그들이 가지고 있으니까. 이 권력은 그 사람들 개인의 동기나 태도보다 앞서기 때문에, 착한 백인과 나쁜 백인 사이의 차이라는 건 아무런 의미가 없다.

사실, 네가 흑인적인 표현이라고 생각하는 것들, 예를 들면 옷이나 노래, 공을 뒤로 돌려서 하는 패스 따위를 네가 자유롭게 선택한 거라고 확신하는 것도 착각일 수 있다. 그런 것들은 기껏해야 도피처일 뿐이고, 최악의 경우에는 덫일 수도 있다. 이 미칠 것 같은 논리를 따르자면, 네가 유일하게 자신의 것으로 선택할 수 있는 길은 좀 더 작게 쪼그라드는 것뿐이다. 그러다 보면 마침내 자기가 흑인이라는 사실이 무력한 패배자임을 뜻한다는 결론에까지 이르지. 그리고 최종적인 모순 앞에 서게 되는 거야. 만일 네가 이런 패배감을 거부하고 너를 포로로 혹은 죄수로 붙잡고 있는 사람들에게 대항한다면, 그들은 너에게 이름을 붙여줄 거야. 너를 또 다른 감옥에다 가두는 이름이지. 편집증 환자, 호전적인 사람, 폭력적인 사람, 깜둥이.

●

그 뒤로 몇 달 동안 나는 이 악몽과도 같은 인식을 파고들었다. 도서관에서 온갖 책들을 빌렸다. 제임스 볼드윈James Baldwin, 랠프 엘리슨Ralph Ellison, 제임스 휴스James Hughes, 라이트, 두보이스William Du Bois 등의 저서들이었다. 밤이 되면 할아버지, 할머니에게는 숙제를 한다고 말하고선 방문을 잠그고 이 책들을 읽었다. 책 속에 담긴 말들과 씨름을 하고 절박한 논쟁에 휩싸였다. 그러면서 나를 둘러싼 세상과 화해를 하려고 온갖 시도를 했다. 그러나 거기에도 탈출구는 없었다. 내가 읽은 모든 책의 모든 페이지에서 그리고 리처드 라이트_{Richard Wright}의 소설 《미국의 아들_{Native Son}》에 등장하는 주인공 흑인 비거 토머스와 투명 인간들에게서 내가 느끼는 것과 똑같은 고뇌와 의심을 발견했다. 아이러니와 지성이 결코 피해갈 수 없었던 자기 경멸과 맞닥뜨려야 했다. 심지어 두보이스의 지식과 볼드윈의 사랑, 휴스의 유머조차도 정신을 갉아먹는 힘 앞에 무릎을 꿇었다. 이들은 결국 예술이 지닌 구원의 힘조차도 의심했다. 그래서 각자 아프리카로 유럽으로 그리고 할렘으로 빠져들었다.[●] 하지만 셋 다 허망하게 소진되었고 패배했다.

오직 미국 흑인 해방운동의 급진적인 지도자 맬컴 엑스_{Malcolm X}의 자서전만이 뭔가 다른 것을 주는 것 같았다. 그의 반복된 자기 창조가 나에게 말을 걸어왔다. 무디지만 솔직한 그의 시, 스스로를 존경하는 마음에 대한 꾸밈없는 강조는 타협하지 않는 새로운 질서를 약속했다. 오로지 의지의 힘으로 단련되고 투쟁을 불사하지 않는 질서였다. 푸른 눈을 가진 사람들의 헛소리나 묵시록에 지나지 않는 다른 것들은 맬컴 엑스가 약속한 것에 비하면 부수적인 것에 지나지 않았다. 맬컴 엑스가 죽음을 향해 나아가면서 기꺼이 포기했던 종교적 인습이었던 것이다. 하지만 맬컴의 부름에 뒤따르는 내 모습을 상상하면서도 나는 그 책에 담긴 한 줄에 발목이 잡혀 더 나아가지 못했다. 그는 한때 자기가

● 두보이스는 아프리카의 미의식에서 흑인의 정체성을 찾으려 했고, 볼드윈은 파리에 머물면서 활동했다. 휴스는 뉴욕의 이른바 '할렘 르네상스'에서 흑인의 정체성을 찾으려고 했다.

가졌던 소망을 이야기했다. 자기 몸에 흐르는 폭력적인 하얀 피가 언젠가는 말끔하게 제거되었으면 좋겠다는 소망이었다. 맬컴에게는 결코 이루어지지 않을 소망이었음을 나는 알았다. 흑인의 자존심을 찾아 여행을 떠난다 해도 내 안의 하얀 피는 결코 단순한 추상성으로 축소되지 않을 것이라는 사실도 알았다. 언젠가, 아니 내가 어떤 경계 지점에서 어머니와 할아버지, 할머니와 결별한다면, 나는 누구를 위해서 이 세상을 살아야 할 것인가 하는 문제를 놓고 고민했다.

그리고 또 있다. 맬컴이 생의 마지막 순간에 임박해서 깨달은 사실, 즉 몇몇 흑인들은 이슬람 속에서 형제가 되어 자기 곁에서 함께 살 수도 있다는 생각이 어떤 궁극적인 화해의 가능성을 말하는 것이라면, 그 희망은 먼 미래의 어느 먼 나라에나 있을 법해 보였다. 그 사람들이 어디에서 오고, 또 어떤 사람이 그런 미래 세상을 위해서 기꺼이 일하고 그 새로운 세상의 시민이 될 것인지 고민했다.

어느 날 대학의 농구 코트에서 경기를 마친 뒤에 레이와 나는 우연히 말리크와 이야기를 나누게 되었다. 우리와 가끔 농구를 하던 말리크는 키가 크고 몹시 여윈 사람이었다. 그는 자기가 한때 이슬람연합 Nation of Islam 의 추종자였지만, 맬컴이 죽고 하와이로 이주한 뒤부터는 혼자 기도를 하면서 마음의 평온을 추구할 뿐, 이슬람 사원에 나가지 않고 정치 집회에도 참석하지 않는다고 말했다. 그런데 가까이 있던 한 친구가 우리의 대화를 들었던지, 예민한 표정으로 우리 쪽으로 몸을 돌렸다.

● 미국 내 이슬람 종파 가운데 하나로 흑인의 긍지와 권력, 자기 발전을 강조하는 흑인 조직이다. 맬컴 엑스와 무하마드 알리Muhammad Ali 등이 이 조직에 참여했다.

"맬컴 이야기 하는구나. 맞지? 맬컴은 있는 그대로 이야기하지. 의심 따위는 하지 않고."

그러자 또 다른 사람이 끼어들었다.

"그래. 내 이야기 해줄까? 내가 아프리카 정글에 가 있는 모습을 볼 사람은 아무도 없을걸? 아니면 뜨거운 사막에 카펫을 깔아놓고 아랍 사람들과 앉아 있는 모습을 볼 일도 없을 거야. 절대로! 하지만 소고기를 뜯어먹는 모습은 자주 보겠지."

"그럼, 소고기 좋지."

"여자도 그래. 맬컴이 여자하고 열심히 자라는 이야기를 했나? 이제 그런 건 안 통해. 알잖아."

레이가 킬킬거리고 웃었다. 나는 레이를 나무라는 눈으로 바라보았다.

"왜 웃어? 넌 맬컴이 쓴 글을 하나도 읽지 않았잖아. 넌 그 사람이 무슨 말을 했는지도 모르잖아."

레이는 내 손에 들려 있던 농구공을 휙 채서는 반대편 골대로 드리블해 갔다. 그리고 고개를 뒤로 휙 돌려서 이렇게 고함을 질렀다.

"나는 어떻게 하면 흑인이 되는지 가르쳐주는 책 아니면 필요 없어!"

나는 뭐라고 대답을 하려다가, 내 편을 들어 한마디 거들어주길 기대하면서 말리크를 바라보았다. 하지만 그 무슬림은 아무 말도 하지 않았다. 그의 바싹 마른 얼굴에는 꿈을 꾸는 듯한 미소가 피어 있었다.

그 일이 있은 뒤에 나는 내 마음속의 열병을 다른 사람들에게 드러내지 않고 숨긴 채 혼자 처리하기로 했다. 그런데 몇 주가 지난 뒤였다. 아침에 부엌에서 들리는 소란스러운 소리에 잠이 깼다. 투트와 할아버

지가 다투는 소리였다. 할머니의 소리는 거의 들리지 않았고 할아버지
가 고함을 질렀다. 방문을 열고 나갔더니, 투트가 출근하기 위해 옷을
갈아입으려고 자기 방으로 들어가는 게 보였다. 왜 그러냐고 물었다.

"아무것도 아냐. 네 할아버지가 오늘 아침에는 나를 자동차로 태워
다주지 않겠다는구나. 그뿐이야."

부엌으로 들어가자 할아버지는 씩씩거리면서 무어라 중얼거리고 있
었다. 할아버지가 커피를 마시는 모습을 바라보면서, 정 피곤하면 앞으
로 내가 할머니를 직장까지 태워다주겠다고 했다. 상당히 놀라운 제안
이었다. 왜냐하면 나는 아침에 일찍 일어나는 걸 끔찍하게 싫어했기
때문이다. 내 말에 할아버지는 얼굴을 찌푸렸다.

"그게 문제가 아니야. 네 할머니는 그냥 내 기분을 상하게 만들고 싶
어서 저러는 거야."

"아닐 거예요, 할아버지."

"맞다니까!"

할아버지는 다시 커피를 한 모금 마셨다.

"은행에 다니면서부터 줄곧 버스를 타고 출근했잖아. 그게 더 편하
다고 자기 입으로도 말했어. 그런데 이제 와서 조금 불편한 일이 있다
고 해서 모든 걸 다 바꾸겠다니 말이 안 되잖아."

투트의 작은 몸이 거실로 나왔다. 그녀의 두 눈이 안경 너머로 우리
를 보았다. 그리고 이 말이 이어졌다.

"그게 아니잖아요, 스탠리!"

나는 그녀를 다른 방으로 데리고 가서 왜 그러는지 물었다.

"어제 어떤 남자가 나한테 돈을 달라고 하잖아. 버스를 기다리고 섰
는데 말이야."

"그게 다예요?"

그녀는 노여움으로 입술을 잠시 오므렸다.

"얼마나 험상궂었는지 모른다. 너무너무 무서운 인상이었단 말이야. 1달러를 줬는데 계속 더 달라고 하잖아. 그때 마침 버스가 오지 않았더라면 그 사람이 내 머리를 후려쳤을지도 몰라."

나는 다시 부엌으로 갔다. 할아버지는 컵을 씻고 있다가 돌아섰다.

"제가 모셔드리고 올 테니 가만 계세요. 마음이 진정되지 않으시나 봐요."

"겨우 거지가 돈을 구걸했다는 일로?"

"저도 압니다. 하지만 많이 무서울 수 있죠. 덩치 큰 남자가 앞을 가로막고 있으면요. 별일 아닌 게 아닐 수도 있다니까요."

할아버지가 돌아섰다. 나는 그제야 할아버지가 떨고 있다는 사실을 알았다.

"정말 별일 아니야. 나도 네 할머니를 은행까지 태워다주는 거 별일 아니야. 네 할머니는 예전에 한 명이 아니라 여러 명의 남자들에게 협박을 받은 적도 있어. 그런데 그까짓 한 명이 그런다고 뭐가 별일이겠니? 내가 진짜 이유를 말해줄까? 네가 처음 이 부엌에 들어오기 전에 네 할머니가 뭐라고 했는지 아니? '그 남자 흑인이었단 말이에요' 이랬어."

'흑인'이라는 단어에서 할아버지는 작은 소리로 속삭였다.

"네 할머니가 무섭다는 진짜 이유가 바로 그거야. 나는 그게 마음에 안 들어."

할아버지의 말은 무거운 주먹처럼 내 가슴을 강타했다. 가슴이 떨렸지만 아무렇지도 않은 척했다. 그리고 가장 침착한 목소리로 말했다.

그런 말을 들으니 나도 기분이 좋지 않지만, 그래도 투트가 무서워하니까 저렇게 무서워하는 마음이 사라질 때까지만이라도 자동차로 태워줘야 옳지 않느냐고. 할아버지는 거실 의자에 털썩 앉으면서, 괜한 소리를 해 미안하다고 했다. 언제부터인가 할아버지는 점점 왜소하고 늙고 슬픈 인간으로 변해갔다. 나는 그의 어깨에 손을 얹고는 괜찮다고, 다 이해한다고 말했다.

우리는 그렇게 고통스러운 침묵 속에서 몇 분 동안 가만히 있었다. 그러다가 할아버지가 먼저 입을 열었다. 당신이 할머니를 태워주겠다고 했다. 그리고 힘겹게 몸을 일으켜서 옷을 갈아입었다. 두 분이 집에서 나간 뒤에 나는 내 침대에 걸터앉아 할아버지와 할머니에 대해 생각했다. 두 분은 나를 위해서 온갖 것들을 희생하고 또 희생했다. 당신들이 가진 모든 희망을 나의 성공에다 쏟아부었다. 나를 향한 두 분의 사랑을 의심할 수 있는 구석은 여태까지 단 하나도 없었다. 앞으로도 영원히 그럴 것 같았다. 그런데 나와 피부색이 같은 사람들이 두 분에게 공포의 대상이 되고 있다는 사실을 과연 어떻게 받아들여야 한단 말인가?

●

그날 밤 자동차를 몰고 와이키키로 갔다. 불이 환하게 켜진 호텔들을 지나서 알라와이 해협 쪽으로 방향을 잡았다. 허술한 마당과 경사가 완만한 지붕이 있는 그 집을 찾기까지 꽤 많은 시간이 걸렸다. 실내에는 불이 켜져 있었다. 머리받침이 있는 의자에 프랭크가 앉아 있는 게 보였다. 돋보기를 코끝에 걸친 채 무릎에 올려놓은 시집을 읽고 있었다. 나는 잠시 차에 앉은 채로 그를 지켜보았다. 그러다 밖으로 나가서 문을 두드렸다. 노인은 가까스로 자리에서 일어나 문을 열었다. 그를 마지막으로 본 게 벌써 3년 전이었다.

"한잔할 테야?"

나는 고개를 끄덕였다. 그는 위스키 병을 꺼내고 찬장에서 플라스틱 잔을 꺼냈다. 그는 3년 전이나 별로 달라진 게 없었다. 콧수염이 조금 더 하얗게 센 것 외에는. 그의 콧수염은 마치 죽은 아이비 넝쿨처럼 윗입술에 대롱대롱 매달려 있다는 느낌이 들었다. 여윈 뺨에는 더 많은 주름이 패여 있었고, 긴 줄로 허리를 묶고 있었다.

"할아버지는 어떠시냐?"

"건강하시죠."

"그래, 여긴 웬일로?"

왜 갔는지 나도 확실하지 않았다. 나는 우리 집에서 일어났던 일을 털어놓았다. 그는 고개를 끄덕이더니 잔에 술을 따랐다.

"네 할아버지 정말 재미있구나. 네 할아버지와 내가 어린 시절에 80km 정도 떨어져서 성장했다는 거 알고 있니?"

나는 고개를 내저었다.

"분명히 그랬어. 우리는 둘 다 위치토 가까운 데서 살았거든. 물론 서로 몰랐지. 네 할아버지가 철이 들어 어떤 걸 기억할 나이가 되었을 때, 나는 이미 다른 데로 가고 없었거든. 어쩌면 네 할아버지 친척들은 길에서 나와 스쳤을지도 몰라. 만약에 그런 일이 있었다면, 아마도 나는 그 사람들이 편하게 지나갈 수 있도록 옆으로 비켜섰을 거야. 네 할아버지도 너에게 이런 옛날이야기 하시지 않던?"

나는 위스키를 입 안으로 털어넣다가 다시 한번 고개를 내저었다.

"아니라…… 그래, 그러고 보니 그랬을 것 같지가 않네. 스탠은 캔자스 이야기하는 걸 좋아하지 않으니까……. 마음이 편치 않나 봐. 한번은 네 어머니의 시중을 들게 하려고 고용한 흑인 여자 이야기를 한 적이 있어. 전도사의 딸이라고 했던가 그랬어. 그런데 그 여자가 언제부턴가 자기들과 완전히 한 식구처럼 되었다는 얘기였어. 네 할아버지가 기억하기로는 그랬다는 거야. 무슨 말인지 알겠지? 그 여자는 다른 사람의 아이를 정기적으로 돌봤고, 그 여자의 엄마는 또 다른 사람의 빨래를 정기적으로 해줬지. 그러니까 어떤 가족에게 정기적으로 한 식구가 되었던 셈이지."

나는 팔을 뻗어서 술병을 집었다. 나는 내 잔에만 술을 따랐다. 프랭크는 나를 보고 있지 않았다. 그의 눈은 감겨 있었다. 머리는 뒤로 젖혀서 의자에 편안하게 기댄 상태였다. 깊은 주름이 패어 있는 얼굴이 마치 돌로 빚은 조각상 같았다. 프랭크는 낮은 음성으로 말을 계속 이었다.

"넌 할아버지를 비난하면 안 돼. 기본적으로 선한 사람이야. 하지만 네 할아버지는 나를 알지 못해. 네 어머니 시중을 들었던 여자를 알지 못했던 것처럼 나를 알지 못한단 말이야. 나를 알 수가 없어. 내가 네 할아버지를 아는 것처럼 그렇게 나를 알 수가 없어. 어쩌면 여기 하와이 원주민들 가운데 일부 그리고 보호구역에 사는 인디언들은 나를 알 수 있겠지. 그 사람들은 자기 아버지가 백인에게 모욕당하는 광경을 봤을 테니까 말이야. 어머니들이 능욕을 당하는 것도 보았을 테고.

하지만 네 할아버지는 그때의 느낌이 어떤지 절대 모르실 거야. 그렇기 때문에 이 집에 찾아와서 술을 마시고 네가 앉아 있는 바로 그 의자에 앉아서 잠들 수 있단 말이지. 마치 아기처럼 평온하게 말이야. 근데, 난 아무리 해도 네 할아버지 집에서 그렇게 할 수가 없어. 절대로. 내가 아무리 술에 취하고 또 아무리 피곤해도 몸가짐을 절대로 흐트러뜨릴 수가 없단 말이야. 살아남기 위해서는 정신을 똑바로 차려야 하거든."

프랭크는 눈을 떴다.

"내가 너에게 하려는 말은, 네 할머니는 겁을 먹을 권리가 있다는 거야. 최소한 네 할아버지처럼 말이야. 네 할머니는 흑인이 증오심을 가질 만한 이유가 있다는 걸 잘 알아. 그건 사실이고. 나도 아니길 소망하지만 엄연한 현실이지. 그러니까 너도 거기에 익숙해져야 해."

프랭크는 다시 눈을 감았다. 숨소리가 가늘어지더니 잠이 든 것 같았다. 깨울까 생각하다가 마음을 고쳐먹고 그 집을 나왔다. 차를 향해서 걸어가는데 땅이 흔들렸다. 금방이라도 쩍 갈라지면서 나를 집어삼킬 것 같았다. 걸음을 멈추고 마음을 가라앉혔다. 그리고 난생처음으로 내가 정말 외롭다는 생각을 했다.

5

새벽 3시. 달빛이 쏟아지는 거리는 텅 비어 있었다. 속도를 높이는
자동차 엔진 소리가 멀리서 들렸다. 술을 진탕 퍼마신 패거리들은 짝
을 지어서 혹은 혼자서 깊은 잠에 빠져 있을 터였다. 그리고 핫산은 새
로 만난 여자 집에 있을 테고. 밤 꼴딱 새지 마, 라고 그는 눈을 찡긋하
며 말했다. 이제 딱 두 사람만 남아 해가 뜨기를 기다리고 있었다. 나와
빌리 홀리데이 Billie Holiday. •

나는 바보야, 당신을 원하다니
정말 바보야, 당신을 원하다니

• '재즈의 여왕'이라 불린 미국의 흑인 여가수.

나는 술을 한 잔 더 따라 마시고는 시선을 들어 방을 둘러보았다. 안주용 비스킷을 담았던 그릇들이 뒹굴고, 재떨이마다 꽁초가 넘쳐나고, 빈 병들은 벽을 배경으로 황량한 스카이라인을 만들고 있었다. 굉장한 파티. 다들 그렇게 말했다. 집을 제대로 흔들려면 배리나 핫산한테 맡겨야 돼, 라고. 하지만 딱 한 사람 예외가 있었다. 레지나였다. 레지나는 파티에서도 즐기지 않았다. 그녀가 가기 전에 했던 말이 무슨 뜻일까? 넌 늘 모든 게 너랑 관련이 있다고 생각해. 그녀는 자기 할머니 이야기도 했다. 전체 흑인의 운명이 내 책임인 것처럼 군다고 했다. 자기 할머니가 평생 무릎을 꿇고 산 게 내 책임인 것처럼 군다고 말이다. 레지나, 꺼져라! 레지나의 거만함과 독선, 잘난 체도 꺼져버려라! 그녀는 나를 알지 못했다. 내가 어디에서 왔는지 이해하지 못했다.

소파에 드러누워서 담배를 피워 물었다. 그리고 내 손가락 안에서 성냥이 타들어가는 것을 지켜보았다. 성냥의 불길이 손가락 끝을 간질였다. 그 순간 나는 손가락 두 개로 불꽃을 눌러버렸다. 따끔한 통증이 느껴졌다. 누가 이렇게 물을 수 있다.

"비법이 뭐야?"

"비법은 아파도 참는 거야. 신경 쓰지 않고."

이 말을 어디에서 읽었는지 기억을 더듬었지만 생각나지 않는다. 상관없다. 빌리도 똑같은 비법을 알고 있었다. 아픔으로 갈라지고 떨리는 목소리가 그녀의 비법이다. 나도 이 사실을 깨달았다. 레이가 2년제 대학에 들어가고 내가 책을 완전히 멀리한 뒤부터 그리고 아버지에게 더는 편지를 쓰지 않고 아버지 역시 편지를 보내지 않은 뒤로 지난 2년 동안의 생활을 통해서 그렇게 깨달았다. 나는 내 손으로 직접 헝클어놓지도 않은 복잡한 문제를 정리하고 해결하려다 지쳐서 나가떨어지고 말았던 것이다.

그리고 신경 쓰지 않는 법을 배웠다.

입술을 동그랗게 모아 담배 연기로 도넛을 만들어 날리면서 지난날들을 떠올렸다. 술에 취하는 것은 도움이 되었다. 하지만 헤로인은 아니었다. 미키는 나더러 한번 해보라고 끈질기게 권했다. 어쩌면 미키가 헤로인을 가르쳐준 스승이 될 수도 있었다. 눈 딱 감고 그냥 해보면 할 수 있다고 했다. 하지만 이 말을 할 때 그는 마치 고장 난 자동차처럼 덜덜 떨었다. 어쩌면 그때 그는 감기에 걸렸을 수도 있다(우리는 고기를 보관하는 냉동고 안에 있었다. 그가 일하는 음식점 뒷마당에 세워져 있던 냉동고였다. 아마도 영하 20도쯤 되었던 것 같다). 하지만 감기로 떠는 것 같지는 않았다. 오히려 땀을 흘리는 것처럼 보였다. 얼굴은 긴장해 있었고 반들반들 윤이 났다. 그는 주사기를 꺼냈다. 거대한 고깃덩어리들이 매달려 있는 공간에 그가 서 있었다. 바로 그 순간, 어떤 이미지 하나가 거품이 부글거리던 내 머릿속에 박혔다. 진주처럼 반짝이는 둥근 것이 정맥을 타고 조용히 흘러 내 심장의 수축 및 이완 운동을 정지시키는 이미지였다.

⦿

마약중독자, 뽕쟁이. 흑인 청년인 내가 가고자 하는 최종적인 그리고 치명적인 기착지가 그것이었다. 나는 내가 얼마나 형편없는 녀석인지 증명하려고 애썼다. 하지만 어쨌거나, 적어도 그때까지만 해도 그렇지는 않았다. 술에 취한 것도 '내가 누구인가' 하는 의문들과 내 마음속 풍경들을 지워버리고 또 내 기억의 못난 것들을 지워버릴 수 있는 무언가를 얻기 위해서였다. 술에 취한다는 것이 백인 친구의 반짝이는 새 자동차 안에서, 혹은 체육관에서 운동을 하다가 처음 만난 어떤 친구의 기숙사 방에서, 혹은 학교 땡땡이치고 나와 말썽 일으킬 게 없나 하고 두리번거리는 하와이 원주민 아이들 몇몇과 해변에 앉아서 마리화나를 피우는 것과 별다를 게 없다고 생각했었다. 아무도 아버지가 바람이나 피우고 돌아다니는 천박한 부자인지 아니면 직장에서 해고된 뒤 집에 틀어박혀서 자식이 눈에 띄기만 하면 두들겨 패는 사람인지 묻지 않았다. 그냥 지루하거나 외로운 것일지라도 괜찮았다. 애정 결핍 클럽에서는 누구나 환영했다. 취하는 게 문제를 해결하는 데 도움이 되지 않았을지라도, 적어도 어리석은 세상을 비웃고 위선과 싸구려 도덕주의를 마음껏 욕할 수는 있었다.

당시에 마약과 술에 대한 내 생각은 이랬다. 그리고 2, 3년이 지난 뒤에야 운명, 즉 피부색이나 가진 돈의 차이가 어떻게 작용하는지 깨달았다. 그 차이에 따라 놓인 곳에서 떨어질 때 아래에 폭신한 매트리스가 깔려 있을 수도 있고, 날카로운 바위가 있을 수도 있다는 사실을 깨달았던 것이다. 물론 어떤 경우든 운이라는 게 필요하다. 그런데 이 운이 파블로에게는 따라주지 않았다. 하필이면 운전면허증을 소지하지 않은 그날 경찰이 그의 자동차 트렁크를 수색했던 것이다. 브루스도 그랬다. 환각 여행을 너무 많이 하다가 결국 여행에서 온전하게 돌아오지 못하고 정신병원으로 갔다. 듀크도 그랬다. 교통사고를 충분히 피할 수 있었는데 그러지를 못했다. 운이 따라주지 않았던 것이다.

이런 일들을 어머니에게 설명하려고 한 적이 있다. 행운의 여신이 돌리는 운명의 바퀴가 인생에서 어떤 작용을 하는지 말이다. 고등학교 마지막 학년이 시작되던 때였다. 어머니는 인도네시아에서 현장 작업을 마치고 하와이에 돌아와 있었다. 어느 날인가 어머니가 내 방으로 불쑥 들어왔다. 파블로가 체포된 사건에 대해서 자세히 알고 싶다고 했다. 나는 어머니가 안심하도록 우선 편안한 미소부터 지었다. 그리고 어머니의 손을 가볍게 두드리며, 당신 아들은 어리석은 행동을 절대로 하지 않을 테니까 걱정하지 말라고 했다. 이런 동작은 내가 개발한 속임수의 하나로, 보통은 매우 효과적이었다. 정중한 태도로 미소를 짓고 허둥대지 않는 한 사람들은 일단 마음을 놓고 믿어주었다. 의심을 하다가도 자기를 의심한다는 사실에 화를 내기는커녕 여유를 부리며 미소 짓는 흑인 청년에게는, 결국 안도의 한숨을 쉬고 깊은 신뢰를 보내게 마련이었다.

하지만 어머니는 그렇지 않았다. 자리를 잡고 앉더니 내 눈을 뚫어져라 바라보았다. 어머니의 눈빛은 죽은 사람을 모신 자리에 켜둔 촛불처럼 완강하고 냉혹했다.

"네 미래에 대해서 너무 될 대로 되라는 식 아니니?"

"무슨 말이에요?"

"내가 무슨 말을 하는지 네가 더 잘 알잖니. 네 친구 가운데 한 명이 마약을 가지고 있다가 체포되었어. 네 성적은 점점 떨어지고. 게다가 대학 지원서를 아직 한 군데도 넣지 않았잖아. 내가 진지하게 이야기라도 하려 치면 아무 일도 없는 것처럼 시치미만 뚝 떼고."

어머니가 하는 말을 계속 듣고 있을 필요는 없었다. 내가 성적 불량으로 퇴학을 당한 것도 아니지 않느냐고 반문했다. 나는 어쩌면 본토에 있는 대학에 진학하지 못할 가능성을 놓고 생각한 것들과, 하와이에 있는 대학에 다니면서 아르바이트로 일을 할 가능성을 놓고 생각한 것들을 말했다. 하지만 어머니는 내 말을 끝까지 듣지도 않고 잘라버렸다. 조금만 더 노력하면 미국에 있는 어떤 대학이든 원하는 대로 갈 수 있는데 무슨 말을 하느냐고 했다.

"네 모습이 지금 어떻다고 생각하니? 기가 막혀서 정말! 네가 지금 감나무에서 감이 떨어지기를 기다리고 있을 때난 말이다."

"뭐라고요?"

"지금 네 꼴은 저절로 행운이 굴러들어오길 기다리는 게으름뱅이란 말이다."

어머니를 보았다. 그녀는 아들의 운명을 확신하고 있었다. 내가 살아남아 성공하느냐 하는 것이 운에 따라 결정된다는 믿음은 그녀가 볼 때 이단이었다. 어머니는 내가 누군가에게 지고 있는 책임을 이야기했다. 당신에게, 할아버지 할머니에게 그리고 나 자신에게 책임감을 가지라고 했다. 갑자기 어머니가 가진 확신을 산산조각 내고 싶은 충동이 일었다. 나를 상대로 한 실험이 실패로 끝나고 말았음을 분명하게 일러주고 싶었다. 하지만 고함을 지르는 대신 나는 웃었다.

"게으름뱅이요? 예? 좋아요. 뭐 어때서요? 내가 인생에서 바라는 게 바로 그거면 어떡하실 거예요? 할아버지 보세요. 할아버지는 대학을 다니지도 않으셨잖아요."

할아버지와 비교하자 어머니는 한동안 아무 말도 하지 못했다. 눈빛이 불안하게 흔들렸다. 갑자기 어머니가 품고 있던 가장 커다란 공포가 나를 덮쳐왔다.

"어머니가 걱정하는 게 그거예요? 내가 할아버지처럼 살다가 인생을 끝마치는 거요?"

어머니는 고개를 빠르게 내저었다.

"넌 이미 할아버지보다 많은 교육을 받았다."

하지만 그녀의 목소리에서 자신감과 확신을 느낄 수 없었다.

빌리의 노래는 끝이 났다. 그리고 침묵이 흘렀다. 답답했다. 갑자기 술이 깨는 것 같았다. 소파에서 일어나 레코드판을 뒤집었다. 잔에 남은 술을 마저 마시고 한 잔 더 따랐다. 위층에서 변기의 물을 내리는 소리가 들렸다. 그리고 화장실에서 방으로 걸어가는 발소리가 들렸다. 또 한 명의 불면증 환자가 인생의 초침이 째깍거리며 돌아가는 소리를 듣고 있구나. 약이나 술에 취하면 이게 문제야. 그렇지 않은가? 그러다 어느 순간엔가 째깍거리던 그 소리, 어떤 공허함의 소리가 멈춘다. 바로 이 점을 나는 그때 어머니에게 말하려고 애를 썼다. 어머니가 생각하는 정의나 합리성에 대한 믿음은 잘못되었으며 우리는 결국 무릎을 꿇고 말 것이다. 또 이 세상의 어떤 교육이나 선한 의도도 우주에 나 있는 구멍을 막을 수 없으며, 분별없이 흘러가는 인생의 흐름을 바꿀 수도 없다는 사실을 말하려고 했다.

하지만 어머니와 대화를 나눈 뒤에 기분이 별로 좋지 않았다. 사실 스스로 죄의식을 느끼게 만드는 건 어머니가 늘 써먹던 수법이었다. 어머니는 이런 것쯤 아무렇지도 않게 여겼다. 한번은 이런 말을 한 적이 있다.

"죄의식은 어쩔 수가 없는 거야. 하지만 걱정하지 마라."

그리고는 능글맞게 웃으며 이렇게 덧붙였다.

"건강한 죄의식은 절대 해가 되지 않는다. 문명도 이 죄의식을 기초로 해서 건설되었어. 사람들은 죄의식의 가치를 너무 낮게 평가하지만 말이야."

그때 우리는 이걸 놓고 아무런 부담 없이 농담을 했었다. 나는 무사히 고등학교를 졸업했고, 여러 학교에서 입학 허가서를 받았다. 그리고 그 가운데 하나인 로스앤젤레스의 옥시덴탈 칼리지에 입학했다. 이 학교를 선택한 이유는, 가족과 함께 하와이에 휴가를 왔던 브렌트우드 출신의 여자아이를 만났기 때문이다. 하지만 나는 고등학교 때의 감정들을 떨치지 못하고 있었다. 그래서 다른 것들과 마찬가지로 대학에 대해서도 별로 관심이 없었다. 심지어 프랭크조차도 내가 태도를 어떻게 바꿔야 할지 나보다 더 모르면서 내 태도가 나쁘다고 생각했다.

프랭크는 대학을 '한 단계 높은 타협'이라고 불렀다. 하와이를 떠나기 며칠 전 그 늙은 시인을 마지막으로 보았을 때, 잠시 우리는 잡담을 나누었다. 그는 발이 불편하다고 투덜거리더니, 아프리카 사람의 발에 유럽 사람의 신발을 억지로 신기니 그럴 수밖에 없다고 했다. 그러다가 마지막으로 대학에서 뭘 얻어낼 생각이냐고 물었다. 나는 모르겠다고 대답했다. 그는 백발의 커다란 머리를 절레절레 흔들었다.

"그래, 그게 바로 문제야. 넌 모른다는 거야. 그러니까 넌 저기 있는 새끼 고양이 세 마리와 다를 게 전혀 없어. 네가 아는 거라곤, 네가 걸어가야 할 인생의 다음 행로가 대학이라는 것뿐이야. 나이를 충분히 먹어서 무언가를 제대로 아는 사람들, 수많은 세월을 싸워서 대학에 갈 권리를 쟁취한 사람들은 네가 대학에 간다는 사실만으로도 너무 행복해서 너에게 진실을 이야기하려 들지 않아. 대학에 입학하면서 치러야 하는 진짜 대가를 말이야."

"그게 뭔데요?"

"네가 속한 인종, 네가 속한 민족을 두고 떠나는 거야."

그는 돋보기 너머로 나를 물끄러미 바라보았다.

"뭐 좀 알 것 같니? 넌 교육을 받으러 대학에 가는 게 아니다. 너는 훈련을 받으려고 가는 거야. 사람들은 네게 필요하지 않은 것을 네가 원하도록 널 훈련시킬 거야. 말이 더 이상 아무 의미가 없도록 온갖 말들을 조작할 수 있도록 훈련시킬 거야. 네가 이미 알고 있는 것들을 잊어버리도록 훈련시킬 거야. 아주 멋지게 잘 훈련시킬 거야. 그래서 너는 평등한 기회와 미국적인 삶의 방식, 혹은 온갖 개 같은 것들에 대해서 그들이 말하는 것을 믿게 되겠지. 그들은 너에게 구석진 곳에 자리를 하나 만들어주고 근사한 저녁 식사에 초대해서는, '넌 네가 속한 인종의 자랑거리야'라고 말할 거야. 하지만 네가 진정으로 소중한 어떤 일을 하려고 하면 네 발목에 채워놓은 족쇄를 홱 잡아당길 테지. 그리고 네가 잘 훈련되고 넉넉한 보수를 받는 깜둥이라는 사실을 제대로 알게 만들 거야. 하지만 그렇다고 해서 네가 깜둥이가 아닌 건 아니거든. 여전히 깜둥이지."

"그러니까, 할아버지는 제가 대학에 가면 안 된다는 말입니까?"

프랭크의 어깨가 툭 떨어졌다. 그는 한숨을 쉬면서 의자에 등을 붙였다.

"아냐. 그런 말은 아니다. 넌 가야 해. 정신 똑바로 차리라는 말을 하는 거다. 눈을 크게 뜨고 깨어 있으라고."

프랭크와 그가 늘 들먹이던 '블랙 파워'와 다시키* 정신을 생각하면 저절로 미소가 떠올랐다. 어떻게 보면 프랭크도 어머니만큼이나 자기의 신념에 대해서는 치료 불가능한 사람이었다. 하와이가 만들어낸 바로 그 1960년대라는 똑같은 시대를 함께 살았던 사람으로서 말이다. 눈을 크게 떠라. 그는 그렇게 주의를 주었다. 하지만 햇살이 따가운 로스앤젤레스에서 그렇게 하기란 쉽지 않았다. 옥시덴탈 캠퍼스를 어슬

● 아프리카 민속 의상.

렁어슬렁 걸으면서 그렇게 하기란 쉽지 않았다.

　　●

　　캠퍼스는 가로수가 줄지어 늘어선 패서디나에서 몇 킬로미터 떨어진 곳에 있었다. 학생들은 모두 친근하게 굴었고 교수들은 열정이 가득했다. 1979년 가을, 지미 카터Jimmy Carter와 송유관 그리고 가슴을 치며 우는 일들은 각각 제 갈 길을 가고 있었다.* 로널드 레이건Ronald Reagan도 자기 길을 갔다. 미국의 아침이라고 했다. 캠퍼스를 나서면 베니스 비치나 웨스트우드로 가는 고속도로로 차를 몰았다. 가는 길에 이스트 LA나 사우스센트럴은 지나쳐 가는지도 모르고 그냥 지나쳤다. 야자나무들만 높다란 콘크리트 벽 위로 민들레 같은 얼굴을 내밀고 있었다. 로스앤젤레스는 하와이와 크게 다를 게 없었다. 조금 더 크고, 머리 손질하는 방법을 제대로 알고 있는 솜씨 좋은 이발사를 만나기가 좀 더 쉬울 뿐이었다.

　　어쨌거나 옥시덴탈의 흑인 학생들 대부분은 타협에 대해서 그다지 크게 신경 쓰는 것 같지 않았다. 상당한 규모의 동아리를 구성할 정도로 흑인들이 충분히 많았다. 그래서 동아리가 생겼을 때 우리는 마치 한 부족민처럼 가까이 지내며 한데 어울려 여행을 가기도 했다. 1학년 때는 기숙사에서 생활했다. 하와이에 있을 당시 레이나 다른 친구들과 그랬던 것처럼 우리끼리 자유 토론 시간을 가지기도 했다. 당시와 똑같은 내용의 투덜거림과 불평을 나누었던 것이다. 그렇지 않았다면 우리가 품고 있던 걱정이나 근심은 우리 주변 백인 친구들의 관심사, 즉

● 1979년 11월에 테헤란에서 이란 학생들이 미국 대사관을 급습하여 미국인 직원을 인질로 붙잡는 사건이 발생했다. 그리고 이때 소련이 아프간을 침공했다. 이 해에 있었던 대통령 선거에서 지미 카터는 로널드 레이건에게 졌다.

좋은 성적 내기, 졸업한 뒤에 좋은 직장 잡기 따위에 묻혀 눈에 띄지도 않았을 것이다.

하지만 나는 흑인들 사이에서 은밀하게 그러나 완벽하게 유지되던 비밀을 간파했다. 우리 대부분은 반란이나 폭동에는 관심이 없다는 것이었다. 온종일 혹은 1년 내내 인종에 대해서만 생각하는 데 신물이 났다. 설령 우리끼리 뭉치는 걸 더 좋아한다 하더라도 그 이유는 다른 게 아니었다. 그렇게 하는 게 그런 생각을 잊어버리기에 가장 좋은 방법이며, 또한 백인 녀석들이 우리에 대해서 어떤 생각들을 하는지 추측하느라 애쓰면서 시간을 허비하는 것보다 훨씬 쉬운 방법이었기 때문이다.

그렇다면, 나는 왜 그렇게 할 수 없었을까?

나도 모르겠다. 내 생각에 내게는 '부족민에 대한 확신'이라는 사치를 부릴 여유가 없었던 것 같다. 콤프턴에서 성장하여 살아남는 것은 혁명적인 행위였다. 자식이 대학에 가도 가족은 여전히 거기에 머물면서 자식을 응원한다. 가족은 자식이 무사히 탈출한 것을 자랑스럽게 생각하며 바라본다. 배신했다는 생각은 전혀 하지 않는다. 하지만 나는 콤프턴이나 와츠에서 자라지 않았다. 내가 벗어나야 할 것은 오로지 내 내면에 똬리를 틀고 있는 의심뿐이다. 나는 차라리 도심의 빈민가가 아닌 교외에서 성장한 흑인 학생들이나, 부모들이 이미 탈출의 대가를 치른 학생들과 비슷하다면 비슷했다. 말하는 투나, 카페에 어떤 사람들과 앉아 있는지만 보고도 이런 친구들은 금방 가려낼 수 있었다. 그들은 누가 마이크를 갖다 대기만 하면 자기들은 어떤 집단으로 분류되기를 거부한다고 입에 거품을 물었다. 그들은 자기들이 피부색으로 규정되지 않는다고 주장했다. 자기들은 각자 독특한 개성을 가진 개인일 뿐이라고 했다.

조이스도 툭 하면 그렇게 말했다. 조이스는 초록색 눈동자에 도톰한 입술 그리고 꿀 빛깔의 피부를 가진 미녀였다. 내가 1학년 때 우리는 같은 기숙사에서 생활했는데, 나를 포함해서 조이스를 좋아하지 않는 녀석들이 없었다. 어느 날 나는 조이스에게 '흑인학생회' 모임에 나가지 않을 거냐고 물었다. 그녀는 웃긴다는 눈으로 나를 바라보더니 고개를 살랑살랑 내저었다. 마치 엄마가 숟가락에 얹어 내미는 음식이 마음에 들지 않아서 고개를 젓는 아기처럼.

"난 흑인이 아냐. 난 여러 민족에 동시에 소속된 사람이야."

그러고는 자기 가족 이야기를 했다. 어쩌다 보니 이탈리아 사람이며 세상에서 가장 다정한 아버지 이야기를 했고, 어쩌다 보니 조금은 아프리카 사람이고 조금은 프랑스 사람이며 조금은 미국 인디언이며 또 조금은 다른 피가 섞인 어머니 이야기를 했다.

"그런 여러 민족이 섞였는데 내가 어떻게 하나를 선택할 수 있겠니?"

마지막 말에서 그녀의 목소리가 갈라지는 걸 느꼈다. 금방이라도 울음을 터뜨릴 것 같았다.

"나더러 선택하라는 사람들은 백인이 아냐. 어쩌면 과거에는 그랬을지도 몰라. 하지만 지금 백인들은 나를 그냥 한 사람의 개인으로만 대해. 그런데 흑인은 모든 것을 인종과 연관 지어서 생각하고 그렇게 하지 않으면 배기질 못해. 그들은 나더러 선택하라고 하지. 내가 생각하는 어떤 모습의 내가, 사실은 진정한 내가 아닐 수 있다고 말하는 사람들은 바로 흑인들이야."

그들, 그들, 그들……. 조이스 같은 사람들에게는 그것이 문제였다. 그들은 자기들이 여러 민족에게서 유산을 물려받았다고 했다. 정말 옳은 말처럼 들렸다. 하지만 이 판단은 그들이 흑인을 피한다는 것을 깨닫고 나면 사실이 아님을 알 수 있었다. 그들이 숱한 사람들과 인간관계를 맺는 과정에서 이런 선택을 하는 것은 어떤 의식적인 노력의 결과가 아니었다. 그것은 필연적인 것이었다. 마치 중력이 작용하는 것처럼 그들은 인종 통합의 방향으로 향했다. 그것은 일방통행이었다. 소수가 다수에게 통합되고 동화되는 것이지, 다수가 소수로 통합되는 일은 없다. 오로지 백인 문화만이 중립적이고 객관적일 수 있었다. 오로지 백인 문화만이 인종을 초월해서 이런저런 온갖 이국적인 요소를 자기 안으로 끌어들일 수 있었다. 오로지 백인 문화에서만 개인이 존재했다.

우리와 같은 학사 과정의 혼혈인들만 이런 상황을 관찰하고는 다음과 같이 생각한다. 우리가 선택해야 한다면 이기는 쪽을 선택하지 굳이 지는 쪽을 선택할 이유가 있을까? 우리는 군중 속에서, 미국의 행복하고 얼굴 없는 시장 속에서 우리 자신을 잃어버릴 수 있다는 게 너무 고마울 뿐이다. 택시를 잡으려고 해도 세워주지 않거나 엘리베이터를 타면 여자들이 경계하는 눈빛으로 힐끔 보면서 핸드백을 품에 꼭 끌어안을 때처럼 화가 날 때가 없다. 이렇게 화가 나는 이유는, 운 나쁘게 유색 인종으로 태어난 사람은 이런 무례함을 날마다 그리고 평생을 참아야 한다는 사실 때문이 아니다(사실 우리는 이렇게 말을 한다). 그보다는 정통과 클래식을 지향하는 미국의 남성 의류 브랜드인 브룩스 브라더스 양복을 입고 완벽한 영어를 구사함에도 불구하고 평범한 깜둥이로 오해를 받는다는 사실 때문이다.

내가 누군지 넌 모르겠니? 난 한 사람의 개인이야!

●

일어나 앉았다. 담배 한 개비를 더 피워 물었다. 병에 든 술을 마저 잔에 따랐다. 가여운 조이스에게 너무 심하게 했다는 생각이 들었다. 사실, 나는 그녀를 이해했다. 그녀뿐 아니라 그녀처럼 행동하는 다른 흑인 녀석들도 이해했다. 그들의 태도와 말과 가슴에서 나는 늘 나의 모습을 발견했다. 내가 전전긍긍한 것도 바로 그 때문이었다. 그들이 혼란스러워하는 모습을 바라보면서 나는 나의 인종적인 정체성에 다시 의문을 품을 수밖에 없었다. 레이가 던진 날카로운 비수는 여전히 내 가슴 한구석에서 예리한 통증을 일으켰다. 그랬기에 나는 그들과 일정한 거리를 둘 필요가 있었다. 나는 타협하지 않는다는 확신을 나 자신에게 심어줄 필요가 있었다. 두 눈을 크게 뜨고 깨어 있을 필요가 있었다.

배신자라는 오해를 피하기 위해 나는 친구들을 조심스럽게 가려서 사귀었다. 흑인 가운데서도 정치적으로 더욱 활동적인 학생들을 사귀었다. 그리고 외국 학생, 특히 멕시코계 학생들도. 마르크스주의 교수들이나 페미니스트들, 펑크록 퍼포먼스를 하는 시인들도 사귀었다. 우리는 함께 담배를 피우며 가죽 재킷을 입었다. 밤에는 기숙사에서 신식민주의와 프란츠 파농Frantz Fanon, 유럽 중심주의, 가부장제 따위에 대해 토론했다. 우리는 복도의 카펫에 담배를 밟아서 *끄*거나 벽이 덜덜거리며 흔들릴 정도로 스테레오의 볼륨을 한껏 높이는 것으로 부르주아 사회의 경직된 속박에 저항했다. 우리는 무관심하거나 부주의하거나 불안정한 게 아니었다. 우리는 고립되어 있었다.

하지만 이런 전략만으로는 내가 원했던 거리감, 즉 조이스나 과거로부터의 거리감을 확보할 수 없었다. 학교에는 나 말고도 수없이 많은 꼴통 근본주의자들이 있었다. 그들은 대부분 백인이었으며 모든 게 보장되고 또 허용되는 사람들이었다. 그랬기에 과연 내가 어느 편에 서 있는지 분명히 드러낼 필요가 있었다. 흑인 대중에게 충성을 다한다는 사실을 확실히 보여줄 필요가 있었던 것이다.

●

기숙사에서 생활할 때였다. 레지와 마커스와 나는 레지의 방에 함께 있었다. 비가 많이 오던 날이었다. 창문을 때리는 빗소리가 후두두둑 하고 들릴 정도였다. 우리는 맥주를 마시고 있었고, 마커스는 경찰과 싸움을 벌였던 일을 이야기하고 있었다.

"걔들이 날 가로막을 근거는 하나도 없잖아. 내가 백인들이 모여 사는 동네에서 운전을 한다는 이유밖에 없었다 이 말이야. 차 밖으로 나와 차에 엎드리라는 거야. 독수리 날개처럼 팔을 쫙 벌리라고. 한 놈이 권총을 꺼내서 들더라고. 그런다고 내가 겁을 먹나? 나치 돌격대원 같은 그 녀석들은 흑인이 무서워서 벌벌 떠는 모습을 보고 싶었던 거지."

나는 마커스에게서 시선을 떼지 않았다. 새까만 피부에 마르고 등이 곧은 친구였다. 긴 다리를 버티고 선 그는 흰색 티셔츠에 가슴받이가 달린 작업 바지를 입고 있었다. 그의 옷차림은 늘 이랬다. 그는 누구보다 흑인 의식이 강했다. 누군가에게 가비주의자*인 자기 아버지에 대해 이야기하고, 세인트루이스에서 간호사로 일하며 혼자 힘으로 자식들을 기른 어머니 이야기를 하고, 또 흑표당** 지구당 창당원인 자기 누나와 감옥에 있는 친구들 이야기를 했다. 그의 노선은 선명했고 그의 충정은 의심할 여지가 없었다. 이런 이유로 해서 나는 그를 볼 때마

● 마르쿠스 가비Marcus Garvey는 자메이카 출신의 흑인운동 지도자로, 아프리카에 흑인 자치 국가를 건설하자고 주장했다.
●● 흑인의 강인함과 존엄을 표현하기에는 검은 표범이 가장 알맞다는 주장 아래 조직된 흑인 무장 조직.

다 주눅이 들었다. 마치 무엇을 해도 따라잡을 수 없는 잘난 형을 바라보는 못난 동생처럼. 그날 그의 무용담을 들을 때도 마찬가지였다. 그런데 그가 한참 이야기를 할 때 팀이 방으로 들어왔다.

"안녕!"

팀은 쾌활하게 웃으면서 나를 바라보았다.

"배리, 너 경제학 숙제 했니?"

팀은 흑인 의식이 있는 형제가 아니었다. 아가일 체크 스웨터에 꽉 끼는 청바지를 입었다. 그리고 마치 시트콤에 등장하는 비버 클레버처럼 말했다. 경영자가 되겠다는 꿈을 키우고 있던 친구였다. 녀석의 백인 여자친구는 아마도 그의 방에서 컨트리 음악을 들으며 그가 오기를 기다리고 있을 터였다. 그는 아무 생각 없이 행복한 친구였다. 내가 팀에게 바라는 것은 그저 얼른 사라져주는 것뿐이었다. 나는 자리에서 일어나 그와 함께 복도를 걸어서 내 방으로 갔고, 그가 원하는 걸 주었다. 다시 레지의 방으로 돌아온 뒤에는 뭔가 설명을 해야 할 것 같아서 이렇게 말했다.

"멍청한 녀석이야. 이름을 팀에서 톰*으로 바꿔야겠어."

레지가 웃었다. 그러나 마커스는 웃지 않았다. 웃지 않고 이렇게 물었다.

"야, 왜 그렇게 말해?"

그 질문을 받고 나는 움찔하며 놀랐다.

"글쎄, 걔 좀 멍청하잖아. 다른 이유 없어."

마커스는 맥주를 한 모금 마시더니 내 눈을 정면으로 바라보면서 말

※

177

● 노예 의식에 사로잡힌 '엉클 톰'을 뜻한다.

했다.

"팀은 내가 보기에 괜찮아. 자기 할 일 열심히 하고 있잖아. 아무도 괴롭히지 않고. 내가 보기에는 말이야, 우리는 다른 녀석들이 어떻게 행동하나 평가하기보다는 우리에게 주어진 일을 얼마나 잘하는지 항상 걱정하며 신경 써야 한다고 생각해."

레지 앞에서 마커스의 맹렬한 비판을 받으며 내가 느꼈던 분노와 앙심은 1년이 지난 뒤에도 여전히 사라지지 않았다. 하지만 그의 행위는 옳았다. 그렇지 않은가? 그는 거짓말을 한 나를 여지없이 적발해 냈다. 사실, 내가 한 거짓말은 두 가지였다. 하나는 팀과 관련된 것이었고, 또 하나는 자신에 대한 것이었다. 어떻게 보면 대학교 1학년 시기는 마치 하나의 길고 긴 거짓말 같았다. 사실, 나는 숨기고 싶은 증거들을 덮으려고 1년 내내 허둥거리며 정력을 낭비했다.

하지만 예외는 있었다. 레지나였다. 레지나에게는 거짓말을 하지 않았다. 그녀에게는 거짓말을 해야 할 필요성을 느끼지 못했다. 그 때문에 레지나에게 더 끌렸는지도 모른다. 처음 만나던 날부터 그랬다. 어떤 커피숍에 마커스와 내가 있었다. 마커스가 나에게 책을 잘못 골라 읽는다며 타박을 할 때 레지나가 그 커피숍 안으로 들어왔다. 마커스는 레지나에게 손을 흔들어 우리 자리로 불렀다. 그는 레지나에게 의자를 약간 빼주는 친절까지 베풀었다.

"여기는 레지나 자매. 버락 알지? 버락 형제에게 이 인종 차별주의적인 책을 읽지 말라는 얘길 하던 중이야."

그는 《어둠의 심장Heart of Darkness》을 법정 증거물처럼 들고 흔들었다. 나는 그의 손에서 책을 낚아챘다.

"이제 그 얘긴 그만해라, 그만해."

"거봐. 너도 이 책을 읽는다는 게 부끄럽지? 내 말은, 그러니까 이런 책을 읽으면 네 정신이 오염된다 이거야."

말을 마친 그는 시계를 보았다.

"제길! 수업 시간에 늦었네."

그는 레지나의 뺨에 가볍게 키스를 했다.

"이 형제와 이야기 좀 나눠. 괜찮지? 내 생각엔 아직 구원받을 가능성이 있거든."

레지나는 미소를 지었다. 그리고 마커스가 허둥지둥 뛰어나가는 모습을 보면서 머리를 절레절레 흔들었다.

"마커스는 다른 사람에게 설교하는 게 자기 일이라고 생각하는 것 같지?"

나는 책을 뒷주머니에 쑤셔넣었다.

"사실, 마커스 말이 맞아. 인종 차별주의적인 책이야. 콘래드가 바라보는 방식이지. 아프리카는 이 세상의 시궁창이다, 흑인은 야만적이다, 흑인과 접촉하면 누구나 오염되고 만다, 뭐 이런 거……."

레지나는 커피를 식히려고 후후 불면서 물었다.

"근데 왜 읽어?"

"숙제니까."

그렇게 말한 뒤에 잠시 말을 끊었다. 계속 말을 이어야 할지 어째야 할지 난감했다.

"그리고 또……."

"또?"

"배울 게 있거든. 백인에 대해서 말이야. 사실 이 책은 아프리카에 관한 책이 아니야. 흑인에 관한 책도 아니고. 이 책을 쓴 사람에 관한 이야기야. 유럽인, 미국인, 세상을 바라보는 어떤 특정한 시각. 뭐 그런 것에 관한 이야기지. 만일 네가 거리를 유지할 수 있다면 모든 걸 파악할 수 있어. 말한 것과 말하지 않은 것까지. 그래서 나는 백인이 무엇 때문에 그렇게 두려워하는지, 그들의 악마가 무엇인지, 어떤 과정을 통해서 생각이 비틀리고 왜곡되는지 알고 싶어서 도움이 될까 하고 읽는 거야. 사람들이 어떻게 증오하는 법을 배우는지 이해하는 데 분명 도움이 될 거야."

"그 문제가 너한테 중요한 거구나……."

사실 내 인생이 거기에 달려 있어, 라고 말하려다가 말았다. 나는 미소를 지으면서 그냥 이렇게만 말했다.

"그게 상처를 치유할 수 있는 유일한 방법이야. 안 그래? 처방을 하기 전에 일단 진단을 내려보자는 거지."

그녀도 미소를 지었다. 그리고 커피를 한 모금 마셨다. 전에도 나는 그녀를 본 적이 있었다. 그녀는 보통 도서관에서 책을 보고 있었다. 스타킹을 신고, 집에서 만든 것 같은 드레스를 입고, 머리에는 스카프를 두르고, 엷은 색이 들어간 커다란 안경을 쓴, 덩치 큰 흑인 학생이었다. 그녀는 3학년이었다. 흑인 학생들이 이런저런 행사를 할 때 도왔으며 밖으로는 많이 나돌지 않았다. 그녀는 한가하게 커피를 저으며 물었다.

"아까 마커스가 널 부를 때…… 아프리카 이름 같던데, 맞니? 뭐라고 불렀지?"

"버락. 사실은 바라크가 더 정확한 발음이지만."

"네 이름이 배리인 줄 알았는데……."

"버락은 물려받은 이름이야. 아버지한테. 아버지는 케냐 사람이야."

"이름에 특별한 뜻이 있니?"

"응. '축복받은'이라는 뜻의 아랍어야. 할아버지가 무슬림이셨거든."

레지나는 음감을 느껴보려는 듯 '바라크'를 몇 번 되뇌었다.

"바라크…… 아름답네."

그러고는 탁자 너머로 상체를 숙이며 물었다.

"근데 왜 다들 배리라고 불러?"

"습관이겠지. 아버지가 미국에 와 계시는 동안 그 이름을 쓰셨어. 아버지가 그렇게 하기로 했는지, 아니면 다른 사람들이 그렇게 불렀는지는 나도 몰라. 아마 발음하기가 편해서 아버지도 배리라는 이름을 쓰셨을 거야. 알잖아, 괜히 튀면 그러니까……. 그러다가 나한테까지 내려온 거지. 나도 배리가 괜찮아."

"내가 바라크라고 불러도 되겠니?"

나는 미소를 지었다.

"그럼. 네가 그렇게 부르는 게 옳다고 생각한다면 얼마든지."

그녀는 머리를 숙이고는 뭐라고 놀리려다가 참는 것 같았다. 그녀의 눈빛을 보니 금방이라도 웃음을 터뜨릴 것 같았다. 우리는 그렇게 커피를 마시고 이야기를 나누면서 오후 시간을 함께 보냈다. 그녀는 시카고에서 보낸 어린 시절에 대해 이야기했다. 아버지는 없었고, 어머니는 억척같이 일을 했다고 말했다. 사우스사이드의 6층 건물은 겨울에는 온기라곤 없었고, 여름이면 양철처럼 뜨거워져 사람들은 호숫가로 가서 잠을 잤다고 했다. 이웃집 사람들 이야기도 했다. 일요일에 교회에 다녀올 때는 술집과 내기 당구장 앞을 빠르게 지나쳤다는 이야기도 했다. 또 삼촌들과 사촌들 그리고 할아버지 할머니가 부엌에서 북적이던 저녁 무렵에 사람들의 목소리가 한데 뒤섞여 거품처럼 웃음소리를 피워내던 풍경도 이야기했다. 그녀의 이야기를 듣고 있자니 흑인들의 삶의 모든 것을 상상할 수 있었다. 어떤 그리움이 느껴졌다. 장소에 대한 그리움이자 분명한 역사에 대한 그리움이었다. 자리에서 일어날 때쯤 나는 그녀에게 부럽다고 말했다.

"뭐가 부러워?"

"모르겠어. 어쩌면 네가 가지고 있는 기억들이 부러운지도 몰라."

레지나는 나를 바라보더니 웃음을 터뜨렸다. 커다란 웃음, 가슴 깊은 곳에서 터져나오는 웃음이었다.

"뭐가 그렇게 우스워?"

그녀는 숨을 고른 뒤 한참 만에 이렇게 말했다.

"오, 바라크. 인생이란 참 재밌는 것 같아. 사실 너하고 마주 앉아 있는 동안, 내가 하와이에서 자랐으면 얼마나 좋을까 하고 내내 생각했단 말이야."

　　●

단 한 번의 대화가 사람을 바꿔놓는다는 것이 참으로 이상하다. 어쩌면 지난 일을 돌이켜볼 때 그렇게 보이는 것일 수도 있다. 어떤 일이 있고 1년이 지난 뒤에 다시 돌아보면 다르게 느낄 수도 있다. 하지만 무엇이, 왜, 어떻게 그처럼 다른 인상을 주는 과거의 일을 회고하게 만드는지는 확실하지 않다. 그게 어떤 말이든, 눈빛이든, 피부의 접촉이든. 나는 아주 오랜 공백으로 느껴졌던 시간이 지난 뒤에 문득 내가 레지나와 함께 있었던 그날 오후로 다시 돌아갔었다는 사실을 알고 있다. 그때 일은 불안정하게 남아 있었고 얼마든지 다른 모습, 다른 느낌으로 바뀔 수도 있었다. 하지만 한결같고 정직한 나 자신의 한 부분, 즉 나의 미래와 과거 사이에 놓인 다리가 점차 강하고 튼튼하게 자리 잡아간다는 사실을 느낄 수 있었다.

투자 철회 운동*에 관여한 게 그 무렵이었다. 나와 내 친구들이 주장했던 급진적인 운동의 하나로, 처음엔 큰 의미를 두지 않고 그 일을 시작했다. 하지만 여러 달이 지나면서 나는 점차 많은 역할을 떠맡게 되었다. 남아프리카공화국의 흑인 해방 조직 '아프리카민족회의' 대표자가 우리 학교에서 연설하도록 주선하고, 위원회에 보낼 편지를 공모하고, 유인물을 인쇄하고, 전략과 전술을 세우기 위해 토론하는 일 등이 그런 것들이었다. 그러면서 사람들이 내 의견에 귀를 기울이기 시작했다는 사실을 깨달았다. 그 일은 내가 어떤 발언, 뒤로 숨기 위한 발언이 아니라 어떤 메시지를 전하고 사상을 지지하는 발언을 목마르게 원한다는 사실을 깨닫게 해준 계기였다. 대학의 이사회 모임에 압력을 넣는 집회 계획을 세울 때, 처음 시작을 내가 하는 게 좋겠다고 누군가가 제안했다. 나는 그 자리에서 그 제안을 받아들였다. 나는 이미 준비가 되어 있다고 생각했고, 사람들이 얼마나 모일지 알 수 없지만 그들 모두 내 목소리를 듣게 할 수 있다고 생각했기 때문이다.

그런데 지금 와서 보면, 과연 그때 집회의 맨 앞에 서겠다고 자임하면서 나는 무슨 생각을 했을까? 구호는 이미 사전에 치밀하게 조정되어 있었다. 내가 할 일은 맨 처음 나가서 연설하는 것이었다. 그리고 연설 도중에 군복을 입은 백인 학생 두 명이 나타나서 나를 끌어내리기로 약속이 되어 있었다. 남아프리카공화국 거리 한 모퉁이에서 실제로 벌어지는 상황을 간단한 연극으로 극화한 것이었다. 시나리오는 정교하게 짜여 있었다. 그런데 잠깐 앉아서 내가 연설할 내용을 정리하는

* 미국의 진보주의자와 학생들이 남아프리카공화국의 인종 차별에 항의해서 미국 기업들이 남아공에서 철수하도록 압력을 가했던 운동.

동안, 내 마음속에서 어떤 일이 일어났다. 내가 할 1분 남짓한 연설이 내가 가진 어떤 정치적 정통성을 표명하는 것 이상으로 바뀌었다. 아버지가 헤프티 선생의 요청으로 우리 반 교실에서 연설하던 모습이 떠올랐다. 아버지의 연설이 끝난 뒤에 보았던 코레타의 얼굴이 떠올랐다. 아버지의 연설이 가지고 있었던 세상을 바꾸는 힘이 생각났다. 정말 정확하고 옳은 말을 할 수 있다면 얼마나 좋을까. 그러면 모든 것을 바꿀 수 있다는 생각이 들었다. 남아프리카공화국, 빈민가의 헐벗은 어린 아이들 그리고 이 세상의 보잘것없는 내 자리까지도 모두……

연단에 올라갈 때까지도 그런 생각들이 머리에서 떠나지 않았다. 잠시 가만히 서 있었다. 태양이 보였다. 점심 식사를 마친 뒤 삼삼오오 모여서 제각기 자기 일을 하는 떠들썩한 수백 명의 군중이 보였다. 몇몇 학생들은 잔디밭에서 플라스틱 원반을 던지며 놀았고, 그 모습을 구경하는 학생들도 있었다. 하지만 다들 곧 강의실로 혹은 도서관으로 뿔뿔이 흩어질 참이었다. 나는 마이크를 잡았다. 그리고 연설을 시작했다.

"누군가 투쟁하고 있습니다."

내 말소리는 앞에 앉은 사람들밖에 들리지 않았다. 몇몇 사람들이 나를 바라보았다. 나는 사람들이 조용해질 때까지 기다렸다가 다시 똑같은 말을 한 번 더 했다.

"누군가 투쟁하고 있습니다!"

원반을 던지던 학생이 동작을 멈추고 나를 바라보았다.

"이 투쟁은 바다 건너에서 일어나고 있습니다. 하지만 여기 있는 우리 모두, 모든 사람의 투쟁이기도 합니다. 그 투쟁을 우리가 알든 모르든, 우리가 원하든 원하지 않든 말입니다. 이 투쟁은 우리에게 누구 편을 들 것인지 선택하라고 요구합니다. 우리가 선택해야 할 것은 흑인

편이냐 백인 편이냐가 아닙니다. 부자의 편이냐 가난한 사람의 편이냐가 아닙니다. 이런 게 아닙니다. 훨씬 더 어려운 선택입니다. 존엄성이냐 굴종이냐 하는 것입니다. 정의냐 불의냐입니다. 실천할 것인가 외면할 것인가! 옳은 편에 설 것인가, 아니면 부당한 편에 설 것인가!"

나는 말을 멈추었다. 사람들은 조용했다. 모두 나를 바라보고 있었다. 누군가 박수를 쳤다. 계속해 버락! 또 누군가 외쳤다. 계속해라! 그러자 다른 사람들도 박수를 치며 격려했다. 그 순간 나는 내가 그 사람들을 장악했고 그들과 나 사이에 어떤 끈이 연결되었음을 알았다. 나는 다시 마이크를 잡았다. 호흡을 가다듬고 입을 열려는 순간, 누가 뒤에서 억센 손으로 내 팔을 잡았다. 물론 사전에 짜놓은 각본에 따른 것이었다. 검은색 선글라스를 쓴 앤디와 조녀선이 험상궂은 얼굴로 나를 연단에서 끌어내리기 시작했다. 나는 끌려가지 않으려는 연기를 하기로 되어 있었다. 하지만 나는 연기가 아니라 실제로 끌려가지 않으려고 발버둥을 쳤다. 내 목소리가 군중의 맨 뒤에까지 갔다가 박수로 되돌아오는 것을 듣고 싶었다. 게다가 아직 할 말이 너무도 많았다.

하지만 내가 맡은 역할은 거기까지였다. 마커스가 흰 티셔츠와 작업바지 차림으로 연단에 올라가서 마이크를 잡을 때, 나는 옆에 가만히 서 있었다. 그는 사람들에게 그들이 방금 본 상황 그리고 이 문제에 대한 정부의 모호한 태도를 왜 용납해서는 안 되는지 설명했다. 그리고 레지나가 마이크를 물려받았다. 그녀는 자기가 대학생이 된 것에 대해 가족이 무척 자랑스러워한다고 했다. 하지만 압제에 협력한 대가로 특권을 누리는 제도의 한 부분이 되고 만 자기 자신이 수치스럽다고 했다. 마커스와 레지나 둘 다 훌륭했다. 열변이었고 감동적이었다. 군중 역시 감동했을 게 분명했다. 누구나 다 그렇게 생각했다. 나도 두 사람을 자랑스럽게 생각해야 옳았다. 하지만 나는 두 사람의 연설을 듣지 않았다. 그들의 연설이 내 귀에 들리지 않았다. 다시 한번 국외자의 입장에서 바라보고 판단했던 것이다.

갑자기 우리가 겉만 그럴듯한 아마추어로 보였다. 손으로 쓴 구호와 순진한 얼굴들. 원반을 던지던 학생은 다시 원반을 던졌다. 회의를 하려고 모인 이사들 가운데 몇몇은 회의실 유리창 너머로 집회를 바라보고 있었다. 백인 노인 몇몇이 낄낄거리며 웃었다. 우리 쪽을 향해서 손을 흔드는 사람도 있었다. 모든 것이 우스꽝스러운 한바탕 코미디구나, 그런 생각을 했다. 오후의 유쾌한 소동, 교사와 부모가 지켜보지 않는 우리만의 재미있는 장난. 그 속에 내가 서 있었고, 나의 1분짜리 연설이 들어 있었다. 정말 최고의 코미디였다.

●

그날 밤 파티에서 레지나가 나에게 축하한다고 말했다. 나는 뭘 축하하느냐고 물었다.

"너의 그 멋진 연설을 축하해야지."

맥주병을 땄다. 펑 소리가 났다.

"짧은 거였는데, 뭘."

빈정대듯 말했지만 레지나는 무시했다.

"네 연설 때문에 오늘 집회가 살았어. 넌 정말 진심에서 우러나온 열정으로 연설을 했어. 그랬기 때문에 사람들이 네 연설을 더 듣고 싶어 했잖아. 앤디와 조너선이 널 끌어내릴 때는 마치……."

"레지나."

나는 레지나의 말을 끊었다.

"넌 정말 매력적이고 아름다운 여자야. 네가 나의 짧은 퍼포먼스를 보고 마음에 들었다니 나도 기뻐. 하지만 그것이 네가 들을 수 있는 나의 마지막 연설이었다는 사실을 알아줬으면 해. 앞으로 또 연설할 일이 있으면 네가 하면 좋겠다. 아니면 마커스나. 난 오늘, 흑인을 위한 연설 따위는 앞으로 다시는 안 하겠다고 결심했어."

"왜?"

맥주를 한 모금 마셨다. 내 눈은 아무 의미 없이 우리 두 사람 앞에서 춤을 추는 사람들을 바라보았다.

"왜냐하면 나는 할 말이 아무것도 없거든. 오늘 우리가 한 일로 해서 어떤 변화가 일어날 거라고는 믿지 않아. 남아프리카공화국의 소웨토에 사는 어떤 꼬마에게 일어나는 일이 우리 말을 듣고 있던 사람들에게 그다지 큰 영향을 주리라고는 생각지 않는다는 얘기야. 예쁜 말만 가지고는 그렇게 할 수가 없어. 이건 너무도 명백한 사실인데, 왜 내가 아닌 것처럼 행동할까? 이유를 말해줄까? 그렇게 하면 내가 뭔가 중요한 사람이라도 되는 것처럼 느껴지니까. 나는 박수 받기를 좋아하니까. 멋지고 값싼 스릴. 아주 좋았어. 그뿐이야, 그게 다야."

"너, 진짜 안 믿는구나."

"내가 믿는 게 바로 그거야. 안 믿는다는 거."

그녀가 나를 물끄러미 바라보았다. 당황해서 내가 농담을 하는 게 아닌가 진심을 파악하려고 애를 썼다. 그러다가 마침내 이렇게 말했다.

"정말 하마터면 속을 뻔했네. 내가 보기에는 무언가를 진심으로 믿는 사람이 하는 연설 같았거든. 정말 관심을 가지고 신경 쓰는 흑인 말이야. 하지만 아니라니까……. 내가 어리석으니까."

나는 맥주를 또 한 병 땄다. 맥주를 꿀꺽꿀꺽 마시면서 문을 열고 들어오는 낯익은 얼굴을 향해 손을 흔들었다. 그리고 이렇게 말했다.

"어리석은 게 아니야, 레지나. 순진한 거지."

그녀는 한 발 뒤로 물러나면서 손으로 입을 가렸다.

"순진해? 네가 나를 보고 순진하다고? 오오…… 난 그렇게 생각 안 해. 누군가 순진한 사람이 있다면 그건 바로 너야. 넌 자신에게서 도망칠 수 있다고 생각하는 바로 그런 사람이야. 자기가 느끼는 어떤 감정도 얼마든지 피할 수 있다고 생각하지."

그녀는 손가락으로 내 가슴을 쿡 찔렀다.

"너의 진짜 문제가 뭔지 알고 싶지? 너는 늘 너 자신에 대한 모든 것을 생각해. 넌 그냥 레지나, 마커스, 스티브 그리고 저기 있는 다른 형제들과 똑같을 뿐이야. 오늘 집회는 너에 관한 거야. 연설도 네 이야기고. 마음의 상처도 언제나 네 상처야. 그래, 내 말 잘 들어 오바마 씨. 하지만 중요한 건 네 이야기가 아니야. 절대 네 이야기가 아니야. 너의 도움을 필요로 하는 사람들 이야기야. 너에게 의지하는 아이들 이야기야. 그 아이들은 네가 처한 모순이나 네 궤변 따위는 관심도 없어. 네가 마음의 상처를 입든 말든 상관하지 않는단 말이야. 나도 마찬가지고."

그녀가 말을 마칠 즈음에 레지가 부엌에서 나왔다. 나보다 더 취해 있었다. 그는 나에게 쏟아지듯 자기 팔을 내 어깨에 걸었다.

"오바마! 멋진 파티야, 안 그래?"

그는 레지나를 바라보고 히죽 웃었다.

"내가 얘기 하나 할게. 오바마하고 나는 돌아갈 거야. 작년 파티 때로, 기숙사에서. 야, 너 생각나니? 우린 주말 내내 취해 있었잖아. 그렇지? 48시간 동안, 잠도 안 자고. 토요일 아침부터 시작해서 월요일까지 쉬지도 않고 파티를 계속했잖아."

화제를 바꾸려고 했지만 레지는 말을 계속 이었다.

"레지나, 너한테 하는 말이야. 정말 끝내줬어. 청소하는 아줌마들이 아침에 왔을 때, 우리는 모두 복도에 앉아 있었어. 좀비 같은 꼴을 하고 말이야. 사방에 빈 병이 굴러다니고, 담배꽁초, 신문지……. 게다가 지미는 토해놓기까지 했다고."

레지는 다시 나를 바라보고는 웃기 시작했다. 그러면서 바닥에 맥주를 질질 흘렸다.

"생각나지? 어? 얼마나 난장판이었던지, 그 땅딸막한 멕시코 할머니들이 울기 시작했잖아. 맞아, 한 사람이 디오스 미오, 라고 했고, 또 한 사람은 그 여자 등을 두드리기 시작했어. 오오 씨바, 정말 우리가 미쳤지."

나는 희미하게 웃었다. 레지나가 나를 부랑자 보듯 한다는 게 느껴졌다. 마침내 레지나가 입을 열었다.

"넌 그게 재미있다고 생각하니?"

레지나는, 레지가 보이지도 않는 것처럼 오직 나만 바라보며 물었다. 그녀의 목소리는 떨렸다. 그리고 거의 속삭이는 말투였다.

"그게 네 진짜 모습이니, 바라크? 엉망진창으로 어질러놓고 누군가가 와서 깨끗하게 치우게 하는 게? 그 청소부 할머니가 우리 할머니였을 수도 있어. 너도 알잖아. 할머니는 평생 남이 어지럽히고 더럽힌 걸 치우며 살아오셨어. 아마 우리 할머니에게 일을 시켰던 사람들도 너희들이 난장판을 만들었던 그 파티를 봤다면 재미있다고 하겠지."

그녀는 테이블에 놓았던 손가방을 집어들고는 곧바로 문으로 향했다. 뒤를 따라갈까 생각했지만, 몇몇이 나를 지켜보고 있다는 걸 알고서 괜히 소문날 일은 하고 싶지 않아서 그만뒀다. 레지가 내 팔을 잡아당겼다. 마치 길을 잃은 아이처럼 혼란스럽고 겁먹은 얼굴이었다.

"뭐야. 왜 그래?"

"아무것도 아니야."

나는 레지가 들고 있던 술잔을 빼앗아 책장 위에 올려놓았다.

"레지나는 실제로 존재하지도 않는 것을 존재한다고 믿고 있을 뿐이야."

소파에서 일어났다. 그리고 문을 열었다. 갇혀 있던 연기들이 유령처럼 밖으로 빠져나갔다. 고개를 들어보니 달은 구름에 가려 보이지 않았다. 구름 뒤로 환한 빛이 삐져나와, 거기에 달이 숨어 있음을 알렸다. 언제부턴가 하늘이 밝아오기 시작했다. 서늘한 공기에서 이슬 냄새가 묻어났다.

판단을 하기 전에 너 자신부터 돌아봐라. 다른 사람에게 네가 어지럽힌 난장판을 치우게 하지 마라. 수천 번도 넘게 들어온 훈계였다. 시트콤과 도덕책, 할아버지, 할머니, 어머니에 이르기까지 온갖 다양한 경로를 통해서 들었던 훈계였다. 그제야 깨달은 사실이지만, 어느 시점에선가 나는 그런 훈계에 귀를 닫고 나 자신의 상처에만 골몰했다. 백인의 권위가 내게 덧씌운 가공의 덫에서 빠져나가야 한다는 생각만 했다. 그 백인 세상에, 어린 시절 내가 소중히 여겼던 가치들을 기꺼이 다시 던져주겠다는 생각만 했다. 마치 흑인에 대한 백인의 잘못된 생각이 그 가치들을 만들어낸 것인 양.

그런데 이제 와서 똑같은 훈계를 내가 존경하는 흑인에게서 들은 것이다. 그것도 지난날 내가 흘렸던 비통한 눈물보다 몇 배나 더한 눈물을 흘려도 시원찮을 사람에게서. 정직하라는 게 백인의 가치라고 누가 말했던가? 네가 처한 상황이라면 얼마든지 무분별하고 게으르고 꼴사납게 굴어도 좋다고 누가 말했던가? 도덕성은 피부색에 따라서 달라진다고 도대체 누가 말했던가? 너 자신에 대해서 네가 가지고 있는 생각들, 즉 네가 누구이며 또 어떤 사람이 될 것인가 하는 그런 생각들이 발육 부전으로 형편없는 꼴이 되고 말았다는 사실을 넌 알고 있니?

나는 문에 기대고 앉았다. 목덜미에 손잡이가 느껴졌다. 거기에 대고 목을 몇 차례 문질렀다. 도대체 어떻게 그런 일이 일어났던 것일까? 나 자신에게 물었다. 하지만 그 질문이 구체적인 문장으로 만들어지기도 전에 대답이 머릿속을 맴돌고 있었다. 그것은 두려움이었다. 어린 시절 코레타를 밀쳐내게 만든 것과 똑같은 두려움이었다. 마커스와 레지 앞에서 팀을 조롱하게 만든 것과 똑같은 두려움이었다. 나는 어디에도 속하지 않는다는, 다시 말해서 내가 몸을 피하거나 숨거나 혹은 나 아닌 다른 사람인 척하지 않고서는 흑인이든 백인이든 외부 세상에 영원히 국외자로 남을 수밖에 없을 것 같던 그 한결같고 무지막지한 두려움이 내가 어떤 판단을 할 때마다 늘 나를 덮쳤던 것이다.

그러니까…… 레지나가 옳았다. 전적으로 나와 관련된 문제였다. 나의 두려움. 나의 필요성. 그렇다면 지금은? 나는 어딘가에 있을 레지나의 할머니를 떠올렸다. 구부러진 허리, 아무리 닦아도 끝없이 펼쳐지는 마룻바닥을 닦을 때 걸레를 밀고 당기는 동작에 따라 흔들리는 팔의 살. 천천히, 할머니는 머리를 들고 나를 똑바로 바라보았다. 기운 없는 그녀의 얼굴에서 나는 우리를 하나로 묶는 것이 분노와 절망과 동정 너머로까지 확장되었음을 깨달았다.

그렇다면 레지나의 할머니가 나에게 원하는 것은 무엇일까? 결단…….
어쩌면 이것일지도 몰랐다. 이것일 가능성이 높았다. 그녀를 똑바로 서지 못하게 하고 끊임없이 무릎 꿇게 만드는 모든 힘에 맞서는 결단. 손쉽고 편리한 것에 맞서는 결단. 그녀의 눈이 나를 향해 이렇게 말했다.

너는 네가 만들지 않은 세상에 갇힌 것일 수도 있어. 하지만 너는 여전히 어떻게 되어야 한다는 것에 대해서 그 세상에 주장할 수 있어. 너에게는 여전히 책임이란 게 남아 있어, 라고.

레지나의 할머니 얼굴이 마음속에서 흩어졌다. 그 자리를 다른 사람들이 차지했다. 쓰레기 더미를 치우면서 힘이 들어 얼굴을 찡그리는 멕시코계 청소부 할머니의 구릿빛 얼굴, 네덜란드 병사들이 자기 집에 불을 지르는 광경을 지켜보며 비탄에 몸을 떠는 롤로의 어머니 얼굴. 그리고 직장으로 데려다줄 오전 6시 30분 버스에 오르는, 꽉 다문 입술과 흰 분필 같은 피부를 가진 투트의 얼굴. 상상력이 부족해서, 머리가 아파서, 나는 그들 가운데 한 사람을 선택해야 했다. 그들은 모두 나에게 똑같은 것을 요구했다. 자기가 나의 할머니라고.

정체성을 둘러싼 내 고민의 시작은 인종이라는 객관적인 사실에서 출발했는지도 모른다. 하지만 끝은 거기가 아니었다. 그렇게 끝날 수도 없었다.

최소한 내가 믿기로 선택한 바로는 그렇다.

나는 한동안 문에 기댄 채 앉아 있었다. 햇살이 비치기 시작했다. 레지나에게 전화를 할까 하는 생각을 놓고 오래 씨름했다. 빌리는 마지막 노래를 부르고 있었다. 후렴을 따라 불렀다. 몇 소절을 콧노래로 따라 불렀다. 그녀의 목소리가 어쩐지 아까와는 다르게 들렸다. 여러 겹의 상처 아래 그리고 누더기 웃음 아래에서 나는 기꺼이 견디겠다는 의지를 들을 수 있었다. 견딘다. 그리고 과거에는 존재하지 않았던 음악을 만든다.

6

맨해튼에서 맞은 첫날 밤을 나는 복도에 쪼그리고 앉아서 꼬박 샜다. 원래 계획은 그게 아니었다. 로스앤젤레스에 있을 때 한 친구가 말하길, 컬럼비아 대학교 부근에 있는 스패니시 할렘*에 사는 자기 친구가 아파트를 비울 예정이라면서 뉴욕의 부동산 사정을 고려할 때 그 집을 잡는 게 좋을 거라고 했다. 그래서 그렇게 하기로 집주인도 동의했다. 그리고 미리 8월 아무 날에 도착할 거라고 연락을 취했다. 공항에 내린 뒤에 지하철을 타고 뉴욕 최고의 번화가 타임스퀘어를 지나서 마침내 109번지의 그 아파트 현관 앞에 섰다. 밤 10시가 조금 지난 시각이었다.

● 푸에르토리코 사람들의 주거 중심지로 이스트 할렘을 다소 경멸하여 부르는 명칭.

초인종을 몇 번이나 눌렀지만 아무 대답이 없었다. 거리는 비어 있었고, 양쪽에 늘어선 빌딩들은 직각의 그림자를 무겁게 드리웠다. 얼마나 시간이 지났을까. 젊은 푸에르토리코 여자가 건물에서 나왔다. 나를 신경질적인 얼굴로 슬쩍 쳐다보더니 자기 갈 길을 갔다. 나는 여자가 열고 나온 문이 닫히기 전에 잽싸게 문을 잡았다. 그리고 안으로 들어갔다. 짐을 질질 끌면서 계단을 올라가 문제의 그 방 앞에 섰다. 문을 두드렸다. 하지만 아무리 두드려도 대답이 없었다. 어느 집에선가 이중 자물쇠를 단단히 채우는 소리가 들릴 뿐이었다.

뉴욕. 과연 내가 예상했던 대로였다. 지갑에 돈이 얼마나 있는지 보았다. 모텔에서 잠을 잘 수 있을 만큼 넉넉하지는 않았다. 뉴욕에 아는 사람이라고는 딱 한 명 뿐이었다. 로스앤젤레스에서 알았던 사디크라는 남자였다. 그러나 그는 밤새 어떤 술집에서 일한다고 했었다. 기다리는 수밖에 달리 방법이 없었다. 짐을 가지고 다시 건물 밖으로 나가서 쭈그리고 앉았다. 그러다가 뒷주머니에서 편지를 꺼내 펼쳤다. 로스앤젤레스를 떠나면서 가지고 온 편지였다.

사랑하는 아들에게.

오랜만에 네 소식을 받고 정말 기뻤다. 나는 잘 있다. 그리고 네가 나에 대해서 기대하는 모든 것들도 잘되고 있다. 나는 며칠 전에 런던에 다녀왔다. 거기서 정부를 대표해 재정 관련 협상을 했다. 사실 네게 자주 편지를 쓰지 못하는 것도 출장을 너무 자주 다니기 때문이다. 그래도 앞으로는 네게 더 자주 편지하고 잘해야겠다는 생각이 드는구나.

여기 있는 네 형제들도 다들 잘 있다는 소식을 전한다. 네게 안부를 전해달라는구나. 이 아이들도 모두 네가 졸업한 뒤에 고향을 찾아오겠다고 마음먹은 걸 기쁘게 생각한다. 여기에 오면 얼마나 오랫동안 머물지 함께 상의해 보자. 배리, 설령 네가 여기에 며칠 머물지 않는다 하더라도, 중요한 것은 네가 네 민족을 알고 네가 속한 데가 어디인지 안다는 사실이다.

몸조심하고, 네 어머니와 투투, 스탠리에게 안부 전해다오. 네 답장을 빨리 받아보고 싶구나.

널 사랑하는 아버지가.

편지를 다시 접어서 주머니에 넣었다. 아버지에게 편지를 쓰는 일이 쉽지만은 않았다. 지난 4년 동안 편지 왕래는 한 번도 없었다. 사실 편지를 쓰려고 여러 번 시도는 했었다. 썼다가 지우기를 몇 번이나 반복했다. 너무 많은 것을 설명하려는 충동을 억누르고, 적절한 감정 상태와 어조를 찾으려고 애썼다. 첫머리를 쓰려고 내가 동원했던 표현만도 '존경하는 아버지께', '사랑하는 아빠에게', '존경하는 오바마 박사님께' 등 족히 열 개는 넘었다. 어쨌거나 편지를 썼고, 그 편지에 아버지가 답장을 보내온 것이다. 유쾌하면서도 평정을 유지하는 어조였다. 내가 어디에 속하는지 알라는 충고까지 담았다. 마치 전화로 말하듯이 쉽고 간단했다.

"안내입니다. 어떤 도시인지 말씀해 주시겠습니까?"

"어…… 확실하지 않은데, 그쪽에서 전화를 걸어 가르쳐주시면 안 되겠습니까? 이름은 오바마입니다. 제가 어디에 속하죠?"

어쩌면 아버지에게는 실제로 그렇게 간단할 수도 있었다. 나는 나이로비의 정부 고위직 인사로 있는 아버지를 상상했다. 부하 직원들이나 비서가 결재 서류를 가져오고, 수상이 전화를 걸어 해당 업무에 대해서 문의하고, 집에서는 사랑스러운 아내와 아이들이 기다리고 있으며, 또 하루만 자동차를 몰고 가면 당신의 아버지 집에 닿을 수 있는 곳에 살고 있는 그런 아버지의 모습을. 이런 상상을 하자 왠지 모르게 화가 났다. 그래서 편지는 잊어버리려고 노력했다. 다행히 멀리 어떤 집의 열린 창문으로 살사 음악이 들려왔다. 그 음악에 집중하려고 애썼다. 하지만 편지에서 아버지가 한 말이 내 심장의 박동만큼이나 지칠 줄 모르고 의식을 파고들었다.

나는 어디에 속할까? 교정에서 집회를 하던 날 레지나와 나눈 대화가 나를 따뜻한 인간으로 바꿔놓은 계기가 되었을지도 모른다. 하지만 나는 길고 고통스러운 숙취에서 막 깨어난 사람 같았다. 새로 깨달은 결심이 목적이나 방향도 없이 어느새 빠져나가고 없다는 사실을 깨달았다. 고등학교를 졸업한 뒤 2년 동안 인생을 어떻게 보내야겠다거나, 심지어 어디서 살아야겠다는 생각이 내게는 없었다. 하와이는 마치 유년 시절의 꿈같았다. 하와이에 둥지를 틀고 살 생각은 이제 전혀 없었다. 그리고 아버지가 아무리 뭐라 해도 아프리카가 내 고향이라고 주장하기에는 너무 늦었다. 만일 내가 미국의 흑인이라는 깨달음에 이르렀다 해도 그리고 사람들이 나를 그렇게 바라본다 해도, 그런 깨달음은 닻을 내릴 곳을 찾지 못한 채 떠돌고 있었다. 내게 필요한 것은 공동체라는 생각이 들었다. 나와 흑인 친구들이 범죄와 관련된 통계를 접할 때 함께 느끼던 절망, 농구 코트에서 친구들과 나누던 하이파이브보다 더 깊은 어떤 것을 나눌 수 있는 공동체, 정착해서 내가 할 수 있는 실천을 검증할 만한 그런 공간.

그래서 컬럼비아 대학교에 교환학생으로 갈 사람을 뽑는다는 소식

을 듣자마자 곧바로 신청했다. 컬럼비아 대학교의 흑인 학생들이 옥시
덴탈의 흑인 학생들보다 압도적으로 많지만 않다면, 빈민가의 흑인 이
웃들과 가까이 지내면서 정말 미국의 도시다운 도시의 심장부에 사는
맛을 보게 될 거라는 사실도 자극이 되었다. 게다가 로스앤젤레스에서
는 내 발목을 붙잡을 사람도 없었다. 친구들도 대부분 그해에 졸업했
다. 핫산은 직장을 구해서 가족과 함께 런던으로 갔고, 레지나는 스페
인 집시를 연구하려고 안달루시아로 떠나고 없었다.

그런데 마커스…… 마커스는 어떻게 되었는지 정확하게 알지 못했
다. 아마 한 해 더 학교를 다녀야 했던 모양이었다. 3학년 때 그에게 어
떤 일이 있었다. 분명하게 꼬집어서 이런 일이라고 말할 수 없어도 충
분히 이해할 수 있는 일이었다. 그가 학교를 그만두겠다고 결심하기
전의 어느 날이었다. 그와 나란히 도서관에서 책을 읽고 있었다. 한쪽
눈이 의안인 이란 출신 유학생이 우리 맞은편에 앉아 있었는데, 이 학
생이 노예경제학 관련 책을 읽고 있는 마커스를 유심히 보았다. 비록
의안 때문에 섬뜩한 인상이긴 했어도 그 이란 학생은 사교적인 성격이
었다. 그리고 호기심이 무척 많은 친구였다. 그 친구의 호기심 때문에
그날 일이 시작되었다. 탁자 너머로 그 친구가 마커스에게 물었다.

"진짜 궁금해서 그러는데 말이야. 노예 제도와 같은 게 어째서 그토
록 오랫동안 지속될 수 있었다고 생각하니?"

마커스가 대답했다.

"간단해. 백인이 우리를 인간으로 보지 않았거든. 대부분의 백인이
지금도 그렇고."

"그래, 그건 알아. 하지만 내가 묻고 싶은 것은, 왜 백인들에게 저항
해서 싸우지 않았느냐는 거야."

"싸웠지. 왜 안 싸워. 낫 터너, 덴마크 베스키……."

이란 학생이 말을 잘랐다.

"노예들이 일으킨 반란 말이지. 나도 알아. 책으로도 읽었어. 그 사람들은 정말 용감했어. 그런데 그 사람들만 따지면 숫자가 너무 적잖아. 안 그래? 만일 내가 노예이고 백인들이 내 아내나 자식에게 하는 짓을 봤다면…… 글쎄, 아무래도 난 차라리 죽음을 택했을 것 같거든. 사실 난 이게 이해가 안 돼. 왜 거의 대부분의 노예들이 싸우지 않았느냐 이 말이야. 죽을 때까지 싸웠어야 하는 거 아닌가? 그렇지 않나?"

나는 마커스를 바라보며 그가 대답하기를 기다렸다. 하지만 그는 입을 다물고 가만히 있었다. 화가 난 것 같지도 않았고 그렇다고 수치심을 느끼는 것 같지도 않았다. 시선을 탁자의 한 지점에 고정한 채 아무 말도 하지 않고 가만히 있었다. 그 모습을 보니 내가 당황스러웠다. 그래서 내가 나서서 이란 친구에게 되물었다. 자기들을 태운 배가 미국 땅에 닿기 전에 차라리 상어 밥이 되겠다면서 바다에 뛰어든 그 수많은 노예들의 이름을 아느냐고. 또 미국 땅에 발을 디디고 나서도, 반란을 일으킬 경우 아녀자들에게 더 큰 고통을 안겨줄 뿐이라는 사실을 알았을 때, 그 사람들은 반란보다 차라리 스스로 목숨을 끊는 길을 택했을 거라고 말했다. 그리고 이렇게 물었다. 일부 노예들이 백인에게 협력한 것이, 1979년 이란 혁명 이전에 비밀경찰이 이란 왕정에 반대하던 사람들을 잡아다가 고문하고 살해하는 것을 이란 사람들이 묵묵히 지켜보기만 했던 것과 뭐가 다르냐고. 그 사람의 입장이 되어보지 않고서 어떻게 그 사람을 제대로 평가할 수 있느냐고.

내 반문에 이란 친구는 꼬리를 내렸다. 마커스도 대화에 끼어들어 집에서 주인과 함께 사는 흑인과 들판에서 일하는 흑인이라는 맬컴 엑스의 비유를 들었다. 하지만 마커스는 자기가 하는 말을 확신하지 못하는 듯했다. 그러다가 얼마 뒤, 갑자기 벌떡 일어나서 밖으로 나가버렸다.

그리고 그 뒤로 우리는 거기에 대해서 한마디도 하지 않았다. 사실 도서관에서 있었던 그 일만 가지고 마커스의 변화를 다 설명할 수는 없다. 마커스와 같은 인물이 옥시덴탈 칼리지 같은 곳에서 자리를 잡지 못하고 불안하게 겉돌았던 이유는 이것 말고도 수없이 많다. 아무튼 그 일이 있은 뒤 마커스에게 어떤 변화가 일어났다. 안전하고 맑게 개었던 우리의 세상에 서서히 균열이 생기고 그 균열에서 빠져나온 유령들이 그를 괴롭히는 것 같았다. 그의 인종주의적인 태도는 점차 과격해졌다. 학생들에게 유인물을 돌리는 일이 잦아졌고, 흑인 전용 기숙사를 마련해 달라고 학교 행정실에 요구했다. 그리고 점차 외골수가 되어갔다. 수업을 빼먹고 더 자주, 더 많이 취했다. 수염과 머리도 깎지 않았다.

그러던 어느 날, 마침내 학교를 잠시 떠나야겠다고 말했다.

"이 엿 같은 곳에서 잠시 벗어나야겠어."

우리는 콤프턴에 있는 공원을 함께 걸었다. 공원에서는 그날 마침 온종일 축제가 벌어지고 있었다. 아름다운 오후였다. 사람들은 반바지 차림이었고, 아이들은 잔디밭을 달리면서 새된 소리를 질렀다. 하지만 마커스는 울적한 표정으로 아무 말도 하지 않았다. 한 무리의 봉고 연주자들 곁을 지나갈 때만 잠깐 얼굴에 생기가 돌았다. 우리는 그들 근처에 있는 커다란 나무 밑에 자리를 잡고 앉았다. 우리는 그 타악기 소리에 완전히 사로잡혔다. 하지만 난 곧 지루해졌고, 자리에서 일어나 어슬렁거리고 돌아다니다가 미트파이를 팔던 예쁜 여자와 노닥거렸

다. 그리고 돌아와 보니 그는 여전히 그 자리에 있었다. 그 자리에 있긴
했지만 아까와는 달랐다. 그는 긴 다리를 꼬고 앉아서 무릎에 봉고 두
개를 올려놓고 연주를 하고 있었다. 담배 연기 속으로 보이는 그의 얼
굴에는 표정이 없었다. 햇살이 눈부신 듯 눈을 가늘게 뜨고 있었다. 그
는 내가 지켜보는 가운데서도 한 시간 동안 연주를 했다. 리듬도 없고
섬세한 강약이나 엇박도 없이 그냥 북을 계속 두드리기만 했다. 그 순
간, 나에게 마커스의 도움이 필요한 만큼 그 역시 내 도움을 필요로 한
다는 사실을 깨달았다. 즉, 해답을 구하려고 애쓰는 사람이 나 혼자만
이 아니라는 사실을 깨달은 것이다.

뉴욕의 밤거리는 여전히 텅 비어 있었다. 아무도 보이지 않았다.

마커스는 자기가 어디에 속하는지 알았을까? 우리 가운데 그 해답
을 아는 사람이 있을까? 우리 가슴 깊은 곳에 난 이 상처를 설명해 줄
수 있는 아버지와 삼촌, 할아버지는 어디에 있을까? 우리를 구원하고
치료해 줄 사람은 어디에 있을까? 그들은 모두 가고 없다. 시간이 삼켜
버렸다. 오로지 희미한 이미지들만 남았다. 그들은 이제 싸구려 충고만
잔뜩 채워서 1년에 한 번씩 보낼까 말까 하는 편지로만 남았다.

●

자정쯤 되었을 때 가방과 짐을 펼치고 그 위에 누워서 잠이 들었다.
북소리가 내 꿈을 부드럽게 흔들었다. 아침에 일어나 보니 하얀 암탉
이 내 발 옆의 쓰레기 봉지를 쪼고 있었다. 길 건너편에 노숙자 한 사람
이 급수전을 열고 세수를 하고 있었다. 내가 다가가서 함께 씻어도 그
러거나 말거나 노숙자는 아무 말도 하지 않았다. 내가 기다리던 사람
은 여전히 오지 않았다. 사디크에게 전화를 걸었다. 사디크는 택시를
타고 자기가 있는 어퍼 이스트사이드로 오라고 했다.

그는 길에서 나를 반갑게 맞았다. 키가 작고 다부진 파키스탄 사람이었는데, 2년 전에 영국에서 뉴욕으로 왔다가 아무 생각 없이 돈만 벌겠다고 작정하고 눌러앉은 상태였다. 관광 비자로 들어왔지만 출국 시한을 이미 넘긴 상태였고, 불법체류자 신분으로 술집에서 일하고 있었다. 그의 아파트에는 어떤 여자가 속옷만 입은 채로 식탁에 앉아 있었다. 여자는 거울과 면도날을 한쪽으로 치웠다. 사디크가 우리를 소개했다.

"소피, 이쪽은 배리야."

"버락."

나는 짐을 바닥에 내려놓으며 이름을 바로잡아주었다. 여자는 별 관심 없다는 표정으로 손을 흔들고는, 우리가 나갔다가 돌아올 때쯤이면 자기는 이미 나가고 없을 거라고 말했다. 나는 사디크를 따라서 아파트를 내려가 길 건너편에 있는 그리스 커피숍으로 들어갔다. 그리고 이른 시간에 전화해서 미안하다는 말을 한 번 더 했다.

"괜찮아. 그건 그렇고, 그 여자 어젯밤에는 훨씬 더 예뻐 보였는데 말이야……."

그는 메뉴판을 잠시 열심히 들여다보다가 옆으로 치웠다.

"그런데 배리. 아 미안, 버락. 무슨 바람이 불어서 이 멋진 도시를 찾아왔지?"

지난여름 내내 헛되이 보냈던 청춘을 곰곰이 돌아봤다고 했다. 세상의 상태와 내 영혼의 상태를 생각한 끝에 뭔가 바꾸고 싶어서 왔다고.

"나 자신을 뭔가 쓸모 있는 인간으로 만들고 싶어서."

사디크는 포크로 달걀노른자를 터뜨렸다.

"좋았어, 친구. 세상을 구원하는 모든 것들은 얼마든지 이야기해도 좋아. 하지만 이 도시는 아마도 그런 우아한 생각을 금방 먹어치울 거야. 저기 좀 봐."

그는 1번가를 오가는 사람들을 가리켰다.

"누구나 다 최고가 되려고 하지. 최적자생존. 인정사정 보지 않고 다들 필사적이야. 자기가 살기 위해서 옆사람을 팔꿈치로 슬쩍 밀치는 건 아무것도 아냐. 그게 뉴욕이야. 하지만……."

그는 어깨를 으쓱하고는 달걀을 토스트 위에 얹었다.

"누가 알겠어? 넌 예외일지도 모르지. 그럼 내가 모자를 벗어서 경의를 표해야겠지."

사디크는 커피 잔을 내 쪽으로 조금 기울여 경례를 시켰다. 그의 눈은 나에게 어떤 변화가 일어나는지 살폈다. 그 뒤로 몇 달 동안 그는 나를 관찰했다. 맨해튼의 뒷골목을 보여주었고, 지하철에서 내가 중년 여자에게 양보한 자리를 어떤 젊은 남자가 가로채는 광경을 보고는 웃음을 참았다. 블루밍데일스 백화점에서는 나를 이끌고 향기를 뿜는 인간 마네킹들 앞으로 지나갔으며, 겨울 외투의 가격표를 확인하게 한 다음 내 눈이 튀어나오지나 않는지 살폈다. 그리고 난방 시설이 형편없던 109번지의 아파트를 다른 사람에게 재임대하라고 충고했다. 그러다가 내게 아파트를 빌려준 사람이 원래 주인에게 집세를 내지도 않고 내가 맡긴 보증금까지 들고 튀었다는 사실이 드러났을 때는 소액 청구 재판정까지 동행하기도 했다.

"인정사정 보지 말고 필사적으로. 알지 배리? 양아치들에게는 더 이상 신경 쓰지 마. 어떻게 하면 돈을 좀 모아서 이 엿 같고 개 같은 데를 벗어날 수 있을까 하는 문제만 신경 쓰란 말이야."

사디크는 형편이 나빠지자 나와 합치게 되었다. 다시 몇 달 더 나를 유심히 관찰한 뒤에 그는 뉴욕이라는 도시가 드디어 나에게 영향을 미쳐서 나를 바꿔놓았다고 결론을 내렸다. 그러한 변화는 그가 기대했던 방향이 아니었다. 나는 이제 만취하는 일이 없었다. 하루에 약 5km를 걸었고, 일요일에는 단식을 했다. 몇 년 만에 처음으로 공부를 하기 시작했고, 일기와 시도 썼다. 물론 형편없는 시였지만. 사디크가 술집에 가자고 할 때마다 나는 공부할 게 있다거나 돈이 없다거나 하는 핑계를 대면서 거절했다. 어느 날, 그는 더 나은 룸메이트를 찾아 아파트를 떠나면서 이렇게 말했다.

"네가 점점 더 재미없는 인간이 되어간다는 거 아니?"

통렬한 비난이었다. 정확하게 어떤 일이 일어났는지 분명하지는 않았지만, 그의 말이 맞다는 사실은 알고 있었다. 어떤 점에서 보자면, 나는 뉴욕이라는 도시에 대해서 사디크가 내린 평가가 옳다는 사실을 확인하고 있었던 게 아닌가 싶다. 뉴욕은 분명 타락으로 향하게 하는 힘을 가지고 있었다. 월스트리트가 달아오르면서 맨해튼은 콧노래를 불렀다. 어딜 가든 재개발이 한창이었고, 이제 갓 스물을 넘긴 남자나 여자들이 입이 딱 벌어질 만큼 많은 돈을 뿌리면서 인생을 즐겼다. 유행을 파는 상인들의 발걸음도 부지런했다. 아름다움, 추잡함, 소음 그리고 과잉. 이 모든 것들이 내 감각을 어지럽혔다. 삶의 방식을 새롭게 만들어내고 욕망을 생산해 내는 일을 가로막거나 구속할 수 있는 것은 아무것도 없어 보였다. 더욱 비싼 음식점, 더욱 좋은 옷, 더욱 폐쇄적인 나이트클럽, 더욱 아름다운 여자, 더욱 잠재적으로 높고 비싸고 좋은 모든 것들. 과연 내가 절제할 수 있을지 자신이 없었고, 또 옛날 습관에 빠질까 봐 두려웠다. 비록 길거리에 나선 전도사처럼 확신을 가지고 있지 않았지만, 나는 도처에 널린 유혹에 대처할 준비를 하고, 내 약한 의지를 강하게 밀어붙일 준비를 마쳤다.

내가 보인 반응은 단순히 과도한 욕구를 통제하겠다는 것 이상이었다. 뉴욕이 부르는 노랫소리 아래로 세상에 금이 가는 소리를 들었다. 인도네시아에서는 뉴욕의 뒷골목보다 더 극심한 가난을 보았었다. 그리고 로스앤젤레스에서도 빈민가 아이들의 폭력적인 모습을 목격했었다. 이미 나는 인종 사이에 발생하는 의심과 불신에 익숙해져 있었다. 그러나 뉴욕의 인구 밀도가 높아서 그랬던 건지, 아니면 도시의 규모가 커서 그랬던 건지 모르지만, 나는 미국의 인종 및 계급이 얽혀서 만들어내는 문제들을 거의 정확하게 파악하기 시작했다. 그 뿌리 깊고 격렬한 감정들, 거리에서뿐 아니라 컬럼비아 대학교 화장실에서도 자유롭게 흘러넘치는 분노를. 특히 화장실 벽에 새겨놓은 깜둥이와 유대인의 분노는 청소부들이 아무리 지우고 덧칠을 해도 늘 새롭게 모습을 드러내곤 했다.

중도적인 입장은 모두 붕괴해 버린 것 같았다. 그리고 이런 붕괴는 내가 그토록 환상을 가지고 도피처로 희망했던 흑인 공동체에서 가장 두드러지게 나타났다. 나는 맨해튼의 중앙 지구 미드타운에 법률사무소를 가지고 있는 흑인 친구를 만날 수도 있었고, 뉴욕현대미술관에서 점심을 먹기 전에 그의 사무실에서 이스트리버 쪽으로 시내를 조망하며 나 자신을 위한 만족스러운 삶, 즉 직업, 가족, 집 등을 상상할 수도 있었다. 하지만 그 사무실에는 심부름이나 단순 업무를 하는 다른 흑인들도 함께 있으며, 또 박물관에서 일하는 푸른 제복을 입은 흑인 안전요원들은 일을 마치고 나면 전철을 타고 브루클린이나 퀸스에 있는 집으로 돌아가야 하는 사람들이란 사실도 동시에 깨달아야 했다.

언젠가 책에서 읽은 적이 있는 농구 코트에서 농구를 하려고, 혹은

125번지에서 제시 잭슨Jesse Jackson이 하는 연설을 들으려고 할렘을 어슬 렁거리기도 했다. 드물긴 하지만 일요일 아침에 아비시니아 침례교 교회에서 예배를 보며 합창단의 감미롭고도 슬픈 노랫소리에 감동해서는 내가 찾던 것이 바로 이게 아닌가 하는 생각을 한 적도 있다. 하지만 나에게는 이 힘든 세상 속으로 들어갈 수 있는 방법을 가르쳐줄 안내자가 없었다. 아파트를 구하려고 돌아다닐 때, 할렘이 내려다보이는 부유층 거주 구역인 슈거힐의 저택들을 보았다. 그 부자 동네가 끝나는 지점에 몇 개의 우아한 임대 빌딩이 있었다. 거기에 입주하려면 10년 동안 대기자 명단에 이름을 올려놓아야 했다. 그 외에는 모두 형편없는 집들뿐이었다. 그 건물들 앞에서 젊은 남자들은 지폐 뭉치를 셌고, 술꾼들은 비틀거리며 늘어져서 숨죽여 울었다.

나는 이 모든 것들을 개인적인 모독이라고 여겼다. 나의 허약한 야망을 비웃는 거라고 여겼다. 하지만 이런 이야기를 뉴욕에 사는 다른 사람들에게 했을 때, 내가 관찰한 내용이 나만의 독창적인 이해로 인한 것이 아님을 확인했다. 그들은 도시가 통제를 벗어났다고 말했다. 양극화 현상은 몬순이나 대륙풍처럼 아주 자연적인 현상이라고 했다. 옥시덴탈 칼리지에 있을 때 너무도 선명하고 목적 의식적인 것처럼 보였던 정치 토론들은, 몇 번 참가한 적이 있는 쿠퍼유니언 대학교의 사회주의 성향의 집회나 여름철에 할렘이나 브루클린에서 개최되던 아프리카 문화전과 같은 경향을 띠었다. 이런 행사들은 뉴욕시 당국이 제공하던 외화 상영이나 록펠러 센터에서 열리던 빙상 스케이팅 행사와 다를 바 없는 소일거리였다.

나는 약간의 돈을 투자해서 맨해튼에 있는 대부분의 중산층 흑인들처럼 자유롭게 살았다. 친구, 사교를 위한 공간, 정치 집회 등 필요한 것들을 골라가면서 자유롭게 내 생활을 조직했다. 하지만 어떤 시점에 가면, 예를 들어서 아이가 생기고 사립학교의 학비를 감당하면서도 이 도시에 머물 수 있을 때, 혹은 밤에 지하철을 타지 않고 아무 부담 없이 택시를 탈 수 있는 경제적인 여유가 생길 때, 혹은 집에 경비원을 따로 둬야겠다고 생각할 때 자기가 내린 결정을 되돌릴 수 없다는 사실을 깨달았다. 다시 말해서 이제 돌아올 수 없는 강을 건너고 말았다는 사실, 이제 본래 의도와 전혀 상관없이 자기가 어느 쪽에 서 있는지 알게 될 거라는 사실을 깨달았다.

이런 선택을 하기 싫어서 나는 맨해튼의 이쪽 끝에서 저쪽 끝까지 걸으며 1년을 보냈다. 마치 관광객처럼 극과 극으로 다양하게 펼쳐진 삶의 여러 가능성을 바라보면서, 내 눈에 비친 사람들의 삶 속에서 내 미래를 더듬어보려고 애썼다. 그러면서 다시 시작할 수 있는 출구가 없는지 살폈다.

이렇게 재미없는 생활을 하고 있을 때 어머니와 여동생이 찾아왔다. 내가 뉴욕에서 첫 번째 여름을 보내고 있을 때였다.

"오빠가 너무 말랐네."

마야가 어머니에게 말했다.

"세상에…… 수건도 두 장밖에 없어!"

어머니가 화장실을 검사하면서 외친 말이었다.

"접시도 세 개뿐이야!"

두 사람은 자기들끼리 키득거렸다. 그들과 나와 사디크, 이렇게 넷이서 며칠 밤을 함께 지냈다. 그러다가 두 사람은 파크 애비뉴에 있는 콘도미니엄으로 옮겨 갔다. 마침 거기 살던 어머니 친구가 집을 비우면서 두 사람에게 와 있으라고 했던 것이다. 그해 여름에 나는 어퍼 웨스트사이드의 한 건설 현장에서 청소 일을 했다. 그래서 두 사람은 낮에는 자기들끼리 뉴욕 여기저기를 돌아다녔다. 저녁 때 만나면 두 사람은 그날의 모험 여행을 자세하게 들려주었다. 플라자에서 스트로베리 크림을 먹은 일이며, 배를 타고 자유의 여신상에 간 일이며, 메트로폴리탄 미술관에서 폴 세잔Paul Cézanne의 그림을 본 일 등……. 나는 두 사람의 이야기가 동이 날 때까지 묵묵히 저녁을 먹었다. 그런 다음에는 그 도시가 안고 있는 여러 가지 문제들과 가진 것 없는 사람들의 정치적 현실에 대해서 길게 떠들었다. 그리고 내가 사다 준 소설책은 읽지도 않고 저녁 시간 내내 텔레비전만 본다고 마야를 나무랐다. 어머니에게는 당신이 일하는 단체와 같은 여러 국제 개발 기구들과 외국인이 제3세계를 위해서 기여할 수 있는 여러 가지 방안들을 이야기했다. 두 사람이 부엌으로 가고 나면 곧 내 귀에 마야가 어머니에게 말하는 소리가 들렸다.

"오빠가 그래도 멀쩡해 보인다, 그쵸? 내 말은, 오빠가 여기 거리에서 볼 수 있는 히피족 같지 않다고. 오빠가 울컥해서 사고나 치는 사람이 아닌 게 다행이잖아요. 앞으로도 계속 그럼 좋겠다, 진짜."

●

어느 날 저녁, 문화 예술 관련 주간지《빌리지 보이스The Village Voice》를 뒤적거리던 어머니의 눈이 텔레비전에서 방송되는 영화 광고를 보고는 크게 떠졌다. 〈흑인 오르페Orfeu Negro〉라는 영화였다. 어머니는 당장 그 영화를 보러 가자고 했다. 당신이 난생처음 본 외국 영화라는 말도 했다.

우리 셋은 택시를 타고 그 영화를 상영하는 극장으로 갔다. 대부분

의 배역이 흑인인 이 브라질 영화는 1950년대에 제작되었다.[*] 줄거리
는 간단했다. 오르페우스와 유리디스의 비극적인 신화가 브라질의 리
오 카니발을 배경으로 펼쳐지는 영화였다. 초록색 풍경을 배경으로 검
은색과 갈색의 브라질 사람들이 화려한 깃털로 장식한 새처럼 자유롭
게 노래하고 춤추는 총천연색 영화였다. 하지만 반쯤 보니까 볼 만큼
봤다는 생각이 들었다. 그래서 그만 나가자는 말을 하려고 어머니 쪽
을 보았다. 그런데 스크린의 초록색 불빛이 비친 어머니의 얼굴은 아
득한 그리움에 빠져 있었다. 그 순간 나는 어머니의 가슴 깊은 곳, 철없
던 젊은 시절의 어머니가 품었던 생각을 비쳐주는 거울을 보는 듯했
다. 그제야 문득 스크린에 펼쳐지는 흑인들의 유치한 모습이, 즉 콘래
드가 묘사했던 흑인 야만성과 반대되는 이미지인 그 모습들이, 아주
오래전 하와이로 이사할 때 어머니가 품고 있었던 바로 그 이미지라는
사실을 깨달았다. 그것은 캔자스 출신의 중산층 백인 여자아이에게는
금지된 환상이었다. 다른 삶, 즉 따뜻하고 감각적이고 이국적이고 무언
가 다른 삶에 대한 희망이었을 것이다. 그런 사실들을 나는 그 순간 깨
달았다.

　나는 고개를 돌렸다. 어머니의 그런 모습이 당황스러웠다. 내 주변의
모든 사람들에게 갑자기 화가 났다. 영화는 이미 눈에 들어오지도 않
았다. 어둠 속에서 나는 여러 해 전에 어머니의 친구와 나누었던 대화
를 떠올렸다. 아프리카 전역을 대상으로 하는 어떤 국제 원조 기구에
서 일하던 영국 남자였다. 그는 자기가 여행하면서 만났던 모든 민족

내 아버지로부터의 꿈

● 1959년에 제작되었으며 그해 칸 영화제에서 황금종려상을 받았고, 아카데미 최우수 외국영화상을
　받았다.

가운데 수단의 디크족이 가장 특이하더라고 했다.

"보통 한두 달 접촉을 하다 보면 서로 말은 전혀 알아듣지 못해도 미소나 농담은 얼마든지 주고받게 되거든. 무슨 말인지 자네도 알겠지? 서로 무언가를 인정하게 된다 이 말이야. 그런데 디크족과는 1년 가까이 접촉을 했는데도 여전히 낯설지 뭔가. 내가 보기에는 완전히 절망적인 상황인데도 그 사람들은 껄껄거리며 웃었어. 또 내가 보기에는 배꼽 빠지게 우스운 일인데도 그 사람들은 돌처럼 무표정하더란 말이야."

그래서 나는 그 남자에게 디크족은 나일강 유역 민족 가운데 하나이며, 내가 속한 루오족과는 사촌 사이라고 일러주었다. 그러면서 이 창백한 백인 남자가 바싹 마른 사막의 어떤 곳에 있는 모습을 상상했다. 벌거벗은 원주민들을 등지고 서서 빈 하늘을 바라보며 외로움에 몸부림치는 모습을. 그런데 이때 느꼈던 것과 똑같은 감정을 나는 어머니와 동생, 그 두 사람과 나란히 극장에서 나올 때 느꼈다. 서로 다른 인종 사이에서 빚어지는 감정들은 결코 순수할 수 없다는 생각이 들었다. 심지어 사랑조차도 자기에게 없는 어떤 것을 상대방에게서 찾으려는 욕망 때문에 녹슬지 않는가 하는 생각도……. 우리가 상대방에게서 악마를 보든 구원의 천사를 보든 상관없이, 상대방은 언제나 원래 그 모습 그대로 있을 뿐이다. 때로는 위협적으로 때로는 낯선 모습으로.

"촌스럽지, 그렇지?"

어머니가 화장실에 갔을 때 마야가 한 말이다.

"뭐가?"

"영화. 진짜 촌스럽고 구식이야. 딱 엄마 스타일이야."

그 뒤 한동안 나는 어쩔 수 없이 어머니와 대화를 하게 되는 상황을 할 수 있으면 피하려고 했다. 그런데 두 사람이 뉴욕을 떠나기 며칠 전이었다. 마야가 낮잠을 잘 때 어머니에게 국제 우표를 가지고 있느냐고 물었다. 아버지에게 편지를 부치려고 하는데 국제 우표가 없었던 것이다.

"두 사람이 만날 계획이라도 있는 거야?"

어머니가 지갑을 온통 까뒤집다시피 해서 우표 한 장을 꺼내는 동안 대략적으로 세워놓은 내 계획을 말했다. 사실 어머니가 꺼낸 우표는 한 장이 아니라 두 장이었다. 여름날의 열기가 얼마나 뜨거웠던지 두 장이 서로 붙어버렸던 것이다. 어머니는 겸연쩍게 웃으면서 가스레인지에 물을 올렸다. 물을 끓인 다음 김을 쏘여서 떼어내면 된다고 했다.

"근데 말이야, 내 생각에는 두 사람이 서로를 잘 이해하면 참 좋겠다."

부엌에서 어머니가 말했다.

"사실 그때 네 아빠는 열 살짜리 꼬마애가 받아들이기에는 너무 강했지? 하지만 너도 이제는 나이가 들었잖니."

나는 어깨를 으쓱했다.

"모르죠, 뭐."

그녀는 내 쪽으로 머리를 쑥 내밀며 이렇게 말했다.

"혹시라도 네가 아버지를 원망하는 마음을 품고 있을까 겁난다. 난 안 그럼 좋겠거든."

"제가 왜 그런다고 생각하세요?"

"글쎄……."

어머니가 거실로 나왔다. 우리는 잠시 말없이 그냥 앉아 있었다. 거리를 오가는 자동차 소리만 창문을 통해서 들려왔다. 주전자가 휘파람 소리를 냈다. 붙어버린 두 장의 우표를 수증기에 쏘여 떼어낸 뒤, 우표 한 장을 편지봉투에 붙였다. 그런데 어머니가 불쑥 그 이야기를 했다.

마치 혼잣말을 하듯 아득한 목소리로.

"너도 알겠지만 아버지가 우리를 떠난 건 아버지 잘못이 아니야. 내가 떠난 거지. 우리 둘이 결혼했을 때 할아버지와 할머니는 심사가 불편하셨어. 외할아버지, 외할머니 말이다. 하지만 그래도 결국 좋다고 하셨다. 두 분이 우리를 말리려 했어도 아마 뜻대로 되지 않았을 거야. 마침내 두 분은 우리의 판단을 인정하는 게 옳은 일이라고 결론을 내리셨지. 그런데 네 아버지의 아버지, 그러니까 네 친할아버지 말이다. 함자가 후세인이야. 그분이 외할아버지에게 장문의 편지를 썼는데 그 내용이 험악했어. 결혼을 인정할 수 없고, 오바마 가문의 피가 백인 여자의 피와 섞이는 게 싫다는 내용이었지. 그 편지를 읽고 할아버지가 어땠을지는 너도 상상할 수 있을 거야. 그리고 네 아버지가 첫 부인과 이혼하는 것도 문제였어. 그냥 마을에서 올린 결혼식이었기 때문에 이혼을 하려고 해도 법적인 근거를 남길 수가 없었던 거지."

어머니의 턱이 또 떨리기 시작했다. 어머니는 아랫입술을 깨물며 감정을 추스르려고 애썼다.

"네 아버지가 답장을 보냈단다. 할아버지의 뜻을 따르지 않고 나와 결혼하겠다고 말이야. 그리고 네가 태어났고, 우리는 아버지가 학업을 마치는 대로 케냐에 같이 가기로 했어. 그런데 네 친할아버지가 다시 편지를 보내서 아버지의 학생 비자를 말소시키겠다고 하셨지. 그 무렵에 할머니는 신경이 매우 예민해지셨단다. 몇 년 전에 케냐에서 일어났던 마우마우 폭동에 관한 기사를 읽으셨던 거야. 그 폭동을 서구 언론들이 대서특필했거든. 할머니는 우리가 케냐에 가면 내 목이 뎅겅 달아나고, 너는 어디로 잡혀갈지 모른다고 확신하셨던 거지.

그런데 또 다른 상황이 발생했어. 아버지가 하와이 대학교를 졸업할 때, 두 군데에서 장학금을 주겠다는 제의를 해왔어. 하나는 여기 뉴욕에 있는 뉴스쿨이고 또 하나는 하버드였어. 뉴스쿨은 숙소와 학비 그리고 우리 세 식구가 충분히 생활할 수 있도록 교내 아르바이트 자리도 제공하겠다고 했어. 하버드는 그냥 학비만 제공하겠다고 했고. 그런데 네 아버지가 얼마나 고집쟁이였는지 하버드를 가겠다는 거야. 최고의 대학에서 장학금을 준다는데 자기가 왜 거절하겠냐고 했지. 자기가 최고임을 입증해 보이겠다는 생각뿐이었어, 그 사람은……."

어머니는 한숨을 쉬면서 손으로 머리를 쓸었다.

"그때 우리는 너무 젊었어. 그때 난 지금 네 나이보다 어렸으니까. 네 아버지도 나보다 몇 살 많았을 뿐이고. 나중에 네 아버지가 우리를 방문했을 때, 하와이로 말이다, 우리가 자기와 함께 살면 좋겠다고 했어. 하지만 그때 나는 롤로와 결혼한 상태였지. 네 아버지는 세 번째 부인과 막 헤어진 상태였어. 그때 나는 단지……. 내 생각으로는……."

어머니는 말을 멈추었다. 그리고 갑자기 혼자 웃었다.

"우리가 처음 데이트하던 날, 네 아버지가 약속 시간에 늦었다는 얘기를 내가 했었니? 그 사람은 1시에 대학 도서관 앞에서 만나자고 했단다. 약속 장소에 가니까 아직 안 나왔더라. 조금만 기다려줘야지, 하고 생각했어. 아주 맑고 화창한 날이었어. 그래서 벤치에 누웠는데 그만 깜박 잠이 들었던 거야. 그런데 한 시간이 지난 뒤에, 무려 한 시간이나 말이다! 네 아버지가 나타났어. 친구 두 명을 데리고 말이야. 눈을 떴는데 세 사람이 내 앞에 서 있었어. 그런데 네 아버지가 이렇게 말하는 거야. 농담도 아니고 진지하게, '잘 봤지? 내가 분명히 말했지? 정말 예쁜 여자고, 또 나를 기다리고 있을 거라고.'"

어머니는 다시 웃었다. 나는 그 모습에서 옛날 어머니의 어린 모습을 다시 한번 보았다. 그런데 그것 말고도 다른 무언가를 함께 보았다. 미소를 띤, 그러나 조금 당황해하는 그녀의 얼굴에서 나는 모든 어린 이들이 어른으로 성장하려면 어느 순간엔가 반드시 깨달아야 하는 것을 보았다. 즉 부모가 각자 살아온 삶, 두 사람의 만남과 아이의 출산, 더 거슬러 올라가서 그 부모의 부모 세대의 삶, 셀 수도 없을 만큼 많은 우연한 만남과 오해와 헛된 기대, 제한된 조건 등을. 어머니는 아름다운 흑인이 등장하는 영화를 머릿속에 담고 있었으며, 아버지가 보여준 관심에 좋아했다. 또 혼란스럽고 외로웠으며, 부모가 정한 삶에서 뛰쳐나가려고 애를 쓰던 그런 소녀였다. 그날 아버지를 기다릴 때의 그 순수함은, 어머니가 가지고 있었던 어떤 욕구와 필요성으로 이미 물들어 있었다. 그 욕구와 필요성에 교활함은 없었다. 그리고 그것들은 의식적인 것이 아니었다. 어쩌면 모든 사랑이 그렇게 시작되고, 어머니의 경우도 다르지 않았을 것이다. 우리가 느끼는 외로움을 깨뜨려주는 어떤 충동과 흐릿한 이미지들. 이런 것들이 운만 좋으면 좀 더 확실한 어떤 감정으로 전이되는 게 아닐까.

그날 내가 어머니에게서 들은 아버지 이야기는, 대부분의 미국인들이 자기와 다른 인종의 입을 통해서 결코 들을 수 없는 것이었다. 흑인과 백인 사이에 일어날 수 있음 직한 일이라고는 결코 믿어지지 않는 것이었다. 상대방을 속속들이 알고 있는 어떤 사람의 사랑, 실망조차도 이기고 넘어서는 사랑. 어머니는 최소한 자기 이외에 단 한 사람만이라도 아버지를 자기처럼 봐주기를 원했다. 아버지를 전혀 알지 못하는 당신의 아들이 당신처럼 그를 바라보게 하려고 애썼던 것이다. 몇 달 뒤에 어머니에게 전화를 걸어 아버지가 돌아가셨다는 사실을 알렸을 때, 수화기를 통해서 어머니의 울음소리를 들으며 내가 떠올렸던 것도 바로 어머니 얼굴에 나타났던 바로 그 표정이었다.

●

어머니에게 전화를 한 뒤에 나는 보스턴에 있는 아버지의 동생에게 전화를 걸었다. 어색한 대화는 금방 끝났다. 장례식에는 가지 않았다. 그 대신 가족에게 편지를 써서 애도의 뜻을 표했다. 마음이 아프다는 말과 함께 답장해 달라고 했다. 하지만 사실은 마음이 전혀 아프지 않았다. 단지 어떤 희미한 상실감을 느꼈을 뿐이었다. 그것 이외의 다른 감정을 느낄 이유가 없었다. 찾아봐도 찾을 수 없었다. 케냐에 가겠다는 계획은 무기한 보류되었다.

다시 한 해가 지난 뒤, 어느 날 밤 꿈에서 아버지를 만났다. 차가운 감옥이었다. 나는 이름이 기억나지 않는 친구들과 함께 여행을 하고 있었다. 남자도 있었고 여자도 있었는데 각자 여행의 목적지는 달랐다. 우리는 오렌지색 하늘을 배경으로 우뚝 솟은 산들을 지나고 초원도 여러 개 지났다.

건장한 체격의 백인 노인이 내 옆자리에 앉아 있었다. 그 노인이 가지고 있던 책에서 노인을 공경하는 태도가 우리의 영혼을 시험한다는 내용을 읽었다. 그 노인은 자기가 노동조합원이라고 밝히면서 딸을 만나러 간다고 했다.

우리는 어떤 오래된 호텔 앞에 이르러 버스에서 내렸다. 샹들리에가 달려 있는 커다란 호텔이었다. 로비에는 피아노가 있었고, 라운지의 소파에는 부드러운 공단으로 만든 쿠션이 여러 개 놓여 있었다. 나는 그 쿠션 가운데 하나를 집어서 피아노 의자에 놓았다. 내 옆자리에 앉았던 백인 노인이 그 의자에 앉았다. 이제 보니 노인은 지능이 낮은 사람이었다. 아니면 나이가 너무 많아서 노쇠했든가. 그런데 어느 순간 다시 보니 노인은 어린 흑인 소녀로 바뀌어 있었다. 의자에서 대롱거리는 두 발은 페달에도 닿지 않았다. 소녀는 나를 보고 방긋 웃더니 피아노를 치기 시작했다. 여자 종업원이 왔다. 라틴계 아가씨였다. 아가씨는 우리를 보더니 얼굴을 찌푸렸다. 그런데 찌푸린 얼굴 뒤로는 웃고 있었다. 아가씨는 손가락 하나를 입술에 대고 수직으로 세웠다. 마치 우리가 어떤 비밀을 은밀하게 나누는 사이인 것처럼.

나는 여행을 하는 동안 내내 꾸벅꾸벅 졸았다. 일어나 보니 다들 가버리고 아무도 없었다. 버스가 멈추었다. 나는 버스에서 내렸다. 그리고 차도의 턱에 걸터앉았다. 외벽이 거친 돌로 되어 있는 건물 안에서 검사와 판사가 언쟁을 벌이고 있었다. 판사는 우리 아버지가 감옥에서 오랜 시간을 보냈으니 이제 풀어줘도 된다고 했다. 하지만 검사는 격렬하게 반대했다. 온갖 판례와 법조문을 들며 계속 가둬두어야 한다고 주장했다. 판사는 어깨를 으쓱하더니 자리에서 일어났다.

나는 감옥의 어떤 방 앞에 섰다. 자물쇠를 끌러서 창턱에 조심스럽게 올려놓았다. 아버지가 내 앞에 있었다. 옷 하나만 허리에 두른 차림이었다. 무척 여윈 모습이었다. 머리는 컸고 사지는 가늘었으며, 팔과 가슴에는 털이 하나도 없었다. 창백해 보였다. 검은 눈동자가 잿빛 얼굴에서 밝게 빛났다. 그는 말없이 서 있던 키 큰 간수에게 미소를 지으며 비켜달라고 했다. 그리고 이렇게 말했다.

"널 좀 봐. 이렇게 키가 크고 마르고…… 머리카락까지 허옇게 셌구나!"

그 말은 사실이었다. 내 모습이 그랬다. 나는 아버지에게 다가갔다. 우리는 서로를 안았다. 나는 울기 시작했다. 부끄러웠지만 울음을 멈출 수가 없었다.

"바라크, 나는 늘 이 말을 하고 싶었다. 내가 널 얼마나 사랑하는지 모른다고……."

내 팔에 안긴 아버지는 너무 왜소해 보였다. 마치 소년을 안고 있는 것 같았다.

그는 감방 한구석에 앉아 있었다. 모아쥔 두 손에 턱을 괸 그의 시선은 나를 비껴서 벽을 향했다. 그의 얼굴에는 도저히 지울 수 없는 슬픔이 가득했다. 나는 아버지의 얼굴에서 슬픔을 지우려고 농담을 했다. 내가 마른 것은 아버지를 닮아서 그렇다고……. 하지만 그의 얼굴은 조금도 움직이지 않았다. 내가 작은 소리로 우리 둘이 함께 빠져나갈 수 있을 거라고 말했다. 그러자 그는 고개를 저으며 나 혼자 떠나는 것이 최선의 방법이라고 했다.

그러다가 잠에서 깼다. 꿈에서처럼 여전히 울고 있었다. 아버지를 위해서 그리고 그의 간수이자 판사이자 아들인 나를 위해서 흘린 최초의 눈물이었다. 불을 켰다. 그리고 아버지가 보낸 편지들을 꺼냈다. 아버지를 만났던 때를 떠올렸다. 아버지가 선물했던 농구공을 떠올렸고 춤을 가르쳐주던 아버지의 모습을 떠올렸다. 처음으로, 그는 비록 이 세상에 없지만 그의 강인한 이미지는 내가 안전하게 성장할 수 있는 튼튼한 성채가 되어준다는 사실을 깨달았다. 내게 아버지라는 존재는 내가 부끄럽게 혹은 실망스럽게 살지 않도록 떠받쳐주는 발판이었다.

창문으로 가서 바깥을 바라보았다. 아침이 오는 소리가 들렸다. 청소차가 쓰레기를 치웠고, 옆집 사람의 발소리가 들렸다. 아버지를 찾아야겠다, 아버지와 더 대화를 나눠야겠다, 라고 나는 혼잣말을 했다.

제2부

시카고,
구원을 찾아 나서다

BARACK OBAMA

나는 '희망'이라는 한 단어에서 다른 소리들을
들었다. 십자가 아래에서, 시카고에 있는 수
천 개의 교회 안에서, 평범한 흑인들이 다윗
과 골리앗 이야기, 모세와 파라오 이야기, 사
자굴 안의 기독교인 이야기, 에스겔이 목격
한 마른 뼈가 가득한 계곡 이야기 속으로 녹
아들어가는 모습을 보았다. 생존과 자유와
희망에 관한 이 이야기들은 우리의 이야기가
되고 내 이야기가 되었다. 그들이 뿌렸던 피
와 눈물은 우리의 피와 눈물이었다. 그리고
그 흑인 교회는 사람들의 이야기를 미래의 다
음 세대로 그리고 더 넓은 세상으로 전하는 그
릇이었다. 그럼으로써 우리의 시련과 승리는
우리만의 독특한 것인 동시에, 단지 흑인만의
것이 아니라 보편적인 인간의 것이 되었다.

7

1983년, 나는 공동체 조직가가 되기로 결심했다.

이런 결심과 관련하여 구체적인 것은 별로 없었다. 공동체 조직가로 사는 사람을 나는 한 명도 알지 못했다. 대학 친구들이 공동체 조직가가 어떤 사람을 말하는 거냐고 물었을 때, 그들이 고개를 끄덕일 정도로 충분히 설명하지도 못했다. 대신 나는 변화가 필요하다고 역설했다. 레이건과 그의 앞잡이들이 더러운 짓을 벌이는 백악관에 변화가 필요하고, 순한 양처럼 고분고분하고 부패한 의회에 변화가 필요하며, 미친 듯이 한쪽으로만 치우친 나라 안의 분위기에도 변화가 필요하다고 했다. 변화는 저절로 오는 것이 아니라 조직된 풀뿌리에서만 나온다고도.

그것이 바로 내가 하려던 일이었다. 흑인을 조직하는 것. 풀뿌리에서. 변화를 위해서.

백인과 흑인 가릴 것 없이 친구들은 내가 품은 이상을 칭찬했다. 하지만 그들은 이런 칭찬을 하자마자 곧바로 돌아서서 대학원 지원서를 보내러 우체국으로 향했다.

나는 그들의 회의적인 태도를 진정으로 비난할 수 없었다. 지금에야 때늦은 지혜로 그때 내가 내린 결정에 어떤 논리적인 근거를 댈 수 있다. 또 조직가가 된다는 것이 아버지와 내 아버지의 아버지, 어머니와 그녀의 부모들, 거지와 농부들, 권력에 무릎 꿇은 롤로와 인도네시아에 대한 기억들 그리고 레이와 프랭크, 마커스와 레지나, 뉴욕으로의 이주, 아버지의 죽음 등 길고 긴 내 인생에서 어떤 의미를 띠고 있는지 보여줄 수 있다. 하지만 그때는 그러질 못했다. 지금에야 알 수 있는 사실이지만, 내가 내린 결정은 결코 나 혼자만의 것이 아니었다. 나 혼자만의 결정이 아니었다는 게 오히려 바람직한 것이었다는 사실도 알고 있다.

하지만 이런 것들을 나중에야 깨달았다. 대학을 막 졸업할 무렵이던 당시에는 대개 충동적으로 판단하고 또 행동했다. 마치 어떤 지점을 향해 본능적으로 물살을 거슬러 올라가는 연어처럼. 강의를 들을 때나 세미나에 참석할 때 나는 책에서 발견한 구호나 이론들을 앞세워 충동적으로 마구 돌진했다. 그리고 그 구호들이 아주 중요한 의미를 담고 있다고 생각했다. 물론 잘못된 생각이었다. 하지만 밤에 잠자리에 들어서는 이 구호들을 밀쳐버리고 그 자리에 어떤 이미지들, 내가 전혀 알지 못하는 과거의 낭만적인 이미지들을 채우곤 했다.

민권운동의 이미지들. 특히 흑인 위인들을 기념하기 위해 제정한 '흑인 역사의 달'인 2월이면 어김없이 등장하는 거친 화면의 기록영화 속 이미지들이었다. 그것은 어릴 적 어머니가 내게 보여주고 들려주던 바로 그 이미지들이었다. 예를 들면 이런 것들이다. 머리를 짧고 단정하게 자른 대학생 두 명이 간이식당에서 음식을 주문하면서 임박한 궐기대회에 참가할지 말지를 두고 망설인다. '전국대학생비폭력조정위원회SNCC' 소속 활동가들이 미시시피의 어떤 시골에서 투표인 등록을 하라고 소작인 농부 가족들을 설득하며 열을 올린다. 또 어떤 카운티의 감옥은 어린아이들로 가득 차 있는데, 이 아이들이 손에 손을 잡고서 자유에 관한 노래를 부른다.

이런 이미지들은 내 기도의 내용이 되었고, 내 의식을 강하게 떠받쳤다. 또한 말로 표현할 수 없는 어떤 방식으로 내 안의 감정들을 이끌었다. 이 이미지들은 나에게, 나의 투쟁은 나 혼자만의 것이 아니며, 이 땅에서는 적어도 흑인에게 공동체가 주어진 적이 단 한 번도 없었다고 힘주어 속삭였다. 그 이미지들이 나에게 이렇게 속삭였다는 사실도 나중에야 깨달았다.

공동체를 만들어야 했고, 그것을 지키기 위해 투쟁해야 했고, 또 그것을 돌봐야 했다. 공동체들은 사람들의 꿈과 함께 그리고 그 꿈들이 광범위하게 퍼져 있는 민권운동 속에서 확장되고 축소되기도 했다. 숱한 연좌 농성과 행진, 감옥에서 들리는 노랫소리에서 나는 아프리카계 미국인의 공동체가 단지 그들이 태어나고 자란 공간 이상의 의미를 획득해 가는 것을 목격했다. 과거의 사례를 볼 때 조직화 과정과 희생을 통해서 우리는 소속감을 얻을 수 있었다. 그리고 일단 소속감을 얻었기 때문에(내가 상상했던 이 공동체는 여전히 더 큰 미국이라는 공동체, 즉 흑인과 백인과 아시아인을 모두 포괄하는 공동체가 언젠가 새로 정의될 약속에 기반해서 생성되는 중이었기 때문에) 시간이 지나면 내 삶의 특이한 측면도 공동체가 허용해 줄 거라고 나는 믿었다.

이것이 조직화에 대한 내 생각이었다. 그것은 구원에 대한 약속이었다.

나는 졸업을 앞둔 몇 달 동안 내가 아는 모든 민권운동 단체에 편지를 보냈다. 그뿐 아니라 진보적인 생각을 가진 미국의 모든 선출직 흑인 공무원과 지역 사회의 온갖 협의회, 심지어 세입자의 권리를 지키는 모임에도 편지를 보냈다. 아무도 답장을 해주지 않았지만 실망하지 않았다. 그래서 일단 1년 동안은 융자받은 학자금을 갚기 위해 직장에 취직하기로 마음먹었다. 가능하다면 저축도 조금 하고 싶었다. 나중에 분명히 돈이 필요할 거야, 라고 자신에게 말했다. 돈을 벌지 않고 가난하다는 것이 곧 조직가들은 고결하다는 증거였기 때문에, 돈을 벌겠다는 내 생각에 어떤 합리화가 필요했던 것이다.

●

다국적 기업들을 대상으로 하는 컨설팅 회사에 취직했다. 나는 나를 적의 후방에 침투한 첩자라고 생각하며, 날마다 맨해튼 중심부에 있는 사무실에 출근해 지구 곳곳에서 수집되는 로이터의 정보들을 모니터로 확인했다. 내가 알기로는 그 회사에서 부연구원으로 일하는 흑인은 나뿐이었다. 나로서는 부끄러운 일이었지만 회사에서는 나를 자랑거리로 여겼다. 높은 사람들은 나를 아들처럼 대했다. 언젠가는 내가 그 회사의 경영자가 될 수도 있다는 말로 나를 격려했다. 나는 그들에게 내가 생각하는 조직가로서의 전망을 털어놓기도 했다. 그럴 때면 그들은 미소를 지으며 이렇게 말했다.

"아주 멋져."

하지만 그들의 눈은 실망스럽다는 빛을 띠었다. 내 말을 듣고 이런 반응을 보이지 않은 사람이 딱 하나 있다. 회사의 로비를 지키던 우락부락하게 생긴 흑인 경비원 아이크였다. 아이크만이 유일하게 즉각적으로 반박했다.

"조직 사업? 정치적이네, 맞지? 대체 자네는 왜 그딴 걸 할 생각을 하지?"

나의 정치적인 견해를 설명하고 가난한 사람을 일으켜 세워서 공동체를 조직하는 것이 얼마나 중요한지 말하자 아이크는 고개를 내저었다.

"미스터 버락. 내가 쓴소리를 한다고 해서 고깝게 듣지 않을 거라 믿고 하는 말이야. 자네야 내 말을 들어도 되고 안 들어도 그만이지만, 어쨌거나 내 의견을 말해야겠네. 조직 사업 따위는 머리에서 지워버리고 돈이 생기는 일을 하게. 탐욕스러운 인간이 되라는 말이 아니야. 내 말 무슨 뜻인지 알지? 내가 이런 말을 하는 건 자넨 충분히 그럴 능력이 있다고 보기 때문이야. 자네처럼 젊고 목소리도 멋진 사람이 말이야. 그래 맞아, 자네는 텔레비전 아나운서가 될 수도 있겠어. 아니면 세일즈 계통에……. 자네 또래 조카가 한 명 있는데 말이야. 그 녀석은 영업사원으로 돈을 꽤 많이 번다고. 그게 우리가 원하는 거야. 잘 생각해. 겉만 번지르르한 친구들은 자네 말고도 많아. 이제 그만 있어도 된다고. 머리에 아무 생각도 없는 녀석들을 도울 방법은 어디에도 없어. 게다가 그런 녀석들은 자네가 아무리 노력해도 고마워하지도 않을 거야. 그리고 무언가 하겠다는 생각이 있는 녀석들은 자네가 아니더라도 스스로 잘 개척해 나갈 거야. 근데 자네 몇 살이지?"

"스물둘이요."

"거봐. 젊음을 낭비하지 말라고. 미스터 버락, 언젠가 아침에 눈을 떠보면 나처럼 늙은이가 되어 있을 거야. 지친 늙은이가 되어 더 보여줄게 아무것도 없어질 때가 다가온다고."

당시에는 아이크의 말을 그냥 흘려들었다. 하와이의 할아버지, 할머니와 똑같은 소리를 한다고 생각했다. 하지만 여러 달이 지나면서 조직가가 되겠다는 생각이 점차 내게서 빠져나간다는 느낌이 들었다. 회사에서는 나를 파이낸셜 라이터로 승진시켰다. 내 사무실이 따로 생겼고 전담 비서까지 딸렸다. 은행에 잔고도 제법 쌓였다. 때로 일본인 금융업자나 독일인 채권 거래자를 만난 뒤, 엘리베이터 문에 비친 내 모습을 보곤 했다. 말쑥한 정장에 넥타이, 서류가방을 들고 있는 모습을. 그리고 잠시 내 모습을, 주문을 내고 거래를 지휘하고 성사시키는 금융 거래 현장의 유능한 선장으로 상상하기도 했다. 그러다가는 문득 이전에 내가 되고 싶다고 말했던 그 사람이 어떤 인물이었는지 기억하고는 내 결심이 그토록 허약하다는 사실에 죄책감을 느끼곤 했다.

그러던 어느 날이었다. 내 자리에 앉아서 컴퓨터로 금리스왑*에 관한 글을 쓰고 있었는데 전혀 예상하지 못한 일이 일어났다. 이복 누나인 아우마가 전화를 한 것이다.

우리는 한 번도 만난 적이 없었다. 가끔 편지만 주고받았을 뿐이었다. 나는 그녀가 독일로 유학을 갔다고 알고 있었다. 우리는 편지를 통해서 내가 독일로 가든가 아니면 그녀가 미국으로 오든가, 하여튼 한 번 보자는 이야기만 했다. 하지만 그 약속은 이미 오래전의 일이었고 흐지부지된 상태였다. 우리에게는 그렇게 여행할 수 있는 돈이 없어서 힘들겠다는 말을 서로 했었다. 그러면서 늘 내년에는 되겠지, 하며 다음을 기약했다. 그런 식으로 접촉을 하면서도 우리는 늘 일정한

* 금융기관끼리 고정 금리와 변동 금리를 일정 기간 상호 교환하기로 약정하는 행위 또는 그런 거래.

거리를 유지했다.

그런데 갑자기 그녀가 전화를 한 것이다. 목소리를 들은 것도 그때가 처음이었다. 굵고 부드러운 목소리였으며 식민지풍의 악센트를 느낄 수 있었다. 처음에는 그녀가 하는 말을 알아들을 수 없었다. 그저 어떤 소리로만 들렸다. 늘 거기 있었던 소리, 잘못된 곳에 있었지만 결코 잊은 적이 없었던 소리로……. 그녀는 미국에 올 거라고 했다. 몇몇 친구와 함께 여행을 할 거라며. 그리고 뉴욕으로 나를 만나러 가도 되는지 물었다.

"물론이지, 그럼! 우리 집에 있어도 돼. 벌써부터 기다려지는데 빨리 와."

그녀가 웃었다. 그리고 우리 사이에 어색한 침묵이 흘렀다. 서로 상대방의 숨소리만 들었다.

"근데…… 전화를 오래 쓸 수가 없네. 전화비가 비싸거든. 공항에 있는 공중전화라서."

그 말을 끝으로 우리는 짧은 작별 인사를 하고 경쟁적으로 서둘러 전화를 끊었다.

그 전화를 받은 뒤로 몇 주 동안 나는 그녀를 맞을 준비를 했다. 소파 침대를 쌀 시트를 새로 장만하고, 접시와 수건도 여분으로 몇 개 더 준비하고, 욕조도 깨끗하게 닦았다. 하지만 그녀가 도착하겠다던 날 이틀 전에 다시 전화가 왔다. 목소리는 지난번보다 훨씬 무거웠다. 거의 속삭이듯 말했다.

"못 가게 됐어. 같이 가기로 했던 아이가…… 데이비드가…… 죽었어……. 오토바이 사고로……. 나도 그것밖에 몰라, 어떻게 된 건지."

아우마는 울기 시작했다.

"왜 우리한테 이런 일이 생길까?"

나는 그녀를 달래려고 애썼다. 내가 뭐 해줄 게 없느냐고 물었다. 언젠가 만날 기회가 있을 거라고 말했다. 한참 만에 그녀는 울음을 그쳤다. 케냐로 돌아가는 비행기를 예약해야 한다고 했다.

"그래, 그럼 안녕. 다음에 보자. 안녕."

그녀가 전화를 끊었다. 나는 사무실을 나섰다. 비서에게는 곧바로 퇴근할 거라고 말했다. 맨해튼 거리를 무작정 걸었다. 나중에 보니 몇 시간을 걸은 셈이었다. 아우마의 목소리가 가슴속에서 몇 번이고 반복해서 재생되었다. 멀리 떨어진 대륙, 거기서 어떤 여자가 울고 있다. 먼지가 이는 어두운 길에서 오토바이를 타던 청년 하나가 중심을 잃고 넘어진다. 청년의 몸이 딱딱한 땅에 곤두박질친다. 청년의 몸에서는 피가 흐르지만 그의 심장은 이미 멎어 있다. 침묵 속에 오토바이 바퀴만 빠르게 돌아간다. 그 여자와 그 청년은 누구일까? 나와 피를 나눈 그 사람들은 도대체 누구일까? 무엇이 그녀의 슬픔을 덜어줄 수 있을까? 그리고 그 청년은 죽기 전에 어떤 꿈을 가슴에 품고 있었을까?

동족을 잃고도 눈물 한 방울 흘리지 않는 나는 도대체 누구란 말인가?

●

나는 지금도 아우마와 처음 전화상으로 만난 일이 어떻게 내 일생을 바꾸게 되었는지 의아하다. 내가 의아하게 생각하는 것은 아우마를 만났다는 사실 그 자체(어쩌면 이것이 모든 것을 의미한다고 하면 그럴 수도 있다)나 데이비드가 죽었다는 소식(이것 역시 마찬가지다. 아우마가 아니었다면 오토바이 사고로 죽은 데이비드라는 존재를 내가 어떻게 알 수 있었겠는가)이 아니다. 조직가가 되겠다는 생각이 여전히 내 머리 한구석에 자리를 잡고서 내 마음을 희미하지만 집요하게 닦달하던 바로 시점에 그녀가 전화를 하고, 일련의 일들이 일어나고, 또 내가 많은 기대를 품게 되었던 그 절묘한 시간대의 일치를 말한다.

어쩌면 아우마와 전화 통화를 했건 안 했건 별 차이가 없었을 수도 있다. 그즈음에 나는 이미 조직 사업에 몸을 던지기로 결심한 상태였다. 아우마의 목소리는 내게 아직도 치료해야 할 상처가 남아 있으며, 그 상처는 나 혼자서는 치료할 수 없다는 사실을 단지 상기시켜 주는 데 지나지 않았다. 어쩌면 그 당시에 데이비드가 죽지 않고 아우마가 원래 계획했던 대로 뉴욕에 와서 아버지나 케냐에 관한 여러 가지 이야기들을 더 일찍 들려주었다면 공동체에 대한 내 생각도 달라졌을 것이다. 또 내가 품은 야망이 좀 더 개인적이고 좀 더 전문적인 분야로 향함으로써 결국 아이크의 충고를 받아들여 주식이나 채권에 집중하고 소위 '번듯함'과 존경심을 더 많이 불러들일 수 있었을 것이다. 그리하여 내 안에 쌓여 있던 부담감도 훨씬 일찍 덜어졌을 것이다.

모르겠다. 하지만 확실한 것은 아우마의 전화를 받고 몇 달 뒤 회사에 사표를 내고 조직가로 일할 곳을 열심히 찾았다는 사실이다. 다시한번 많은 편지를 보냈고, 다시 한번 답장을 한 통도 받지 못하는 아픔을 겪어야 했다. 그런데 한 달 뒤, 뉴욕에 있는 유명한 인권 단체의 책임자가 만나자고 했다. 그는 키가 크고 잘생긴 흑인이었다. 부서질 것처럼 새하얀 와이셔츠에 페이즐리 넥타이를 맸으며, 붉은색 멜빵을 하고 있었다. 그의 사무실에는 이탈리아 가구들과 아프리카 조각상이 있었고, 간이 바까지 있었다. 커다란 창문으로 들어오는 햇살이 마틴 루터 킹의 흉상에 부서졌다.

"마음에 드는군."

책임자는 내 이력서를 살펴보고는 이렇게 말했다.

"특히 일반 회사에서 일한 경력이 마음에 들어. 요즘에는 인권운동이니 민권운동이니 하는 것도 사실은 이런 일이 진짜 핵심이거든. 피켓 들고 행진하는 건 이제 안 통해. 일을 제대로 하려면 기업가와 정부, 저소득층의 유대를 강화하는 게 가장 중요하지."

그는 커다란 두 손을 모아서 힘껏 쥔 뒤에 두툼한 연례 보고서를 내밀고는 한 곳을 펼쳤다. 단체의 이사진 명단이 적혀 있었다. 흑인 목사가 한 명이고 백인이 열 명이었으며 모두 회사의 중역이었다.

"봤나? 공적이고 사적인 동반자 관계. 이게 미래를 여는 열쇠야. 자네 같은 젊은이들이 활동할 공간인 미래를 여는 열쇠 말이네. 교육을 제대로 받았고, 확신을 가지고 있고, 이사진이 회의하는 자리에 들어가서도 전혀 주눅 들지 않는 젊은이들……. 지난주만 해도 나는 백악관 만찬에서 주택도시개발부 장관과 토론을 했거든. 그 친구 잭, 대단한 사람이었어. 그 사람은 자네처럼 젊은 사람을 만나는 데 관심을 가지고 있더군. 물론 나는 민주당원이야. 정식 당원이지. 하지만 우리는 권력을 가진 사람이면 누구와도 협력하는 법을 배워야 해."

그 책임자는 그 자리에서 내게 함께 일하자고 제안했다. 그는 내가 약물이나 실업, 주택 문제 등과 관련된 협의회를 조직하는 사업을 맡았으면 했다. 대화를 간단하게 하기 위해서, 라고 그는 말했다. 하지만 나는 그의 제안을 거절했다. 나는 거리에 있는 사람들을 좀 더 가깝게 접할 수 있는 일을 원했다. 그리고 그 뒤 석 달 동안, 미국의 소비자 보호 운동가이자 1990년부터 녹색당 후보로 대통령 선거에 출마한 랠프 네이더Ralph Nader의 할렘 지회에서 일했다. 뉴욕의 시티 칼리지 학생들에게 재활용의 중요성을 알리는 일이었다. 어떤 주의 하원의원 선거에 나선 후보자의 전단을 브루클린에서 일주일 동안 나누어주는 일도 했다.

그 후보는 낙선했고, 나는 돈을 한 푼도 받지 못했다.

●

　여섯 달 동안 나는 실업자 신세로 깡통 식품을 사서 수프를 끓여먹었다. 그 사이에 어떤 영감을 얻을까 해서 퀘임 투레의 연설을 들으러 컬럼비아 대학교에 간 적이 있다. 그는 과거 스토클리 카마이클이란 이름으로 SNCC 의장직을 수행했으며 '블랙 파워'란 개념을 제창한 것으로 유명한 인물이었다. 강연장 입구에서는 여학생 두 명이 마르크스주의 유인물을 나누어주면서 트로츠키를 어떻게 평가할 것인가 하는 문제를 놓고 설전을 벌였다. 한 명은 흑인이고 한 명은 아시아인이었다. 안에서는 투레가 아프리카와 할렘 사이에 경제적인 연결 고리를 만들 때 백인 자본주의자들의 제국주의적 야욕을 차단할 수 있다고 열변을 토했다. 그의 연설이 끝날 즈음에 안경을 낀 깡마른 체구의 젊은 여자가 질문을 했다. 현재 아프리카의 경제 상황과 미국 내 흑인의 절박한 현실을 고려할 때 과연 그런 제안이 실질적인 효과를 가져다줄 수 있을까 하는 내용이었다. 하지만 그 여자가 질문을 미처 다 마치기도 전에 투레가 호통을 쳤다.

　"천만에요! 내 제안이 실질적인 효과가 없다고 생각하는 것은 그동안 자매님이 백인의 교육을 받으면서 세뇌를 당했기 때문입니다!"

　그렇게 말하는 그의 눈이 이글이글 타올랐다. 미친 사람의 눈이 아니면 성인의 눈이었다. 그 여자는 질문한 뒤로도 몇 분 동안 그 자리에 선 채로 부르주아적인 태도를 버려야 한다는 비판을 들었다. 사람들이 빠져나가기 시작했다. 강연장 바깥에서는 두 명의 마르크스주의자가 여전히 싸우고 있었다. 싸움은 더 격렬해져 있었다.

　"이 돼지 같은 스탈린주의자야!"

"개 같은 수정주의자! 주둥이 닥쳐!"

악몽 같았다. 브로드웨이 쪽으로 걸었다. 걸으면서 링컨 기념관 앞에서서 텅 빈 공원에 쓰레기만 날리는 광경을 바라보는 내 모습을 상상했다. 운동은 오래전에 죽었다. 부서지고 박살이 나서 모래처럼 흩어지고 말았다. 변화를 이끌 수 있는 길들은 모두 철저하게 봉쇄되고 파헤쳐졌다. 모든 전략이 소진되어 이제 아무것도 남지 않았다. 그리고 매번 패할 때마다 선한 의도를 가진 사람들이 하나씩 투쟁의 대열에서 떠났다.

아니면 사람들이 그냥 다들 미쳐버렸을까? 문득 정신을 차리고 보니 큰길에서 내가 혼잣말을 중얼거리고 있었다. 퇴근하는 사람들이 나를 보고는 비실비실 피하고 있었다. 그 사람들 가운데에는 컬럼비아 대학 동창도 두 명 있었다. 양복 웃옷을 벗어 어깨에 걸치고 있던 그 친구들은 내 시선을 피해서 서둘러 사람들 틈으로 몸을 숨겼다.

●

조직 사업에 대한 꿈을 거의 버렸을 때쯤 마티 카우프먼의 전화를 받았다. 시카고에서 조직 사업을 시작할 계획이며 수습 직원을 고용할 생각이라고 설명했다. 다음 주에 뉴욕에 들를 예정인데 그때 렉싱턴에 있는 커피숍에서 보자고 했다.

그의 외모는 그다지 미덥지 않았다. 중키에 뚱뚱한 백인이었고, 양복은 구겨져 있었다. 며칠 깎지 않은 수염은 텁수룩했으며 두꺼운 안경알 너머로 두 눈이 쉴 새 없이 흔들렸다. 나와 악수를 하려고 일어서면서는 와이셔츠에 차를 조금 흘리기도 했다. 그는 냅킨으로 차를 닦아내면서 말했다.

"그런데…… 하와이 출신의 유능한 젊은 인재가 어째서 조직가가 되고 싶다는 거죠?"

나는 자리에 앉아서 내 소개를 간략하게 했다. 그는 고개를 끄덕이면서 모서리가 접힌 메모 수첩에 무언가를 적었다.

"무언가에 대단히 화가 난 모양이군요."

"무슨 뜻이죠?"

내 질문에 그는 어깨를 으쓱했다.

"정확하게는 나도 모르지만 무언가에 화가 났겠죠. 나쁘게는 듣지 말아요. 화가 나야지 일을 잘할 수 있으니까요. 조직가가 되겠다고 결심한 사람이 가지고 있는 유일한 이유가 그겁니다. 가슴에 화를 품지 않은 사람이라면 조직가보다 훨씬 편한 직업을 택하거든요."

그는 뜨거운 물을 더 주문하고 자기 이야기를 했다. 유대인이고 30대 후반이며 뉴욕에서 성장했다고 했다. 60년대에 학생운동을 하면서 조직 사업을 시작했고, 15년째 그 일을 하고 있다고 했다. 네브래스카의 농민, 필라델피아의 흑인, 시카고의 멕시코인 등……. 지금은 도심 지역의 흑인과 외곽 지역의 백인을 한데 묶어 시카고 도심에서 제조업 일자리를 마련할 계획을 세우고 있다고 했다. 그리고 그 일을 도와줄 사람이 필요하다고 했다. 그것도 흑인으로.

"우리 일은 대부분 교회와 관련된 것입니다. 가난한 노동자 계급이 힘을 발휘할 수 있으려면 우선 제도적인 기반을 가져야 합니다. 그렇게 볼 때 그들을 조직으로 묶을 수 있는 공간은 도시에서 교회가 유일하죠. 교회에는 사람들이 있고, 또 거기서는 소중한 가치들을 소중하게 여길 줄 아니까요. 물론 엿 같은 것들 때문에 많은 것들이 먹혀버리긴 하지만 말입니다. 그런데 교회는 조직가들과 함께 일하려 들지 않아요. 물론 사악한 의도가 아니라 선한 의도에서 비롯된 태도라고 봐야죠.

교회는 좋은 일을 합니다. 일요일에 하는 설교도 그렇지만, 노숙자에게 잠자리도 제공하거든요. 하지만 노숙자들이 너무 많이 들이닥칠 때는 어떨까요? 당연히 한 발 물러섭니다. 이때 당신 같은 사람이 가서 난방비를 조금 더 지불하는 게 얼마나 중요하고 의미 있는 일인지 설명을 해야겠죠."

그는 뜨거운 물을 한 모금 더 마셨다.

"근데 시카고에 대해서는 얼마나 알고 있나요?"

잠시 생각한 뒤에 그는 이렇게 말했다.

"세상을 위해 돼지를 잡는 사람."●

마티는 고개를 내저었다.

"푸줏간들이 문 닫은 지 오래됐죠."

"시카고 컵스는 우승 한 번 못 하고요."

"그렇죠."

"미국에서 인종 차별 의식이 가장 높은 도시입니다. 흑인인 해럴드 워싱턴이 얼마 전에 시장으로 선출되었는데 백인들이 그 사실을 무척 불쾌하게 받아들이고 있죠."

그러자 마티는 놀랐다는 듯 이렇게 말했다.

"해럴드의 경력까지 자세하게 알고 있군요. 해럴드 밑에서 일을 할 수도 있었을 텐데요?"

"편지를 보냈지만 답장해 주지 않더군요."

마티는 미소를 지으면서 안경을 벗어 넥타이로 알을 닦았다.

"바로 그겁니다. 만일 당신이 젊고 흑인이고 사회 문제에 관심이 있

● 칼 샌드버그Carl Sandburg의 시 〈시카고〉에 나오는 구절을 인용한 것이다.

다면, 그게 문제죠. 정치운동에서 일할 데를 찾아보시죠. 강력한 후원자를 찾으라고요. 당신 경력이면 누군가 밀어줄 사람이 있을 겁니다. 해럴드도 그렇고요. 해럴드의 파워는 말할 나위도 없죠. 카리스마 넘치고. 흑인 사회에서는 거의 전폭적인 지지를 받고 있어요. 히스패닉계에서는 반 정도 지지를 받고, 또 한 줌도 안 되는 백인 자유주의자들이 지지하죠. 하지만 한 가지 사실에서는 당신 말이 맞습니다. 도시의 전체적인 분위기가 양극화되어 있다는 것. 흥미 위주의 황색 저널리즘. 아직 많이 멀었죠."

나는 몸을 뒤로 젖히며 물었다.

"그게 누구 잘못입니까?"

마티는 다시 안경을 쓰고는 내 시선을 정면으로 받았다.

"잘못의 문제가 아닙니다. 어떤 정치가가 해럴드의 재능을 가졌다고 해도 과연 이 고리를 끊을 수 있느냐 하는 문제입니다. 양극화된 도시가 정치가에게는 반드시 나쁘지만은 않거든요. 그 정치가가 흑인이든 백인이든 상관없이 말입니다."

그는 연봉 1만 달러에서 시작하자고 제안했다. 자동차를 살 수 있게 교통비로 2,000달러를 추가로 주겠다고 했다. 연봉은 일이 잘될 경우 올려줄 수 있다고 했다. 그가 가고 난 뒤 나는 이스트리버를 따라 집까지 먼 길을 걸었다. 걸으면서 마티를 어떻게 평가해야 할지 고민했다. 똑똑한 사람인 것은 분명했다. 자기 일에 헌신적인 사람으로도 보였다. 하지만 어딘가 미덥지 않은 구석이 있었다. 자기 생각을 지나치게 확신한다는 점이 그랬다. 그리고 백인이라는 사실도. 이 점에 대해서 그는 자기도 그걸 걸림돌로 생각한다고 했다.

낡은 가로등이 몇 번 깜박거리더니 불이 켜졌다. 잿빛 강물 위에 긴

바지선 하나가 바다로 향하고 있었다. 나는 빈 벤치에 앉았다. 어떤 선택을 해야 할지 생각했다. 흑인 여자와 남자아이가 내 쪽으로 걸어오는 게 보였다. 소년이 여자를 난간으로 떠미는 장난을 쳤다. 그리고 두 사람은 나란히 서서 걸었다. 소년은 한 팔로 여자의 다리를 감고 있었다. 땅거미가 질 무렵 두 사람의 실루엣이 인상적이었다. 그런데 소년이 고개를 들고 여자를 바라보았다. 아마도 무엇인가를 묻는 것 같았다. 여자는 어깨를 으쓱했고, 소년은 나에게 다가왔다.

"아저씨, 왜 강이 어떤 때는 이쪽으로 흐르고 또 어떤 때는 저쪽으로 흐르는지 아세요?"

여자가 미소를 지으며 고개를 절레절레 흔들었다. 나는 아마도 밀물과 썰물 때문이 아닐까 싶다고 대답했다. 내 대답에 소년은 만족스러운 표정으로 여자에게 돌아갔다. 두 사람이 어둠 속으로 사라지는 모습을 바라보면서 나 역시 그 강이 어디로 흐르는지 몰랐다는 사실을 깨달았다.

한 주 뒤, 나는 차에 짐을 싣고 시카고로 향했다.

8

전에도 한 번 시카고에 와본 적이 있었다. 아버지가 하와이에 온 뒤의 여름이었고, 내가 열한 번째 생일을 맞기 전이었다. 당시에 투트는 당신도 이제 미국 본토를 돌아볼 때가 되었다고 주장했다. 아마도 투트의 판단과 아버지의 방문이 관련 있었던 것 같다. 할아버지, 할머니는 당신들을 위해서 준비해 놓은 세상을 아버지가 등장함으로써 또다시 방해할 가능성이 높다고 보았던 것이다. 그래서 당신들의 조상을 다시 한번 확인하고, 당신들의 기억을 손자 손녀에게 보여주고 싶은 마음이 간절했던 것이다.

할머니와 어머니, 마야 그리고 나, 이렇게 네 명이 한 달 남짓 여행을 했다. 할아버지는 여행이 싫다며 하와이에 남았다. 우리는 시애틀로 날아갔고, 거기서 캘리포니아 해안으로 내려가 디즈니랜드에 갔다. 그리고 다시 동쪽으로 가서 그랜드캐니언을 구경하고 로키 산맥 동부의 캐나다와 미국에 걸친 대초원을 지나서 캔자스시티로 갔다. 거기서는 다시 위로 올라가 오대호를 보고 옐로스톤 국립공원을 지나 서쪽으로 돌아왔다. 우리는 거의 대부분 장거리 노선을 운행하는 그레이하운드 버스를 이용했고, 중급에 속하는 하워드 존슨 호텔에 묵었으며, 밤마다 자기 전에는 텔레비전으로 워터게이트 청문회를 보았다.

시카고에서는 사흘 동안 머물렀다. 잠은 사우스루프에 있는 모텔에서 잤다. 그때는 분명 7월이었지만 어쩐 일인지 그때를 생각하면 무척 춥고 날씨도 흐렸던 것 같다. 모텔에는 실내 수영장이 있었는데 그게 무척 인상적이었다. 하와이에는 실내 수영장이 없었기 때문이다. 그리고 고가 철도 밑에서 기차가 지나갈 때 눈을 감고 내가 지를 수 있는 가장 큰 소리를 지르기도 했다. 필드 자연사박물관에서는 쪼그라든 사람 머리 두 개가 전시되어 있는 것을 보았다. 주름이 많이 져 있었지만 보존 상태는 좋았다. 둘 다 크기가 내 손바닥만 했다. 눈과 입은 꿰매어져 있었다. 그건 내가 예상한 대로였다. 유럽에서 발굴한 것인 듯했다. 남자는 작은 염소수염을 달고 있었다. 마치 멕시코와 페루를 정복한 스페인 사람 같았다. 여자의 머리카락은 미끈하고 붉었다. 나는 그 나이 또래가 느낄 수 있는 섬뜩한 즐거움을 만끽하면서 그것들을 오래 들여다보았다. 어머니가 내 팔을 잡아끌 때까지.

거대한 우주적인 장난과 마주한 게 아닌가 하는 생각이 들었다. 머리가 쪼그라들었다는 사실이 문제가 아니었다. 그건 이해할 수 있었다. 롤로와 함께 호랑이 고기를 먹는 것과 똑같은 생각이었다. 일종의 마법일 수도 있었다. 하지만 그보다 더 중요한 문제는, 이 작은 유럽인들의 얼굴이 유리관 안에 놓여서 어쩌면 자기 후손일지도 모르는 낯선 사람들의 구경거리가 되어 섬뜩한 운명의 온갖 세세한 부분들까지 흥밋거리로 관찰된다는 사실이었다. 하지만 이것을 가지고 이상하게 생각하는 사람은 아무도 없는 것 같았다. 그런 사실 자체가 또 하나의 마법이었다. 박물관의 특이한 조명, 말끔하게 기입된 안내문, 겉만 훑고 지나가는 사람들의 무관심……. 이것이야말로 또 다른 놀라움이었다.

●

그 뒤 14년이 흘렀다. 다시 본 시카고는 훨씬 예뻤다. 다시 7월이었고, 태양은 깊고 푸른 나무들 사이에서 번쩍거렸다. 미시간호의 배들은 계류장에서 벗어나 먼 항해에 나서고 있었다. 호수를 건너는 비둘기들의 날갯짓만큼이나 경쾌했다.

마티는 내가 간 처음 며칠 동안 자기가 무척 바쁠 거라고 했다. 그래서 나는 혼자 돌아다녔다. 지도를 한 장 사들고는 '마틴 루터 킹 드라이브 코스'를 북쪽 끝에서 남쪽 끝까지 달렸다. 그러고는 코티지 그로브까지 갔다가 다시 샛길을 따라서 아파트 건물들과 빈 주차장, 생필품 가게들과 단층 주택들을 지나쳤다.

운전을 하면서 나는 어떤 이미지를 떠올렸다. 철도 회사 일리노이 센트럴의 기차가 내는 기적 소리였다. 아주 오래전에 남부에서 올라온 수천 명의 승객을 거뜬하게 태우고 달린 그 기차의 기적 소리……. 기차가 뿜어낸 검댕 때문에 시커먼 얼굴이 더욱 시커멓게 변한 흑인 부부와 아이들은 제각기 보따리를 쥔 손에 힘을 준 채 젖과 꿀이 흐르는 땅으로 향했다.

양복 저고리에 헐렁한 바지를 입은 프랭크가 재즈 아티스트 듀크 엘링턴Duke Ellington과 엘라 피츠제럴드Ella Fitzgerald의 연주를 보려고 리갈 극장 앞에 서 있는 모습을 상상했다. 우편배달부를 보면서는 소설가로 나서기 전에 우편배달 일을 했던 흑인 작가 리처드 라이트라고 상상했다.

안경을 끼고 머리를 땋아 늘인 소녀는 레지나였다. 레지나가 고무줄을 폴짝폴짝 넘고 있었다. 나는 다른 사람들의 기억까지 빌려 내가 살아온 삶과 시카고 거리를 오가는 사람들을 연관시켰다. 이런 식으로 나는 그 도시를 나의 것으로 만들려고 했다. 이것 역시 또 하나의 마법이었다. 이번에는 내가 마법을 부리는 주인공이었다.

셋째 날에는 스미티 이발소에 들렀다. 하이드 파크가 끝나는 지점에서 서른 발자국 만에 안으로 들어갈 수 있는 이발소였다. 의자 네 개에 카드놀이를 할 수 있는 탁자가 하나 있었다. 이 탁자는 시간제로 일하는 네일 케어 전문가 라 티샤의 작업 공간이기도 했다. 안으로 들어서자 헤어크림 냄새와 소독제 냄새가 났다. 그리고 그 냄새와 뒤섞여서 남자들의 웃음소리와 느리게 돌아가는 선풍기 소리가 나를 맞았다. 스미티는 반백의 늙은 흑인으로 허리가 조금 굽고 호리호리했다. 의자 하나가 비어 있었다. 나는 그 의자에 앉았다. 그리고 곧 스포츠와 여자와 어제 신문의 머리기사 이야기가 주된 화제인 친근한 이발소 대화에 끼어들었다. 걱정거리들은 이발소 밖에 두고 들어오는 데 동의한 사람들끼리 나누는 대화였던지, 분위기는 더할 나위 없이 여유가 넘쳤다.

어떤 사람 하나가 이웃집 사람 이야기를 했다. 아내의 사촌 여동생과 바람을 피우다가 현장에서 들켜, 자기를 노리고 달려드는 부엌칼을 피해 벌거벗은 채 거리로 도망쳤다는 이야기였다. 그러다가 화제는 정치 이야기로 넘어갔다.

"브르돌야크와 그 찌꺼기들은 언제 그만둬야 할지를 모른다니까, 거참."

신문을 읽고 있던 사람이 머리를 절레절레 흔들면서 말했다.

"아버지 데일리가 시장일 때는 아일랜드 사람들을 시청에 전부 끌어다 써도 아무 말 하지 않았잖아. 그런데 해럴드가 흑인을 기용하겠다는 게 뭐가 문제야? 그게 그거지. 역차별 인종주의니 뭐니 하는데, 웃기지도 않는 얘기지."

"거 다 그런 거지 뭐. 흑인이 좀 높은 자리에 올라가기라도 하면, 여태까지 멀쩡하게 잘 지키던 규칙까지 다 바꾸려 든다니까."

"그런데 더 기가 막힌 건, 이런 난리가 전부 흑인 때문에 일어났다고 떠들어대는 언론들 아니겠습니까?"

"흰둥이들 신문에 뭘 더 바라겠어?"

"맞아. 그래도 해럴드는 자기가 뭘 하는지 알고 있어. 다음 선거 때까지 그냥 밀어붙이는 거야."

이것이 시카고 시장에 대한 흑인들의 태도였다. 친숙한 애정이었다. 마치 시장이 자기 친척이라도 되는 것 같았다. 시장의 사진은 어디에든 붙어 있었다. 구두 수선 가게나 미장원에도 붙어 있었다. 지난 선거 때 가로등에 붙여놓은 사진이 아직 그대로 붙어 있기도 했다. 심지어 한국인의 세탁소나 아랍인의 채소 가게에도 부적처럼 시장의 사진이 붙어 있었다. 물론 이발소 벽에도. 시장의 사진이 나를 내려다보고 있었다. 눈썹과 콧수염이 짙고 눈빛이 반짝이는 반백의 미남이었다. 내가 사진을 바라보자 스미티는 선거 때 시카고에 있었느냐고 물었다. 나는 없었다고 했다. 그러자 그가 고개를 끄덕이며 이렇게 말했다.

"해럴드가 시카고에서 어떤 의미인지 알려면 그가 시장이 되기 전에 여기 살아봤어야 하는데……. 전에는 우리 모두 이류 시민이나 마찬가지였으니까요."

"플랜테이션 정치라고 생각하면 되지 뭐."●

"맞아요. 플랜테이션. 흑인은 가장 힘들고 더러운 일만 했죠. 집도 제일 고약했고. 경찰들은 또 얼마나 못살게 굴었는데. 하지만 선거 때 '흑인 행동'이라는 말이 나오면서 우리는 질서 정연하게 민주당의 깃발 아래 모였어요. 크리스마스에 칠면조를 먹기 위해서라면 우리의 영혼도 팔자! 백인들이 우리 얼굴에 침을 뱉었지만 우리는 투표권으로 응수했다오."

잘린 머리카락들이 뭉텅이로 무릎 위에 떨어졌다. 해럴드는 그 전에도 시장 선거에 나선 적이 있었다. 아버지 데일리가 갑작스럽게 죽은 뒤였다. 하지만 해럴드는 제대로 힘을 쓰지 못했다. 이걸 두고 스미티는 부끄러운 일이라고 했다. 흑인 사회 내에서 단결이 되지 않았기 때문이라는 것이다. 반드시 극복해야 할 불신이라고 했다. 그런데 해럴드가 다시 도전했고, 사람들도 이번에는 모두 준비가 잘 되어 있었다. 해럴드가 실수로 빠트리고 내지 않았던 소득세를 언론이 물고 늘어질 때도 사람들은 그를 끝까지 지지했다. 스미티는 이런 말도 했다.

"평생을 살면서 1분마다 한 번씩 속이고 사기 치는 흰 고양이들하고는 분명히 다르죠."

백인 민주당원들인 브르돌야크 패거리들이, 만약에 흑인 시장이 당선되면 시카고는 지옥이 될 거라면서 공화당 후보를 지지한다고 선언했을 때도 사람들은 굳건하게 해럴드를 지켰다. 그들은 선거일 밤에는 모두 거리로 몰려나갔다. 남녀노소를 불문하고, 목사고 깡패고 할 것

● 플랜테이션은 백인 농장주가 흑인 노예들의 노동력을 착취해서 사탕수수나 목화 같은 단일작물을 대규모로 재배해 많은 소득을 올렸던 경영 형태로, 이 용어는 인종적인 뉘앙스가 강하다.

없이 모두. 그리고 그들의 신념은 보상을 받았다. 스미티는 이렇게 말했다.

"그날 밤에 해럴드는 이겼죠. 어땠을 것 같나요? 사람들은 그냥 거리를 마구 달렸어요. 루이스가 슈멜링을 때려눕혔을 때와 똑같았다오.● 그때 그 기분 그대로였지. 사람들은 해럴드만을 자랑스럽게 생각한 게 아니었어요. 우리 자신이 자랑스러웠다오. 나는 밖에 나가지 않고 집에 그냥 있었는데, 아내하고 새벽 3시까지 잠을 못 이루었어요. 가슴이 너무 떨려서 말이오. 그리고 다음 날 아침에 일어났는데, 내 생애에 그처럼 아름다운 날은 없었다오."

마지막에 그의 목소리는 속삭임으로 변했다. 그리고 이발소 안에 있던 모든 사람들의 얼굴에도 미소가 피어올랐다. 그때 나도 멀리 뉴욕에서 신문을 통해 그 소식을 듣고는 뿌듯해했다. 흑인이 쿼터백으로 있는 프로팀이면 무조건 우리 팀이라 생각하고 응원하던 심리와 똑같았다. 하지만 내가 이발소에서 들은 이야기에는 뭔가 차이가 있었다. 스미티의 음성에는 정치로는 다 설명할 수 없는 어떤 게 있었다. 그는 이를 이해하려면 여기에 있어봐야 한다고 했다. 그는 시카고를 의미하는 뜻으로 '여기'라는 말을 했다. 하지만 그 말을 내 입장이라는 뜻으로 썼을 수도 있다. 평생 모욕을 당하고, 꿈을 포기하고 살아야만 했던 늙은 흑인의 입장이란 뜻으로.

나는 과연 내가 진심으로 이해할 수 있을지 나 자신에게 물었다. 그리고 당연히 그럴 수 있으리라 생각했다. 그 사람들은 나를 보고 자기

● 조 루이스Joe Louis는 헤비급 흑인 권투선수로, 프로 시절에 세 번 진 적이 있다. 그 가운데 한 번이 맥스 슈멜링Max Schmeling과 처음 대전했을 때다.

들과 똑같다고 생각했다. 만일 나에 대해서 더 많은 사실을 안다고 해도 마찬가지일까? 나는 의문을 품었다. 그리고 만일 할아버지가 그 순간 이발소에 들어온다면 어떤 일이 일어날지 상상했다. 대화가 툭 끊길까? 마법이 풀리고 말까?

스미티가 거울을 건네주면서 자기 솜씨를 한번 확인해 보라고 했다. 그러고는 보자기를 벗겨내더니 와이셔츠에 묻은 머리카락까지 솔로 털었다.

"역사 강의 재미있게 들었습니다."

나는 의자에서 일어나며 고맙다고 했다.

"강의료는 공짜로 해드리죠. 10달러만 주시고. 근데 이름이 뭐요?"

"버락."

"버락이라……. 무슬림이요?"

"할아버지가 무슬림이셨죠."

우리는 악수를 나누었다.

"버락 씨, 다음에는 좀 일찍 와요. 선생이 이발소 안으로 들어올 때 누더기를 머리에 이고 다니는 사람인 줄 알았거든."

●

그날 오후, 마티가 새로 입주한 집으로 와서 나를 태우고, 스카이웨이 고속도로를 타고 남쪽으로 향했다. 도중에 사우스 웨스트사이드로 향하는 나들목에서 빠져나와 작은 집들이 이어진 거리를 달렸다. 집들의 벽면은 회색빛 미늘 판자나 벽돌이었다. 마침내 여러 블록으로 드넓게 뻗어 있는 거대한 공장에 도착했다. 정확하게 말하면 공장 건물이 아니라 옛날에 공장으로 이용했던 건물이었다.

"옛날 위스콘신 철강 공장입니다."

우리는 차 안에서 아무 말도 하지 않고 건물들만 바라보았다. 철재 빔과 콘크리트. 한때 시카고의 상징이었던 거친 산업의 기운을 느낄 수 있었다. 하지만 지금은 텅 비고 녹이 슨 채 폐선처럼 버려져 있었다. 철사를 파도 모양으로 엮은 울타리 부근에서 더러운 점박이 고양이 한 마리가 빠르게 잡초 속으로 숨어드는 게 보였다.

"옛날에는 이 공장에서 모든 인종이 함께 일했죠."

마티가 차를 천천히 돌려 나오면서 입을 열었다.

"흑인, 백인, 히스패닉 모두…… 다들 똑같은 일을 하면서 똑같은 삶을 살았죠. 하지만 공장을 나서기만 하면 다른 사람들에게 다른 걸 더 원하지 않았어요. 그 사람들이 바로 내가 말하려고 하는 교회 사람들입니다. 예수의 발아래 머리를 조아리는 형제자매들이란 말입니다."

자동차가 정지 신호를 받고 섰다. 한 무리의 젊은 백인들이 건물의 현관으로 올라가는 층계참에 앉아서 속옷 바람으로 맥주를 마시고 있었다. 어떤 창문에는 브르돌야크의 포스터가 아직도 붙어 있었다. 그들 가운데 몇몇이 우리 쪽을 노려보았다. 나는 마티에게 고개를 돌렸다.

"선생님은 무엇 때문에 저 사람들이 함께 힘을 모을 수 있다고 생각하십니까?"

"저 사람들로서는 달리 선택할 게 없어요. 일자리를 새로 얻는 것 말고는 말입니다."

다시 고속도로에 올라섰을 때 마티는 자기가 계획하는 조직 사업에 대해서 아직 내게 하지 않았던 이야기들을 했다. 그 생각을 처음 떠올린 것은 2년 전, 공장이 문을 닫고 사우스 시카고와 남부 교외 지역에 실업의 찬바람이 불어닥칠 거라는 보도를 접했을 때라고 했다. 온정적인 가톨릭 부주교의 도움으로 지역의 교회 지도자들을 만나서 흑인이

나 백인 모두 실업이 가져올 수치와 두려움(집을 잃을지 모르는 두려움, 연금도 받지 못하게 되는 두려움), 요컨대 배신감을 토로하는 것을 들었다.

그래서 스무 개가 넘는 교회들이 단체를 결성했다. 그 단체의 이름은 '캘러멧 공동체 종교협의회CCRC'*로 지었다. 또 여덟 개 교회는 따로 '개발공동체 프로젝트DCP'라는 단체에 가입했다. 하지만 일은 마티가 기대했던 것만큼 빠르게 진행되지 않았다. 노동조합은 아직 서명하지 않았고, 도시 협의회 내에서 벌어지는 정치적인 전쟁이 큰 걸림돌이라는 사실이 밝혀졌다. 하지만 CCRC는 최근에 처음으로 의미 있는 승리를 거두었다. 일리노이 주정부로부터 컴퓨터 시스템이 갖춰진 직업 소개 프로그램에 필요한 50만 달러의 기금을 조성하겠다는 약속을 받아낸 것이었다. 그날 우리가 참석하려던 행사도 바로 그 승리를 축하하기 위한 자리였다. 기나긴 투쟁 끝에 얻어낸 첫 승리의 축포를 쏘는 자리라고 마티는 설명했다.

"공장을 여기에다 새로 유치하는 데는 상당한 시간이 걸릴 겁니다. 짧게 잡아도 10년입니다. 하지만 일단 노동조합을 끌어들이기만 하면 발판을 마련하게 되는 거죠. 그 사이에 우리는 될 수 있으면 출혈을 줄이고 사람들에게 작은 승리를 안겨주어야 합니다. 자기들끼리 싸움을 멈추고 진짜 적을 향해서 목소리를 높일 때 얼마나 큰 힘을 발휘할 수 있는지 깨닫게 해줄 일들이 필요하다는 말이죠."

"진짜 적은 누굽니까?"

마티가 어깨를 으쓱했다.

● 캘러멧은 북아메리카 인디언이 쓰는 긴 담뱃대를 가리키는데, 평화의 상징으로 사용된다. 그리고 이 지역에 캘러멧강이 흐른다.

"투자 은행가들, 정치가들, 살찐 로비스트들."

마티는 자기 자신에게 고개를 끄덕였다. 그러고는 눈을 가늘게 뜨고 전방을 응시했다. 그를 바라보면서 나는, 사실은 그가 드러내고 싶어 하는 것만큼 냉소적이지 않을지도 모른다고 생각했다. 그리고 조금 전에 함께 보았던 그 공장이 그에게는 더 큰 의미가 있는 게 아닐까 싶었다. 인생의 어느 한 지점에서 그 역시 배신을 당했을 거라고 생각했다.

우리가 도시의 경계선을 넘어서서 어떤 학교의 커다란 주차장에 들어설 무렵에는 땅거미가 지고 있었다. 이미 사람들이 많이 모여 있었다. 사람들은 강당으로 들어갔다. 겉으로 볼 때 사람들은 마티가 말했던 그대로였다. 실업자가 된 철강 노동자, 비서, 트럭 운전사, 남녀를 가리지 않는 골초, 체중에 신경 쓰지 않는 사람, 시어스나 K마트에서 쇼핑하는 사람, 디트로이트에서 생산된 구식 자동차를 모는 사람, 특별한 일이 있을 때는 식당 레드랍스터에 가는 사람…… 빳빳한 칼라가 달린 성직자 복장으로 가슴부터 배까지 불룩 나온 흑인 남자가 문 앞에 있다가 우리를 보고 인사했다. 마티가 그를 소개했다. 이름은 디컨 윌버 밀턴이고 CCRC의 공동 대표라고 했다. 짧고 붉은 턱수염과 둥글둥글한 뺨 때문에 산타클로스가 연상되었다.

"환영합니다."

윌은 내 손을 힘껏 흔들었다.

"댁을 언제쯤 볼 수 있나 하고 줄곧 기다렸지요. 분명히 마티가 댁을 데려올 거라고 생각했거든요."

마티가 강당 안을 슬쩍 들여다보았다.

"많이들 모였습니까?"

"지금까지는 그럭저럭 괜찮습니다. 사람들이 각자 자기 몫은 다하는 것 같습니다. 주지사 쪽 사람도 방금 전화했습니다. 오는 길이라고."

마티와 월은 연단 쪽으로 걸어가기 시작했다. 두 사람의 머리가 그 날 저녁의 의제를 적어놓은 종이에 가려 보이지 않았다. 나는 서둘러 두 사람을 따라갔다. 그런데 나이를 추정할 수 없는 흑인 여자 세 명이 앞을 막았다. 그 가운데 한 명이 자기를 앤절라라고 소개했다. 머리를 오렌지색으로 살짝 물들인 예쁜 여자였다. 앤절라가 내 쪽으로 허리를 숙이면서 속삭였다.

"버락 씨 맞죠?"

나는 고개를 끄덕였다.

"댁을 만나서 우리가 얼마나 기쁜지 아마 모르실 걸요?"

"맞아요. 정말 모르실 겁니다."

앤절라 옆에 있던 여자가 나섰다. 셋 가운데 나이가 가장 많아 보였 다. 그 여자에게 손을 내밀었다. 여자가 미소를 짓자 금으로 해넣은 앞 니가 드러났다. 여자가 내 손을 잡으면서 말했다.

"셜리예요."

셜리는 나머지 한 여자를 턱으로 가리켰다. 제일 뚱뚱한 여자였다.

"모나예요. 이 사람 미남이지 않니, 모나?"

"미남이고말고."

모나는 말을 하고는 웃었다. 이때 앤절라가 말했다. 그녀의 목소리는 아까보다 낮았다.

"나쁘게 생각하지 마세요. 마티 생각에 반대할 마음은 없어요. 하지 만 사실은…… 댁이 나서서……."

마티의 목소리가 앤절라의 말을 끊었다.

"앤절라!"

마티가 연단에서 우리에게 손을 흔들고 있었다.

"버락하고는 나중에 얼마든지 이야기할 수 있잖아. 셋 다 빨리 이리 좀 와요. 도와줘야겠어."

세 여자는 서로 눈빛을 나누었다. 앤절라가 나를 향해 돌아섰다.

"그만 가봐야겠어요. 진짜 나중에 꼭 얘기 나눠요."

"꼭요."

모나가 덧붙였다. 세 사람은 연단 쪽으로 갔다. 앤절라와 셜리는 뭐라고 얘기를 나누며 바쁘게 앞장서 걸었고, 모나는 뒤에서 느긋하게 따라갔다.

그때쯤 강당은 거의 차 있었다. 2,000명 가까이 되는 것 같았다. 그 가운데 3분의 1은 시카고에서 버스를 타고 온 흑인들인 듯했다. 7시에 합창단이 찬송가 두 곡을 불렀고, 윌이 모든 교회 대표자들의 이름을 불렀다. 그리고 교외 지역에서 온 백인 루터교 신자가 CCRC의 역사와 임무를 설명했다. 이어서 수많은 연사가 차례로 연단에 올랐다. 흑인 목사, 백인 의원, 침례교 목사도 있었다. 베르나르도 추기경이 마이크를 잡았고, 마지막으로 주지사가 연단에 섰다. 그는 일자리 은행에 지원을 아끼지 않겠다고 엄숙하게 약속했고, 일리노이의 노동자와 여자들을 위해 끊임없이 노력하겠다고 했다.

그런 광경이 어쩐지 따분하게 보였다. 정치 집회나 텔레비전에서 보는 레슬링 경기 같았다. 하지만 사람들은 모여 있다는 사실 그 자체를 즐기는 듯했다. 몇몇 사람들은 자기 교회 이름이 적힌 깃발을 높이 들고 흔들었다. 친구나 아는 사람이 연단에 오르면 환호성을 질러대는 이들도 적지 않았다. 흑인과 백인이 한곳에 모여 있는 것을 보니 나 역시 기분이 들뜨긴 했다. 내 마음속에 마티가 가지고 있는 것과 똑같은 비전, 즉 대중적인 충동과 노동자 계급의 연대에 대한 자신감이 있구나, 하는 생각이 들었다. 이 자신감은 만약에 정치가와 언론, 관료를 몰아내고 평범한 모든 사람들에게 자리를 마련해 줄 수 있다면 보통 사람들이 제각기 이해가 엇갈리는 가운데서도 공통점을 찾아낼 수 있을 거라는 믿음이었다.

집회가 끝나자 마티는 몇몇 사람들을 집까지 태워줘야 한다고 했다. 그래서 그와 동행하느니 그냥 혼자 버스를 타고 집으로 가야겠다고 했다. 버스에 오르니 윌의 옆자리가 비어 있었다. 버스가 고속도로를 달리는 동안 윌은 자기 이야기를 들려주었다.

시카고에서 자랐으며 베트남 전쟁에도 참전했다고 했다. 전쟁이 끝난 뒤에 그는 콘티넨탈 일리노이 은행에 행정직 수습사원으로 취직했다. 그리고 빠르게 승진하면서 업무와 관련된 유혹을 즐겼다. 자동차, 양복, 중심가에 있는 사무실 등……. 하지만 회사가 그의 비리 사실을 파악했고, 그는 결국 해고되었다. 나중에는 빚만 잔뜩 지는 신세가 되고 말았다. 하지만 그것이 삶의 전환점이 되었다. 윌의 말로는, 그가 겪은 시련은 하나님이 무엇을 하고 살 것인지 가르쳐준 깨달음의 과정이었다. 그래서 그는 다른 은행에 일자리를 알아보지 않고 하나님 앞에 온몸을 던지기로 결심했다. 웨스트 풀먼에 있는 세인트 캐서린 교구에서 수위로 일을 시작했다. 그로 인해 가정에 위기가 왔다. 그의 아내는 지금도 여전히 '개조 중'이라고 했다. 하지만 윌에 따르면, 금욕적인 생활은 복음을 전파하고 교회 안에서 목격하는 위선을 격파하는 그의 임무에 딱 어울렸다.

"교회에 다니는 수많은 흑인이 중산층적인 태도에 빠져 있습니다. 교회에서는 성서에 기록된 가르침을 따르기만 하면 됩니다. 군이 노력을 따로 할 필요도 없지요. 사람들은 상처받고 고통스러워하는 사람들에게 손을 내밀지 않고, 스스로를 환영받지 못하는 존재로 만듭니다. 미사에 참석하기에 적절하지 않은 옷을 입은 사람이 있으면 혀를 차면서 속으로 조롱합니다. 그 사람들은 자기가 편안하다고 생각합니다. 그러니 더 바랄 게 없죠. 하지만 봅시다. 예수님이 자기 편하자고 그랬습니까? 아니잖아요. 그분은 사회적인 복음을 전했습니다. 자신의 메시지를 사회적 약자에게 전했습니다. 짓밟힌 사람들 말입니다. 내가 일요일에 그들 중산층 흑인에게 이야기하는 내용도 바로 이겁니다. 그 사람들이 듣기 싫어하는 이야기를 그들에게 해줘야 합니다."

"그 사람들이 듣습니까?"

"아뇨."

그는 낄낄거리면서 혼자 웃었다.

"그래도 나는 멈추지 않습니다. 계속 갑니다. 내가 입고 있는 이 옷과 마찬가지입니다. 내가 이걸 입은 것을 보고는 미치겠다는 사람들이 있어요. 그 사람들은 나한테 이렇게 말합니다. '그 옷은 신부님들이 입는 옷이잖아요.' 하지만 보세요. 내가 결혼을 했고 또 서품을 받지 않았다는 이유만으로 내가 하나님으로부터 소명받았다는 사실을 부정할 수는 없습니다. 성경 구절 그 어디를 찾아봐도 옷을 어떻게 입어야 한다는 말은 없습니다. 그래서 나는 이런 옷을 입고 사람들에게 내가 어떤 사람인지 알려주는 겁니다.

사실, 한 달 전에 우리 단체 사람들 몇몇이 베르나르도 추기경을 만나러 갈 때도 이 옷을 입었습니다. 사람들이 다른 옷으로 갈아입으라고 성화였지만 무시했어요. 그리고 추기경을 부를 때 '추기경님'이라고 불러야 하는데 그냥 '조'라고 하자 모두 혼비백산했죠. 아시겠지만 베르나르도 추기경은 시원시원한 사람입니다. 영적인 분이지요. 우리가 서로를 이해한다는 사실을 알 수 있습니다. 사람들을 뭉치게 하지 못하고 뿔뿔이 흩어놓는 것은 바로 이런 온갖 규칙들입니다. 하나님의 규칙이 아니라 사람이 만든 사람의 규칙 말입니다.

버럭, 나는 지금 가톨릭에 속해 있지만 우리 아버지와 어머니는 침례교 신자였습니다. 감리교면 어떻고 오순절 교회파면 어떻습니까? 세인트 캐서린은 하나님이 나를 내보내신 곳입니다. 그것 말고 다른 의미가 또 뭐 있겠습니까? 하나님은 내가 교리 문답 공부를 열심히 하는지 게으름을 피우는지 파악하는 일보다, 내가 하는 일이 다른 사람을 돕는 데 얼마나 보탬이 되는지에 더 큰 관심을 가지고 계십니다."

나는 고개를 끄덕였다. 교리 문답에 대해서 뭐라고 물어보려다가 그냥 입을 다물었다. 인도네시아에서 나는 2년 동안 무슬림 학교에 다녔고, 다시 2년 동안 가톨릭 학교에 다녔다. 무슬림 학교 교사는 집으로 편지를 보내서 내가 코란 공부를 할 때 얼굴을 찌푸리며 싫은 표정을 한다고 지적했다. 하지만 어머니는 그때 내게 이렇게만 말했을 뿐이다.

"존경심을 가져야지, 녀석아."

가톨릭 학교에 다닐 때도 기도 시간이 되면 눈을 감은 척하고 실눈으로 교실을 둘러보았다. 교실에서는 아무 일도 일어나지 않았다. 천사들이 내려오는 일은 단 한 번도 없었다. 그저 늙은 수녀 한 사람과 서른 명의 갈색 피부를 가진 아이들이 중얼중얼 기도를 할 뿐이었다. 때로 수녀와 눈이 마주칠 때도 있었다. 그러면 수녀는 엄한 눈으로 나를 쏘아보았다. 나는 눈꺼풀로 안구를 완전히 덮어야 했다. 하지만 눈을 감는다고 해서 이미 느껴버린 어떤 감정이 잊히지는 않는 법이다. 윌의 말에 고개를 끄덕일 때도 그런 느낌이었다. 아무런 대꾸도 하지 않고 입을 다물고 있는 내 모습은 어린 시절 수녀의 엄한 시선에 꼬리를 내리고 눈을 감는 행위와 다를 바 없었다.

버스가 교회 주차장에 서자 윌은 버스 앞쪽으로 걸어갔다. 그는 사람들에게 집회에 참석해 줘서 고맙다고 말한 뒤 앞으로도 계속 손을 잡고 함께 가자고 했다.

"우리가 가는 길은 무척 먼 길입니다. 하지만 오늘 밤 저는 마음을 하나로 모으기만 하면 우리가 무슨 일을 할 수 있는지 목격했습니다. 이 좋은 기분을 간직하십시다. 이 좋은 기분을 끝까지 간직해서 우리의 이웃들도 동참할 수 있도록 하십시다."

몇몇 사람들이 미소를 지으며 "아멘!"이라고 말했다. 하지만 나는 버스에서 내리며 한 여자가 자기 친구에게 소곤거리는 말을 듣고 말았다.

"난 이웃 사람 이야기는 듣고 싶지 않아요. 안 그래요? 사람들이 말하는 일자리라는 게 도대체 어디 있단 말이에요?"

●

집회 다음 날이었다. 나에게 일다운 일을 맡길 때가 되었다고 생각했는지 마티가 인터뷰할 사람들의 명단이 빽빽하게 적힌 종이를 건넸다. 그 사람들의 개인적인 취미나 관심사가 무엇인지 파악하라고 했다. 그것이 바로 사람들을 조직으로 묶을 수 있는 바탕이 될 거라고 했다. 사람들은 자기가 원하는 것을 얻을 수 있다고 생각해서 조직에 가입한다는 것이었다. 그리고 사람들이 충분히 공감하는 주제를 찾아내면, 그것을 매개로 그들을 행동에 나서게 할 수 있을 거라고 했다. 행동을 이끌어낼 수 있을 때 조직은 힘을 발휘할 수 있다고.

주제, 행동, 힘, 개인적인 관심사. 이런 말들이 좋았다. 이런 말들에서는 어떤 논리적인 느낌이나 수완이 느껴졌다. 감정이나 종교가 아닌 정치적인 느낌이 묻어나서 좋았다. 그 뒤 3주 동안 나는 밤낮으로 사람들과 만날 약속을 정하고 그들을 만났다. 일은 처음 생각했던 것보다 훨씬 힘들었다. 약속을 정하려고 전화기의 번호를 누를 때마다 어떤 저항감을 느꼈다. 보험 상품을 팔기 위해서 고객이 될 만한 사람들에게 전화하던 할아버지의 모습이 떠올랐다. 수화기 너머 얼굴을 알 수 없는 사람이 보내는 메마른 감정에 당황할 때가 한두 번이 아니었다. 약속은 대부분 저녁 시간에 몰렸다. 그 시각이면 일을 마치고 온 뒤라서 사람들은 모두 녹초가 된 상태였다. 때로는 약속한 대로 인터뷰를 하려고 갔는데, 당사자가 약속한 사실을 까맣게 잊은 경우도 종종 있었다. 이럴 때는 조금 열린 문 사이로 내가 누구인지 또 무슨 일로 방문했는지 설명해야 했다.

그래도 이건 어려운 문제가 아니었다. 더 어려운 문제가 있었다. 일단 마주 앉았다 하더라도 사람들은 내가 궁금해하는 것들은 뒷전으로 하고 놀고먹는 시의원들을 성토하거나 자기 집 앞마당의 잔디를 깎지 않는 사람들을 욕하기 바빴다. 이런 것들을 모두 견뎌야 했다. 인터뷰를 많이 하면 할수록, 어떤 주제들이 반복되어 나타난다는 사실을 깨달았다. 예를 들어, 그 지역 사람들은 대부분 더 북쪽이나 시카고의 웨스트사이드에서 성장했음을 알게 되었다. 웨스트사이드는 차별적인 법령들이 시카고 역사의 여러 면을 장식해 온 곳으로, 섬처럼 고립된 비좁은 흑인 주거 지역이었다. 내가 만난 사람들은 옛날의 그 자족적인 세상에 대해서 좋은 기억들을 가지고 있었다. 하지만 온기와 빛과 숨을 쉴 공간이 절대적으로 부족했던 사실을 더 생생하게 기억했다. 그리고 자기 부모들이 어쩔 수 없이 감당해야 했던 가혹한 육체노동이 삶을 갉아먹던 모습도 함께.

몇몇 사람들은 부모를 따라서 용광로나 조립 라인 앞에 섰다. 하지만 더 많은 사람들은 공공 부문에 적용된 반차별주의 법령의 혜택을 받아 우편배달부나 교사, 사회복지사 등의 직업을 찾았다. 이런 직업들은 경제적으로 좀 더 윤택하고 안정적이어서 은행 대출을 통해 집을 구입하기에도 훨씬 유리했다. 그리고 공정 주택 거래법이 의결됨에 따라 로즈랜드나 백인 동네에 집을 사기 시작했다. 이들 말로는 백인들과 섞여 사는 게 좋아서가 아니라, 그쪽의 집이 작은 마당도 있고 해서 아이들을 키우며 살기에 훨씬 좋았기 때문이라고 했다. 학교 시설도 더 좋고 가게의 물건도 더 쌌다고 했다. 요컨대 거기가 훨씬 더 살 만한 곳이라는 말이었다.

이런 이야기들을 듣고 있으면 종종 할아버지, 할머니와 어머니가 들려주던 이야기가 떠올랐다. 힘들었던 시절 더 나은 삶을 위해서 이사를 다닌 이야기였다. 하지만 내가 기억하는 이야기와 사우스사이드 사람들의 이야기 사이에는 피할 수 없는 차이가 있었다. 마치 내 어린 시절의 이미지들이 거꾸로 재생되는 것 같았다. 사람들을 만나서 듣는 이야기들 속에서는 '팝니다'라는 안내 표시가 마치 태양 아래의 민들레처럼 불쑥불쑥 튀어나왔다. 백인이 던진 돌멩이가 창문으로 날아들었고, 부모들은 두려움과 긴장에 덜덜 떨리는 목소리로 자기 아이들의 이름을 불렀다. 여섯 달 만에 한 블록이 완전히 뒤집어지기도 했고, 5년 만에 한 동네가 쑥대밭이 되기도 했다.

그리고 그 사람들이 들려준 이야기 속에서는, 흑인과 백인이 만났을 때 그 결말이 늘 분노와 슬픔이었다.

그 지역은 그때까지 단 한 번도 이런 인종적인 소란과 상처에서 치유된 적이 없었다. 가게들과 은행들은 백인 고객들을 데리고 떠나버렸으며 큰길은 황폐하게 변해버렸다. 시에서 해주던 관리와 유지 및 보수 수준도 형편없어졌다. 그러나 자기 집에서 10년, 15년씩 살아온 흑인들은 주변에서 일어난 변화를 되돌아볼 때 늘 어떤 만족감을 느끼곤 했다. 맞벌이를 해서 집세를 내고 자동차 할부금을 내고 또 아들이나 딸 혹은 손자 손녀의 학비를 댔다면서. 그 아들딸들의 졸업사진은 집집마다 벽난로 위에 놓여 있었다. 그 사람들은 자기 집을 지켜왔고 자기 아이들을 동네 밖으로 내보냈다. 또, 다른 지역 사람들이 그랬던 것과 마찬가지로 자율 순찰대를 조직했다.

하지만 미래를 이야기할 때는 알 수 없는 불안함이 목소리에 묻어났다. 그들은 돈을 구하러 자주 찾아오는 사촌이나 친척들 이야기를 했다. 혹은 일자리를 찾지 못해 집에서 빈둥거리며 노는, 이제 성인이 된 자식 이야기를 했다. 대학을 졸업하고 화이트칼라 계층에 성공적으로 편입해 들어간 자식들의 출세기는 남은 사람들의 상실감을 부추기며 그 지역을 유령처럼 떠돌았다. 자식이 잘되면 잘될수록, 그 가족이 다른 곳으로 이사 갈 확률은 더 높았다. 이렇게 해서 빈자리가 생기면 더 젊고 덜 안정적인 가족이 이사를 와서 그 빈 곳을 채웠다. 혹은 더 나은 곳에서 살다가 끝내 그 높은 수준을 유지할 지출을 감당하지 못하고 되돌아오는 사람들도 있었다. 차량 절도도 늘어났다. 사람들은 현관문에 방범 장치를 설치하는 데 예전보다 더 많은 돈을 썼다. 그리고 예전보다 훨씬 더 많은 시간을 집 안에서 보냈다. 또 시세보다 싸게 집을 팔아서 좀 더 따뜻한 곳, 예컨대 남부 지방으로 이사를 가는 게 어떨까 하는 생각을 했다.

그들이 느낄 수 있는 당연한 성취감에도 불구하고, 또 자기들이 옛날보다 훨씬 나아졌다는 증거가 너무나 명백함에도 불구하고, 그들은 나와 대화를 나누면서 어떤 불길한 예감을 떨치지 못했다. 판자로 막아놓고 아무도 살지 않는 집들, 황량하게 방치된 길가의 점포들, 높아만 가는 교회 신자의 평균 연령, 누구네 집 아이들인지 모르지만 건들거리면서 거리를 돌아다니는 아이들, 더 구체적으로 말하면, 과자 봉지가 나뒹구는 길거리에 한데 모여 시끄럽게 떠드는 10대 소년들과 울고 있는 갓난아기에게 감자 칩을 먹이는 10대 소녀들, 이 모든 것들이 그들에게 고통스러운 진실을 말하고 있었던 것이다. 그 진실이란, 그들이 이룩한 성취라는 게 실제로는 보잘것없고 금방이라도 흔적 없이 사라질 수 있다는 것이었다. 어쩌면 자기들이 죽기 전에 그런 일이 벌어질지도 모른다고 생각했다.

그리고 이런 이중적인 인식, 즉 개인적으로 성공하긴 했지만 전체적으로 볼 때는 옛날보다 나빠졌다는 인식 때문에, 집회를 마치고 시카고로 돌아오던 버스에서 윌이 중산층 흑인들의 태도에 불만을 토로했던 거라고 나는 생각했다. 인테리어가 잘 되어 있던 어떤 술집에서는 남자들 몇몇이 자기들은 지하실에 라바 램프 여러 개로 조명 장치를 하고 벽을 아예 거울로 만들었다며 자랑스럽게 떠들었다. 여자들은 카펫과 소파를 먼지 하나 없이 깨끗하게 유지하기 위해서 애를 썼다. 그 모든 행동에서 옛날과는 모든 것이 바뀌었다고 주장하고 싶은 절실한 노력을 쉽게 읽을 수 있었다. 워싱턴 하이츠 인근에 살던 어떤 여자는 이런 말을 했다.

"나는 운전을 할 때 될 수 있으면 로즈랜드를 피해가려 해요. 그 동네 사람들은 훨씬 거칠어졌어요. 그 사람들 집을 한번 들여다보면 당신도 내 말을 이해할 거예요. 백인들이 거기 살 때는 절대 그렇지 않았거든요.”

이웃 동네 사이에, 이웃 블록 사이에, 또 같은 블록에 사는 이웃 사이에 드러난 차이. 그리고 그 차이를 유지하기 위한 차단선……. 하지만 한 가지 사실만은 분명했다. 이웃 동네 사람들이 거칠다고 불평하던 어떤 여자의 부엌에도 시편 23장의 내용을 적은 액자 옆에 해럴드의 사진이 걸려 있었다. 그 여자 집에서 몇 블록 떨어진 곳의 훨씬 형편없는 아파트에 사는 젊은 남자도 해럴드의 사진을 벽에 걸어두고 있었다. 댄스 파티에서 디제이 일을 하면서 생계를 꾸리는 남자였다. 스미트 이발소에서 만난 사람들이 그랬던 것처럼, 선거는 조금 더 잘사는 사람이나 조금 더 못사는 사람들이 자신의 정체성을 새롭게 돌아볼 수 있는 계기가 되었다. 혹은 아주 오래된 정체성에 대한 이 각성이 모든 게 더욱 단순해지는 선거라는 국면을 통해 나타났던 것인지도 모른다. 아무튼 해럴드는 그 사람들이 공통적으로 가지고 있는 어떤 것이었다. 조직 사업에 대한 내 생각처럼, 그는 총체적인 구원을 제안했던 것이다.

●

나는 3주 동안 작업한 보고서를 마티에게 넘겼다. 그리고 마티가 다 읽을 때까지 앉아서 기다렸다.

“나쁘지 않군요.”

다 읽은 뒤에 마티가 말했다.

“나쁘지 않아요?”

“예, 나쁘지 않군요. 당신은 이제 막 귀를 기울이기 시작했어요. 하지만 아직도 너무 추상적이네요. 개관하는 듯하다고요. 사람들을 조직하고 싶으면 주변적인 것들은 피하고 곧장 핵심을 찌를 필요가 있어요.

사람들이 왜 그렇게 생각하고 왜 그렇게 행동하는가 하는 핵심 말입니다. 그렇지 않으면 절대로 사람들과 관계를 맺지 못합니다. 그 사람들을 당신이 원하는 방향으로 움직일 수 있는 인간관계 말입니다."

마티는 내 신경을 자극하기 시작했다. 그래서 마티에게 질문을 던졌다. 나는 단지 어떤 조직을 만들 목적으로 사람들의 영혼을 파고들어 그들의 신뢰를 얻는다는 게 너무 계산적이라고 생각한다, 그런 오류에 빠질지 모른다는 걱정을 해본 적이 있느냐고 물었다. 아울러 본인 생각이 너무 인위적이고 작위적이라고 생각하지 않느냐고 따졌다. 그러자 그가 한숨을 쉬었다.

"나는 시인이 아니라 조직가요."

그게 무슨 의미일까? 나는 무거운 마음으로 사무실에서 나왔다. 나중에야 나는 마티의 생각이 옳았다고 인정했다. 나는 여전히 사람들에게서 들은 불평과 불만을 행동으로 전환시킬 방법을 알지 못했다. 하지만 인터뷰 작업이 거의 끝나갈 무렵, 나에게 드디어 기회가 찾아왔다고 느꼈다.

도시의 북쪽에 있는 어떤 회사에서 실장으로 일하던 루비 스타일스라는 땅딸막한 여자와 인터뷰를 했다. 우리는 그녀의 10대 아들인 카일에 대해서 이야기를 나누었다. 카일은 명석했지만 학교에서 말썽을 일으키기 시작하던 내성적인 아이였다. 그런데 일주일 전에 그 지역에서 카일의 친구 한 명이 폭력배가 쏜 총에 맞았다고 했다. 그 아이는 다행히 목숨을 잃지는 않았지만, 그녀는 혹시 자기 아들도 폭력배들의 총에 다치지나 않을까 걱정이라고 했다.

갑자기 귀가 번쩍 뜨였다. 이게 바로 개인적인 관심사구나 하는 생각이 퍼뜩 들었다. 다음 며칠 동안 나는 루비를 통해서 그녀와 똑같은 두려움을 가지고 있으며 경찰의 미온적인 대응에 불만을 품고 있는 학부모들을 소개받았다. 나는 그들에게 학부모 집회를 열고 그 자리에 지역의 치안 책임자를 불러 치안 문제를 이야기하고, 그것을 통해 총기 사건에 대한 주민들의 관심을 높이자고 제안했다. 그들은 모두 그렇게 하자고 동의했다. 그리고 집회를 어떻게 홍보할지 이야기할 때 누군가 이렇게 말했다. 그 소년이 총격을 받은 블록에 침례교 교회가 있는데, 그 교회 목사인 레이놀즈가 기꺼이 자기 교회 신도들에게 홍보해 줄 거라고.

일주일 내내 전화기를 붙잡고 씨름한 끝에 마침내 그 목사와 통화를 할 수 있었다. 다행히 목사는 호의적인 반응을 보였다. 그는 지역 목회자 연합의 회장이기도 했다. 그는 이렇게 말했다.

"사회적인 복음을 전하는 일인데 당연히 교회가 뭉쳐야지요."

그러면서 바로 다음 날 자기 교회에서 지역 목회자들이 정기 회의를 하니, 그 자리에 참관인 자격으로 참석해서 직접 이야기를 하면 좋겠다고 했다.

흥분되는 마음으로 전화를 끊었다. 그리고 다음 날 아침 서둘러 레이놀즈 목사의 교회로 달려갔다. 흰 가운을 입고 흰 장갑을 낀 젊은 여자 두 명이 건물 입구의 홀에서 나를 맞았다. 두 사람의 안내를 받고 들어간 곳은 대형 회의실이었다. 거기에는 열 명 남짓한 늙은 흑인들이 삼삼오오 모여 선 채로 한담을 나누고 있었다. 그 가운데 특별히 눈에 띄는 사람이 다가오더니 내게 손을 내밀었다.

"오바마 형제시군요. 레이놀즈 목사입니다. 시간을 딱 맞춰 오셨네요. 막 시작하려던 참이었는데."

사람들이 모두 자리에 앉았다. 레이놀즈가 대표로 기도한 뒤 나를 사람들에게 소개했다. 나는 뛰는 가슴을 누르면서 목사들에게 폭력배들의 활동이 점차 심각해지는 현실을 이야기하고 우리가 계획하는 집회에 대해 설명했다. 그리고 그들이 각자 교회로 돌아가서 홍보해 주었으면 하는 유인물들을 나눠주었다.

"여러 목사님들이 지도력을 발휘해 주신다면, 이 집회는 앞으로 이 문제 말고도 모든 종류의 쟁점을 놓고 힘을 모을 수 있는 첫걸음이 될 것입니다. 예를 들면 학교 시설을 개선하거나 이웃들에게 일자리를 마련해 주는 등의 일 말입니다."

그런데 내가 유인물을 나눠주던 바로 그 순간에 키가 크고 피부가 호두색인 남자가 회의실로 들어왔다. 단추가 두 줄로 달린 파란색 재킷 차림이었고, 자줏빛 넥타이 위에 커다란 황금 십자가가 걸려 있었다. 외모에서 눈에 띄는 게 하나 더 있다면, 스트레이트 파마를 한 다음 기름을 발라서 뒤로 빗어넘긴 헤어스타일이었다.

"스몰스 형제, 형제는 방금 멋진 제안을 놓치고 말았습니다."

레이놀즈 목사가 말했다.

"오바마라는 이 젊은 형제는 최근에 빈발하는 총기 사건에 대한 집회를 열 준비를 하고 있습니다."

스몰스 목사는 커피를 마시면서 유인물을 들고 읽기 시작했다. 그리고 불쑥 물었다.

"맥이 소속된 단체가 어디요?"

"개발공동체 프로젝트입니다."

"개발공동……."

그가 눈썹을 찌푸렸다.

"거기에 어떤 백인 남자가 개발 어쩌고 하면서 돌아다니는 걸로 알

고 있는데…… 웃기게 생겨가지고 이름은 유대인 이름이고. 가톨릭 쪽
과 연결되었소?"

지역에 있는 몇몇 가톨릭 교회가 동참하고 있다고 했다.

"맞아요. 이제 생각났어."

스몰스는 커피를 한 모금 더 마시더니 의자 등받이에 몸을 기대며
입을 열었다.

"내가 그 백인 남자에게 이런 말을 했어요. 짐 싸들고 여기서 당장
나가달라고 말이오. 우리는 그런 도움 따위는 필요하지 않다고."

"저는……."

"잠깐. 이름이 뭐라구요? 오바마? 잠깐만요 오바마 씨. 댁의 의도는
좋아요. 분명히 그럴 거라고 확신해요. 하지만 우리가 정말 원하지 않
는 게 하나 있는데 그게 뭐냐면, 우리 문제를 해결하기 위해서 백인이
주는 돈을 받거나 가톨릭 교회 혹은 유대인 조직가의 도움을 받는 것
이오. 그 사람들은 우리에게 관심이 없어요. 냉혹한 인종 차별주의자들
이 시카고의 가톨릭 관할 지역을 전부 지배하고 있어요. 늘 그랬듯이
말이오. 아시겠소?

백인들은 여기 들어와서는 우리에게 가장 필요한 게 뭔지 다 안다고
생각해요. 댁처럼 대학 교육을 받고 말 잘하는 형제들 말이오. 하지만
사실 아는 건 별로 없는 형제들을 떼로 고용하는 거요. 그러고는 자기
들이 모든 걸 다 떠맡아서 하겠다고 나서지요. 까놓고 얘기하면 정치
적인 수작이거든. 하지만 여기 있는 우리 모임은 그따위 수작에는 관
심이 없어요."

나는 교계에서도 이미 예전부터 지역 사회의 문제에 관여해 오지 않
았느냐고 더듬거리며 말했다. 하지만 스몰스는 고개를 내저었다.

"댁은 이해를 못 하는군요. 새 시장이 취임하면서 모든 게 바뀌었어요. 난 여기 치안 책임자가 새파랗던 시절부터 그 사람과 알고 지내온 사이입니다. 이 지역 시의원들도 모두 흑인 파워에 동조적이고요. 그런데 굳이 우리가 우리 편을 향해서 욕을 하고 그 사람들에게 저항할 필요가 뭐 있겠소?

이 자리에 앉아 있는 분들은 누구든 마음만 먹으면 언제든 시장과 직접 통화할 수 있는 사람들이오. 프레드, 자네도 주차장 허가 건으로 어제 오후에 시의원을 만나지 않았나?"

회의실의 다른 사람들은 입을 굳게 다물고 있었다. 레이놀즈가 헛기침을 크게 한 번 하고는 이렇게 말했다.

"여기 온 지 얼마 되지 않아서 그런 것 같군요. 뭔가 보탬이 되는 일을 하고 싶어서 열의를 보이다 보니 잘 모르고 그럴 수도 있죠."

스몰스는 미소를 띠면서 내 어깨를 두어 번 가볍게 두드렸다.

"오해는 하지 말아요. 아까도 말했지만 댁의 의도를 의심하는 건 아니오. 우리에게는 이런 의지를 실행에 옮기는 걸 적극적으로 도와줄 젊은 피가 필요해요. 아무튼 내 말은, 댁이 지금 엉뚱한 편에 서서 싸움을 하고 있다는 거요."

나는 자리에 앉을 수밖에 없었다. 엄청난 조롱거리가 되고 만 것이다. 목사들이 추수감사절 행사를 공원에서 공동으로 추진하는 문제를 논의했지만, 그 내용은 전혀 귀에 들어오지 않았다. 회의가 끝난 뒤에 레이놀즈와 몇몇 사람들이 회의에 참석해 줘서 고맙다고 했다. 그리고 한 사람은 친절하게도 나를 위로했다.

"그 사람 말을 너무 진지하게 듣진 말아요. 때로는 조금 엉뚱하고 과격할 때가 있거든요."

하지만 그들 가운데서 내가 나눠준 유인물을 챙겨가는 사람은 아무도 없었다. 그리고 며칠 뒤, 회의에 참석했던 목사들 몇몇에게 전화를 걸었지만, 한결같이 자리에 없다는 대답만 들었다.

●

그럼에도 우리는 집회를 강행했다. 결과는 참담했다. 참석자는 모두 합해서 열세 명이었다. 준비한 의자 가운데 대부분이 임자를 만나지 못했다. 치안 책임자는 바쁘다는 핑계로 오지 않았고 대신 민원실 직원을 보냈다. 그리고 거의 1분에 한 번 꼴로, 빙고 게임을 하러 온 노부부에게 오늘은 빙고 게임을 하지 않는다고 설명해야 했다. 나는 그러느라고 대부분의 시간을 보냈고, 루비는 연단 옆에 뚱한 표정으로 앉아서 부모들의 관심과 교육이 절실하다는 경찰관의 강연을 듣는 둥 마는 둥 했다.

집회가 반쯤 진행되었을 때 마티가 왔다.

집회가 끝난 뒤에 마티가 내 어깨에 손을 얹었다.

"기분 더럽죠?"

그랬다. 그는 나를 도와서 뒷정리를 하고 커피를 한 잔 샀다. 그러면서 내가 저지른 실수를 지적했다. 폭력배 문제는 사람들에게 깊은 인상을 심어주기에는 너무 일반적인 주제다. 쟁점은 구체적이고 전문적이며 우리가 이길 수 있는 것이어야 한다. 그리고 루비를 더 세심하게 준비시켰어야 했다. 집회장에 준비한 의자도 너무 많았다. 그리고 가장 중요한 것은 모임이나 단체의 지도자들이 어떤 사람인지 충분히 파악했어야 했다. 유인물만 가지고는 비 오는 날 사람들을 집회장으로 끌어낼 수가 없다……. 이런 내용이었다. 그리고 자리에서 일어서면서 이렇게 말했다.

"오늘 행사 결과를 보니 당신이 만났던 목사들이 무슨 이야기를 어떻게 했을지 눈에 선하네요."

스몰스 목사에 대해서 말하자 마티가 웃었다.

"그래서 나는 그 자리에 따라갈 생각을 아예 하지도 않았죠."

나는 전혀 우습지 않았다.

"그렇다면 스몰스란 사람에 대해 미리 경고를 해주셨어야죠."

"경고? 경고는 진즉에 했는데?"

마티가 자기 차의 문을 열면서 말했다.

"시카고가 양극화되어 있고, 정치인들이 이런 현상을 자기에게 유리하게 이용한다고 했잖소. 스몰스 같은 인물은 비록 목사이긴 하지만 정치인이나 다름없거든요. 아무튼 한 번 실패했다고 해서 세상이 무너지는 건 아니니까. 적은 비용으로 소중한 교훈을 일찍 배워서 오히려 잘된 일이라고 생각해요."

그래야겠지. 하지만 무슨 교훈? 마티의 차가 멀어지는 것을 바라보며 시카고 외곽의 학교 강당에서 집회가 열렸던 날을 떠올렸다. 이발소에서 들었던 스미티의 말, 흑인과 백인이 한데 뒤섞여 있던 강당 안의 풍경, 황량했던 공장과 마티가 느꼈을 배신감, 검정색 의례복을 입고 미소 짓던 연단 위의 땅딸막한 추기경을 윌이 포옹하자 윌에게 가려 보이지도 않던 모습, 추기경과 자기는 서로를 이해했다고 확신하던 윌…….

머리에 떠오르는 모든 이미지들이 각기 하나씩 교훈을 담고 있었다. 그런데 그 교훈들은 모두 다르게 해석될 수 있는 것들이었다. 교회마다 믿음이 달랐던 것도 이 때문이 아니겠는가.

하지만 이 믿음이 하나로 일치했던 때가 분명 있긴 했다. 링컨 기념관 앞에 모인 군중 그리고 식당에서 만난 '자유 승객들'*. 하지만 대부분의 경우 흑인은 흩어지고 분열되었다. 우리는 눈을 감고 똑같은 말로 기도하지만, 마음속으로는 각자 자기가 섬기는 주인에게 기도했다. 각자 자기만의 기억 속에 갇혀 있었던 것이다. 우리는 모두 어리석은 마법에 매달렸던 것이다.

스몰스 같은 사람은 이런 사실을 잘 알고 있을 거라고 생각했다. 스미티 이발소에 있던 사람들은 해럴드가 거둔 승리에 이런저런 토를 달고 싶어 하지 않는다는 사실을 그는 잘 알고 있었다. 그 사람들은 자기들의 문제가 교활한 백인 시의원들보다 사실은 더 복잡하다는 말을 듣고 싶어 하지 않았다. 또 그들이 받는 보상이 완전하지 않다는 말도. 마티와 스몰스는 둘 다 종교와 마찬가지로 정치 또한 확실성 속에서 권력이 나온다는 사실을 알고 있었다. 그리고 한 사람의 확신은 다른 사람의 확신을 위협한다는 것도 알고 있었다.

그 순간, 시카고의 사우스사이드에 있는 한 맥도널드 체인점의 텅 빈 주차장에서 내가 바로 이교도임을 깨닫게 되었다. 그리고 더 좋지 않은 사실도 깨달았다. 이교도라 하더라도 무언가를 믿지 않으면 안 된다는 사실, 스스로도 확신하지 않는 어떤 진실을 믿어야 한다는 사실이었다.

● 마틴 루터 킹 목사는 1963년에 링컨 기념관 앞에서 수많은 군중이 운집한 가운데 '나에게는 꿈이 있습니다'라는 유명한 연설을 했다. 그리고 1960년 봄 캘리포니아 그린즈버러의 버스터미널 식당에서 흑인 학생 네 명이 버스 좌석의 흑인 차별에 반대하며 좌석 점거 농성을 벌였는데, 그것이 미국 흑인 인권운동의 도화선이 되었다.

9

앨트겔드 가든 공공주택 단지는 시카고 남쪽 맨 끝에 있었다. 2천 세대가 입주한 2층 벽돌 건물들이 줄지어 늘어선 주택 단지였다. 현관문은 모두 국방색이었고 가짜 덧문이 달려 있었다. 지역 사람들은 앨트겔드 가든을 줄여서 그냥 '가든'이라고 불렀다. 이 어울리지 않는 호칭이 단지 편리함에서 비롯된 게 아니라 무언가 새롭고 참신한 어떤 이미지를 담고자 하는 소망에서 비롯되었다는 사실을 나중에야 알았다. 그들은 앨트겔드가 축복받은 신성한 땅이 되길 바랐던 것이다.

사실 단지 바로 남쪽에 숲이 있긴 했다. 그리고 캘러멧강이 남서쪽으로 흐르는데, 이 강에서 남자들이 어두운 물에 낚싯줄을 드리운 모습을 심심찮게 볼 수 있었다. 하지만 이 강에 사는 물고기들은 기형이 많았다. 같은 종이면서도 전혀 다른 색깔을 띠거나, 눈동자가 혼탁하거나, 아가미 뒤에 부스럼이 나 있거나 했다. 그래서 낚시꾼들은 정말 먹어야 할 경우가 아니면 자기가 잡은 물고기를 먹지 않았다.

고속도로가 뻗어 있는 동쪽으로는 쓰레기 매립지가 있었다. 중서부에서 가장 큰 매립지였다.

그리고 길 건너편인 북쪽에는 시카고시의 위생국이 관리하는 오수처리장이 있었다. 이 시설은 주택 단지에서 2km도 떨어지지 않은 곳에 있었다. 오수 처리 시설은 지붕이 없는 노천 시설이었지만, 앨트겔드 사람들은 그 시설을 눈으로 볼 수 없었다. 얼마 전에 시청의 위생국이 미화 작업의 하나로 이 시설물을 둘러싸는 긴 담을 쌓았기 때문이다. 그리고 담을 따라서 나무를 심었는데, 그 나무들은 발육이 부진해 대머리 남자의 반질반질한 두피에 몇 가닥 남은 머리카락처럼 보였다. 하지만 시 당국은 악취에 대해서는 아무런 손도 쓰지 않았다. 아무리 창문을 꼭꼭 닫아도 어느 틈을 통해서인가 집 안으로 스며드는 이 지독한 악취의 강도는 기온이나 바람의 방향에 따라 늘 달랐다.

악취, 유독성, 사람이 살지 않는 텅 빈 풍경. 앨트겔드를 둘러싼 그 매립지는 백 년 가까운 세월 동안 수많은 공장에서 배출한 쓰레기를 받아들였다. 앨트겔드에 사는 사람들이 높은 임금을 받으면서 치러야 했던 대가일 수도 있었다. 하지만 이제 그 일자리도 없어졌고 떠날 수 있는 사람들은 이미 다 떠났으니, 오로지 쓰레기 매립지 외에는 다른 용도가 없어 보이는 것도 당연했다.

쓰레기장. 하지만 가난한 흑인들이 사는 곳이기도 했다. 지리적으로만 보자면 앨트겔드는 매우 독특한 주택 단지일 수도 있었다. 그러나 앨트겔드의 역사는 시카고 다른 주택 단지의 역사와 다르지 않았다. 그 역사의 내용을 살펴보면 이렇다.

가난한 사람들에게 멋진 주택을 제공하겠다는 개혁가들의 꿈, 이런 주택 단지를 백인 주거지에서 멀리 떨어진 곳에 조성해 가난한 흑인 노동자들이 백인 주거지 근처에 살지 못하게 했던 정치적 논리, 시카고 주택건설국의 시혜적인 태도, 성의 없는 유지 관리 등. 그러나 아직은 복도가 잉크처럼 시커멓고 로비는 똥오줌으로 범벅이 되어 있으며 심심찮게 총질이 벌어지는 로버트 테일러스나 카브리니 그린즈와 같은 시카고의 고층 주택 단지만큼 나쁘지는 않았다. 앨트겔드의 입주율은 평균적으로 90퍼센트 수준을 유지했으며, 집 안으로 들어가 보면 의외로 무척 깨끗하다는 사실을 알 수 있었다. 장식용 천이 가구를 덮고 있었고, 벽에는 적도의 해변 풍경이 담긴 달력이 걸려 있었다. 요컨대 우리가 일반적으로 집이라고 할 때 떠올릴 수 있는 모든 것들을 갖추고 있었다.

그러나 가든에 대한 모든 것들은 절망적인 상태였다. 천장은 찌그러지고 배관은 터지고 화장실은 막혔다. 진흙의 타이어 자국이 좁은 갈색 잔디밭에 어지럽게 나 있었다. 시청이 관리하는 공용 화단에 살아 있는 식물이라고는 아무것도 없었다. 주택건설국 직원들은 처음에는 곧 보수 작업에 들어갈 것처럼 하더니 이제는 아예 그런 시늉조차 하지 않았다. 그래서 앨트겔드의 어린이들은 정원이 무엇인지도 모르고 자랐다.

●

나는 앨트겔드로 차를 몰아서 가든스 처치의 아워레이디 건물 앞에 섰다. 주택 단지의 끝부분을 바라보고 선 납작한 벽돌 건물이었다. 몇몇 핵심적인 지도자들을 만나서 우리의 조직 작업과 관련된 문제를 토론하고 우리가 추진하는 작업들을 정상 궤도에 올려놓을 방안을 찾기 위해서였다. 그런데 시동을 끄고 서류가방을 집으려고 손을 뻗는 순간, 나도 모르게 동작을 멈출 수밖에 없었다. 내 눈에 들어온 풍경, 숨이 막힐 듯한 하늘 때문이었다. 나는 눈을 감고 상체를 의자에 기댔다. 마치 침몰하는 배의 부선장 심정이 이렇지 않을까 싶었다.

총기 사건 해결을 위한 집회를 가진 지 두 달이 지난 시점이었다. 하지만 상황은 더욱 나빠졌다. 행진도 연좌 농성도 없었다. 그 어떤 실천 투쟁도 없었다. 그저 실책과 오해, 지루함과 스트레스만 이어졌을 뿐이다. 문제의 일부는 우리 단체의 토대가 튼튼하지 못하다는 것이었다. 우리 단체의 토대는 (최소한 시카고에서는) 단 한 번도 확장된 적이 없었다. 여덟 개의 가톨릭 교구가 여러 차례 집회를 열긴 했다. 모두 흑인을 대상으로 한 집회였고, 그것을 이끈 사람들은 모두 백인 신부들이었다. 대부분 폴란드나 아일랜드계 후손인 그 신부들은 고립된 사람들이었다.

그들은 가난한 사람을 돕고 인종 차별로 인한 상처를 치료하고자 1960년대 신학교에 입학한 사람들이었다. 하지만 그들보다 친절했고 어쩌면 더 나았을 뿐 아니라 현대성이라는 문제에 대해서도 유연했던 선배 세대에 비하면 그들은 자기 사명에 대한 열정이 부족했다. 그 신부들은 형제애와 선의를 가르치는 자신들의 설교가 도심에서 교외로 벗어나는 백인들에게 외면당하고, 새로운 신도를 모으려 해도 교회를 포위한 검은 얼굴들(대부분 침례교와 감리교, 오순절 교회 신자)의 의심스러운 눈초리에 가로막히는 모습을 그동안 계속 봐왔던 것이다.

마티는 조직 사업만이 그러한 고립을 해결할 수 있다고 했다. 또 조직 사업을 통해서 신도가 줄어드는 상황을 막고 교구에 활기를 불어넣으며 믿음의 촛불에 꺼지지 않을 불을 켤 수 있을 거라는 말로 그들을 설득했다. 하지만 그런 희망도 이제 희미해졌다. 내가 그 신부들을 만났을 때 그들은 이미 체념한 상태였다. 한 사람은 심지어 이런 말까지 했다.

"사실은 말입니다, 여기 있는 신부님들은 대부분 다른 데로 자리를 옮기고 싶어 합니다. 내가 아직도 여기에 있는 딱 한 가지 이유는 나 대신 여기 오려는 신부님이 없기 때문입니다."

학교 강당에서 치러졌던 집회에서 잠깐 만난 앤절라나 셜리, 모나 같은 흑인 평신도들의 사기는 훨씬 더 나빴다. 그들은 모두 남편의 도움 없이 자식들을 키워야 하는 처지였지만 활기차고 명랑한 사람들이었다. 각종 시간제 일이나 소규모 사업을 하면서 그들은 걸스카우트 행사나 패션쇼를 개최했다. 또 여름이면 날마다 교회에서 어슬렁거리며 노는 아이들을 대상으로 여름캠프를 열었다. 그런데 이 세 여자는 모두 앨트겔드에 살지 않고 그 서쪽에 있는 주택지에 작은 집을 가지고 있었다. 그래서 한번은 어떤 동기로 앨트겔드에서 조직 사업을 하게 되었는지 물었다. 그런데 내가 질문을 채 끝내기도 전에 세 사람은 싱글거리며 서로 눈빛을 교환했다.

"너, 조심해라."

앤절라가 셜리에게 말했고, 모나는 유쾌하게 웃기 시작했다.

"버락 씨가 널 인터뷰하려나 봐. 표정을 보면 알잖아."

그러자 셜리가 말했다.

"우리는 그냥 따분하게 사는 중년 여자들이에요. 이것 말고는 남는 시간을 보낼 마땅한 게 없거든요. 하지만……."

잠시 말을 멈춘 셜리는 뼈만 앙상한 엉덩이에 손을 올리더니, 다른 한 손으로 마치 영화에서 배우가 그러는 것처럼 담배를 빼물었다.

"만약에 킹카라도 나타난다면 정신 차리고 내 갈 길을 가야죠. 굿바이 앨트겔드, 헬로 몬테카를로!"

그때까지 나는 세 사람이 농담하는 것을 한 번도 본 적이 없었다. 내가 들은 것은 불평뿐이었다. 마티가 앨트겔드에 신경을 쓰지 않는다고 불평했다. 또 마티가 거만하고 자기들이 하는 말에 귀를 기울이지 않는다고 불평했다.

특히 세 사람이 못마땅하게 생각했던 것은 그날 밤 엄청난 팡파르 속에서 발표했던 구직 프로그램이었다. 그러나 그 프로그램은 완전 실패로 끝나고 말았다. 마티가 처음 계획한 대로 교외에 있는 주립대학교가 그 프로그램을 맡아서 운영했다. 마티는 효율성을 위해서는 반드시 그렇게 해야 한다고 설명했다. 대학에는 그 프로그램이 활용할 수 있는 컴퓨터가 이미 마련되어 있었기 때문이다. 그런데 불행하게도 구직 프로그램을 시작한 지 두 달이 지났지만, 그것을 통해 일자리를 구한 사람은 단 한 명도 없었다. 컴퓨터가 제대로 작동하지 않았던 것이다. 날짜 입력도 오류가 발생해서 엉망이었고, 구직자가 존재하지도 않는 회사에 면접을 보러 간 일이 여러 번이었다.

마티는 펄쩍펄쩍 뛰었다. 그리고 최소한 한 주에 한 번씩은 대학에 달려가서 문제를 찾아내 고치라고 담당자들을 닦달했다. 하지만 담당자들은 문제를 해결하기보다 다음 해에 다시 기금을 지원받는 일에 더 관심이 많았다. 그러니 마티는 더욱 화가 나서 그 사람들을 욕했다. 그로서는 달리 방법이 없었던 것이다. 그러나 세 여자는 마티의 분노에는 관심이 없었다. 그들이 아는 사실은 50만 달러라는 돈이 어디론가 사라져버렸다는 것뿐이었다. 그 돈은 이웃을 위해서 쓰인 것도 아니었다. 그들은 일자리 은행이라는 구직 프로그램으로 모종의 은밀한 일을

내 아버지로부터의 꿈

270

추진하기 위해서 마티가 자기들을 이용한 거라고 생각했다. 또 사라진 돈이, 사우스사이드의 자기들과 달리 '교외에 있는 백인들이 약속받은 일자리를 얻고 있다는 증거'라는 생각에 더욱 확신을 가지기 시작했다.

"마티는 자기만 생각하는 것 같아요."

이것이 그녀들의 불평이었다. 나는 마티와 그들을 중재하려고 무진 애를 썼다. 인종 차별주의에 물들어 있다는 비판으로부터 마티를 막아주는 한편, 마티에게는 또 다른 전술을 찾아야 하는 것 아니냐고 제안했다. 마티는 내가 시간 낭비를 한다고 말했다. 또 앤절라를 비롯한 그 도시의 다른 지도자들이 자기에게 비판적인 태도를 보이는 것은, 그 프로그램을 운영하는 요원으로 자기들을 고용하지 않았기 때문이라고 설명했다.

"이런 것들이 공동체 조직 사업을 망쳐먹는다 이 말입니다. 사람들은 정부 돈을 받아먹기 시작합니다. 엄청나게 많은 인력을 고용하지만 그 사람들은 전혀 일을 하지 않아요. 일을 하는 일꾼이 아니라 떠받들어야 하는 고객이 되고 만다 이 말이오. 지도자가 아니라 고객, 그것도 지극하게 모셔야 하는 고객 말이오."

그는 '고객'이란 말이 마치 더러운 이물질이라도 되는 것처럼 뱉어냈다.

"얼마나 많은 돈을 쏟아부어야 만족할 것 같나요? 제길! 그 생각을 자꾸 하면 머리가 돌아버릴 테니까 더 이상 안 하는 게 좋아요."

경제적인 후원, 정치, 마음의 상처, 인종적인 불만……. 마티는 이런 것들이 한낱 사소한 문제일 뿐이라며 궁극적인 목적에서 벗어난 것이고 고귀한 대의를 좀먹는 것이라고 했다. 그는 여전히 노동조합을 끌어들이려고 노력했다. 노동조합이 우리의 대열을 정비해 주고, 표류하는 배를 항구로 예인해 줄 거라고 확신했다. 9월 말의 어느 날, 그는 앤절라와 나에게 LTV철강 노동조합 간부들을 만나는 자리에 함께 가자고 했다. LTV철강은 시카고에 몇 남지 않은 철강 회사 가운데 하나였다. 마티로서는 한 달 이상 공을 들여 그 자리를 마련했던 터라 한껏 부풀어 있었다. 그는 그 회사와 노동조합에 대해서 빠르게 설명하고, 조직 사업이 이제 새로운 국면으로 접어들 거라고 말했다.

마침내 회의장에 노동조합 대표가 들어왔다. 젊고 잘생긴 아일랜드계 남자였는데, 최근에 개혁을 약속하는 공약을 내세워 대표로 선출된 사람이었다. 바싹 마른 흑인 두 사람이 그와 함께 들어왔다. 한 사람은 노조의 재무 담당이었고 또 한 사람은 부대표였다. 서로 소개를 한 뒤에 나머지 사람들은 앉고 마티가 연설을 했다.

회사는 철강 제조업에서 손을 떼려 하고 있으며, 임금을 양보해봐야 오히려 고통의 시간만 길어질 뿐이다. 일자리가 계속 유지되길 원한다면 더 대담하고 새로운 선택을 해야 한다. 교회 사람들과도 협의하고, 노동력을 제공할 수 있는 모든 사람들을 하나로 뭉치게 해서 협상력을 높여야 한다. 양보의 조건과 과도기의 세금 유예 등을 놓고 시 당국과 협상을 해라. 은행에 압력을 넣어서 융자를 받은 다음 그 돈을 공장의 경쟁력을 강화하는 데 필요한 새로운 기술에 투자해라…….

마티의 이 장황한 연설을 들으면서 노동조합 사람들은 지겨운지 몸을 틀었다. 마침내 대표가 일어나서, 마티가 제안한 내용은 장기적으로 고려할 가치가 충분히 있긴 하지만 노동조합으로서는 지금 당장 회사측의 제안에 즉각적인 답변을 준비하는 것이 시급하며 논의의 초점도 거기에 맞추어야 한다고 했다. 나중에 주차장에 서서 보니 마티는 얼이 빠진 사람처럼 보였다. 그는 머리를 저으며 말했다.

"그 사람들은 아예 관심이 없어요. 오로지 한 가지 생각밖에 안 해요. 피리 소리에 홀려서 죽는 줄도 모르고 강에 뛰어드는 쥐 떼처럼 말이죠."

마티를 바라보는 마음이 착잡하고 좋지 않았다. 하지만 앤절라를 바라보는 심정은 마티보다 더했다. 그녀는 회의가 끝날 때까지 단 한 마디도 하지 않았다. 나중에 그녀를 태우고 노동조합의 주차장을 빠져나올 때 앤절라가 이런 말을 했다.

"마티 선생님이 한 말을 나는 한마디도 알아듣지 못했어요."

지금 생각하면 나는 바로 그 순간에, 마티가 설명하려고 했던 것이 얼마나 어려운 것인지, 그리고 마티가 얼마나 심각한 계산 착오를 했는지 깨달았던 것 같다. 마티가 했던 설명의 세세한 내용들 가운데 일정 부분을 앤절라가 놓쳤다는 의미가 아니다. 이야기를 계속해 본 결과 앤절라는 적어도 내가 이해한 만큼은 충분히 이해하고 있었다. 그녀가 그런 말을 했던 속내는 이랬다. LTV 공장이 문을 닫지 않고 계속 돌아가도록 한다는 것이 적절한지 의심을 품었던 것이다. 노동조합과 협력해서 작업하면 공장에 남아 있는 소수의 흑인 노동자들이 일자리를 계속 유지하는 데는 분명 도움이 되겠지만, 만성적인 실업 상태에 놓인 수많은 흑인에게는 아무 도움도 안 되는 것 아니냐는 생각이 있었던 것이다. 일자리 은행은 기술과 경험이 있는 사람이 다른 일자리를 찾는 데 도움이 되겠지만, 일찌감치 학교에 발길을 끊은 10대 흑인에게는 교육의 기회를 전혀 제공하지 않기 때문에 아무런 도움이 되지 않는다는 판단이었다.

다시 말해 흑인에게는 구직 프로그램을 다른 방식으로 적용해서 운영해야 한다는 것이었다. 흑인이라는 이유로 노동조합에 가입조차 할수 없었고, 그 때문에 때때로 배신자라며 쓰레기 취급을 당했던 앤절라의 아버지 세대와도 달랐다. 앤절라의 부모는 노동조합과 같은 조직이 제공한 최상의 일자리에서 늘 배제되었기 때문이다.

마티는 도심에 사무실을 가지고 있는 권력 브로커들, 즉 비싼 양복을 입고 다니는 투자 은행가들을 상대로 기꺼이 싸울 준비가 되어 있었다. 그럼에도 그는 앤절라가 인식하는 백인과 흑인의 그런 차이를 불행한 과거의 한 부분으로 여기고 무시하려 했다. 그러나 앤절라 같은 사람에게는 그 과거가 바로 현재였다. 그것은 계급 간의 연대라는 개념보다 더 강력한 힘으로 그녀를 사로잡았다. 그리고 그것은 더 많은 흑인들이 도시 외곽으로 이주하는 게 더 나은데도 그렇게 하지 않는 이유, 더 많은 흑인들이 아메리칸 드림의 사다리 위로 높이 올라가지 못했던 이유를 설명했다. 백인보다 흑인 실업자가 더 많으며 그들보다 더 절망적인 상태에 놓인 이유를 설명했고, 흑인과 백인을 똑같이 대하려는 사람들을 앤절라가 견딜 수 없어했던 이유를 설명했다.

바로 그것이 앨트겔드의 모든 것을 설명했다.

시계를 보았다. 2시 10분이었다. 고난과 맞닥뜨릴 시간이었다. 차에서 내려 교회의 초인종을 눌렀다. 앤절라가 나와서 어떤 방으로 안내했다. 거기에는 셜리와 모나, 윌, 메리 등의 다른 지도자들이 기다리고 있었다. 메리는 말수가 적은 흑발의 백인으로, 세인트 캐서린의 한 초등학교 교사였다. 나는 늦어서 미안하다고 말하고는 커피를 한 모금 마셨다. 그리고 창턱에 걸터앉으며 말했다.

"자, 다들 왜 우거지상인지 들어볼까요?"

"우리, 그만두려고요."

앤절라가 말했다.

"누가 그만둬요?"

앤절라가 어깨를 으쓱했다.

"글쎄요, 일단 저요. 다른 사람 생각은 내가 이야기를 못 하겠고……."

나는 사람들을 둘러보았다. 다들 내 시선을 피했다. 마치 원하지 않는 평결문을 받아들고 대표로 그것을 낭독해야 하는 배심원장 같은 표정이었다. 다들 말이 없자 다시 앤절라가 말했다.

"미안해요, 버락. 당신하고는 아무 상관 없는 결정이에요. 솔직히 말하면 우린 지쳤어요. 2년 동안이나 여기에 매달려왔거든요. 그런데 이렇다 할 성과가 아무것도 없으니까요."

"좌절감을 느낀다는 거 충분히 이해합니다. 우리는 모두 절망하고 있습니다. 하지만 시간을 좀 더 두고 지켜……."

셜리가 내 말을 끊고 끼어들었다.

"시간이 없어요. 아무런 성과도 없는데 사람들에게 마냥 기다리라고 이야기할 순 없다구요. 우리에겐 지금 당장 무언가가 필요해요."

나는 마음을 졸이면서 커피 잔을 만지작거렸다. 뭔가 말을 해야 했다. 나는 그 말을 열심히 찾았다. 온갖 단어들이 머릿속에서 마구 뒤엉켰다. 그리고 한순간 공황을 느꼈다. 공황은 분노로 바뀌었다. 나를 시카고로 데리고 온 마티를 향한 분노였다. 그리고 근시안적인 지도자들을 향한 분노였다. 마티와 그들 사이의 갈등을 잘 무마했다고 믿었던 나 자신을 향한 분노였다. 그 순간 갑자기 투트가 거구의 흑인 남자에게 겁을 먹은 일로 집에 한바탕 소동이 벌어진 뒤에 프랭크를 찾아갔을 때 그가 했던 말이 떠올랐다.

"그건 사실이고 엄연한 현실인걸. 그러니까 자네도 거기에 익숙해져야 해."

방 안의 분위기가 딱딱하게 굳어 있었다. 나는 창밖으로 시선을 던졌다. 한 무리의 남자아이들이 길 건너편에 모여들었다. 아이들은 비어 있는 아파트의 유리창을 향해 돌을 던졌다. 판자로 덧댄 유리창이었다. 옷에 달린 모자를 푹 뒤집어쓴 아이들 모습이 중세의 수도사들 같았다. 그 아이들 중 하나가 아파트로 달려가서 못질이 된 베니어판의 느슨한 부분을 잡아당겼다. 그러다가 그 아이는 뒤로 벌렁 나자빠졌다. 다른 아이들이 와자하게 웃었다. 나도 그 아이들 틈에 끼고 싶었다. 그 죽어가는, 아니 이미 죽어버린 아파트를 갈기갈기 찢어버리고 싶었다. 나는 고개를 돌려 앤절라를 바라보았다.

"하나만 물어봅시다."

나는 창밖을 가리켰다.

"저 아이들의 미래가 어떨 것 같습니까?"

"버락……."

"아뇨. 그냥 질문을 하나 던지는 겁니다. 지쳤다고 하셨죠? 여기 계신 분들이 다 그렇듯이 말이죠. 그래서 나는 지금 저 아이들에게 어떤 일이 일어날지 그냥 한번 생각해 보는 것뿐입니다. 저 아이들이 앞으로 정당한 대우를 받으며 잘되게 할 사람이 누구겠습니까? 시의원일까요? 사회복지사일까요? 아니면 폭력배들일까요?"

내 목소리가 점점 높아지고 감정이 격해진다는 걸 알았지만 상관없었다.

"아시겠지만 내가 여기에 온 건 단지 일자리가 필요해서가 아니었습니다. 주변 환경을 바꾸기 위해서 진지하게 고민하는 사람들이 있다는 이야기를 마티에게 들었기 때문이었죠. 과거에 무슨 일이 있었는지 나는 관심도 없습니다. 내가 아는 사실은, 지금 내가 여기에 있고 여러분과 함께 일을 하려고 한다는 것뿐입니다. 문제가 있으면 함께 바로잡아 나갑시다. 나와 함께 일을 한 뒤에도 바람직한 결과가 나오지 않는다면, 그때는 내가 먼저 여러분에게 그만두겠다고 하겠습니다. 하지만 여러분 모두가 지금 그만둘 생각이라면, 제가 던진 질문에 먼저 대답해 주시기 바랍니다."

거기서 말을 멈추고 사람들의 얼굴을 하나씩 살폈다. 내가 쏟아낸 말에 다들 놀란 눈치였다. 하지만 누구보다 놀란 사람은 바로 나 자신이었다. 내가 발을 딛고 선 땅이 불확실하고 불안정하다는 사실을 알고 있었다. 그 사람들이 어떻게 나올지 확신할 수 있을 만큼 그들을 잘 알지도 못하는 상태였다. 내 발언이 오히려 역효과를 낼 수도 있었다. 하지만 그 순간에 내가 할 수 있는 선택은 그것 말고는 달리 없었다. 이제 아이들은 우르르 길 아래쪽으로 달려갔다. 셜리가 커피를 몇 모금 더 마셨다. 10분쯤 지났을까. 마침내 윌이 침묵을 깼다.

"다른 사람들은 어떤지 잘 모르겠지만, 나는 이 문제에 대해서 우리가 충분히 많은 이야기를 해왔다고 봅니다. 마티는 우리가 많은 문제를 안고 있다는 사실을 알고 있습니다. 그래서 버락 씨를 고용했고요. 그렇지 않나요, 버락 씨?"

윌의 질문에 내가 아는 진실을 말했다.

"나는 모릅니다. 윌, 당신이 말씀해 주십시오."

윌은 미소를 지었다. 최악의 위기는 넘겼음을 감지했다. 앤절라도 몇 달 더 해보자는 데 동의했다. 나도 앨트겔드에 더 집중하기로 약속했다. 우리는 그 뒤로 30분 동안 전략을 논의하고 각자 할 일을 정했다. 모임을 마치고 나오는 길에 모나가 내 뒤를 따라와서 팔짱을 꼈다.

"모임을 정말 멋지게 잘 이끌더군요. 자기가 무엇을 하는지 잘 아는 것 같아요."

"아뇨, 모릅니다. 실마리 하나도 못 찾고 있습니다."

그녀가 웃었다.

"알았어요. 그 비밀은 아무에게도 말하지 않을게요."

"고맙네요. 정말 고맙습니다."

　●

그날 저녁 마티에게 전화를 걸어 낮에 있었던 일을 이야기했다. 예상과 달리 그는 놀라지 않았다. 이미 지역에 있는 몇몇 교회들이 떨어져 나가고 있어서 그랬는지도 몰랐다. 마티는 앨트겔드의 일자리 문제에 관해서 몇 가지 제안을 하고는 인터뷰 작업에 박차를 가해달라고 했다. 그리고 이런 충고를 했다.

"새로운 지도자들이 필요할지도 모르겠군요. 무슨 말이냐 하면, 윌 말입니다. 끔찍한 사람이라서……. 설마, 계속 그 사람에게 의지할 생각은 아니겠죠?"

마티가 무슨 말을 하는지 알았다. 윌을 좋아했고 또 그의 도움을 높이 평가하긴 했지만, 생각이 상식에서 벗어나 엉뚱한 것만은 분명했다. 그는 일과가 끝난 뒤 마리화나를 피웠다. 그러면서 이렇게 말했다. 우리가 그걸 원하지 않았다면 하나님이 세상에 내놓지도 않으셨을 거야, 라고. 또 어떤 모임이나 회의든 지루하다고 생각되면 지체 없이 자리를 박차고 나갔다. 그리고 그의 교회 사람들을 인터뷰하기 위해 그를 데리고 갈 때마다 성경의 해석을 놓고 사람들과 논쟁을 벌였다. 또 잔디에 뿌리는 비료를 잘못 선택했다며 타박했고, 소득세가 위헌이라며 목소리를 높였다. 그는 세금이 권리장전에 어긋나며 양심에 따라서 소득세 납부를 거부해야 한다고 주장했다. 한번은 윌에게 이런 말을 했다.

"당신이 다른 사람들 말에 조금만 더 귀를 기울인다면 그들이 더 적극적으로 나서지 않을까요?"

윌은 고개를 내저었다.

"귀를 기울이죠. 하지만 그게 문제가 아닙니다. 그 사람들이 하는 말이 하나같이 잘못된 게 문제죠."

하지만 앨트겔드에서 모임을 가진 뒤 윌은 이전과 다르게 생각했다.

"세인트 캐서린 교구에 있는 그 사람들은 가만히 내버려두면 아무것도 안 합니다. 우리가 어떤 걸 이루고자 한다면 그 사람들을 거리로 끌어내야 합니다."

세인트 캐서린 인근에 사는 사람들은 일자리도 없고 끊임없이 싸움질만 해댄다는 사실을 지적하면서 그들을 대상으로 설정해야 한다고 했다. 그리고 다른 교구에 속한 교회가 주최하는 행사에 참석하는 걸 썩 내켜하지 않을 수도 있기 때문에 웨스트풀먼 주변에서 거리 집회를 열어 이질감을 느끼지 않도록 해야 한다고 했다.

나는 처음엔 회의적이었다. 하지만 그의 적극적인 태도를 무시하지 않으려고 윌과 메리를 도와 유인물을 만들었다. 그리고 교회에서 가장 가까운 블록에서 사람들에게 그 유인물을 나눠주었다. 한 주 뒤, 우리 셋은 늦가을의 차가운 바람을 맞으며 거리에 섰다. 처음에는 아무도 없었다. 그림자가 길게 드리울 즈음에 사람들이 하나둘 모여들기 시작했다. 헤어네트를 한 여자들과 플란넬 셔츠나 잠바를 입은 남자들이 낙엽을 버석버석 밟으며 모여들었다. 모인 사람이 스무 명을 넘어서자 윌이 앞으로 나서서, 우리가 하는 일은 더 크고 조직적인 차원의 일부분이라고 설명했다. 그리고 이렇게 말했다.

"여러분은 이제 식탁에서 쏟아내던 불만을 이웃과 함께 이야기하고 나누셔야 합니다."

그의 말에 한 여자가 대꾸했다.

"그래요. 내가 말할 수 있는 건 시간에 관한 거예요."

사람들은 거의 한 시간 가까이 도로에 생긴 웅덩이며 고장 난 신호등, 황폐하게 버려진 땅 등의 문제에 관해 불만을 털어놓았다. 날이 어둑해질 무렵, 윌은 나중에 세인트 캐서린 교회의 지하실에서 본격적으로 이 문제를 놓고 집회를 가질 예정이니 많이들 참석하라고 알렸다. 집회를 마치고 교회를 향해 발길을 돌렸다. 사람들은 여전히 남아서 못다 한 이야기를 했다. 윌은 나를 바라보며 싱긋 웃었다.

"내가 된다 그랬죠?"

우리는 이 거리 집회를 장소를 옮겨가면서 계속했다. 윌은 신부복 위에 시카고 컵스 잠바를 입고 집회를 이끌었다. 메리는 모인 사람들에게 서명을 받았다. 집회를 실내로 옮겨서 진행할 즈음에는 정기적으로 참석하는 사람들의 수가 서른 명 가까이로 늘어났다. 그래서 집회를 준비하는 일도 만만치만은 않았다.

교회 강당에 들어섰을 때 메리가 혼자 커피를 끓이며 사람들을 맞이할 준비를 하고 있었다. 그날의 의제도 푸줏간 종이에다 써서 테이프로 벽에 깔끔하게 붙여놓은 뒤였다. 의자도 줄을 맞춰서 잘 정리해 둔 상태였다. 그녀는 내게 손을 흔들었다. 그리고 선반 위에서 설탕과 프림을 찾으며, 윌이 조금 늦을 거라고 했다.

"도와드릴까요?"

"여기 팔이 닿나요?"

선반 맨 꼭대기에서 설탕통을 꺼냈다.

"또 없나요?"

"없어요. 모든 준비가 끝났어요."

나는 의자에 앉아서 메리가 컵을 정리하는 모습을 바라보았다. 그녀는 말수가 적어 파악하기 힘든 여자였다. 특히 신변 이야기나 과거에 대해서는 더욱 그랬다. 그녀는 우리와 함께 일하는 유일한 백인이었다. 웨스트풀먼에 남아 있는 백인이 다섯 명 정도였는데, 그 가운데 한 사람이 그녀였다. 나는 그녀의 딸이 둘이라고 알고 있었다. 하나는 열두 살, 또 하나는 열 살이었다. 그런데 둘째아이한테 장애가 있어서 보행이 불편하고, 정기적으로 치료를 받아야 한다고 했다.

그녀에게 남편이 없다는 것도 알고 있었다. 그녀는 비록 그 남자에 대해 거의 말하지 않았지만 여러 달을 접하면서 단편적으로 들은 정보들을 종합하면 이랬다. 그녀는 아일랜드계 대가족의 딸로 태어나 어떤 인디언 마을에서 성장했으며, 그 마을에서 어떤 흑인 남자를 만났다. 두 사람은 남몰래 사랑을 키웠고 결혼했다. 그녀의 가족은 다시는 그녀를 보지 않겠다고 했다. 젊은 부부는 웨스트풀먼으로 이사했고, 거기서 작은 집을 하나 샀다. 그런데 남자가 떠나버렸다. 그녀는 아무것도 모르는 세상에 황갈색 피부를 가진 두 딸과 함께 남았다. 이제는 자기가 성장했던 그 세계로 되돌아갈 수도 없는 처지였다.

때로는 그냥 인사만 하려고 그녀의 집 앞에 차를 세우기도 했다. 그녀가 느낄 외로움을 조금이라도 덜어주고 싶어서였다. 이유는 또 있었다. 지난날 내 어머니와 그녀의 처지가 비슷했기 때문이었다. 또 그녀의 두 딸과 내가 비슷했기 때문이었다. 그렇게 붙임성 있고 예쁜 딸들이 나보다도 훨씬 힘든 삶을 살 게 분명했다. 할아버지, 할머니는 내쳤고, 흑인 친구들은 짓궂게 놀릴 것이다. 그 아이들이 숨 쉬는 공기는 온통 독기로 가득할 터였다. 메리의 가족을 도와주는 사람이 없어서가 아니었다. 메리의 남편이 집을 나간 뒤에 이웃들은 그녀와 그녀의 두 딸에게 따뜻한 정을 보여주었다. 지붕이 새면 고쳐주고 바비큐 파티나 생일 파티에 초대하며 모든 일이 다 잘되길 기원했다. 하지만 이웃들이 메리의 가족을 가까이하는 데는 한계가 있었다. 메리는 자기가 만나는 여자들, 특히 결혼한 여자들과 자기 사이에 보이지 않는 벽이 가로놓여 있다는 사실을 알았다. 그녀가 진짜 속내를 드러내고 대화를 나눌 수 있는 진정한 친구는 오로지 두 딸뿐이었다. 그리고 이제 월도 그런 친구에 포함되었다. 월이 경험한 인생 역전과 그의 특이한 믿음 때문에 두 사람은 사적인 공감대를 형성할 수 있었다.

집회 준비를 위해서 따로 더 할 게 없었으므로 메리는 자리에 앉았다. 나는 집회에서 혹시나 예상하지 않은 발언을 하게 될지도 몰라서 그때 할 말을 메모하고 있었다.

"뭐 하나 물어봐도 괜찮을까요, 버락?"

"그럼요, 얼마든지."

"버락 씨는 왜 여기 있어요? 그러니까…… 왜 이런 일을 하느냐고요."

"글래머 여자를 만날 수 있지 않을까 싶어서요."

"아뇨. 농담하지 말고 진짜로. 전에, 이런 일을 굳이 하지 않아도 된다고 했잖아요. 게다가 특별히 신앙심이 깊은 것 같지도 않은데……."

"글쎄요……."

"왜 여기 있어요? 윌 씨와 내가 이 일을 하는 이유는 잘 아실 거 아니에요. 우리에겐 신앙심의 한 부분이거든요. 하지만 버락 씨와 같이 있으면 나는……."

그때 문이 열리고 한 남자가 들어왔다. 사냥 점퍼를 입고 귀 덮개가 턱까지 내려오는 모자를 쓴 노인이었다.

"안녕하십니까, 그린 씨. 잘 지내셨죠?"

"아주 잘 지내죠. 근데 좀 춥네요."

다른 남자 두 명이 곧바로 그를 따라 들어왔고, 이어서 나머지 사람들도 우르르 몰려왔다. 차림새들이 모두 겨울이 코앞에 닥쳤음을 새삼스럽게 일깨워주었다. 사람들은 외투 단추를 푼 뒤 커피를 한 잔씩 마시면서 한담을 나누었다. 그들이 나누는 이야기만으로 실내가 훈훈해지는 느낌이었다. 마지막으로 월이 들어왔다. 올 풀린 청바지에 '월 신부'라는 글자가 적힌 붉은색 티셔츠 차림이었다. 월은 제프리 부인에게 대표 기도를 해달라고 부탁하고는 집회를 이끌었다. 사람들이 이야기할 때 나는 나 자신을 돌아보면서 가만히 경청했다. 이야기가 옆길로 샐 때만 발언했다. 사실 나는 그 집회가 벌써 느슨해지기 시작했다고 판단했다. 한 시간쯤 지나자 몇몇 사람들이 빠져나갔다. 그때 월이 새로운 제안을 했다.

"오늘 집회를 마치기 전에 뭔가 새로운 걸 해보자고 제안하고 싶습니다. 이 자리는 교회에 기반을 둔 모임입니다. 이는 곧 우리가 집회를 가질 때마다 우리 자신과 이웃, 또 하나님과의 관계를 깊이 있게 명상해야 옳다는 뜻이기도 합니다. 그래서 각자 1분씩, 오늘 밤 이 자리에 모이게 된 배경이나 심정을 털어놓으면 어떨까요? 여태까지 입 밖으로 내지 않았던 생각이나 감정 들을 각자 털어놓고 그것들을 함께 나누자는 겁니다."

월은 지원자가 나설 때까지 침묵을 깨지 않고 잠시 기다렸다.

"자기 생각이나 감정을 털어놓으실 분 없습니까?"

사람들은 윌의 시선을 피해서 탁자만 바라보았다. 그러자 윌이 자기가 먼저 하겠다고 나섰다.

"좋습니다. 그럼 제가 먼저 머릿속에 떠오르는 것들을 털어놓지요. 대단한 건 아닙니다. 그저 옛날 일들, 추억입니다. 우리 가족은 부자도 아니었고, 그렇다고 찢어질 정도로 가난하지도 않았습니다. 우린 앨트 겔드에 살았죠. 하지만 어린 시절을 되돌아보면 정말 좋았던 때가 많이 떠오릅니다. 친구들과 함께 블랙번 숲으로 가서 딸기를 따먹었죠. 그리고 과일 상자에서 나온 나무판과 고물 롤러스케이트의 바퀴 따위를 모아서 수레를 만들었던 기억이 납니다. 그 수레를 타고 주차장까지 달리곤 했죠. 학교에서 소풍을 갔던 일도 생각납니다. 그리고 휴일에는 온 가족이 함께 공원에도 갔습니다. 누구나 밖에 나갔고, 그래도 무서울 게 하나도 없었습니다. 여름이면 실내가 너무 더워 바깥에서 잠을 잤습니다. 정말 좋은 추억들이 많습니다. ……생각해 보면, 그땐 늘 웃었던 것 같습니다. 웃으면서……."

윌이 갑자기 말을 끊었다. 그리고 고개를 푹 숙였다. 나는 재채기를 하려는 줄 알았다. 그런데 그게 아니었다. 윌이 다시 고개를 들었을 때, 그의 눈에서 눈물이 흐르고 있었다. 눈물은 뺨을 타고 흘러내렸다. 그는 목이 메는 음성으로 말을 이었다.

"그런데 다들 잘 아시겠지만, 이 근방에서는 이제 웃는 아이들을 찾아볼 수가 없습니다. 아이들의 얼굴을 보고, 또 아이들이 하는 말을 들어보십시오. 그들은 온종일 근심에 싸여 있습니다. 무언가에 미쳐 있고 화가 나 있습니다. 아이들은 진정으로 마음을 털어놓을 데가 없습니다. 믿을 사람이 아무도 없습니다. 부모들도 아니고, 하나님도 아닙니다.

자기 자신도 아닙니다. 이래서는 안 됩니다. 이건 정말 아닙니다. ……
아이들이 웃지 않는단 말입니다."

그는 다시 말을 끊었다. 그리고 뒷주머니에서 손수건을 꺼내 코를
풀었다. 거구의 사나이가 뼈아픈 현실에 대해 속마음을 털어놓으며 흘
린 눈물이 사람들의 메마른 가슴을 적셨다. 그러고 나자 사람들이 앞
다투어 자기 생각이나 느낌, 추억을 엄숙하게, 때로는 절박하게 쏟아냈
다. 남부 지역의 작은 마을들에서 일어난 일들이었다. 길모퉁이 가게에
남자들이 모여서 그날의 소식을 나누었고, 채소를 옮기는 여자들을 도
왔다. 어른들은 남의 아이들도 자기 자식처럼 돌보았다("우리는 감히 못된
짓을 할 수가 없었죠. 동네 사람들이 보고 들은 건 곧바로 어머니 귀에 들어갔으니까
요"). 아이들은 예절이 뭔지 알고 지켰다.

이런 이야기를 하는 사람들은 그 무엇도 숨기거나 꾸미지 않았다.
사실 그대로 생생한 진실을 이야기했다. 그 이야기들은 어떤 상실감을
공통적으로 드러냈다. 좌절과 동시에 희망이 물결치며 흘렀다. 마지막
사람이 발언을 마쳤을 때 실내에 가득하던 그 좌절과 희망이 손에 잡
힐 듯 선명했다. 우리는 모두 함께 손을 잡았다. 나의 왼손은 굳은살이
두껍게 박인 그린 씨의 손을 잡았고, 오른손은 헝겊처럼 부드럽고 종
이처럼 얇은 터너 부인의 손을 잡았다. 우리는 모두 함께 이런 상황을
바꿀 수 있는 용기를 달라고 기원했다.

사람들이 가고 난 뒤에 나와 윌과 메리는 뒷정리를 했다. 의자를 모
두 접고 주전자와 컵을 씻었다. 마지막으로 불을 껐다. 바깥 공기는 차
고 맑았다. 나는 옷깃을 세우고 그날 집회에 대해 간략하게 평가했다.
윌은 시간을 잘 지킬 필요가 있다고 했고, 다음 집회 전까지 시청의 업
무와 관련해서 쟁점으로 삼을 수 있는 것들을 각자 조사하자고 했다.

또 집회에 참석한 사람들을 모두 한 번씩 개별적으로 만나자고 했다. 말을 마친 뒤에 나는 팔을 들어서 윌의 어깨를 감았다.

"마지막에 가진 추억과 명상의 시간은 정말 좋았습니다."

윌은 메리를 바라보았다. 두 사람은 함께 미소를 지었다.

"우리는 당신이 사람들과 잘 섞이지 못하는 줄 알았어요."

메리의 말이었다.

"겸손이야말로 조직가가 갖추어야 할 중요한 덕목인데, 오늘 그걸 보여주셨어요."

"겸손이 그렇다고 누가 그래요?"

"내가 들고 다니는 조직가 수첩에 있는 말입니다. 자, 이제 그만 갑시다. 메리, 집까지 태워드릴 테니 타세요."

윌은 오토바이에 올라타서 손을 흔들었다. 나는 메리를 태우고 네 블록 떨어진 그녀의 집으로 갔다. 메리가 내리고 난 뒤에도 나는 차를 출발시키지 않고 그녀의 뒷모습을 바라보았다. 그러다가 조수석 쪽으로 손을 뻗어 창문을 내리면서 메리를 불렀다.

"메리!"

메리가 돌아왔다. 그녀가 허리를 굽히며 물었다.

"왜요?"

"아까 나한테 물어봤던 거 기억하죠? 왜 이 일을 하느냐고……. 오늘 밤의 이런 집회와 관계가 있다고 말할 수 있습니다. 그러니까 내 말은, 우리가 이 일을 하는 이유가 각자 다르다고는 생각하지 않아요."

그녀가 고개를 끄덕였다. 그러고는 사랑하는 두 딸이 있는 집으로 걸어갔다.

한 주 뒤에 나는 다시 앨트겔드에 있었다. 내 경승용차에는 앤절라와 모나, 셜리가 구겨진 채 함께 타고 있었다. 뒷자리에 앉은 모나는 너무 좁다고 투덜댔다.

"이렇게 좁은 줄 난 처음 알았네."

이 말을 셜리가 받았다.

"버락 씨는 바싹 마른 여자들만 태우고 다니나 봐."

"그래, 이번엔 누구를 만나죠?"

그날 세 사람을 만나기로 약속이 되어 있었다. 앨트겔드 주민의 요구를 들어줄 수 있도록 일자리를 마련하는 전략을 세우는 데 도움이 될 만한 사람들이었다. 당시의 전망으로 볼 때 최소한 제조업이 새롭게 활성화될 것 같지는 않았다. 대규모 공장을 운영하는 사람들은 깨끗한 지역을 원했기 때문이다. 간다가 온다 하더라도 당장은 그들을 설득해서 앨트겔드에 공장을 짓게 할 수는 없어 보였다. 게다가 도시의 다른 지역에서는 시민 생활을 유지시켜 주는 소비 경제의 매개체, 즉 생필품, 가게, 음식점, 극장 그리고 그 밖의 서비스 업체가 이 지역에는 남아 있지 않았다. 이 지역은 누가 그동안 모은 돈을 투자해서 어떤 사업을 할 수 있는 곳, 그래서 번듯하진 않지만 그래도 일자리가 생길 수 있는 그런 곳이 아니었다.

이 지역에서 가장 가까운 쇼핑 타운은 로즈랜드에 있었다. 그래서 우리는 일자리를 마련해 줄 수 있는 사람을 찾아서 가발 가게와 술을 파는 가게, 할인 의류점, 피자 가게 등이 있는 미시건 애비뉴로 향했다. 그리고 예전에 창고로 썼던 2층 건물 앞에 차를 세웠다. 육중한 철문을 지나고 좁은 계단을 걸어서 낡은 가구들로 가득 찬 지하실로 내려갔다. 작은 사무실에는 염소수염을 달고 머리에 사발 모양의 모자를 얹은, 그래서 옆으로 쫙 벌어진 당나귀 귀가 더욱 눈에 띄는 깡마른 남자가 있었다.

"어쩐 일로 오셨나?"

나는 우리가 누구인지 설명하고 전화로 미리 약속했던 사실을 상기시켰다.

"어, 그래요. 맞아요, 맞아."

그가 자기 책상 양옆에 서 있던 건장한 두 남자에게 잠깐 나가 있으라고 턱짓을 했다. 두 사람은 밖으로 나가면서 우리에게 눈인사를 던졌다.

"미안하지만 이야기를 빨리 끝내야겠네요. 중요한 일이 있어서요. 난 라피크 알 사바자요."

"댁이 누군지 난 알아요."

악수를 나누면서 셜리가 말했다.

"톰슨 부인의 아들인 왈리 씨 맞죠? 어머니는 안녕하시죠?"

라피크는 미소를 지었다. 어쩐지 억지웃음 같았다. 그는 우리에게 자리를 권하고는, 자기가 로즈랜드 지구 연합의 의장인데 그 단체는 흑인의 이익을 증진하는 정치적 활동을 해오고 있으며 워싱턴 시장이 당선되는 데 중요한 기여를 했다고 설명했다. 우리 교회들이 어떻게 하면 지역 경제를 활성화할 수 있을지 묻자, 질 나쁜 고기를 파는 아랍인들의 가게를 비난하는 유인물을 건넸다.

"여기서는 이게 진짜 중요한 일입니다. 우리 공동체에 속하지 않는 외부인들이 우리 지역에서 장사를 해 돈을 벌면서도 우리의 형제자매를 우습게 여깁니다. 여기서 장사하는 사람들은 거의 다 한국인 아니면 아랍인입니다. 건물을 가지고 있는 사람들은 대부분 유대인이고요. 그렇기 때문에 우리의 단기적인 목표는 흑인의 이익을 최우선적으로 추구하는 것입니다. 아시겠습니까? 한국인이 고객을 우습게 여긴다는 소리가 들리면 우리는 당장 가서 따집니다. 우리는 그 사람들에게, 우리에게 존경심을 보이고 우리 공동체의 발전에 기여하라고 합니다. 우리가 추진하는 프로그램을 재정적으로 후원하라는 말이죠. 이게 단기적인 전략입니다. 그런데 이것은······."

라피크는 벽에 걸린 로즈랜드 지도를 가리켰다. 지도의 몇몇 구역은 빨간색으로 표시가 되어 있었다.

"장기적인 전략입니다. 소유권에 관한 문제로, 포괄적인 계획이죠. 흑인들이 개인 사업을 할 공간, 공동체를 위한 공공사업을 함께 논의할 수 있는 지역회관 등 모두 다 계획하고 있습니다. 우리는 이미 백인 건물주들과 매매 협상을 시작했습니다. 물론 공정한 가격으로 사들일 생각입니다. 그러니 여러분이 일자리에 관심이 있다면 이런 계획을 다른 사람들에게 널리 알려주셔야겠습니다. 우리가 지금 당장 부닥친 문제는 로즈랜드에 있는 사람들이 우리를 충분히 지지하지 않는다는 사실입니다. 이 지역에 뿌리를 내리고 지킬 생각은 하지 않고 백인들을 따라서 외곽으로 뜰 생각만 한다 이겁니다. 하지만 보십시오. 백인은 돌대가리가 아닙니다. 그들은 우리가 이 지역을 떠나기만을 기다리고 있거든요. 우리가 뜨면 돌아오려고 말입니다. 왜냐? 우리가 지금 눌러앉아 있는 이곳이 그만큼 가치가 있다는 사실을 걔들은 잘 알고 있거든요."

아까 나갔던 무뚝뚝한 남자들 가운데 한 명이 다시 들어왔다. 그러자 라피크가 자리에서 일어났다.

"가봐야겠군요. 다음에 또 만나서 이야기합시다."

그는 우리 네 사람과 일일이 악수를 나누었다. 그리고 그의 부하가 우리를 문으로 안내했다.

"셜리, 저 사람을 진작부터 알고 있었나 보네요?"

밖으로 나온 뒤에 셜리에게 물었다.

"예. 라피크 뭐라는 특이한 이름을 가지기 전에요. 그냥 평범한 흑인이었죠. 왈리 톰프슨이라는……. 이름은 바꿔도 당나귀 귀는 숨길 수가 없었나 보네요. 그 사람도 앨트겔드에서 자랐어요. 아마 월과 함께 학교를 다녔을 거예요. 무슬림이 되기 전에는, 여자가 윤간을 당한 사건이 벌어졌다 하면 범인 가운데 한 명은 반드시 왈리 톰프슨이었죠."

그러자 앤절라가 말했다.

"한 번 나쁜 놈은 영원히 나쁜 놈이야."

다음에는 지역 상공회의소를 찾아갔다. 전당포처럼 보이는 가게가 있는 건물의 2층에 사무실이 있었다. 안에서는 뚱뚱한 흑인이 바쁘게 짐을 꾸리고 있었다. 그 남자에게 물었다.

"포스터 씨를 찾습니다만……."

"내가 포스터요."

남자는 고개를 들지도 않은 채 대답했다.

"제가 듣기로 선생님이 상공회의……."

"예, 상공회의소 의장이었죠. 일주일 전까지만 해도. 지금은 아닙니다. 그만뒀어요."

그는 우리에게 의자를 권한 뒤, 하던 일을 계속하면서 말했다. 자기는 15년 동안 문구점을 운영했으며 지난 5년 동안은 지역 상공회의소 의장으로 일했다고 했다. 지역의 상인들을 조직하려고 노력을 다했지만 협조해 주지 않아서 실망했고, 그래서 그만뒀다고 했다. 그는 상자 여러 개를 문 옆에 쌓으면서 이렇게 말했다.

"그래도 한국인을 욕하는 말을 나한테서는 듣지 못할 겁니다. 회비를 꼬박꼬박 낸 회원은 그 사람들뿐이니까요. 그 사람들은 장사를 한다는 게 무엇인지 알아요. 힘을 합친다는 게 무엇을 뜻하는지 안다고요. 그 사람들은 자기들 돈을 한데 모읍니다. 서로 빌리고 빌려줍니다. 하지만 우리는 그렇게 안 해요. 알잖아요. 이 주변에 있는 흑인 상인들은 모두 우물 안 개구리들입니다. 자기가 통발에 잡힌 게 신세라는 사실을 알지 못하고, 또 설령 안다고 해도 인정하려 들지 않아요."

그는 허리를 펴고 손수건을 꺼내서 이마를 닦았다.

"잘 모르겠습니다. 어쩌면 댁들도 우리의 이런 처지를 비난할 수 없을지 모릅니다. 너무도 오랜 세월 동안 아무런 기회도 얻지 못한 채 살아왔으니까요. 이런 역사 때문에 우리는 중요한 걸 잃어버렸어요. 내 말이 맞을 겁니다. 지금 우리가 처한 상황은 30년 전 이탈리아 사람이나 유대인이 처했던 상황보다 더 어렵습니다. 요즘에는 나처럼 소규모 가게를 운영하는 사람들이 대규모 체인점과 경쟁을 해야 하지 않습니까. 한국인들처럼 하지 않고서는 아무리 해도 이길 수가 없는 싸움입니다. 한국인들요? 온 가족이 하루에 열여섯 시간씩, 일주일에 7일을 일합니다. 우리는 그렇게 하려고 하지 않습니다. 엄두도 내지 못합니다. 내가 보기에는, 단지 살아남기 위해서 허리가 부러지도록 일할 필요가 뭐 있느냐는 생각들을 하는 것 같습니다. 어쨌거나 우리는 아이들을 그렇게 가르칩니다. 물론 나도 다른 사람과 다르다고는 말 못 해요. 나는 우리 아이들에게 내가 하는 문구점을 물려주고 싶은 생각이 없다고 말합니다. 번듯한 대기업에 들어가서 안락한 생활을 하면 좋겠다고 말하죠."

일어서기 전에 앤절라가, 앨트겔드에 사는 청년이 시간제라도 일을
할 수 있는 자리가 있을지 물었다. 그러자 그는 정신 나간 사람 다 본다
는 표정으로 앤절라를 바라보았다.

"이 동네에서 장사하는 사람들은 너나 할 것 없이 취직을 시켜달라
는 말을 하루에 서른 번은 듣습니다. 어른들, 노인들, 숙련 노동자들. 그
사람들은 자기가 할 수 있는 일이면 무엇이든 하려고 눈에 불을 켜고
있습니다. 이러면 대답이 되겠습니까?"

●

건물에서 나와 차가 있는 곳까지 걸어가면서 작은 옷가게를 지나쳤
다. 값싼 드레스와 화려한 색깔의 스웨터가 잔뜩 걸려 있었다. 가게의
조명은 밝지 않았는데, 젊은 한국인 여자가 잠자는 아이 곁에서 바느
질하는 모습이 눈에 들어왔다. 그 모습을 보자 어린 시절이 떠올랐다.
인도네시아의 시장 풍경이었다. 행상들, 가죽을 다루던 사람들, 팔려고
내놓은 과일에 달라붙는 파리를 먼지떨이로 쫓아내며 빈랑나무 열매
를 씹던 늙은 여자들.

나는 그런 시장이 있다는 사실을 당연한 것으로 여겼다. 세상이 당
연히 그런 줄로만 알았다. 하지만 이제 앨트겔드와 로즈랜드, 라피크와
포스터를 떠올리면서 자카르타의 시장이 결코 당연하게 존재하는 것
이 아니라는 생각이 들었다. 언제든 사라질 수 있는, 어떻게 보면 매우
소중한 것이었다. 거기서 물건을 팔던 사람들은 아마 가난했을 것이다.
어쩌면 앨트겔드 사람들보다 더 가난했을 것이다. 그들은 날마다
300kg이 넘는 땔감을 지고 날랐다. 먹는 것도 형편없었고 오래 살지도
못했다. 하지만 그런 가난 속에서도 그들의 삶은 세대에서 세대로 이

어지는 어떤 질서가 있었다. 흥정을 하는 와자한 소음과 흙먼지 속에서도 판매처와 중간상인, 뇌물, 관습 등이 있었다.

그런 것들이 사라지면서 앨트겔드는 황량한 곳으로 변해버렸다, 라고 혼자 생각했다. 라피크와 포스터가 그토록 외골수로, 또 냉소적으로 변한 것도 바로 그 때문이었다. 어떻게 하면 갈기갈기 찢어진 관계들을 옛날처럼 복원할 수 있을까? 그렇게 하는 데 얼마나 많은 시간이 걸릴까?

어쩌면 문명을 새로 일으키는 것보다 더 많은 시간이 걸릴지도 모를 일이었다. 한때 캘러멧강을 따라 늘어서 있던 공장들과 같은 곳에서, 미시건 애비뉴에서 팔리는 라디오를 조립하거나 운동화를 만드는 일을 하면서 사는 인도네시아 노동자들을 상상해 보았다. 그리고 10년이나 20년 뒤에 새로운 기술이 나타나고 지구의 또 다른 곳에 그들보다 더 싼 임금에 만족하는 노동자들이 나타나서 자기들이 다니던 공장이 문을 닫을 때 그 인도네시아 노동자들이 어떨지 상상했다.

그들은 참담한 사실 앞에 망연자실할 것이다. 시장은 사라져버렸으며, 바구니를 엮거나 가구를 만들거나 혹은 농산물을 재배하는 기술은 잊어버린 지 오래라는 사실. 그리고 설령 그런 기술을 기억한다 하더라도 숲은 이미 목재상의 소유가 되어버렸고, 또 바구니를 엮어서 팔려 해도 이미 값싸고 오래가는 플라스틱 제품 때문에 그럴 수도 없다는 사실. 공장과 목재상과 플라스틱 제품 제조사 때문에 자기들의 문화가 완전히 황폐하게 변해버렸다는 사실. 힘든 노동과 개인의 창의력이 지닌 가치는 이주와 도시화 그리고 텔레비전 외화 재방송으로 범벅이 된 상업주의 시스템에 좌우된다는 사실. 이 사실들을 뼈저리게 느낄 것이다. 어떤 사람들은 미국으로 이주할 것이고, 자카르타나 나이지리아의 옛 수도 라고스 혹은 요르단강 서안 지구 웨스트뱅크에 남은 수백만 명은 자신들의 앨트겔드 가든에 머물 것이다. 깊은 절망에 허우적거리면서.

우리는 아무 말도 하지 않고 다음 장소로 이동했다. 이번에 만날 사람은 '취업 및 훈련을 위한 시장 직할위원회MET'의 지회 책임자였다. 이 단체는 실업자들을 훈련 프로그램에 위탁하는 일을 지원했다. MET가 있는 건물을 찾기가 쉽지 않았다. 나중에야 알았지만, 앨트겔드에서 자동차로 45분이나 가야 하는 거리에 있었다. 그곳은 브르돌야크의 영향력이 직접적으로 미치는 구역이었다. 우리가 도착했을 때 지회의 위원장은 자리에 없었다. 비서는 그가 언제 돌아올지 모르겠다면서 번쩍거리는 여러 종류의 팸플릿을 한 아름 내밀었다.

"이런 건 우리한테 전혀 도움이 되지 않아요. 그냥 집으로 돌아가는 게 낫겠네요."

셜리가 문으로 향하면서 말했다. 내가 나가지 않고 팸플릿을 뒤적이자 모나가 앤절라에게 말했다.

"버락이 뭘 보고 있지?"

나는 인쇄물 하나를 세 사람에게 보여주었다. 도시에서 진행되는 MET의 모든 사업 내용이 담겨 있었다. 그런데 앨트겔드와 관련된 사업은 아무것도 없었다.

"바로 이겁니다."

"뭐가요?"

"돌파구를 찾았다고요."

●

앨트겔드로 돌아오자마자 우리는 MET의 총책임자인 신시아 알바레스 부인에게 보낼 편지를 썼다. 두 주 뒤, 그녀는 앨트겔드에서 우리와 만나겠다고 했다. 이번에는 실수하지 않으려고, 나는 물론이고 다른 지도자들도 거세게 몰아붙였다. 만나는 자리에서 할 말을 미리 원고로 정리하고, 다른 교회들도 대표자를 참석시키라고 강하게 압박했으며, 우리의 주장을 더욱 명확하게 정리했다. 파 사우스사이드에 직업 창출 및 훈련 센터를 세워달라는 것이었다. MET도 충분히 받아들일 수 있는 제안이라고 우리는 생각했다.

두 주 동안 빈틈없이 준비했지만 예정된 시간이 다가오자 긴장해서 아무것도 먹을 수가 없었다. 6시 45분인데도 주민은 세 사람밖에 오지 않았다. 옷에 침을 흘리는 어린아이를 데리고 온 젊은 여자, 준비해 둔 쿠키를 은박지에 싸서 가방에 챙겨 넣는 할머니, 들어오자마자 맨 뒷자리에 드러누워 잠이 든 술 취한 남자, 이렇게 셋이었다. 시간은 점점 흘러갔다. 나는 텅 빈 의자들을 바라보며 또다시 실패의 쓴맛을 보아야 하는 참담한 상황을 머릿속으로 상상했다. MET의 책임자는 파리만 날리고 있는 집회장을 보고는 냉담하게 고개를 저을 것이다. 지도자들 역시 실망의 깊은 수렁으로 빠져들 것이다. 코끝에서 실패의 독한 냄새가 느껴졌다.

그런데 7시 2분 전, 사람들이 들어오기 시작했다. 윌과 메리가 웨스트풀먼 주민들을 무더기로 데리고 들어왔고, 셜리의 자녀들과 손자들도 왔다. 모든 좌석이 빈자리 하나 없이 채워졌다. 그러고도 앤절라나 셜리, 모나에게 신세를 진 앨트겔드 주민들이 계속 안으로 들어왔다. 알바레스 부인이 들어올 즈음에는 백 명 가까운 사람들이 빽빽하게 들어차 있었다. 알바레스는 오만한 분위기를 풍기는 멕시코계 여자였다. 그녀를 수행한 두 젊은이는 백인이었다. 그 가운데 한 사람이 다른 사람에게 이렇게 속삭였다.

"이렇게 많은 사람이 모이다니, 놀랍지 않아?"

나는 그 남자에게 외투를 받아주겠다고 했다. 그러자 남자가 신경질적으로 고개를 내저었다.

"아뇨, 아뇨……. 난…… 내가 그냥 들고 있을게요, 고맙습니다."

지도자들도 그날 밤 모두 나무랄 데 없이 잘해주었다. 앤절라는 사람들에게 우리가 왜 모였는지 설명했고, 알바레스에게는 우리가 무엇을 원하는지 설명했다. 알바레스가 즉답을 피하자 모나가 자리에서 일어나, 요구를 들어주겠다는 건지 말겠다는 건지 분명하게 이야기해 달라고 했다. 그리고 마침내 알바레스가 여섯 달 안에 이 지역에 센터를 설립하겠다고 대답했다. 사람들은 진심에서 우러나오는 박수로 열렬하게 환호했다. 그런데 예상하지 못했던 작은 소동이 일어났다. 맨 뒷자리에서 잠을 자던 취객이 갑자기 벌떡 일어나 자기에게 일자리를 달라고 고함을 지른 것이다. 셜리가 곧바로 그 남자에게 다가가서 귓속말을 했다. 그러자 남자는 순한 양처럼 다시 자리에 앉았다. 나중에 셜리에게 도대체 그 남자에게 무슨 말을 했느냐고 물었다. 그러자 그녀는 이렇게 대답했다.

"버락은 아직 어려서 그런 어려운 말은 못 알아들을 거예요."

집회는 한 시간 만에 끝났다. 알바레스와 수행원들은 서둘러 일어나 파란색 중형차를 타고 떠났다. 사람들은 모나와 앤절라, 셜리의 손을 잡고 수고했다며 반갑게 인사했다. 그날 모임을 평가하는 자리에서 세 여자는 얼굴 가득 미소를 띠었다.

"버락, 당신 정말 끝내주는 일을 해냈어요."

앤절라가 이렇게 말하면서 나를 힘껏 안았다.

"거봐요. 내가 분명히 무언가 해낼 수 있다고 약속했잖아요."

"그럼. 나도 믿었어."

모나가 윙크를 하면서 말했다. 나는 그들에게 이틀 동안 일은 모두 잊어버리고 푹 쉬라고 한 다음 밖으로 나갔다. 머리가 가뿐했다. 앞으로도 난 잘할 수 있어, 라고 혼잣말을 했다. 이 빌어먹을 동네를 전부 조직하기 전에는 절대로 여길 떠나지 않을 거야. 담배를 빼물고 불을 붙였다. 나 자신이 대견스러웠다. 그리고 우리의 지도자들을 해럴드 시장과 마주앉힌 다음 시카고의 운명에 대해서 토론하는 광경을 상상했다. 그런데 조금 떨어진 가로등 밑에서, 아까 술에 취해 일자리를 달라고 고함을 지르던 남자가 길게 늘어진 자기 그림자를 바라보면서 작은 원을 그리며 빙빙 돌고 있는 모습이 보였다. 나는 차에서 내려 남자에게 다가가 원한다면 집까지 태워주겠다고 했다.

"난 도움 따위 받고 싶지 않아!"

남자는 중심을 잡으려고 애를 쓰면서 고함을 버럭 질렀다.

"그 누구한테도! 내 말 알아들었어? 니미럴! 내가 뭘 잘못했다고 나한테 욕을 하냐고! 왜 욕을 하냐고오!"

그의 목소리가 길게 이어지다 여운을 남기며 잦아들었다. 그리고 내가 뭐라고 더 말을 하기도 전에 남자는 비틀거리며 휘적휘적 어둠 속으로 사라졌다.

10

하얀 대지 위의 회색 하늘, 그것을 배경으로 선 검은 나무들. 겨울이 왔고 도시는 잿빛으로 변했다. 낮이 엄청나게 짧아져서 오후구나 싶으면 어느새 땅거미가 밀려왔다. 특히 눈보라가 칠 때는 더 그랬다. 눈보라는 하늘을 지면으로 바짝 끌어당겼고, 도시의 불빛은 구름에 반사되었다.

이런 날씨에는 일하기가 무척 힘들었다. 눈가루가 차의 벌어진 틈으로 들이쳐서 코트 자락 안으로 파고들었다. 몸이 얼어붙는 것 같았다. 사람들을 만나고 다녔지만 몸을 충분히 녹일 만큼 실내에 오래 앉아 있지 못했다. 게다가 눈 때문에 길이 좁아져서 주차할 공간을 찾는 것도 쉽지 않았다. 사람들은 주차 문제에 대해서는 입을 조심하는 것 같았다. 자칫 말다툼이나 총질이 벌어질지도 몰랐기 때문이다.

저녁 집회의 참석률도 저조했다. 수화기 저쪽에서 들려오는, 감기에 걸렸다거나 차에 시동이 걸리지 않는다고 하는 말을 들어야 했다. 집회에 나온 사람들도 침울하고 신경이 예민했다. 집회를 마치고 집으로 돌아올 때는, 북쪽에서 호수를 지나 거세게 불어온 찬바람이 차를 반대 차선까지 밀어놓는 바람에 잠시 방향 감각을 잃고 어리둥절할 때도 종종 있었다.

마티는 일에서 조금은 벗어나 내 시간을 충분히 가져야 한다고 충고했다. 전문가답게 생각하고 생활하라고 했다. 조직가는 따로 개인적인 지원을 받지 않으면 장기적인 전망을 잃어버리고 빨리 소진된다고 했다. 일리가 있는 말이었다. 일하면서 만난 활동가들은 대부분 나보다 나이가 훨씬 많은 사람들이었다. 그리고 넘치는 일 때문에 친구 관계까지 소원해질 수밖에 없는 형편들이었다. 나는 주말에 일을 하지 않을 때면 보통 혼자 텅 빈 아파트에서 책을 읽는 편이었다.

하지만 마티의 충고를 따르지는 않았다. 나와 지도자들 사이의 유대 관계가 더 튼튼해지면서, 내가 그들에게서 우정 이상의 것을 받는다는 사실을 깨달았기 때문이다. 집회가 끝나면 남자 지도자들 가운데 한 명과 함께 술집에 가서 뉴스를 보거나, 템테이션이나 오제이스 같은 옛날 흑인 가수들의 노래를 술집 한구석에서 흘러나오는 주크박스로 듣곤 했다.

일요일에는 여러 교회를 순례하면서, 기도나 성찬식을 할 때 어리벙벙하게 군다고 나를 놀리는 재미를 여자 신도들에게 선사하곤 했다. 앨트겔드에서 열린 크리스마스 파티 때는 오색찬란한 불빛이 빙글빙글 돌아가는 조명 아래서 앤절라, 모나, 셜리와 춤을 추고, 마지못해 나온 남편들과 함께 미트볼과 치즈 과자를 사이에 두고 스포츠를 화제로 미적지근한 대화를 나누었다. 나는 그들 아들딸들의 대학 진학 문제를 상담해 주었고, 그들의 손자들을 무릎에 올려놓고 놀았다.

●

친숙함 혹은 권태감이 조직가와 지도자 사이의 경계선을 녹여버렸던 바로 이 무렵에, 나는 사람들의 삶 속으로 파고들어야 한다고 했던 마티의 말을 제대로 이해했다. 나는 그렇게 사람들의 삶 속으로 파고들고 있었다. 어느 날 크렌쇼 부인의 부엌에 앉아서 그녀가 만든 쿠키를 배가 불룩해질 때까지 먹고 있었다. 부인은 내가 들를 때마다 쿠키를 주곤 했었다. 시간은 자꾸 흘러갔지만 내가 거기 왜 갔는지조차 희미했다. 그러다가 한참 뒤에야 방문 목적을 생각하고는, 자식들이 모두 성장했는데 학부모 교사 협의회에 계속 참여하는 이유가 무엇이냐고 물었다. 그러자 부인은 의자를 당겨서 가까이 앉은 뒤에 이런 이야기를 했다. 그녀는 테네시에서 자랐는데, 집안 형편상 오빠를 대학에 보내기 위해서는 자신이 학업을 포기해야 했다. 그런데 대학에 들어간 오빠가 제2차 세계대전에서 사망했다. 그녀와 남편은 외아들의 학업을 뒷바라지하려고 오랜 세월 함께 공장에 다녔다. 그리고 그 아들은 예일대학교에서 법학을 공부했다는 이야기들이었다.

부모의 희생 그리고 가족 간의 신뢰에 대한 이야기였다. 이해하기 그다지 어렵지 않은 이야기라고 생각했다. 나는 아들이 지금 어디서 무슨 일을 하는지 물었다. 그녀는 몇 년 전에 아들이 정신분열증 진단을 받고 지금은 감히 밖으로 나갈 엄두도 내지 못한 채 자기 방에서 신문을 읽으며 지낸다고 했다. 이런 이야기를 하는 그녀의 음성은 평소와 조금도 다르지 않았다. 비극이 지닌 더욱 큰 의미를 깨우친 사람만이 가질 수 있는 평온한 마음 상태였다.

또, 세인트 헬레나 교회 지하에서 집회가 시작되기를 기다리며 스티븐스 부인과 나눈 이야기도 그랬다. 그때까지만 해도 나는 병원 혁신에 관심이 많다는 사실 외에는 그 사람에 대해 잘 알지 못했다. 이런저런 이야기 끝에, 그녀의 가족은 비교적 건강한 편인데 어째서 지역 주민의 건강 증진 문제에 그렇게 관심이 많은지 물었다. 그러자 이런 이야기를 했다. 20대 때 백내장으로 시력을 잃을 뻔했다는 것이었다. 당시 어떤 사무실에서 비서로 일했는데, 눈이 나빠져서 의사가 법률상 맹인이라는 판정을 내렸음에도 불구하고 해고될까 두려워 그 사실을 사장에게 알리지 못했다. 그녀는 사장이 건넨 메모를 읽기 위해서 하루에도 몇 번씩 화장실로 가서 돋보기를 들이대야 했다. 그리고 화장실에서 그 내용을 다 외운 다음에 사무실로 돌아와서 타이핑을 했다. 또 다른 사람들이 다 퇴근하고 난 뒤까지 사무실에 남아서 기다렸다가 돋보기를 동원해서 다음 날 필요한 원고를 타이핑하곤 했다. 그녀는 그렇게 1년 가까이 비밀을 지키며 돈을 모았고, 마침내 그 돈으로 수술을 할 수 있었다.

또 마셜이란 사람도 있었다. 그 사람은 30대 초반의 독신 남자로 교통청 소속 버스 기사였다. 그 사람은 전형적인 지도자의 유형은 아니었다. 아이도 없었고 아파트에 살았기 때문이다. 그런데 나는 그가 어째서 10대 청소년의 마약 문제에 그렇게 관심을 가지는지 궁금했다. 그러던 어느 날, 그 사람이 두고 온 차 있는 데까지 태워주면서 그 질문을 했다. 그러자 아칸소의 변변찮은 시골 마을에서 자기 아버지가 품었던 꿈 이야기를 했다. 부자가 되겠다는 꿈이었다. 아버지는 수도 없이 많은 시도를 했지만 번번이 실패했고, 또 숱한 사람들에게 사기를 당했다. 그 뒤 아버지는 노름과 술에 빠졌고 가정과 가족을 모두 잃었다. 그리고 뒷골목의 하수구에서 자기가 토한 토사물에 기도가 막혀 질식사했다.

이런 이야기들을 들으면서 나는 지도자들로부터 날마다 더 많은 것을 배웠다. 내가 찾고자 했던 사람들의 개인적인 관심사는 당장 코앞의 쟁점보다 훨씬 먼 곳으로까지 뻗어 있다는 사실, 사람들이 아무 일도 아닌 듯 슬쩍 내비치는 개인적인 이야기들이 알고 보면 그 사람을 본질적으로 이해할 수 있는 내용을 담고 있다는 사실 등을 배웠다. 사람들이 하는 이야기들은 모두 공포와 경이로움으로 가득 차 있었다. 그것들은 지금까지도 악몽으로 혹은 눈부신 느낌으로 생생하게 살아 있다. 그야말로 성스러운 이야기들이었다.

바로 이런 각성이 있었기에 나 자신의 이야기를 나와 함께 일하는 사람들에게 더 많이 털어놓았고, 그리하여 시카고까지 나를 따라온 고립감에서 벗어날 수 있었다. 처음에는 조심스러웠다. 내가 살았던 삶이 사우스사이드 사람들의 감수성에 너무 낯설지 않을까 두려웠다. 사람들이 나에게 가지고 있는 기대감이 한순간에 무너질지 모른다는 생각도 했다. 하지만 그게 아니었다. 투트나 롤로 그리고 어머니와 아버지에 대한 이야기, 자카르타에서 연싸움을 하던 이야기, 푸나호우 학교에서의 댄스 파티 이야기 등을 들으면서 사람들은 고개를 끄덕이거나 어깨를 으쓱하거나 큰 소리로 웃곤 했다. 그러면서 나와 같은 배경을 가진 사람이 어떻게 결국에 가서는 (모나의 표현을 빌리자면) '촌스러운 사람'의 길을 선택했는지 의아하다고 했다. 그리고 사람들이 가장 이해하지 못했던 것은, 내가 와이키키 해변에서 겨울을 얼마든지 즐겁고 상쾌하게 보낼 수 있는데도 불구하고 우중충한 시카고에서 우중충한 이야기를 하고 있다는 점이었다.

내가 이야기를 마치면 내 이야기의 연장선에서, 혹은 내 이야기와 관련된 자기 이야기를 하는 사람이 꼭 있었다. 그때의 주제는 아버지의 부재, 청소년기에 겪었던 아슬아슬한 범죄의 유혹과 종잡을 수 없는 마음, 정말 순수했던 어떤 순간 등이었다. 이런 과정을 통해서 우리의 경험은 하나로 단단하게 엮였다. 시간이 지나면서, 이런 이야기들이 있었기에 내가 나의 세상을 단단히 붙잡을 수 있었음을 깨달았다.

그리고 그때까지 줄곧 찾아다닌 숙제, 즉 내가 있어야 할 곳과 삶의 목적에 대한 해답을 찾을 수 있었다. 마티가 옳았다. 깊이 파고들다 보면 반드시 공통점을 찾을 수 있고 유대감을 확보할 수 있었다. 하지만 마티가 틀린 것도 있었다. 우리가 하는 일을 그는 "나는 시인이 아니다"라는 말로 규정했었다. 하지만 우리가 만나서 서로를 이해하는 과정에는 분명히 시가 있었다. 찬란한 빛을 발하는 세상은 언제나 껍질에 싸여 있는 법이다. 내가 묻기만 하면 사람들은 기꺼이 그 찬란한 빛을 나에게 선물로 안겼다.

●

지도자들에게서 배운 모든 것들이 나를 즐겁게 했다는 말은 아니다. 그것들은 때로 내가 상상하지 못했던 힘을 드러내기도 했지만, 또 때로는 우리의 노력을 방해하는 힘이나 우리 자신은 물론이고 다른 사람들에게 드러내지 않고 혼자 간직하고 싶은 비밀들을 있는 그대로 인정하라고 몰아붙이기도 했다.

예를 들면 루비와 나 사이에 있었던 일이 그랬다. 치안 책임자를 불러서 집회를 가지려고 했지만 실패하고 말았던 일이 있고 난 뒤에, 나는 그녀가 조직 사업에서 발을 빼지 않을까 염려했다. 하지만 그런 염려를 할 필요가 전혀 없었다. 그녀는 앞뒤 재지도 않고 온몸을 던졌다.

정열적으로 이웃 사람들을 조직해서 우리가 개최하는 집회에 정기적으로 참석했으며, 투표권 등록이나 학부모 조직과의 연대 같은 참신한 아이디어를 냈다. 그녀는 모든 활동가들이 이상적으로 여기는 그런 사람이었다. 언제나 재능이 넘쳐흘렀고, 명석하고, 끈기가 있고, 공공의 복리를 위한 일이라면 흥분할 줄 알고, 또 늘 배우려는 자세를 가진 사람이었다.

그녀의 아들인 카일 주니어도 마음에 들었다. 이제 막 열네 살이 되었는데, 그 나이 또래가 다 그렇듯이 어딘가 서투르고 대하기 거북하긴 해도(예를 들면, 동네 농구장에서 함께 농구를 할 때는 짓까불고 쾌활하게 장난을 치다가도, 경기를 마치고 땀을 식힐 때면 어느새 뚱한 얼굴로 입술을 삐죽이 내밀었다), 그 아이의 말과 행동에서 사춘기 때 나의 모습들을 읽을 수 있어서 나도 모르게 미소를 짓게 되곤 했다. 루비는 카일 문제로 나에게 질문을 하기도 했고, 형편없는 성적표를 보고 화가 나서 씩씩대기도 했다. 또 청소년기에 보일 만한 아들의 막무가내 행동에 당황하기도 했다.

"지난주만 해도 래퍼가 되겠다던 아이가 오늘 아침에는 공군사관학교에 가서 전투기 조종사가 되겠대요. 왜 그런 생각을 했느냐고 물으니까 뭐랬는지 알아요? '하늘을 날 수 있잖아요.' 애가 나를 닮아서 이렇게 멍청한가? 정말이지 어떨 때는 애를 안아줘야 할지 등짝을 후려갈겨 줘야 할지 모르겠다니까요."

그녀의 말에 나는 이렇게 대답하곤 했다.

"둘 다 해주세요."

크리스마스 직전의 어느 날이었다. 나는 루비에게 전화를 걸어서 카일에게 줄 선물을 준비했으니까 내가 있는 사무실에 들르라고 했다. 그녀가 사무실에 들어올 때 나는 다른 일로 전화를 걸고 있었다. 그런데 얼핏 내 눈에 스친 그녀의 모습이 어쩐지 이상하다는 느낌이 들었다. 하지만 내가 왜 그런 느낌을 받았는지 정확하게 알지는 못했다. 그 이유를 정확하게 깨달은 것은, 내가 전화를 끊고 나서 그녀가 나를 향해 돌아선 다음이었다. 그녀의 피부와 잘 어울리던 흑갈색 눈동자가 어쩐 일인지 하늘색을 띠고 있었던 것이다. 마치 누군가가 그녀의 안구에 하늘색 단추를 붙여놓은 것 같았다. 그녀는 뭐가 잘못되었냐고 물었다.

"눈을 어떻게 하신 겁니까?"

"아, 이거요?"

루비는 머리를 흔들면서 웃었다.

"그냥 콘택트렌즈예요. 내가 일하는 회사에서 미용 렌즈를 만드는데 할인가로 샀어요. 마음에 들어요?"

"난 지금보다 예전의 눈이 더 마음에 드는데……."

"그냥 재미로 하는 거예요."

그녀는 시선을 아래로 향했다.

"그냥 좀 다르게 보이고 싶어서요. 아시잖아요."

나는 무슨 말을 해야 할지 몰라 가만히 서 있기만 했다. 그러다가 카일에게 줄 선물이 생각나서 그걸 건넸다.

"카일에게 주세요. 비행기에 관한 책입니다. 마음에 들면 좋겠는데……."

루비는 고개를 끄덕이면서 책을 가방에 넣었다.

"정말 멋지네요, 버락. 카일도 분명 좋아할 거예요."

그러더니 갑자기 자리에서 일어나 치마에 잡힌 주름을 폈다.

"그만 가봐야겠어요."

그녀는 서둘러 나갔다.

●

그날 내내 그리고 다음 날까지 루비의 눈에 대해서 생각했다. 분명 내가 잘못 처신한 거야, 라고 혼잣말을 했다. 인생을 살면서 충분히 부릴 수 있는 작은 허영을 가지고 그녀를 부끄럽게 만든 내가 미웠다. 나는 루비나 다른 지도자들이, 모든 미국인이 가지고 있는 불안감을 조장하고 강요하는 이미지의 공격에 대해서 면역이 되어 있으면 좋겠다고 생각했다는 사실을 깨달았다. 예를 들면, 패션 잡지에 나오는 늘씬한 여자 모델이나 스포츠카를 타고 있는 네모진 턱의 남자들 같은. 하지만 이런 이미지에는 나도 굴복하기 쉬웠고, 그렇게 되지 않으려고 무진 애를 쓰지 않았던가. 그래서 상의를 하려고 이 이야기를 어떤 흑인 여자에게 털어놓았더니 그녀는 이 주제에 대해서 더 통명스러웠다. 그리고 참을 수 없다는 투로 이렇게 말했다.

"도대체 왜 놀라서 호들갑인지 모르겠네요. 흑인이 여전히 자기 자신을 미워해서 그런다고 생각하나요?"

그게 아니라고 했다. 내가 느낀 감정은, 정확하게 말하면 놀라움이 아니라고 했다. 어린 시절 《라이프》에 실린 표백 수술을 받은 흑인의 사진을 보고 놀란 뒤로는 흑인 사회에 잠복해 있는 피부색과 관련된 의식의 여러 단어에 일찌감치 익숙해져 있었다. 좋은 머릿결과 나쁜 머릿결, 두꺼운 입술과 얇은 입술……. 그리고 피부색이 밝으면 인생이 밝고 검으면 인생이 암담하다는 것까지도. 대학 시절에는 흑인적인 유행과 흑인의 자존심이 흑인 학생들이 나누는 대화의 단골 주제였다. 특히 여학생들 사이에서 그랬다. 여학생들은 언제나 피부색이 밝은 여학생만 찾아서 데이트를 하려고 안달이 난 흑인 남학생을 보고 쓴웃음을 짓거나, 흑인 여자의 헤어스타일을 놓고 이러쿵저러쿵 흠을 잡는 흑인을 보고는 냅다 욕설을 퍼붓곤 했다.

이런 이야기들을 나눌 때 나는 보통 입을 다물고 가만히 있었다. 그러면서 속으로는 나 자신의 감염 정도가 얼마나 되는지 측정했다. 하지만 그런 대화는 더 큰 집단들 사이에서는 거의 이루어지지 않았다. 특히 백인이 있는 자리에서는 결코 그런 이야기가 화제에 오르지 않는다는 사실을 깨달았다. 백인이 압도적으로 많은 대학에 다니는 흑인 학생의 대부분은 위치가 너무도 보잘것없고 흑인 학생으로서 정체성도 찾아볼 수가 없었다. 우리 흑인의 자존심이 정말 형편없다는 사실을 스스로 인정하지 않으려야 않을 수 없었다. 그리고 우리가 백인에 대해서 의심하고 혼란스러워한다는 사실을 인정하거나, 맨 처음 우리에게 그토록 큰 상처를 안긴 바로 그 사람들에게 상처 입은 우리의 영혼을 드러내 보인다는 것 자체가 우스꽝스러운 바보짓처럼 보였다. 자기 증오로밖에 여길 수 없었다. 백인들이 우리의 개인적인 투쟁들을 자기의 영혼을 비추어볼 거울로 생각할 여지라고는 전혀 없다고 생각했기 때문이다. 우리의 이런 힘든 투쟁과 고뇌를 흑인에게서만 찾아볼 수 있는 특이한 질병이라고밖에 여기지 않는다고 생각했던 것이다.

그런데 흑인의 자존심을 우리가 안고 있는 모든 질병(마약 복용, 10대 미혼모, 흑인이 흑인을 대상으로 저지르는 범죄)을 고칠 수 있는 만병통치약이라고 나팔을 불어대는 사람들은 그다지 믿을 게 못 된다는 사실을 깨닫게 되었다. 우리끼리 사적으로 나누는 이야기와 공식적으로 외부 사회에 공표하는 내용 사이에 간극이 있다는 사실을 발견하고 나서였다. 내가 시카고에 발을 들여놓았을 무렵 활동가와 토크쇼 진행자, 교육자, 사회학자 등 모든 사람들은 자존심이라는 단어를 입에 달고 살았다.

그것은 우리의 상처를 손쉽게 드러내는 구호였다. 또 오랜 세월 우리끼리의 대화에만 감춰두고 있었던 것을 밖으로 드러내서 이야기할 때 그 대화 위에 뿌리는 일종의 소독약이었다. 하지만 자존심이라는 이 개념, 즉 우리가 깨우치려고 하는 특정한 성정들 혹은 우리가 스스로에 대해서 흐뭇한 생각을 가질 수 있는 어떤 특별한 수단들을 정의하려고 할 때마다, 대화가 늘 꼬이고 헛바퀴를 돌면서 오히려 뒤로 미끄러지는 것을 느꼈다.

네가 자신이 싫은 이유는 피부색이 검기 때문인가, 아니면 글을 읽을 줄 모르고 일자리를 가질 수 없기 때문인가? 아니면 유아기에 사랑받지 못했기 때문인가? 피부색이 너무 새까매서 사랑받지 못해서인가? 아니면 피부색이 너무 밝아서? 아니면 네 어머니가 팔에 고무줄을 묶고 정맥을 찾아서 마약을 주사했기 때문인가? 만일 그랬다면 그녀는 왜 그랬을까? 네가 느끼는 허무감이 뽀글뽀글한 머리카락 때문인가? 아니면 네가 사는 아파트가 난방이 되지 않고 변변한 가구라고는 찾아볼 수 없기 때문인가? 아니면 네가 깊이 생각해서 결론을 내렸듯이, 이 세상에는 신이 없기 때문인가?

흑인이라면 아마 그 누구도 이런 질문들을 피해갈 수는 없을 것이다. 내가 의심했던 것은, 자존심에 관한 모든 이야기는 흑인 정치에서 효과적이고 중심적인 매개가 될 수 있다는 말이었다. 이런 주장에 따르면, 사람들은 늘 정직해야 했다. 사람들은 자기가 감당할 수 있는 것보다 더 많이 정직해야 했다. 이런 조건을 갖추지 않을 경우, 자존심 이야기는 그저 권고 사항에 그치고 말았다. 흑인들이 더 많이 자존심을 가지게 되면 가난에서 허우적거릴 사람이 줄어들 거라고 나는 생각했다. 하지만 가난이 우리 자존심에 어떤 영향도 주지 않는다는 사실은 조금도 의심하지 않았다. 우리 모두가 동의할 수 있는 것들에 대해 집중하면 할수록 결과는 그만큼 더 좋게 나타난다고 생각했다. 흑인에게 구체적인 기술과 일자리를 주어라. 더욱 안전하고 시설이 좋은 학교에서 흑인 어린이에게 읽기와 산수를 가르쳐라. 이처럼 기본적인 요소들이 갖춰지기만 하면 흑인들이 각자 자신의 소중함을 깨우칠 수 있을 거라고 나는 생각했다.

루비는 나의 이런 생각, 즉 심리학과 정치학 사이, 우리의 영혼 상태와 우리의 지갑 상태 사이에 내가 세웠던 벽에 대해서 고개를 저었던 셈이다. 사실 루비의 사례는 내가 날마다 듣고 보는 것 가운데서 가장 극적인 것이었다. 어떤 지도자는 나와 이야기를 나누던 중에, 자기는 흑인과 거래를 잘 하지 않는다는 말을 했다.

"흑인은 늘 일을 엉망진창으로 만들어놓거든. 일을 제대로 하려면 다시 백인에게 돈을 주고 맡겨야 한다는 얘기죠."

또 어떤 지도자는 자기 교회에 다니는 사람들에게 도무지 활력을 불어넣을 수 없는 이유가 흑인이 게으르기 때문이라고 했다. 이런 이야기를 할 때는 흔히 '흑인'이라는 단어 대신에 '깜둥이'라는 단어가 쓰였다. 그리고 흑인의 입에서 나오는 이 단어를 들을 때 나는 쾌활하고 발랄한 역설의 농담이라고 생각했었다. 그러나 젊은 여자가 자기 아들에게 형편없는 인간이라고 말하면서 이 단어를 입에 올리는 것을 들었을 때, 혹은 10대 아이들이 말싸움을 하면서 상대방에게 상처를 주기 위해서 이런 단어를 입에 올리는 것을 들었을 때, 내 생각은 바뀌었다. 그 단어가 가진 원래 의미는 결코 완전히 달라지지 않았던 것이다. 언제든 받을 수 있는 상처를 막기 위해서 우리가 세우는 다른 방어책들처럼 결코 완전하지 못했다.

만일 평범한 사람들이 쓰는 언어나 유머 그리고 그런 사람들이 하는 이야기들이 가족이나 지역 공동체 혹은 이보다 더 큰 조직의 토대라고 한다면, 그것들이 가진 힘을 우리 안에 자리 잡은 상처나 왜곡된 심성에서 분리시켜 떼어낼 수는 없다. 내가 루비의 눈을 보았을 때 당혹스러움을 느낀 것도 바로 그런 사실 때문이었음을 비로소 깨달았다. 내가 지도자들에게서 계속 듣고 있었던 이야기들, 그리고 온갖 용기 있는 행동과 희생은 단지 엄청난 전염병이나 가뭄에(그저 단순한 가난이라고 해도 좋다) 맞서 싸운 투쟁에서 나온 게 아니었다. 그것들은 증오와 관련된 아주 특이한 경험에서 나타났다.

증오는 사라지지 않았다. 증오는 각 개인의 가슴 깊은 곳에서 적대적인 대응 구조를 만들었다. 이 적대적인 구조는 백인, 즉 잔인하고 무지하고 때로는 단일한 어떤 얼굴이지만, 때로는 우리의 삶을 지배할 수 있다고 주장하는 얼굴 없는 이미지의 어떤 존재를 향한 것이었다. 밤마다 흑인의 꿈에 나타나는 그 악령과도 같은 존재를 쫓아내지 않고 공동체의 유대감을 회복할 수 있는 길이 없을까 하는 질문을 나 자신에게 던졌다. 루비가 과연 파란 눈을 미워하지 않고도 자기 자신을 사랑할 수는 없을까?

라피크 알 사바즈는 이런 의문들을 자기 나름대로 만족스럽게 정리한 사람이었다. 라피크와 좀 더 자주 만나게 되었다. 우리 개발공동체 프로젝트가 MET를 만난 뒤로 그는 내게 자주 전화해서 우리가 시에 요청한 직업 창출 및 훈련 센터에 대해 속사포처럼 쏘아대곤 했다.

"버락? 얘기 좀 합시다. 난 여태까지 줄곧 직업 훈련이 필요하다고 생각해 왔는데 당신이 지금 뭘 하자는 건지 이해가 잘 안 돼요. 이걸 당신이 독자적으로 추진하는 걸 도저히 이해할 수가 없다 이 말이오. 더 큰 그림으로 봐야지……. 당신은 이 바닥 일이 어떻게 돌아가는지 몰라요. 이 바닥을 움직이는 힘은 크다 이 말이오. 알아요? 당신 그러다가 누구한테 칼 맞을지 모른다니까."

"당신 도대체 누구요?"

"라피크요. 뭐가 문제예요? 내가 너무 일찍 전화했나?"

그랬다. 너무 이른 시각이었다. 나는 전화를 끊지 말라고 한 다음에 커피 한 잔을 타서 마신 뒤, 이야기를 처음부터 다시 차근차근 그리고 천천히 해달라고 했다. 나는 그가 우리가 시에 요청해서 새로 마련하게 된 MET 센터가 미시건 애비뉴에 있는 자기 사무실 가까운 곳의 어떤 건물에 입주하길 바란다는 사실을 알았다. 굳이 그렇게 해야 하는 이유가 무엇인지는 묻지 않았다. 그가 즉답해 줄 것 같지도 않았고, 또 어쨌거나 알바레스를 상대로 지루하고 어려운 협상을 하는 과정에서 라피크와 손을 잡을 수도 있었기 때문이다. 그래서 나는 만약에 그가 마음에 두고 있는 건물이 필요한 조건들을 갖춘다면 기꺼이 그의 제안을 하나의 대안으로 받아들일 수 있다고 말했다.

그래서 라피크와 나는 불편한 동맹 관계를 맺었다. 이 동맹은 개발 공동체 프로젝트의 지도자들이 결코 개운하게 여기지 않았던 관계였다. 그 사람들이 라피크에 대해서 어떤 생각을 하는지 잘 알고 있었다. 우리가 라피크와 마주앉아서 공동 전략을 논의할 때마다, 라피크는 현재 은밀하게 진행 중인 계책들과 언제든 이웃을 배신할 수 있는 흑인의 속성을 장황하게 늘어놓음으로써 논의 자체를 엉망으로 만들었다. 이런 태도가 어쩌면 그에게는 매우 효과적인 전술일 수도 있었다. 왜냐하면, 그의 목소리가 높아지고 목에 핏줄이 굵게 나타나기 시작하면 앤절라와 윌은 마치 간질 발작이라도 일으키는 사람을 바로 앞에서 보는 것처럼 갑자기 입을 다물어버렸기 때문이다. 이럴 때 나는 그의 말을 끊고서 큰 소리로 맞고함을 쳤다. 화가 나서 그런 게 아니라 그를 진정시키려고 한 행동이었다. 그러면 그의 수염 아래로 미소가 번졌고, 우리는 다시 논의를 시작할 수 있었다.

하지만 나와 단둘이 있을 때 우리는 정상적인 대화를 나누기도 했다. 시간이 지나면서 나는 그의 끈기와 허세 그리고 그의 표현을 빌리자면 '어떤 성실함'에 어쩔 수 없이 감탄했다. 그는 자기가 앨트겔드에서 성장했으며 지난날 폭력배의 우두머리였음을 인정했다. 하지만 흑인 이슬람 지도자 루이스 파라칸Louis Farrakhan의 이슬람연합Nation of Islam과 아무런 연관이 없었던 어떤 이슬람 지도자로부터 깨우침을 얻은 뒤 종교를 가지게 되었다고 했다.

"내게 이슬람이 없었다면, 친구, 난 지금쯤 시체로 땅속에 누워 있을 거요. 난 그냥 모든 게 부정적이었으니까. 이해하겠소? 앨트겔드에서 성장하면서 나는 백인들이 우리에게 뿌린 온갖 독이란 독은 다 빨아들였지. 이걸 똑똑히 알아야 하는데 말이오, 당신과 함께 일하는 사람들도 똑같은 문제를 가지고 있어요. 그 사람들은 비록 이런 사실을 알지 못하지만 말이오. 그들은 인생의 반을 백인이 무슨 생각을 하는지 그것을 놓고 걱정하면서 살아요. 날마다 자기 눈에 비치는 엿 같은 것들을 놓고 자기 자신을 비난하고, 또 백인들이 옳다고 손을 들어주기 전까지는 혼자 힘으로 어떤 일도 할 수 없다고 생각하지. 하지만 그 사람들도 자기가 옳지 않다는 사실을 가슴 깊은 곳에서는 알아요. 이 나라가 자기 어머니와 아버지 그리고 누이들에게 어떤 짓을 했는지 아니까요. 즉, 자기들이 백인을 증오하는 게 분명한 사실인데도 불구하고 그걸 인정하려 들지 않아요. 그걸 그냥 가슴에 묻어놓고 끙끙대면서 자기와 싸운다니까요. 백인과 싸워야지, 왜 자기와 싸워요? 이러니 얼마나 정력 낭비냐 이 말이오. 아시겠소?

백인에 관한 이야기를 하나 하죠. 중요한 겁니다. 걔들은 자기가 누구인지 알아요. 이탈리아 애들을 보자고요. 그 친구들은 여기에 발을 들여놓을 때 미국 국기나 미국 자체에 대해서 신경도 쓰지 않았어요. 그 친구들은 처음부터 자기들의 이익을 확실히 챙기기 위해서 마피아를 조직했어요. 아일랜드 사람? 그들은 시청을 접수하고 자기 아이들에게 일거리를 찾아줬죠. 유대인도 마찬가지고……. 유대인이 이스라엘에 있는 동족보다 사우스사이드에 사는 흑인 아이들에게 더 많은 관심을 가지고 있다는 말을 설마 하지는 않겠죠? 만일 그렇다면 개소리지. 이건 혈통과 인종의 문제요. 피의 문제란 말이오, 버락. 우리는 우리 일에 신경을 쓰고 우리 자신만 돌보면 돼요. 더도 말고 덜도 말고, 딱 이거요. 흑인은 진짜 적에 대해서만 신경을 쓰고 걱정하는 한심한 인간들이라니까요.”

라피크 말대로 그것은 사실이었다. 그는 그 진실을 갈기갈기 찢으며 혹평을 하는 데 정력을 낭비하지 않았다. 그가 생각하는 세상은 만인에 대한 만인의 투쟁이 펼쳐지는 홉스의 세상이었다. 팽배한 불신은 변할 수 없는 기정사실이었다. 충성심의 범위가 가족을 넘어서서 무슬림과 흑인 전체로 확장되어 있었다. 혈연이라는 협소한 전망은 그만큼 선명했다. 그래서 그는 모든 관심을 집중시킬 수 있었다. 흑인의 자긍심이 흑인에게 시카고 시장이라는 자리를 꿰찰 수 있게 했다는 게 그의 주장이었다. 또 무슬림의 지도와 보호 아래 마약에 찌든 사람들의 삶을 되돌려놓을 수 있다고 했다. 우리가 우리를 배반하지만 않는다면 진보는 우리 손 안에 있다고.

하지만 배반이라는 게 정확하게 무엇일까? 맬컴 엑스의 자서전을 처음 손에 잡았을 때부터 나는 줄곧, 흑인 민족주의의 분명한 메시지는 백인의 너그러운 시혜에 의지할 필요가 없는 것과 마찬가지로 백인을 향한 증오에도 의지할 필요가 없다고 주장했다. 그러면서 흑인 민족주의의 두 가닥 꼬인 줄을 풀려고 노력했었다. 이 나라 어디가 잘못되었는지 말할 수 있어야 하며, 또 이 나라가 얼마든지 더 나은 방향으로 발전할 수 있는 능력을 가졌다는 믿음을 버리지 말아야 한다고 나자신과 내 말에 귀 기울이는 사람들에게 말하곤 했었다.

하지만 자칭 민족주의자라는 라피크와 같은 사람들과 이야기를 하면서, 백인의 모든 것에 대한 무차별적인 비판이 어떻게 흑인의 지위 향상을 주장하는 메시지에서 중심적인 기능을 하는지 알게 되었다. 그리고 그 과정에서 흑인들끼리 서로 최소한 심리적으로 어떻게 의지하게 되는지 깨달았다. 이런 민족주의자가 흑인이 가난에서 벗어날 수 있는 유일한 길은 모든 가치들을 새롭게 깨우치는 것이라고 이야기할 때, 그는 (설령 명시적이지는 않다 하더라도) 암시적으로 흑인을 비판하는 셈이 된다. 즉, 우리는 옛날처럼 그렇게 살아서는 안 된다는 것이었다.

이런 소박하고 단순한 메시지를 취해서 그것을 통해 새로운 삶을 도모하자는 주장은 수많은 흑인의 가난에 대해서 백인이 늘 주장해 왔던 설명과 어쩐지 비슷했다. 새로운 삶이란 부커 T. 워싱턴Booker T. Washington이 한때 백인을 향한 민감한 감정을 무디게 만들자고 주장하면서 추구했던 것이다. 다시 말해, 우리는 설령 유전적인 열등성은 아니라 하더라도 문화적인 허약함 때문에 계속 고통받아야 한다는 말이었다. 이것은 어떤 재난이나 그것을 몰고 온 잘못을 무시하는 메시지였다. 역사적인 개념이 완전히 박탈된 메시지였다. 여기에는 진보를 주장할 수 있는 근거와 전망이 빠져 있었다. 우리가 일상적으로 목격하는 현상들은 자기 역사를 이미 잃어버린 사람들 그리고 그 역사를 되찾는다고 해봐야 텔레비전에 펼쳐지는 것 이상으로는 찾아낼 수도 없는 사람들에게, 우리가 스스로를 의심한다는 최악의 상황을 확인시켜 주는 것으로밖에 보이지 않았다.

민족주의는 사람들이 자기 주장을 쉽게 전달하고 또 쉽게 이해할 수 있도록 옳고 그름이 분명하게 드러나는 도덕을 전면에 내세웠다. 백인을 끊임없이 공격하고, 이 나라에서 흑인이 겪는 참혹한 경험들을 반복해서 이야기함으로써 백인에게 책임이 있다거나, 혹은 백인과 함께 흑인도 그 책임을 져야 한다는 주장을 차단했다. 그럼으로써 흑인을 자책과 절망의 구렁텅이에 빠지지 않도록 했다. 그렇다. 민족주의자는 당신이 처한 바람직하지 않은 상황은 당신의 피 속에 흐르는 어떤 결함 때문이 아니라 순전히 백인들에게 책임이 있는 거라고 주장할 것이다. 사실, 백인이 얼마나 인정사정없고 교활한가. 그렇기 때문에 우리는 그들에게 더 기대할 수도 없고 기대해서도 안 된다. 당신이 마약과 도둑질에 손대지 못하게 막는 자기혐오감 역시 백인이 심은 것 아닌가. 당신의 마음에서 백인이 심어놓은 모든 것들을 제거하고 당신의 진정한 본성과 힘을 해방시켜라. 일어나라, 너희 강력한 인종이여!

문제의 책임을 우리가 아닌 백인에게 넘기는 동시에 우리의 자세를 비판하는 태도를 취함으로써 이슬람연합은 약물 중독자와 범죄자들의 삶을 되돌려놓는 데 놀랄 만한 성과를 올렸다. 이런 태도는 미국 사회의 밑바닥에 특히 잘 먹혀들었다. 그뿐 아니라, 황금 반지를 끼고 있으면서도 상류 사회의 모임에 참석할 때면 여전히 자기를 향한 어색한 침묵을 경험해야 하는 흑인 변호사들이나, 시카고 뒷골목 인생들과 자기가 누리는 인생의 차이를 신중하게 헤아리며 그 차이가 암시하는 위험에 늘 촉각을 곤두세워야 하는 대학생들이 품고 있는 의문과 고민에도 어느 정도 만족할 만한 해답을 제시했다. 작은 목소리로 그들의 내면에 이렇게 속삭였던 것이다.

"지금 네가 있는 곳은 네가 진정으로 속한 세계가 아니다."

어떤 점에서 보자면, 모든 흑인은 잠재적으로 민족주의자라는 라피크의 주장은 옳다. 분노가 출구를 찾지 못한 채 꽉 막혀 있어서 때로는 내면으로 향한다는 주장. 그리고 내가 루비와 그녀의 파란 눈을 생각하고 10대 흑인 아이들이 서로 '깜둥이'라거나 혹은 이보다 더한 욕을 주고받는 것을 볼 때, 최소한 현재로서는 분노의 방향을 되돌려야 한다는 라피크의 주장이 과연 옳은지 알 수 없었다. 백인 전체에게 분노하도록 하는 정치가 과연 적절한 것인지 알 수 없었다.

그 이전에도 그랬지만 분노의 방향을 백인 전체에게 돌려야 한다는 생각은 여전히 고통스러웠다. 그것은 어머니가 나에게 가르쳤던 도덕과도 배치되는 것이었다. 도덕성에 관한 미묘한 차이가 있었다. 그것은 선의를 가진 개인들과 내가 나쁘게 되길 바라는 사람들 사이에 존재하는 차이였으며, 또한 적극적인 악의와 무지나 무관심 사이에 존재하는 차이였다. 나는 도덕성을 논의하는 틀 안에 갇혀 있었다. 아무리 노력해도 거기서 벗어날 수 없다는 사실을 나는 깨달았다.

하지만 이것은 이 나라에 사는 흑인이라면 더는 수용할 수 없는, 다시 말해서 그럴 여유가 없는 사치스러운 생각일지도 모른다. 어쩌면 그것이 흑인의 결심을 약화하고 혼란스럽게 만들었는지도 모른다. 결국, 절망의 시대는 절망적인 수단을 불렀다. 그리고 많은 흑인에게 상황은 절망적이었다. 만일 민족주의가 강력하고 효과적인 편협성을 창출하고 자존심에 대한 약속을 지킬 수만 있다면, 그것이 선의의 백인에게 입힐 수 있는 상처나 나와 같은 사람들의 내면에 불러일으킬 소용돌이 따위는 그다지 중요하지 않을 수도 있다.

●

민족주의가 잘 해낸다면야 얼마나 좋을까. 나는 라피크와 많이 다투었다. 효율성을 놓고 우리가 다툰 내용의 대부분이 바로 이 문제에 관한 것이었다. 언젠가 한번은 MET와 매우 힘든 회의를 한 직후에 라피크에게, 만일 시 당국과 대타협이 필요한 경우에 그를 따르는 사람들을 설득할 수 있을지 물었다. 그는 이렇게 대답했다.

"모든 사람들에게 유인물을 나눠주고 일일이 쫓아다니면서 설득할 시간이 나에게는 없어요. 여기 사는 사람들 대부분은 이러거나 저러거나 신경도 쓰지 않아요. 신경을 좀 쓴다 하는 인간들은 간에 붙었다 쓸개에 붙었다 해서 오히려 방해만 되지요. 중요한 것은 우리가 계획을 완벽하게 준비해서 시 당국이 서명하도록 만드는 겁니다. 일은 이렇게 진행해야 합니다. 사람들 모아놓고 떠들썩하게 벌여봐야 시끄럽기만 하고 되는 일도 없어요. 이렇게 해서 일단 일을 마무리 짓고 난 뒤에는 어떤 식으로 발표를 하든 그건 당신이 알아서 해요."

나는 라피크의 이런 접근법에 반대했다. 흑인을 사랑한다는 말을 입에 달고 다녔지만, 그는 분명 흑인을 신뢰하지 않았다. 하지만 그가 이런 식으로밖에 일할 수 없는 이유가 그의 능력 부족 때문임을 나는 알고 있었다. 그의 조직이나 이슬람 사원이 동원할 수 있는 역량은 채 쉰 명도 되지 않았다. 그의 영향력은 강력한 조직력에서 나오는 게 아니라, 로즈랜드에 조금이라도 관련이 있는 모임에는 기꺼이 나가는 열성과, 상대방을 궁지에 몰아넣고 두 손 들게 만드는 목소리 높은 언변이었다.

라피크뿐 아니라 시의 사정도 마찬가지였다. 민족주의는 해럴드를 당선시킨 것 말고는 단지 태도로만 사람들에게 녹아들어 갔지 구체적인 프로그램으로 나타난 게 없었다. 조직된 힘이 아니라 불평의 총체적인 집합체였다. 방송 전파와 대화 속에서 이미지와 소리로만 존재할 뿐, 구체적이고 물질적인 형태로는 존재하지 않았다. 민족주의의 기치 아래 모인 소수 집단들 가운데서 오로지 이슬람연합만이 그래도 제법 많은 추종자를 확보하고 있었다. 파라칸의 예리하고 운율이 넘치는 설교가 사람들을 강연장 안으로 빽빽하게 불러들였다. 그의 강연을 직접 듣지 못한 사람들은 그가 하는 라디오 설교에 귀를 기울였다.

하지만 이슬람연합에 소속된 사람은 시카고를 통틀어도 겨우 몇천 명뿐이었다. 수적으로 보자면 시카고에서 제법 규모가 큰 흑인 단체들보다 나을 게 없었다. 그나마 이 숫자도 정치적인 집회나 다른 단체와 연대해서 진행되는 프로그램에는 거의 동원되지 않는 사람들이었다. 사실, 지역에 존재하는 이슬람연합은 유명무실하다고 봐도 틀리지 않았다. 양복을 입고 나비넥타이를 단정하게 맨 채 중심가의 네거리에서 이슬람연합의 기관지 《마지막 소명 The Final Call》을 파는 몇몇 사람들이 거의 전부라고 할 수 있을 정도였다.

가끔씩 나는 변함없이 정중한 그 사람들한테서 그 신문을 사보곤 했다. 여름에는 무거운 정장을 입고 겨울에는 얇은 옷을 입은 그들의 모습이 안쓰럽기도 했고, 머리기사의 선정성, 예를 들면 "백인 여자도 백인이 악마임을 인정했다" 따위에 이끌려 나도 모르게 손이 갔기 때문이다. 2면에 등장하는 파라칸의 연설 내용과 편집자의 윤색이 없었더라면 AP통신의 기사로도 곧바로 팔릴 수 있는 이야기들이 실렸다(예를 들면, "유대인 상원의원 메쳄바움이 오늘 이렇게 밝혔다"). 이 신문에는 건강 면도 있었다. 파라칸이 즐겨 먹는다는, 포크 없이 손으로만 먹는 이슬람 전통 음식의 요리법이 건강 면 전체를 차지하곤 했다. 파라칸의 연설을 담은 비디오카세트를 판매한다는 광고도 실렸다. 이것은 비자카드나 마스터카드로도 대금을 지불할 수 있었다. 그리고 치약 따위의 세면 화장품류를 선전하기도 했다. 이들 상품은 '파워'라는 상표를 달고 있었는데, 이슬람연합이 자체 개발한 상표였다. 물론 이것은 흑인의 돈이 백인에게 흘러들어 가지 않도록 하겠다는 전략의 일환이었다.

얼마간 시간이 지난 뒤에는 '파워' 제품 광고가 눈에 띄게 줄었다. 그걸 보면 아마도 파라칸의 연설을 즐겨 듣던 사람들이 여전히 이전에 쓰던 치약을 쓰는 것 같았다. 그런데 '파워' 제품 광고에는 흑인 기업가가 처한 곤경을 소개하며 그들이 업계에서 맞닥뜨리게 되는 진입 장벽, 재정난 그리고 다른 경쟁자들이 300년 이상 독점적으로 유지해 온 기득권 등을 열렬하게 성토하는 내용이 실리기도 했다.

하지만 나는 그런 것들이 파라칸의 메시지가 치약을 사라는 등의 세속적인 일상성으로 축소됨으로써 필연적으로 발생한 긴장을 반영한 것이 아닌가 하고 생각했다. '파워'라는 상표를 단 상품들을 개발한 책임자가 그 상품들의 판매 전략을 놓고 고민하는 모습을 상상해 보았다. 아마도 그는 그 상품을 흑인이 자주 가는 전국적인 슈퍼마켓 체인점에 까는 게 과연 합당할지 고민했을 것이다. 그리고 이런 생각이 합당하지 않다고 판단하고 접는다면, 이어서 그는 전국적인 체인과 경쟁하고자 하는 흑인 소유의 어떤 슈퍼마켓이 과연 잠재적인 백인 고객의 눈살을 찌푸리게 해가면서 그 상품을 진열대에 올려놓을 여유가 있을

지 고민했을 것이다. 또 흑인 소비자가 과연 통신으로 치약을 살 것인지도 고민했을 것이다. 그리고 가장 싼 가격으로 이 상표의 치약을 납품하겠다는 사람이 백인일 경우에는 또 어떻게 해야 할지 고민했을 것이다.

경쟁, 시장 원리에 따른 결정 그리고 다수결 등에 관한 문제였다. 말하자면 권력의 문제였다. 민족주의가 정서의 형태로밖에 번성할 수 없으며, 구체적인 형태나 운동으로는 결코 성공할 수 없는 이유를 최종적으로 설명할 수 있는 것은 바로 깨지지 않는 현실이었다. 즉 백인은 우리의 꿈에서 쫓아낼 수 있는 유령과 같은 존재가 아니라, 우리 일상에서 엄연히 살아 숨 쉬는 현실이라는 객관적인 실체였던 것이다.

민족주의가 백인에게 저주를 퍼부으며 카타르시스를 느끼게 하는 데 머무는 한, 일자리 없이 빈둥거리며 라디오에나 귀를 기울이는 10대 청소년이나 늦은 밤에 텔레비전을 보는 기업가로부터 박수를 받을 수 있을지언정, 생업에 종사하면서 선택을 해야 하는 흑인으로서는 민족주의가 오히려 걸림돌이 될 수밖에 없었던 것이다. 예를 들어, 사업을 새로 시작하려는 흑인은 이런 질문을 던질 수 있었다. 흑인이 소유한 은행이 백인이 소유한 은행보다 대출 이자가 높으면 어떻게 해야 하죠? 또 이 은행에서는 위험성이 높다며 대출을 해주지 않으면 어떡하죠? 또 흑인 간호사가 이런 질문을 던질 수 있었다. 나와 함께 일하는 백인들은 그렇게 나쁜 사람들이 아니에요. 설령 그 사람들이 나쁘다 하더라도 그 사람들을 위해서 그들과 함께 일해야 해요. 내가 그 일을 그만둔다면 누가 집세를 내줄 건가요? 당장 우리 아이들에게 먹일 빵은 누가 사줄 건가요?

라피크는 이런 질문에 대한 대답을 전혀 가지고 있지 않았다. 그는 권력의 규칙을 바꾸는 일보다 권력을 쥐고 있는 사람, 권력을 휘둘러 상황을 엉망진창으로 만들어놓는 사람의 피부색에 더 관심이 있었다. 피라미드의 꼭대기는 자리가 그다지 넓지 않다. 이런 식으로 설정된 경쟁에서 흑인이 그 자리를 차지할 가능성은 없었다. 있다 하더라도 얼마나 기다려야 그 시기가 올지 알 수 없었다. 그런데 그렇게 기다리는 동안에 흥미로운 일들이 일어났다.

맬컴 엑스의 손에서는 혁명적이었던 것, 예컨대 더는 참을 수 없다고 했던 것이, 맬컴 엑스가 뿌리를 뽑자고 힘주어 외쳤던 바로 그 대상으로 바뀌어버린 것이다. 또 하나의 환상, 또 하나의 위선이 생겨난 것이었다. 행동에 나설 수 없는 또 하나의 핑계가 생긴 것이었다. 해럴드보다 재능이 부족한 흑인 정치가들은 백인 정치가들이 오랜 세월 알고있었던 그리고 필요할 때마다 유용하게 활용해 온 사실을 깨달았다. 인종 문제를 앞세우면 많은 한계를 한꺼번에 만회할 수 있다는 것. 젊은 지도자들은 자기 이름을 알리려고 혈안이 되어 서로 짜고서 온갖 헛소문을 퍼뜨렸다. 예를 들면, 한국인들이 KKK단에 뒷돈을 댄다거나, 유대인 의사가 에이즈 보균자인 흑인 아기의 진료를 거부했다거나 하는 소문이었다. 이런 방식은 늘 성공하지는 못했지만, 어쨌거나 성공으로 가는 지름길이었다. 텔레비전을 도배하는 섹스와 폭력처럼 흑인의 분노는 늘 분출구를 찾고 있었기 때문이다.

하지만 내가 이야기를 나눠본 지역 사람들은 그런 소문들을 그다지 진지하게 받아들이지 않았다. 많은 사람들은 정치가 자기들의 생활을 더 낫게 해줄 거라는 기대를 일찌감치 접었다. 그래서 정치에 큰 요구를 하지도 않았다. 그 사람들에게 투표용지는 어떤 행사의 입장권일 뿐이었다. 흑인들은 가끔가다 한 번씩 하는 이런 행사를 통해서 유대인을 배척하고 아시아인을 공격할 수 있는 역량이 없다고 지역 사람들은 말하곤 했다. 어쨌거나 흑인은 끓어오르는 분노를 이따금씩 분출할 배출구가 필요했다. 헤이 친구, 쟤네들이 우리 등 뒤에서 우리 욕 하는 거, 어떻게 생각해? 뭐, 이런 식으로 시작하는.

그래, 솔직히 이야기해 보자. 내가 관심을 가졌던 문제는, 느슨한 이야기가 연대의 기초를 쌓고자 하는 노력에 끼치는 해악이나 다른 사람들에게 끼치는 고통이 아니었다. 우리가 하는 말과 우리가 하는 행동 사이의 간극이었다. 이 간극이 개인으로서 그리고 집단으로서의 우리에게 끼치는 영향이었다. 이 간극은 언어와 사상을 동시에 썩게 만든다. 또 우리를 건망증 환자로 만들고 사실을 날조하도록 등 떠민다. 그리하여 결국은 우리 자신을 믿고 또 서로를 믿는 힘까지 갉아먹는다. 그런데 이런 짓을 흑인 정치가나 흑인 민족주의자들만 한 게 아니다. 예를 들어서 로널드 레이건은 궤변이라는 특유의 상투적인 수법을 동원해서 이런 것들을 멋지게 잘 해냈다. 그리고 미국의 백인은 흑인과의 불가분의 관계를 부정하기 위해서 흑인이라고는 찾아보기 어려운 교외에 집을 짓고 사설 치안대를 유지하는 데 막대한 돈을 뿌릴 준비가 되어 있었다.

사실 따지고 보면, 거짓된 태도를 보일 수 있는 여유가 가장 없는 집단이 바로 흑인이었다. 이 나라에서 흑인이 생존하려면 망상을 최소한으로 줄여야 한다는 사실은 철칙이었다. 내가 만난 대부분의 사람들은 일상 속에 그런 망상을 가지고 있지 않았다. 그런데 개인적이 아니라 공적인, 일상적이 아니라 정치적인 영역에서 우리는 그런 확고한 믿음과 솔직함을 내팽개쳤다. 우리는 우리의 영혼을 놓아버렸고, 그것이 제멋대로 표류하도록 포기한 듯했다. 심지어 더 깊은 절망 속으로 가라

앉더라도.

　말과 행동을 일치시키려는 지속적인 투쟁, 실천 가능한 계획을 동반한 절실한 바람들. 자존심이 궁극적으로 의지해야 할 것은 바로 이런 것들이 아니었을까? 내가 조직 사업에 뛰어든 것도 이런 믿음이 있었기 때문이다. 그리고 인종과 관련해서든 문화와 관련해서든, 순수성이라는 개념은 예전에 내가 생각했던 것과는 달리 전형적인 미국 흑인의 자존심을 떠받치는 기초가 될 수 없다는 결론에 도달했던 것도 바로 이런 믿음이 있었기 때문이다. 온전함에 대한 우리의 의식은 우리가 유산으로 물려받은 혈연보다 더 큰 것에서 비롯되어야 했다. 그것은 크렌쇼 부인의 이야기와 버스 기사 마셜의 이야기, 루비의 이야기, 라피크의 이야기에서 뿌리를 찾아야 했다. 우리가 경험한 온갖 모순되고 짜증나는 사소한 현실에서 뿌리를 찾아야 했다. 우리의 자존심은 거기서 비롯되어야 했다.

●

　가족을 만나려고 떠났다가 두 주 만에 다시 시카고로 돌아왔다. 나는 루비에게 전화를 걸어 토요일 저녁 때 만나자고 했다. 긴 침묵이 흐른 뒤에 이런 대답이 돌아왔다.

　"왜요?"

　"와보면 알아요. 6시까지 갈 테니까 준비하고 기다리세요. 아 그리고, 먼저 맛있는 것부터 먹기로 합시다."

　우리의 목적지는 루비의 집에서 한 시간 거리에 있었다. 재즈와 블루스가 돈을 내는 관객을 찾아서 마련한 공간이었다. 우리는 베트남 음식점에 들어가서 쌀국수와 새우를 먹으며 그녀의 직장 상사와 그녀가 겪고 있는 여러 가지 힘든 일을 화제 삼아 이야기를 나누었다. 대화는 끊이지 않았지만, 어딘가 부자연스러웠다. 우리는 말을 하면서 혹은 들으면서 끊임없이 상대방의 표정을 살폈다.

극장은 베트남 음식점 바로 옆 건물이었다. 우리가 들어갔을 때 극장 안은 이미 꽉 차 있었다. 안내 직원에게 자리를 배정받고 앉으니, 우리 뒤에 10대 흑인 여학생들이 무리를 지어 앉아 있었다. 현장 학습을 나온 듯했다. 그들 옆에는 교사로 보이는 나이 든 여자가 앉아 있었다. 몇몇 학생들은 교사가 하는 대로 팸플릿을 부지런히 넘기며 읽었다. 하지만 대부분은 들뜬 마음에 가만히 앉아 있지 못하고 끊임없이 조잘대며 떠들었다. 한 학생이 제목이 진짜 길다고 하자 다들 키득거리며 웃었다. 학생들이 교사에게 이런저런 질문을 했지만, 교사는 놀라울 만큼 침착하고 여유 있는 모습을 끝까지 잃지 않았다.

갑자기 조명이 꺼지고 깜깜해졌다. 여학생들도 입을 다물었다. 여러 줄기의 빛이 비치고 푸른색 조명이 은은하게 무대에 깔렸다. 그리고 일곱 명의 흑인 여자들이 무대에 나타났다. 모두 부드럽게 흘러내리는 치마를 입고 스카프를 목에 두른 모습이었다. 그런데 그들의 자세가 어쩐지 어색하게 뒤틀려 있었다. 그 가운데 갈색 옷을 입은 덩치 큰 여자가 소리쳐 외치기 시작했다.

2분 음표들이 흩어졌다
리듬도 없이 / 어떤 곡조도
흑인 소녀의 어깨 위로 떨어지는
웃음을 말리지 못하는구나
재미있구나 / 정말 우스꽝스럽구나
멜로디도 없는 소녀의 춤은

영혼을 말하지 않아

소녀는 맥주 깡통들이 널린 곳에서, 자갈밭에서 춤을 추는구나

그 여자가 말을 하는 동안 다른 여자들의 몸에 천천히 생기가 돌았
다. 수많은 그림자와 형체들이, 통통한 사람들과 날씬한 사람들이, 젊
은 사람들과 그다지 젊지 않은 사람들이 제각기 팔과 다리를 쭉쭉 뻗
으며 무대를 누볐다.

누군가 / 어떤 사람이

흑인 소녀의 노래를 부른다네

그녀를 불러내어

자기가 누구인지 알게 하고

당신이 누구인지 알게 하네

그녀의 리듬을 노래한다네

투쟁과 험난한 시대를 부르는 노래

그녀의 인생을 노래한다네

그리고 그다음 한 시간 동안 여자들은 차례대로 노래를 부르면서 자
신들의 이야기를 들려주었다. 잃어버린 시간을 노래했고, 버려진 온갖
환상을 노래했으며, 또 어쩌면 달라질 수도 있었던 것들을 노래했다.
자신들을 사랑한 남자들과 배반한 남자들, 강간한 남자들 그리고 가슴
깊이 안았던 남자들을 노래했다. 그 남자들의 내면에 있는 아픈 상처
를 노래했다. 그 상처를 이해하고 때로는 용서했다. 여자들은 자신의
배에 나 있는 임신선과 발바닥에 배긴 굳은살을 서로 보여주었다. 그

들은 또 나이가 들면서 목소리가 점차 생기를 잃어가는 모습과 손이 떨리는 모습, 전반적으로 모든 아름다움이 시들어가는 모습을 보여주었다. 그리고 각자 격렬하고 달콤하고 단호하고 성난 노래를 부르는 내내 춤을 추었다. 룸바, 범프, 왈츠……. 때로는 달콤하게 때로는 격렬하게. 그들은 어느새 하나의 정신으로 일체가 된 듯했다. 연극 말미에서 그 정신은 단 하나의 노래를 불렀다. 소박한 가사였다.

내 안에서 신을 보았다네
그 신을 사랑했다네 / 지독하게 사랑했다네

연극이 끝나고 객석에 불이 들어왔다. 배우들이 인사를 했다. 우리 뒤에 앉은 여학생들이 다시 떠들기 시작했다. 루비와 나는 나란히 주차장을 향해서 걸어갔다. 기온이 뚝 떨어져 있었다. 검은 하늘에 별들이 얼음처럼 반짝거렸다. 엔진이 예열될 때까지 공회전을 하는 동안, 루비가 내 쪽으로 몸을 기대더니 내 뺨에 키스했다.

"고마워요."

깊은 갈색 눈동자가 희미하게 반짝거렸다. 나는 장갑을 낀 그녀의 손을 잡았다. 그리고 힘을 주었다. 더는 아무 말도 하지 않았다. 그 편안한 침묵 속에서 사우스사이드까지 돌아왔다. 그리고 그녀의 집 앞에서 밤 인사를 나눌 때까지 우리는 그 소중한 침묵을 한 번도 깨지 않았다.

11

공항 주차장에 차를 주차한 시각이 3시 15분이었다. 나는 있는 힘껏 입국장을 향해 달렸다. 숨을 헐떡이면서 부지런히 눈을 돌렸다. 손에 커다란 여행가방을 든 사람들이 쏟아져 나오고 있었다. 인도인, 독일인, 폴란드인, 태국인, 체코인⋯⋯.

망했다! 좀 더 서둘렀어야 했다. 어쩌면 그녀가 마음을 졸이며 나에게 전화를 걸고 있을지도 모른다. 내 사무실 전화번호를 가르쳐줬던가? 혹시 비행기를 놓친 건 아닐까? 아냐⋯⋯ 혹시, 나도 알아보지 못한 사이에 내 곁을 스쳐 지나간 건 아닐까?

손에 들고 있던 사진을 보았다. 두 달 전에 그녀가 보내준 사진이었다. 하도 만져서 사진이 지저분했다. 사진에서 시선을 거두고 다시 앞을 보았다. 그런데 사진 속의 얼굴이 거기에 있었다. 아프리카 여자 한 명이 세관원의 검색을 막 마치고 밖으로 나오고 있었던 것이다. 가볍고 우아한 걸음걸이였다. 훤하게 밝은 시선이 누군가를 찾아 두리번거리더니 나에게 고정되었다. 검은 피부에 둥글고 조각한 것처럼 뚜렷한 얼굴이 미소를 띠었다. 마치 활짝 핀 장미꽃 같았다.

"바라크?"

"아우마?"

"오오, 내 동생!"

내가 그녀를 안아서 번쩍 들어올리는 바람에 그녀는 말을 채 맺지 못했다. 그녀의 발은 잠시 허공에 떠 있었다. 우리는 마주 보면서 웃고 또 웃었다. 그녀의 가방을 받아들고 주차장으로 걸어가면서 이야기를 했다. 그런데 그녀가 자기 팔을 내 팔에 슬쩍 감았다. 그 순간 내가 그녀를 정말로 사랑하는구나 하는 것을 느꼈다. 너무도 자연스럽고, 편하고, 열렬하게…… . 나중에 그녀가 떠나고 난 뒤에 내가 느낀 그 사랑이 과연 진짜였는지 의심이 들 정도였다. 하지만 지금도 나는 그때 어떻게 그런 느낌이 들었던 것인지 설명할 수가 없다. 다만 내가 아는 것은 그 사랑은 진심이었으며 지금도 마찬가지라는 사실이다. 내가 느낀 그 사랑에 무척이나 고마울 뿐이다.

우리가 탄 차가 시내로 향할 때 아우마가 말했다.

"근데 있지, 하나도 빼놓지 말고 나한테 다 얘기해야 돼."

"뭘?"

"뭐긴, 네 인생이지."

"처음부터 할까?"

"아무 데서나 시작해도 돼."

시카고와 뉴욕, 조직가로서의 일상, 어머니, 할아버지와 할머니, 마야 등에 대해 이야기했다. 그러자 그녀는 아버지에게 그런 이야기들을 하도 많이 들어서 내가 말한 그 사람들과 잘 아는 사이인 것처럼 느껴진다고 했다. 그녀는 하이델베르크 이야기를 했다. 거기에서 언어학 박사 과정을 밟고 있던 그녀는 독일에 살면서 좌충우돌했던 온갖 이야기들을 했다.

"그래도 내가 불평하면 사람들이 욕할 거야. 장학금을 받고 아파트도 있으니까. 케냐에 계속 남아 있었다면 지금 내가 무얼 하고 있을지 모르겠네. 그래도…… 독일이 썩 마음에 드는 건 아니야. 알잖아, 독일 사람들은 자기들이 굉장히 개방적이며 진보적이라고 생각해. 특히 아프리카 사람들을 보면 말이야. 하지만 그 사람들 생각의 표면을 조금만 긁어보면, 긁힌 자국 아래로 그 사람들이 어릴 때부터 가지고 있었던 생각의 진면목이 그대로 드러나거든. 독일 동화에서 악귀는 보통 흑인이야. 어린 시절의 그런 기억들은 쉽게 잘 잊히지 않잖아. 때로 나는 이런 상상을 해. 노땅이 처음 고향을 떠나서 낯선 나라에 가 있을 때 아마 이런 느낌이지 않았을까 하고. 나처럼 외로움을 느꼈는지 어땠는지는 잘 모르겠지만 말이야."

노땅. 아우마가 아버지를 부르는 호칭이었다. 그 말은 내 귀에도 어색하지 않았다. 친숙하면서도 동시에 멀리 떨어진, 온전하게 이해할 수 없는 어떤 존재감이나 힘을 그대로 느낄 수 있었다. 아파트에서 아우마는 책장에 놓여 있던 아버지의 사진을 꺼내들고 보았다. 사진관에서 찍은 것으로, 내가 가지기 전까지 어머니가 줄곧 보관해 왔던 사진이었다.

"정말 순수해 보인다. 그렇지 않니? 진짜 젊다."

그녀가 사진을 내 얼굴 옆에 대고 비교했다.

"입이 똑같구나."

나는 그녀에게 잠시 누워서 쉬라고 하고는, 그 사이 사무실에 가서 일을 좀 더 하고 와야겠다고 했다. 하지만 그녀는 고개를 내저었다.

"괜찮아. 피곤하지 않아. 나도 같이 가면 안 돼?"

"낮잠을 좀 자는 게 좋을 텐데."

"아, 바라크! 이제 보니까 대장 노릇 하려 드는 게 어째 노땅하고 똑같다? 한 번밖에 안 만났다고 하더니. 음…… 피는 못 속이나 보다."

나는 웃었지만 그녀는 웃지 않았다. 대신 그녀는 내 얼굴을 바라보았다. 그녀의 시선이 내 얼굴을 샅샅이 훑었다. 마치 내 얼굴이 풀어야 할 어떤 수수께끼나 되는 것처럼. 그녀의 쾌활한 수다 이면에 숨어 있는 어떤 고통이 그녀의 마음 깊은 곳에서 꿈틀거렸을지도 모른다.

●

그날 오후에 나는 사우스사이드를 구경시켜 주었다. 내가 처음 시카고에 왔을 때 돌아보았던 드라이브 코스 그대로였다. 거기에는 이미 나의 추억들이 잔뜩 스며들어 있었다. 사무실에 도착하니 마침 앤절라와 모나, 셜리가 와 있었다. 그들은 아우마에게 케냐에 대해서 온갖 것들을 물었다. 또 머리카락을 어떻게 땋았는지 묻고, 어쩌면 그렇게 영국 여왕처럼 말을 예쁘게 할 수 있느냐고 물었다. 네 여자는 나와 내가 가진 이상한 버릇들을 화제 삼아서 킬킬거리며 웃고 떠들었다. 나중에 아우마가 이렇게 말했다.

"그 사람들, 널 되게 좋아하나 보더라."

"그런가?"

"그 사람들 보니까 고향에 있는 고모들이 생각났어."

아우마가 자동차의 창문을 내렸다. 그리고 바람에 얼굴을 맡기고는 스쳐 지나가는 미시건 애비뉴의 풍경을 바라보았다. 폐허로 남은 '로즈랜드 극장', 녹슨 자동차들이 주차되어 있는 주차장. 갑자기 그녀가 나를 돌아보면서 물었다.

"그 사람들을 위해서 일하는 거야? 그러니까 조직 사업 말이야."

나는 어깨를 으쓱했다.

"그 사람들을 위해서, 나를 위해서."

아까 보았던 것과 똑같은 당혹감과 두려움이 다시 그녀의 얼굴에 떠올랐다.

"난 정치는 별로야."

"그건 왜?"

"모르겠어. 사람들은 늘 마지막에 가서는 실망하잖아."

집에 도착하니 아우마에게 온 편지가 기다리고 있었다. 편지를 보낸 사람은 독일에서 아우마가 만나고 있는 독일인 법학도라고 했다. 편지 봉투가 두툼했다. 편지지가 최소한 일고여덟 장은 되어 보였다. 내가 저녁을 준비하는 동안 그녀는 식탁에 앉아서 편지를 읽었다. 읽으면서 그녀는 웃고 한숨을 쉬고 또 혀를 찼다. 그리고 마지막에는 아득한 그리움에 빠져들었다.

"독일 사람 별로 안 좋아하는 줄 알았는데 그게 아닌가 보지?"

그녀는 눈을 쓱쓱 비비더니 웃음을 터뜨렸다.

"그래, 하지만 오토는 달라. 정말 상냥하고 귀여워. 그런데 난 가끔씩 정말 못되게 굴어. 왜 그러는지 모르겠어. 나는 누군가를 완전하게 믿지 못할 거라는 생각을 종종 해. 노땅이 당신 인생을 어떻게 살았는지, 결혼이라는 게 뭔지, 그런 생각을 해. 그러다 보면…… 나도 모르게 몸이 덜덜 떨려. 오토와 함께 있으려면 독일에서 살아야 할 거야. 그렇잖

아. 그런데 평생을 외국인으로 살아야 하는 삶이 어떨까 상상하는데, 내가 그걸 감당할 수 있을 것 같지 않아."

그녀는 편지를 접어서 다시 봉투 안에 넣었다.

"넌 어때 바라크? 너도 이런 고민을 하니? 아니면 나만 이렇게 혼란스러운 거니?"

"네가 어떤 느낌일지 알 것도 같아."

"사연이 있구나?"

"응."

"얘기해 봐."

나는 냉장고로 가서 피망 두 개를 꺼내 도마 위에 올려놓았다.

"그래…… 여자가 한 명 있었어, 뉴욕에. 내가 사랑했지. 백인이었어. 머리카락은 검고 눈동자는 초록색이었어. 목소리는 뭐랄까, 바람이 만들어내는 맑은 풍경 소리 같았지. 한 1년쯤 만났어. 주말마다 거의. 때로는 그애 아파트에서 보고, 또 때로는 내 아파트에서 보고. 어떻게 하면 두 사람만의 세상에 빠져드는지 너도 알지? 아무도 알지 못하는 두 사람만의 따뜻한 세상. 두 사람만의 언어, 두 사람만의 습관. 그랬지.

그런데 어느 토요일이었어. 그애가 나를 자기 가족이 사는 집으로 초대했어. 시골에 있는 집이었어. 부모님이 두 분 다 계셨는데, 무척이나 점잖고 우아한 분들이었어. 가을이었어, 아름다운 가을. 나무들에 온통 둘러싸인 호수에서 우리는 보트를 탔어. 물은 얼음처럼 차가웠고, 수면에는 황금빛 낙엽들이 잔잔한 파도를 타며 춤을 추었어. 걔네 가족은 그 땅의 구석구석을 모르는 데가 없었어. 구릉들이 어떻게 생성되었는지도 알았고, 빙하가 어떻게 호수를 만들었는지도 알았어. 맨 처음 그 땅에 정착한 사람들이 누구인지 이름까지도 다 알고 있었어. 그들의 조상이지. 그리고 그 조상들이 들어오기 전에 거기서 사냥을 하던 인디언들의 이름도 모두 알고 있었어.

무척 오래된 집이었어. 할아버지 집이었는데, 할아버지의 할아버지에게서 물려받았다고 했어. 서재에는 온갖 오래된 책들이 다 있었어. 그리고 사진도. 할아버지가 알았던 유명한 사람들, 대통령, 외교관, 기업가 등과 찍은 사진들도 많았어. 엄청나게 엄숙한 느낌이었어. 장중한 느낌 말이야. 그 방에서 나는 그애와 내가 각각 속한 세상이 엄청나게 멀다는 사실을 깨달았어. 케냐와 독일 사이의 거리만큼이나 말이야. 만약에 내가 계속 그애와 사귄다면, 결국 그애의 세상에서 살아야 한다는 생각이 문득 들더라. 내 인생을 다른 사람의 세상에서 보내야 할 거라는 생각 말이야. 우리 두 사람 가운데 이방인으로 살아야 할 사람은 그애가 아니라 나라는 사실을 내가 왜 몰랐겠어."

"그래서 어떻게 됐어?"

나는 어깨를 으쓱했다.

"그애를 밀어냈지 뭐. 우린 다투기 시작했어. 우리는 미래를 생각하기 시작했고, 미래가 우리의 작고 따뜻한 세상을 압박하기 시작했어. 어느 날 밤에 그애를 데리고 흑인 극작가가 대본을 쓴 연극을 보러 갔어. 내용이 무척 강렬했는데 재미있었어. 미국 흑인이 구사하는 전형적인 유머들로 관객을 끊임없이 웃겼거든. 관객은 대부분 흑인이었어. 모든 사람들이 웃고 손뼉을 치고 또 고함을 질러댔지. 마치 교회에 있는 것처럼 말이야. 연극이 끝난 뒤에 그애가 말했어. 왜 흑인은 늘 화가 나 있느냐고. 기억 때문이라고 대답을 하면서, 유대인이 왜 나치에게 당한 대학살을 기억하느냐고 묻는 사람은 아무도 없다는 말도 했어. 그랬더니 그애가 그건 다른 문제라고 하더라. 나는 다르지 않다고 했지. 그러니까 그애가 분노는 단지 막다른 길일 뿐이라고 했어. 우리는 극장 앞에서 그 문제를 놓고 대판 싸웠지. 그리고 차에 탔는데 그애가 막 울기 시작하더라. 자기는 흑인이 될 수 없다고 했어. 할 수만 있다면 자기도 흑인이 되고 싶은데 그럴 수 없다면서 엉엉 울더라고. 자기는 그냥 자기일 뿐인데, 그것만으로는 충분하지 않다고 했어."

"슬픈 이야기구나."

"그렇지? 어쩌면 그애가 흑인이었더라도 달라지지는 않았을 거야. 무슨 말이냐 하면, 흑인이면서도 내 마음을 아프게 한 여자들이 저기 바깥에 널렸거든."

나는 씨익 웃었다. 피망을 썰어서 냄비에 넣었다. 그리고 아우마를 향해 돌아섰다.

"그런데 문제가 뭐냐면……."

내 얼굴에서는 이미 미소가 사라졌다.

"그애가 나한테 했던 말을 떠올릴 때마다, 그날 밤 극장 앞에서 말이야, 정말 부끄러운 생각이 든다는 거야."

"헤어진 뒤에 그 여자 소식을 들었니?"

"크리스마스 때 카드를 받았어. 지금은 행복하게 잘 살아. 딴 남자 만난대. 나는 해야 할 일이 있고."

"그러면 된 거야? 행복해?"

"가끔은."

●

다음 날은 사무실에 나가지 않고 온종일 아우마와 함께 보냈다. 시카고 미술대학을 구경하고(나는 자연사박물관에 가서 쪼그라든 두개골을 보여주고 싶었지만 아우마가 싫다고 했다), 사진 앨범들을 꺼내다가 함께 보고,

슈퍼마켓에 가서 장을 보았다. 슈퍼마켓에서 아우마는, 미국인들은 대체로 친절하고 뚱뚱하다는 결론을 내렸다. 그녀는 때로는 완고하고, 때로는 장난기가 넘치고, 또 때로는 세상의 무거운 짐을 버거워했다. 그리고 늘 자신 있는 태도를 보였다. 이 태도는 후천적으로 학습된 것임을 알 수 있었다. 나 역시 불확실할 때는 그런 태도를 보이곤 했으니까.

우리는 아버지 이야기는 많이 하지 않았다. 아버지의 추억을 들추려고 할 때마다 우리는 그 앞에서 멈추고 딴전을 피웠다. 그런데 저녁을 먹고는 호수를 따라 난 길을 한참 동안 걷고 집으로 돌아온 뒤에, 마침내 우리는 아버지 이야기를 더는 회피할 수 없다고 느꼈다. 우리는 그것을 이심전심으로 느꼈다. 나는 차를 준비했고, 아우마는 노땅 이야기를 하기 시작했다. 물론 자기가 기억할 수 있는 범위 안의 이야기였다.

"내가 정말 노땅을 잘 알았다고는 말할 수 없어. 어쩌면 노땅을 잘 알았던 사람은 아무도 없을지도 몰라. 정말 온통 부스러진 조각 같은 인생을 살았던 분이거든. 물론 그렇게 살려고 했던 건 아니겠지만 말이야. 그리고 사람들이 아는 건 단지 몇 개의 조각들뿐이야. 심지어 자식들까지도.

나는 노땅이 무서웠어. 알겠지만, 내가 세상에 태어났을 때 그는 이미 내 곁에 없었어. 하와이에서 네 엄마하고 있었으니까. 그리고 그다음에는 하버드에 갔고. 그가 케냐에 돌아왔을 때 로이 오빠와 나는 아직 어렸어. 우리는 알레고라는 시골에서 어머니와 함께 살았어. 그때까지 줄곧. 나는 네 살이었고 오빠는 여섯 살이었어. 그러니까 나보다는 오빠한테서 그때의 일을 더 많이, 자세하게 들을 수 있을 거야. 난 노땅이 러스라는 어떤 미국 여자와 함께 왔었다는 것밖에 기억나지 않아. 노땅은 우리를 데리고 그 여자와 함께 나이로비에서 살았어. 엄마는

두고 나와 오빠만 데리고 말이야. 러스라는 그 여자가 내가 난생처음
으로 가까이에서 본 백인이었다는 사실을 분명하게 기억해. 그건 그렇
고, 근데 그 여자가 내 새엄마라는 거야."

"진짜 엄마하고 살지 왜 그랬어?"

아우마가 머리를 절레절레 흔들었다.

"정확한 사정은 나도 몰라. 케냐에서는 부부가 이혼을 하면 남자가
아이들을 데려가. 남자가 원하면 말이야. 나도 엄마한테 물어봤지만 엄
마도 대답하기가 어려웠던지, 그냥 노땅의 새 아내가 첫 부인이라는
또 다른 여자와 한집에서 사는 게 싫다고 했고, 엄마는 우리가 노땅과
함께 있으면 더 나은 생활을 할 수 있겠거니 생각했다고만 했어. 노땅
은 부자였거든.

처음 몇 년 동안은 노땅이 정말 잘나갔어. 미국 석유 회사에서 일했
는데, 아마 '셸Shell'이었을 거야. 당시는 케냐가 독립한 지 얼마 지나지
않았을 때였어. 노땅은 정부에 있는 사람들과 인맥이 좋았던가 봐. 어
릴 때 함께 학교에 다녔던 친구들이라고 했어. 부통령이나 장관들도
종종 우리 집에 놀러와 노땅과 술을 마시면서 정치 이야기를 하곤 했
어. 집도 크고 자동차도 크고, 또 무엇보다도 그렇게 젊은 나이에 미국
에서 유학까지 마치고 왔으니 노땅에 대한 인상이 무척 좋았겠지. 게
다가 아내가 미국인이잖아. 당시만 해도 그런 일은 드물었으니까. 그런
데 그는 러스와 법적으로 결혼한 상태에서도 우리 엄마를 만나고 함께
외출을 하기도 했어. 사람들에게 그런 모습을 일부러 보여주려고 그랬
는지도 몰라. 무슨 말인지 알겠지? 자기가 원한다면 아름다운 아프리
카 여자도 얼마든지 가질 수 있다는 사실을 과시하려고 했던 것 같아.

그 무렵에 동생들 넷이 태어났어. 마크와 데이비드는 러스가 낳은

동생들인데 웨스트랜즈에 있는 큰 집에서 태어났어. 그리고 아보와 버나드는 진짜 엄마가 낳은 동생들인데 알레고의 할아버지 집에서 태어났어. 나나 로이 오빠는 그때 그애들을 알지 못했어. 우리 집에 온 적이 없었으니까. 노땅이 그 집에 갈 때도 늘 혼자만 갔거든. 러스에게는 거기 간다는 말도 하지 않고 말이야.

나는 우리 가족이 그렇게 흩어져서 사는 게 그다지 이상하다고 생각하지 않았어. 난 그때만 해도 아직 어렸거든. 하지만 로이 오빠는 무척 힘들었을 거야. 오빠는 알레고에서 엄마랑 다른 친척들과 함께 살았던 걸 생생하게 기억하고 있었을 테니까 말이야. 난 뭐 상관없었어. 러스도 그때는 우리한테 무척 잘해줬어. 우릴 친자식처럼 대해줬으니까. 그녀의 부모는 무척 부자였던 것 같아. 그 사람들은 예쁘게 포장한 선물 꾸러미들을 보내곤 했는데, 그런 선물이 오는 날이면 나는 펄쩍펄쩍 뛰면서 신이 났지. 그런데 오빠는 종종 그 선물을 받지 않겠다고 했어. 심지어 사탕까지도 말이야. 한번은 오빠가 미국에서 선물로 보내온 초콜릿을 받지 않겠다고 했어. 그런데 밤에 내가 잠이 들었다고 생각했던지 오빠가 살그머니 일어나더니 내 옷 주머니에 넣어뒀던 초콜릿을 꺼내가지 뭐야. 난 그걸 다 보면서도 모른 척했어. 오빠가 기분이 무척 좋지 않다는 걸 알고 눈감아줬던 거지.

그런데 무언가 바뀌기 시작했어. 마크와 데이비드가 태어난 뒤로는 러스가 그 아이들에게만 관심을 쏟았어. 노땅은 미국 회사 일을 그만두고 관광청에서 일을 시작했어. 아마 정치적인 야심이 있었을 거야. 그리고 처음에는 정부 안에서도 잘했어. 그런데 1966년인가 1967년인가, 케냐에서 분열이 심각하게 진행되었어. 당시 대통령으로 있던 우후루 케냐타Uhuru Kenyatta는 케냐 최대의 부족이던 키쿠유족 출신이었는데,

두 번째로 큰 부족이던 루오족의 불만이 터져나오기 시작했던 거지. 좋은 자리는 키쿠유족이 다 차지한다는 거였어. 정부 안에서 음모와 술수가 난무했어.

루오족 출신의 부통령 라일라 오딩가Raila Odinga는 정부가 썩어간다고 말했어. 그리고 케냐의 정치가들은 독립을 위해서 싸운 사람들을 제대로 대우하지 않고 제국주의자들이 두고 간 재산을 차지하는 데만 혈안이 되어 있다고 비난했어. 마땅히 국민들에게 재분배해야 할 땅과 재산을 그들이 헐값에 사들인다는 거였지. 오딩가는 직접 새로운 당을 만들려고 나섰어. 하지만 공산주의자라는 죄목으로 가택 연금을 당했고, 루오족 출신 장관이었던 톰 음보야Tom Mboya도 키쿠유족 자객에게 암살당했어. 루오족은 거리로 뛰쳐나와서 저항했어. 경찰은 그들을 무력으로 진압했고. 많은 사람들이 죽었지. 그렇게 되자 부족들 사이에 알력과 음모가 더욱 노골적으로 드러났어.

노땅의 친구들은 대부분 조용히 몸을 숙이고 세상에 맞춰서 사는 법을 알고 있었지만 노땅은 그렇지 않았어. 자기 목소리를 크게 내기 시작했던 거야. 부족주의가 나라를 망치고 말 것이며, 자격도 없는 사람들이 좋은 자리를 차지하고 있다고 비난하고 나섰던 거지. 친구들이 공적인 자리에서는 그런 말 하지 말라고 말렸지만 노땅은 듣지 않았어. 노땅은 늘 무엇이 최선의 길인지 안다고 생각했던 사람이거든. 이건 너도 알지? 승진에서 누락되었을 때는 큰 소리로 불평했어. 어떤 장관에게는 이런 말까지 했다더라. '당신이 어째서 나보다 높은 자리에 있을 수가 있소? 어떻게 해야 일을 제대로 하는지 당신에게 가르치는 사람이 바로 나 아니오?' 노땅이 문제를 일으킨다는 이야기가 케냐타의 귀에 안 들어갔을 리가 없지. 대통령이 노땅을 불렀어. 내가 들은 이야기에 따르면 케냐타가 노땅에게 이렇게 말했대. 입을 다물고 있으라고 했는데 계속 떠벌리고 다녔으니 이제 신발을 신고 돌아다닐 수 없는 일이 일어날 테니까 각오하라고 말이야.

이런 이야기들이 어디까지 진실이고 어디까지 꾸며낸 건지는 나도 몰라. 하지만 분명한 사실은, 대통령을 적으로 뒀으니 모든 일이 잘 풀릴 수 없었다는 거야. 노땅은 정부에서 잘렸고 블랙리스트에 올랐어. 내각의 어떤 장관들도 노땅이 일할 자리를 주지 않았지. 외국 회사에 취직하려고 해도, 정부에서 모든 외국 회사에 노땅을 채용하지 말라고 경고를 해뒀기 때문에 그럴 수도 없었어. 결국 외국에서 일을 하려고 시도했고, 아디스아바바에 있는 세계은행에 취직이 되었어. 하지만 정부에서 여권을 취소하는 바람에 케냐를 떠날 수 없었고 그 일자리도 날아가버렸지.

그러다가 노땅은 수도청에 변변찮은 일자리를 얻었어. 그것도 노땅을 불쌍히 여긴 친구가 마련해 준 자리였어. 그 일자리로 우리 가족은 생계를 해결할 수가 있었어. 하지만 노땅으로서는 엄청난 몰락이었지. 노땅은 술을 마시기 시작했어. 엄청나게 마셔댔어. 노땅이 알고 지내던 사람들도 이제는 집으로 찾아오지 않았어. 노땅과 함께 있는 모습을 들켰다가는 자기들도 위험해질 수 있었기 때문이지. 그 사람들은 노땅에게, 대통령에게 가서 사과하면 상황이 바뀔 수도 있으니까 그렇게 하라고 충고했어. 하지만 노땅은 그만 소리 집어치우라고 했지. 생각나는 대로 거침없이 입 밖으로 쏟아냈어.

물론 이런 사정들을 나는 나중에 나이를 먹은 뒤에야 알았지. 그 당시에 나는 우리 집 사정이 매우 어렵구나 하는 것밖에 몰랐어. 노땅은 오빠나 나를 꾸짖을 때 말고는 우리랑 아예 대화하지도 않았어. 밤늦게 술에 취해 들어오곤 했는데, 러스에게 음식을 내오라고 고함을 지르는 소리를 숨죽이고 들었던 기억이 나. 러스는 노땅의 변한 모습에 환멸을 느꼈어. 때로는 오빠와 나를 불러서 아버지가 미쳤다며, 그런 아버지를 둔 우리가 불쌍하다는 말을 하곤 했어. 그 말을 듣고도 나는 화를 내지 않았어. 아마 나도 동의했을 거야. 하지만 나는 훨씬 전부터 러스가 자신이 낳은 아이들과 우리를 다르게 대한다는 사실을 알고 있었어. 그녀는 툭하면 우리는 자기 자식이 아니지만 자기는 우리를 도울 수 있는 길을 찾아보겠다고 말했어. 오빠와 나는 외톨이가 될지도 모른다는 불안한 예감을 안고 살았지 뭐. 그리고 러스가 결국 노땅을 떠나자, 우리의 예감은 현실이 되고 말았어.

러스가 떠난 게 내가 열한두 살 때였어. 노땅이 자동차 사고로 중상을 입은 뒤였지. 내 생각엔 음주운전을 했던 것 같아. 노땅과 충돌한 다른 차의 운전자는 백인 농부였는데 그 사고로 목숨을 잃었다더라. 노땅은 아주 오랫동안 병원에 입원해 있었어. 거의 1년 가까이. 그래서 오빠와 나 둘이서 살아야 했어. 그리고 마침내 노땅이 퇴원을 했고, 그때 너와 네 엄마를 만나러 하와이에 갔던 거야. 가면서 이런 말을 했어. 두 사람을 데리고 돌아올 거라고. 그러면 함께 단란한 가정을 이루고 행복하게 살 수 있을 거라고 말이야. 하지만 노땅은 혼자 돌아왔어. 그리고 그 뒤로 오빠와 내가 노땅을 보살펴야 했어.

교통사고 때문에 노땅은 수도청의 일자리마저 잃었어. 게다가 잠자고 생활할 집도 없었지. 한동안 우리는 친척집을 전전했어. 친척들도 자기들 코가 석 자라 우리를 내칠 수밖에 없었고, 그때마다 우리는 짐을 싸야 했어. 그러다가 시내의 어떤 가난한 동네에 있는 허름한 집에서 몇 년을 살았어. 정말 끔찍한 시기였어. 노땅은 친척들에게 돈을 빌리러 다녔어. 먹을 걸 살 돈조차 없었던 거야. 그런 일이 노땅으로서는 참을 수 없을 만큼 부끄러웠을 거야. 노땅은 그만큼 성격이 포악하게 변했어. 살림살이가 엉망이었지만 노땅은 오빠나 내가 옳지 않은 일은 절대로 못 하게 했어. 가장 속이 상했던 때가, 오바마 박사의 아이들답게 행동해야 한다는 말을 들을 때였어. 먹을 게 하나도 없을 때도 노땅은 자선단체에 기부를 하곤 했어. 단지 체면을 유지하려고 말이야. 말이 되니? 그걸 보고 나는 때로 화를 내며 대들기도 했어. 그러면 이러는 거야, 내가 어리석고 어린 여자애라 몰라서 그런다고.

오빠와 노땅 사이는 나보다 더했어. 두 사람은 엄청나게 싸웠어. 그러다가 오빠가 집을 나가버렸지 뭐야. 그리고 다른 데 살면서 집에는 발을 끊었지. 그래서 난 노땅과 남게 된 거야. 때로는 밤 9시 반이 넘을 때까지 기다려야 했어. 노땅이 집으로 들어오는 소리가 들리나 귀를 기울이면서, 혹은 어떤 끔찍한 일이 일어나지나 않았을까 상상을 하면서 말이야. 그러고 있다 보면 노땅이 술에 취해 비틀거리면서 내 방에 들어와 나를 깨워. 말 상대가 되어달라거나 먹을 걸 내오라는 거야. 자기가 얼마나 불행한 처지에 놓였는지, 그리고 사람들이 자기를 얼마나 비참하게 배반했는지 넋두리를 늘어놓곤 했어. 난 너무 졸렸어. 노땅이 하는 말을 하나도 알아들을 수가 없었어. 그래서 마음속으로 은밀하게, 다시는 노땅이 집에 돌아오지 않았으면 좋겠다고, 영원히 돌아오지 않았으면 좋겠다고 바라기 시작했지.

그런 상황에서 나를 구해준 게 케냐 고등학교였어. 영국 학생들이 다니던 여학교였는데 매우 엄격하고 인종 차별이 심했어. 내가 그 학교에 다닐 때야 비로소 아프리카인 교사들을 받아들일 정도였으니까. 물론 백인 학생들이 대부분 떠난 뒤이긴 했지만. 그렇게 엄격하고 차별이 심했어도 나는 학교가 집보다는 훨씬 나았어. 생기를 되찾았거든. 기숙학교여서 학기 중에는 노땅과 떨어져 살 수 있어서 좋았지. 학교에서 나는 계층 혹은 서열 의식에 처음 눈을 떴어. 장차 내 의식에 끈덕지게 달라붙어 있을 의식이었지. 내 말 알겠니?

그런데 1년 뒤, 노땅이 학비를 내지 못하는 일이 벌어졌어. 난 학교에서 쫓겨나고 말았어. 너무 부끄러워 밤새 울었어. 어떻게 해야 할지 눈앞이 깜깜했어. 하지만 운이 정말 좋았던 게, 어떤 여선생님이 내 사정을 듣고는 장학금을 받을 수 있게 주선을 했지 뭐야. 그래서 다시 학교에 돌아갈 수 있었던 거지. 지금 이런 말을 하려니까 마음이 참 아프긴 하지만, 노땅과 함께 있어야 한다는 사실이 워낙 끔찍했던 터라 노땅 곁을 떠날 수 있다는 것만으로도 행복했어. 나는 뒤도 돌아보지 않고 학교로 향했지.

그 뒤 고등학교에 다니던 2년 동안 노땅의 사정이 좋아졌어. 케냐타가 죽었고, 다시 정부에서 일할 수 있었거든. 노땅은 재무부 일을 하면서 다시 돈을 모을 수 있었지. 영향력도 키우고 말이야. 하지만 내 생각에는 당신에게 일어났던 비참한 일들을 완전히 극복하지는 못했던 것 같아. 게다가 동년배들은 정치적으로 훨씬 더 높은 자리에 올라가 있었거든. 뿔뿔이 흩어진 가족을 다시 불러 모으기도 너무 늦었고, 노땅은 오랫동안 호텔에서 살았어. 집을 살 여유가 있었는데도 말이야. 여러 여자들과 잠깐 살다가 헤어지곤 했어. 유럽 여자들도 있었고 아프리카 여자들도 있었지만 모두 길게 가진 못했어.

나도 노땅을 거의 만나지 않았어. 어쩌다 만나기라도 하면 나를 어떻게 대해야 할지 몰라 쩔쩔매곤 했지. 우리는 서로 남남 같았어. 그래도 노땅은 모범적인 아버지처럼 행동하려고 했지. 나에게 예절이 뭔지 가르치고 싶어 했고. 지금도 생각나. 독일에서 공부할 수 있는 장학금을 받았는데, 무서워서 얘기도 못 했어. 아직 어리니까 외국에 보낼 수 없다고 하며 해당 부처에 손을 써서 학생 비자를 취소시킬지도 모른다고 생각했거든. 그래서 나는 노땅에게는 아무 말도 하지 않고 그냥 독일로 갔어.

독일로 간 뒤에야 나는 노땅에 대해서 품었던 분노를 조금씩 덜어내기 시작했어. 멀리 떨어져 있으니까 그가 겪었던 일들을 이해할 수가 있더라. 스스로도 자기를 알지 못하고 살 수밖에 없었던 인생을 말이야. 인생을 온통 엉망으로 만든 뒤 마지막에 가서야 새로운 변화를 모색하던 노땅의 모습이 그제야 제대로 보이더라. 내가 노땅을 마지막으로 본 게, 그가 유럽에 출장을 왔을 때였어. 케냐를 대표해서 어떤 국제회의에 참석하려고 왔던 거야. 난 좀 걱정되더라. 왜냐하면 우린 아주 오랫동안 이야기를 나누지 않았거든. 그런데 독일에 도착했을 때 표정이 참 편안해 보였어. 평화롭다는 느낌까지 받았으니까. 아버지와 딸로서 오랜만에 즐거운 시간을 가졌어. 이성적으로는 전혀 이해할 수 없는 사람인데도 노땅이 그렇게 매력적인 사람으로 비칠 수 있다는 게 놀라웠어.

노땅은 나를 런던으로 데려갔어. 우린 멋진 호텔에 머물렀는데, 어떤 클럽에 가서는 자기 친구들에게 나를 소개했어. 한 사람도 빼놓지 않고 모두에게 말이야. 식탁에서는 내가 앉기 편하도록 의자를 빼주기도 했고, 친구들에게 내 자랑을 하느라 입에 침이 마를 지경이었어. 그리고 런던에서 돌아오는 비행기에서 있었던 일인데, 그가 마시던 위스키 잔이 하도 예뻐서 그 잔을 몰래 가방에 넣어가야겠다고 하자 뭐랬는지 아니? '그럴 필요 없다.' 그러더니 스튜어디스를 불러서 그 잔 세트를 내게 주라고 했어. 스튜어디스가 와서 잔 세트를 건넸을 때, 나는 마치 어린아이가 된 기분이었어. 아버지의 어린 공주 말이야.

마지막 날, 점심을 함께 먹는 자리에서 우리는 미래에 관한 얘기를 나누었어. 노땅이 나에게 돈이 필요한지 묻더니 필요하면 주겠다고 하더라. 그리고 내가 케냐로 돌아가면 적당한 남편감을 골라주겠다는 말도 했어. 그 말을 들으니 코끝이 찡하더라고. 지난날 당신의 잘못을 모두 보상하고 싶은 마음이구나, 하는 생각이 들었어. 그 당시 노땅은 새로 아들을 하나 얻었어. 이름이 조지인데 그때 같이 살던 젊은 여자가 낳은 아이였지. 그래서 난 이렇게 말했어. '오빠랑 나는 이제 어른이잖아요. 우리는 우리가 알아서 할 거예요. 우리에게는 우리 나름의 기억이 있지만, 어쨌거나 우리 사이에 있었던 일은 되돌릴 수가 없잖아요. 하지만 조지는 아니에요. 그 아이는 아직 백지와 같잖아요. 아버지에게는 다시 기회가 생긴 거예요. 그 아이한테 잘해주세요.' 그러니까 그냥 고개만 끄덕이더라. 마치…… 마치…….'

●

한동안 아우마는 아무 말도 하지 않았다. 그녀는 연초점으로 찍어서 선이 부드러운 아버지의 사진만 물끄러미 바라보았다. 그러곤 자리에서 일어나 창가로 갔다. 그녀는 내게 등을 돌리고 섰다. 두 팔을 엑스 자로 포갠 채 두 손으로 자기 팔뚝을 꽉 움켜쥐었다. 얼마나 세게 쥐었던지 손가락이 살을 파고 들어가는 듯했다. 그리고 그 자세로 격렬하게 떨었다. 그녀는 울고 있었다. 등 뒤로 다가가 두 팔로 그녀를 안았다. 그녀는 계속 울었다. 그녀의 슬픔이 온몸에 물결치며 흘러내렸다.

"날 이해하겠지, 바라크?"

흐느끼는 가운데서도 그녀는 간간이 말을 이어갔다.

"이제 막 그를 알기 시작했는데…… 막 알려고 했는데…… 시간이 조금만 더 있었더라면, 아마 왜 그래야 했는지 나한테 털어놓았을 거야. 가끔 그런 생각이 들더라. 아버지는 정말 그때 반환점을 돌았고, 이제 내면의 평화를 찾았던 게 아닌가 하는. 사망 소식을 들었을 때, 난 정말…… 정말 배신당한 느낌이 들었어. 너도 나와 마찬가지였겠지만."

모퉁이를 돌아가는 자동차의 바퀴가 날카로운 마찰음을 냈다. 외로운 남자 하나가 가로등이 만든 노란 원을 지나쳐 걸어갔다. 그 사이 아우마는 마음을 진정시켰다. 의지의 힘으로 울음을 그쳤고 떨리던 몸도 잠잠해졌다. 그녀는 소맷자락으로 눈물을 훔쳐내며 말했다.

"누나를 이렇게 울려놓고 바라보니까 재미 좋니?"

그녀가 피식 웃었다.

"너 아니? 노땅이 네 이야기를 얼마나 많이 했는지. 네 사진을 가지고 다니며 만나는 사람들마다 보여줬다니까. 그리고 학교에서 공부도 잘한다고 얼마나 자랑했는데. 내 추측이지만, 네 어머니와 노땅은 그 뒤로도 계속 편지를 주고받았나 봐. 네 어머니의 편지가 정말 큰 위안이 되었던 게 분명해. 왜 그렇게 생각하느냐 하면, 모든 사람들이 등을 돌렸던 그 힘든 시기에도 아버지는 네 어머니가 보낸 편지들을 들고 내 방에 들어와서는 큰 소리로 읽곤 했으니까. 내가 잠이 들었으면 일부러 깨워서 듣게 했어. 다 읽고 나서는 편지를 흔들면서 네 어머니가 얼마나 좋은 여자인지 모른다고 말했어. 그리고 혼잣말로 몇 번씩이나 되뇌던 말이 있어. '나를 진정으로 걱정해 주는 사람들이 있어'라고."

아우마가 양치질을 하는 동안 나는 침대 겸용 소파를 폈다. 얼마 뒤 그녀는 담요를 덮고 누웠고 금방 잠들었다. 하지만 나는 잠이 오지 않았다. 책상에 놓인 등을 켰다. 그리고 잠이 든 아우마의 평온한 얼굴을 바라보았다. 그녀의 고른 숨소리를 들었다. 그러면서 그녀가 들려준 모든 이야기를 되새기며 그것을 어떻게 받아들여야 할지 생각했다. 마치 내가 속한 세상의 하늘이 무너지는 느낌이었다. 어느 날 아침에 일어나보니 노란 하늘에 파란 태양이 떠 있거나, 돼지가 사람 말을 하는 광경을 바라볼 때 그런 느낌이지 않을까 싶었다.

●

그때까지 내가 간직해 온 아버지의 이미지는 단 하나였다. 가끔씩 반항을 하긴 했지만 결코 의심을 품어본 적이 없는 이미지, 반드시 본받고 따라야겠다고 마음먹었던 이미지였다. 명석한 학자, 관대한 남자, 탁월한 지도자……. 이런 것이 그때까지 내가 품고 있었던 아버지의 이미지였다. 그런 이미지는 그가 하와이에 잠깐 와서 머물렀던 때를 제외하고는 단 한 번도 어그러진 적이 없었다. 나는 대부분의 남자들처럼, 인생의 어느 순간 아버지의 육체가 시들고, 희망이 부서지고, 얼굴에 슬픔과 회한의 굵은 주름이 잡히는 것을 본 적이 없었다.

그렇다. 나는 다른 남자들에게서는 그런 모습들을 보았다. 할아버지에게서 실망스러운 모습을 보았고, 롤로에게서 타협하는 모습을 보았다. 하지만 그 사람들은 내가 직접 만지고 관찰하면서 배울 수 있는 대상이었다. 그 사람들을 사랑하긴 했어도 그들을 본받으려고 애쓴 적은 없었다. 그들은 각각 백인이고 황인이었으며, 그들의 운명은 나에게 들려줄 이야기가 많지 않았다. 내가 나 자신에게서 찾고자 했던 모든 것, 즉 마틴과 맬컴 그리고 두보이스와 만델라의 특성을 쏟아부으려고 했던 원형의 이미지는 바로 흑인이고 아프리카의 아들인 아버지였다. 그리고 설령 나중에 내가 알았던 흑인들(예를 들면 프랭크, 로이, 윌 혹은 라피크)이 그런 높은 기준에 도달하지 못한다는 사실을 알았다 하더라도 그리고 그들이 수행한 투쟁을 통해서 그들을 존경해야 한다는 사실을 깨달았다 하더라도, 내가 상상했던 아버지는 그들보다 훨씬 높은 자리에 있었다. 아버지의 음성은 여전히 내 등을 떠밀며 격려했다. 배리, 넌 마땅히 그래야 할 만큼 열심히 하지 않는구나. 더 힘을 내! 네 민족의 투쟁을 도와야지. 일어나라, 흑인의 아들아!

희미한 백열등 하나를 켜놓고 의자에 앉아, 아버지의 그런 이미지가 부서져 연기처럼 사라지는 광경을 지켜보았다. 그리고 그 자리에 들어서는 것은 무엇인가……? 형편없는 술주정꾼? 아내를 학대하는 남편? 경쟁에서 패배한 지치고 외로운 관료? 그렇다면 내가 여태까지 씨름하며 살아왔던 것은 유령이었단 말인가? 현기증이 났다. 만약에 아우마가 그 방에 잠들어 있지 않았다면 아마 미친 듯이 큰 소리로 웃었을 것이다. 이제 왕의 동상은 무너졌고 우상은 사라졌다. 진실을 가렸던 에메랄드빛 커튼이 걷혔다. 내 머릿속에서 온갖 어중이떠중이들이 제각기 자기가 최고라고 아우성을 쳤다. 그래 좋다! 빌어먹을! 내가 할 일을 얼마든지 잘할 수 있다고! 어떻게 해도 아버지보다는 잘할 수 있을 것 같았다.

●

밤이 점점 깊어갔다. 새로 발견한 자유에서 얻어낼 수 있는 만족은 거의 없다는 사실을 깨달으며 나는 균형 감각을 유지하려고 애썼다. 노땅을 무릎 꿇게 만들었던 것과 똑같은 패배를 나에게 안겨줄 것은 무엇일까? 흑인의 영혼에 놓인 그 모든 함정을 피해갈 수 있도록 경고해 주고, 또 내가 의심의 늪에 빠지지 않도록 보호해 줄 사람은 이제 누구인가? 아버지에 대한 환상은 적어도 내가 절망에 빠지지 않게 해주었다. 그런데 이제 그는 죽었다. 완전히 죽고 없다. 더는 내 삶의 지표가 될 수 없고 인생의 교훈을 줄 수 없다.

어쩌면 그가 나에게 해줄 수 있는 말은 그에게 일어났던 일이었는지도 모른다. 새롭게 깨달은 그 모든 사실에도 불구하고, 나는 아직도 아버지가 어떤 사람이었던지 여전히 알지 못한다는 생각이 퍼뜩 떠올랐다. 그의 활기찬 정력과 그의 약속 앞에 나타났던 것들은 무엇이었을까? 그로 하여금 야망을 품게 했던 것은 무엇이었을까? 나는 다시 한번 그를 처음이자 마지막으로 보았던 때를 떠올렸다. 이제야 알 수 있는 사실이지만, 그때 나만큼이나 두려웠던 게 틀림없었던 아버지는 과거를 털어내고 온전한 모습으로 다시 시작하고자 했을 것이다. 하지만 아버지는 그때 나에게 진심을 털어놓을 수 없었다. 그건 나도 마찬가지였다. 열 살 소년이 가지고 있던 소망을 그에게 털어놓지 못했었다. 우리는 서로의 모습을 보고는 그냥 얼어붙어서, 자세히 들여다보면 우리의 진짜 모습이 사실은 서로에 대해 기대했던 것과 터무니없이 다르고 또 부족한 부분이 많음을 밝혀낼 수 있을 거라는 의심을 조금도 하지 않았다.

하지만 그로부터 15년이 지난 뒤, 나는 아우마의 잠든 얼굴을 바라보면서 우리가 그때 그렇게 침묵함으로써 결국 치르고 말았던 대가가 무엇인지 알 수 있었다.

●

열흘 뒤, 아우마와 나는 공항의 대기실 플라스틱 의자에 앉아서 유리벽 너머에 있는 비행기들을 멍한 표정으로 바라보고 있었다. 무슨 생각을 하느냐고 묻자 아우마는 부드러운 미소를 지었다.

"알레고를 생각했어. 고향 마을. 우리 할아버지의 땅. 할머니가 아직 사시는 곳. 정말 아름다운 데야, 바라크. 독일에 있으면 외롭다는 생각이 들어. 거긴 춥거든. 그럴 때면 눈을 감고 내가 고향 마을 알레고에 가 있다고 상상을 해. 나는 마당에 서 있다, 내 주변에 할아버지가 심은 커다란 나무들이 서 있다, 할머니가 옆에서 재미있는 이야기를 해주신 다, 암소가 꼬리를 휙 날려서 철썩 하고 파리 떼를 쫓는다, 닭들이 마당 을 돌아다니면서 모이를 쪼는 소리가 들리고 아궁이에 불을 때는 냄새 가 난다, 그리고 옥수수 밭으로 이어지는 뒷마당의 망고나무 아래에 노땅이 묻혀 있다."

비행기가 사람들을 태우기 시작했다. 우리는 마지막까지 앉아 있었 다. 아우마는 눈을 감고 내 손을 힘주어 잡았다. 그리고 이렇게 말했다.

"우리는 고향에 돌아가야 해. 우리는 고향에 돌아갈 필요가 있어, 바 라크. 가서 아버지를 봐야 해."

12

라피크는 그곳이 멋지게 보이도록 최선을 다했다. 문 위로 간판을 새로 달았고, 또 봄볕이 안으로 들어올 수 있도록 문도 열어두었다. 바닥 청소를 깨끗이 하고 가구 배치도 새로 했다. 라피크는 검은 양복을 입고 검은 가죽 넥타이를 맸다. 넥타이는 반짝반짝 윤이 났다. 그는 한쪽에 긴 탁자를 놓고 한동안 떠들썩하게 부하 두 사람에게 지시했다. 과자와 과일의 배치를 이렇게 해라, 아니 저렇게 해라……. 그러면서도 벽에 걸린 해럴드의 사진이 혹시라도 비뚤어지지 않았는지 잡았다 놓기를 반복하면서 내게 물었다.

"정말 똑바르게 됐나요?"

"똑바릅니다. 됐어요."

로즈랜드의 MET 취업 센터 개소식 날이었다. 행사에는 시장이 오기로 되어 있었다. 그건 굉장한 사건이었다. 라피크는 개소식 식전 행사가 자기 건물에서 치러지면 좋겠다고 여러 주 동안 끈질기게 간청을 했었다. 하지만 그렇게 간청한 사람이 라피크만은 아니었다. 시의원은 자기 사무실에서 자기가 주최자가 되어 그 식전 행사를 치를 수만 있다면 무한한 영광일 거라고 했다. 또 지난 시장 선거에서 백인 후보들의 편에 서는 실수를 저지르고 말았던 주의회의 상원의원은 행사 프로그램에 자기를 넣어주기만 하면 우리가 원하는 모든 사업에 후원금을 모아주겠다고 했다. 심지어 스몰스까지 전화해서 '멋진 친구 해럴드'에게 자기를 소개해 주면 우리에게도 커다란 득이 될 거라고 했다. 내가 일하는 사무실에 들어갈 때마다 엄청난 메시지들이 나를 기다리고 있었다. 비서는 우스갯소리로 이렇게 말했다.

"이제 완전히 유명 인사가 되었네요, 버락."

그런데 그 말이 채 끝나기도 전에 다시 나를 찾는 전화벨이 울리곤 했다.

예전에 창고로 썼다는 라피크의 건물 내 행사장에 모인 사람들을 둘러보았다. 대부분이 정치인들이거나 이런 행사가 있으면 얼굴 비치기 좋아하는 사람들이었다. 그들은 각자 대화를 나누면서도 문 쪽으로 계속 시선을 던졌다. 거기서는 사복 경찰들이 무전기로 현장 상황을 상급자에게 수시로 보고하고 있었다. 나는 사람들 틈을 비집고 가서 윌과 앤절라 앞에 섰다.

"준비들 되셨죠?"

그들은 고개를 끄덕였다.

"잘 기억하세요. 해럴드가 가을에 있을 우리 집회에 꼭 참석할 수 있도록 해야 합니다. 그 사람 일정이 잡히기 전에 우리 집회를 먼저 잡아야 하는 거 아시죠? 그리고 우리가 여기서 하는 모든 일들을 다 말하세요. 그리고 왜 우리가……."

그 순간 사람들 사이에서 웅성거림이 일더니 갑자기 조용해졌다. 긴 자동차의 행렬이 건물 앞에서 멈추고 리무진의 문이 열렸다. 그리고 경호 대형을 이룬 경찰들 뒤로 시장이 모습을 드러냈다. 그는 수수한 파란색 양복을 입었고, 구김살이 많이 잡힌 트렌치코트를 걸치고 있었다. 회색 머리카락은 조금 흐트러져 보였다. 내가 생각했던 것보다는 키가 작았다. 하지만 그의 존재감은 부정할 수 없을 정도로 강력했다. 카리스마를 뿜어내는 그의 미소에서는 높은 권력을 쥔 사람만이 부릴 수 있는 여유가 느껴졌다. 사람들은 그의 이름을 부르기 시작했다.

"해, 럴, 드! 해, 럴, 드!"

그러자 시장은 그 자리에서 뒤로 돌아서서 두 팔을 번쩍 들었다. 경찰과 알바레스의 안내를 받으며 그는 군중 사이로 걸어갔다. 상원의원과 시의원을 지나쳤다. 라피크와 나를 지나쳤다. 그리고 스몰스가 내민 손을 지나쳤다. 그리고 마침내 앤절라 앞에 섰다.

"라이더 부인."

그는 앤절라와 악수를 하고 가볍게 고개를 숙였다.

"기쁩니다. 당신들이 하고 있는 멋진 일들에 대해 계속 듣고 있었습니다."

앤절라는 금방이라도 기절할 것 같은 얼굴이었다. 시장이 그녀에게 함께 일하는 사람들을 소개해 달라고 했다. 그녀는 웃다가 또 쩔쩔매다가 마침내 정신을 차리고 지역운동을 하는 지도자들이 있는 곳으로 시장을 안내했다. 지도자들은 모두 차렷 자세로 꼼짝도 하지 않고 있었다. 마치 보이스카우트 대원들 같았다. 하지만 한결같이 바보처럼 입을 헤 벌린 채 웃고 있었다. 소개가 끝나자 시장은 앤절라가 팔짱을 낄 수 있도록 자기 팔을 벌렸다. 그리고 두 사람은 나란히 문 쪽으로 걸어 갔다. 그 뒤로 사람들이 따라갔다. 그 모습을 보고 셜리가 모나의 귀에 속삭였다.

"이게 설마 꿈은 아니겠지?"

행사는 약 15분 동안 이어졌다. 경찰은 미시건 애비뉴의 두 블록을 막았다. MET의 취업 센터가 입주할 건물 앞에는 작은 무대가 마련되어 있었다. 앤절라는 사업을 함께 추진해 온 모든 교회 사람들을 소개했다. 그리고 참석한 정치인들도 소개했다. 윌은 개발공동체 프로젝트의 활동을 간략하게 소개했다. 시장은 우리의 활동을 축하했다. 상원의원과 스몰스 목사 그리고 시의원은 시장 뒤쪽에 자리를 잡고 서서 가장 그럴듯한 미소를 지으며 자기들이 고용한 사진사의 플래시 세례를 받느라 정신이 없었다. 마침내 개소식 테이프를 자르는 행사가 이어졌고, 그것으로 잔치는 끝이 났다. 시장이 탄 리무진이 다음 행사 장소를 향해 떠나자 사람들이 순식간에 빠져나갔다. 바람 부는 거리에 남은 사람은 우리 몇 명뿐이었다.

나는 앤절라에게 다가갔다. 앤절라는 셜리, 모나와 함께 이야기를 하느라 정신이 없었다.

"시장이 '라이더 부인', 이렇게 말할 때 진짜 나 죽는 줄 알았어!"

"그래, 우리가 네 표정 사진으로 찍었어."

모나가 손에 든 자동카메라를 흔들며 대꾸했다. 나는 세 사람의 말을 끊으며 대화에 끼어들었다.

"집회는 어떻게 됐나요?"

"근데 시장이 나보고 열네 살짜리 딸을 둔 엄마라는 말을 믿을 수 없을 만큼 젊어 보인다잖아. 내 말 믿을 수 있겠니?"

"집회에 와줄 수 있다고 하더냐니까요?"

세 여자가 동시에 나를 바라보았다.

"무슨…… 집회……요?"

나는 그 여자들 앞에 두 손을 홰홰 내젓고 돌아서서 무거운 발걸음을 내디뎠다. 내 차가 있는 곳까지 갔을 때, 뒤에서 윌이 부르는 소리가 들렸다.

"갑자기 어디로 가려고요?"

"모르겠습니다. 아무 데나……."

나는 담배를 빼물었다. 불을 붙이려고 했지만 바람 때문에 번번이 성냥불이 꺼졌다. 나는 욕을 하면서 성냥개비를 땅에 팽개쳤다. 그리고 윌을 향해 돌아섰다.

"하나 가르쳐줄까요?"

"뭘……?"

"우리가 정말 쓸모없고 시시한 사람들이란 사실. 우린 모두 그런 사람들입니다. 우리가 이 도시에서 정말 중요한 일을 준비하고 있고, 우리가 매우 중요한 동반자라는 사실을 시장에게 알릴 수 있는 절호의 기회였는데 우리는 어떻게 했습니까? 괴성을 지르며 스타를 졸졸 따라다니는 어린 학생들보다 나을 게 뭐가 있었냐고요. 보셨잖아요. 시장 주변에 빙 둘러서서 '치―즈' 하면서 사진이나 찍고, 좋다고 폴짝폴짝 뛰고……."

"자기 사진은 한 장도 없다고 섭섭해서 그런 건 아니죠?"

윌이 싱글싱글 웃으면서 폴라로이드 사진을 내밀었다. 그러고는 내 어깨에 손을 얹었다.

"이번에는 내가 하나 가르쳐줄까요? 당신은 마음을 좀 더 가볍게 하고 즐거워할 필요가 있어요. 당신이 시시하다고 말한 것이 앤절라와 그 사람들에게는 최고의 즐거움이었습니다. 10년이 지난 뒤에도 여전히 사람들에게 자랑할 거라고요. 그게 앤절라나 그 사람들이 자기가 얼마나 중요한 사람인지 느끼게 해준다는 걸 잊어서는 안 됩니다. 그리고 이걸 버락 당신이 해냈고요. 해럴드를 다음 집회에 초대해야 하는 걸 깜박 잊었다는 게 뭐 그렇게 대단한 잘못입니까? 해럴드에게는 언제든지 전화를 할 수 있잖아요."

나는 자동차에 탔다. 그리고 창문을 내리고 윌에게 이렇게 말했다.

"잊어버리세요. 내가 실망을 너무 많이 했나 봅니다."

"예, 나도 알아요. 하지만 왜 그렇게 실망하게 되었는지 자기 자신에게 물어봐야 할 겁니다."

"왜 그렇죠?"

윌은 어깨를 으쓱했다.

"당신이 좋은 일을 하려고 애쓴다는 건 나도 잘 알아요. 하지만 만족할 줄을 몰라요. 모든 게 빠르게 이루어지길 원하죠. 당장 이 자리에서 이루어지길 말이죠."

"내가 무얼 증명해야 한다면, 난 더 할 말이 없네요."

기어를 넣고 가속 페달을 밟았다. 하지만 윌의 목소리가 나를 따라왔다.

"우리한테 증명할 필요 없어요, 버락! 우린 당신을 사랑해요, 알죠? 하나님은 당신을 사랑합니다!"

시카고에 온 지 거의 1년이 지났다. 우리가 기울인 노력이 마침내 열매를 맺기 시작했다. 윌과 메리가 주도하는 길모퉁이 집회에 참석하는 고정 회원이 50명으로 늘어났다. 그들은 주민 대청소를 조직하고, 지역의 청소년들을 위한 취업의 날 행사를 후원했다. 또 시의원으로부터 위생 시설을 개선하는 데 힘쓰겠다는 약속을 얻어냈다. 그리고 북쪽에서는 크렌쇼 부인과 스티븐스 부인이 시청의 공원 담당 부서로부터 황폐하게 버려진 공원들과 놀이터들을 정비하고 새롭게 단장하겠다는 약속을 받아냈다. 거리가 말끔하게 정비되고 잡초도 사라졌다. 범죄 감시 프로그램들도 운영되었다. 그리고 예전에는 비어 있던 가게 자리에서 취업 센터도 활발하게 돌아갔다.

조직 사업이 성과를 보이면서 나도 함께 성장했다. 이런저런 행사나 모임 혹은 공동 작업에 참석해 달라는 요청을 많이 받았다. 지역의 정치인들도 내 이름을 알았다. 비록 처음과 마찬가지로 발음을 정확하게 못 하는 것은 여전해도. 지역의 지도자들이 나를 바라보는 눈도 그만큼 달라졌다. 언젠가 한번은 셜리가 새로 온 활동가에게 하는 말을 본의 아니게 엿들은 적이 있다.

"버락이 처음 여기 왔을 때 어땠는지 보셨으면 좋았을 텐데. 그때는 아직 어린애였죠. 하지만 지금은 아니에요. 완전히 달라졌다 이 말이죠."

셜리는 마치 잘 자란 아들을 자랑하는 어머니처럼 그렇게 말했다. 그들에게 나는 돌아온 탕아 같은 인물이었던 셈이다.

어쩌면 그렇게 된 게 아우마가 찾아오고 그녀가 노땅에 관해 들려준 이야기와 관련이 있는지도 모른다. 한때 아버지가 기대한 대로 살고자 하는 바람을 느꼈던 곳에서 나는 이제 그가 저지른 모든 실수를 만회해야 한다는 강박감을 느끼고 있었다. 그런데 그 실수들이 도대체 어떤 의미가 있는지 나는 여전히 선명하게 파악하지 못했다. 나는 여전히 아버지의 잘못된 선택들을 경고해 주는 표지판을 읽을 수 없었다.

이런 혼란 때문에 그리고 너무도 모순적으로 남아 있는 아버지의 이미지들 때문에(이 모순되는 두 개의 이미지는 번갈아 가면서 나타났다. 둘이 동시에 나타난 적은 한 번도 없었다), 마치 내가 정해진 각본에 따라 살고 있는 것 같은 기분이 문득문득 들었다. 아버지가 걸어간 비극의 포로가 되어 그가 저질렀던 실수를 그대로 따라가는 느낌이었다.

그리고 마티와도 사이가 좋지 않았다. 그해 봄 우리는, 자기 일은 각자 자기가 알아서 하는 걸로 공식적으로 정리했다. 그때 이후로 그는 대부분의 시간을 교외에 있는 교회들과 함께 보냈다. 그 교회의 신자들은 흑인 백인 할 것 없이 일자리보다는 10년 전 사우스사이드를 휩쓸었던 것과 똑같은 토지 가격 인하와 백인의 교외 탈출 현상에 더 많은 관심을 가지고 있음이 드러났다.

그 문제들은 매우 다루기 힘들고 까다로웠다. 마티가 정말 손 대고 싶지 않을 만큼 난감해하던 인종 차별주의와 미묘한 것들이 농익은 문제들이었다. 그래서 그는 다른 곳으로 옮겨가기로 결심했다. 그는 또 한 명의 조직가를 고용해서 일과의 대부분을 교외 지역에서 작업하도록 했고, 게리에서 새로운 조직을 만드느라 무척 바빴다. 게리는 아주 오래전에 경제 기반이 완전히 무너진 도시였다. 마티의 말로는, 얼마나 상황이 좋지 않았던지 그 도시에서는 아무도 조직가의 피부색 따위를 따지지 않았다고 했다. 사람들이 그만큼 절박했다는 뜻이었다. 어느 날 그가 나더러 자기를 따라오라고 했다.

"이곳은 당신이 경험을 쌓기엔 상황이 열악합니다. 사우스사이드는 너무 커요. 변수도 많고. 당신 잘못이 아니라 내 잘못이오. 내가 제대로 알고 시작했어야 하는 건데……."

자기를 따라오라고 하는 마티의 배경 설명이었다.

"난 갈 수 없습니다. 여기서 계속 일할 생각입니다."

그는 나를 바라보았다. 끈기 있게 참는 기색이 역력했다.

"버락, 당신의 진심과 충심은 존경할 만합니다. 하지만 이제 당신도 당신이 어떤 과정을 거쳐서 어떻게 성장할 수 있을지 고민해야 합니다. 여기에 계속 머물러 있다간 실패할 게 뻔해요. 제대로 된 일을 하기도 전에 두 손 들고 나자빠질 수 있단 말입니다."

그는 모든 걸 머릿속에 정리해 두고 있었다. 예를 들면 나를 대신할 사람을 새로 고용해서 훈련을 시키려면 시간이 얼마나 걸릴지, 또 거기에 예산이 얼마나 들지 하는 것들 따위. 그의 계획을 듣고 있자니, 그는 이 지역에서 3년 동안 일하면서 사람이나 장소에 특별한 애정을 붙이지 않았다는 사실을 문득 깨달을 수 있었다. 그는 생존을 위해 자기에게 필요한 인간적인 애정과 유대감도 지역 사람들에게서 찾는 게 아니었다. 우아한 부인과 잘생기고 똑똑한 아들에게서 그런 것들을 구하고 찾았다. 그리고 그가 조직 사업을 하도록 추진하는 힘도 관념이었다. 폐쇄된 공장이 상징하는 관념이었고, 또 공장의 현장이나 앤절라와 윌 혹은 그와 함께 일하겠다고 동의하고 나선 외로운 성직자들보다 더 소중한 관념이었다. 그 관념은 어디에서도 불꽃을 튀길 수 있었다. 마티에게 중요한 것은 그 관념에 가장 적합한 조건을 갖춘 환경을 찾는 것이었다.

"마티."

"왜요?"

"난 다른 데 안 갑니다."

마침내 우리는 다음과 같이 합의했다. 나는 여전히 그의 도움이 절실했기 때문에 그는 예전처럼 나에게 조언을 주기로 했다. 그리고 그가 받았던 봉급은 다른 곳에서 진행하는 그의 사업을 지원하는 데 쓰기로 했다. 하지만 한 주에 한 번씩 정기적으로 만날 때마다 그는 내 마음을 돌리려고 애썼다. 자기 의견을 따르면 활동의 성과가 일단 보장된다고 했다. 또 최고급 양복을 입고 도심에서 활동하는 남자들이 모든 것을 좌우하므로 그들이 핵심적인 활동 대상이라고 말했다. 그리고 이런 말을 하곤 했다.

"버락, 인생은 길지 않아요. 제대로 바꾸려고 노력하지 않는다면 결국 잊어버리고 맙니다."

●

그렇다, 제대로 바꾸어야 한다. 제대로 바꾼다는 것, 그것은 내 개인적인 의지와 어머니가 나에게 가졌던 믿음의 연장선에서 대학 시절에 세웠던 달성 가능한 목표처럼 보였다. 예를 들면, 평균 점수를 확 끌어올린다든가 아니면 술을 끊는다든가 하는 것. 그것은 어떤 것에 책임을 지고 거기에 나를 밀어넣는 것이었다. 1년이라는 세월 동안 조직 사업을 하고 나자, 아무것도 간단해 보이지 않았다. 앨트겔드와 같은 지역을 누가 책임질 것인가. 문득 이런 질문을 던지고 있는 내 모습을 발견했다. 시가를 어적어적 씹는 인종 차별주의자 불 코너[*]도 없고, 곤봉을 휘둘러대는 핑커튼 구사대[**]도 없었다. 거기에는 단지 소수의 늙은 흑인들이 있을 뿐이었다.

그들은 악의나 신중한 계산으로 무장한 게 아니라, 두려움과 소소한

---

[*] 1963년 마틴 루터 킹 목사가 주도한 시위를 무자비하게 진압한 경찰 책임자. '불'은 '황소'를 뜻하는 그의 별명.

[**] 1892년 카네기의 펜실베이니아 홈스테드 공장에서 발생한 파업 기간 중에, 공장 책임자가 조직한 파업 격파대로 노동자에게 악명이 높았다.

욕심에 따라 행동할 뿐이었다. 퇴직을 1년 앞두고 있으며 머리가 막 벗겨지기 시작한 앨트겔드 주택 단지의 책임자인 앤더슨, 공공주택협의회 의장으로서 대부분의 시간을 자기 직위와 관련된 특혜(예를 들면, 급료나 연례 파티에 참석할 자격, 자기 딸이 좀 더 유리한 조건의 아파트를 임대받을 수 있도록 하는 영향력 혹은 조카가 시카고 주택건설국에 취직할 수 있도록 하는 영향력)를 지키는 데 사용하는 리스 부인 같은 사람이 있을 뿐이었다. 아니면, 리스가 다니는 교회의 목사이자 앨트겔드의 유일한 대형 교회 수장이며, 나와 처음이자 마지막으로 만난 자리에서 조직 사업이라는 말을 꺼내자마자 내 말을 가로막았던 존슨 목사와 같은 사람들뿐이었다. 그는 이렇게 말했다.

"시카고 주택건설국은 문제의 핵심이 아니죠. 문제는 온갖 형태로 간음에 빠져 있는 우리의 젊은 여자들입니다."

앨트겔드의 몇몇 세입자들은, 앤더슨이 리스 부인이나 리스 부인이 지명한 후보자를 반대하고 나서는 사람들의 아파트는 보수해 주지 않는다고 했다. 또 리스 부인은 존슨 목사의 통제를 받고 있으며, 존슨은 시카고 주택건설국과 계약을 맺고 있는 경비 회사를 소유하고 있다고 말했다. 이런 소문들이 모두 사실이라고 말할 수 없었다. 나아가 그런 게 그다지 중요해 보이지도 않았다. 그 세 사람은 앨트겔드에서 직업을 가지고 일하는 대부분의 사람들(예를 들면 교사, 약사, 경찰관)이 보여주는 태도를 반영할 뿐이었다. 그 사람들 가운데 일부는 단지 돈을 바라며 일을 하지만, 일부는 진정으로 봉사하는 마음을 가지고 자기 일을 했다.

하지만 그 사람들의 동기가 무엇이든 간에, 어떤 순간에 가면 공통적으로 지루함을 호소하게 마련이었다. 그것은 뼛속까지 파고드는 권태였다. 그들은 한때 자기 주변에 널린 부패를 척결할 능력이 자기에게 있다고 믿었지만, 이제는 그런 자신감을 모두 잃어버린 뒤였다. 자신감이 사라지면서 분노할 줄 아는 마음도 함께 사라졌다. 자기 자신에 대한 책임감 아니면 다른 사람에 대한 책임감이 서서히 잠식당하고 그 자리에 자학적인 블랙 유머가 들어섰다. 어차피 잘 되지도 않을 텐데 책임감 따위를 가져봐야 무슨 소용이냐는 것이었다.

어떤 점에서 보면 그때 윌이 한 말이 맞았다. 나는 내가 앨트겔드 사람들에게, 마티에게, 나의 아버지에게 그리고 나 자신에게 증명해 보여야 할 게 있다고 느꼈다. 내가 무엇을 하느냐가 중요했다. 나는 마약에 취해 꿈을 꾸는 바보가 아니라는 게 중요했다. 나중에 내가 이런 것들을 윌에게 설명하려고 하자 그는 웃으면서 고개를 내저었다. 그러고는 MET의 취업 센터 개소식 날 내가 보여주었던 언짢은 기분과 행동은 젊은이 특유의 질투심에서 비롯된 거라고 했다.

"버락, 당신은 젊은 수탉 같아요. 해럴드는 늙은 수탉이고. 늙은 수탉이 들어오면 모든 암탉들이 일제히 눈길을 주잖아요. 그걸 바라보는 젊은 수탉은 자기가 그 늙은 수탉의 자리를 차지하려면 앞으로 더 배워야 한다는 사실을 깨닫는단 말이오."

윌은 그 비유가 무척 마음에 드는 눈치였다. 윌을 따라서 함께 껄껄 웃으면서도 나는 그가 나의 야망을 잘못 이해하고 있음을 알았다. 하지만 그걸 굳이 입 밖으로 내지는 않았다. 사실 나는 그 누구보다도 해럴드가 잘 해나가길 빌었다. 나의 아버지처럼, 해럴드와 그가 이룬 업적이 현재로서 가능한 것들을 확실하게 구획하는 것처럼 보였다. 그의 재능과 권력이 나의 희망을 재단했다. 그리고 그날, 그가 사람들 앞에서 우아함과 훌륭한 유머를 담아서 했던 연설을 들으면서 내가 유일하게 생각할 수 있었던 것은 권력을 속박하는 여러 가지 구속이었다. 어쨌거나 해럴드는 시정 업무를 공정하게 처리할 터였다. 이제는 흑인 전문가들이 시정 업무의 더 많은 영역을 책임지고 있었다.

우리에게는 흑인 교육감이 있었고, 흑인 경찰서장이 있었으며, 흑인 건설주택국 책임자가 있었다. 해럴드의 존재는 충분히 위로가 되었다. 윌의 예수가 윌에게 위로가 되고, 또 라피크의 민족주의가 라피크에게 위로가 되듯이. 하지만 해럴드의 승리가 발하는 밝은 빛은 많은 것을 다 비추지는 못했다. 특히 앨트겔드를 비롯한 다른 지역에서는 아무것도 변한 게 없어 보였다.

아무도 바라보지 않는 은밀한 곳에서 해럴드가 과연 '자기를 속박하는 구속', 즉 '자기가 가진 한계'에 대해서 생각할지 의심스러웠다. 또 앤더슨이나 리스 부인 혹은 시청의 여러 직책을 맡고 있는 다른 흑인 공무원들과 마찬가지로, 또 자기가 봉사하고자 하는 사람들과 마찬가지로, 자기 역시 덫에 걸려서 옴짝달싹하지 못한다고 느낄지 의심스러웠다. 다시 말해서 슬픈 역사의 계승자 혹은 날마다 생기를 잃어가고 정체되어 가는 닫힌 체계의 한 부속품으로 전락했다고 느낄지 의심스러웠다.

그 역시 운명의 포로가 되고 말았다고 느낄지 의심스러웠다.

●

위축된 나를 구해준 사람은 마사 콜리어 박사였다. 그녀는 카버 초등학교의 교장이었다. 이 초등학교는 앨트겔드에 있는 두 개의 초등학교 가운데 하나였다. 내가 처음 전화를 걸어서 만나자는 약속을 청했을 때 그녀는 그다지 많은 질문을 던지지 않았다.

"나는 내가 얻을 수 있는 도움은 무엇이든 활용할 수 있어요. 8시

내 아버지로부터의 꿈

30분에 봐요."

카버 초등학교는 앨트겔드의 남쪽 경계선 부근에 있었고, 건물은 모두 세 동이었다. 벽돌로 지은 이 커다란 건물들은 디귿 자 형태로 배치되어 있었고, 운동장은 군데군데 패여 있었다. 경비 직원이 본관 건물로 안내했다. 사무실에서는 파란색 정장을 입은 단단한 체구의 흑인 중년 여자가 어떤 아가씨를 상대로 이야기를 하던 중이었다. 그 중년 여자가 콜리어 교장이었다. 아가씨는 긴장해 있었고, 머리카락은 흐트러져 있었다.

"그만 집으로 돌아가요. 가서 좀 쉬어요."

콜리어 교장이 그렇게 말하고 팔을 들어서 젊은 여자의 어깨에 걸쳤다.

"전화를 걸어서 문제를 해결할 수 있을지 알아볼게요. 그럼 되겠죠?"

그녀는 아가씨를 문까지 배웅하고 나를 향해 돌아섰다.

"오바마 씨죠? 어서 오세요. 커피 드려요?"

내가 뭐라고 대답하기도 전에 그녀는 벌써 비서를 바라보고 있었다.

"오바마 씨에게 커피 한 잔 드리세요. 그리고 그 화가분들은 아직 안 오셨나요?"

비서가 고개를 젓자 콜리어 교장이 얼굴을 찌푸렸다. 그리고 자기 방으로 들어가며 계속해서 비서에게 말을 했다. 그녀가 말하는 동안 나는 그녀를 따라서 교장실로 들어갔다.

"전화를 다 걸어봐요. 그 바보 같은 건물 기술자는 빼고. 내가 직접 전화를 걸어서 멍청한 인간이라고 말해줄 테니까요."

교장실의 실내 장식은 썰렁하다 싶을 정도로 소박했다. 벽에는 지역 사회에서 받은 감사장 몇 장과 어린 흑인 소년의 사진이 걸려 있었고,

'하나님은 쓰레기를 창조하지 않는다'라는 글이 적힌 포스터 한 장이 붙어 있었다. 콜리어 교장이 의자에 앉았다. 의자를 책상으로 바싹 끌어당기면서 그녀가 말했다.

"방금 나간 그 여자는 우리 학교 학생의 어머니예요. 상습적으로 마약을 하죠. 그 여자의 남자친구가 어젯밤에 경찰에 체포되었는데, 보석으로 빼낼 수가 없다고 하네요. 얘기 좀 해주세요. 당신네 단체에서는 이런 여자를 위해서 무슨 일을 해줄 수 있나요?"

비서가 커피를 가지고 들어왔다.

"선생님께서 몇 가지 제안할 만한 내용을 가지고 계실 줄 알았습니다만……."

"내 제안요? 이 동네를 전부 갈아엎은 다음에 사람들에게 다시 시작할 수 있는 기회를 주는 거죠. 자신은 없지만요."

그녀는 20년 동안 교사 생활을 했는데 그 가운데 10년은 초등학교에서 일했다고 했다. 나중에 들은 이야기지만, 교사 생활을 하면서 그녀는 늘 윗사람과 언쟁을 벌였다. 학교 비품이나 교과 과정 그리고 학교 정책을 둘러싼 언쟁이었다. 예전에는 전체 백인을 상대로 싸울 때도 있었지만 최근에는 대부분 흑인으로 구성된 집단과 주로 싸운다고 했다. 카버 초등학교에 부임한 뒤로 그녀는 학생-학부모 센터를 만들어 10대 부모가 자녀의 교실에 들어가서 아이들과 함께 공부하는 프로그램을 운영해 오고 있었다.

"여기 학부모들은 대부분 자기 아이들에게 가장 좋은 것을 해주고 싶어 해요. 하지만 뭘 알아야 말이죠. 그래서 우리가 아이들의 영양 상태나 건강에 관한 문제를 상담하고 있어요. 스트레스를 관리하는 방법 같은 것도요. 아이들에게 책을 읽어주고 싶은데 글을 읽지 못하는 부모에게는 글을 가르쳐주기도 하죠. 할 수 있는 범위 내에서는 고등학교 과정에 해당하는 내용을 습득할 수 있게 도와요. 때로는 그런 학부모들을 보조 교사로 고용하기도 하죠."

그녀는 커피를 한 모금 마시고 나서 다시 말을 이었다.

"하지만 우리가 할 수 없는 게 있어요. 어린 엄마와 아이들이 날마다 돌아가야 하는 환경, 그들이 생활하는 환경은 우리가 바꿀 수가 없어요. 시간이 지나면 아이들은 이 학교를 떠나요. 그러면 부모들도 오지 않죠."

전화가 왔다. 화가가 와 있다고 비서가 전했다. 그러자 교장이 자리에서 일어나며 말했다.

"오바마 씨, 다음 주부터 우리 학교 학부모 교실에 오셔서 그들과 대화를 해주세요. 그 사람들 마음속에 무엇이 있는지 찾아보세요. 그런데 말이에요, 학부모들이 당신 이야기는 도저히 들어줄 수 없다고 머리를 흔들면 그땐 나도 어쩔 수가 없어요. 아셨죠?"

그녀가 쾌활하게 웃으면서 나를 복도까지 배웅했다. 복도에는 대여섯 살 정도 된 아이들이 꾸불꾸불하게 줄을 지어 서 있었다. 이제 막 수업을 하러 교실을 찾아가려던 모양이었다. 몇몇 아이들은 우리를 보고 생글생글 웃으면서 손을 흔들었다. 남자아이 둘은 차렷 자세로 두 팔을 딱 붙인 채 제자리에서 팽이처럼 뱅글뱅글 돌았다. 스웨터를 입던 여자아이 하나는 머리가 제자리를 찾지 못하고 소매 쪽으로 들어갔는데도 계속 낑낑거리면서 머리를 밀어넣고 있었다. 교사가 아이들을 인솔해서 2층으로 올라가기 시작했다. 그 모습을 바라보면서 나는 그 아이들이 정말로 사랑스럽고 예쁘다고 생각했다. 이미 삶의 한 구비를 힘겹게 넘어온 아이들이었다. 어쩌면 미숙아로 태어났을 수도 있고 또 마약 중독자 어머니의 몸에서 태어났을 수도 있다. 하지만 분명한 사실은 그들이 이미 가난이라는 누더기를 걸치고 있다는 점이었다. 그런 사실을 알지 모를지는 알 수 없지만 말이다. 하지만 자기 앞에 서 있는 자동차에서 즐거움을 찾아내거나 처음 보는 사람이 있으면 호기심을 가지고 다가서는 모습은 다른 지역에 사는 여느 아이들과 다르지 않았다. 여러 해 전에 레지나가 했던 말이 문득 떠올랐다. 너하고는 관련이 없는 일이야.

"아이들이 참 예쁘죠?"

콜리어 교장이 말했다.

"정말 예쁘네요."

"저러다가 시간이 지나면 변하죠. 대략 5년 정도 지나면요. 보통은 좀 빨리 오는 것 같긴 하지만요."

"어떻게 변하나요?"

"아이들 눈이 더는 웃지 않습니다. 목에서는 여전히 웃음소리를 만들어내지만, 아이들 눈을 바라보면 달라진 걸 알 수 있어요. 무언가를 안에 담아두고 바깥을 향해서는 완전히 닫아버렸다는 것을요."

●

한 주에 한 번씩 아이들이랑 학부모들과 함께 몇 시간을 보냈다. 어머니들은 모두 10대 후반 아니면 20대 초반이었다. 대부분 앨트겔드에서 나서 자랐고, 그들 역시 10대 어머니에게서 태어났다고 했다. 그들은 열네댓 살에 임신했다는 이야기와 학교를 빼먹고 밖으로만 돌아다녔다는 이야기 그리고 자기 인생에 잠깐 들어왔다가 나간 아버지와는 거의 왕래가 없다는 이야기 등을 특별한 자의식 없이 쉽게 했다. 자신들의 일상이 어떻게 돌아가는지도 이야기했다. 그 일상은 대부분 기다리는 것이었다. 사회복지사를 기다리고, 복지 연금 증서를 현금으로 바꾸기 위해서 기다렸다. 또 제일 가까운 슈퍼마켓이 8km나 떨어져 있는데, 거기서 할인 판매하는 생리대를 사려고 버스를 기다렸다.

그들은 험난한 세상에서 살아남는 기술을 터득했다. 생존을 위해서 궁색하게 변명하거나 구걸하지 않았다. 하지만 결코 냉소적이지도 않았다. 이런 사실은 전혀 예상 밖이었고 놀라운 것이었다. 그들은 여전히 가슴에 꿈을 품고 있었다.

린다와 베르나데트가 그랬다. 두 사람은 자매 사이였고 콜리어 교장의 도움으로 고등학교 과정을 이수할 수 있었다. 베르나데트는 당시 커뮤니티 칼리지®에 다녔고, 둘째 아이를 임신한 린다는 집에서 베르나데트의 아들인 타이론과 자기 딸 주얼을 돌보았다. 하지만 린다도 아기를 낳은 뒤에는 대학에 갈 거라고 했다. 그리고 둘 다 대학을 졸업한 뒤에는 취직할 거라고 말했다. 외식업에 종사하거나 비서가 되고 싶다고 했다. 그런 다음에는 앨트겔드를 뜨겠다고 했다.

어느 날이었다. 린다의 아파트에 있었는데 두 사람이 자기들이 소중하게 보관하는 거라며 앨범을 꺼내왔다. 그 안에는 이른바 '고품격 생활'을 지향하는 잡지인 《더 나은 가정과 정원Better Homes and Gardens》에서 스크랩한 온갖 사진들이 잔뜩 들어 있었다. 두 사람은 환한 흰색 주방과 원목으로 된 마룻바닥을 가리키며 언젠가는 그렇게 꾸미고 살 거라고 했다. 타이론은 수영 강습을 받게 해주고 주얼은 발레를 시키고 싶다고 했다.

● 일반 사회인에게 단기 대학 교육을 제공하는 교육 과정.

그런 순진한 꿈 이야기를 들으면서 나는 종종 그 소녀들을 그리고 그들의 아이들까지 와락 끌어안고 절대로 내 품 안에서 놓아주고 싶지 않다는 충동에 휩싸이곤 했다. 지금 생각하면, 그 소녀들도 나의 그런 충동을 눈치챘을 것 같다. 미모가 뛰어났던 린다는 베르나데트를 바라보며 싱긋 웃고는 나에게 왜 아직 결혼하지 않았느냐고 물었다. 나는 이렇게 대답했다.

"아마도…… 딱 맞는 여자를 만나지 못해서 그렇겠죠."

그러자 베르나데트가 린다의 팔을 손바닥으로 찰싹 쳤다.

"하지 마! 오바마 씨 얼굴 빨개지잖아!"

그러고는 두 사람이 함께 깔깔거리면서 웃었다. 그 모습을 바라보면서 나는 내 눈에 두 사람이 순진하게 보이는 것처럼, 두 사람 눈에는 내가 순진하게 보일 거라고 생각했다.

학부모를 위한 나의 계획은 간단했다. 우리는 아직 주정부의 복지 정책을 바꾸거나 일자리를 만들어내거나 혹은 학교에 획기적인 규모의 지원금을 끌어들일 힘은 없었다. 하지만 우리가 할 수 있었던 일은 앨트겔드 주택 단지가 시로부터 얻어낼 수 있고 또 얻어내야 하는 기본적인 것들을 확보하는 것이었다. 거기서부터 시작해야 했다.

그런 중심 전략을 염두에 두고 나는 전체 학부모 회의에서 주거 생활과 관련된 불만 사항을 기입할 설문지 뭉치를 사람들에게 나눠주었다. 그러면서 각자 같은 블록에 사는 사람들에게 한 부씩 나눠주고 불만 사항을 받아오라고 주문했다. 다들 그렇게 하겠다고 했다. 그런데 모임이 거의 끝나갈 무렵에 학부모 가운데 한 사람이 내게 다가왔다. 새디 에번스라는 여자였다. 손에는 신문을 스크랩한 작은 쪽지 하나를 들고 있었다.

"오바마 씨, 어제 신문에서 이걸 봤는데요. 이게 어떤 의미가 있는지는 잘 모르겠지만, 선생님은 어떻게 생각하시는지 궁금해서요."

시카고 주택건설국이 게재한 법률적이고 공식적인 공고였다. 앨트 겔드 주택 단지를 관리하는 건물에서 석면을 제거할 업자를 공개 입찰을 통해서 선정하겠다는 내용이었다. 나는 학부모들에게, 혹시 석면에 노출되었을지도 모른다는 경고를 주택건설국으로부터 받은 적 있는 사람은 손을 들어보라고 했다. 아무도 없었다.

"석면이 우리 아파트에도 있다 그 말씀이세요?"

린다가 물었다.

"나도 모릅니다. 하지만 알아낼 수 있어요. 관리사무소에 전화를 걸어서 앤더슨 씨와 통화할 사람 없나요?"

아무도 나서지 않았다.

"이러지 말고 누구 좀 나서세요. 내가 하고 싶지만 난 할 수가 없어요. 내 집은 여기에 있지 않잖아요."

마침내 새디가 손을 들었다.

"제가 할게요."

설마 새디가 나설 줄은 몰랐다. 그녀는 체구가 왜소하고 목소리도 가냘프고 떨렸다. 그래서 누구나 새디를 보면 부끄러움을 정말 많이 탄다고 생각했다. 무릎까지 내려오는 치마를 입었고, 어디를 가든 늘 가죽 장정으로 된 성경책을 끼고 다녔다. 다른 학부모들과 달리 새디는 미혼모가 아니라 정식으로 결혼한 주부였다. 남편은 상점에서 점원으로 일하던 청년이었는데, 밤에는 따로 성직자가 될 준비를 하고 있었다. 그들 부부는 교회 밖에서는 사람들과 거의 어울리지 않았다.

이런 여러 가지 상황 때문에 새디는 전체 집단에서 어쩐지 겉도는 느낌을 주었다. 그래서 주택건설국을 상대로 하는 그 만만치 않은 일을 잘 해낼 수 있을지 믿음이 가지 않았다. 그런데 그날 사무실에 와서 비서가 내미는 메시지를 보니, 어느새 새디는 앤더슨에게 전화를 걸어 만날 약속까지 잡아놓고 있었다. 게다가 다른 학부모들에게도 전화를 걸어 그 사실을 알린 뒤였다.

다음 날 아침, 나는 앨트겔드 관리소로 갔다. 건물 앞에 새디가 혼자 서 있었다. 차갑고 축축한 안개 속에 혼자 서 있는 그녀를 보니 의지할 사람이라고는 아무도 없는 고아가 어떻게 해야 할지 모른 채 망연히 서 있는 것 같다는 생각이 들었다.

"다른 사람은 아무도 안 오려나 봐요. 그렇죠, 오바마 씨?"

손목시계를 보면서 그녀가 말했다.

"그냥 버락이라고 불러요. 근데, 혼자서 잘 해낼 수 있겠어요? 정 어려울 것 같으면, 앤더슨 씨와의 약속을 다시 잡을 수도 있어요. 다른 학부모들도 같이 참석할 수 있는 날로요."

"잘 모르겠어요. 어떻게 생각하세요? 내가 잘할 수 없을 것 같나요?"

"주거 환경이 건강에 나쁜 영향을 줄 수도 있다는 사실에 대해서 정확한 정보를 요구할 권리가 분명히 당신에게도 있어요. 그렇지만 앤더슨 씨도 똑같이 생각한다고는 볼 수 없어요. 내가 당신 곁에 있을 겁니다. 그리고 다른 학부모들도 함께할 수 있고요. 하지만 중요한 것은, 당신이 정말 이 문제를 충분히 이해하고 공감하느냐 하는 것입니다."

새디는 외투 자락을 여미면서 다시 한번 시계를 보았다.

"만나자고 해놓고서 마냥 기다리게 할 수는 없어요."

그리고 그녀는 성큼성큼 건물로 다가가 문을 열고 안으로 들어갔다.

우리가 사무실 안으로 들어갔을 때 앤더슨의 얼굴에 나타난 표정을 봐서는 내가 함께 있는 게 영 마땅찮은 눈치였다. 그는 우리에게 앉으라고 하고는 커피나 음료수를 마시고 싶으면 말하라고 했다. 새디가 그 말을 받았다.

"저는 괜찮습니다. 선뜻 시간을 내주셔서 정말 고맙습니다."

그녀는 외투를 입은 채로 주머니에서 신문에 게재된 주택건설국의 공고를 꺼내어 조심스럽게 앤더슨의 책상 위에 올려놓았다.

"학부모회에 소속된 몇 분이 이것을 보았습니다. 우리는 걱정이 돼서……. 그러니까 무슨 말이냐 하면, 혹시 우리가 사는 아파트에도 석면이 있지 않나 걱정이 돼서요."

앤더슨은 기사 스크랩을 흘깃 보고는 옆으로 치웠다.

"전혀 걱정할 것 없습니다, 에번스 부인. 우린 그저 이 건물을 수리하려는 것뿐입니다. 시공업자가 벽을 뜯어내는 과정에서 석면이 드러났거든요. 그냥 예비적인 조치로 석면을 제거하려는 것뿐입니다."

"그렇다면, 똑같은…… 그러니까 똑같은 예비 조치를 우리가 사는 아파트에도 해야 하지 않나요? 제 말은, 우리 아파트에도 석면이 있지 않나 그 말입니다."

이렇게 해서 앤더슨을 잡고 주택건설국을 잡을 덫을 놓았다. 앤더슨이 나를 바라보았다. 그냥 얼버무리고 덮어두었다가 나중에 가서 밝혀질 경우 석면처럼 위험해질 수도 있는 일이 벌어질 터였다. 그렇게 되면 내가 하는 일은 훨씬 쉬워진다. 앤더슨이 자세를 바로잡으면서 상황을 판단하려고 애쓰는 기색이 역력했다. 그 모습을 보고 있자니 그에게 경고를 해주고 싶은 마음이 굴뚝같았다. 그 역시 나와 비슷하다는 느낌이 들면서 마음이 흔들렸던 것이다. 인생에 배반당했다고 느끼는 늙은이의 영혼……. 그런 모습을 나는 할아버지의 얼굴에서 늘 보았다. 그가 처한 딜레마를 내가 잘 이해한다는 사실을 어떻게든 알려주고 싶었다. 앨트겔드에 그런 문제가 있다는 것을 시인한 뒤 자기도 그 문제를 해결할 생각이라고 말해준다면, 모두가 행복해질 수 있는 길이 활짝 열릴 거라는 말을 해주고 싶었다. 그 말이 목구멍까지 올라왔다. 하지만 나는 아무 말도 하지 않았다. 앤더슨도 내가 바랐던 것과는 전혀 다른 길로 돌아섰다.

"아닙니다, 에번스 부인. 주민들이 살고 있는 아파트에는 석면이 없습니다. 그 문제에 대해서 우리는 이미 철저하게 검사하고 조사를 마쳤습니다."

"그러면 다행이네요. 고맙습니다. 정말 고맙습니다."

새디가 자리에서 일어나 앤더슨과 악수를 나누었다. 그러고는 돌아서서 문으로 향했다. 하지만 그렇게 끝나서는 안 되는 것이었다. 그래서 내가 끼어들어 말을 하려는 순간 새디가 돌아섰다. 그리고 앤더슨에게 이런 질문을 던졌다.

"죄송합니다만, 질문 하나를 깜박 잊었네요. 다른 학부모들이…… 그러니까 그 사람들은 관리사무소에서 했다는 검사 결과를 보고 싶어 할 것 같은데. 검사를 했다면 보고서가 있을 거 아니에요. 그 보고서 사본을 보고 싶군요. 그걸 보면 아이들 건강에 해롭지 않다는 걸 모든 주민들이 알고 마음을 놓을 수 있을 것 같아요."

"보고…… 서…… 는…… 네, 시내에 있는 본부 건물에 있습니다. 모든 기록이 거기에 있죠."

앤더슨이 더듬거리며 말했다.

"그렇다면 그 보고서의 복사본을 일주일 뒤에 저희에게 보여주실 수 있나요?"

"네, 그럼요…… 물론이죠. 다음 주에 보조, 뭐."

밖으로 나온 뒤에 나는 새디에게 정말 멋지게 잘 해냈다고 말했다.

"그 사람 말이 정말일까요, 아니면 거짓말일까요?"

"모르겠습니다. 두고 보면 알겠죠."

●

한 주가 지났다. 새디는 앤더슨에게 전화를 걸었다. 한 주가 더 지나
야 보고서를 보여줄 수 있다고 했다. 다시 한 주가 지났고 새디가 또 전
화를 걸었다. 하지만 답변은 없었다. 우리는 리스 부인에게 연락했고
주택건설국 지구 책임자에게도 연락을 했다. 또 주택건설국의 실무 총
책임자에게 편지를 보내고 그 편지의 사본을 시장에게도 보냈다. 그래
도 아무런 응답이 없었다.

"이제 어떡하죠?"

베르나데트가 물었다.

"시내로 갑니다. 저 사람들이 우리에게 오지 않는다면 우리가 가야죠."

다음 날 행동 계획을 짰다. 주택건설국 총책임자에게 다시 편지를
썼다. 이틀 뒤에 석면 문제에 관한 대답을 듣기 위해 사무실로 찾아갈
거라는 내용이었다. 언론사에 짧은 보도자료도 보냈다. 카버 초등학교
어린이들이 집으로 돌아갈 때 아이들의 옷에 학부모들의 동참을 호소
하는 유인물을 핀으로 꽂아서 보냈다. 새디와 린다, 베르나데트는 저녁
시간을 이웃 사람들에게 전화하는 일로 보냈다.

드디어 우리의 계획을 실천에 옮길 시간이 다가왔다. 하지만 학교
앞에 주차된 노란 버스에 탄 사람들은 모두 여덟 명뿐이었다. 베르나
데트와 나는 주차장에 서서 아이들을 데리고 온 학부모들을 설득했다.

하지만 병원에 가기로 예약을 해놓았다거나 아이들을 봐줄 사람이 없다거나 하는 이유를 들며 모두 우리의 설득을 피해갔다. 심지어 어떤 사람들은 우리를 구걸하는 거지 취급하며, 함께 못 가서 미안하다는 말은커녕 눈길 한 번 주지 않고 그냥 지나쳤다. 앤절라와 모나, 셜리가 어떻게 되어가나 궁금해서 찾아왔다. 나는 그들도 함께 가야 한다면서 버스에 태웠다. 다들 시무룩한 얼굴이었다. 딱 두 사람만은 예외였다. 타이론과 주얼이었다. 두 아이는 처음 보는 얼굴인 루카스를 보고 낯을 가리느라 시무룩해 있을 여유가 없었다. 루카스는 학부모 모임에 나오는 유일한 남자였다. 콜리어 교장이 다가왔다. 그녀를 보고 내가 먼저 인사를 겸해 입을 열었다.

"이럴 거라고 예상은 했어요."

"내가 예상했던 것보다는 훨씬 나은데요, 뭘. 오바마의 군대네요."

"그렇죠."

"행운을 빌게요."

그녀가 내 등을 툭 쳤다.

버스가 출발했다. 오래된 화장터를 지나고 라이어슨 철강 공장을 지나고 잭슨 파크를 가로질러 레이크쇼어 길로 접어들었다. 시내가 가까워질 때쯤 나는 행동 요령을 적은 종이를 사람들에게 나눠주면서 꼼꼼히 읽으라고 당부했다. 사람들이 다들 열심히 읽고 있는데, 웬일인지 루카스는 이마에 깊은 주름을 드리운 채 엉뚱한 곳을 바라보며 눈을 끔벅거리고 있었다. 그는 키가 작고 성품이 부드러우며 말을 조금 더듬는 버릇이 있었다. 그는 앨트겔드에서 돈을 벌 수 있는 일이라면 온갖 궂은일도 마다하지 않았다. 또 아내의 일이라면 시간이 허락하는 한 언제든 나서서 도왔다. 나는 루카스 곁으로 다가가서 왜 그러고 있는지 물었다.

"글을 잘 읽는 편이 못 돼서……."

그가 작은 소리로 말했다. 나는 그와 함께 글자가 빽빽하게 박혀 있는 종이를 바라보며 어떻게 하면 좋을지 잠시 생각했다. 곧 방법이 떠올랐다.

"이렇게 하죠."

루카스에게 그렇게 말한 뒤 나는 앞 좌석 쪽으로 걸어갔다. 그리고 사람들을 향해서 돌아섰다.

"자 여러분, 제 말 잘 들으십시오! 지금부터 여러분이 읽은 행동 요령을 확인하겠습니다! 우리가 원하는 게 뭐죠?"

"총책임자와 공개 면담을 하는 겁니다!"

"어디서 만나자고 할 겁니까?"

"앨트겔드에서요!"

"나중에 대답을 주겠다고 하면요?"

"우리는 당장 대답해 주길 바랍니다!"

"우리가 원하는 대로 해주지 않고 엉뚱한 수작을 부리면 어떻게 하죠?"

"끝까지 버팁니다!"

"가자!"

"가자!"

타이론도 덩달아 어른들이 '과자'라는 줄 알고 따라서 외쳤다.

"과자!"

　

주택건설국 본부 사무실은 거대한 회색 건물 안에 있었다. 우리는 버스에서 내려 로비로 들어갔다. 그리고 엘리베이터를 타고 올라가 4층에서 내렸다. 밝은 조명이 켜진 로비가 나타났다. 그리고 위압적인 접수대가 있었다. 접수대 뒤에 앉은 여자가 우리를 흘깃 보고는 다시 아까부터 보고 있던 잡지에 시선을 고정한 채로 물었다.

"뭘 도와드릴까요?"

"총책임자를 만나러 왔습니다."

새디가 말했다.

"약속은 하셨나요?"

"약속……."

새디가 나를 바라보았다. 내가 대신 대답했다.

"우리가 오는 줄 알고 있습니다."

"예…… 근데 지금 자리에 안 계십니다."

그러자 새디가 그녀의 말을 받았다.

"그럼 총책임자를 대신할 다른 사람을 만나게 해주세요."

접수대에 앉은 여자가 고개를 들고 차갑게 올려다보았다. 하지만 우리는 꿈쩍도 하지 않고 그녀를 바라보았다. 그제야 그녀가 꼬리를 내렸다.

"앉아서 기다리세요."

사람들은 자리에 앉았다. 다들 아무 말이 없었다. 셜리가 담배를 빼 들고 입에 물자, 앤절라가 그녀의 옆구리를 쿡 찔렀다.

"우린 지금 건강 문제에 관해서 담판을 지으려고 왔어. 잊어버렸어?"

"내 건강은 벌써 끝장났는데 뭘……."

셜리는 말은 그렇게 하고서도 입에 물었던 담배를 도로 담뱃갑에 집어넣었다. 정장 차림의 남자들이 접수대 뒤쪽의 문에서 나와 우리를 흘깃 바라보고는 엘리베이터로 걸어갔다. 린다가 베르나데트에게 뭐라고 속삭였다. 베르나데트는 다시 다른 여자에게 속삭였다. 나는 일부러 큰 소리로 물었다.

"무슨 이야기를 그렇게 귓속말로 합니까?"

다들 킬킬거리며 웃었고, 베르나데트가 대답했다.

"교장 선생님이나 뭐 그런 높은 사람을 기다리는 것 같다고요."

"내 말 잘 들으세요."

나는 짐짓 엄숙한 표정으로 말했다.

"저 사람들은 우리에게 겁을 주려고 일부러 사무실을 이렇게 으리으리하게 차려놓았습니다. 하지만 이걸 분명히 기억하세요. 여기는 공공기관입니다. 여기서 일하는 사람들은 여러분의 고충을 들어주고 해결해야 할 책임이 있습니다. 그게 바로 그 사람들의 임무죠."

"잠깐만요."

접수대에 앉은 여자가 말했다. 그녀의 목소리는 내 목소리만큼이나 컸다.

"이사님은 오늘 안으로는 들어오시지 못한다고 합니다. 그리고 어떤 문제인지 모르겠지만, 문제가 있다면 앨트겔드에 있는 관리사무소의 앤더슨 씨에게 가서 문의하셔야 합니다."

그러자 이번에는 베르나데트가 나섰다.

"이거 봐요. 우린 이미 그 사람 만나봤어요. 총책임자가 없으면 부책임자가 있을 거 아니에요. 부책임자라도 만나게 해달라고요."

"죄송합니다만 그렇게 해드릴 수는 없습니다. 당장 나가주시지 않으면 경비원들을 부르겠습니다."

마침 그때, 엘리베이터 문이 열리고 방송 기자들이 우르르 쏟아져

나왔다. 기자 가운데 한 명이 우리에게 물었다.

"석면 때문에 항의하러 오신 분들입니까?"

나는 새디를 가리키며 이렇게 말했다.

"저분이 대변인입니다."

카메라 기자들이 촬영 준비를 하고, 기자들이 수첩을 꺼내들고 새디 앞에 섰다. 새디는 잠깐만 기다리라고 하고는 내게 왔다.

"카메라로 찍는 데서는 말하기 싫어요."

"왜요?"

"모르겠어요. 아직 텔레비전에 나가본 적이 한 번도 없단 말이에요."

"잘 할 수 있을 겁니다."

몇 분 뒤 카메라가 돌아가고, 새디는 가늘게 떨리는 목소리로 생애 최초의 기자 회견을 시작했다. 기본적인 배경을 설명하고 기자가 던진 질문에 막 대답하려던 순간이었다. 빨간색 정장을 입고 마스카라를 짙게 칠한 여자가 황급히 그 자리에 나타났다. 여자는 굳은 얼굴에 억지스러운 미소를 띠면서 새디 앞에 다가가, 자기 이름은 브로드낙스이며 총책임자를 대신할 수 있는 사람이라고 소개했다.

"이사님이 자리를 비우고 없어서 제가 대신 사과를 드릴게요. 일단 저를 따라오세요. 이 문제가 깨끗하게 해결될 수 있을 거라고 확신합니다."

기자들이 브로드낙스에게 연이어 질문을 던졌다.

"주택건설국이 지은 모든 아파트에 석면이 들어갔습니까?"

"총책임자는 앨트겔드의 학부모들을 만날 용의가 있습니까?"

브로드낙스는 뒤를 돌아보면서 대답했다.

"우리는 입주자들을 위해서 최상의 대비책을 준비하려고 늘 노력하고 있습니다."

우리는 그녀를 따라서 널찍한 방으로 들어갔다. 거기에는 둥근 회의
탁자가 있었고, 이미 몇 명의 주택건설국 직원들이 뚱한 얼굴로 앉아
있었다. 브로드낙스는 타이론과 주얼이 정말 잘생기고 예쁘다며 너스
레를 떨었다. 그리고 모든 사람들에게 커피와 도넛을 돌렸다.

"우리는 도넛을 먹으러 온 게 아니라, 대답을 듣고 싶어서 왔습니다."

린다의 말이었다. 가장 적절한 표현이었다. 나는 한마디도 하지 않았
지만, 앤더슨의 말과 달리 석면과 관련된 어떤 조사나 검사도 실시한
적이 없다는 사실을 학부모들이 밝혀냈다. 아울러 바로 그날로 조사
작업에 착수하겠다는 약속을 얻어냈다. 그리고 총책임자와의 공개 면
담에 대해서 협의하고, 그 자리에 있었던 직원들 수만큼 많은 명함을
챙겼다. 마지막으로 브로드낙스에게 시간을 내줘서 고맙다고 말했다.
공개 면담 일자는 우리가 엘리베이터에 타기 전에 기자들에게 공표되
었다. 바깥으로 나오자 린다는 내가 버스 기사를 포함한 모든 사람들
에게 캐러멜 팝콘을 한 봉지씩 돌려야 한다고 했다.

버스가 앨트겔드를 향해서 출발한 뒤에 나는 그날 학부모들의 투쟁
을 평가하면서 준비 과정이 얼마나 중요한지 지적하고, 다들 팀워크를
발휘해서 멋지게 잘 해냈다고 치하했다.

"카메라가 우리를 찍는 걸 발견했을 때 그 여자 표정이 어땠는지 봤
어?"

"우리 애들에게 아양 떠는 거 진짜 낯간지러워서 못 봐주겠더라. 우
리가 곤란한 질문을 하지 못하게 입을 틀어막자는 수작이지 뭐야."

"떨리지 않았어요, 새디? 정말 최고였어요! 당신 오늘 진짜 자랑스럽
더라."

"난 사촌동생한테 우리가 텔레비전에 나온다고 비디오로 녹화할 준비를 해놓으라고 전화도 했어."

한꺼번에 그러지 말고 한 명씩 돌아가면서 말하라는 얘기를 하려고 기회를 엿보는데, 모나가 내 옷자락을 잡아당겼다.

"포기해요, 버락. 이거나 먹고."

그녀가 팝콘 봉지를 내밀었다.

"먹어요. 맛있네."

나는 봉지를 받아들고 모나 옆자리에 앉았다. 루카스는 아이들을 무릎에 올려놓고 차창 밖의 버킹엄 분수를 보여주었다. 나는 끈적거리는 팝콘을 천천히 씹었다. 그리고 미시간호의 잔잔한 초록빛 수면을 바라보며 살면서 이보다 더 만족스러운 순간이 또 있었던지 돌이켜보았다.

이 투쟁을 통해서 나는 근본적으로 바뀌었다. 이 변화는 매우 중요한 것이었다. 그 이유는 구체적인 환경, 예를 들면 재산이나 안전성, 명성이 달라졌기 때문이 아니었다. 당장의 기쁨을 초월해서 그리고 그 뒤에 어떤 실망스러운 일이 일어날지도 모르지만 그것도 초월해서, 이전에 잠깐 가지고 있었던 것을 다시 손에 넣을 때 결국에는 모든 것을 다 이룰 수 있다는 가능성을 보았기 때문이다. 그 투쟁은 나를 그렇게 계속 전진하게 만들었다. 그건 지금도 마찬가지다.

사건이 세상에 알려진다는 건 물론 좋은 일이었다. 그날 저녁 앨트겔드로 돌아온 뒤에 우리는 텔레비전에 커다랗게 비친 새디의 얼굴을 보았다. 피 냄새를 맡은 상어 떼처럼 언론은 사우스사이드의 또 다른 주택 단지에도 석면이 사용되었음을 밝혀냈다. 시의원들이 전화를 걸어서 당장 청문회를 열 거라고 목소리를 높였다. 변호사들도 전화를 걸어와 집단 소송을 자기에게 맡겨달라고 했다.

하지만 무엇보다 놀라운 일이 또 있었다. 그 일은 주택건설국 총책임자와의 공개 면담을 준비하는 과정에서 일어났다. 학부모들이 자발적으로, 앞으로 운동을 어떻게 벌여나갈지 아이디어를 모으기 시작했으며 새로운 사람들도 속속 합류했다. 이전에 우리가 계획했던 설문지 작업도 실천에 옮겼다. 린다는 불룩한 배를 앞세우고 집집마다 돌면서 설문지를 나눠주고 또 수거했다. 루카스도 비록 설문지의 글을 읽을 줄은 몰랐지만, 그것을 어떤 내용으로 어떻게 채워야 하는지 이웃 사람들에게 열심히 설명했다. 심지어 우리의 활동에 반대하던 사람들도 이제는 팔을 걷고 나섰다. 리스 부인도 공개 면담 행사를 공동으로 주최하자고 나섰다. 존슨 목사도 일요일 예배 시간에 교회 신자들이 이 행사와 관련된 발언을 하도록 배려했다. 새디의 작고 정직한 한 걸음이 희망의 바다에 커다란 파문을 일으킨 것이었다. 앨트겔드 사람들은 자기들에게 있는지조차 몰랐던 힘을 새롭게 선포하고 나선 것처럼 보였다.

공개 면담 장소는 아워레이디 체육관이었다. 우리가 희망하는 예상 인원 300명을 수용할 수 있는 공간으로 앨트겔드에서 유일한 장소가 바로 그곳이었다. 지도자들은 면담 시작 시각보다 한 시간 먼저 나왔고, 우리는 요구 사항을 마지막으로 점검했다. 주민 대표들과 주택건설국이 공동으로 석면 오염 실태를 확인할 것, 주택건설국은 하자 보수를 위한 일정을 확실하게 제시할 것 등이 요구의 핵심 내용이었다. 그리고 몇몇 세부 사항들을 더 살펴보고 있는데, 유지 및 보수 담당 직원인 헨리가 확성 장치를 손으로 가리켰다.

"뭐가 문젭니까?"

"앰프가 나갔어요. 어딘가에서 전기 회로가 끊어졌나 봅니다."

"그럼 마이크가 아무 소용이 없다는 말입니까?"

"완전히 나간 건 아니고, 이거 하나로 버텨야 할 것 같습니다."

그는 작은 서류가방만 한 확성 장치를 가리켰다. 너덜너덜한 전선 끝에 허름한 마이크가 달려 있었다. 새디와 린다가 곁으로 다가와서 그 작은 확성 장치를 바라보면서 말했다.

"농담하세요, 지금?"

나는 마이크를 톡톡 두드려보았다. 다행히 소리는 나왔다.

"이거면 될 거야. 마이크 잡는 사람들은 목소리를 좀 높여야겠습니다. 그리고……."

나는 잠시 뜸을 들였다가 말을 이었다.

"마이크를 주택건설국 총책임자에게 넘기지 마세요. 마이크를 잡으면 몇 시간이고 계속 혼자 떠들 수도 있으니까요. 질문을 한 다음에 마이크를 넘겨주지 말고 그 사람 입에 갖다 대기만 하라 이 말입니다. 오프라 윈프리처럼. 알았죠?"

"아무도 안 오면 마이크도 필요 없겠죠?"

새디가 손목시계를 보며 말했다. 하지만 사람들은 왔다. 그것도 앨트겔드의 전 지역에서. 나이 지긋한 사람들부터 10대 청소년들, 아장아장 걷는 아기들까지. 7시 정각이 되자 사람들이 500명을 넘었다. 7시 15분에는 700명으로 늘어났다. 방송국 기자들이 촬영 준비를 서둘렀고, 지역의 정치인들도 자기들에게 발언 기회를 주면 분위기를 띄우겠다고 말했다. 이 행사를 지켜보려고 일부러 찾아온 마티조차도 내가 서 있는 곳까지 사람들 틈을 비집고 오느라 적잖이 땀을 흘렸다.

"멋진 일을 하나 해냈군요, 버락. 이 사람들도 움직일 준비를 완전히 끝낸 것 같구먼. 아주 좋아요."

그런데 문제가 하나 있었다. 총책임자가 나타나지 않은 것이었다. 브로드낙스의 말로는 진작 도착할 수 있었는데 길이 하도 막혀서 늦어진다고 했다. 그래서 우리는 일단 식전 행사부터 시작하기로 했다. 식전 행사가 끝나자 거의 8시였다. 환기 시설이 변변치 않아 거대한 찜통이 되어버린 체육관 안에서 연신 부채질을 해대던 사람들이 점점 큰 소리로 투덜대기 시작했다. 출입문 가까운 곳에서 마티가 찬송가를 부르도록 사람들을 유도하는 게 보였다. 달려가서 그를 잡아끌었다.

"뭐 하세요, 지금?"

"사람들이 동요하잖아요. 어떻게든 진정시킬 수 있는 방법을 써야 합니다."

"앉아 계세요, 제발."

내가 워낙 강경하게 말했던 터라 마티도 더는 말하지 않았다. 그런데 체육관 뒤쪽에서 웅성거리는 소리가 들렸다. 마침내 총책임자가 나타난 것이었다. 수행원 여러 명이 그를 경호하고 있었다. 중키에 말쑥한 50대 초반의 흑인이었다. 그는 넥타이를 단정하게 매만지면서 똑바로 정면의 연단으로 향했다. 새디가 마이크를 잡고 말했다.

"어서 오십시오. 여기 수많은 사람이 당신 이야기를 들으려고 모여 있습니다."

사람들은 박수를 쳤다. 몇몇 사람들은 야유를 보내기도 했다. 방송 카메라에도 녹화 중임을 알리는 빨간 불이 켜졌다.

"우리는 오늘 밤 여기에, 우리 아이들의 건강을 위협하는 문제를 논의하려고 모였습니다. 하지만 석면 이야기를 하기에 앞서, 우리가 날마다 부딪히고 있는 여러 가지 문제들을 먼저 처리할 필요가 있습니다.

린다 씨를 소개합니다."

새디가 린다에게 마이크를 건넸다. 린다는 주택건설국 책임자를 바라보며 수북하게 쌓인 설문지 더미를 가리켰다.

"저것은 앨트겔드 주민들의 불만 사항을 조사한 설문지입니다. 우리는 지금 주택건설국의 총책임자님에게 기적을 일으켜달라고 요구하는 게 아닙니다. 우리는 최소한의 기본적인 사항을 요구하는 것입니다. 저기 있는 모든 불만 또는 요구 사항은 모두 기본적인 것들입니다. 여기 있는 모든 사람들이 늘 불만을 가졌고, 또 늘 고쳐달라고 주택건설국에 요청했지만 끝내 들어주지 않았던 바로 그 문제들입니다. 그래서 이런 질문을 드리고자 합니다. 오늘 밤 여기서, 앨트겔드 주민들이 모인 바로 이 자리에서, 우리 주민들과 함께 그 문제를 해결하시겠습니까?"

그다음에 일어난 일들은 잘 기억나지 않는다. 어렴풋이 기억하기로, 린다가 총책임자의 대답을 듣기 위해 마이크를 그의 입 가까이 가져가자 그가 마이크를 잡으려 했고, 그 순간 린다가 마이크를 얼른 빼서 다시 자기 입에 갖다 댔다.

"예 또는 아니오로만 대답해 주십시오."

총책임자가 뭐라고 말하다가 다시 마이크를 잡으려고 했다. 그러자 린다가 다시 마이크를 쏙 가져가버렸다. 그런데 이번에는 린다의 동작에서 총책임자를 골리려 한다는 느낌이 묻어났다. 어떤 아이가 아이스크림을 들고 다른 아이에게 줄까 말까 놀리면서 줄 듯하다가, 그 아이의 입이 닿을 찰나에 얼른 빼버리는 동작과 어쩐지 비슷하다는 느낌이 들었다. 나는 두 팔을 크게 휘저으며 마이크를 절대로 넘기지 말라고 했던 내 말을 잊어버리라는 뜻을 린다에게 전하려고 했다. 하지만 연단에서 너무 멀리 떨어져 있어서 린다는 나를 보지 못했다. 총책임자는 마이크를 빼앗긴 대신 마이크 줄을 잡고 있었다. 저명한 고위 인사와 쫄쫄이 바지에 블라우스를 입은 젊은 임산부 사이에 마이크를 서로 차지하겠다는 팽팽한 줄다리기가 한동안 이어졌다. 두 사람 뒤에서 새디는 놀라서 벌린 입을 다물지 못한 채 얼어붙어 있었다. 사람들은 도대체 무슨 일이 벌어지는지 정확하게 알지 못한 채 고함을 질러댔다. 어떤 사람들은 주택건설국 총책임자에게 고함을 질렀고, 또 어떤 사람들은 린다에게 고함을 질렀다.

기어코 아수라장이 연출되고 말았다. 총책임자는 마이크 줄을 놓아버리고는 출구를 향해 걸어갔다. 사람들은 마치 단세포 생물들처럼 본능적으로 그를 향해 몰려들었다. 그는 종종걸음을 치며 문을 빠져나갔다. 나는 있는 힘껏 달렸다. 그리고 가까스로 인파를 헤치고 바깥으로 나갔다. 총책임자는 이미 리무진 안에 들어가 있었고, 사람들은 리무진을 둘러싸고 있었다. 몇몇 사람들은 선팅이 된 창문에 얼굴을 들이대고 고함을 질렀다. 몇몇 사람들은 낄낄거리며 웃었고 또 몇몇은 욕을 퍼부었다. 대부분의 사람들은 혼란스럽다는 얼굴로 그 광경을 멀거니 바라만 보고 있었다. 리무진은 아주 조금씩 움직였고 마침내 도로로 올라섰다. 그러고는 텅 빈 도로를 질주했다. 구부러진 길을 따라서 리무진은 사람들의 시야에서 사라졌다.

나는 집으로 돌아가는 사람들과 반대로 체육관으로 향했다. 출입문 가까이에 사람들이 몰려서 갈색 가죽 잠바를 입은 청년의 연설을 듣고 있었다. 시의원을 따라다니던 청년이었다.

"이 모든 일을 브르돌야크가 조종했습니다! 여러분은 오늘, 그 백인이 어떻게 부추기고 선동했는지 똑똑히 목격했습니다!"

조금 떨어진 곳에 리스 부인과 수행원들이 있었다. 그녀는 나를 보더니 대뜸 쏘아붙였다.

"당신이 무슨 짓을 했는지 똑똑히 보세요! 당신이 젊은 사람들을 데리고 쑤석거릴 때부터 벌써 이렇게 끝나게 되어 있었던 거예요. 텔레비전에까지 나와서 가든 전체를 뒤흔들어놓고. 백인들이 우리 꼴을 보고는 깜둥이들 잘 논다고 얼마나 좋아할까요? 자기들이 원하는 대로 됐는데 왜 안 좋아하겠어요?"

체육관 안에는 몇몇 학부모들만 남아 있었다. 린다는 구석에서 혼자 훌쩍거리고 있었다. 나는 다가가서 그녀의 어깨에 팔을 걸쳤다.

"괜찮아요?"

"너무 당황스러워요."

린다가 울음을 삼키며 말했다.

"어떻게 된 건지 나도 잘 모르겠어요. 사람들이 모두……. 내가 모든 걸 망쳤나 봐요."

"당신이 망친 게 아니에요. 망친 사람이 있다면, 그건 바로 납니다."

나는 다른 사람들도 모두 불렀다. 사람들이 둥글게 원을 그리고 섰다. 나는 그들을 짓누르는 패배감을 털어내려고 애썼다. 어쨌거나 집회의 효과는 굉장했으며, 사람들이 자발적으로 모였다는 사실이 중요하다고 말했다. 그리고 대부분의 주민들은 우리를 변함없이 지지할 것이며, 실수를 통해서 우리는 배워간다는 말도 했다. 셜리도 거들었다.

"주택건설국 대빵도 이제 우리가 어떤 사람들인지 알았을 테니까 함부로 까불지 못할걸?"

셜리의 말에 몇 사람이 작은 소리로 웃었다. 새디는 집에 가야 한다고 했다. 나는 뒷정리를 거들겠다고 했다. 베르나데트가 잠든 타이론을 무겁게 안고 돌아서는 모습을 보니 갑자기 창자가 꼬이는 듯한 통증이 느껴졌다. 콜리어 교장이 어깨를 쳤다.

"이제 우리 오바마 씨 사기는 누가 올려줄까 모르겠네요."

나는 고개를 내저었다.

"앞으로도 기회는 또 올 겁니다. 며칠만 지나면 다 수습되고 좋아집니다."

"하지만 사람들 표정을 보면……."

"걱정하지 마세요. 강인한 사람들입니다. 우리하고는 다릅니다. 당신까지 포함해서 말이에요. 그리고 이런 일은 성장하는 데 필요한 영양분 같은 거예요. 때로는 성장한다는 것 자체가 아픔인데요, 뭘."

●

사건의 파장은 훨씬 클 수도 있었지만, 행사가 지연되는 바람에 린다와 주택건설국 책임자 사이에 벌어진 줄다리기를 화면으로 내보낸 방송사는 한 곳뿐이었다. 아침 신문은 석면 문제와 관련하여 주택건설국의 나태한 태도에 분노한 주민들의 표정과 전날 저녁 총책임자가 보여준 미온적인 태도를 보도했다. 사실 우리는 그 집회에서 승리했다고 주장할 수도 있었다. 그다음 주에 바로 방독 장비를 갖춘 요원들이 앨트겔드 전역에 나타나서 석면으로 인한 위험이 조금이라도 염려된다 싶은 곳은 모두 봉하는 작업을 했기 때문이다. 주택건설국 역시 연방정부의 주택도시개발부HUD에 긴급 정화 기금으로 수백만 달러를 요청했다고 발표했다.

이런 조치들이 일부 학부모들의 사기를 높이는 데 도움이 되었다. 몇 주 동안 상처가 아물기를 기다렸다가 우리는 다시 모임을 시작했다. 주택건설국이 약속을 지키는지 확인하기 위해서였다. 그러나 여전히, 그토록 짧은 순간 열렸던 가능성의 문이 한순간 허망하게 닫혀버리고 말았다는 허탈한 마음을 떨쳐버릴 수 없었다. 린다와 베르나데트, 루카스는 개발공동체 프로젝트와 함께 일을 시작했다. 하지만 서로에 대한 의리나 믿음이 아니라 나에 대한 의무감 때문이었다. 말하자면 마지못해서 하는 활동이라고 할 수 있었다.

공개 면담을 준비하는 과정에서 함께했던 수많은 주민도 떨어져 나갔다. 리스 부인은 이제 우리와 이야기를 하려 들지도 않았다. 우리의 투쟁 방법과 동기에 대한 리스 부인의 공격에 관심을 기울이는 사람은 그다지 많지 않았다. 그러나 리스 부인이 그렇게 떠들고 나선다는 사실 자체가, 지역 활동을 아무리 열심히 해도 생활 환경을 바꾸지는 못할 것이고, 오히려 원치 않는 골칫거리들만 생길 뿐이라는 의심을 주민들 사이에 강하게 퍼뜨렸다.

대대적인 환경 정화 작업이 시작된 지 한 달쯤 지난 뒤, 우리는 주택건설국이 신청한 예산 지급에 관한 문제를 협의하기 위해서 HUD 사람을 만났다. 주택건설국은 긴급 정화 기금 외에도 도시 전역의 주택단지를 대대적으로 보수 및 정비하기 위한 자금으로 연방 정부에 10억 달러를 요청해 놓은 상태였다. HUD 소속의 키가 크고 고집 센 백인 남자는 신청서의 예산 내역을 살피고 나서 이렇게 말했다.

"솔직히 말씀드리죠. 주택건설국은 연방 정부에 신청한 기금을 아마 절반도 타내지 못할 겁니다. 석면을 제거하거나 필요한 세대에 한해 배관이나 지붕을 수리하는 것, 이 둘 중 하나를 선택해야 합니다. 둘 다 할 수는 없습니다."

"그러니까 우리가 예전보다 더 형편없는 환경에서 살든 말든 상관없다 이 말이에요?"

베르나데트가 말했다.

"정확하게 말하면 그런 뜻은 아니죠. 하지만 이것은 워싱턴에서 내려온 예산의 우선 원칙입니다. 죄송합니다."

베르나데트가 타이론을 자기 무릎에 올려놓고 말했다.

"이 아이에게 죄송하다고 하세요."

그날 회의에 새디는 참석하지 않았다. 그녀는 전화를 걸어서, 개발공동체 프로젝트 활동을 그만두기로 마음을 정했다고 알려왔다.

"남편이 좋게 생각하지 않아요. 이런 일을 하면서 집안과 가족을 돌보지 않는다고요. 그리고 내가 좀 유명해져서…… 뻐기는 것 같다면서요."

나는 우리가 앨트겔드에 사는 한 결국 다시 만나서 같이 일하게 될 거라는 말로 여운을 남겼다. 하지만 그 뒤에 이어진 새디의 말은 내가 의도한 여운을 싹둑 잘라버렸다.

"오바마 씨, 그래도 달라질 건 없을 것 같네요. 앞으로 우리는 돈을 모으는 데 전력을 다하기로 했어요. 될 수 있으면 빨리 여기를 벗어나서 다른 곳으로 가려고요."

13

"그래요, 난 이 말을 하는 겁니다. 세상은 하나의 장소라고."

"계속해요. 세상은 하나의 장소다, 그래서 또 뭐?"

"내가 말하는 건 그게 다입니다."

우리는 하이드 파크에서 저녁을 먹은 뒤에 차를 주차해 놓은 곳을 향해 걷고 있었다. 자니는 아주 느긋한 기분이었다. 가끔 그는 그렇게 변하곤 했다. 특히 와인을 곁들인 훌륭한 저녁을 먹고 나면. 처음 그를 만났을 때(당시 그는 시내에 있는 시민단체에서 일하고 있었다) 그는 재즈와 동양의 종교가 어떤 관계가 있는지 설명했으며, 그러다가 흑인 여자의 엉덩이를 분석했고, 다시 연방준비은행의 정책으로 화제를 바꾸었다. 그럴 때면 그의 눈은 빛을 내뿜고 말은 더 빨라졌다. 둥글둥글하고 턱수염이 난 그의 얼굴은 어린아이 같은 경이로움으로 환하게 빛났다.

지금 생각해 보면, 그의 호기심과 엉뚱함이 내가 그를 고용한 이유 가운데 하나로 작용했던 것 같다.

"예를 하나 들어볼까요? 어느 날엔가 어떤 사람을 만나러 스테이트 오브 일리노이 빌딩에 갔습니다. 그 건물이 가운데가 뻥 뚫린 구조란 거 알죠? 그런데 만나기로 한 사람이 늦더군요. 그래서 그냥 난간에 서서, 거기가 12층이었습니다, 아래를 내려다보았죠. 건물을 참 재미있게 설계했구나, 그런 생각을 하면서 말입니다. 그런데 갑자기 사람 몸뚱어리 하나가 내 옆을 지나서 휙 아래로 떨어집디다."

"네? 그럼 그게……?"

"예, 자살이었죠."

"그런 이야기는 한 적 없었잖아요."

"없었죠. 날 기분 좋게 만들어주세요. 다른 이야기도 많이 있으니까. 아무튼 12층에 있었는데도 사람의 몸이 바닥에 떨어지는 소리가 바로 옆에서 듣는 것처럼 크고 생생하게 들리더라고요. 끔찍한 소리였어요. 사람들이 난간으로 몰려가서 무슨 일이 벌어졌는지 살폈죠. 나도 내려다보았습니다. 사람 몸뚱어리가 널브러져 있더군요. 터지고 비틀리고. 사람들은 비명을 질렀습니다. 두 손으로 눈을 가리고요. 한데 이상하게도, 비명을 지르며 뒤로 물러났던 사람들이 다시 난간으로 다가가서 아래를 내려다보더라 이겁니다. 그리고 다시 눈을 가리면서 비명을 지르더라고요. 게다가, 그게 끝이 아니라 몇 번이나 더 그걸 반복했어요. 그 사람들이 왜 그랬을까요? 비명을 지르며 물러섰다가 다시 다가서는 그 사람들이 기대했던 게 무엇이었을까요? 사람들이란 게 이렇게 재미있습니다. 우리는 어떤 끔찍한 일을 보고 나면, 어쩔 수 없이…… 이 이야기는 빼고.

아무튼, 경찰이 오고 출입 통제선을 치고 시체를 싣고 갔습니다. 그러자 빌딩 관리 직원들이 와서 청소를 하기 시작하더군요. 비로 쓸어내고 걸레질을 하고. 한 사람의 인생을 비와 걸레로 말끔히 치워버리는 겁니다. 다 치우는 데 아마 5분도 채 걸리지 않았을 거예요. 아주 간단하더라고요. 내 말은 그러니까, 한 사람의 인생을 치우는 데 특별한 장비가 동원되거나 혹은 정장을 입어야 한다는 따위의 규정은 없더라이 말입니다. 그걸 보면서 나는 생각했죠. 청소하던 직원을 말입니다. 얼마 전까지만 해도 살아 있던 사람이 죽어나간 흔적을 걸레질하며 닦아내던 그 직원은 도대체 어떤 느낌일까? 누가 치우든 치워야 했고 직무상 자기가 하긴 했는데, 퇴근해서 집에 들어가 밥을 먹을 때 그 사람은 어떤 생각을 할까?"

"자살한 사람은 어떤 사람이었죠?"

"지금은 그게 중요한 게 아닙니다."

자니는 담배 연기를 깊이 빨아들인 뒤 동그라미를 몇 개 만들었다.

"백인 여자였어요. 어린 여자아이. 열여섯이나 열일곱 정도……. 펑크족이었어요. 머리카락을 파란색으로 염색했고, 코에 피어싱을 했더군요. 나중에 이런 생각을 해봤죠. 엘리베이터를 타고 올라가면서 그 아이는 무슨 생각을 했을까 하고요. 엘리베이터 안에 분명히 다른 사람들이 있었을 거 아니에요. 아마 사람들은 그 아이를 보고 마약중독자구나 생각하고는 얼른 자기들 관심사에 골몰했을 겁니다. 승진이나 시카고 불스 경기, 아니면 뭐 기타 등등.

그런 생각을 하는 사람들 곁에 서 있던 그 여자아이의 내면에는 엄청난 고통이 자리 잡고 있었겠죠. 그리고 난간에 서서도 엄청나게 고통스러웠을 겁니다. 왜냐하면, 뛰어내리기 전에 분명히 난간 아래를 내려다봤을 테고, 몸을 던져서 바닥에 떨어질 때 무지하게 아플 거라고 생각했을 테니까요."

자니는 담뱃불을 발로 비벼서 껐다.

"내가 말하려는 게 바로 그런 겁니다. 그 순간에 자기가 살아온 인생의 모든 풍경이 펼쳐진다는 거죠. 미치는 거죠. 그래서 이런 질문을 하게 됩니다. 이런 일들이 다른 데서도 일어날까? 이 엿 같은 일들이 과연 다른 데서도 일어났을까? 이런 질문을 자신에게 해본 적 없습니까?"

"세상은 하나의 장소다."

내가 대꾸했다.

"그러지 마시고, 난 지금 진지하게 묻는 거라니까요?"

우리가 자니의 차에 거의 다가갔을 때, 갑자기 '픽' 하는 소리가 들렸다. 무언가 압축되었다가 터지는 소리였다. 풍선이 터지는 소리 같았다. 우리는 소리가 난 쪽으로 고개를 돌렸다. 우리가 있던 곳에서 사거리의 대각선 방향에 있던 골목에서 젊은 남자 하나가 모습을 드러냈다. 신체적인 특징이나 입고 있던 옷은 지금 잘 기억나지 않는다. 하지만 열다섯 살을 넘지 않았던 것만은 분명했다. 그 소년은 죽어라 달렸다. 운동화는 소리도 없이 지면을 박찼고, 여윈 두 다리는 빠르게 반복 운동을 했으며, 그의 가슴은 보이지 않는 어떤 손이 잡아당기는 것처럼 앞으로 불룩 나와 있었다.

그 소년의 모습을 본 우리는 심상찮은 낌새를 차렸다. 자니는 어떤 아파트 앞의 손바닥만 한 잔디 바닥에 납작하게 엎드렸다. 나도 잽싸게 따라 했다. 2, 3초나 지났을까? 바로 그 골목에서 두 명이 더 튀어나왔다. 그들도 전속력으로 달렸다. 그런데 그 둘 중 하나, 키가 작고 뚱뚱한 소년이 손에 작은 권총을 들고 있었다. 발목 부근을 일부러 너덜너덜하게 만든 바지를 입은 그는, 달아나는 소년을 향해서 총을 쏘았다. 조준도 하지 않고 연속해서 세 발을. 그러다가 총을 쏴봐야 맞힐 가망이 없다는 걸 알고는 뜀박질을 멈추면서 셔츠 안으로 권총을 쑤셔넣었다. 그러자 다른 소년이 곁으로 다가서며 말했다. 그 소년은 마르고 귀가 무척 큰 게 인상적이었다.

"이런 병신!"

마른 소년은 씨익 웃으면서 바닥에 침을 찍 뱉었다. 두 소년은 낄낄거리면서 서로 장난을 쳤다. 그러고는 길을 따라 터덜터덜 걸어갔다. 그들의 그림자가 아스팔트 위로 길게 드리워졌다.

또 한 번의 가을이 가고 겨울이 갔다. 나는 석면 투쟁으로 인한 실망에서 완전히 벗어나 다른 쟁점들을 개발하고 새로운 지도자를 발굴했다. 자니가 있어서 내 짐을 상당히 덜 수 있었고, 예산도 비교적 안정적이었다. 나는 어린 시절의 열정 때문에 잃어버렸던 것들을 경험으로 보충했다. 그리고 그 1987년 봄, 사우스사이드의 청소년들에게 이전에는 없었던 어떤 일들이 일어나고 있다는 사실을 깨달았다. 일상적으로 맞닥뜨리게 되는 풍경들과 사람들을 만나 나누는 이야기 속에서, 보이지 않는 어떤 추한 모습들이 청소년들 사이에서 점차 일상적인 것으로 자리를 잡아간다는 사실을 깨달았던 것이다.

뭐라고 딱 꼬집어 말할 수 있는 것은 아무것도 없었다. 내가 깨달은 사실을 증명할 수 있는 통계 수치도 없었다. 차를 타고 가면서 해대는 총질, 다급하게 울리는 구급차의 사이렌, 마약에 취한 사람이 한밤에 질러대는 고함 소리, 폭력배들 사이에 벌어지는 전쟁. 경찰이나 언론은 사람이 죽어 자빠지고 아스팔트에 피가 흥건히 고여 흐르기 전에는 나타나지 않았다. 앨트겔드와 같은 지역들에서는 전과 기록이 아버지에 게서 아들로 대를 이어 내려갔다.

내가 시카고에 처음 발을 디뎠을 당시, 열대여섯 살 정도의 아이들이 무리를 지어 미시간이나 할스테드 골목에서 춤추는 모습을 볼 수 있었다. 추운 계절에는 후드를 머리에 썼고 더운 계절에는 셔츠 하나만 입고서 운동화 끈을 풀어놓은 채로 춤을 추었다. 그러다가 호출기가 울리면 공중전화로 가서 전화를 걸었다. 그들은 또 경찰 순찰차가 오면 슬그머니 흩어졌다가 경찰이 가고 나면 다시 뭉쳐서 하던 일을 계속했다.

그런데 그런 모습들이 이제는 변했다. 어딘지 모르지만 공기 자체가 달라졌다. 어느 날 저녁, 차를 타고 집으로 가던 중이었다. 키가 큰 네 명의 아이들이 가로수가 늘어선 어떤 블록을 걸어가면서 심은 지 얼마 되지 않은 묘목들을 아무 이유 없이 쑥쑥 뽑아 내팽개치면서 걷고 있었다. 그 묘목들은 노부부가 자기 집 앞이라고 특히 신경 써서 심은 것들이었다. 그런 모습이 내가 느꼈던 달라진 풍경이었다. 그해 봄, 거리에 모습을 드러내기 시작한 휠체어 탄 아이들의 눈을 바라볼 때도 그런 느낌이 들었다. 그 아이들은 전성기를 맞기도 전에 휠체어 신세를 지고 있었지만, 그 눈빛에서는 자기 연민을 찾아볼 수 없었다. 그들은 너무도 태연했다. 섬뜩했다.

그게 달라진 모습이었다. 희망과 공포 사이에 새롭게 조성된 균형이라고 할까. 대부분은 아니라 하더라도 적어도 사우스사이드의 아이들 가운데 일부는 이미 구원의 손길이 닿을 수 있는 어떤 경계선을 훌쩍 넘어버린 뒤였다. 심지어 평생 사우스사이드에서만 살았던 자니 같은 사람들도 그런 변화를 감지했다. 어느 날 자니의 아파트에서 함께 맥주를 마시고 있었는데, 그가 이런 말을 했다.

"버럭, 난 한 번도 이런 일을 본 적이 없어요. 내가 어릴 때도 물론 살벌했지요. 하지만 그때는 그래도 넘지 말아야 할 선이란 게 있었거든요. 술에 취하기도 하고 싸움도 했어요. 하지만 사람들이 많은 데서나 집에서는 어른들이 그런 아이들을 보면 뭐라고 한마디씩 했어요. 그러면 아이들은 잠자코 들었고요. 무슨 말인지 아시죠?

그런데 이제는 마약이다, 총이다 해서 그런 모습을 눈을 씻고 봐도 찾아볼 수가 없습니다. 물론 모든 애들이 다 총을 가지고 다니지는 않죠. 기껏해야 한두 명입니다. 그런데 어떤 녀석이 그런 놈에게 뭐라고 하죠. 그러면, 펑! 보내버립니다. 사람들은 이런 이야기를 많이 듣습니다. 그 아이들에게 뭐라고 말을 해야 하지만, 무서워서 아예 시도조차 하지를 않아요. 입을 닫아버린 거죠. 백인들이 그러는 것처럼, 우리는 그 아이들을 구제불능으로 치부하고 아예 선을 그어버리기 시작했단 말입니다. 길을 가다가 저만치 그런 아이들이 보이죠. 그러면 돌아서서 다른 길로 갑니다. 그러다 보니 착한 아이들마저 아무도 자기에게 관심을 가져주지 않고 걱정해 주지 않는다고 생각합니다. 이건 그 아이만의 생각이 아니라 어쩌면 외면할 수 없는 진실이겠죠. 그러니 그 아이가 어떡하겠습니까? 자기 앞날은 자기 힘으로 헤쳐가야 한다는 고달픈 현실을 운명처럼 받아들이겠죠. 그것도 밑바닥에서. 이제 겨우 스물한 살짜리들이 자기가 정한 규칙과 법에 따라서 닥치는 대로 사는 게 이 지역의 현실입니다."

자니는 맥주를 한 모금 마셨다. 컵에서 입을 떼자 그의 수염에 맥주 거품이 묻어 있었다.

"난 잘 모르겠습니다. 어떤 때는 나도 그런 아이들이 무서워요. 아무 생각도 없고 개념도 없는 그런 아이들이요. 자기들이 아직 얼마나 어린지 상관하지 않고 알지도 못하는 아이들 말입니다."

집으로 돌아온 뒤에도 나는 자니가 했던 말을 계속 생각했다. 나도 그 아이들을 무서워하나? 아니라고 생각했다. 적어도 자니가 말했던 의미로 무서워하지는 않았다. 앨트겔드나 다른 거친 동네를 돌아다닐 때 내가 느낀 두려움은 나의 내면과 관련된 것이었다. 즉, 내가 과연 이 동네에 속해 있는가 하는, 나 개인적으로는 역사가 깊고 오랜 두려움이었다. 그 아이들에게 폭력을 당할까 봐 무섭다고 생각한 적은 한 번도 없었다. 착한 녀석과 나쁜 녀석이라는 구분이 내 머릿속에는 없었다. 아이들은 그저 나이를 먹으면서 나이에 맞게 성장할 뿐이라고 나는 믿었다.

베르나데트의 다섯 살짜리 아이 타이론에 대해서 생각했다. 쓰레기 소각장과 쓰레기 매립지 사이에 난 길들을 재빠르게 돌아다니는 그 아이는 착한 녀석과 나쁜 녀석이라는 구분으로 볼 때 선과 악의 스펙트럼 가운데 어느 지점에 놓일까? 만일 타이론이 감옥에서 혹은 폭력배끼리 벌이는 전쟁에서 인생을 마감한다고 치자. 그것이 원래 타이론이 나쁜 아이였다는 사실을 증명하는 것일까? 아니면 타이론은 그저 인정 없는 세상에 희생되었다고 봐야 할까?

그리고 루비의 아들 카일은? 카일이 겪는 모든 일들을 어떻게 설명할 수 있을까? 의자에 앉은 자세에서 고개를 뒤로 젖히며 카일에 대해서 생각했다. 녀석은 이제 막 열여섯 살이 되었다. 서로 알고 지낸 지 2년이 지났는데, 그 사이에 키가 훌쩍 컸고 몸무게도 늘었다. 코밑에는 막 수염이 돋아나고 있었다. 녀석은 여전히 나에게 공손했다. 또 시카고 불스의 경기에 대해 나에게 아무 거리낌 없이 이야기했다. 올해는 조던이 불스에게 우승컵을 안길 거예요, 라고. 하지만 내가 루비를 만나러 집을 방문할 때마다 녀석은 집에 없거나 친구들과 몰려서 밖으로 나가려던 참이었다. 또, 루비가 나에게 전화를 걸어서 녀석이 지금 어디에 있는지 모르겠다거나, 성적이 형편없이 떨어지고 있다거나, 자기를 불손하게 대한다거나, 혹은 방문을 늘 잠가놓고 다닌다거나 하는 불만과 걱정을 털어놓은 적이 한두 번이 아니었다.

"걱정 마세요. 그 나이에 나는 카일보다 더 심했으니까요."

그럴 때마다 내가 루비에게 한 말이다. 물론 루비가 내 말을 액면 그대로 받아들였으리라고는 생각하지 않는다. 하지만 내게서 그런 말을 들으면 마음이 편해지는 건 사실인 듯했다. 어느 날 나는 카일이 마음속에 무슨 생각을 담고 있는지 알아보려고 녀석에게 시카고 대학교 체육관에 가서 농구나 몇 게임 뛰자고 했다. 차를 타고 하이드 파크까지 가는 동안 녀석은 아무 말도 하지 않았다. 내가 뭐라고 물어도 퉁명스럽게 단답형으로 대답하거나 어깨를 으쓱하며 대답을 회피했다. 좀처럼 대화의 문을 열려고 하지 않았다. 공군 조종사가 되겠다는 꿈을 계속 품고 있는지 묻자 고개를 내저었다. 시카고에 계속 살면서 일자리를 구하고 자기 집을 장만하겠다고 했다. 왜 마음을 바꾸었는지 물었다. 공군은 흑인에게 비행기를 몰게 하지 않을 거라고 대답했다. 나는 얼굴 표정을 확 바꾸며 녀석을 바라보았다.

"누가 그따위 헛소리를 해?"

녀석은 어깨를 으쓱했다.

"굳이 누구한테 들을 필요도 없어요. 사실이 그런데요, 뭘."

"아니야. 그건 사실이 아니고, 네 태도는 잘못되었어. 넌 네가 원하는 건 뭐든 다 할 수 있어. 열심히 노력만 하면 말이야."

녀석은 피식 웃으며 고개를 아예 창 쪽으로 돌려버렸다. 녀석의 숨결 때문에 창문에 뿌옇게 김이 서렸다. 그러다가 녀석이 한마디 툭 던졌다.

"그렇다면, 미국에 흑인 조종사가 몇이나 되는지 한번 얘기해 보세요."

체육관에는 기다리는 사람이 많지 않았다. 한 경기만 기다리니 바로 우리 순서가 돌아왔다. 나는 무려 여섯 달 만에 농구공을 잡았고 게다가 흡연으로 체력이 많이 떨어져 몸이 무거웠다. 첫 번째 경기를 할 때 나를 막던 사람이 내가 쥐고 있던 공을 뺏어갈 때 파울을 외쳤다. 하지만 코트에서 뛰던 사람들이나 자기 차례가 오기를 기다리던 사람들에게서 야유만 받았다. 두 번째 경기를 할 때는 몸이 좀 가벼워지긴 했지만 현기증이 났다.

결국 내 체력이 완전히 바닥나는 당황스러운 상황을 맞기 전에 코트에서 나왔다. 그리고 카일이 경기하는 모습을 지켜보았다. 나쁘지 않은 솜씨였다. 하지만 그가 전담하는 상대 팀 선수는 병원에서 일하는 잡역부였는데 체구가 작고 나보다 몇 살 더 많아 보였음에도 매우 힘이 좋고 빨랐다. 시간이 지날수록 카일과 그 남자의 대결이 흥미롭게 진행되었다. 그런데 그 남자가 연속 세 번이나 슛을 성공시켰다. 그러자 남자가 이렇게 떠들었다.

"야! 넌 어째 그것밖에 못해? 나처럼 나이 든 아저씨한테 밀리면 쪽 팔리잖아."

카일은 아무 말도 하지 않았다. 두 사람의 플레이는 갈수록 거칠어졌다. 그 남자가 공을 들고 골대를 향해 파고들자 카일이 그를 몸으로 세게 밀쳤다. 그러자 남자가 공을 카일의 가슴을 향해 던지고는 돌아서서 자기 편 사람들에게 외쳤다.

"지금 봤지? 저 펑크가 나한테 도저히 안 되니까 아예……."

갑자기 카일이 아무런 예고도 없이 남자에게 주먹을 날렸다. 주먹은 남자의 턱에 꽂혔고, 남자는 바닥에 쓰러졌다. 나는 코트로 달려나갔다. 사람들이 몰려들어 카일을 붙잡았다. 카일은 눈이 휘둥그레져서 몸을 부들부들 떨고 있었다. 병원 잡역부가 몸을 추스르고 일어나 입에서 핏덩이를 뱉어내는 모습을 보며 녀석이 중얼거렸다.

"난 펑크가 아니야."

목소리가 떨리고 있었다. 녀석은 한 번 더 말했다.

"난 펑크가 아니야."

녀석은 운이 좋았다. 아무도 경비원이나 경찰을 부르지 않았다. 불의의 일격을 당한 남자는 당황한 나머지 그저 멍하니 보고만 있을 뿐이었다. 돌아오는 길에 나는 카일에게 참을성과 폭력과 책임감에 대한 길고 긴 설교를 했다. 내가 생각해도 케케묵은 이야기였다. 녀석은 시선을 전방에 고정한 채 아무 말도 하지 않고 잠자코 듣기만 했다. 말을 마치자 녀석이 나를 바라보며 이렇게 말했다.

"엄마한테 이야기하지 마세요. 괜찮죠?"

좋은 징조라고 생각했다. 그래서 자기가 먼저 얘기하기 전에는 입도 뻥긋하지 않겠다고 했다.

카일은 착한 아이였다. 여전히 자기에게 소중한 것을 가지고 있었고, 또 그것이 손상될까 봐 걱정하고 있었으니까. 이것만 있어도 충분히 구원받을 수 있지 않을까, 그런 생각을 했다.

●

그런 일이 있은 뒤 나는 공립학교 문제를 다룰 시기가 되었다고 판단했다.

우리에게는 이것이 매우 자연스러운 쟁점으로 보였다. 차별과 분리는 이제 더는 쟁점이 아니었다. 백인들은 이미 그런 체계를 포기한 상태였다. 최소한 인근의 여러 고등학교에 원하기만 하면 얼마든지 들어갈 수 있었다. 입학생의 절반 정도만 졸업을 하겠다고 애썼으니 빈자리가 널려 있었던 것이다. 게다가 시카고의 여러 학교들이 맞닥뜨린 문제가 한두 가지가 아니었다. 예산은 해마다 수억 달러씩 모자랐다. 교과서와 화장실 휴지가 부족했고, 교사 조합은 적어도 2년에 한 번씩은 파업을 하며 교실을 비웠다. 관료들은 거만하게 우쭐대기만 했고 주의회는 아예 관심조차 없었다. 교육 관련 상황을 파악하면 할수록, 거리에서 보는 아이들의 탈선과 비행을 막을 수 있는 유일한 방법은 학교 개혁밖에 없다는 확신이 들었다. 즉 아이들의 가정이 안정적이지 않고, 또 그 아이들이 나중에 가정을 꾸릴 때 육체노동으로 가족을 부양할 수 있는 일자리가 보장되지 않을 게 눈에 뻔히 보이는 상황에서 아이들이 기댈 수 있는 마지막 희망은 교육이었던 것이다. 그래서 4월에 다른 쟁점들과 관련된 일을 하는 틈틈이 교육 관련 조직 사업을 위한 계획을 수립하고 그것을 지역 지도자들과 논의하기 시작했다.

반응은 실망스러웠다.

교육 관련 조직 사업이 지역 지도자들의 개인적인 관심사와는 거리가 멀다는 게 문제였다. 대상 선정이 잘못되었던 것이다. 나이 든 교회 신자들은 자기 아이들은 이미 다 컸다고 말했고, 앤절라나 메리 같은 젊은 부모들은 아이들을 가톨릭 학교에 보내고 있었다. 하지만 저항의 가장 큰 요인은 다른 데 있었다. 그에 대해서는 거의 언급들을 하지 않았다. 즉, 우리 단체와 손잡고 있는 대부분의 교회에 교장을 포함한 교사, 장학사 등이 무수히 신자로 등록되어 있다는 불편한 사실이 저항의 핵심적인 요인이었다. 그 사람들 가운데 자기 자식을 공립학교에 보내는 사람은 드물었다. 공립학교 사정을 너무도 잘 알기 때문이었다. 하지만 그들은 20년 전에 백인 학부모들이 그랬던 것처럼 자기들의 기득권을 포기할 생각이 전혀 없었다. 그들은 사업을 추진할 돈이 많지 않다고 했다. 이건 분명히 맞는 말이었다. 관료의 수를 줄이고 중앙의 인력을 지역으로 분산시키는 등의 개혁을 위한 노력은 백인이 자신의 권력을 되찾겠다는 이야기가 될 수 있다고 했다. 이건 분명히 틀린 말이었다. 또 이런 말도 했다.

"학생들이 도무지 글러먹었어요. 게으르고, 규칙을 지킬 줄도 모르고, 행동도 굼뜨고."

"그런 모습이 아이들 잘못이 아닐지도 모르지만 학교의 잘못이 아닌 것만은 분명합니다."

"나쁜 아이들이 아닐 수도 있지만, 나쁜 부모들이 많은 건 부인할 수 없는 사실 아닌가요, 버락 씨?"

이런 발언들은 1960년대 이후로 우리가 일구어온 암묵적인 안정과 평온의 상징이었다. 하지만 이것은 우리 아이들 가운데 반은 예전보다 훨씬 나아졌지만 나머지 반은 예전보다 훨씬 뒤처지게 만든 안정과 평온이었다. 그런 말들을 들을 때 나는 화가 치밀어올랐다. 조직 차원에서의 지지는 형편없었지만, 그럼에도 나와 자니는 일을 밀고 나가기로 했다. 그리고 앨트겔드의 젊은 학부모 차원을 넘어서서 지지 기반을 더 광범위하게 확보하겠다는 목표를 세우고 인근의 몇몇 학교를 방문했다.

카일이 다니는 고등학교부터 시작했다. 그곳은 지역에서 가장 명성이 높은 학교였다. 건물은 한 동이었지만 비교적 깨끗했다. 하지만 콘크리트 재질이 그대로 드러난 기둥, 길고 삭막한 복도, 온실에 달린 창문처럼 열리지도 않고 먼지만 켜켜이 쌓인 창문 등 전체적으로 관리가 잘 안 된 듯 보였다. 또 어쩐지 비정하다는 느낌마저 들었다. 교장인 루이스 킹 박사는 친절하고 정 많은 사람이었다. 그는 우리 같은 지역 단체와 기꺼이 함께 일하고 싶다고 했다. 그러고는 그 학교 상담 교사 가운데 한 명인 아잔테 모란이라는 교사 이야기를 하면서, 그가 청소년을 위한 조언자 프로그램을 실시하려 애쓴다고 말했다.

우리는 교장이 가르쳐준 대로 건물 뒤쪽에 있는 작은 방을 찾아갔다. 방 안은 아프리카 대륙의 지도, 고대 아프리카의 여러 왕과 왕비들의 초상화, 북과 조롱박, 장식용 벽걸이 천 등으로 장식되어 있었다. 책상 뒤에 키가 크고 턱이 튀어나왔으며 팔자수염을 단 남자가 앉아 있었다. 위압감을 주는 그는 아프리카 민속 의상을 입었고 굵은 팔에 팔찌를 차고 있었는데 몹시 바빠 보였다. 책상 위에는 채점해야 할 SAT 모의고사 시험지가 수북하게 쌓여 있었다. 그제야 나는 교장의 전화가 그에게는 달갑지 않았음을 알았다. 그럼에도 그는 우리에게 자리를 권하고는 자기를 아잔테라고 부르라고 했다. 우리는 그를 만나러 온 이유를 밝혔다. 그러자 그가 나와 자니를 번갈아 보면서 여러 가지 생각을 말해주었다.

"두 분이 먼저 아셔야 할 사실은, 공립학교 체제는 흑인 아이들을 교육하는 게 아니라는 것입니다. 여태까지 한 번도 그런 적이 없었습니다. 도심의 저소득층이 사는 지역의 학교들은 오로지 학생들을 통제하기 위해서 존재합니다. 수업 시간만큼은 학생들을 학교에 붙잡아둔다는 거죠. 연필만 쥐고 있어라 이겁니다. 그러니까 이게 뭐겠습니까? 감옥이나 마찬가지죠. 흑인 아이들이 연필을 집어던지고 백인을 괴롭히고 나서야 비로소 그 아이들이 교육을 잘 받고 있는지 어떤지 사회가 관심을 기울입니다.

그 아이들에게 진정한 교육을 제공하고자 한다면 어떤 것을 가르쳐야 할지 생각해 보십시오. 자기 자신과 자기 세상, 자기 문화, 자기가 속한 집단 혹은 공동체를 이해시키는 것부터 시작해야 합니다. 그래야 아이들이 무언가를 배우고 싶은 마음이 생기겠죠. 어딘가에 속하고 자기가 처한 환경을 극복할 수 있는 힘이 생긴다는 말입니다. 하지만 흑인 아이들에게는 모든 게 거꾸로 되어 있습니다. 그 아이들이 배우는 내용이 뭡니까? 자기들의 역사가 아닌 남의 역사를 배웁니다. 다른 사람의 문화를 배운다고요. 다르다는 게 그냥 다른 게 아니라, 배우면 배울수록 자기를 부정하게 되는 그런 문화를 배운단 말입니다."

아잔테는 두 손을 배 앞에 가지런히 모은 채로 의자에 몸을 기댔다.

"사정이 이런데 흑인 아이들이 공부에 흥미를 잃지 않는다면 그게 오히려 이상하죠. 남자아이들은 더합니다. 여자아이들이야 함께 이야기를 나눌 나이 많은 여자들이 있어서 최소한 어머니가 되는 것에 대해 여러 가지 이야기를 들을 수 있습니다. 하지만 남자아이들에게는 아무도 없습니다. 반 이상이 자기 아버지가 누군지도 모릅니다. 그 아이들이 한 사람의 당당한 어른이 될 수 있도록 가르치고 이끌어줄 사람이 아무도 없다 이 말입니다. 비극은 바로 여기서 시작됩니다. 어떤 사회에서든 청소년은 폭력적인 경향을 띠니까요. 그런데 그런 폭력적인 경향은 훌륭한 지도를 받아서 창조적인 열정으로 승화될 수도 있고, 아니면 자기 자신이나 사회 혹은 둘 다를 파괴할 수도 있습니다.

바로 이 지점에 내가 할 수 있는 일이 있다고 생각합니다. 나는 내가 할 수 있는 한 그들에게 어른의 역할을 해주려고 합니다. 나는 학생들이 아프리카의 역사와 지리, 예술적 전통을 더 많이 접할 수 있게 해줍니다. 교과서에 나오는 것과 다른 가치 기준을 보여주려고 노력합니다. 하루에 보통 열다섯 시간씩 주입받는 물질주의, 개인주의, 인스턴트 식 즐거움과는 다른 가치를 말입니다. 나는 학생들에게 아프리카인들은 서로를 이해할 줄 아는 사람이라고 가르칩니다. 유럽계 동료 교사들은 나의 그런 모습을 보고는 비애국적이라고 하더군요. 나는 그 사람들에게 이렇게 말하죠. 나의 의도는 아프리카 문화 이외의 것을 폄하하려는 게 아니라, 어린 학생들이 딛고 설 수 있는 디딤돌을 마련해 주는 거라고요. 자기 전통에 뿌리 내리지 못하면 다른 문화의 장점도 제대로 인정하고 받아들일 수 없거든요."

이때 노크 소리가 들렸다. 홀쭉한 남학생이 문을 빠끔히 열고 머리를 디밀었다. 아잔테는 우리에게 미안하다면서 선약이 있다고 말했다. 하지만 지역 내 청소년 문제라면 얼마든지 다시 만나서 이야기를 할 수 있다고 했다. 그는 문밖까지 배웅을 나와서는 내 이름이 특이하다고 말했다. 그래서 아버지가 케냐 사람이라고 했다.

"그럴 줄 알았습니다."

그가 빙긋 웃었다.

"내가 처음 밟은 아프리카 땅이 바로 케냐였거든요. 15년 전에요. 하지만 그때 기억이 어제 일처럼 생생합니다. 내 인생을 완전히 바꿔놓았거든요. 사람들이 진심으로 반겨주더군요. 그리고 그 대지……. 여태까지 그렇게 아름다운 곳은 보질 못했습니다. 정말 고향에 돌아온 듯한 느낌이었죠."

그의 눈은 추억에 잠기면서 환하게 빛을 뿜었다.

"근데, 선생님은 케냐에 마지막으로 가보신 게 언젠가요?"

우물쭈물하다가 이렇게 대답했다.

"사실은, 한 번도 가본 적이 없습니다."

"어……."

아잔테는 혼란스러운 듯 잠시 말을 잇지 못했다.

"그렇군요. 자신 있게 말씀드리지만, 거기를 한번 가보시면 인생이 완전히 바뀔 겁니다."

그 말을 마지막으로 아잔테는 악수를 하고 돌아섰다. 그는 안쪽을 향해 손을 흔들면서 들어갔고, 그 뒤로 문이 닫혔다.

자니와 나는 차를 타고 사무실로 돌아오는 동안 거의 말을 하지 않았다. 사무실 근처에서 무슨 일인지 길이 막혔다. 차를 세우고 서 있는데, 자니가 나를 보며 불쑥 말했다.

"하나 물어봐도 됩니까?"

"그럼요."

"케냐에 왜 한 번도 안 갔습니까?"

"글쎄요. 내가 보게 될 것들이 두려워서 그랬던 것 같기도 하고."

"오……."

자니는 담뱃불을 붙였다. 그러고는 창문을 내리고 연기를 밖으로 뿜었다.

"참 재미있는 게 뭐냐 하면, 아잔테 선생 말을 듣고 있으려니까 노땅 생각이 갑자기 나더라고요. 우리 노땅은 제대로 된 교육을 한 번도 받아본 적이 없는 분입니다. 아프리카에 대해서 아는 거라고는 아무것도 없었어요. 어머니가 돌아가신 뒤로는 노땅이 혼자 힘으로 우리 형제들을 다 키웠죠. 25년 동안 스피겔 이삿짐 회사의 트럭을 운전하면서 말입니다. 그런데 그 회사는 노땅에게 연금을 줘야 할 때가 다가오자 그 직전에 노땅을 해고했습니다. 그래도 노땅은 일을 해야 했어요. 다른 회사에 취직해서 말이죠. 지금도 일을 하십니다. 날마다 똑같은 일이죠. 다른 사람의 가구를 들어서 옮기는 일…….

평생 동안 인생을 제대로 즐겨보지 못하신 분입니다. 무슨 말인지 이해할 수 있습니까? 주말이라 해도 그저 집 주변만 어슬렁거리셨죠. 그리고 친구분들이 오면 함께 술을 마시면서 음악을 듣곤 하셨어요. 그분들은 주로 자기 회사 사장에 대해 험담을 했습니다. 한 주 동안 있었던 온갖 일을 놓고서 말입니다. 우리 사장은 이랬다, 하면서 말이죠. 그러다가 누군가 참신한 아이디어를 내놓으면서 독자적으로 사업을 하겠다고 하면, 다른 사람들이 일제히 나서서 그 사람을 묵사발로 만들었습니다. '너처럼 머리가 텅텅 빈 깜둥이가 사업을 한다고?' 누가 그렇게 말하면 다른 사람이 그 말을 받습니다. '이봐 짐. 저 친구 잔 치워버려. 텅텅 빈 머리에나 술을 채우라고 말이야.' 그러면 다들 와자하게 웃습니다. 하지만 나는 그분들이 속으로는 웃지 않는다는 걸 알았죠. 때로 내가 옆에 있으면 내 이야기를 하기도 했습니다. '애, 너 말하는 거 보니까 싹수가 좀 있어 보이는구나. 백인처럼 말을 해. 어렵고 굉장한 말을 한다고.' 이런 말들을요."

자니가 흐릿한 하늘로 연기를 내뿜었다.

"고등학교에 들어간 뒤 노땅이 부끄럽다는 생각이 들었습니다. 개처럼 일하고, 똑같이 한심한 사람들끼리 모여 앉아서 술이나 마시고……. 그래서 속으로 맹세했습니다. 나는 인생을 그렇게 허비하지 않을 거라고 말입니다. 근데 나중에 돌이켜 생각해 보니까, 내가 대학에 가고 싶다는 말을 했을 때 노땅이 한 번도 웃지 않았다는 사실을 깨달았습니다. 이래라저래라 말은 없었지만, 늘 우리를 일찍 깨워 준비를 시키셨죠. 학교에 갈 준비 말입니다. 학교에 잘 다녀야지 나중에 힘든 일을 안 할 수 있다고 하셨고, 또 늘 용돈을 챙겨주셨어요. 졸업하던 날, 노땅이 넥타이를 매고 오셨더군요. 그리고 내게 손을 쑥 내미시더라고요. 그게 다였습니다. 악수를 하고 난 뒤에 곧바로 다시 일하러 가셨죠."

자니는 더 말하지 않았다. 정체가 풀리고 자동차는 다시 달렸다. 나는 아잔테의 방에 걸려 있던 포스터들을 생각했다. 왕관을 쓴 당당한 흑인 여자 네페르티티Nefertiti와 표범 가죽으로 만든 튜니카*를 입은 위풍당당한 샤카 줄루Shaka Zulu**. 그리고 더 먼 과거로 거슬러 올라가, 아버지가 하와이로 오기 직전에 나의 찬란한 출생 배경을 확인하려고 도서관에 갔던 일도 떠올렸다. 나는 아잔테가 붙여놓은 포스터들이 학생들에게 얼마나 효과를 발휘하는지 궁금했다. 그 포스터들의 효과는 아마도 아잔테가 끼칠 수 있는 영향력보다 결코 크지 않을 거라 생각했다. 아잔테는 아이들이 하는 말에 기꺼이 귀 기울이는 사람이었다. 또 그 아이들의 어깨 위에 올려놓는 듬직한 손이었다.

"그분은 거기 계셨습니다."

내가 말했다.

"누가요?"

"당신 아버지. 당신 아버지가 당신을 기다리며 거기 서 계셨다고."

자니가 자기 팔을 긁었다.

"예. 그랬던 것 같네요."

● 소매가 없는 박스형의 긴 옷.

●● 19세기 아프리카의 줄루족을 통합한 뒤 아프리카 통일을 주장하며 여러 다른 부족을 공격했다. 아프리카 침략에 열을 올리던 유럽 열강에 맞섰다.

내 아버지로부터의 꿈

"아버지하고는 그런 이야기를 했나요?"

"아뇨. 우리는 둘 다 말주변이 없거든요."

자니가 시선을 창밖으로 던졌다. 그러더니 다시 나를 보며 말했다.

"아무래도 그래야 할까 봐요."

나는 고개를 끄덕였다.

"맞아요. 그래야겠죠."

그 뒤 두 달 동안 아잔테와 콜리어 교장은 우리를 도와서 청소년 상담 네트워크 제안서를 완성했다. 위험에 빠진 청소년들에게 도움말을 주고, 또 장기적인 개혁 작업에 학부모들을 끌어들이기 위한 프로그램이었다. 정말 멋진 계획이었다. 하지만 내 마음은 다른 데 가 있었다. 제안서가 완성되었을 때, 나는 자니에게 한 며칠 사무실을 비울 테니 더 광범위한 인사들을 포진시켜서 사업을 출범시킬 수 있도록, 일정대로 사람들을 만나고 예정된 회의들을 진행시키라고 했다.

"어디 가시게요?"

"우리 형 만나러."

"형이 있는 줄 몰랐는데요?"

"여태까진 없었죠. 아주 오랜 세월 동안."

다음 날 아침 비행기를 타고 워싱턴 D.C.로 날아갔다. 거기에 로이가 살고 있었다. 아우마가 시카고에 왔을 때 우리는 처음으로 전화 통화를 했었다. 아우마 말로는, 미국에서 케냐로 지원을 나온 평화봉사단원과 결혼한 다음 미국으로 이주했다고 했다. 그래서 말이 나온 김에 전화 통화나 하자고 전화를 걸었던 것이다. 그는 무척 반가워했다. 목소리가 깊고 선명했다. 우리가 마치 이틀 만에 다시 대화를 나누는 사이처럼 느껴졌다. 그는 현재 하고 있는 일과 아내, 미국에서 새로 시작한 삶, 그 모든 것들이 '멋지다'고 했다. 그런데 '멋지다'라는 그 말이 내귀에는 '머어어어엇지다'로 들렸다. 자기가 있는 데로 한번 찾아와주면 '화아안사앙적'일 것 같다고 했다. 잠은 자기 집에서 자면 된다고 했다. 아내도 환영할 거라면서 '저어언혀' 문제가 없다고 했다. 전화를 끊고 난 뒤에 아우마에게, 로이가 무척 좋아하고 또 매우 행복해 보인다고 했더니 그녀는 고개를 갸웃했다.

"글쎄, 네가 오빠를 잘 몰라서 그래. 자기 속마음을 드러내질 않아. 그런 점에서 보면 노땅과 똑같아. 사실, 두 사람은 사이가 나빴지만 난 오빠만 보면 아버지가 생각나. 여러 가지로. 최소한 나이로비에 있을 때는 그랬어. 데이비드 장례식 때 이후로는 만나지 못했는데, 결혼하고 안정을 찾았나 보네."

그녀는 더 이야기하지 않았다. 직접 느끼고 알라고 말했다. 그리고 많은 시간이 흐른 뒤에 로이와 나는 약속을 정했다. 그리고 주말을 이용해서 내가 워싱턴 D.C.로 날아간 것이다. 함께 관광을 하면서 이런저런 이야기를 나눌 꿈에 부풀었는데, 공항에서 당연히 나를 기다리고 있어야 할 로이가 보이지 않았다. 집으로 전화를 걸었더니 그가 받았다. 그는 미안하다는 말부터 먼저 했다.

"미안해, 동생. 오늘 밤은 호텔에서 잘 수 있겠지?"

"왜? 뭐가 잘못됐어?"

"심각한 건 아니고 그냥…… 아내랑 좀 다퉜어. 그래서 오늘은 우리 집에서 재우기가 좀 그래서. 이해하지?"

"그럼."

"호텔 잡은 뒤에 전화해. 저녁 때 만나서 식사나 같이 하자. 8시에 데리러 갈게."

내가 찾을 수 있는 가장 싼 호텔에 방을 잡고 기다렸다. 9시에 방문을 두드리는 소리가 들렸다. 문을 열자 거구의 남자가 두 손을 주머니에 넣은 채 가지런한 이를 드러내며 싱긋 웃고 있었다.

"반가워, 동생. 인생은 재미있겠지?"

내가 가지고 있던 사진 속의 로이는 말랐고 아프리카 옷을 입고 있었다. 콧수염을 기르고 턱에 염소수염을 달고 있었지만, 나를 안은 남자는 훨씬 뚱뚱했다. 100kg 가까이 되는 것 같았다. 관자놀이 부근의 살이 안경테 옆으로 삐져나올 정도였다. 그리고 염소수염도 없었다. 아프리카 옷 대신 흰색 셔츠에 회색 재킷을 입었고 넥타이를 맨 차림이었다. 하지만 아우마의 말이 맞았다. 확실히 노땅을 닮은 모습이었다. 로이를 마주 보고 서 있자니 마치 내가 열 살 소년으로 되돌아가 아버지 앞에 서 있는 느낌이었다.

"살이 좀 쪘네?"

그의 차로 걸어가면서 내가 말했다. 그러자 로이는 통통한 배를 내려다보며 손바닥으로 툭툭 배를 쳤다.

"이거 다 패스트푸드 때문이야. 어딜 가든 있잖아. 맥도널드, 버거킹…… 차에서 내리지 않고 살 수도 있고. 비프스테이크에 특별 소스, 상추, 치즈…… 치즈를 넣은 더블 후퍼!"

그는 고개를 절레절레 내저었다.

"원하면 언제든 먹을 수 있다고 떠들잖아. '맛있어요! 환상적이에요!'라고."

그는 고개를 뒤로 젖히고 큰 소리로 웃었다. 마치 마법처럼, 그의 내부에서 울려나오는 소리가 그의 몸 전체를 흔들었다. 그는 미국에서의 새로운 삶이 주는 놀라움에서 미처 빠져나오지 못한 듯 보였다. 도요타 자동차는 그의 큰 덩치에 비해서 너무 작아 보였다. 차를 탄 그의 모습이 마치 유원지의 박쥐 기차를 탄 어린아이처럼 보였다. 그는 기어 변속이나 교통 법규도 미처 다 익히지 못한 것 같았다. 과속 금지 조항까지도. 맞은편에서 오는 차와 정면으로 충돌할 뻔한 적이 두 번이나 있었다. 굽은 길에서는 차가 아예 한쪽으로 뒤집어지는 줄 알았다.

"운전을 늘 이렇게 해?"

자동차 오디오에서 나오는 음악 소리 때문에 거의 외치다시피 말했다. 로이는 싱긋 웃고는 기어를 5단으로 했다.

"운전이 좀 서툴지? 메리, 내 아내 말이야, 메리는 늘 불만이야. 특히 그 사고가 난 뒤로는 더."

"무슨 사고?"

"별것 아니었어. 날 봐, 멀쩡하잖아. 살아서 숨도 쉬고. 그러니 별것 아니지."

그는 너털웃음을 터뜨렸다가 다시 머리를 절레절레 흔들었다. 마치 자동차가 제멋대로 속력을 내는 바람에 자기도 어쩔 수 없다는 듯이. 그리고 우리가 안전하게 목적지에 도착할 수 있을지는 하나님이 우리에게 얼마나 많은 축복을 내려주시느냐에 달렸다는 듯이.

우리의 목적지는 계류장 옆에 있는 멕시코 음식점이었다. 우리는 물이 보이는 쪽에 자리를 잡았다. 나는 맥주를 시켰고 그는 마르가리타를 시켰다. 우리는 내가 하는 일과 대형 모기지 금융 회사에서 회계사로 일하는 그의 일을 화제로 한담을 나누었다. 그는 음식을 맛있게 먹었고 마르가리타를 한 잔 더 시켰다. 그리고 미국에서 겪었던 좌충우

돌 경험담을 화제로 농담을 하고 또 큰 소리로 웃었다. 하지만 식사가 끝나갈 무렵, 애써 아무렇지도 않은 척하던 그의 노력이 바닥을 드러내기 시작했다. 결국 내가 왜 형수가 함께 나오지 않았는지 물었다. 그러자 그는 헛헛한 미소를 띠었다.

"어, 아무래도 우리 이혼할 것 같아."

"미안해, 괜히 물어봐서……."

"내가 날마다 늦게 들어오는 걸 더는 못 참겠대. 술을 너무 많이 마신대. 그리고 노땅하고 점점 더 똑같아진대."

"형 생각은 어때?"

"내 생각은 어떠냐고?"

그는 고개를 숙이고 나를 바라보았다. 우울한 눈빛이었다. 탁자에 놓인 촛불의 일렁거리는 불꽃이 그의 안경알 위에서 커다란 횃불처럼 흔들렸다.

"사실은……."

그는 상체를 앞으로 숙이고 말을 계속 이었다.

"난 내가 싫어. 이게 다 노땅 때문이야."

●

한 시간 동안 그는 아우마가 들려줬던 그 힘들었던 시절의 이야기를 다시 해주었다. 친어머니를 비롯해 낯익은 모든 것들과 억지로 작별해야 했던 일, 아버지의 갑작스러운 몰락과 가난, 아버지와의 다툼과 가출, 가출한 뒤에 친척집을 전전해야 했던 힘겨운 생활. 그는 나이로비 대학교에 입학한 일과, 졸업과 함께 어떤 회계 회사에 취직한 일을 이야기했다. 아무리 늦게까지 일했어도 언제나 남보다 먼저 출근해서 경험과 실력을 쌓았다고 했다. 그의 이야기를 들으면서 나는 아우마가 자기 인생을 개척했던 이야기를 들려주던 때처럼 존경심이 들었다. 열악한 환경이었지만 노력해서 자수성가한 그 끈질긴 생명력이 놀라웠다. 아우마는 과거를 과거로 묻어두고 용서하고, 필요하다면 잊어버릴 줄도 알았다. 그러나 아버지에 대한 로이의 기억은 더 직접적이고 또 고약했던 것 같다. 아우마와 달리 로이에게 과거는 여전히 그날처럼 생생하게 아픈 상처로 남아 있었다. 웨이터가 빈 접시를 치웠다.

"그 사람은 내가 아무리 잘해도 만족할 줄을 몰랐어. 아주 똑똑한 사람이었지. 절대로 잊을 수 없는 사람이야. 반에서 2등을 해도 왜 1등을 못 했느냐고 다그치던 사람이었으니까. 뭐라고 했는지 알아? '넌 오바마의 아들이야. 넌 최고여야 한단 말이야!' 그 사람은 정말 그렇게 믿었어. 그런데 그 사람은 술주정뱅이야. 가진 것도 없고 거지처럼 산단 말이야. 나는 속으로 이런 의문을 품었어. 이렇게 똑똑한 사람이 어떻게 이처럼 타락할 수 있을까? 아무리 생각해도 이해할 수가 없었어. 아무리 생각해도.

심지어 혼자 살기 시작한 뒤에도, 그 사람이 죽고 난 뒤에도 그 수수께끼를 풀어보려고 끙끙댔어. 도저히 그 사람에게서 빠져나올 수 없을 것 같았어. 지금도 기억이 생생해. 장례를 치르려면 시신을 알레고로 옮겨야 했는데, 내가 장남이니까 그 모든 과정을 다 책임져야 했어. 정부에서는 기독교식으로 장례를 치러야 한다고 했고, 가족은 이슬람식으로 치러야 한다고 주장했어. 각지에서 사람들이 장례식에 참석하려고 오더라.

루오족의 전통에 따라서 사흘 동안 장작을 태워야 했어. 사람들은 계속해서 곡을 했고. 그런데 그 사람들 가운데 절반은 난생처음 보는 사람들이었어. 그 사람들은 먹을 걸 달라고 했어. 술도 달라 그러고. 어떤 사람들은 나에게 귓속말로 노땅이 독살을 당했으니까 당연히 복수를 해야 한다는 거야. 또 어떤 사람들은 집에 있는 물건을 훔치기도 했어. 우스운 일도 있었는데, 사람들이 노땅의 유산을 놓고 싸우지 뭐야. 노땅의 마지막 여자친구, 우리 동생 조지의 엄마는 노땅의 재산을 모두 자기가 가지겠다고 했어. 몇몇 사람들, 예를 들어서 사라 고모 같은 분은 그 여자 편을 들었어. 다른 사람들은 엄마, 그러니까 나를 낳으신 친엄마 편을 들었지. 정말 아수라장이 따로 없었어. 모든 게 엉망진창으로 흘러가는 것 같더라.

장례식이 끝난 뒤, 그 누구하고도 같이 있고 싶지 않았어. 내가 유일하게 믿었던 사람은 우리 동생 데이비드였어. 그 녀석은 말이야, 진짜 이 말은 꼭 하고 싶은데, 녀석은 좋은 놈이었어. 그러고 보니까 너랑 많이 닮은 것 같네. 그때 열다섯 살인가 열여섯 살인가 그랬는데, 그애 엄마 러스는 데이비드를 미국인으로 키우려고 했어. 그런데 그 녀석이 자기 엄마 뜻을 거스르고 나섰어. 그 녀석은 모든 사람을 다 좋아했어. 넌 이걸 알아야 해. 그애가 글쎄, 집에서 도망쳐서는 나랑 같이 살겠다고 찾아온 거야. 그래서 집에 돌아가는 게 옳은 일이라고 말했어. 하지만 내 말을 안 듣더군. 그애는 미국인이 되고 싶지 않다고 했어. 자기는 아프리카 사람이고, 오바마라고.

근데 그 녀석 데이비드가 죽었을 때는 정말 마음이 아프더라. 우리 가족 모두가 저주받았다고 생각했지. 진짜 확신했어. 그때부터 술을 마시기 시작했지. 싸움도 하고. 될 대로 되라는 심정이었어. 노땅도 죽고 데이비드도 죽는다면, 나도 머지않아 죽는다고 생각했지. 난 지금도 가끔 내가 케냐에 계속 남아 있었다면 어떻게 되었을까 생각해 봐. 그런데 낸시라는 여자가 있었어. 그때 내가 만나던 미국 여자였는데 그 여

자가 미국으로 돌아갔어. 어느 날 그녀에게 전화해서 미국으로 가고
싶다고 했지. 그랬더니 오라더라. 당장 비행기 표를 끊어서 미국에 왔
어. 짐도 싸지 않고 다니던 직장에 연락도 하지 않았어. 아무에게도 작
별 인사를 하지 않고 말이야.

모든 걸 다시 시작할 수 있으리라 생각했어. 하지만 난 이제 알아. 절
대로 그럴 수 없다는 걸. 절대로…… 스스로 통제할 수 있다고 생각하
지만, 사실은 누군가가 쳐놓은 거미줄에 걸린 불쌍한 파리 신세야. 그
렇기 때문에 내가 회계를 좋아하나 봐. 온종일 숫자만 상대하거든. 더
하고 곱하고 신중하게 계산하면 늘 답이 딱 떨어지잖아. 결과가 나온
단 말이야. 질서도 있고. 숫자만 있으면 통제할 수가 있어."

로이는 술을 한 모금 마셨다. 그런데 그다음부터 갑자기 그의 말이
느려졌다. 마치 다른 공간으로 쑥 빨려들어간 것 같았다. 아니, 아버지
가 그의 정신을 사로잡은 것 같았다.

"나는 장남이잖아. 루오족 전통에 따르면 내가 우리 가족의 책임자
야. 너도 책임져야 하고 아우마도 책임져야 하고 동생들 모두를 책임
져야 해. 모든 게 잘되도록 하는 게 내 책임이야. 동생들 학비를 대주
고, 아우마가 좋은 남자 만나서 결혼하게 해주고, 집도 크게 지어서 가
족들이 모두 모일 수 있게 하고……"

나는 탁자 위로 손을 뻗어 그의 손을 잡았다.

"형 혼자서 다 해야 한다고 생각하지 마. 우리도 짐을 덜어줄 수 있어."

하지만 그는 내 말을 듣지 않는 듯했다. 그저 멍한 시선으로 창밖을
바라보고 있었다. 그러다가 마치 잠에서 깨어난 듯 갑자기 웨이터를
손짓으로 불렀다.

"한 잔 더 드릴까요?"

"그만 마시고 계산을 하고 싶으니까, 계산서."

로이가 나를 바라보면서 싱긋 웃었다.

"괜한 이야기를 너무 많이 했지? 쓸데없이 걱정하게 말이야. 그게 내 문제야. 아무래도 우리는 흐르는 물살을 타면서 사는 방법을 배울 필요가 있나 봐. 미국에서는 뭐라고 표현하지? 물살을 거슬러 올라가지 말고 물살을 타고 그냥 흘러가라, 이거."

로이는 다시 큰 소리로 웃었다. 옆 테이블에 앉은 사람들이 고개를 돌려서 바라볼 정도로 큰 소리였다. 그러자 그의 목소리에 담겼던 마법도 사라졌다. 그의 웃음은 거대한 공간을 지나쳐온 듯 공허했다.

●

다음 날 아침, 나는 시카고 행 비행기를 탔다. 로이가 아내와 함께 있을 시간이 필요했고, 호텔에서 하룻밤을 더 묵을 만한 돈이 내 수중에 없었기 때문이기도 했다. 우리는 아침을 함께 먹었다. 아침에 보니 그는 훨씬 멀쩡해 보였다. 공항의 탑승구에서 우리는 악수하고 포옹했다. 그는 상황이 정리되면 나를 한번 찾아오겠다고 약속했다. 비행기를 타고 오는 내내 그리고 주말이 끝날 때까지, 로이가 몹시 심각한 상태라는 생각을 머리에서 떨칠 수가 없었다. 악귀들이 로이가 운전하는 차를 절벽으로 밀어버릴 것만 같았다. 내가 좀 더 좋은 동생이었다면 분명 어떻게든 개입해서 그를 살려낼 거라는 생각에 괴로워했다.

로이가 여전히 내 머릿속에서 떠나지 않고 있던 월요일 오후, 자니가 사무실로 들어왔다.

"일찍 오셨네요. 여행은 어땠습니까?"

"좋았죠. 형을 만나는데 그럼……."

나는 책상 모서리를 손가락으로 톡톡 두드리며 고개를 끄덕였다.

"그건 그렇고, 나 없는 동안 어땠나요?"

자니가 의자에 털썩 몸을 던졌다.

"상원의원을 만났습니다. 시험 프로그램을 위한 기금 마련 법안을 제출하겠다고 하더군요. 아마도 50만 달러 전부는 아니더라도 충분할 겁니다."

"죽이네요. 고등학교 교장들은?"

"방금 킹 박사를 만나고 오는 길입니다. 아잔테 선생이 있는 학교의 교장 말입니다. 다른 사람들은 아직 아무도 연락이 없어요."

"연락이 오겠죠, 뭐. 근데 교장 선생은 뭐래요?"

"그냥 얼굴에 웃음꽃을 활짝 피우던데요. 우리 제안서가 정말 마음에 든대요. 우리가 재정 지원을 받을 수 있게 되었다고 하자 진짜 좋아서 펄쩍펄쩍 뛰더라고요. 그러면서 자기가 나서서 다른 교장들을 설득하고 우리를 전폭적으로 지원하겠답니다. '우리 청소년들을 구하는 것보다 더 중요한 일이 이 세상에 또 있겠소?' 이러면서요."

"좋은 말씀 하셨네요."

"그럼요. 아주아주 좋은 말씀이죠. 근데 이야기를 마치고 나오려는데 그 사람이 나를 불러 세우더니 이걸 줍디다."

자니는 서류가방에서 종이 한 장을 꺼내서 나에게 건넸다. 이력서였다.

"웬 이력서죠?"

"일반적인 이력서로 생각하면 안 됩니다. 교장 선생의 사모님 이력서거든요. 그 사모님이 주부로서의 생활이 따분하신가 봅니다. 킹 박사는 자기 아내가 우리 상담소의 '더할 나위 없이 훌륭한' 소장님이 될 거라고 하더군요. 압력이라고요? 뻔하잖아요. 예산이 배정되면 어떻게든 그 예산을 써야 하고, 그러다 보면 어떤 식으로든 오가는 게 있고……."

"그러니까 그 양반이 소장 자리를 부탁하면서 자기 아내의 이력서를 줬다?"

"정확하게 말하면, 자기 아내의 이력서만 준 게 아닙니다."

자니는 다시 서류가방을 열더니 또 한 장의 서류를 꺼냈다.

"자기 아내 이력서와 자기 딸의 이력서를 줬죠. 자기 딸은 '더할 나위 없이 훌륭한' 상담자가 될 거라고 하더군요."

"말도 안 돼."

"그 사람은 모든 걸 빠삭하게 꿰고 있습니다. 무슨 말인지 알죠? 우리가 이야기하는 내내 그 사람은 눈 한번 깜박이지 않았습니다. 자기가 하는 일이 이 세상에서 가장 자연스러운 일이라는 듯이 말이죠. 암튼 대단한 인간이에요."

자니는 머리를 절레절레 흔들더니, 갑자기 목사처럼 고함을 질렀다.

"그렇슈미다! 여기 뻔뻔스럽기 짝이 없는 강심장이 있슈미다! 불굴의 투지를 가진 형제! 그 이름은 로오오니 킹 뽁샤! 사업은 아직 시작도 하지 않았건만 먼 미래까지 꿰뚫어보는 예리한 지성!"

그의 연기를 바라보자니 절로 웃음이 터져나왔다.

"그 사람은 한 개의 일자리를 원하지 않슈미다! 그건 쩨쩨합니다. 두 개의 일자리를 원할까요? 그것도 쩨쩨합니다. 다음번에 만날 때는 딸, 사위, 아들, 며느리, 손자, 모든 가족의 이력서를 당신 손에 쥐여줄 것입니다! 이 대범한 남자는 누구입니까?"

자니가 묻자 나도 맞장구를 쳤다.

"로오오니 킹 뽁샤!"

"그렇슈미다! 로오오니 킹 뽁샤!"

자니도 낄낄거리며 웃기 시작했다. 그가 웃으니 나도 더 우스웠다. 내 웃음소리가 더 커졌다. 우리는 간간이 "로오오니 킹 뽝샤!"를 외치면서 웃고 또 웃었다. 세상의 모든 진리가 그 안에 담겨 있는 것 같았다. 우리는 계속 웃었다. 웃다가 보니 얼굴이 뜨거워지고 옆구리가 아팠다. 저절로 눈물이 나왔다. 너무도 공허하게 느껴져서 더는 웃을 수가 없었다. 그래서 아직 오후 시간이 남아 있었지만 그날 일은 다 집어치우고 맥주나 한잔하러 가자며 일어섰다.

그날 밤, 자정이 넘은 시각이었다. 자동차 한 대가 우리 아파트 앞에 섰다. 10대 소년 네 명이 타고 있었고, 차에서는 지축을 흔드는 음악 소리가 터져나왔다. 그 소리가 얼마나 컸던지 아파트 바닥이 흔들릴 정도였다. 그런 일을 모른 척하는 데는 나도 익숙해져 있었다. 다른 데로 가주면 안 되나, 라고 혼잣말을 했다. 하지만 그날 밤은 사정이 달랐다. 옆집 여자가 며칠 전에 병원에서 출산하고, 갓 태어난 아기를 집으로 데려온 첫날이었기 때문이다. 그래서 아무 옷이나 대충 껴입고 아래로 내려갔다. 문제의 그 차로 다가가자, 아이들이 일제히 나를 바라보았다. 그리고 음악이 꺼졌다.

"이봐, 지금 사람들이 잠잘 시간이잖아. 다른 데 가서 들으면 안 되겠니?"

차에 탄 네 아이는 아무 말도 하지 않았다. 몸을 움직이지도 않았다. 그때 마침 한 줄기 바람이 불었고, 그 순간 미처 덜 깬 잠이 확 달아났다. 정신이 퍼뜩 들었다. 내가 지금 무슨 짓을 하고 있지? 잠옷 바람으로 한밤중에 이 위험한 아이들 앞에서? 너무 어두워서 차에 탄 아이들의 얼굴을 알아볼 수 없었다. 술에 취한 상태인지 멀쩡한 상태인지도 알 수 없었다. 착한 녀석들인지 나쁜 녀석들인지는 더더욱 알 수 없었다. 그 가운데 한 녀석은 카일일 수도 있었다. 로이일 수도 있었고 자니일 수도 있었다.

어쩌면 나일 수도 있었다. 그 자리에 우두커니 서서 지난날 내 모습을 떠올렸다. 그 아이들과 똑같이 이 세상에 내가 있어야 할 자리를 증명하고 싶어서 절망적인 마음으로 그리고 분노에 가득 찬 마음으로 차에 타고 있던 내 모습. 왜 그랬는지는 기억나지 않지만 나도 할아버지에게 어떤 분노를 마구 쏟았지 않은가. 고등학교 시절의 그 피 끓는 분노. 술에 취해서 혹은 마리화나에 취해서 비틀거리며 교실로 들어가, 내 숨결에서 술 냄새든 마리화나 냄새든 맡을 테면 맡아보라는 표정으로 교사를 향해 고개를 처들었었다. 그땐 나도 분명 뭐라고 할 말이 있었지 않은가. 나는 여전히 우두커니 선 채로 그 아이들의 눈으로 내 모습을 그려보았다. 보잘것없는 권위를 내세우며 서 있는 남자. 나는 녀석들이 일 대 일로는 나를 이길 수 없겠지만 사 대 일로는 나를 충분히이길 수 있다고 속으로 계산하고 있다는 것을 알았다.

어쩌다 이런 황당한 상황에 놓이고 말았을까. 어둠을 꿰뚫어 녀석들의 얼굴을 보려고 애썼다. 그러면서 그 아이들이 옛날 그 나이 또래의 나보다 더 강하거나 약할 수도 있겠지만, 내가 그 나이 때는 세상이 지금보다 훨씬 너그러웠다는 사실을 떠올렸다. 하지만 요즘 아이들은 실수하면 그걸로 끝장이다. 인정사정 보지 않는 세상이 되고 만 것이다. 만약에 그 아이들이 총을 가지고 있다면, 내가 전혀 원하지 않는 방향으로 사태가 발전해서 이러한 진실을 더욱 명백하게 증명할 수도 있을터였다. 그들이 한때 느꼈던 연민의 감정을 가지지 못하도록 그들을 억지로 몰아세운 것은, 그들이 분명히 인식하지만 인정할 수 없는 그리고 다음 날 아침에 일어났을 때 부정해야 하는 바로 그 진실이었다. 세상은 인정사정 보지 않고 자기들에게 너그럽지 않다는 사실. 옛날과 다르게 그 아이들의 통제할 수 없는 남성적 성향은 나이 든 사람의 상처받은 자존심 따위에 던져줄 일말의 연민도 없었다. 자기들에게 당장 어떤 위험이 닥친다 하더라도 그것 때문에 분노를 가만히 가둬두지는 않을 아이들이었다.

나는 우두커니 선 채로, 지금과 같은 사회적 질서가 아니라 더 본질적이고 절박한 어떤 질서가 필요하다는, 한동안 잊고 있었던 상식을 떠올렸다. 더 나아가 누구나 그러한 질서 속에서 이해관계를 놓고 얽혀 있으며, 그 질서가 아무리 유동적이고 불안해 보인다 하더라도 우주에서 완전히 사라지지는 않을 거라는 바람을 가지고 있다는 것을 떠올렸다. 그런데 과연 그 아이들이 그러한 질서, 즉 자기들을 공포나 조롱의 대상이 아니라 그 이상의 존재로 받아들이는 질서를 오래 그리고 힘들게 찾아 나설지 의심스러웠다. 이런 의심 때문에 나는 두려웠다. 나에게는 나만의 자리가 있었고, 일자리가 있었으며, 다음 날 내가 해야 할 일들이 있었기 때문이다. 그 아이들과 나는 말도 다르고 정서도 다른, 전혀 다른 종족으로 분화하고 있었다.

●

녀석들이 탄 자동차에 시동이 걸렸다. 이윽고 자동차가 서서히 움직이기 시작했다. 나는 아파트를 향해 돌아서면서 내가 어리석었고 또 운이 좋았다는 사실을 깨달았다. 그리고 나 역시 그들을 혹은 그 무언가를 두려워한다는 사실을 깨달았다.

14

무척 낡은 건물이었다. 사우스사이드의 오래된 지역에 있는 그 건물은 여전히 견고했지만, 전면적인 보수가 필요해 보였다. 특히 지붕은 완전히 새로 올려야 할 것 같았다. 예배당은 어두웠다. 의자는 삐거덕거렸고 부서진 것들도 눈에 많이 띄었다. 검붉은 카펫에서는 퀴퀴한 곰팡내가 났다. 바닥도 군데군데 불쑥 올라왔거나 움푹 꺼져 있었다.

필립스 목사의 집무실도 마찬가지로 낡고 삐거덕거렸다. 조명이라고는 책상에 놓여 있는 전등 하나가 전부였다. 골동품 가게에서나 볼 수 있을 것 같은 이 전등에서 나오는 호박색 불빛만으로는 방이 너무 어두웠고 모든 게 흐릿했다. 그리고 그 모든 것들과 마찬가지로 늙은 필립스 목사가 있었다. 창문의 덧창을 닫은 채로 먼지가 수북한 책에 둘러싸여 꼼짝도 하지 않는 그의 모습은 그 자체로 초상화를 연상시켰다. 흰 눈을 인 듯한 그의 머리만이 방 안에 있는 모든 사물들 가운데서 도드라져 보였다. 그의 목소리는 마치 꿈을 꿀 때 듣는 목소리처럼 낭랑하면서도 어딘지 모르게 육체를 떠난 사람이 내는 소리 같았다.

우리는 한 시간 가까이 대화를 나누었다. 대부분 교회에 관한 이야기였다. 그의 교회 이야기라기보다는 교회 전반에 관한 이야기, 흑인이 다니는 교회, 공공기관으로서의 교회, 사상으로서의 교회에 관한 이야기였다. 그는 박식한 사람이었다. 그는 이야기의 첫머리를 노예 종교의 역사로 열었다. 낯설고 적의에 찬 땅에 발을 디딘 아프리카 사람들이 모닥불을 피워놓고 둘러앉아서 새로이 발견한 신화들을 전통적인 리듬과 한데 섞은 이야기며, 그들이 불렀던 노래가 가장 근본적인 이상, 즉 생존과 자유와 희망이라는 가치를 담는 그릇이 되었다는 이야기를 했다.

그는 또 젊은 시절 남부에 있었던 자기 교회 이야기를 했다. 외벽을 하얗게 칠한 작은 목조 건물이었다고 했다. 거기서 화창하고 더운 일요일 아침마다 눈물과 감사의 외침 속에서 지나간 한 주의 상처와 공포를 날려보내곤 했다고, 박수를 치고 허공에서 손을 흔들며 생존과 자유와 희망을 향한 불씨를 살리곤 했다고 말했다. 마틴 루터 킹이 시카고에 왔던 일도 이야기했다. 그때 킹의 동료 목사들 가운데 몇몇이 킹을 질투했다면서, 자기의 지위를 빼앗길지 몰라 불안해했던 그들의 심정을 자기는 이해한다고 했다. 그리고 이슬람이 흑인 사회에 뿌리내리는 것도 보았는데 그들의 분노 역시 자기는 이해한다고 했다. 그들의 분노는 바로 자기 자신의 분노라면서. 비록 그 분노에서 영원히 벗어날 수는 없지만, 기도를 통해서 분노를 억제하는 법을 배웠다고 했다. 그리고 그 분노를 자기 아이들에게는 물려주지 않으려고 애써왔다고 했다.

그리고 필립스 목사는 시카고의 교회 역사를 이야기했다. 그의 이야기를 들으니 시카고에만 교회가 수천 개는 넘는 듯했다. 상가 건물 한쪽에 공간을 마련한 교회나 대형 교회 할 것 없이 그는 그 모든 교회를 다 아는 것처럼 보였다. 엄숙한 찬송가를 부를 때 마치 사관생도처럼 몸이 뻣뻣하게 굳는 신도들과, 온몸을 흔들면서 알아들을 수 없는 하나님의 말을 쏟아내는 카리스마 넘치는 목사들……. 시카고에 있는 대부분의 대형 교회에서 볼 수 있는 신자와 목사의 모습이 그렇다고 그는 설명했다. 그리고 분리 차별 정책은 보이지 않는 축복이기도 했다면서, 덕분에 변호사와 의사가 하인과 노동자 바로 곁에서 함께 살고 함께 기도할 수밖에 없지 않았느냐고 했다. 교회는 마치 거대한 심장처럼 부자와 가난한 자, 배운 자와 못 배운 자, 죄 지은 자와 구원받은 자 사이에 정보와 가치와 관념을 끝없이 순환시키는 기능을 해왔다는 것이었다.

하지만 자기 교회가 그런 기능을 얼마나 더 오래 유지할 수 있을지는 알 수 없다고 했다. 형편이 좋은 신자들 대부분은 근교의 주택지로 이사를 갔다. 그들은 일요일이면 자동차로 먼 길을 달려와서 옛날과 다름없이 예배에 참석했다. 습관일 수도 있었고 교회에 대한 충성심일 수도 있었다. 하지만 그들은 이미 변해버렸다. 어두워진 뒤까지 그 지역에 머물러 있어야 한다면 어떤 프로그램(교육 프로그램이나 문병 등)에도 참여하지 않으려 했던 것이다. 그들은 교회 주변의 우범적인 환경을 두려워하면서 주차장에 울타리를 쳐 자기들이 타고 온 자동차를 보호해 달라고 했다. 필립스 목사는 자기가 죽고 나면 그런 신자들은 대부분 발을 끊을 거라고 했다. 새로운 동네와 새로운 집을 찾아 떠났듯이 새로운 교회를 찾을 거라고 말이다. 그는 과거로 이어진 연결고리가 끊어지지나 않을지 두려워했다. 맨 처음 우리 조상들이 낯선 아메리카 땅에 첫발을 디뎠을 때 모닥불을 피워놓고 둘러앉았던 그 기억이 우리 아이들의 기억에서 완전히 사라져버리지나 않을까 두려워했다.

그의 목소리가 갑자기 힘을 잃었다. 피곤한가 보다고 생각했다. 나는 청소년 프로그램 및 조직 사업에 관심을 가지고 있을 만한 다른 목사들을 소개해 달라고 부탁했다. 그러자 몇몇 이름을 거론했다. 그 가운데 한 명이 트리니티(삼위일체) 연합교회의 제레미아 라이트 주니어 목사였다. 나처럼 젊은 사람은 정력적인 젊은 목사의 이야기를 좋아할 거라며 그와 이야기를 나눠보라고 했다. 나는 필립스 목사가 건네는 전화번호를 받아들고 자리에서 일어났다.

"우리가 교회 쉰 개만 묶을 수 있다면, 목사님께서 오늘 말씀하신 여러 가지 걱정스러운 상황들을 희망적으로 바꿀 수 있을 겁니다."

그는 고개를 끄덕였다.

"그 말이 맞을지도 모릅니다, 오바마 씨. 당신은 아주 흥미로운 생각을 하고 있어요. 하지만 이걸 아셔야 합니다. 여기 교회들은 자기들 나름의 방식과 원칙을 가지고서 각자 따로 일하는 데 익숙하다는 사실을 말입니다. 이런 경향은 때로 목회자들보다 신자들에게서 더 강하게 나타나기도 합니다."

그는 문까지 배웅을 나와 문을 열려다가 잠시 동작을 멈추고는 불쑥 질문을 던졌다.

"그런데, 오바마 씨는 어느 교회에 다니시나요?"

"아, 네…… 여러 군데에 다닙니다."

"그러니까 아무 데도 소속되어 있지 않다는 말이군요?"

"예, 찾는 중입니다."

"흠…… 알겠군요 무슨 말인지. 하지만 한 교회를 마음의 집으로 삼는 것이 당신의 사명을 완수하는 데 더 도움이 될 것입니다. 물론 어느 교회든 상관없습니다. 당신이 목회자들에게 원하는 것은 성직과 관련된 관심사들에서 한 발자국만 뒤로 물러나달라는 것이지요. 믿음에 대해서 말입니다."

바깥으로 나온 뒤 나는 선글라스를 꼈다. 노인 몇 명이 보도에서 야외용 접이의자에 앉아 카드놀이를 하고 있었다. 9월 말이었지만 섭씨 35도가 넘는 무척 더운 날이었다. 나는 다음 약속 장소로 곧바로 가지 않고, 차 문을 열어놓은 채 바깥으로 발을 늘어뜨리고 앉아서 그 노인들을 바라보았다. 그들은 말을 많이 하지 않았다. 할아버지와 함께 브리지 게임을 하던 사람들이 떠올랐다. 그들처럼 그 노인들도 손이 두껍고 투박했다. 양말도 마찬가지로 얇고 깨끗했다. 또 납작한 모자 아래로 굵은 목주름이 잡힌 것도 같았고, 그 주름에 땀방울이 맺힌 것도 같았다. 그 사람들의 이름을 떠올리려고 했지만 잘 생각나지 않았다. 그 사람들의 생계 수단은 무엇이었지? 그 사람들이 나에게 물려준 유산은 무엇이었을까? 그 흑인 노인들은 당시까지만 해도 나에게는 수수께끼 같은 존재였다. 내가 시카고로 간 이유 중에는 그 수수께끼를 푸는 것도 포함되어 있었다. 그리고 이제 시카고를 떠나려고 하는 시점에서, 과연 내가 그 사람들을 지난날보다 더 잘 이해하게 된 것인지 혹은 전혀 그렇지 않은지 생각했다.

시카고를 떠나겠다는 결심을 자니 외에는 누구에게도 말하지 않았다. 나중에 그 사실을 밝힐 기회가 있을 거라고 생각했다. 게다가 내가 신청해 놓은 로스쿨들에서 회신이 오려면 1월은 되어야 했다. 1월이면 우리의 새로운 청소년 프로그램이 정상 궤도에 올라서서 진행되고 있을 터였다. 그리고 다음 해 예산도 이미 확보한 상태일 테고, 프로그램에 동참하라며 더 많은 교회들을 뛰어다닐 터였다. 유일하게 자니에게만 내 결심을 알린 이유가 있었다. 내가 떠난다고 할 때 그가 과연 조직가로서 내가 맡았던 역할을 기꺼이 떠안을 것인지 미리 알고 싶었기 때문이다. 또, 자니는 내 친구이고 그런 만큼 결심을 설명할 필요가 있다고 느꼈기 때문이다. 하지만 자니는 굳이 그런 설명을 원하지 않았다. 그에게는 그런 설명이 필요 없었다. 내가 하버드와 예일, 스탠퍼드에 입학 신청서를 냈다는 말을 하자마자 그는 씩 웃으면서 내 등을 한대 세게 치고는 이렇게 말했다.

"진작 알아봤어요!"

"뭘요?"

"시간이 지나면 언젠가는 이렇게 될 거라고요. 이런 이야기가 나오고, 그다음에 떠나는 거죠."

"왜 그렇게 생각했죠?"

자니는 고개를 저으면서 큰 소리로 웃었다.

"왜 이러세요, 버락. 당신에게는 여러 가지 가능한 선택권이 있잖아요. 그러니까 그런 생각을 했죠. 여길 떠날 수 있다는 선택권 말입니다. 당신이 양심적이고 성실한 사람이란 거, 난 알아요. 하지만 하버드와 로즈랜드 가운데 하나를 선택해야 한다고 할 때, 하버드를 버리고 로즈랜드를 선택하는 사람이 있을까요?"

그는 다시 고개를 내저었다.

"하버드! 죽이잖아요. 내가 바라는 건, 시내의 으리으리한 사무실에서 일하게 되더라도 여기 있는 친구들을 기억해 달라는 것뿐입니다."

자니가 웃는 것을 보고 나는 수세적으로 자꾸만 내 생각을 설명하게 되었다. 분명히 돌아올 거라고 항변했다. 그리고 하버드가 보장할 부와 권력에 입을 헤 벌린 채 아무 생각 없이 빠져들지는 않을 거라고 했다. 자니 또한 그래서는 안 된다고 했다. 그는 장난스럽게 두 손을 들고 항복한다는 시늉을 했다.

"왜 이러세요. 그런 이야기 시시콜콜하게 안 해도 돼요. 그리고 난 여길 떠날 사람이 아니에요. 그럼 됐잖아요."

괜히 진지한 표정으로 열을 올린 나만 이상하게 되고 말았다.

"알아요, 예…… 내 말은, 난 다시 돌아온다, 이겁니다. 자니나 다른 지도자들이 다르게 생각하지 말아줬으면 해요."

자니의 얼굴에 부드러운 미소가 번졌다.

"아무도 다르게 생각할 사람 없어요, 버락. 당신이 잘돼서 성공한 모습을 본다면 다들 뿌듯해하고 자랑스럽게 생각할 거예요."

그런 생각을 하다가 문득 하늘을 보았다. 해가 구름 속으로 들어가고 있었다. 두 노인이 의자에 걸쳐놓았던 잠바를 집어서 어깨에 걸쳤다. 나는 담배를 피워 물었다. 그리고 자니와 나누었던 대화를 다시금 곰곰이 생각했다. 그 대화 속에 감추어져 있었던 게 무엇일까? 자니가 혹시 나의 의도를 의심했을까? 아니면 내가 믿지 못하는 건 자니가 아니라 바로 나 자신이 아닐까? 내가 내린 결정을 놓고 백 번도 넘게 생각했다.

나에게는 휴식이 필요했다. 그것만큼은 분명했다. 케냐에 가고 싶었다. 아우마는 이미 나이로비로 돌아가 대학에서 강의를 하고 있었다. 벌써 1년이나 된 것이다. 케냐에 장기간 머물려면 지금이 가장 좋은 시기라고 생각했다.

그리고 로스쿨에서 배워야 할 것들이 있었다. 진정한 변화를 꾀하기 위해서는 나에게 반드시 필요한 것들이었다. 이자율과 기업 합병, 입법 과정에 대해서 배울 필요가 있었다. 또 기업과 은행이 밀착하는 방식에 대해서 배워야 했다. 부동산 벤처 기업들이 성공 또는 실패하는 요인이 무엇인지 배워야 했다. 그리고 권력이 어떻게 흘러가고 또 작용하는지, 세세하고 미묘한 모든 것들을 배우고 싶었다. 그 모든 것들을 배우고 익힌 뒤에 그것들이 필요한 곳, 로즈랜드와 앨트겔드로 돌아오고 싶었다. 마치 프로메테우스가 인간에게 불을 가져다주었듯이 그 모든 것들을 로즈랜드와 앨트겔드로 가져오고 싶었다.

이런 것들을 줄곧 생각했다. 어쩌면 28년 전 아버지 역시 미국이라는 희망의 땅으로 향하는 비행기에 오르기 전에 이런 생각을 했을지도 모른다. 아버지 또한 불합리한 것에서 단지 도망치는 것이 아니라 위대한 포부를 실현하는 데 필요한 준비를 한다고 생각했을 것이다. 그리고 실제로 아버지는 케냐로 돌아가지 않았던가. 하지만 그의 계획과 그의 꿈들은 곧 물거품이 되고 말았는데…….

혹시 나도 아버지와 똑같이 되지 않을까? 어쩌면 자니 말이 맞을 수도 있다. 합리화의 온갖 미사여구를 떼고 보면, 도피라는 가장 단순한 진리밖에 남지 않는다. 가난이나 지루함, 범죄, 피부색이라는 족쇄로부터 도피하는 것. 어쩌면, 로스쿨에 진학함으로써 나는 수백 년 전, 즉 총과 탐욕으로 무장한 백인들이 아프리카 땅에 상륙해서 여러 부족을 정복하고 그들을 쇠사슬로 묶어서 노예 무역선에 처음 태웠던 그때 이미 설정되었던 패턴을 반복하게 될지도 모른다.

수백 년 전 백인과 흑인의 첫 만남은 흑인의 인생 지도를 새로 그렸다. 그렇게 해서 흑인의 마음속에는 도망, 탈출 혹은 도피라는 심리가 심어졌다. 그러한 도피 심리는 프랭크를 비롯해서 하와이를 피난처로 삼았던 수많은 흑인의 마음속에 존재했고, 흑인이라는 집단의 한 구성원이 아니라 그저 한 사람의 개인이기를 바랐던 초록색 눈동자의 옥시덴탈 칼리지 여학생 조이스의 마음속에도 존재했다. 또 독일과 케냐 사이에서 갈등했던 아우마와 결코 새로 시작할 수 없다는 결론을 내린 로이의 마음속에도 존재했다. 그리고 사우스사이드에서도 마찬가지가 아닐까.

필립스 목사의 교회에 다니는 사람들 가운데서도 몇몇 사람들은 아마 더욱 높은 목적과 이상을 위한 길이라고 생각하면서 그리고 권리와 원칙과 하나님의 모든 자식을 위한 길이라고 생각하면 마틴 루터 킹과 나란히 행진했을 것이다. 하지만 어느 순간, 아무리 행진하고 목이 터져라 주장해도 권력은 요지부동임을 깨달았을 것이다. 그리하여 설령 온갖 진보적인 법률들이 의회에서 통과되고 흑인에 대한 폭력이 사라진다 해도 자유에 이르는 가장 가까운 길은 우리 자신에게서, 우리가 알고 있는 것에서 도망치는 것, 물리적으로 도망칠 수 없다 하더라도 최소한 정서적으로라도 도망치는 것, 가능하면 백인 제국의 품 안으로 몸을 숨기는 것임을 뼈저리게 깨달았을 것이다.

물론 그 사람들이 처했던 상황과 내가 처한 상황은 다르다. 흑인과 백인의 관계 그리고 도피가 나에게 가지는 의미는 프랭크나 노땅 혹은 로이의 경우와도 다르다. 시카고가 비록 분리 차별 의식이 강하고 인종 사이에 긴장이 흐르긴 하지만, 인권운동이 성공을 거둠으로써 서로 다른 공동체를 넘나들 수 있는 여지가 많이 생겼다. 적어도 나 같은 사람들이 운신할 수 있는 폭이 상당히 넓어진 것이다. 흑인 사회에서 조직가나 변호사로 일하면서도 도심의 고층 빌딩에서 살 수 있다. 혹은 그와 반대로, 잘나가는 변호사로 일하면서 사우스사이드에 집을 마련할 수도 있다. 큰 집을 사고 근사한 자동차를 몰고 다니는 모습은 NAACP(전미유색인지위향상협회)나 해럴드의 선거 전략에 도움이 될 수도 있다. 그리고 일일 교사로 나서서 학생들에게 좋을 말을 해줄 수도 있다. 흑인 소년들에게 본받고 따라야 할 모범적인 사례로 나 자신을 내놓을 수도 있다.

이렇게 할 때 잘못된 게 있을까? 자니는 확실히 그렇게 생각하지 않았다. 그는 내게 미소를 지었다. 나를 평가해서가 아니라, 정확하게 말하면 나를 평가하지 않아서였다. 다시 말하면, 지역의 다른 지도자들과 마찬가지로 그는 내가 이렇게 성공을 거두는 것에 대해서 전혀 잘못될게 없다고 생각했다. 이것이 바로 지난 2년 반이라는 시간 동안 내가 배운 것이다. 대부분의 흑인은 내가 꿈에서 그렸던 아버지, 혹은 어머니의 이야기 속에 등장하는 아버지, 고고하고 의기양양한 이상을 품었던 아버지와 다르다. 오히려 그들은 양아버지였던 롤로와 비슷하다. 다른 사람이 내린 결정을 쉽게 판단할 수 없을 정도로 인생은 너무도 힘들며, 또 추상적인 이상을 좇아서 살기에는 인생이 너무도 뒤죽박죽이라는 사실을 잘 알고 있는 현실적인 사람들이다. 아무도 내가 내 한 몸을 버려가면서까지 희생하리라고는 기대하지 않는다. 최근 들어 자기가 추진하는 어떤 사업에 필요한 자금을 여러 백인 재단에서 끌어달라고 졸라대는 라피크도 그렇고, 주 상원의원 자리에 도전하기로 마음먹고 도와달라고 매달리는 스몰스 목사도 그렇다. 그들 생각에는, 내 피부색이 검다는 이유만으로도 나는 충분히 그들 편이 될 수 있었다.

내가 시카고에 온 게 단지 그런 인정을 받기 위해서였던가? 부분적으로는 확실히 그랬다. 공동체와 공동체의 귀속감에 관한 의미라면 말이다. 하지만 그것 말고 다른 의미도 있었다. 그것은 더욱 급박한 충동이었다. 어쩌면, 피부색이 검어도 앨트겔드나 로즈랜드에서 일어나는 일들에 대해 조금도 개의치 않을 수 있었다. 카일 같은 아이들이나 베르나데트와 새디 같은 나이 어린 어머니들이 어떻게 되든 조금도 신경 쓰지 않을 수 있었다. 하지만 자기 자신에게 떳떳한 것, 다른 사람들이 보기에 옳은 일을 하는 것, 고통받는 이웃에게 의미 있는 것을 전하고 그 고통을 치유하는 데 동참하는 것, 이런 일들을 하려면 흑인이라는 공동체에 귀속감을 느끼는 것 이상으로 다른 무엇이 필요했다. 콜리어 교장이 앨트겔드에서 날마다 실천하는 것, 아잔테 선생 같은 사람이 학생들에게 기꺼이 베푸는 희생과도 같은 것이 필요했다.

신념이 필요했다. 나는 고개를 들어 교회 2층의 작은 창문을 바라보았다. 그 안에서 돌아오는 일요일을 위해 설교 원고를 쓰고 있을 필립스 목사의 모습을 상상했다. 당신의 신념은 어디서 나오는 것이오? 그는 이렇게 물었었다. 그의 질문에 대답할 말이 없다는 사실을 문득 깨달았다. 아마도 나는 나 자신을 믿었을 것이다. 하지만 자기 자신을 믿는다는 것만으로는 결코 충분하지 않았다.

이런 생각들을 하면서 담뱃불을 발로 비벼 껐다. 그리고 차를 출발시켰다. 룸미러에 비치는 노인들을 계속 바라보았다. 말없이 카드놀이를 하는 그들의 모습이 완전히 보이지 않을 때까지.

●

자니가 조직 사업의 일상적인 업무들을 지휘함으로써 나는 지역에 있는 더 많은 흑인 목사들을 만나 청소년 사업에 동참하라고 설득했다. 목사들을 설득하는 작업은 신부들을 설득할 때와 다르게 더디게 진행되었다. 흑인 목사들은 대부분 극단적일 정도로 독립적이었기 때문이다. 자기 교회의 신자들에 대해서 확신을 가지고 있는 동시에 외부의 지원에 대한 필요성을 거의 느끼지 않았다. 전화로 처음 접촉하면 그 사람들은 거의 대부분 바라크라는 무슬림이, 더 심한 경우에는 오바마라는 아일랜드 사람이 무슨 까닭으로 자기를 만나자고 하는지 의심부터 먼저 했다. 그 가운데 몇몇 사람은 리처드 라이트의 소설이나 맬컴 엑스의 연설에 나오는 전형적인 인물이었다. 즉 근엄한 얼굴과 목소리로 유토피아를 설교하는 수염이 허연 현자이거나 번쩍거리는 차를 몰고 다니면서 헌금 접시에 돈이 얼마나 모이나 궁금해서 잠시도 눈을 떼지 못하는 속물이었다.

하지만 대부분의 경우, 일단 일 대 일로 만나고 나면 나에게 깊은 인상을 심어주었다. 그들은 대체로 사려 깊고 열심히 일하는 목회자들이었다. 자신감이 넘쳤고 지향하는 목적이나 목표도 분명했다. 아마도 그랬기 때문에 지역 사회에서 성공한 목회자, 다시 말해서 훌륭한 조직가가 될 수 있었을 것이다. 그들은 또 나에게 충분한 시간을 할애해서 내가 할 수 있는 모든 설명을 다 하도록 배려했다. 그리고 자기에 관한 것들을 기꺼이 드러내보였다. 어떤 사람은 예전에 도박에 빠졌던 사실까지 이야기했다. 또 어떤 사람은 예전에 경영자로 성공했지만 남몰래 술을 마시지 않으면 견딜 수 없었던 시절이 있었다는 이야기를 했다.

그리고 한때 종교에 대해서 의구심을 품었다는 게 그 사람들의 공통점이었다. 그들은 타락한 세상과 절망적인 자기 모습, 밑바닥 인생과 산산이 부서진 자존심, 이어서 자아의 부활, 더욱 큰 사명에 대한 자각이라는 공통적인 과정을 거쳤던 것이다. 몰락과 구원이라는 아프고 소중했던 개인적인 경험이 바로 자신감의 원천이라고 했다. 그러한 경험이 있기에 자기들은 사람들에게 복음을 전파할 자격과 권위를 지닌다고 했다. 몇몇 사람들은 이렇게 묻곤 했다.

"하나님의 목소리를 들은 적이 있나요? 당신의 신념이 어디에서 나오는지 압니까?"

내가 다른 목사를 추천해 달라고 했을 때, 그들 가운데 여러 명이 라이트 목사를 댔다. 필립스 목사가 말하던 바로 그 사람이었다. 젊은 목사들은 라이트를 정신적 스승으로 삼고 그의 교회를 자기들이 지향할 모범적인 대안으로 생각했다. 나이 든 목사들은 라이트의 트리니티 교회가 그토록 빠르게 많은 신자를 모으며 성장하는 모습에 대해서 놀라움을 감추지 않으면서도 칭찬에는 비교적 인색했다. 또한 젊은 흑인 전문 직업인들 사이에서 그 교회가 누리는 대중적인 인기를 경멸하는 듯한 인상을 굳이 감추지 않았다. 심지어 어떤 목사는 라이트의 교회를 '버피 교회'●라고 불렀다.

10월 말경에 마침내 라이트 목사를 만났다. 그의 교회는 로든 주택 단지에서 몇 블록 떨어지지 않은 95번가 주택가에 있었다. 가기 전에는 매우 대단한 건물일 거라고 생각했지만 내 예상은 빗나갔다. 붉은 벽돌로 지은 수수하고 아담한 건물이었다. 창문의 형태 역시 평범한 사각형이었다. 마당에는 상록수 몇 그루와 관목이 심어져 있었고, 잔디 위에는 평범한 글자로 '남아프리카 해방'이라고 쓴 팻말이 세워져 있었다.

교회 안은 서늘했다. 사람들이 활발하게 오가며 일하는 소리가 들렸다. 어린아이 여러 명이 탁아 프로그램을 마친 뒤 부모가 데리러 오기

● 버피는 흑인 여피를 가리킨다. 여피는 1940년대 말에서 1950년대 초에 태어나 대도시 근교에 거주하는 부유한 젊은 엘리트 혹은 전문가 계층을 가리키는 말이다.

를 기다리고 있었다. 10대 소녀 여러 명이 바쁜 걸음으로 지나갔다. 옷차림으로 보건대 아프리카 무용 강습을 받으러 가는 모양이었다. 예배당에서 나이 든 여자 네 명이 나왔다. 그 가운데 한 명이 "하나님은 선하십니다"라고 외치자 나머지 사람들이 들뜬 목소리로 "언제 어디서나"라고 외쳤다.

마침내 어떤 예쁜 여자가 다가와 나에게 버락 오바마냐고 물었다. 그렇다고 하자, 밝고 쾌활한 목소리로 자기 이름은 트레이시이며 라이트 목사를 보좌하는 여러 사람 가운데 한 명이라고 소개했다. 목사가 조금 늦을 거라며 나에게 커피를 대접하고 있으라는 연락을 방금 받았다고 했다. 그녀를 따라 건물 뒤편에 있는 주방으로 가면서 우리는 이런저런 이야기를 나누었다. 대부분 교회에 관한 이야기였고, 그녀의 일상에 관한 이야기도 조금 했다. 트레이시는 그해를 무척 힘들게 보내고 있다고 했다. 남편이 최근에 죽었으며, 몇 주 뒤에 교외로 이사를 갈 생각이라고 했다. 그런 결정을 내리기까지 고민을 무척 많이 했는데, 여태까지 살면서 이 지역과 도시를 떠나본 적이 거의 없었기 때문이라고 했다. 하지만 교외로 이사를 하는 것이 10대 소년인 아들에게 최선이라는 게 그녀의 생각이었다. 요즘에는 흑인들도 교외로 많이 이사 가서 살고 있다는 설명을 하면서, 이제는 하굣길에 폭력배들에게 시달릴 일도 없을 거라고 했다. 그리고 아들이 다닐 학교에는 음악 교과도 여러 개 있고, 밴드부도 있으며, 악기를 공짜로 사용할 수 있고, 학생들이 교복을 입는다고 했다.

"우리 아이는 늘 밴드부에 들고 싶다고 했거든요."

이야기를 한참 나누고 있는데 40대 후반의 남자가 우리 쪽으로 걸어오고 있었다. 흰머리에 콧수염과 턱의 염소수염도 마찬가지로 허옇게 센 사람이었다. 회색 쓰리피스를 입은 그 남자는 콧노래를 부르며 우편물을 뒤적이면서 기계적인 동작으로 천천히 발을 놀렸다. 마치 자기에게 남아 있는 에너지를 최대한 아끼려는 듯한 걸음걸이였다. 그는 나를 보자 마치 오랜 친구처럼 말을 걸었다.

"버락, 나는 당신과 이야기하고 싶은데 트레이시가 당신을 차지하고 있으니 허락해 줄지 모르겠네요."

그러자 트레이시가 자리에서 일어나 치맛자락을 바르게 펴며 말했다.

"목사님 말씀에 너무 신경 쓰지 마세요. 목사님은 가끔 바보같이 굴 때가 있다는 걸 말씀드렸어야 하는데…… 그렇죠, 목사님?"

라이트 목사는 미소를 지으면서 좁고 어지러운 자기 방으로 나를 안내했다. 문을 닫으며 그는 늦어서 미안하다고 했다.

"늦어서 정말 죄송합니다. 예배당을 새로 지으려고 하거든요. 그래서 은행 사람들을 만나야 해서요. 그 사람들은 늘 뭔가를 요구한단 말입니다. 저로서는 무언가 새로운 일을 할 때마다 마치 생명보험을 또 하나 드는 것 같습니다. 내일 내가 죽으면 교회도 나와 함께 무너진다고 생각하지 뭡니까."

"그게 사실 아닙니까?"

라이트는 고개를 내저었다.

"나는 그냥 목사일 뿐이지 교회가 아닙니다, 버락. 만일 내가 내일 죽는다면, 우리 신도들이 나의 장례식을 훌륭하게 치러주면 좋겠다고 생각합니다. 눈물도 흘려주면 더욱 좋겠죠. 하지만 내 시신이 담긴 관 위에 흙이 덮이는 그 순간부터 사람들이 나를 말끔히 잊어버리고 각자원래 자리로 돌아가서 이 교회가 사명을 다할 수 있도록 힘써주면 좋겠다는 게 나의 바람입니다."

그는 필라델피아에서 성장했고, 아버지는 침례교 목사였다. 그는 처음 아버지의 직업이 싫었고, 대학을 졸업하자마자 해병대에 입대했다. 그리고 술과 이슬람, 1960년대의 흑인 민족주의에 빠졌다. 하지만 믿음의 소명이 남아 있어서, 그 뒤에 하워드 대학교*에 들어갔고 다시 시카고 대학교에 입학했다. 시카고 대학교에서는 6년 동안 공부한 끝에 교회사 연구로 박사 학위를 받았다. 히브리어와 그리스어를 배우고 신학자 폴 틸리히Paul Tillich와 칼 라인홀드 니부어Karl Reinhold Niebuhr의 글 그리고 흑인 해방 신학자들의 글을 읽었다. 거리에서 떠도는 흑인의 분노와 유머, 책에서 배운 지식 등을 그는 모두 교회로 고스란히 가지고 들어왔다. 20년 전의 일이었다.

그의 경력에서 많은 것을 배우고 느끼는 것은 비록 최근의 일이긴 하지만, 어쨌거나 그때 그를 처음 만났을 때 나는 트리니티 교회가 성공을 거둘 수 있었던 것은(비록 그를 인정하지 않는 사람들이 제법 있긴 했지만) 흑인의 경험 속에 녹아 있는 모순적인 것들을 하나로 엮어내는 그의 능력 때문이라는 사실을 깨달았다. 그릇이 큰 사람임에는 틀림없었다.

"개성이나 신념이 제각각인 사람들이 모두 함께 있습니다. 아프리카주의자도 있고 전통주의자도 있습니다. 그래서 가끔은 곤란한 경우가 생기기도 합니다만, 그런 일은 드물어요. 누군가 새로운 목회 방향에 대해서 깊은 생각을 가지고 있다면 그 사람을 불러서 그 방향으로 나가라고 하죠. 자기 길을 찾아서 말입니다."

그의 접근법은 확실히 효과가 있었다. 그가 담임 목사로 재직하는

---

* 1867년 흑인에게 고등 교육을 제공할 목적으로 미국 의회가 설립을 인가한 대학. 사립학교인데도 연방 정부의 재정 지원을 받고 있으며 NAACP와 함께 미국 흑인이 결집하는 데 구심점 역할을 했다.

동안 신도가 200명에서 4,000명으로 늘어났다. 교회에는 요가반에서부터 쿠바 술집반에 이르기까지 온갖 종류의 소모임이 있었다. 그는 교회가 보다 많은 사람들을 수용할 수 있다는 사실을 특히 만족스럽게 생각했다. 비록 그 사람들이 가야 할 길이 아직 멀다는 사실을 인정한다 하더라도.

"당신처럼 젊은 형제들을 교회로 끌어들이는 일이 제일 힘듭니다. 젊은 사람들은 자기가 약한 인간으로 보일까 봐 걱정하거든요. 그들은 교회를 여자나 가는 데라고 생각합니다. 정신적으로 어떤 도움을 필요로 한다는 사실을 인정하는 것이 자기가 약한 남자임을 인정하는 것과 같다고 보니까요."

목사는 고개를 들고 나를 정면으로 바라보았다. 그 시선이 어쩐지 당혹스러웠다. 그래서 보다 친숙한 화제로 초점을 돌리려고 개발공동체 프로젝트에 대해서 설명하고 우리가 투쟁 중인 여러 쟁점과 진행하는 여러 사업을 설명했다. 그러면서 그의 교회 같은 대형 교회들이 사업에 동참할 때 우리는 더할 나위 없이 큰 힘을 얻는다고 했다. 그는 조용히 듣고 있다가, 내가 말을 마치자 작게 고개를 끄덕였다.

"도울 수 있다면 돕겠습니다. 하지만 이건 명심하셔야 합니다. 우리가 그 일에 동참한다고 해서 당신 단체의 자랑거리라고만 생각할 수 없다는 사실을요."

"무슨 뜻입니까?"

그는 어깨를 한 번 으쓱했다.

"동료 목회자들 가운데 일부는 우리가 하려는 일을 그다지 좋게 생각하지 않아요. 그 사람들이 보기에는 우리가 너무 급진적이거든요. 또 어떤 사람들 눈에는 우리가 너무 물러 보여요. 또 우리가 감정적이라고 생각하는 사람들이 있는가 하면, 반대로 감정이 너무 메말랐다고 생각하는 사람들이 있어요. 또 어떤 사람들은 우리가 아프리카 역사를 강조하거나……."

나는 그의 말을 끊었다.

"또 어떤 사람들은 교회가 지나치게 위로만 향한다고 생각하지요."

그의 얼굴에서 미소가 사라졌다.

"그건 엄청난 과장입니다."

그의 말에서 날카로움을 느낄 수 있었다.

"그런 엉터리 같은 말을 하는 사람들은 자기들이 혼란스럽기 때문에 그런 말을 하는 겁니다. 그 사람들은 우리가 힘을 합쳐서 함께 일하지 못하도록 합니다. 그 사람들 가운데 반은, 과거에 폭력배였거나 무슬림이었던 사람은 교회와 손잡고 할 일이 없다고 생각합니다. 나머지 반은 흑인이 교육을 받았거나 번듯한 일자리를 가지고 있다면 그리고 교회가 지식과 학위를 높이 평가한다면 일단 의심부터 해야 한다고 생각합니다.

우리는 이런 잘못된 편 가르기를 용납하지 않습니다. 수입의 문제가 아닙니다. 경찰이 나를 차에서 끌어내어 독수리가 날개를 펴듯이 두 팔을 벌리고 차체에 엎드리라고 말할 때 나의 1년 수입이 얼마냐고 묻지 않거든요. 잘못된 생각을 가지고 있는 그런 형제들은 시카고 대학교의 사회주의자들처럼 인종이 지닌 의미는 점차 퇴색해 간다고 말합니다. 하지만 그들이 사는 곳이 어떤 사회입니까?"

계급의 차이는 현실적으로 엄연히 존재하지 않는가 하는 반문을 생각했지만, 그 말을 직접적으로 하지는 않았다. 대신 트레이시와 나누었던 대화를 언급하면서, 능력 있는 흑인들은 백인처럼 도심의 빈민가를 떠나서 교외로 나가는 경향이 있다는 점을 지적했다. 그는 안경을 벗고 눈을 비볐다. 눈이 피곤해 보였다.

"그렇잖아도 교외로 이사 가는 문제를 놓고 트레이시에게 내 의견을 말했습니다."

그의 목소리는 한층 잦아들었다.

"그녀의 아들은 여기를 벗어나고자 합니다. 자기가 어디에 있는지, 자기가 누구인지 알 수 있고 증명할 수 있는 끈을 놓아버리려 하는 거죠."

"자식의 안전을 생각하는 부모의 마음에서 보면 또 다를 수가 있죠."

"이 나라에서 흑인의 인생은 절대로 안전하지 않습니다, 버락. 여태까지 그랬던 적이 없었고, 앞으로도 그럴 겁니다."

비서가 부저를 울린 뒤 라이트에게 다음 약속이 있다고 알렸다. 우리는 곧 악수를 나누었다. 그는 내가 만나볼 사람들의 명단을 뽑아놓도록 트레이시에게 지시하겠다고 약속했다. 라이트 목사와 헤어진 뒤, 주차장 차 안에서 은빛 표지의 교회 팸플릿을 펼쳐보았다. 교회에서 트레이시가 오기 전에 미리 챙겨둔 것이었다. 거기에는 신도들이 1979년에 채택한 지침이 '흑인 가치 시스템'이라는 제목으로 실려 있었다. 그 지침 가운데 맨 앞에 있는 것이 하나님에 대한 실천이었다. 그 하나님은 "기도만 하는 수동적인 생활 태도를 버리고, 인류의 자유와 존엄성을 위해서 일할 흑인 기독교 활동가가 될 힘을 우리에게 주시는" 존재로 묘사되어 있었다. 그리고 그 뒤를 잇는 항목이 차례로 흑인 사회와 흑인 가족, 교육, 노동 윤리, 훈련, 자존심에 대한 실천이었다.

양식 있고 진정성 있는 지침이었다. 하지만 두 세대 전에 필립스 목사가 시골의 작은 목조 교회에서 배웠을 바로 그 덕목들과 전혀 다르지 않을 것 같다는 생각이 들었다. 다만 트리니티 교회의 팸플릿에는 특별한 항목이 하나 눈에 띄었다. 더 많은 노력을 기울여 자기 자신이 누구인지 깨닫는 데 힘쓰라는 계율이었다. '중산층 의식의 추구를 거부하라'라는 제목이었고 내용은 이랬다.

"우리가 모든 힘을 기울여서 중상中上 수준의 수입을 얻으려고 노력하는 것은 허용될 수 있지만" 미국의 주류 사회에서 성공할 수 있는 재능이나 행운을 가진 사람은 반드시 "자기가 흑인 중산층이 되었다는 심리적인 함정에 빠지지 않도록 조심해야 한다. 그 함정에 빠지면 어느 순간 자기도 모르게 최면에 걸려서 자기들이 다른 사람보다 낫다고 생각하고 '우리' 대신 '나'와 '저들'이라는 말을 쓰며 다른 사람을 가르치려 들게 되기 때문이다."

●

라이트 목사를 만난 뒤 여러 주에 걸쳐서 트리니티 교회의 신도들을 만나 그 사람들이 하는 말을 들었다. 그들을 만나 이야기를 나누면서 느낀 사실이지만, 라이트 목사가 자기 교회를 비판하는 신도들에게 교회를 떠나라고 하는 것은 최소한 부분적으로는 옳았다. 교회 신도의 압도적인 다수가 시카고의 다른 대형 흑인 교회들에서처럼 교사와 비서, 행정 관청의 노동자 등으로 구성된 노동 계급이었기 때문이다. 교회는 인근 주택 단지의 주민들을 대상으로 정력적으로 전도 활동을 했다. 가난한 사람들의 요구에 부응하기 위해 마련한 법률 지원, 학습 지도, 마약 중독 치료 등과 같은 여러 프로그램은 교회가 가진 자원의 원천이었다.

하지만 의사나 엔지니어, 회계사, 경영인 등 전문 분야의 직업을 가지고 있는 흑인 신도의 수도 어울리지 않을 만큼 많았다. 일부는 그런 직업을 얻기 전부터 그 교회에 다니던 사람이었고 일부는 다른 교회에

내 아버지로부터의 꿈

다니다가 그 교회로 옮긴 사람들이었다. 그들 가운데 대부분은 한동안 교회에 발길을 끊었다가 정치적 혹은 지적인 각성 과정을 거친 뒤에 다시 교회에 다니기 시작했다고 털어놓았다. 그런데 그들이 다시 교회에, 특히 라이트 목사의 트리니티 교회에 다니는 데는, 그들이 백인 조직에서 경력을 쌓는다 해도 그런 사실을 이 교회는 그다지 대수롭지 않게 여긴다는 점이 크게 작용했다.

하지만 그들은 모두 정신적으로 막다른 골목까지 가보았다고 나에게 말했다. 그 막다른 골목의 느낌은, 자기가 자기 자신으로부터 외면당하고 버림받았다는 숨 막히는 가위눌림 같은 거라고 했다. 그래서 가끔씩 교회에 다시 발을 들여놓다가 마침내 정기적으로 다니게 되었다고 했다. 정신적인 닻을 내리고 자기의 재능을 충분히 인정받을 수 있는 기회를 트리니티 교회가 제공했기 때문이었다. 사실 이것은 모든 교회가 '탕아'에게 주고자 하는 것이며, 또한 아무리 많은 봉급을 받는다 하더라도 절대로 얻을 수 없는 것이었다. 말하자면 교회에 다닌다는 것은 머리가 희끗희끗해지고 가까운 글자가 잘 보이지 않기 시작할 때, 자신의 생명보다 훨씬 더 오래가는 어떤 것에 소속되고자 하는 일종의 보험인 셈이었다. 그리고 이 보험의 지급 내용은, 계약자가 사망했을 때 그의 이름을 공동체가 기억해 주는 것이었다.

하지만 그 사람들이 추구했던 것이 모두 엄격하게 종교적이었던 것은 아니라고 그때 나는 생각했다. 그들이 돌아온 탕아가 되어 다시 집으로 돌아온 것은 단지 예수 때문이 아니었다는 말이다. 트리니티는 아프리카적인 주제를 가지고 흑인의 역사를 강조함으로써 필립스 목사가 일찍이 사상과 가치의 전달자라고 묘사했던 역할을 수행한다는 생각이 들었다. 그런데 그 전달 과정이 한 방향으로만 이루어지지 않왔다. 교사나 의사가 기독교인으로서 의무를 다한다는 차원에서, 남부에서 갓 올라온 가난한 청년이 도시 생활에 적응할 수 있도록 돕는 것만이 전부가 아니었다는 말이다.

사상과 가치의 전달은 거꾸로도 이루어졌다. 전에 폭력배였던 사람이나 혹은 10대 미혼모도 그 나름의 정당성을 가지고 있었다. 그들의 박탈당한 모습, 그들이 교회에 존재한다는 사실 그 자체가 변호사나 의사들이 흑인의 실상을 이해하는 기회가 되었다. 트리니티와 같은 교회는 모든 사람들에게 문을 활짝 열어둠으로써 모두의 운명이 서로 엮여 있으며, 최소한 이해할 수 있는 범위 내에서의 '우리'라는 개념이 여전히 유효함을 신도들에게 확인시켜 주었다.

문화적인 공동체라는 이 개념은 매우 강력한 프로그램이었다. 단순한 민족주의보다 더 유연한 융통성을 가지고 있었고, 내가 생각하는 조직이라는 개념보다 더 강한 결속력을 가지고 있었다. 그럼에도 나는 여전히, 과연 그것이 더 많은 사람들이 도시를 떠나는 것을 막고 청년들이 감옥에 가지 않도록 막을 수 있을지 의심스러웠다. 흑인 장학사와 흑인 학부모 사이의 기독교적인 형제애가 학교의 운영 방식을 바꿀수 있을까? 이런 공동체에 대한 관심이 아무리 높아진다 해도 공공주택 제도를 개혁하기 위한 최근의 여러 제안과 관련해서 라이트 목사의 입김이 세질 수 있을까? 만일 라이트 목사가 정치적 입지를 확보하지 못한다면, 트리니티 같은 교회가 진정한 권력을 쟁취하는 작업에 관여하지 않겠다거나 진정한 갈등과 대결을 회피한다면, 보다 넓은 의미의 공동체를 손상되지 않은 상태로 온전하게 보전할 수 있는 길을 어떻게 찾을 것인가?

때로 나는 이런 질문들을 만나는 사람들에게 던지곤 했다. 그러면 그 사람들은 필립스 목사나 라이트 목사와 똑같이 곤혹스러운 표정을 지었다. 그들에게 트리니티 교회의 팸플릿에 적힌 지침은 예수 부활을 믿는 것 못지않게 중요한 신앙의 원칙이었다. 그들은 대개 이런 말을 했다. 정말 좋은 생각을 가지고 계시는군요. 우리 교회에 나오시면 공동체 프로그램을 만드는 데 많은 도움을 주실 수 있겠네요. 이번 주 일요일에 교회에 나오실 거죠?

그러면 나는 어깨를 으쓱하고는 대충 얼버무렸다. 믿음과 어리석음 그리고 믿음과 단순한 인내를 구분하기 힘들다고 고백할 수 없었기 때문이다. 그 사람들의 말에 담긴 진실성을 의심하지는 않았다. 하지만 나는 너무 쉽게 얻은 구원을 인정해 주시는 하나님에게 따질 게 많았고, 내가 가진 동기 자체도 아직은 의심스러웠다. 그런 상태로 한 교회를 정해서 나간다면 편의적으로 종교를 선택하는 것 같아 스스로 용납할 수 없었다. 따라서 아직은 그냥 이런 상태로 남겠다는 말을 솔직하게 털어놓을 수 없었던 것이다.

●

추수감사절을 하루 앞두고 해럴드 워싱턴 시장이 사망했다.

아무런 예고도 없었다. 불과 몇 달 전에 해럴드는 브르돌야크와 번을 가볍게 누르고 재선에 성공했었다. 지난 4년간의 교착 상태를 깨는 쾌거였다. 이번에는 전문가들이 정교하게 계산해서 1983년과 같은 열기를 불러일으키지 않고 조심스럽게 선거운동을 펼쳤었다. 공공사업과 균형 있는 예산을 앞세워 통합이라는 전략에 초점을 맞추었다. 그래서 정당의 늙은 정치가들, 아일랜드 사람과 폴란드 사람들을 만나고 정치적인 타협을 추구했던 것이다. 그 결과 기업가들도 정치 자금을 내고 그에게 복종했다. 그를 향한 불만의 목소리들은 자기 진영 내부에서 나왔다. 흑인 민족주의자들은 백인과 히스패닉계를 끌어안은 데 분통을 터뜨렸고, 활동가들은 빈곤 문제를 정면으로 내세우지 않았다 며 실망했다. 현실보다 꿈을 중시하고, 타협하기보다는 차라리 무기력 하게 있는 게 낫다고 생각하는 사람들도 불평하긴 마찬가지였다.

하지만 해럴드는 그런 비판에 그다지 귀를 기울이지 않았다. 그로서 는 모험하거나 서두를 이유가 전혀 없었다. 실제로 그는 앞으로 20년 은 더 시카고 시장으로 일할 거라고 말했었다.

그러던 그가 죽었다. 갑자기, 어이없게, 어쩌면 우습게. 부하를 감당 하지 못한 심장이 박동을 멈추고 만 것이다.

그가 사망한 주에는 비가 내렸다. 차가운 비가 추적추적 계속 내렸 다. 거리는 조용했다. 사람들은 집 안에서 그리고 집 밖에서 소리 죽여 울었다. 흑인 라디오 방송들은 해럴드가 생전에 했던 연설들을 몇 시 간이고 반복해서 틀었다. 시청으로 이어지는 조문 행렬이 몇 블록에 걸쳐 길게 늘어섰다. 대단한 광경이었다. 만나는 흑인들마다 모두 멍한 얼굴이었다. 그들은 방향 감각을 잃어버린 채 미래를 두려워했다.

장례식을 치를 때쯤에야 해럴드 워싱턴에게 충성을 다했던 사람들 이 충격을 딛고 일어서서 움직이기 시작했다. 그들은 머리를 맞대고 앞으로 어떻게 하면 흑인 권력을 계속 유지할지 전략을 논의했고, 누 구를 그의 후계자로 옹립해야 좋을지 논의했다. 하지만 그러기에는 너 무 늦은 뒤였다. 정치적인 조직체가 없었고 명확하게 규정된 지침도 마련되지 않았던 것이다. 흑인의 모든 정치력이 태양처럼 밝게 빛나던 단 한 사람에게 집중되어 있었는데 그 사람이 갑자기 사라지자 정세 판단과 분석에서 일치하는 의견이 하나도 없었다.

왕당파들이 자기들끼리 다투기 시작했고 분파가 생겼다. 온갖 소문들이 무성하게 퍼져나갔다. 보궐 선거를 통해서 새 시장을 뽑기 전까지 시정을 이끌 임시 시장을 시의회가 선출하기로 한 월요일이 되었을 때, 해럴드를 시장 후보로 옹립했던 정치적 연합체는 이미 와해되고 없었다. 그날 오후에 나는 그 두 번째 죽음을 두 눈으로 확인하러 시청으로 갔다. 모인 사람들은 노인들과 호기심에 가득 찬 사람들이었고, 구호를 적은 피켓과 천을 들었으며 대부분 흑인이었다. 그들은 일찌감치 회의가 열리는 방 앞에 와 있었다. 그들은 백인과 손잡은 흑인 시의원들을 성토했다. 그리고 말씨가 부드러운 어떤 흑인 시의원을 지목하며 배신자라고 욕했다. 그는 파벌의 힘으로 의원이 된 사람이었다. 한편 그 의원 뒤에서는 백인 시의원들도 그에 대한 지지를 거두고 있었다. 사람들은 찬송가를 부르면서 발을 쿵쿵 굴렀다. 그들은 그 자리를 결코 떠나지 않겠다고 맹세했다.

하지만 권력은 끈기가 있었고, 자기가 무엇을 원하는지 알았다. 권력은 구호와 기도, 철야 농성보다 더 오래 기다릴 줄 알았다. 자정 무렵, 의원들이 투표하기 직전에 회의실 문이 잠깐 열리면서 의원 두 사람이 보였다. 한 사람은 해럴드의 심복이던 흑인이었고, 또 한 사람은 브르돌야크의 심복이던 백인이었다. 두 사람은 귓속말을 나누면서 미소를 짓다가 여전히 찬송가를 부르고 있는 사람들을 보고는 황급히 미소를 감추었다. 그 사람들은 결과가 어떻게 나올지 이미 알고 있었던 것이다.

그 광경을 목격한 뒤 나는 자리를 떴다. 몰려든 인파를 뚫고 차를 세워놓은 곳을 향해 댈리 플라자를 가로질러 걸어갔다. 바람이 칼날처럼 매서웠다. 구호를 써놓은 피켓이 바람에 쓰러졌다. 굵은 글자로 씌어진 구호는 이랬다. '그의 정신은 살아 있다.' 그리고 그 아래 해럴드의 사진이 붙어 있었다. 스미티 이발소에서 차례를 기다리는 동안 수도 없이 보았던 바로 그 사진이었다. 반백의 미남, 친근한 미소, 반짝이는 두 눈. 사진이 떨어져서 바람에 날아갔다. 가을 낙엽보다 더 가볍게.

숨 가쁘게 몇 달이 흘러갔다. 하지만 여전히 할 일이 남아 있었다. 우리는 학교 개혁을 지지하는 전체 도시 차원의 연합체와 함께 일했다. 사우스사이드에 거주하는 멕시코 사람들과도 몇 차례 연석회의를 가졌다. 공동 전략을 모색하기 위해서였다. 나는 내가 3년에 걸쳐서 배우고 익힌 것들을 한꺼번에 전수하려고 자니를 심하게 몰아붙였다. 그래서 툭하면 이런 질문을 던지곤 했다.

"이번 주에는 어떤 사람을 만났나요?"

"아 예, 뱅크스 부인입니다. 트루 바인 성결교회에 다니는 분인데 잠재력이 있는 것 같습니다. 잠깐만요. 아, 여기 있네요. 교사이고 교육 문제에 관심이 많습니다. 우리에게 많은 도움이 될 것 같습니다."

"남편은 뭐 하시는 분이죠?"

"아, 그건…… 잊어버리고 안 물어봤네."

"교사조합에 대해서는 어떤 생각을 가지고 있던가요?"

"이거 참. 겨우 30분밖에 이야기를 나눠보지 못했다고요, 버락."

2월에 하버드 대학교에서 입학 허가서를 보내왔다. 안내 책자가 동봉되어 있어서 우편물이 상당히 두꺼웠다. 그걸 보자 14년 전 여름에 푸나호우 학교가 나에게 보냈던 우편물이 생각났다. 할아버지는 그때 밤을 꼬박 새우다시피 하며 안내 책자를 읽었다. 음악 수업에 관한 내용, 대학 진학과 장래 진로에 관한 내용, 합창반에 관한 내용. 할아버지는 그 안내 책자를 흔들면서 그게 장차 내 식권이 될 거라고 했었다. 그게 있음으로써 장차 신분이 높고 우아한 사람들과 어울릴 수 있을 것이며, 자기는 한 번도 가져보지 못한 멋진 기회들을 가질 수 있을 거라고 했었다. 그날 밤, 할아버지는 미소를 지으면서 내 머리를 헝클어뜨렸다. 그의 숨결에서는 위스키 냄새가 났고, 그의 눈은 금방이라도 눈물을 왈칵 쏟을 듯했다. 그때 나는 할아버지의 심정을 이해한다는 듯이 미소를 지었다. 하지만 사실 속으로는 인도네시아에서 갈색 피부의 아이들과 함께 누더기가 된 연을 좇아서 서늘한 진흙에 발이 푹푹 빠지는 논을 맨발로 달리는 게 훨씬 낫다고 생각했었다. 그때 그 느낌이 고스란히 되살아났다.

●

그 주에는 우리의 조직 사업에 동참하기로 한 스무 군데 정도의 교회 목사들과 우리 사무실에서 오찬 회의를 하기로 일정이 잡혀 있었다. 초청한 사람들은 대부분 참석했다. 물론 우리 단체의 핵심 지도자들도 빠지지 않고 모두 참석했다. 우리는 다음 해의 전략과 해럴드의 죽음에서 배워야 할 교훈들을 토론했다. 그리고 훈련을 위한 피정 일정을 잡았고, 회비 납부 일정을 확정했으며, 더 많은 교회들이 동참해야 할 필요성에 대해서 의견을 나누었다. 회의가 끝난 뒤, 5월에 시카고를 떠날 내 뒤를 이어 자니가 총책임을 맡을 거라고 발표했다.

아무도 놀라지 않았다. 모두 내게 다가와서 축하한다는 말을 건넸다. 필립스 목사는 현명한 선택을 했다면서 나의 결정에 힘을 실어주었다. 앤절라와 모나는 언젠가 내가 큰일을 할 거라고 말했다. 셜리는 자기 조카가 맨홀에 빠진 일과 관련해서 시를 상대로 소송을 제기할 생각인데 도와줄 수 있느냐고 물었다.

오직 메리만이 놀란 듯했다. 목사들이 대부분 떠나고 난 뒤에 메리는 윌과 자니, 나를 도와서 뒷정리를 했다. 내가 집까지 자동차로 태워주겠다고 하자 메리는 고개를 내저었다. 그리고 윌과 나를 바라보면서 물었다.

"도대체 왜들 그러세요?"

외투를 입으면서 다시 말할 때 그녀의 목소리가 가볍게 떨렸다.

"왜 당신은 늘 그렇게 서두르세요? 당신은 왜 당신이 가진 것에 대해서 만족하지 못하나요?"

나는 뭐라고 말하기 시작했다. 그러다가 메리의 두 딸과, 집을 나가 영영 소식이 없는 그 아이들의 아버지를 생각했다. 그리고 메리를 문까지 배웅하고 그녀를 안아주었다. 그녀가 가고 난 뒤에 나는 다시 회의실로 들어갔다. 윌이 먹다 남은 닭다리를 뜯다가 좀 먹겠느냐고 했다. 나는 고개를 젓고 그가 앉은 자리 맞은편에 앉았다. 그는 말없이 닭고기를 씹으면서 나를 바라보았다. 그리고 손에 묻은 소스를 쪽쪽 빨아먹고는 마침내 입을 열었다.

"사람은 자기가 있는 데를 바꾸면서 성장하는 거죠. 그렇죠?"

"예, 그렇죠."

윌은 음료수를 한 모금 마시고 약하게 트림을 했다.

"3년이란 세월은 기다리기에 짧은 시간이 아니죠."

"내가 돌아올 걸 어떻게 아십니까?"

"어떻게 아는지는 나도 몰라요."

그는 접시를 치우며 자리에서 일어났다.

"그냥 압니다. 그게 다예요."

그는 말없이 손을 씻었다. 그리고 곧장 밖으로 나가 오토바이를 타고 멀어져 갔다.

●

그 일요일, 나는 아침 6시에 일어났다. 밖은 아직 어두웠다. 면도를 하고 단벌 양복을 꺼내서 보푸라기를 털어냈다. 그리고 7시 30분에 교회에 도착했다. 자리는 이미 거의 다 차 있었다. 흰 장갑을 낀 안내자가 나를 인도한 자리는 커다란 모자를 쓴 노부인들을 지나고, 양복에 넥타이를 맨 남자와 머드 클로스*를 입은 남자를 지나고, 한껏 차려입은 아이들을 지나야 하는 곳이었다. 콜리어 교장이 있는 학교의 학부모 한 명이 나를 알아보고 손을 흔들었다. 나와 여러 차례 논쟁을 벌인 적 있는 주택건설국 소속 직원이 눈 인사를 했다. 나는 안내자가 가리킨 자리로 가지 않고, 뚱뚱한 할머니와 젊은 가족 사이에 비집고 앉았다. 양모 재킷을 입은 아버지는 벌써부터 땀을 흘렸고, 어머니는 두 아이에게 장난치지 말고 얌전히 있으라고 나무랐다. 나는 두 아이가 나누는 대화를 들었다. 동생이 형에게 물었다.

"하나님이 어디 계셔?"

"닥쳐!"

"너희들 정말 입 다물지 않을래?"

트리니티의 부목사인 중년 여자가 광고를 읽은 다음 졸린 목소리로 전통적인 찬송가를 이끌었다. 그러자 길고 품이 넓은 흰옷에 아프리카 전통 의상의 하나인 켄테 숄을 걸친 성가대가 손뼉을 치고 노래를 부르면서 통로를 지나 제단 뒤에 가서 섰다. 북소리가 점점 빨라졌고, 오르간이 그 뒤를 이었다.

이렇게 기쁠 수가, 예수님이 나를 올리셨네!
이렇게 기쁠 수가, 예수님이 나를 올리셨네!

● 커다란 보자기 가운데 구멍을 뚫어 목이 나오게 해서 입는 아프리카 의상.

이렇게 기쁠 수가, 예수님이 나를 올리셨네!

영광을 노래하자, 할렐루야!

예수님이 나를 올리셨네!

●

신도들이 합세해서 노래를 부르는 가운데 집사들이 나왔다. 그리고 마침내 라이트 목사가 서까래에 매달린 십자가 아래에 섰다. 사람들이 기도하는 동안 목사는 자기 앞에 있는 사람들의 얼굴을 죽 훑어보고 또 헌금 접시가 손에서 손으로 넘어가는 모습을 말없이 바라보았다. 헌금이 모두 끝나자 목사는 설교단으로 올라가서 지난 한 주 동안 사망한 사람들의 이름을 하나씩 불렀다. 한 사람씩 호명할 때마다 어디에선가 작은 술렁거림이 일었다. 다시 한번 망자의 행복을 비는 소리였다. 그리고 지난 한 주 동안 앓아누운 사람들의 이름도 불렀다.

"자, 다 함께 손을 잡읍시다. 낡고 거친 십자가 앞에 무릎을 꿇고 기도드립시다."

"기도드립시다."

"하나님, 하나님께서 우리를 위하여 베풀어주신 모든 것들에 먼저 감사합니다. 무엇보다 예수님을 우리에게 보내주셔서 감사합니다. 하나님, 우리는 각자 다른 삶의 층계에서 살다가 오늘 이 자리에 모였습니다. 어떤 사람들은 높은 자리에 있다고 하고, 어떤 사람들은 낮은 자리에 있다고 합니다. 하지만 지금 모든 사람들이 십자가 아래 평등하게 머리를 숙였습니다. 하나님, 감사합니다! 예수님을 보내주셔서 감사합니다. 우리의 무거운 짐을 대신 져주신 예수님께 감사합니다."

그날 라이트 목사가 들려준 설교의 제목은 '희망의 담대함'이었다. 설교는 아이를 낳지 못하는 한나가 경쟁자들에게 괴롭힘을 당한 뒤에 하나님에게 기도하면서 우는, 〈사무엘서〉에 나오는 이야기에서부터 시작되었다. 라이트는 이 구절을 읽을 때마다 몇 해 전 동료 목사가 어떤 집회장에서 했던 설교가 생각난다고 했다. 그 설교에서 동료 목사는 박물관에서 본 '희망'이라는 제목의 그림에 대해서 이야기하더라고 말했다.

"그 그림은 하프를 연주하는 여자를 그린 것이었습니다. 언뜻 보면 그 여자는 거대한 산 정상에 앉아 있는 것처럼 보입니다. 하지만 자세히 들여다보면 그 여자는 상처를 입고 피를 흘리고 있습니다. 여자의 치마는 온통 누더기가 되어 있습니다. 하프의 줄도 하나밖에 남지 않았습니다. 그런데 시선을 천천히 아래로 내리면 계곡이 보입니다. 계곡에는 굶주림으로 황폐해진 세상이 묘사되어 있습니다. 전쟁의 북소리, 투쟁과 약탈로 신음하는 세상입니다.

그것이 바로 우리가 살아가는 세상입니다. 아이티의 수도 포르토프랭스의 주민들 대부분이 1년 동안 구경하는 것보다 더 많은 음식을 크루즈 유람선은 단 하루에 버리고 마는 세상이 바로 우리가 살고 있는 세상입니다. 만족할 줄 모르는 백인들의 탐욕이 끝없는 허기와 갈증으로 핏발을 세우며, 지구 한쪽에 아파르트헤이트가 있지만 다른 쪽에서는 전혀 신경 쓰지 않는 세상이 바로 우리가 살고 있는 세상입니다! 희망이 자리를 잡고 앉아 있는 바로 그 장소입니다!"

곧이어 그의 설교는 타락한 세상에 대한 이야기로 이어졌다. 옆자리의 두 아이들이 교회 소식지에 낙서를 하는 동안, 라이트 목사는 샤프

빌*과 히로시마를 이야기하고, 백악관과 주정부의 정책 입안자들이 얼마나 무정한지 성토했다. 투쟁을 중심으로 설교하며 그는 사람들이 받는 고통을 점점 더 생생하게 묘사했다. 신도들이 다음 날 당장 맞닥뜨릴 고난을 이야기했다. 상류 집단과는 거리가 먼 사람들이 겪어야 하는 고통, 액수가 많지 않은 요금 청구서에도 벌벌 떨어야 하는 가난을 이야기했다. 그리고 스스로 중산층이라고 생각하는 사람들의 고통에 대해서도 이야기했다. 세속적인 욕구에 대해서는 아무런 부족함을 느끼지 않을 것 같은 중산층 여자들도 남편으로부터 하녀, 비서, 출퇴근 운전기사를 겸한 심부름꾼 대접을 받는다고 이야기했다. 아이들도 머릿속의 지식보다 머리를 감싸고 있는 머리카락 결에 대해서 더 많이 신경 쓰는 부자 부모 때문에 남몰래 속을 앓는다고 했다.

"이게 바로 우리가 발을 딛고 선 세상 아닙니까?"

"맞습니다!"

"한나처럼 우리는 어려운 시기를 알고 있습니다. 우리는 날마다 거부당하고 절망합니다!"

"그렇습니다!"

"하지만 눈을 크게 뜨고 바라보십시오. 우리에게도 희망이 있습니다! 한나처럼! 그 하프 연주자는 고개를 들어 하늘을 바라봅니다. 왜! 그 여자는 희망하기 때문입니다. 여자는 용기를 내어 연주를 하고…… 하나님을 찬양합니다……. 단 하나밖에 남지 않은 줄을 타면서 말입니다!"

사람들이 함께 외치기 시작했다. 자리에서 일어나 박수를 치고 소리

● 남아공의 흑인 거주 지역. 1960년 3월 21일, 이곳에서 백인 경찰이 흑인 시위대에 발포해서 250여 명의 사상자가 발생했다.

를 질렀다. 그 들뜬 분위기 속에서, 지난 3년 동안 소용돌이쳤던 온갖 것들이 내는 소리가 내 귀에 들리기 시작했다. 루비와 윌이 느꼈던 용기와 공포. 라피크 같은 사람들이 가졌던 인종적인 자부심과 분노. 포기해 버리고 싶은 욕망, 벗어나고 싶은 욕망, 절망의 나락에서 구원의 손길을 내밀어줄지도 모르는 하나님에게 자기를 맡기고 싶은 욕망.

나는 '희망'이라는 한 단어에서 다른 소리들을 들었다. 십자가 아래에서, 시카고에 있는 수천 개의 교회 안에서, 평범한 흑인들이 다윗과 골리앗 이야기, 모세와 파라오 이야기, 사자굴 안의 기독교인 이야기, 에스겔이 목격한 마른 뼈가 가득한 계곡 이야기 속으로 녹아들어 가는 모습을 보았다. 생존과 자유와 희망에 대한 이 이야기들은 우리의 이야기가 되고 내 이야기가 되었다. 그들이 뿌렸던 피와 눈물은 우리의 피와 눈물이었다.

그리고 그 흑인 교회는 사람들의 이야기를 미래의 다음 세대로 그리고 더 넓은 세상으로 전하는 그릇이었다. 그럼으로써 우리의 시련과 승리는 우리만의 독특한 것인 동시에, 단지 흑인만의 것이 아니라 보편적인 인간의 것이 되었다. 우리의 여정을 기록할 때 그 이야기들과 노래들은, 우리가 부끄러워할 필요가 없는 기억들, 고대 이집트 이야기보다 더 알기 쉽고 접근하기 쉬운 기억들, 모든 사람들이 공부하고 가슴에 품을 기억들, 새로운 출발을 할 수 있도록 주춧돌이 되어주는 기억들을 되돌아보고 활용할 수단이었다.

나는 일요 예배가 때로 우리가 처한 삶의 조건을 그저 단순화하고 우리 사이에 존재하는 갈등을 유야무야 덮어버린다고만 생각했었다. 그리고 예배 속의 약속은 오로지 행동을 통해서만 충족될 수 있다고 생각했었다. 하지만 예배 속에 충만한 어떤 정신이 불완전하긴 하지만 우리가 가진 편협한 꿈들 너머로 우리를 데려다줄지 모른다는 것을 그날 난생처음으로 예감했다.

"담대하게 희망을 품으십시오! 나는 아직도 우리 할머니가 노래하시던 모습을 기억합니다. 할머니가 부르신 노래의 내용은 이랬습니다. 어딘가에 밝은 세상이 있다! 그곳을 찾을 때까지는 쉬지 마라!"

"그렇습니다!"

"담대하게 희망을 품으십시오! 설령 돈이 없어서 물건 값을 제때 내지 못한다 하더라도 희망을 품으십시오! 저 역시 모든 것이 절망으로 가득 찼던 시절이 있었습니다. 열다섯 살 때였습니다. 나는 자동차 절도죄로 체포되었습니다. 하지만 어머니와 아버지는 이런 노래를 부르셨습니다!"

그는 노래를 불렀고 사람들도 따라 부르기 시작했다.

감사합니다 예수님, 감사합니다 예수님
감사합니다 예수님, 감사합니다 예수님
감사합니다 예―수―님
감사합니다 주―님
주님께서는 저를 위대하고
먼 길로 데려다주셨습니다, 먼 길로 데려다주셨습니다

●

"그 당시에 나는 정말 할 말이 없었습니다. 하지만 두 분은 이런 노래를 부르셨지요. 자식이 도둑질을 해서 잡혔는데 두 분은 왜 주님에게 감사를 드릴까, 이런 의문을 품었습니다. 하지만 나는 단지 두 분의 삶에서 수평적인 차원만 바라보았던 것입니다!"

"지금 말씀해 주소서!"

"나는 두 분이 수직적인 차원을 이야기한다는 사실을 알지 못했습니다. 두 분이 하나님과 관계 맺고 있다는 것을 알지 못했습니다! 두 분은 내가 끝내 시련을 이겨낼 거라는 희망을 가지고 있었기에, 그 사실을 주님께 감사드렸던 것입니다! 주님께 감사드립니다! 내가 주님을 외면했을 때 주님이 나를 외면하지 않으셨음을 감사드립니다! 감사합니다, 예수님!"

성가대가 노래를 부르기 시작했다. 라이트 목사의 부름에 따라서 한 사람씩 설교단 앞으로 걸어나갈 때, 내 손등에 어떤 손길이 닿는 걸 느꼈다. 내려다보니, 옆자리에 앉았던 꼬마들 가운데 큰아이가 화장지를 내밀었다. 아이들의 어머니가 미소를 지어 보이고는 설교단으로 걸어나갔다. 아이에게 고맙다는 말을 하는데, 그 순간 두 뺨에 뜨거운 눈물이 흘러내렸다. 옆자리 할머니의 낮은 기도 소리가 들렸다.

"저희들을 이렇게 멀리 데려와주셔서 감사합니다."

제3부

케냐,
화해의 땅

**DREAMS
FROM
MY FATHER**

그 목소리들은 내 삶의 모습을 형성했던 것
과 똑같은 질문들, 때로 밤늦게 내가 아버지
에게 던진 것과 똑같은 질문들을 한다. 우리
의 공동체는 무엇이며, 그 공동체는 우리의
자유와 어떻게 공존할 수 있을까? 우리가 져
야 하는 의무의 범위는 어디까지일까? 어떻
게 하면 권력을 정의로, 분노를 사랑으로 바
꿀 수 있을까? 법률 서적에서 내가 찾은 대답
들은 늘 만족스럽지 않았다. '브라운 대 교육
위원회 사건'에 대한 최종 판결에도 불구하
고, 양심이 편의주의와 탐욕에 짓밟히는 사
례는 수도 없이 많다. 하지만 나는 그 수많은
목소리에서 격려를 받는다. 그 숱한 질문들
이 제기되는 한, 우리를 강하게 묶어주는 힘
이 결국 승리할 거라고 믿는다.

15

비행기는 폭풍우가 몰아치는 히드로 공항을 이륙했다. 원색의 스포츠 재킷을 입은 한 무리의 영국 청년들이 뒷좌석을 차지했다. 그 가운데 한 명이 내 옆자리에 앉았는데, 창백한 얼굴에 여드름이 잔뜩 난 호리호리한 청년이었다. 그 청년은 긴급 상황시의 대처 요령을 두 번이나 진지하게 읽었다. 비행기가 무사히 이륙한 뒤에 그 청년이 나에게 어디로 가느냐고 물었다. 그래서 나이로비에 있는 가족을 만나러 간다고 했다.

"나이로비는 정말 아름다운 곳이라고 들었습니다. 이번 기회에 나도 나이로비에 갈 수 있다면 참 좋을 텐데. 저는 요하네스버그로 가거든요."

그는 자기와 동료들이 영국 정부의 도움을 받아서 지질학 학위 과정의 하나로 남아프리카공화국의 광산 회사에서 1년 동안 일할 예정이라고 했다.

"거긴 훈련된 기술자들이 부족한가 봅니다. 운이 좋으면 거기서 계속 일할 수도 있을 거예요. 높은 수입을 보장받을 수 있는 멋진 기회라고 생각해요."

나는, 만일 그렇게 될 경우 남아공의 수많은 흑인이 그가 가진 기술에 관심을 가질 거라고 말했다.

"예. 저도 선생님 생각이 맞다고 봅니다. 저는 그쪽의 인종 정책을 찬성하지 않아요. 수치스러운 일이니까요."

그는 잠시 말을 끊고 생각한 뒤에 계속해서 이렇게 말했다.

"하지만 남아공 이외의 다른 아프리카 국가들은 지금 형편없어요. 신도 외면했잖아요. 그렇지 않습니까? 최소한 제가 알기로는 그렇습니다. 하지만 남아공에서는 굶어죽는 흑인이 없잖아요. 사정이 괜찮다는 뜻이 아니라 에티오피아의 가난한 떨거지들보다 낫다는 말입니다."

스튜어디스가 통로를 지나가면서 헤드폰을 빌려주었다. 청년이 지갑을 꺼내면서 말했다.

"물론 저는 정치에 대해서는 입을 다물고 생각도 하지 않을 생각입니다. 내 일이 아니니까요. 영국에서도 마찬가집니다. 실업 수당을 받는 사람이나 쓰레기 같은 말만 늘어놓는 국회의원이나 다들 그렇습니다. 세상일에 대해서는 될 수 있으면 신경을 끊는 게 최선입니다. 이게 내 주장입니다."

그는 이어폰을 끼고는 이렇게 말했다.

"식사가 오면 좀 깨워주십시오."

그리고 좌석을 뒤로 젖힌 뒤 곧바로 잠이 들었다. 나는 가방에서 책을 꺼내 읽었다. 아프리카 여러 국가를 상세하게 소개하는 책이었다.

저자는 아프리카에서 10년 동안 머물렀다는 서구 언론인이었다. 아프리카 전문가로 불릴 만한 사람이었고, 나름대로 균형 잡힌 시각을 가지고 있다고 자부하는 사람이었다. 책의 처음 두 장章은 부족 사이의 증오심과 식민지 국경선 획정의 불합리성, 주민의 강제 이주, 억류, 인권 유린 등을 주제로 아프리카의 식민지 역사를 비교적 길게 설명했다. 우후루 케냐타와 콰메 은크루마Kwame Nkrumah° 같은 독립운동의 영웅들에 대해서 적절하게 평가했지만, 그들이 나중에 독재자로 변모한 과정에는 적어도 부분적으로는 냉전이 크게 작용했다고 적었다.

하지만 세 번째 장에 가서는 아프리카에 대한 여러 이미지를 과거의 역사와 전혀 다르게 묘사했다. 굶주림, 질병 그리고 AK-47 자동 소총을 양치기의 막대기처럼 손쉽게 휘두르는 젊은 사람들과 그들이 끊임없이 일으키는 쿠데타와 역쿠데타 등을 언급했다. 설령 아프리카에 역사가 있다 하더라도, 현재 아프리카 사람들이 겪고 있는 고통을 보면 그런 역사는 무의미한 것이라고 저자는 적었다.

가난한 떨거지들. 신도 외면한 나라들.

●

책을 덮었다. 낯설지 않은 분노가 다시 치밀었다. 대상을 찾지 못해서 더욱 발광하는 분노였다. 옆자리의 영국 청년은 작게 코를 골고 있었다. 안경이 콧잔등까지 내려와 있었다. 이 사람에게 화가 난 것일까? 내가 많은 교육을 받았고, 또 나름대로 이론적으로 정리가 되어 있음에도 불구하고 그가 제기한 문제에 대해서 즉답을 할 수 없었던 것은 내가 아니라 그의 잘못인가? 그가 잘되길 바란다고 말한 것이 과연 잘

● 아프리카 통일운동의 지도자로 가나의 초대 대통령.

못한 것일까? 그렇다면 얼마나 잘못한 것일까? 어쩌면 화가 난 이유가, 그 청년이 나를 친숙하다고 느꼈기 때문일지도 모른다. 비록 흑인이긴 해도 미국인인 내가 아프리카에 대해서 자기와 같은 생각을 가지고 있다고 여겼을 법한 그런 상황에 화가 났는지도 모른다. 그의 생각이 자기 세상에서는 어느 정도 진보적일지는 몰라도 나로서는 불안정한 나의 위치를 새삼스럽게 일깨우는 것이어서 화가 났는지도 모른다. 이른바 '서구'에서도 완전하게 편안함을 느끼지 못하는 흑인인 내가, 낯선 사람들만 있는 아프리카 땅을 찾아간다는 사실에 초조하고 화가 났는지도 모른다.

유럽에 머무는 동안에도 줄곧 이런 생각에 사로잡혀 있었다. 낯선 사람을 대할 때마다 긴장으로 날이 서 있었고 방어적이었다. 또 어딘가 모르게 우물쭈물했었다. 처음 유럽에 갈 때는 이런 생각이 없었다. 아프리카에 가기 전 유럽에 잠시 들러야겠다고 마음먹었을 때는, 단순히 한 번도 가본 적 없는 유럽을 여행해 보겠다는 생각이었다. 3주 동안 나는 혼자서 여행했다. 남부 유럽의 한쪽을 돌고 다시 북쪽으로 향했다. 안내 책자를 들고 주로 버스와 기차를 이용했다. 템스강 옆에서 차를 마셨고, 룩셈부르크 공원에서는 술래잡기하는 아이들을 바라보았다. 조르지오 데 키리코Giorgio de Chirico*의, 그림자가 지고 참새 떼가 코발트 빛 하늘을 나는 메조 광장을 정오에 거닐었다. 그리고 팔레틴 거리 위로 석양이 지는 모습을 바라본 뒤, 불멸을 속삭이는 바람 소리에 귀를 기울이며 첫 별이 나타나기를 기다리기도 했다.

그렇게 여행하면서 한 주가 끝나갈 무렵, 내가 실수했음을 깨달았다.

---

* 이탈리아 화가. 〈거리의 신비와 우수〉라는 작품이 유명하다.

유럽이 아름답지 않아서가 아니었다. 모든 것이 내가 예상한 대로 아름다웠다. 하지만 문제는 그 아름다움이 나의 것이 아니란 사실이었다. 마치 내가 아닌 다른 누군가의 낭만 속을 거니는 기분이었다. 내 역사의 불완전함이 나와 내가 바라보는 풍경들 사이에 두꺼운 유리벽처럼 가로놓여 있는 것 같았다. 그리고 내가 유럽에 들른 것은 아프리카에 발을 들여놓기 싫어서 미적거리기 위한 핑계였을지도 모른다는 의심이 들었다. 즉 노땅과의 화해를 회피하기 위한 수단이었을지도 모른다는. 언어와 일 또 모든 일상적인 것들, 심지어 이제는 익숙해져서 내가 그만큼 성숙했다고 생각하는 지표였던 인종적인 편견까지도 모두 사라지고 없는 상태에서 나의 내면을 들여다보았다. 그리고 거기에 커다란 공허함만이 자리 잡고 있다는 사실을 깨달았다.

케냐 여행이 과연 이 공허함을 채워줄 수 있을까? 시카고에서 나와 함께 일하던 사람들은 충분히 그럴 수 있다고 생각했다. 윌은 환송 파티에서 "아마도 《뿌리Roots》*와 같은 것일 거요"라고 말했다. 아잔테는 순례 여행에 비유했다. 그 사람들과 나에게 아프리카는 단순히 실재하는 공간이 아니라 하나의 이상이었다. 고대의 전통과 고귀한 투쟁이 살아 숨 쉬는 약속의 땅이었다. 워낙 멀리 떨어져 있는 땅이어서 우리는 아프리카를 선택적으로 가슴에 품었다. 그것은 내가 예전에 노땅을 대했던 것과 똑같은 태도였다. 그런데 이 거리감이 사라지고 나면 어떻게 될까? "진리가 너희를 자유롭게 하리라"와 같은 현상이 나에게도 일어나면 얼마나 좋을까? 하지만 그게 아니라면? 진실이 실망스럽고,

---

● A.P. 헤일리Haylie의 소설. 작가가 자신의 7대조 할아버지까지 거슬러 올라가 아프리카의 감비아에서 노예로 팔려 미국에 건너온 뒤 온갖 시련을 견디며 살아온 모습을 10여 년에 걸친 현지 답사를 통해 사실적으로 기록했다.

아버지의 죽음이 아무 의미도 없으며, 그가 남긴 것 역시 의미가 없다면? 나와 아버지 혹은 나와 아프리카를 잇는 끈이 단지 버락 오바마라는 이름과 아프리카 혈통 혹은 백인의 조소뿐이라면?

나는 불을 끄고 눈을 감았다. 그리고 스페인을 여행할 때 만났던 어떤 아프리카 사람을 떠올렸다. 그 역시 쫓기듯 서두르던 사람이었다. 나는 심야 버스를 기다리며 길가에 있는 어떤 술집에서 시간을 죽이고 있었다. 마드리드와 바르셀로나 중간쯤 되는 곳이었다. 노인 몇 명이 색깔 있는 낮은 잔으로 와인을 마시고 있었다. 술집에는 포켓 당구대가 있었다. 나는 그 당구대로 가서 혼자 당구를 쳤다. 옛날 하와이에서 살 때 할아버지와 술집에서 당구를 치던 생각이 났던 것이다. 그때 함께 당구를 치던 사람들은 뚜쟁이나 매춘부 들이었고 백인은 할아버지가 유일했다.

얼마 뒤 다시 내 자리로 돌아왔다. 그때 성긴 양모 스웨터를 입은 남자가 다가오더니 커피를 한 잔 사겠다고 했다. 그 남자는 영어를 할 줄 몰랐고 스페인어도 나보다 별로 잘하지 못했다. 하지만 미소가 매력적이었고, 누군가와 함께 있고 싶은 마음이 간절해 보였다. 그는 바 앞에 선 채로 자기는 세네갈 출신이며, 계절이 바뀔 때마다 일자리를 찾아서 여기저기 떠돌아다닌다고 했다. 그러면서 지갑을 꺼내 네 귀가 너덜너덜하게 닳은 사진 한 장을 보여주었다. 젊은 여자였는데 얼굴선이 둥글둥글하고 부드러웠다. 그는 사진의 주인공이 자기 아내라고 했다. 헤어지기 싫었지만 세네갈에 두고 떠나올 수밖에 없었다고 했다. 돈을 웬만큼 모으면 다시 만나서 함께 살 거라고 했다. 그리고 정기적으로 편지를 쓰고 돈을 부친다고 덧붙였다.

우리는 바르셀로나까지 함께 버스를 타고 갔다. 둘 다 말은 많이 하지 않았다. 하지만 그는 운전사 머리 위쪽에 매달린 텔레비전-비디오 겸용기를 보며 프로그램에 나오는 농담들을 설명해 주려고 애썼다. 동이 트기 직전에 우리는 어떤 낡은 정류소에서 내렸다. 그가 눈짓으로 한 곳을 가리켰다. 길가에 서 있는 키 작고 뚱뚱한 야자나무였다. 그는 가방에서 칫솔과 빗과 물병을 꺼냈다. 우리는 아침 안개 속에서 그것으로 함께 세수를 하고 머리를 빗었다. 그러고는 각자 가방을 메고 마을을 향해 걸어갔다.

그의 이름이 뭐였더라? 기억이 나지 않았다. 그의 존재는 그저 멀리 고향을 떠난 가난한 남자 그리고 과거 식민지 시대의 수많은 자식 가운데 한 사람이며, 지금은 옛 주인의 담장을 뛰어넘어 닥치는 대로 자기만의 초라한 침범을 일삼는 사람으로밖에 내 기억에 남아 있지 않았다. 하지만 람블라스를 향해 함께 걸어갈 때 나는 그가 세상의 그 어떤 사람보다 더 잘 아는 사람인 듯한 느낌을 받았다. 지구 반대편에서 살다가 만났지만 우리는 같은 곳을 향해 걸었다. 그러다가 어느 지점에서 헤어질 때, 나는 한동안 그 자리에 서서 그의 홀쭉한 뒷모습, 그의 밭장다리가 더는 보이지 않을 때까지 지켜보았다.

그때 마음 한구석에 이런 생각이 들었다. 이 남자와 동행하면서 또 다른 푸른 새벽들을 만나고 싶다고. 하지만 또 한구석에서는 그런 바람 또한 노땅의 이미지나 아프리카의 이미지만큼 단편적인 낭만에 지나지 않는다는 사실을 분명하게 알고 있었다. 이런 마음속의 실랑이가 벌어지고 난 한참 뒤에 나는 세네갈 출신의 그 남자가 나에게 커피를 사주고 물을 줬다는 사실을 새삼스럽게 떠올렸다. 그건 상상이 아니라 분명히 현실에 있었던 일이었다. 우연한 만남, 공통된 배경, 작은 친절 등은 어쩌면 누구에게나 일어날 수 있는 일인지도 모른다.

난기류를 만나 비행기가 잠시 덜컹거렸다. 얼마 뒤 스튜어디스가 식사를 가지고 왔기에 옆자리의 영국 청년을 깨웠다. 그는 식사하는 동안 맨체스터에서 성장한다는 게 어떤 것인지 구체적으로 설명했다. 얼마 뒤 졸음이 몰려왔고, 나는 자다 깨기를 반복했다. 마지막으로 잠이 깼을 때는 스튜어디스가 세관 관련 서류를 승객들에게 나눠주고 있었다. 곧 착륙한다고 했다. 바깥은 아직 어두웠다. 하지만 안경을 눈에 바짝 대고 보니 비행기 아래로 반딧불처럼 희미하게 불빛들이 보였다. 그리고 점차 도시의 전경이 드러나기 시작했다. 얼마 뒤에는 동쪽 지평선의 한 줄기 긴 햇살을 배경으로 검은색 구릉들이 나타났다. 마침내 비행기가 아프리카 땅에 착륙했다. 하늘에는 엷은 구름이 높이 떠 있었다. 구름의 아랫부분이 아침 햇살을 받아 붉게 타오르고 있었다.

•

케냐타 국제공항은 거의 비어 있었다. 입국 심사대의 직원은 커피를 마시며 내 여권을 확인했고, 가방을 토해낸 수화물 벨트는 삐걱거리는 소리를 내며 돌아가고 있었다. 하지만 내가 맡긴 가방은 보이지 않았다. 아우마도 보이지 않았다. 나는 내가 직접 들고 온 여행가방에 앉아서 담배에 불을 붙였다. 그런데 얼마 뒤, 곤봉을 든 안전요원이 내게 뭐라고 말했다. 금연 구역에서 담배를 피운다고 뭐라 그러는 줄 알고 두리번거리며 재떨이가 있는지 살폈다. 그러자 안전요원이 미소를 지으며 담배 한 개비 얻어 피울 수 있느냐고 했다. 나는 그에게 담배를 건네고 불을 붙여주었다.

"케냐에 처음 오셨군요. 맞죠?"

"맞습니다."

"그럴 줄 알았습니다."

그는 내 곁에 쭈그리고 앉았다.

"미국에서 왔죠? 어쩌면 내 조카를 알지도 모르겠네요. 샘슨 오티에노인데, 텍사스에서 기계공학을 공부합니다."

그래서 나는 텍사스에 한 번도 간 적이 없으며, 따라서 그의 조카를 만났을 가능성은 거의 없다고 말했다. 내 말에 실망했는지 그는 아무 말도 하지 않고 연거푸 연기만 내뿜었다. 어느새 같은 비행기를 타고 온 승객들은 모두 짐을 찾아가고 나만 혼자 남았다. 안전요원에게 더 나올 가방이 있느냐고 물었다. 그는 고개를 내저었다.

"아닐걸요. 여기 기다리고 있어 봐요. 내가 가서 도와줄 사람을 찾아볼 테니까요."

그가 자리를 떠나고 난 뒤 기지개를 폈다. 나를 환영하는 사람들이 옆으로 길게 늘어서서 활짝 웃으며 반갑게 손을 흔들 거라는 떠들썩한 환영 행사에 대한 기대는 일찌감치 사라지고 없었다. 피곤했다. 공중전화를 찾아서 두리번거리는데, 아까 그 안전요원이 눈부시게 아름다운 흑인 여자를 데리고 다시 나타났다. 브리티시 항공사 제복을 입은, 180cm 가까운 키에 늘씬한 몸매의 그 여자는 자기 이름이 오모로이며, 내 짐은 착오가 생겨 요하네스버그까지 간 것 같다고 설명했다.

"불편을 끼쳐드려서 정말 죄송합니다. 이 서류에다 성함과 기타 필요한 사항들을 적어주시면 다음 비행기가 오는 대로 짐을 부쳐드리겠습니다."

여자가 내민 서류의 빈칸을 모두 채워서 돌려주었다. 그러자 여자는 혹시 빠진 데가 없나 훑어보더니 이렇게 물었다.

"혹시 오바마 박사와 친척이신가요?"

"네……. 그분 아들입니다."

오모로는 얼굴에 미소를 띠면서 말했다.

"박사님이 그렇게 돌아가셔서 저도 정말 안타까워요. 박사님은 우리 아버지와 친한 친구 사이셨어요. 제가 어릴 때 우리 집에도 자주 놀러 오셨고요."

우리는 내 여행을 화제로 이야기를 나누었다. 그녀는 영국에서 공부한 이야기를 했고, 미국에 한번 가보고 싶다는 이야기도 했다. 나는 그녀와의 대화를 어떻게든 더 늘리고 싶었다. 그녀의 미모에 반하기도 했지만, 그보다는 그녀가 내 이름을 알고 있다는 사실 때문이었다(그녀는 결혼을 약속한 남자가 있다는 말도 했다). 내 이름을 처음 듣고 이전에도 그 이름을 들어본 적이 있다고 한 경우는 그때까지 단 한 번도 없었다. 하와이에서도 그랬고, 인도네시아에서도 그랬고, 로스앤젤레스나 뉴욕 혹은 시카고에서도 그랬다. 오모로가 내 이름을 보고 내 아버지의 아들임을 알아주었을 때, 나는 난생처음 이름의 정체성이 가져다줄 수 있는 안도감을 느꼈다. 이름이 그 사람의 역사 가운데 하나를 설명해준다는 사실을 그때 처음으로 절실하게 느낀 것이다. 케냐에서는 바라크라는 이름을 댈 때 철자를 어떻게 쓰느냐고 묻거나 '비애력'이라고 혀를 굴릴 사람이 없었다. 내 이름은 케냐에 속했고, 나 역시 거미줄처럼 얽힌 좋고 나쁜 온갖 인간관계를 통해 케냐에 속해 있었다.

"바라크!"

누가 나를 불렀다. 아우마의 목소리였다. 소리가 나는 쪽으로 돌아섰다. 아우마가 아까 그 안전요원이 아닌 다른 안전요원에게 가로막힌 채 깡충깡충 뛰고 있었다. 나는 오모로에게 잠깐 실례한다고 말하고는 아우마에게 달려갔다. 그리고 우리 두 사람은 맨 처음 만났을 때 그랬던 것처럼 바보들같이 큰 소리로 웃으며 얼싸안았다. 곁에서 갈색 피부에 키 큰 여자가 미소를 지으며 우리를 바라보았다. 아우마가 그 여자를 소개했다.

"바라크, 이분은 제이투니 고모셔."

"어서 오너라. 여기가 네 고향이다."

제이투니는 내 양쪽 뺨에 키스했다. 나는 두 사람에게 내 짐이 요하네스버그로 가버렸다는 말을 하고, 노땅에 대해서 잘 안다는 사람이 있다고 말했다. 그런데 돌아보니 오모로는 어느새 가버리고 없었다. 안전요원에게 오모로가 어디로 갔는지 물었다. 그는 어깨를 으쓱하면서 아마 퇴근했을 거라고 말했다.

●

아우마의 자동차는 하늘색 폭스바겐 비틀이었다. 이야기를 듣고 보니 아우마는 이 자동차로 수지맞는 장사를 한 셈이었다. 케냐 국민이 외국에 나갔다가 입국할 때는 자동차 한 대까지는 세금을 따로 내지 않고 들여올 수 있었다. 그래서 이 비틀을 가지고 들어왔고, 나이로비 대학교에서 강의하는 동안 타고 다니다가 독일로 다시 갈 때 팔 생각이라고 했다. 선적 비용이 충분히 빠지고, 게다가 적긴 하지만 이문까지 챙길 수 있다고 했다. 하지만 소리를 들어보니 엔진에 벌써 문제가 있었다. 게다가 소음기까지 달려 있지 않았다. 공항으로 오는 길에 떨어져버렸다고 했다. 4차선 도로에 올라서자 아우마는 두 손으로 핸들을 꽉 잡고 긴장했다. 나는 그 모습을 보고 웃음을 터뜨렸다.

"이러다가 내려서 차를 밀어야 하는 거 아냐?"

그러자 제이투니 고모가 얼굴을 찌푸렸다.

"배리, 이 차에 대해서 그렇게 말하면 안 돼. 얼마나 아름다운 찬데 그러니? 칠만 새로 하면 돼. 사실, 아우마가 떠날 때 이 차를 나한테 주기로 벌써 약속했어."

아우마가 고개를 도리도리 저었다.

"고모 지금 거짓말하시는 거야, 바라크. 그 이야기는 나중에 하기로 했잖아요."

"나중에 무슨 이야기를 또 하니?"

고모는 내게 눈을 찡긋한 뒤에 계속 말했다.

"다시 한번 말하지만 최고가로 계산해 줄게. 걱정 마."

그리고 두 사람은 거의 동시에 내게 여행은 어땠느냐고 물었다. 그리고 자기들이 마련한 계획을 이야기하고 내가 만나야 할 사람들의 이름을 하나씩 열거했다. 길 양쪽으로 드넓은 평원이 펼쳐졌다. 대부분 사바나였고, 간간이 지평선을 배경으로 가시나무가 서 있었다. 원시 풍경 그대로였다. 그러다가 점차 교통량이 많아졌다. 사람들도 많아졌다. 다들 일터로 출근하는 사람들이었다. 아직은 서늘한 기온이라 남자들은 얇은 옷의 단추를 모두 채웠고, 여자들은 밝은 색깔 스카프를 머리에 두르고 있었다. 차들은 꾸불꾸불한 길을 따라 군데군데 움푹 팬 웅덩이 위로 덜컹거리며 지나갔고, 불쑥불쑥 앞을 막아서는 자전거와 보행자를 피해야 했다. 그리고 금방이라도 고장이 나서 설 것 같은 소형 버스 마타투들은 거리의 승객이 손을 들 때마다 아무런 예고도 없이 그냥 브레이크를 밟으며 섰다.

난생처음 보는 풍경이었지만 이상하게도 예전에 몇 번 와본 거리처럼 낯설지 않았다. 그때 인도네시아의 아침 풍경이 떠올랐다. 어머니와 롤로는 그때 자동차 앞자리에서 대화를 나누었다. 나무 타는 냄새와 디젤유 타는 냄새가 그때와 똑같았다. 아침 출근길의 평온함도 똑같았고, 새날을 맞아 일터로 가는 사람들의 표정도 똑같았다. 이들 역시 오늘도 잘될 거라는 기대와 함께 어쩌면 운수대통해서 멋진 일이 일어날 지도 모른다는, 혹은 적어도 나쁜 일은 일어나지 않을 거라는 기대에 부풀어 있었다.

컴퓨터 프로그래머로 일하는 제이투니 고모를 직장 앞에 내려주었다. 그 건물은 멋없이 덩그렇게 크기만 했다. 고모는 차에서 내리기 전에 내 뺨에 다시 한번 키스하고는 아우마에게 집게손가락을 흔들어 보였다.

"너, 배리 조심해서 데리고 다녀라. 알았지? 배리를 다시 잃어버렸다가는 가만 안 둬."

다시 고속도로로 향할 때, 고모가 나를 잃어버린다고 한 말이 무슨 뜻이냐고 물었다. 아우마는 어깨를 으쓱한 뒤에 이렇게 말했다.

"그냥 일상적인 표현이야. 보통 어떤 사람을 한동안 보지 못했을 때 그런 말을 써. '널 잃어버렸잖아'라거나 '길 잃지 마라'라고. 그런데 때로는 더 심각한 의미로 쓰기도 해. 예를 들어서 남편이나 아들이 어떤 도시로 갔다고 쳐. 보스턴에 사는 오마르 삼촌처럼 말이야. 떠날 때는 학업을 마치는 대로 돌아온다고 약속해. 그리고 자리를 잡으면 편지를 쓰겠다고 해. 처음에는 한 주에 한 번씩 편지를 부쳐. 그 뒤로는 한 달에 한 번이 되고, 그러다가 결국은 편지가 딱 끊겨. 다시는 그 사람을 못 보게 되는 거지. 이럴 때, 비록 그 사람이 어디에 사는지 알고 있다하더라도 그 사람을 잃어버렸다는 표현을 써."

폭스바겐 비틀은 유칼립투스와 열대산 칡의 일종인 비아나 덩굴이 짙은 숲을 이룬 고갯길을 힘들게 올라갔다. 우아한 고가古家들이 울타리와 화단 너머로 보였다. 이런 집들은 한때 영국인들만 살았는데 지금은 대부분 정부 관리나 외국 대사관 직원들이 쓴다고 아우마가 말했다. 언덕 꼭대기에서 거의 직각으로 오른쪽으로 돌아 자갈로 포장된 길을 따라가다가 맨 끝 지점에서 차가 섰다. 오른쪽에 2층짜리 건물이 서 있었다. 대학 측이 직원들에게 빌려주는 아파트라고 했다. 아파트 아래쪽으로 넓은 잔디밭이 펼쳐져 있었다. 잔디밭 가운데는 바나나무 몇 그루가 서 있었고, 잔디밭 아래쪽으로는 크고 작은 바위들이 널린 넓은 계곡이 보였다. 그리고 그 계곡으로 물이 좁게 흐르고 있었다.

아우마의 아파트는 1층이었다. 프렌치 도어 덕분에 햇살이 실내로 잘 들어와 좁지만 무척 안락해 보였다. 구석구석에 책이 쌓여 있었고 벽에는 온갖 사진들이 걸려 있었다. 사진관에서 찍은 사진도 있었고 폴라로이드 사진도 있었다. 아우마의 침대가 놓인 벽에는 흑인 여자 사진이 담긴 대형 포스터가 걸려 있었다. 여자는 봉오리가 벌어지는 꽃을 향해서 고개를 쳐들고 있었다. 아랫부분에는 '나에게는 꿈이 있다'라는 글귀가 적혀 있었다.

"꿈이 뭔데?"

짐을 내려놓으면서 묻자 아우마가 웃었다.

"그게 바로 내 문제야. 꿈이 너무 많거든. 꿈이 많은 여자는 고생이 많다잖아."

긴 여행에 내가 무척 지쳐 보였던지 아우마는 자기가 강의하고 올 동안 우선 한숨 자두라고 했다. 나는 아우마가 준비해 둔 간이침대에 누워 창밖에서 들리는 벌레 울음소리를 들으며 잠이 들었다. 깨어나니 해질 무렵이었다. 부엌에서 바깥을 내다보니, 검은 얼굴의 원숭이 한 무리가 반얀나무 아래 모여 있었다. 나이 많은 녀석들은 밑둥치 부분에 앉아서 얼굴을 찌푸린 채 혹시 닥칠지도 모를 위험에 대비해서 경계를 늦추지 않았고, 어린 녀석들은 이리저리 뛰어다니며 장난을 쳤다.

세수를 한 뒤 차를 한 잔 마시려고 물을 올려놓은 다음 문을 열고 뜰로 나갔다. 원숭이들이 일제히 동작을 멈추고 나를 바라보았다. 조금 떨어진 곳에서 초록빛 새가 공기의 진동이 느껴질 정도로 거대한 두 날개를 퍼덕였다. 목이 긴 새 한 마리가 멋지게 하늘로 날아오르며 목구멍 깊은 곳에서 울리는 소리를 연이어 몇 차례 냈다. 그러고는 창공을 향해 멀리 날아갔다.

우리는 밤늦게까지 음식을 해먹으면서 그동안 궁금했던 소식들을 나누었다. 다음 날 아침에는 시내로 나갔다. 목적지를 정하지 않고 그냥 걸어다니면서 이것저것 구경했다. 나이로비 도심은 내가 예상했던 것보다 작았다. 식민지 시대의 건축물들이 거의 옛 모습 그대로 남아 있었다. 대신, 영국이 철도를 놓기 위한 전진 기지로 삼았던 당시의 초라한 나이로비 시절부터 있었던 건물은 세월의 풍파에 따라 외벽이 하얗게 변색되어 있었다. 그 건물들을 따라서 또 다른 도시가 형성되어 있었다. 고층 건물과 우아한 상점들, 애틀랜타나 싱가포르의 호텔과 비교해도 전혀 손색 없는 호텔들이 들어선 신도시였다. 두 개의 문화가 뒤섞인 모습은 놀라울 정도로 매력적이었다.

메르세데스 벤츠를 전시, 판매하는 매장 앞으로 머리를 빡빡 깎은 마사이족 여자들이 시장을 향해 걸어갔다. 그들은 호리호리한 몸매를 붉은색 슈카스로 감쌌고, 길게 늘인 귓불에 밝은색 구슬을 달고 있었다. 또 노천 사원으로 통하는 입구에서는 농부나 막노동꾼 들과 함께 오후 기도를 드리기 위해 은행 직원들이 앞부분이 뾰족한 구두를 벗고 발을 씻었다. 나이로비의 역사가 시간 순으로 정리되기를 거부하는 듯했다. 혹은, 과거와 현재가 끊임없이 소란스럽게 충돌하는 듯했다.

우리는 재래시장 안으로 들어갔다. 동굴과 같은 건물이었고 잘 익은 과일 냄새와 생고기 냄새가 났다. 건물 뒤쪽으로 이어진 통로에서는 상인들이 저마다 옷이며 바구니며 황동으로 만든 장식품이며 그 밖의 신기한 물건들을 사라고 외쳤다. 나는 작은 목공예품들이 진열된 한 가게 앞에 섰다. 오래전 아버지가 나에게 선물한 것과 똑같은 공예품이 있었다. 코끼리, 사자, 전통 머리 장식을 하고 북을 치는 사람. 아버지는 그것들을 그냥 작은 물건일 뿐이라고 했었다.

"들어오세요, 손님."

젊은 남자가 말을 걸었다.

"아내에게 선물하시면 좋을 아름다운 목걸이가 있습니다."

"아내가 아니라 누납니다."

"누나가 정말 미인이시군요. 들어오세요. 이게 누나한테 잘 어울릴 겁니다."

"얼마지요?"

"500실링밖에 안 합니다. 아름답죠?"

아우마가 얼굴을 찌푸리면서 스와힐리어로 그 남자에게 뭐라고 했다. 그러고는 나에게 이렇게 말했다.

"저 남자가 지금 너한테 바가지를 씌우려는 거야. 백인에게 파는 값을 부른 거라고."

남자가 싱긋 웃었다.

"미안하게 됐습니다. 케냐 사람에게는 300실링에 팝니다."

가게 안에서 유리구슬을 꿰고 있던 늙은 여자가 나를 가리키며 아우마에게 뭐라고 말했다. 아우마가 미소를 지었다.

"뭐라고 하는데?"

"자기 눈에는 네가 미국인으로 보인대."

"그녀에게 내가 루오족이라고 얘기해."

나는 손으로 내 가슴을 탕탕 치면서 말했다.

여자는 웃으면서 아우마에게 내 이름이 뭔지 물었다. 대답을 듣자 여자는 더 크게 웃었다. 그러고는 나더러 자기 옆에 서보라고 하더니 내 손을 잡았다.

"아무래도 루오족처럼 보이지 않는대. 하지만 얼굴은 친절해 보인대. 그리고 자기 딸이 하나 있는데 한번 만나보는 게 좋겠다고 해. 음료수를 사준다면 500실링에 목각 인형 두 개와 자기가 만든 목걸이를 주겠대."

젊은 남자가 음료수를 사러 갔고, 나와 아우마는 여자가 가져온 나무 의자에 앉았다. 그녀는 장사를 해서 먹고살기가 얼마나 힘든지 이야기했다. 가게 사용료를 정부에 얼마나 내야 하는지 이야기했고, 마을에는 농사지을 땅이 없어서 다른 아들 하나는 군에 입대했다는 이야기도 했다. 가게 안에는 또 다른 여자가 염색된 밀짚으로 바구니를 짜고 있었다. 그리고 그 여자 옆에는 한 남자가 가방에 달 끈이나 손잡이 따위로 쓰려고 가죽을 자르고 있었다.

나는 구슬을 꿰고 밀짚을 엮고 가죽을 자르는 민첩한 손놀림을 바라보며 시장에서 나오는 온갖 소리들을 배경으로 펼쳐지는 여자의 목소리에 귀를 기울였다. 그런데 어느 한순간, 세상이 완전히 투명하게 보였다. 나는 변하지 않는 일상의 리듬을 상상하기 시작했다. 아침에 일어날 때마다 모든 것이 어제와 다름없고, 자기가 사용한 물건들이 어떻게 만들어졌는지 알 수 있는 세상. 또 그 물건들을 만든 사람들의 삶을 충분히 알 수 있고, 컴퓨터나 팩시밀리가 없어도 그 모든 것이 단단하게 밀착해서 결코 허물어지지 않을 거라고 믿을 수 있는 세상. 그런 단단한 땅을 상상하기 시작했다.

검은 얼굴들이 늘 그렇듯이 내 눈앞을 지나간다. 어른, 아이, 갓난아기까지. 아름다운 얼굴들이다. 저 얼굴들을 바라보니, 아잔테 혹은 아프리카 땅을 처음 밟은 미국 흑인이 경험했던 인식의 변화가 무엇인지 알 것 같다. 몇 주 혹은 몇 달 동안, 누군가로부터 따가운 눈총을 받지 않아도 되는 자유를 누릴 수 있다. 내 머리카락이 원래부터 그런 식으로 자라게 되어 있다는 사실, 엉덩이가 원래부터 그런 식으로 실룩거리게 되어 있다는 사실을 아무 거리낌 없이 믿어도 되는 자유를 누릴 수 있다. 일간 신문 1면에 대문짝만하게 실린 범죄 기사를 읽을 때, 혹시나 범인이 흑인이라는 자기 처지에 대해서 뭐라고 말하지 않았을까 불안하게 마음을 졸이지 않아도 되는 자유를 누릴 수 있다. 여기 이 세상은 검다. 나는 그냥 나일 뿐이다. 자기 자신은 물론이고 그 누구를 배신하지 않고서도 자기 삶에 충실할 수 있다.

이런 순간을 조금도 훼손하지 않고 고스란히 미국으로 가져갈 수 있다면 얼마나 좋을까. 젊은 남자가 아우마의 목걸이를 포장하듯이 그렇게 손쉽게 포장해 미국으로 가져가서 필요할 때마다 펼칠 수 있다면 얼마나 좋을까.

물론 불가능한 일이었다. 음료수를 다 마신 뒤 우리는 돈과 물건을 주고받았다. 그리고 시장에서 나왔다. 나의 상상도 거기서 끝났다.

우리는 키마씨 거리로 향했다. 거리 이름인 키마씨는 마우마우*의 지도자 이름에서 딴 것이었다. 키마씨에 대해서는 시카고를 떠나기 전

● 영국 식민지 시절 케냐의 키쿠유족이 1950년경에 조직한 무장 독립 투쟁 단체.

에 이미 책으로 읽었고 그의 사진도 기억하고 있었다. 그들은 숲에 살면서 은밀한 투쟁의 서약을 국민에게 확산시켰다. 말하자면 전형적인 게릴라 활동을 한 것이다. 키마씨를 비롯한 마우마우 지도자들은 영국군에 복무한 전력이 있었는데, 그들이 채택한 전략은 매우 현명했다. 그들이 서구 식민주의자들에게 드러내고자 했던 이미지는 공포였다. 낫 터너가 남북전쟁 전에 남부에서 불러일으켰던 공포와 같은 것이었고, 시카고 뒷골목에서 마약에 찌든 흑인들이 중산층 백인들의 마음에 불러일으키는 공포와 같은 것이었다.

물론 마우마우는 케냐의 과거 속에 존재했다. 키마씨는 사로잡혀서 처형당했다. 하지만 함께 무장 투쟁을 했던 케냐타는 감옥에서 석방되었고, 나중에 케냐의 초대 대통령이 되었다. 대통령이 되자마자 그는 케냐를 떠나려고 짐을 싸던 백인들에게 이렇게 발표했다. 흑인이 정부를 세우고 구성한다는 원칙만 훼손하지 않는다면, 백인의 재산과 사업체를 국유화하지 않을 것이고, 토지를 포함해서 백인들이 가지고 있는 모든 재산을 인정하겠다고. 서구의 눈으로 볼 때 케냐는 아프리카에서 가장 모범적인 국가가 되었다. 혼돈 상태에 빠진 우간다나 사회주의를 실현하려다 실패하고 만 탄자니아와 비교하면 가장 안정적이고 유용한 모델이 되었다. 독립운동을 하던 사람들이 집으로 돌아와 공무원이 되거나 의회에 진출했다. 키마씨는 거리의 이름이 되어 관광객들 앞에 나섰다.

아우마와 나는 뉴스탠리 호텔의 노천 카페에서 점심을 먹기로 하고는 자리를 잡고 앉아서 관광객들을 구경했다. 관광객들은 세계 각지에서 왔다. 독일, 일본, 영국, 미국……. 사진을 찍고, 소리쳐 택시를 부르고, 행상을 피하는 관광객들은 하나같이 사파리 복장을 하고 있었다.

그러고 보니 마치 영화 촬영장에 동원된 엑스트라들 같기도 했다. 어린 시절 하와이에서 나와 친구들은 창백한 피부와 말라깽이 다리를 드러낸 채 선탠을 한다고 누워 있던 관광객들을 비웃으며 우리가 우월한 존재라는 자부심을 드러내며 으스대곤 했다. 그런데 여기 아프리카에서는 관광객들이 그다지 우스워 보이지는 않았다. 어쩐지 잠식당하고 침략당한다는 느낌이 들었다. 그들의 순진함에서 어떤 모욕감을 느낄 수 있었다. 그들은 아무런 내적 갈등도 겪지 않고 또 자의식의 상처에 아파하는 일 없이, 나나 아우마가 전혀 경험하지 못했던 자유를 마음껏 누린다는 생각이 문득 들었다. 남의 땅에 와 있지만 그들에게는 그런 의식이 전혀 없었다. 남의 땅이 아니라 자기 땅이라는 확신이 그들에게는 있었다. 그것은 제국주의 문화에서 태어난 사람들만이 가질 수 있는 확신이자 자신감이었다.

미국인 가족이 우리 자리에서 조금 떨어진 곳에 앉았다. 흑인 웨이터 두 명이 잽싸게 달려갔다. 두 사람 모두 입이 귀에 걸리도록 미소를 지었다. 우리에게는 아직 주문을 받지도 않았던 터라 나는 두 사람에게 손짓했다. 하지만 그들은 주방 부근에 서 있기만 했다. 나는 그들이 내 손짓을 못 봤겠거니 하고 생각했다. 두 사람은 한동안 내 시선을 외면하고 서 있더니 마침내 나이 많은 웨이터가 터덜거리는 걸음으로 다가와서는 메뉴판 두 개를 내려놓고 갔다. 어쩐지 화가 난 듯한 태도였다. 그리고 메뉴판을 던져주고 간 뒤로 다시 몇 분이 지났지만 주문을 받으러 오지 않았다. 아우마의 얼굴이 분노로 일그러지기 시작했다. 나는 다시 손짓해서 웨이터를 불렀다. 다가온 웨이터는 주문 내용을 받아 적으면서도 끝까지 말 한마디 하지 않았다. 그런데 그때, 아직 포크 구경도 하지 못한 우리와 달리 미국인 가족이 앉은 테이블에는 벌써 음식이 담긴 접시가 놓이고 있었다. 금발을 뒤로 잘록하게 묶은 여자 아이가 여기는 왜 케첩을 주지 않는지 모르겠다고 투덜거리는 소리가 들렸다. 결국 아우마가 자리에서 일어났다.

"가자."

그녀는 앞장서서 뚜벅뚜벅 걸어갔다. 그러다가 갑자기 돌아서서 그 웨이터에게 다가갔다. 웨이터는 도대체 왜들 이러나 하는 얼굴로 우리를 바라보았다.

"부끄러운 줄 아세요!"

아우마가 웨이터에게 말했다. 그녀의 목소리는 떨리고 있었다.

"부끄러운 줄 알라고요?"

웨이터가 스와힐리어로 퉁명스럽게 뭐라고 대꾸했다.

"난 댁이 얼마나 많은 식구를 먹여 살려야 하는지 관심 없어요. 아무리 그래도 동족을 길거리에 돌아다니는 개처럼 대해선 안 된다고요!"

아우마는 지갑을 열고 100실링짜리 지폐를 꺼냈다.

"잘 보세요! 나도 돈이 있어요! 밥값을 낼 수 있다고요!"

그녀는 지폐를 땅에 던지고는 홱 돌아서서 걸어갔다.

우리는 한동안 어디를 가야겠다는 생각도 없이 그냥 걷기만 했다. 그러다가 중앙우체국 앞에 있는 벤치에 앉았다.

"괜찮아?"

아우마가 고개를 끄덕였다.

"바보 같긴. 아무리 그래도 돈을 집어던지면 어떡해."

아우마는 가방을 내려놓았다. 우리는 그렇게 앉아서 지나가는 사람들을 멍하니 바라보았다. 아우마가 먼저 입을 열었다.

"근데 있지, 내가 아프리카 여자랑 둘이 있으면 여기서는 나이트클럽에도 못 들어가. 우릴 창녀로 생각해서 못 들어오게 하는 거야. 고층 빌딩들도 마찬가지야. 이 빌딩에서 일하는 사람이 아니고 흑인이면, 무조건 왜 이 건물에 들어가려고 하는지 용건을 설명해야 돼. 하지만 독일인 친구와 함께 있다고 하면 무조건 오케이야. 활짝 웃는 얼굴로 인사까지 받는다고. '안녕하세요, 아가씨' '즐거운 시간 가지세요.'"

아우마는 머리를 절레절레 흔들었다.

"그러니까 케냐가 아무리 GNP가 높고, 인근의 다른 나라에서 살 수 없는 물건들을 쉽게 살 수 있다 하더라도 다른 나라 사람들은 케냐를 비웃어. 아프리카의 창녀라고 말이야. 돈만 주면 누구에게든 다리를 벌린다고."

나는 너무 과민하게 생각하는 것 아니냐고 말하며 자카르타나 멕시코시티 같은 데서도 마찬가지라고 했다. 불행한 경제적 여건 때문에 그런 것일 뿐이라고 했다. 하지만 집으로 돌아오는 길에, 내 말이 아우마가 느끼는 쓸쓸함에 조금도 위안이 되지 않음을 깨달았다. 그리고 아우마가 옳을지도 모른다는 생각이 들었다. 나이로비에 오는 관광객들이 야생동물만을 구경하려고 오는 게 아니라는 생각이 들었던 것이다. 어떤 관광객들은 케냐 사람들이 아무런 부끄러움도 없이 백인들을 떠받들던 안락한 그 시대를 재현해 주기 때문에 케냐를 찾았다. 그 시대는 소웨토나 디트로이트 혹은 메콩델타의 분노한 사람들(키마씨 같은 사람들)이 거리로 쏟아져 나와 범죄나 혁명의 소란스러움을 분출하기 이전의 순진했던 시대였다.

케냐에서 백인은 여전히 이자크 디네센Isak Dinesen*의 집을 아무런 위

---

* 〈아웃 오브 아프리카Out of Africa〉의 원작 소설을 쓴 덴마크의 작가.

험도 느끼지 않고 걸어다니며 남작 부인과의 신비로운 사랑을 상상할 수 있었다. 또, 로드 들라마르 호텔의 천장에서 여유롭게 돌아가는 선풍기 바람을 쐬며 진을 홀짝이고, 굳은 얼굴의 일꾼들에 둘러싸여 그날 사냥의 수확에 미소를 짓는 헤밍웨이의 사진들을 감상할 수 있었다. 흑인이 시중을 들어도 공포나 죄의식을 느끼지 않아도 되었다. 그리고 물가가 싸다는 사실에 다시 한번 놀라며 팁을 두둑하게 줄 수 있었다. 그리고 호텔 밖에서 서성이는 불결한 거지들 때문에 소화가 잘 안 된다 하더라도 소화를 촉진시킬 수 있는 방법쯤은 얼마든지 널려 있었다. 케냐는 그들의 나라였고, 우리는 단지 방문객일 뿐이었다.

그 웨이터는 이런 사실을 알고 있을까? 케냐가 백인의 나라라는 사실이 그에게 어떤 의미가 있을까? 옛날에는 의미가 있었을지도 모른다고 생각했다. 그는 영국 깃발이 내려가고 새로운 국가의 깃발이 올라가던 독립의 그 뜨거운 감격을 기억하고 있을지도 모른다. 하지만 그런 기억들은 이제 그에게 먼 옛날의 꿈같은 일로만 존재할지도 모른다. 그는 독립 이전에 이 나라를 지배했던 사람들이 지금도 여전히 이 나라를 지배한다는 사실을 알고 있을 것이다. 자기는 옛날과 다름없이 여전히 백인이 지은 호텔에서 잠을 잘 수 없으며 고급 식당에서 음식을 먹을 수 없다는 사실을 잘 알고 있을 것이다. 온 도시의 돈이 자기와 상관없이 높은 곳에서만 유통되고, 기술의 발전이 로봇의 입에서 온갖 상품들을 뱉어내게 만든다는 사실도 잘 알고 있을 것이다.

그 웨이터가 야망을 가지고 있다면 뉴어크*에 사는 컴퓨터 수리 기사나 시카고의 버스 운전사가 그러는 것처럼, 돈을 벌기 위해서라면

● 뉴저지에서 가장 큰 도시. 백인들이 교외로 이주하면서 흑인 인구 비율이 워싱턴 다음으로 높다.

백인의 언어를 배우고 백인의 기계를 다루는 법을 배우려고 최선을 다할 것이다. 때로는 열정을 쏟고 때로는 분노를 담아서. 대부분 마지막에는 체념하고 말지만. 만일 그 사람에게 '당신은 신식민주의자들을 위해서 일하고 있소'라고 한다면, 아마도 그는 이렇게 대답할 것이다. "그렇소. 그래도 일거리만 있다면 얼마든지 하겠소." 누구를 위해서 일하든 간에 일자리가 있는 사람은 그나마 다행이다. 이런 행운을 잡지 못한 사람들은 온갖 허섭스레기 같은 일에 몸을 맡겨야 한다. 그리고 그 속에서 익사하는 사람들을 수도 없이 보아야 한다.

하지만 그 웨이터가 그렇게만 생각하지 않을 수도 있다. 어쩌면 그는 마음 한구석에 마오마오의 투쟁을 여전히 소중하게 간직하고 있을지도 모른다. 밤이 되면 마을을 덮었던 정적과 어머니의 맷돌 가는 소리를 여전히 소중하게 기억하고 있을지도 모른다. 또 백인의 방식은 자기 방식이 아니며, 자기가 일상적으로 쓰는 것들은 자기가 만든 것이 아니라고 생각할 수도 있다. 그는 목숨을 걸어도 아깝지 않았던 어떤 순간을 기억하고 있다. 하지만 그 기억은 과거의 것이다. 그럼에도 그는 기억의 지배에서 벗어날 수 없다. 그렇기 때문에 그는 두 개의 세상에 양다리를 걸치고 있다. 어느 것에도 확신을 가지지 못한 채 끊임없이 불안하게 흔들린다. 하지만 어느 쪽이 끝을 알 수 없는 가난에서 자기를 구원해 줄지 재면서 목구멍까지 치미는 분노를 삭이려고 애쓴다.

어떤 목소리는 그 사람에게 '그렇다, 변했다'라고 말한다. 옛날 방식들은 용도 폐기되었으니, 가능한 한 빨리 자기 배나 불리라고 한다.

어떤 목소리는 '아니다'라고 말한다. 곧 온 대지를 불태워야 한다고 말한다.

저녁 때 우리는 동쪽으로 차를 몰아서 카리아코 아파트 단지로 향했다. 주변 지역이 모두 허름했다. 달은 짙은 구름 뒤로 숨었고 가랑비가 내렸다. 조명이 어두운 계단을 올라가는데, 한 남자가 날듯이 뛰어내려와서는 우리 곁을 지나, 군데군데 뜯겨나간 포장도로 위의 어둠 속으로 사라졌다. 층과 층 사이를 잇는 계단 세 개를 오른 뒤에 아우마는 어떤 문 앞에서 걸음을 멈추었다. 문은 조금 열려 있었다. 문을 밀고 안으로 들어갔다.

"배리! 드디어 네가 왔구나!"

땅딸막한 여자가 얼굴 가득 쾌활한 웃음을 띠며 내 허리를 세게 안았다. 그 여자 뒤로 열다섯 명 가까이 되는 사람들이 서 있었다. 마치 퍼레이드를 지켜보며 길가에 늘어선 사람들처럼, 모두 웃으면서 나를 향해 손을 흔들었다. 땅딸막한 여자가 나를 올려다보며 얼굴을 찌푸렸다.

"너, 내가 누군지 모르겠니?"

"아, 네……."

"내가 제인 고모다. 네 아버지가 돌아가셨을 때 전화한 사람이 바로 나야."

그녀는 미소를 지으면서 내 손을 잡았다.

"잘 왔다. 여기 있는 친척들은 다 만나야지. 제이투니는 이미 봤으니까 됐고, 이분은……."

제인이 초록색 무늬의 치마를 입은 잘생긴 늙은 여자 앞으로 나를 이끌었다.

"나한테 올케인 케지아. 아우마랑 로이한테는 어머니지."

케지아가 내 손을 잡았다. 그리고 스와힐리어로 뭐라고 말했다. 무슨 말인지 알아들을 수는 없었지만 그 말 속에 내 이름이 들어 있었다.

"또 다른 내 아들이 이제 집으로 돌아왔구나, 라고 하시네."

제인이 통역을 해주었다.

"내 아들."

케지아는 그 말을 영어로 몇 번이나 반복하면서 고개를 끄덕였다. 그리고 나를 잡아당겨 안았다.

"내 아들이 이제 집으로 돌아왔구나."

이어서 고모들과 사촌들, 조카들과 인사했다. 다들 쾌활한 표정으로 나를 반겼다. 모든 게 궁금하다는 얼굴이었다. 하지만 웬일인지, 난생처음 친척을 만나는 일이 그들에게는 날마다 벌어지는 행사라도 되는 것처럼, 어색한 구석은 조금도 찾아볼 수 없었다. 나는 아이들을 위해서 따로 초콜릿을 준비했는데, 그애들은 내가 누구인지 설명하는 어른의 말에 귀를 기울이면서 공손한 눈빛으로 나를 바라보았다. 그런데 열예닐곱쯤 되어 보이는 남자아이 하나가 벽에 기댄 채 경계하는 눈빛으로 나를 바라보고 있었다.

"쟤는 우리 동생 버나드."

아우마가 소개했다. 나는 버나드에게 다가갔다. 우리는 악수를 나누면서 서로의 얼굴을 자세히 들여다보았다. 무슨 말을 해야 할지 생각나지 않아서 잠시 당황하다가 가까스로 어떻게 지내느냐고 물었다.

"잘 지내…… 요……."

너무도 공손한 대답이었다. 그 바람에 사람들이 웃음을 터뜨렸다. 소개가 끝나자 제인이 나를 식탁으로 데리고 갔다. 작은 식탁 위에는 염소고기 카레, 생선튀김, 채소, 밥 등이 잔뜩 차려져 있었다. 식사를 하는 동안 사람들이 하와이에 있는 식구들의 안부를 물었다. 나는 시카고에서 내가 조직가로서 어떤 일을 하면서 사는지 이야기해 주었다. 사람들은 모두 고개를 끄덕이면서도 어쩐지 조금 당황스러워하는 표정이었다. 그래서 가을 학기에 하버드에서 법률을 공부할 예정이라는 말도 했다.

"오! 그것 참 좋은 일이구나."

제인이 카레에 있는 염소 뼈를 쪽쪽 빨면서 말했다.

"네 아버지도 거기서 공부했잖니, 하버드. 넌 우리 집의 자랑거리다. 네 아버지가 그랬던 것처럼 말이다. 버나드, 너도 잘 해. 형처럼 공부 열심히 하란 말이다."

"버나드는 유명한 축구 선수가 될 거래."

제이투니 고모였다. 내가 물었다.

"정말이니, 버나드?"

버나드는 사람들의 시선이 자기에게 쏠리는 게 불편한 듯 퉁명하게 말을 받았다.

"아냐. 그냥 축구를 했지 뭐. 그게 다야."

"그래. 그럼 우리 같이 축구 한번 하자."

버나드는 고개를 내저었다.

"지금은 축구보다 농구가 더 좋아. 매직 존슨Magic Johnson처럼 되고 싶어."

버나드는 진지했다.

식사를 하는 동안 사람들의 흥분이 가라앉았다. 아이들은 흑백 텔레비전 앞에 앉았다. 텔레비전에서는 대통령의 동정을 보도하고 있었다. 대통령께서 어떤 학교를 새로 만드셨고, 대통령께서 외국의 기자들과 공산주의자들을 비난하셨고, 대통령께서 '발전을 위한 길'로 힘차게 나가자고 격려하셨고⋯⋯. 나는 아우마와 함께 다른 방들을 돌아보았다. 아파트에는 침실이 두 개 있었는데, 둘 다 낡은 매트리스가 빼곡하게 깔려 있었다.

"이 집에 몇 명이나 살아?"

"정확하게는 나도 몰라. 늘 바뀌어. 제인 고모는 누구든 거절을 할 줄 모르시거든. 그래서 나이로비에 오는 친척이나 직업을 잃은 친척은 무조건 이 집으로 찾아와. 그러고는 오랫동안 여기서 머물기도 해. 아니면 아이들을 고모한테 맡기기도 하고. 노땅과 엄마는 버나드를 여기에 오래 맡겼어. 사실 제인 고모가 버나드를 키운 거나 다름없어."

"그럴 만한 여유가 있나?"

"전혀. 전화 교환원으로 일하시는데 월급이 얼마 안 돼. 그래도 얼굴을 찡그리시는 법이 없어. 고모는 아기를 가질 수가 없어서 그런지 다른 집 아이들을 돌보면서도 불평 한번 안 하셔."

우리는 다시 거실로 나왔다. 나는 낡은 소파에 앉았다. 부엌에서는 제이투니가 여자아이들과 설거지를 하고 있었다. 몇몇 아이들은 내가 가지고 온 초콜릿을 놓고 다투었다. 나는 내 눈에 비치는 풍경을 천천히 음미했다. 낡아빠진 가구들, 해가 지난 달력, 바랜 사진들, 파란색 리넨 장식천 위에 놓인 도자기 인형. 앨트겔드에 있는 아파트의 풍경과 전혀 다르지 않았다. 아버지는 없고 어머니와 딸과 아이들이 있다는 것도 같았고, 여자들의 수다와 텔레비전도 같았으며, 음식을 만들고 설거지를 하고 아픈 사람이나 상처받은 사람을 위로하는 것도 같았다.

10시쯤 그들과 작별했다. 모든 친척들을 돌아가면서 방문하겠다는 약속도 했다. 그런데 제인 고모가 문밖까지 따라 나와서는 행여 누가

들을까 봐 속삭이듯이 아우마에게 말했다.

"너, 배리를 데리고 사라 고모한테 찾아가 봐야 한다."

그리고 나에게는 이렇게 말했다.

"사라 고모는 네 아버지의 큰누나야. 너를 무척 만나고 싶어 하실 거야."

"당연히 가야죠. 근데 왜 오늘 안 오셨어요? 멀리 사시나요?"

제인이 아우마를 보았다. 두 사람 사이에 무언의 의사소통이 이루어지는 것 같았다. 이윽고 아우마가 말했다.

"가자. 차를 타고 가면서 이야기해 줄게."

도로는 비어 있었고, 비 때문에 미끄러웠다. 나이로비 대학교 옆을 지나갈 때쯤 아우마가 그 이야기를 했다.

"제인 고모 말이 맞아. 사라 고모한테 인사를 드려야지. 하지만 나는 안 따라갈 거야."

"왜?"

"노땅이 남긴 재산 때문에 문제가 복잡해. 아버지 유언이 잘못되었다고 문제 삼는 사람들이 있는데, 사라 고모도 그중 한 사람이야. 사라 고모는 사람들에게 로이와 버나드 그리고 나는 노땅의 자식이 아니라고 하셔."

아우마가 한숨을 쉬었다.

"나도 잘 모르겠어. 어떻게 보면 고모가 불쌍하기도 해. 여태까지 줄곧 힘들게 살아오셨거든. 아버지에게는 기회가 여러 번 있었지만 고모에게는 그런 기회가 한 번도 없었으니까. 공부할 기회도 없었고 외국으로 갈 기회도 없었고. 그게 앙금으로 남았던가 봐. 고모는 지금 당신의 처지가 그런 게 우리 엄마나 내 책임이라고 생각하셔."

"노땅이 남긴 재산이 얼마나 되는데?"

"많지도 않아. 정부에서 주는 연금 조금, 별 가치도 없는 땅 조금. 나는 발을 빼고 모른 척하려고 해. 얼마나 되는지는 몰라도 변호사비 주고 나면 한 푼도 안 남을 거야. 아마 지금쯤 벌써 제로가 되었을지도 몰라. 근데 모든 사람들이 노땅한테 너무 많은 걸 기대했어. 노땅은 가진 게 한 푼도 없었을 때조차도 자기가 엄청나게 많은 재산을 가진 것처럼 말하고 다녔으니까. 그래서 사람들은 지금도 자기 앞길을 스스로 꾸려갈 생각을 하지 않고, 노땅이 무덤에서 벌떡 일어나 자기들을 구원해 줄 것처럼 믿으면서 서로 싸우고 있어. 버나드도 그런 태도에 물들었고. 똑똑하기는 진짜 똑똑한 녀석인데 온종일 아무것도 하지 않고 빈둥거리기만 한단 말이야. 학교도 때려치웠고, 그렇다고 일자리를 알아보려 하지도 않아. 원한다면 직업학교에 들어가라고 했어. 내가 도와주겠다고. 거기를 나오면 뭐라도 할 거 아냐. 그러겠대. 근데 말로만 그래. 교장 선생을 만나봤는지, 또 지원서를 썼는지 물어보면 아무것도 한 게 없어. 내가 옆에서 일일이 챙겨주지 않으면 아무것도 안 되겠다는 생각이 들어."

"내가 도움이 될지도 모르겠네."

"그래. 너라면 얘기가 통할지도 모르지. 하지만 너도 노땅이 남긴 유산 가운데 하나라는 사실을 잊지 마. 넌 미국에서 왔잖아. 사라 고모가 널 만나고 싶어 하는 이유도 바로 그거야. 사라 고모는 네가 모든 것을 다 가졌다고 생각해. 그래서 내가 널 숨긴다고 생각하시지."

주차장에 차를 세울 즈음에 다시 비가 오기 시작했다. 아파트 건물 옆에 달린 외등 불빛이 아우마의 얼굴에 축축하게 젖은 그림자를 드리웠다.

"이 모든 게 너무 힘들어, 바라크. 독일에 있을 때 내가 얼마나 고향을 그리워했는지 모를 거야. 하지만 그때 내가 할 수 있는 건 그저 고향에 돌아가는 모습을 상상하는 것뿐이었어. 그때는 고향에 가면 더는 외로움을 느끼지 않을 거라고 생각했는데……. 가족들이 모두 여기 있으니까. 그런데 막상 돌아와보니, 다들 도와달라고 내게 손을 벌리잖아. 물에 빠진 사람들이 다들 나를 붙잡고 늘어져서 나까지 빠져 죽게 생겼어. 꼭 그런 기분이야. 내가 그 사람들보다 운이 좋았다는 것만으로도 꼭 죄인이 된 느낌이야. 나는 대학도 나왔지, 직업도 있지……. 하지만 내가 무얼 할 수 있겠니, 바라크? 난 그저 평범한 사람일 뿐이잖아."

아우마의 손을 잡았다. 우리는 그렇게 몇 분 동안 말없이 앉아 있었다. 빗줄기가 가늘어지고 있었다.

"꿈이 뭐냐고 물었지? 가끔 난 이런 상상을 해. 할아버지의 땅에 커다란 집을 짓는 거야. 아름다운 집을. 우리 가족이 모두 들어가서 살아도 될 만큼 큰 집이야. 할아버지가 그러셨던 것처럼 과일나무를 심을 수도 있어. 우리 아이들은 우리가 태어나고 자란 땅에 대해 잘 알게 될 거야. 루오족의 말도 배우겠지. 그리고 어른들에게서 루오족의 생활 습관도 배울 거야. 그 모든 것이 자기들 것이니까 말이야."

"그래. 우린 그렇게 할 수 있어."

그녀는 고개를 내저었다.

"그런데 무슨 생각이 들었는지 아니? 만일 내가 여기 없으면 그 집을 누가 돌보겠니? 물이 새거나 울타리가 망가졌을 때 누가 고치겠니? 내가 누구를 믿고 그 모든 걸 맡기겠니? 끔찍해. 그래, 이기적이야. 나도 알아. 이런 생각을 할 때마다 나는 노땅에게 화가 나서 미칠 것 같아. 우리를 위해서 왜 이런 집을 짓지 않았느냔 말이야. 우리는 노땅 자식들이잖아. 안 그러니? 왜 우리가 어른들을 돌봐야 하느냐고. 모든 게 거꾸로 되어버렸어. 나는 모든 걸 스스로 알아서 해야 했어. 버나드가 그랬던 것처럼, 또 지금도 그러는 것처럼. 난 이제 혼자 사는 데 익숙해졌어. 독일인처럼 말이야. 모든 게 잘 정리되어 있어. 뭔가 잘못된 게 있다면, 그래, 그건 내 책임이야. 돈이 있다면 가족에게 돈을 보내지. 그러면 그걸로 자기들 하고 싶은 걸 할 수 있어. 나는 이제 그 사람들에게 의지하지 않을 거야. 그 사람들도 이제 나에게 의지하려고 해선 안 돼."

"너무 외롭게 들린다."

"그래. 나도 알아 바라크. 그렇기 때문에 나도 친척들을 계속 만나는 거야. 계속 꿈을 꾸고."

●

이틀이 지났지만 잃어버린 짐은 돌아오지 않았다. 시내에 있는 항공사 사무소에서는 공항으로 전화를 해보라고 했다. 하지만 전화를 할 때마다 계속 통화 중이었다. 아우마는 직접 차를 타고 공항에 가보자고 했다. 공항의 브리티시 항공 데스크에서는 두 아가씨가 새로 문을 연 나이트클럽을 화제로 수다를 떨고 있었다. 나는 두 사람의 대화를 끊고 잃어버린 가방에 대해서 물었다. 그러자 아가씨 하나가 수북이 쌓인 서류를 뒤적거렸다.

"여긴 그런 기록이 없는데요?"

"다시 한번 봐주세요."

아가씨는 어깨를 으쓱했다.

"그러면 오늘 밤 자정에 다시 오세요. 요하네스버그에서 오는 비행기가 그때 들어오니까요."

"내가 듣기로는 지금 있는 주소지로 가방을 부쳐준다고 했는데요?"

"죄송합니다만 여긴 그런 기록이 없습니다. 정 그러시면 새로 서류를 한 장 쓰시든가요."

"오모로 양이 여기 있습니까? 내가 알기로는…….

"휴가 갔어요."

아우마가 나를 밀쳐내고 대신 나섰다.

"아가씨들은 잘 모르는 것 같으니까 다른 사람을 만나보겠어요. 누가 또 있나요?"

"다른 사람하고 이야기하고 싶다면 시내로 가세요."

아가씨는 퉁명스럽게 내뱉고는 친구와 아까 하던 이야기를 계속했다.

시내에 있는 브리티시 항공 사무소에 들어설 때까지 아우마는 계속 투덜거렸다. 항공사 사무소는 고층 빌딩에 입주해 있었다. 엘리베이터는 빅토리아 시대의 또렷한 영어 발음으로 몇 층인지를 알려주었다. 벽에 라이언 컵스*와 춤추는 아이들의 사진이 걸려 있고, 그 아래에 접수대가 있었다. 접수대의 여자는 공항에 가서 알아봐야 한다고 했다.

"책임자 좀 만납시다."

고함이 터져나오려는 걸 억지로 참으며 최대한 부드럽게 말했다.

"죄송합니다만 마두리 씨는 회의 중이십니다."

"이것 봐요, 아가씨. 우린 방금 공항에 다녀온 길이란 말입니다. 공항에서 우리더러 이리로 가라고 했다고요. 이틀 전에는 내 가방을 부쳐주겠다고 했고요. 그런데 이제 와서는 가방이 어디 있는지 어떻게 됐는지 아무도 모른다는 게 말이 돼요? 지금 내…….

나는 말을 끊었다. 더 말할 필요가 없었다. 여자는 내가 애원을 하든

● 미국지리학회에서 제작한 어린이 학습용 교재에 등장하는 사자 가족 캐릭터.

고함을 지르든 전혀 상관하지 않겠다는 태도로 딴전을 부렸다. 아우마와 나는 맥이 탁 풀렸다. 우리는 의자에 털썩 앉았다. 도대체 어떻게 해야 좋을지 알 수가 없었다. 그때 어떤 손 하나가 아우마의 어깨 위에 얹혔다. 파란색 재킷을 입은 흑인인데 강단이 있어 보이는 남자였다.

"어머 아저씨! 여기서 뭐 하세요?"

아우마가 그 남자를 나에게 소개했다. 우리의 먼 친척이라고 했다. 그는 해외여행을 가려고 하느냐고 물었다. 그래서 우리가 왜 거기에 갔는지 설명했다.

"그러니? 걱정하지 마라. 마두리는 나하고 친구야. 그 친구랑 점심을 먹으려고 여기 왔거든."

거기까지 말한 아저씨는 돌아서서 접수대로 걸어갔다. 접수대의 아가씨는 아까부터 우리의 대화를 듣고 있었다.

"마두리 씨는 선생님이 와 계신 줄 이미 알고 계십니다."

여자는 생글생글 웃으면서 말했다. 마두리라는 사람은 주먹코에 신경질적인 목소리를 가진 뚱뚱한 남자였다. 그는 우리가 하는 이야기를 들은 뒤에 곧바로 전화기를 들었다.

"여보세요? 나 마두리인데, 거기 누구야? 잘 들어. 지금 오바마 씨가 가방을 찾고 있어. 그래 오바마. 오바마 씨가 될 수 있으면 빨리 가방을 되찾고 싶어 한다고. ……뭐? 그래, 지금 당장 확인해 봐."

그가 전화를 끊고 몇 분이 지난 뒤에 전화벨이 울렸다. 다시 마두리의 지시가 떨어졌다.

"그래. 그럼 지금 당장 보내. 주소가……."

그는 아우마가 불러주는 주소를 그대로 일러준 뒤에 전화를 끊고는, 저녁 식사 전까지 가방이 도착할 거라고 했다. 그리고 이렇게 덧붙였다.

"문제가 생기면 다시 전화해요."

우리는 두 사람에게 몇 번이나 고맙다는 말을 하고는, 행운이 금방 불운으로 바뀔까 봐 두려워서 서둘러 작별 인사를 하고 나왔다. 아래층에는 케냐타의 대형 사진이 걸려 있었다. 나는 그 앞에 섰다. 그의 눈은 자신감과 교활함으로 번뜩였다. 보석으로 치장한 그의 커다란 손은 키쿠유족의 족장임을 나타내는 지팡이를 쥐고 있었다. 아우마가 곁에 와서 섰다.

"모든 게 시작되는 맨 꼭대기야. 대빵이니까. 그다음이 그의 부하들 그리고 그의 가족 그리고 그의 친구 그리고 그의 부족. 전화기를 원하든, 비자를 원하든, 일자리를 원하든 늘 마찬가지야. 친척이 누구냐, 누구를 아느냐, 이게 중요해. 아는 사람이 아무도 없다, 그럼 일찌감치 포기해야 돼. 너도 알다시피 우리 노땅은 이걸 전혀 이해하지 못했지. 당신은 공부도 많이 했고 영어도 잘하고 차트나 그래프에 대한 이해도 빠르니까 당연히 높은 자리를 차지할 줄 알았던 거지. 하지만 그게 아니었어. 권력이 어떻게 형성되어 있고, 그것을 얻으려면 어떻게 해야 하는지 이해하지 못했던 거야."

그 말에 나는 조용히 대꾸했다.

"길을 잃어버린 거네."

자동차를 세워둔 곳으로 걸어가는데, 아우마한테 들은 노땅 이야기가 떠올랐다. 몰락해서 가난하게 살던 시절의 일이었다. 어느 날 저녁, 노땅이 아우마에게 가게에 가서 담배를 사오라고 했다. 아우마는 집에 돈이 한 푼도 없다고 했다. 그러자 노땅이 아우마를 딱하다는 듯이 바라보고는 머리를 천천히 흔들었다. 그리고 이렇게 말했다.

"바보 같은 소리 말고, 가서 주인에게 네가 오바마 박사의 딸이라고 말해. 그리고 내가 나중에 돈을 줄 거라고 얘기해라. 그럼 된다."

아우마는 가게에 가서 노땅의 말을 그대로 전했다. 그러자 주인은 껄껄 웃더니 아우마를 가게 밖으로 밀어냈다. 집에 가기가 무서워진 아우마는 노땅의 도움으로 일자리를 얻은 어떤 사촌을 찾아갔다. 그 사촌이 아우마에게 담배 살 돈 몇 실링을 빌려주었다. 그 돈으로 담배를 사서 집에 오니, 노땅은 담배를 받아들면서 왜 이렇게 늦었냐며 아우마를 나무랐다. 그리고 담뱃갑의 포장을 뜯으면서 이렇게 말했다.

"이제 알겠니? 여기 사는 사람들 가운데 오바마를 모르는 사람은 아무도 없다."

아우마와 나란히 번잡한 인도를 걸어가는 동안, 아버지가 우리 곁에 실제로 존재하는 듯한 기분이 들었다. 파란색 반바지와 한 치수는 더 커 보이는 신발 사이의 가늘고 검은 다리를 피스톤처럼 빠르게 놀려서 우리 곁을 지나쳐 달려가는 초등학생들에게서 아버지의 모습이 보였다. 달콤한 크림 홍차를 마시면서 사모사*를 먹는 남녀 대학생에게서 아버지의 목소리가 들렸다. 공중전화 부스에서 한쪽 귀를 손으로 막고 다른 쪽 귀에 수화기를 댄 채 고함을 지르는 어떤 기업인의 담배 연기 속에서 아버지의 냄새가 났다. 외바퀴 손수레에 자갈을 싣고 나르는 일용 노동자의 땀방울 속에, 그의 얼굴에, 흙먼지가 범벅이 된 그의 벌거벗은 가슴에 아버지가 있었다. 비록 나에게 아무 말도 하지 않았지만 그는 분명 거기에 있었다. 그는 거기서 나에게 자기를 좀 더 이해해 보라고 했다.

● 감자와 야채로 만든 속을 넣어 기름에 튀기는 삼각형 모양의 만두.

16

　　현관 초인종이 울렸다. 버나드였고, 정확하게 10시였다. 하늘색 반
바지에 티셔츠 차림이었는데 티셔츠가 적어도 두세 치수는 작아 보였
다. 오렌지색 농구공을 든 버나드는 사뭇 도전적인 태도였다.

　　"준비됐어?"

　　"거의. 10초만 있으면 돼."

　　녀석은 아파트 안으로 들어와서 내가 공부하던 책상 쪽으로 왔다.
그러고는 머리를 절레절레 흔들었다.

　　"또 책 읽었구나. 여자가 지겹다고 하겠다. 책 읽는 데만 시간을 다
쓰면……."

　　나는 엉덩이를 바닥에 붙이고 앉아 운동화 끈을 매며 대답했다.

　　"벌써 그런 말 많이 들었어."

녀석은 농구공을 위로 던졌다가 받는 동작을 반복하면서 말했다.

"난 책에는 흥미가 없어. 나는 행동파야. 람보처럼."

나도 모르게 얼굴에 미소가 번졌다.

"좋아. 람보 좋지."

나는 문을 열고 나가면서 말했다.

"자, 달리기는 얼마나 잘하는지 한번 보자."

녀석은 말도 안 된다는 표정으로 나를 바라보았다.

"농구 코트 있는 데까지 얼마나 먼데. 차는 어딨어?"

"아우마가 타고 갔지."

나는 녀석의 등을 떠밀어 뜰로 내려선 뒤에 스트레칭을 했다.

"그래봐야 1.5km밖에 안 될 거라던데? 팔팔한 나이에 그 정도는 몸풀기 딱 좋은 거리잖아."

녀석은 내키지 않는 눈치였지만 그래도 나를 따라서 스트레칭을 했다. 그리고 우리는 함께 큰길로 이어지는 자갈길을 달리기 시작했다. 날씨는 쾌청했다. 산들바람이 불어서 더 좋았다. 길은 텅 비어 있었다. 머리에 장작개비를 담은 바구니를 인 여자 말고는 아무도 없었다. 그런데 500m도 채 못 가서 녀석이 멈춰 섰다. 녀석의 높고 매끈한 이마에는 벌써 땀방울이 맺혀 있었다. 녀석이 헐떡거리면서 말했다.

"몸은 다 풀었어. 이제 그만 걷자."

나이로비 대학교의 교정 부지는 8,000m² 정도였다. 농구 코트는 완만한 경사지 위에 있었다. 올라가는 자갈 포장길은 군데군데 패였고, 그 틈으로 잡초가 자라나 있었다. 나는 버나드와 번갈아 슛을 날리면서 녀석을 바라보았다. 그 며칠 동안 녀석은 나에게 함께 있어 정말 편안한 상대였다. 그뿐 아니라 내게 시간을 내주는 데도 무척 관대한 상대였다. 녀석은 아우마가 시험지를 채점하느라 바쁜 동안 나를 데리고 시내 곳곳을 돌아다니며 구경시켜 주었다. 사람들이 북적거리는 길을 갈 때는 마치 자기가 보호자라도 되는 양 내 손을 잡았다. 그리고 내가 어떤 건물을 보거나 표지판을 읽으려고 걸음을 멈출 때마다 기다려주었다. 자기야 날마다 지나다니면서 보는 것인데도 한 번도 재촉하지 않았다. 나의 행동이 제 딴에는 재미있기도 한 모양이었다. 내가 그 나이 때 어른들에게 보이곤 했던 반항적인 태도나 짐짓 지겹다는 표정을 녀석은 내게 한 번도 보이지 않았다.

그 소박하고 다정다감한 모습 때문에 녀석은 열일곱 살이라는 나이보다 훨씬 어려 보였다. 하지만 녀석은 분명 열일곱 살이었다. 약간은 독립적으로 약간은 비뚤어지게 행동하는 것도 그다지 나쁘지 않은 그런 나이였다. 녀석이 나에게 기꺼이 시간을 내준 이유 가운데 하나는 달리 할 일이 없었기 때문이기도 했다. 그는 특별히 가고 싶은 곳이 없었기 때문에 끈기 있게 기다릴 수 있었다. 그 점에 대해서 나는 녀석과 대화를 나눌 필요가 있었다. 아우마에게 약속했듯이 남자 대 남자로서.

"매직 존슨이 경기하는 것 봤지?"

녀석이 슛을 하려고 몸을 오그리면서 물었다. 공은 네트가 쳐져 있지 않은 링 안으로 쏙 들어갔다.

"텔레비전으로만."

녀석이 고개를 끄덕였다.

"미국에서는 누구나 다 자동차를 가지고 있지? 전화도?"

질문이라기보다는 단정이었다.

"누구나 다는 아니고 대부분."

녀석이 다시 슛을 날렸다. 텅! 공은 링을 맞고 튕겨 나왔다.

"내 생각에는 거기서 사는 게 더 좋을 거 같아. 나도 미국에 가고 싶어. 형이 하는 사업 도우면서."

"지금 당장은 사업을 안 하잖아. 로스쿨을 마치고 나면 또 모르지만."

"그래도 일자리는 많을 거 아냐."

"누구에게나 그런 건 아냐. 실제로 미국에서도 얼마나 많은 사람들이 일자리가 없어서 고생하는데. 특히 흑인들은."

"여기보다 더하겠어?"

우리는 서로를 바라보았다. 나는 미국에 있는 농구 코트를 머리에 떠올렸다. 그다지 멀지 않은 곳에서 총소리가 들리고, 또 어느 계단참에서는 마약을 사고판다. 이것이 내가 떠올린 하나의 그림이다. 그리고 또 하나의 그림이 있다. 교외의 어느 집 뒷마당에 마련된 코트에서 아이들이 깔깔거리면서 농구를 한다. 문이 열리고 엄마가 점심 먹으러 들어오라고 부른다. 이것이 또 하나의 그림이다. 이 두 그림이 서로 충돌하는 바람에 나는 할 말을 잊어버렸다. 녀석은 내가 아무 말이 없자 자기 말을 수긍하는 줄 알고 만족스러운 표정으로 돌아서서 드리블을 했다.

햇살이 따가워지자 우리는 학교에서 몇 블록 떨어진 아이스크림 가게로 갔다. 녀석은 시럽과 과일을 얹은 초콜릿 아이스크림선디를 사서, 한 번에 정확하게 반 숟가락씩 떠먹었다. 나는 담배를 피워 물고 의자에 기대앉았다. 그리고 지나가는 말처럼 슬쩍 질문을 던졌다.

"아우마 누나는 네가 직업학교에 갈 생각을 한다던데?"

녀석은 고개를 끄덕였다. 어물쩍 넘어가려는 표정이었다.

"어떤 분야에 관심이 있어?"

"잘 모르겠어."

녀석은 아이스크림을 한 숟가락 떠서는 잠시 생각했다.

"어쩌면, 자동자 정비…… 그래, 자동차 정비가 마음에 들어."

"그러면 훈련 프로그램 같은 거 들어보려고 한 적 있어?"

"아니, 전혀……."

녀석은 다시 아이스크림을 뜨느라고 말을 끊었다.

"수강료를 내야 되잖아."

"버나드, 너 지금 몇 살이니?"

"열일곱 살."

그렇게 말하는 태도가 무척 조심스러웠다.

"열일곱 살이라."

나는 고개를 끄덕였다. 그리고 하늘을 향해 연기를 내뿜었다.

"열일곱 살이라는 게 무슨 뜻인지 알지? 거의 어른이 다 되었다는 뜻이야. 여러 가지 책임을 져야 하는 사람, 어른. 가족에게 책임을 져야 하고 자기 자신에게 책임을 져야 하고. 내가 해주고 싶은 말은, 네가 관심을 가지는 것에 대해서 어떤 결정을 내려야 할 나이가 되었다는 거야. 자동차 정비일 수도 있고 아니면 다른 것일 수도 있어. 하지만 뭐가 되었든 간에 너는 목표를 정해야 해. 그리고 그 목표를 향해서 힘차게 나아가야 해. 아우마 누나와 내가 네 학비는 마련해 줄게. 그렇다고 우리가 네 인생을 대신 살아줄 수는 없잖아. 네가 스스로 노력해야 한다는 말이야. 알겠니?"

녀석이 고개를 끄덕였다.

"나도 알아."

우리는 한동안 아무 말도 하지 않고 그냥 앉아 있었다. 나는 녀석이 손에 들고 있는 숟가락으로 이제 다 녹아버린 아이스크림을 휘휘 젓는

것을 바라보았다. 녀석에게 내 말이 얼마나 공허하게 들렸을지 생각했
다. 녀석의 유일한 실수는 아버지의 잘못된 세상에 태어났다는 것이다.
그 점에 대해서 녀석이 배다른 형인 나를 원망하는 것 같지는 않았다.
물론 '아직은'이라는 단서를 붙여야겠다. 나중에 어떻게 될지 모르니
까. 다만, 내가 왜 자기에게 내 방식을 강조하는지 이유를 곰곰이 생각
한 건 분명해 보였다.

담뱃불을 발로 비벼 끄고는 그만 가자고 했다. 우리는 나란히 길을
걸었다. 갑자기 녀석이 내게 어깨동무를 했다. 우리는 그렇게 한참을
걸었다.

"형이 가까이 있으니까 참 좋아."

녀석은 이렇게 말하고는 손을 흔들고 사람들 사이로 사라졌다.

●

가족이란 무엇일까? 단지 부모와 자식 사이의 유전적인 관계일까?
아니면 사회적인 관계, 즉 자식을 기르고 노동을 분담하기 위한 최적
의 경제 단위일까? 아니면 공통의 기억을 가진 집단일까? 아니면 사랑
을 나눌 수 있는 범위일까? 아니면 공허함을 달랠 수 있는 사람을 가리
키는 말일까?

이 외에도 수없이 많은 가능성을 열거할 수 있다. 하지만 끝내 만족
할 만한 해답에는 이르지 못했다. 내가 처한 환경을 고려한다면, 그런
시도는 분명 실패할 수밖에 없었다. 대신에 나는 나를 중심으로 해서
몇 개의 원을 그렸다. 원의 경계선들은 세월이 흐르고 사람들이 바뀜
에 따라서 유동적으로 이동하지만, 그래도 여전히 가족이라는 테두리
안에서 통제가 가능하다. 우선 제일 안에 있는 원이 있다. 여기서는 사
랑이 늘 변함없고 어떤 주장을 하더라도 모두 받아들여진다. 그다음

두 번째 원에서 사랑은 서로간의 협상에 의해서 존재한다. 사랑을 줄지 말지를 개인이 자유롭게 선택한다. 그리고 세 번째로 동료 혹은 친지의 원이 있다. 예를 들어, 시카고에 있을 때 장 보는 일을 도와주던 쾌활한 성격의 50대 여자가 있었는데 그런 사람이 이 원 안에 속한다. 그리고 마지막으로 가장 큰 원은 한 국가나 민족 혹은 특정한 도덕적 명분으로 포괄할 수 있는 집단으로까지 확장된다. 여기서는 사랑이 특정한 개인을 향하지 않는다. 사랑의 실천이라는 것도 자신에 대한 약속을 지키는 것으로 나타난다.

그런데 아프리카에서는 나의 이런 분류 체계가 완전히 무너지고 말았다. 가족이 도처에 널려 있는 것처럼 보였기 때문이다. 가게에서, 우체국에서, 거리에서, 공원에서. 온갖 곳에서 사람들은 오랜 세월이 흘러 마침내 나타난 오바마의 아들에 대해서 이야기하고 나섰다. 내가 지나가는 말로 공책이나 면도용 크림이 필요하다고 하면, 고모들 가운데 누구 한 사람이 반드시 나서서 나이로비 시내 가장 구석진 곳이라 해도 가격이 가장 싼 곳으로 기꺼이 나를 데려다주겠다고 했다. 그것이 아무리 성가신 일이라 해도, 또 아무리 시간이 많이 걸린다 해도 전혀 상관하지 않았다.

"괜찮아 배리. 조카를 도와주는 일보다 중요한 일이 어디 있다고."

사촌들도 그랬다. 아우마가 나를 혼자 내버려둔 것을 알고는 무척 마음 아파했다. 그래서 그들은 혹시나 내가 또 혼자 있을까 해서, 내가 집에 있을지 없을지도 모르면서 3km나 되는 거리를 걸어왔고, 다행히 혹은 불행하게도 내가 혼자 있다면 기꺼이 함께 있어주었다.

"배리, 전화를 하지 그랬어? 나가자. 내 친구들을 소개해 줄게."

저녁이면 아우마와 나는 끊임없이 이어지는 초대에 두 손 들고 항복해야 했다. 삼촌, 사촌, 오촌, 육촌……. 그들은 늦은 시각이든, 우리가 배가 잔뜩 부르든 전혀 상관하지 않고 자기들이 준비한 음식을 먹으라고 했다. 막무가내였다.

"배리, 네가 보기에 케냐에서는 모든 게 부족할 수도 있지만, 네가 여기 있는 동안 우리가 뭐든 못 먹이겠니?"

처음에 나는 그 모든 관심에 대해 마치 어린아이가 어머니의 품에 안기듯이 무조건 감사하는 마음으로 응대했다. 아프리카와 아프리카 사람에 대해서 내가 가지고 있던 생각에 따른 것이었다. 아프리카에 대한 나의 관념은 개인이 점차 고립되어 가는 미국적인 삶과 완전히 대비되는 것이었다. 물론 이 대비는 인종적인 것이 아니라 문화적인 것이었다. 기술의 발달이 가져다주는 편리함을 좇다 보면 필연적으로 포기할 수밖에 없는 어떤 것이 있다. 그것이 케냐에는 그대로 남아 있었다. 자카르타 외곽의 작은 마을이나 아일랜드 혹은 그리스의 시골 마을에서처럼. 다른 사람과 함께 있을 때의 즐거움, 인간적인 정이 가져다주는 기쁨 같은 것.

그런데 하루하루가 지나면서 내가 느끼는 기쁨에 긴장과 의심이 뒤섞이기 시작했다. 그것은 아우마가 비 오던 날 자동차 안에서 내게 했던 이야기, 즉 내가 그들에 비해서는 상대적으로 처지가 낫다는 사실, 그리고 그런 사정이 야기하는 어떤 불편한 문제들과 어느 정도 관련이 있었다. 정확하게 말하자면 친척들 모두가 사정이 나쁘지는 않았다. 제인 고모와 제이투니 고모는 직업이 있었고, 아버지의 첫 부인이었던 케지아도 시장에서 옷 장사를 했다. 정말로 돈이 없어서 힘들면 아이들을 잠시 시골에 보낼 수도 있었다. 실제로 또 한 명의 동생인 아보는 시골에 가 있었다. 시골에는 누군가 해야 하는 일상적인 일들이 널려 있었고, 또 먹을 게 떨어지는 일이 없었다. 잠자리를 덮어주는 지붕도 있었다.

하지만 나이로비에서는 사정이 점점 더 열악해져만 갔다. 새로 옷을 장만한다고 해봐야 대부분 남이 입다가 내놓은 것이었다. 정말 위급한 경우가 아니면 의사의 진료를 받기도 힘들었다. 젊은 축은 거의 대부분 일자리가 없었다. 친척 가운데 두세 명은 어려운 여건에서 가까스로 대학을 졸업했지만 그들 역시 실업자 신세를 면하지 못했다. 만일 제인이나 제이투니가 병에 걸려 드러눕기라도 하면, 혹은 그들을 고용한 회사가 망하거나 그들을 해고하기라도 한다면 상황은 절망적이었다. 정부가 보장해 주는 게 아무것도 없었기 때문이다. 기댈 데라고는 가족이나 친척밖에 없었다. 그들 역시 비슷하게 힘든 삶을 살고 있지만 그래도 그들에게 기댈 수밖에 없었다.

그런 그들에게 나는 가족이었다. 나에게는 가족이라면 반드시 져야 하는 책임이 있었다. 그런데 그것이 의미하는 내용이 정확히 무엇일까? 미국에서는 그런 감정을 정치와 조직 사업 차원으로 해석할 수 있었다. 하지만 케냐에서는 정치와 조직이 너무나 추상적이었다. 아무런 도움이 되지 않는 접근법이고 전략이었다. 아무리 흑인의 힘을 강조하고 흑인 의식을 독려한다고 한들 버나드에게 일자리를 마련해 줄 수는 없었다. 참여 민주주의에 대한 신념은 제인에게 침대 시트 한 장 보장해 주지 않았다.

생애 처음으로 나는 돈에 대해서 깊이 생각했다. 나에게는 왜 돈이 많지 않을까, 어떻게 하면 돈을 벌 수 있을까, 돈이 있으면 사고 싶은 것도 많고 쓸 데도 많은데……. 케냐에서 새로 확인한 가족들이 나에게 기대하고 상상하는 이미지대로 살고 싶다는 마음이 들었다. 대기업의 전담 변호사나 기업가가 되어 그들이 원하는 대로 도움을 아끼지 않고 펑펑 쏟아주고 싶었다.

하지만 마음뿐이었고 내가 해줄 수 있는 것은 없었다. 심지어 미국에서도 부(富)는, 그것을 충분히 가지지 못한 사람들에게는 현실과 타협하기 위한 조건이었다. 아우마가 그랬다. 그녀는 가족들이 자기에게 거는 기대에 부응하기 위해 나름대로의 방식으로 최선을 다했다. 그해 여름에 아우마는 두 가지 일을 했다. 대학에서 학생들을 가르치는 것 외에 케냐의 기업인들에게 독일어를 가르쳤다. 그렇게 해서 모은 돈으로 그녀는 알레고에 있는 할머니의 집을 수리하고 나이로비 주변에 작은 땅을 사려고 했다. 땅을 사두면 나중에 값이 오를 수도 있고, 아니면 그 땅에다 집을 지을 수도 있지 않겠느냐고 했다.

아우마에게는 계획과 일정과 예산과 최종 기한이 있었다. 자기가 발을 디디고 있는 현대라는 세상과 협상하고 타협하기 위해서는 반드시 필요한 것들이었다. 하지만 문제는, 계획한 일정을 지키려면 가족의 청을 거절해야 했고, 예산을 확보하려면 가족들이 끊임없이 내미는 손을 외면해야 했다. 그런 일이 있을 때마다, 즉 제인이 식사를 대접하려고 하는데 아우마가 다른 일정 때문에 벌써 두 시간이나 늦어서 그만 일어나야 한다고 말할 때, 폭스바겐에 여덟 명이 구겨서 타자는 요구를 차의 정원이 네 명으로 설계되었기 때문에 잘못하면 고장 날 수도 있다는 이유를 들어서 거절할 때, 사람들의 얼굴에는 마음의 상처와 분노의 표정이 일고 분위기는 갑자기 썰렁해졌다. 아우마는 어떤 목표를 향해서 늘 긴장을 늦추지 않았고, 다른 가족에게서 독립하려는 태도를 보였다. 또한 늘 미래를 위해서 투자했다. 그런데 그 모든 것들이 다른 가족의 눈에는 마땅찮게 비쳤다. 마땅찮다는 말은 자연스럽지 않고 또 아프리카적이지 않다는 뜻이었다.

그것은 내가 하와이를 떠나기 전에 늙은 프랭크가 나에게 던졌던 바로 그 딜레마였고, 앨트겔드에 사는 아이들이 학업 성적이 우수할 때면 반드시 느끼는 긴장감이었다. 또 내가 나중에 돈을 많이 주는 시내에 있는 사무실로 일하러 나갈 때 길모퉁이에 옹기종기 모여 있는 흑인 청소년들을 바라보며 느껴야 할 승자의 죄의식이었다. 어떤 집단(좀 더 넓은 의미의 가족이라는 개념보다 범위가 더 넓은 집단)에 대한 권력을 가지고 있지 않는 한, 우리가 아무리 출세를 하고 성공한다 하더라도 누군가는 반드시 뒤에 떨어뜨려야 하는 위험성이 뒤따른다. 어쩌면 바로 그런 이유 때문에 내가 그토록 마음이 어지러웠는지도 모른다.

아프리카에서도 여전히 그와 같은 양상이 전개되고 있었다. 내가 관련된 혈연이 무엇을 요구하는지, 그 요구들이 인간사의 좀 더 폭넓은 개념 속에서 어떻게 조정될 수 있는지 그 누구도 나에게 말해줄 수 없었던 것이다. 아우마와 로이, 버나드 그리고 나에게 그것은 각자가 짊어져야 할 짐이었다. 우리가 어디로 가야 할지 방향을 가르쳐주고 사랑을 베풀도록 강제할 수도 있는 지도, 혹은 우리가 축복을 누릴 수 있도록 해답을 가르쳐주는 암호는 이미 오래전에 조상들과 함께 말 없는 땅속에 묻혀버린 것 같았다.

●

나이로비에 도착한 지 일주일이 다 되어갈 무렵, 제이투니 고모가 나를 사라 고모에게 데리고 갔다. 아우마는 여전히 가지 않겠다고 했고, 다만 사라 고모 집 부근에 있는 자동차 정비공장까지는 우리를 태워주겠다고 했다. 정비공장에서 사라 고모 집까지는 걸어가면 된다고 했다. 토요일 아침이었다. 아우마와 나는 제이투니 고모를 도중에 태우고 동쪽으로 향했다. 콘크리트 벽돌로 지은 건물들을 지나고 쓰레기가 나뒹구는 공터를 지나 마침내 마사레라는 거대한 분지 지역 입구에 다다랐다. 아우마가 길가에 차를 댔다. 나는 창밖으로 그 빈민가를 내려다보았다. 주름진 납작한 지붕들이 태양빛 아래서 젖은 백합 꽃잎처럼 반짝이며 분지가 끝나는 곳까지 들쑥날쑥 아득하게 펼쳐져 있었다.

"여긴 몇 명이나 사나?"

내 물음에 아우마는 어깨를 으쓱하며 제이투니 고모를 바라보았다.

"얼마나 될 것 같아요? 50만 명?"

고모는 고개를 내저었다.

"그건 지난주 얘기지. 이번 주에는 아마 100만 명은 될 거야."

아우마가 다시 차를 출발시켰다.

"정확한 숫자는 아무도 몰라. 계속 증가하고 있거든. 시골에서 일자리를 찾아 계속 올라오는 사람만 있지, 떠나는 사람은 없어. 한때 시청에서 그 사람들을 몰아내려고도 했어. 위생상 방치할 수 없고, 또 케냐의 이미지에 먹칠을 한다는 게 그 사람들 생각이었지. 불도저가 판잣집을 밀어버렸어. 그 사람들은 가진 게 많지 않았지만 그나마도 전부 잃었어. 그래봐야 그 사람들이 달리 갈 데가 있나? 불도저가 떠나자마자 사람들은 다시 집을 지었고, 곧 원래대로 돌아갔지 뭐."

제이투니 고모와 나는 정비공장 앞에서 내렸다. 아우마에게는 한 시간 안에 돌아오겠다고 하고는 넓은 비포장도로를 따라 걸어 내려갔다. 아직 한낮도 아닌데 벌써 무더웠다. 길에는 그늘이라고는 찾아볼 수도 없었다. 길 양쪽으로 판잣집들이 늘어서 있었다. 벽면은 나뭇가지와 진흙, 마분지 조각, 베니어판 따위를 주워 모아서 대충 얼기설기 만든 것이었다. 판잣집들이긴 해도 깔끔했다. 집 앞도 모두 깨끗하게 청소가 되어 있었다. 옷가게와 구두 수선방, 가구 만드는 집 등이 물건들을 길가에 늘어놓고 장사하고 있었다. 여자와 아이들은 금방이라도 쓰러질 것 같은 탁자 위에 채소를 얹어놓고 팔았다.

마침내 마사레의 한끝에 도착했다. 콘크리트 건물들이 포장도로를 따라 이어져 있었다. 건물들은 모두 여덟 채였고 12층쯤 되어 보였다. 그런데 특이하게도 아직 채 완공되지 않아서 나무 기둥이나 시멘트가 밖으로 노출되어 있었다. 폭격이라도 당한 것 같은 모습이었다. 그 건물들 가운데 하나로 들어가서 좁은 계단을 올라갔다. 긴 복도가 나왔다. 낮이었지만 복도는 어두웠다. 그래도 불은 켜져 있지 않았다. 복도의 다른 끝에서 10대로 보이는 소녀 하나가 옷가지를 널고 있었다. 제이투니 고모가 그 소녀에게 다가가 집을 물었다. 소녀는 어떤 문 앞으로 우리를 안내했다. 나지막한 낡은 문이었다. 문을 두드리자 검은 피부의 중년 여자가 나왔다. 키는 작았지만 다부진 체격이었다. 크고 비쩍 마른 얼굴에 유리알처럼 강한 눈이 특히 인상적이었다. 그 여자는 내 손을 잡고 루오족 말로 뭐라고 했다. 제이투니 고모가 통역했다.

"남동생의 아들을 이렇게 누추한 곳에서 맞이해 부끄럽대."

사라 고모를 따라 우리는 안으로 들어갔다. 가로세로가 각각 3m, 3.5m 정도 되는 방에 침대 하나, 조리대 하나, 의자 두 개, 재봉틀 한 대가 있었다. 제이투니 고모와 내가 의자를 하나씩 차지하고 앉았다. 사라 고모는 침대에 걸터앉아 상체를 앞으로 숙인 채 내 얼굴을 뚫어지게 바라보았다. 아우마 말로는 영어를 조금 할 줄 안다고 했지만 고모는 루오족 말로만 이야기했다.

사라 고모는 자기가 행복하지 않다고 했다. 제이투니 고모가 굳이 통역을 해주지 않아도 그건 얼마든지 알 수 있었다.

"왜 이렇게 늦게 찾아왔냐고 해. 네 할아버지 후세인 온양고의 자식들 가운데 자기가 가장 연장자니까 당연히 자기부터 찾아왔어야 옳대."

"일부러 무례하게 굴 생각은 전혀 없었다고 말씀해 주세요."

그렇게 말하면서 사라를 보았는데, 내 말을 곧이곧대로 받아들이는 것 같지는 않았다.

"도착한 뒤부터 너무 바빠서요. 더 일찍 올 수가 없었거든요."

사라 고모의 목소리가 날카로워졌다.

"사람들이 너한테 거짓말을 하는 게 분명하대."

"사라 고모에 대해서 나쁘게 말하는 거 한 번도 들은 적 없다고 해주세요. 아우마는 아버지 재산을 놓고 다툼이 벌어지는 바람에 마음이 불편해서 안 왔다고 해주세요."

제이투니 고모의 통역이 끝나자마자 사라 고모는 코웃음부터 친 다음에 다시 거침없이 시끄러운 말들을 쏟아냈다. 제이투니 고모는 입을 꾹 다물고 아무 말도 하지 않았다.

"뭐라고 하셨어요?"

제이투니 고모는 사라 고모의 얼굴에 시선을 고정한 채 이렇게 말했다.

"재판을 시작한 것은 자기 잘못이 아니래. 케지아 때문이래. 아우마의 엄마 말이다. 오바마의 자식이라고 하는 사람들은 다 오바마의 자식들이 아니래. 그런데 진짜 자식도 아닌 사람들이 오바마의 진짜 피붙이들한테서 모든 걸 빼앗아가고, 결국 거지로 만들고 말았대."

사라 고모는 고개를 끄덕였다. 그녀의 눈빛에서 불꽃이 일기 시작했다. 그러더니 갑자기 영어로 말했다.

"그렇다, 배리. 네 아버지가 어린아이일 때부터 내가 돌보고 키웠다.

내 어머니인 아쿠무는 네 아버지의 어머니이기도 하다. 바로 네 친할머니지. 네가 지금 할머니라고 부르는 사람은 네 진짜 할머니가 아니다. 네 아버지를 낳은 분인 아쿠무를 네가 돌봐드려야 한다. 그리고 나도. 네 아버지의 누나잖니. 내가 어떻게 사는지 좀 봐라. 너는 왜 우리를 돕지 않고 엉뚱한 사람들을 돕니?"

내가 뭐라고 대답하기도 전에 두 고모가 루오족 말로 격렬한 언쟁을 시작했다. 그러다가 제이투니 고모가 벌떡 일어났다.

"그만 가자, 배리."

엉덩이를 들고 일어나려고 하자 사라 고모가 내 손을 잡았다. 이번에는 목소리가 한층 부드러웠다.

"나한테 줄 건 없니? 네 할머니에게는? 응?"

나는 지갑을 꺼냈다. 지갑에서 돈을 꺼내서 셀 때 나를 바라보는 두 사람의 시선이 강하게 느껴졌다. 30달러쯤 되는 액수의 케냐 돈을 사라 고모의 바싹 마른 두 손에 쥐어주었다. 고모는 그 돈을 빠르게 주머니에 집어넣은 뒤에 다시 내 손을 잡았다.

"여기 있어 배리. 네가 만나야 할 사람이······."

"나중에 또 오고, 오늘은 그만 가자."

제이투니 고모가 못을 박았고, 나는 사라 고모의 손을 뿌리쳤다.

바깥은 바람 한 점 없이 더웠다. 몽롱한 노란색이 길을 온통 덮고 있었다. 옷이 팔과 다리에 쩍쩍 달라붙었다. 제이투니 고모는 아무 말이 없었다. 무척 화가 나 보였다. 제이투니 고모는 자존심이 강한 사람인데, 사라 고모가 보여준 모습 때문에 무척 당혹스러웠던 게 분명했다. 그리고 그 30달러. 그 돈 가운데 일부는 어쩌면 그녀가 쓸 수도 있었던 돈이었다.

우리는 거의 10분 동안 한마디도 하지 않았다. 그러다가 내가 물었다. 두 사람이 무엇 때문에 언쟁을 벌였는지.

"아무것도 아니다, 배리. 남편 없이 혼자 사는 여자들 사이에 있는 이야기야."

고모는 웃으려고 애를 썼지만, 입가에는 여전히 뻣뻣한 긴장이 남아 있었다.

"그러지 마시고……. 네, 고모? 진실을 얘기해 주세요, 네?"

고모는 고개를 내저었다.

"진실…… 진실은 나도 모른다. 최소한 전부 다는 말이다. 어릴 때부터 나는 알았지. 사라 언니는 늘 자기 친어머니 아쿠무하고 더 가깝게 지냈다는 것을. 하지만 네 아버지는 오로지 우리 어머니만 생각했단다. 아쿠무가 떠난 뒤에 네 아버지와 우리를 키우신 분이거든."

"아쿠무 할머니는 왜 떠나셨는데요?"

"그건 나도 잘 몰라. 할머니한테 물어봐야 할 거야."

그녀는 앞장서서 길을 건넜다. 그러고는 다시 말을 이었다.

"너도 봐서 알지 모르겠다만, 네 아버지와 사라 언니는 비록 사이가 좋지는 않았지만 닮은 데가 무척 많았어. 사라 언니도 네 아버지만큼 똑똑했어. 독립심도 강했고. 어릴 때 늘 나에게 말했어. 자기는 공부를 많이 해서 남자에게 얹혀살지 않겠다고. 그래서 네 번이나 결혼했다가 모두 헤어졌지. 누구하고도 오래가지 못했어. 첫 남편은 죽었지만 나머지 세 사람은 사라가 차버렸어. 게으르고, 또 아내를 학대하려 들었거든. 그런 점에서는 나도 사라를 높이 쳐. 케냐 여자들은 대부분 참고 살거든. 나도 오랜 세월 그렇게 살았고. 하지만 사라는 그러지 않았어. 늘 독립했지. 그리고 거기에 대한 대가도 치렀고."

고모는 손등으로 이마에 난 땀을 훔쳤다.

"어쨌든 간에, 첫 남편이 죽은 뒤에 사라는 네 아버지가 자기와 자기 아이를 돌봐야 한다고 했어. 네 아버지 혼자만 대학 교육까지 다 받았다는 게 그 이유였어. 그렇게 시작된 감정의 골 때문에 사라 언니는 케지아와 케지아가 낳은 자식들을 미워해. 케지아가 반반한 얼굴 하나로 모든 걸 거저먹으려 한다고 생각하는 거지. 넌 네 아버지를 이해해야 한다, 배리. 우리 루오족의 풍습은 아들이 부모의 재산을 모두 물려받아. 사라 언니는 그것 때문에 걱정을 많이 했어. 네 할아버지가 돌아가시고 나면 모든 재산이 네 아버지와 네 아버지의 아내들에게 돌아가고 자기에게는 한 푼도 돌아오지 않을까 봐 말이야."

나는 고개를 내저었다.

"아무리 그래도 그렇지, 우리 형제들을 놓고 아버지가 낳은 자식이 아니라고 거짓말을 하는 건 너무하시는 거죠."

"네 말이 맞다. 그렇지만……."

"그렇지만? 뭔데요?"

고모는 걸음을 멈추고 나를 바라보았다.

"네 아버지는 미국 여자 러스와 살림을 차려서 나간 뒤에도 가끔씩 케지아를 찾아갔어. 전통적인 풍습을 이해해야 하는데, 네 아버지가 비록 다른 여자와 살긴 했어도 케지아는 여전히 네 아버지의 아내였거든. 그 시기에 케지아가 임신을 했어. 아보였지. 네가 아직 만나보지 못한 네 남동생 말이다. 그런데 문제는 케지아가 그 무렵 다른 남자와 잠깐 살았다는 거야. 케지아가 다시 임신했을 때, 이번에는 버나드였지, 아무도 자신 있게 말할 수가 없었어. 그 아이가 누구……."

고모는 거기서 말을 끊었다. 하지만 무슨 말을 하려고 했는지 충분히 알 수 있었다.

"이런 사실을 버나드도 알고 있나요?"

"그래, 지금쯤은 알 거야. 하지만 넌 이걸 알아야 한다. 그래도 네 아버지는 전혀 문제 삼지 않았어. 모든 아이들이 다 자기 자식들이라고 늘 말했지. 네 아버지는 케지아와 같이 살던 남자를 쫓아버리고 케지아에게 양육비를 보냈어. 기회가 있을 때마다 돈을 보냈단다. 하지만 네 아버지가 죽고 나자 그 아이들을 네 아버지 자식으로 받아들였다는 사실을 증명할 길이 없었어."

길이 합쳐지자 차량과 오가는 사람들이 훨씬 더 많아졌다. 마타투가 다가오자 새끼를 밴 염소 한 마리가 놀라서 매애 하고 울며 허둥지둥 길 바깥으로 뛰쳐나갔다. 길 건너편에는 먼지가 잔뜩 내려앉은 붉은 교복 차림의 어린 여학생 둘이 나란히 손을 잡고 노래를 부르며 길가의 하수도 위를 폴짝 뛰어서 건너고 있었다. 빡빡 밀다시피 한 두 아이의 둥근 머리에 햇살이 반짝거렸다. 머리에 숄을 두른 늙은 여자가 자기가 파는 물건들을 한번 봐달라는 몸짓을 했다. 깡통에 든 마가린과 무더기로 쌓아놓은 토마토, 철사에 줄줄이 꿰어서 매달아놓은 마른 생선 따위였다. 나는 그 여자의 얼굴을 들여다보았다. 그늘에서도 잔뜩 찡그린 얼굴이었다. 이 여자는 누구일까? 나의 할머니? 내가 모르는, 나와 상관없는 사람? 그리고 버나드는 어떻게 되는 거지? 버나드를 향한 내 마음이 이제 달라질까?

버스 정류장 쪽을 보았다. 한 무리의 젊은 남자들이 도로로 쏟아져 나왔다. 다들 흑인이었고, 키가 크고 말랐다. 갑자기 그 남자들이 모두 버나드로 보였다. 수십 아니 수백 명의 버나드였다. 버나드는 거기에만 있지 않았다. 바다 건너 유럽에도 있었고 미국에도 있었다. 가난하고 배고프고 절망적인 얼굴들. 모두가 내 형제들이었다.

"이제 네 아버지가 무엇 때문에 힘들었는지 알겠니?"

"네?"

나는 두 눈을 비볐다. 고모가 나를 바라보고 있었다.

"배리, 네 아버지가 무척 힘들어했다고 말했다. 네 아버지는 마음이 너무 넓었다는 게 문제였어. 살아생전에 누구든 부탁을 하면 모두 다 들어주었어. 그러니 모두가 네 아버지에게 부탁했지. 그 동네에 사는 사람들 가운데 해외 유학을 다녀온 사람은 네 아버지가 유일했어. 예전에 그 동네에서는 비행기를 한 번이라도 타봤다는 사람과 이야기를 나눠본 사람조차 없었단다. 그러니 사람들이 네 아버지에게 모든 걸 바랐던 거지. '오, 바라크. 너는 이제 거물 인사잖아. 그러니 나한테 뭘 좀 해줘야지. 날 도와줘야지.' 가족들은 이런 부탁을 쉬지 않고 해댔어. 그런데 네 아버지는 거절하는 법이 없었어. 그만큼 너그러웠던 거지. 나한테도 마찬가지였어. 내가 임신했을 때 네 아버지는 나한테 실망도 많이 했어. 내가 대학에 가기를 바랐거든. 하지만 나는 그런 바람을 무시하고 남자랑 도망을 가버렸어. 그런데 그 남자가 나를 학대하는 바람에 헤어지고 말았지. 돈도 없고 직업도 없는 나를 누가 거둬줬겠니? 그래, 네 아버지였어. 그렇기 때문에 나는 다른 사람들이 뭐라 해도 네 아버지에게 늘 고마운 마음을 갖고 있단다."

어느새 정비공장이 가까웠다. 아우마가 보였다. 아우마는 정비공장 직원과 뭐라고 대화를 나누고는 폭스바겐의 엔진 소리에 귀를 기울였다. 한 줄로 늘어선 드럼통 뒤에서 세 살쯤 되어 보이는 벌거숭이 남자아이가 걸어나왔다. 아이의 발에 타르로 보이는 것이 끈끈하게 묻어 있었다. 제이투니 고모가 다시 걸음을 멈추었다. 갑자기 목에 뭐라도 들어간 듯이 카악 하고 가래를 뱉었다. 그리고 말을 이었다.

"네 아버지의 행운이 다했을 때, 네 아버지에게서 도움을 받은 사람들이 등을 돌렸지. 비웃었어. 심지어 가족들조차도 네 아버지를 자기 집에 들이지 않았어. 그래, 네 아버지는 거절당했던 거야. 사람들은 이렇게 말했어. 네 아버지를 집에 들이는 건 위험한 일이라고. 네 아버지가 얼마나 마음이 아팠을지 난 알아. 하지만 네 아버지는 사람들을 비난하지 않았어. 원한을 품지도 않았고. 실제로 재기에 성공하고 나서는 자기를 배신한 사람들을 다시 도와주더라. 난 도무지 이해할 수 없었어. 그래서 늘 이렇게 말했어. '오빠도 이젠 자신과 아이들을 돌봐야지. 그 사람들이 오빠한테 얼마나 나쁘게 했는지 잘 알면서 왜 도와? 게다가 그 사람들은 게을러서 일하려 들지도 않는단 말이야.' 그러면 뭐라고 했는지 아니? 이러더라. '네가 사람 사는 걸 몰라서 그래. 사람들은 나를 원하는 게 아니라 나의 도움을 원한단 말이야.'"

고모는 시선을 돌렸다. 그리고 아우마에게 미소를 지어 보이며 손을 흔들었다. 다시 걸음을 옮기면서 그녀는 이렇게 덧붙였다.

"내가 왜 이런 이야기를 하는지 알겠니? 네 아버지가 여기서 얼마나 큰 중압감을 느끼며 살았는지 알았으면 해서야. 네 아버지를 너무 나쁘게만 보지 말라고 말이야. 그리고 네 아버지의 삶에서 배워야 할 게 분명히 있어. 네가 무언가를 조금이라도 가지고 있으면 네 주변에 있는 모든 사람들은 그걸 나눠가지고 싶어 해. 그러니까 어느 지점에서는 분명히 선을 그어야 해. 그렇지 않으면 네가 가진 걸 다 주어도 모자라. 모든 사람이 다 가족이면, 가족은 없는 거야. 네 아버지는 이걸 몰랐어, 내 생각에는."

시카고에서 조직 사업을 할 때 어떤 여자와 나눈 대화를 기억하고 있다. 조지아의 시골 마을에서 자란 사람이었다. 그녀는 남자 형제가 다섯이었고 여자 형제가 셋이었는데, 모두 한 지붕 밑에서 복닥거리며 살았다고 했다. 그의 아버지는 넓지 않은 땅에 농사를 지었고 어머니는 채소밭을 가꾸었다. 그리고 돼지 두 마리를 마당에서 키웠다. 형제들은 가까운 개울로 물고기를 잡으러 다니곤 했다.

그런데 그 여자가 하는 말을 듣다 보니, 여자 형제들 가운데 두 명은 태어날 때 이미 죽었다는 사실을 알 수 있었다. 하지만 죽은 그 형제들이 여전히 그 여자와 함께 살고 있었다. 이름도 그대로였고 세월이 흐르면 나이도 먹었다. 그들은 그 여자가 학교에 갈 때나 집안의 허드렛일을 할 때 늘 그 여자와 함께 있었다. 함께 있으면서 그 여자의 외로움을 달래주고 두려움을 덜어주었다. 그 여자에게 가족은 단지 살아 있는 사람만이 아니었다. 죽은 사람도 마치 살아 있는 사람처럼 자기 목소리와 주장을 가지고 있었다. 그 여자가 꿈꾸는 소망 속에 여전히 살아 있었던 것이다.

내가 그랬다. 사라 고모를 만나고 난 뒤 며칠이 지났을 때였다. 아우마와 나는 바클레이 은행 밖에서 노땅을 아는 사람과 우연히 마주쳤다. 아우마는 그 사람의 이름을 기억하지 못하는 눈치였다. 그래서 내가 먼저 나서서 내 소개를 했다. 그러자 그 사람은 싱긋 웃으면서 이렇게 말했다.

"오오, 네가 이렇게 자랐구나. 어머니는 어떠신가? 동생 마크는? 대학교를 졸업했던가?"

처음에 나는 혼란스러웠다. 나를 잘 아는 사람인가? 아우마가 작은 소리로 그게 아니라고 설명했다. 나는 또 다른 형제인 바라크이고 미국에서 성장했으며, 아버지의 또 다른 아내에게서 태어난 아들이라고. 그 사람이나 우리 모두 머쓱했다. 그 남자는 고개를 끄덕이면서 잘못 알고 있어서 미안하다고 했다. 그러고는 한 번 더 나를 살폈다. 방금 들은 이야기가 사실인지 확인하려는 눈치였다. 아우마는 그런 상황이 슬프긴 하지만 흔히 있을 수 있는 일인 것처럼 보이려고 했다. 두 사람이 대화를 나누는 동안 나는 내가 아닌 다른 사람, 혹은 이미 죽고 없는 데이비드의 유령으로 오인될 때의 느낌이 어떤지 곰곰이 생각했다.

아파트에 돌아와서 아우마에게 마크와 러스를 마지막으로 본 게 언제냐고 물었다. 아우마는 내 어깨에 머리를 기대고는 천장을 바라보았다.

"데이비드의 장례식 때였어. 장례식을 치르기 전에도 우리하고는 이미 오래전부터 왕래나 전화 통화도 없었긴 하지만."

"왜?"

"러스가 노땅과 이혼했을 때의 이야기는 내가 했었지? 서로 안 좋게 헤어졌다고. 러스는 탄자니아 사람과 결혼했고, 마크와 데이비드에게 그 사람 성을 따르게 했어. 그리고 두 아이를 국제학교에 보내고 마치 외국인처럼 키웠어. 두 아이들에게 우리 가족과는 아무런 관계가 없다고 가르쳤던 거지."

아우마는 말을 끊고 한숨을 쉬었다.

"마크는 자기 어머니가 시키는 대로 우리와 일절 접촉하지 않았어. 하지만 데이비드는 그러지 않았어. 10대에 접어들면서 자기 어머니에게 반항하기 시작한 거지. 자기는 아프리카 사람이라며 양아버지인 탄자니아 사람의 성 대신 자기를 오바마라고 부르기 시작했어. 녀석은 종종 학교를 빼먹고 노땅과 우리 가족을 만나러 왔어. 그렇게 해서 녀석은 우리와 교류를 시작했고, 모든 가족이 다 좋아하게 된 거야. 정말 재미있고 정이 많은 녀석이었지. 가끔 거칠고 난폭하긴 했어도 말이야.

러스는 데이비드를 기숙학교에 넣으려고 했어. 그러면 좀 나아질까 하고 말이야. 하지만 데이비드는 도망을 처버렸어. 어디로 가버렸는지 몇 달 동안 녀석을 본 사람이 아무도 없었어. 그런데 로이 오빠가 럭비 경기장 밖에서 우연히 녀석을 만났대. 더럽고 바싹 마른 몰골로 구걸하고 있더래. 녀석은 오빠를 보고는 한바탕 웃더니 친구들과 어울려 거리에서 사는 생활을 자랑스럽게 이야기하더래. 오빠가 녀석에게 집에 돌아가라고 했지만 싫다고 하더래. 그래서 오빠는 녀석을 자기 아파트로 데려간 다음에, 러스에게 데이비드가 무사하며 지금은 자기와 함께 있다는 소식을 전했어. 러스는 그 소식을 들은 뒤에 한편으로는 마음을 놓으면서도 또 한편으로는 화가 났지. 러스가 데이비드에게 집에 돌아오라고 사정해도 녀석은 싫다고 했어.

결국 러스는 울며 겨자 먹기로 데이비드가 오빠 집에서 사는 걸 인정할 수밖에 없었지 뭐. 언젠가는 데이비드의 마음이 바뀔 거라고 기대하면서 말이야."

그 이야기는 그만하기로 했다. 데이비드와 관련된 쓰라린 기억에 아우마가 너무 마음 아파하는 게 보였기 때문이다. 그런데 이런 대화를 나눈 지 며칠 뒤였다. 아우마와 내가 아파트로 돌아가는데 어떤 차가 우리를 기다리고 있었다. 목젖이 유달리 튀어나온 갈색 피부의 운전사가 아우마에게 쪽지를 건넸다.

"그게 뭐야?"

내가 물었다.

"러스가 보낸 초대장이야. 마크가 여름방학이라고 미국에서 와 있대. 함께 점심을 먹자네."

"갈 거야?"

아우마는 고개를 내저었다. 그녀는 혐오감이 부글부글 끓어오르는 얼굴이었다.

"러스는 내가 케냐에 와 있다는 사실을 적어도 여섯 달 전부터 알았을 거야. 그렇지만 나에게는 관심도 없어. 우리를 초대한 유일한 이유는 네가 궁금하기 때문이야. 아마도 너와 마크를 비교해 보고 싶어서일 거야."

"그래도 가봐야 할 것 같은데."

내가 조용히 말했다. 아우마는 다시 한번 더 쪽지를 보았다. 그러고는 그 운전사에게 쪽지를 돌려주며 스와힐리어로 우리 둘 다 갈 거라고 말한 뒤, 아파트 안으로 먼저 뚜벅뚜벅 걸어 들어갔다.

●

러스는 웨스트랜즈에 살았다. 그곳은 부자들만 사는 동네였다. 그 동네는 집집마다 넓은 잔디밭이 있었고, 담장을 특히 신경 써서 견고하게 쌓아올렸으며, 갈색 제복을 입은 경비원들을 고용하고 있었다. 약속한 날에는 비가 촉촉하게 내려서 나뭇잎이 무성한 나무에 반들반들 윤기가 흘렀다. 웨스트랜즈의 서늘함을 느끼니 하와이의 푸나호우 주변 거리들이 떠올랐다. 마노아, 탄타러스……. 부잣집 아이들이 살던 동네였다. 나는 차창 밖으로 흐르는 웨스트랜즈의 풍경을 물끄러미 바라보며, 고등학교 시절 부잣집 친구들의 뒷마당에서 농구를 하거나 수영장에서 수영을 하면서 그 친구들을 부러워했던 기억을 떠올렸다.

그때 나는 부러움과 함께 또 다른 인상을 강하게 받았다. 그것은 바로 그 거대하고 아름다운 집이 품고 있던 조용한 절망감이었다. 집 안에서 친구 여동생이 울던 소리, 친구의 엄마가 몰래 술을 한 잔씩 홀짝이던 모습, 서재에 혼자 앉아 텔레비전에서 동시에 중계되는 대학 미식축구 경기를 번갈아가면서 보던 친구 아버지의 표정. 거기에서 나는 외로움을 느꼈다. 아마도 그 사람들에게서 느낀 외로움은 실제와 달랐을 것이다. 그 사람들이 외로웠던 게 아니라 내 마음속의 외로움이 그렇게 투사되었는지도 모른다. 어쨌든 간에 나는, 데이비드가 그랬던 것처럼 그냥 달리고 싶었다. 바다 건너 멀리 달아나고 싶었다. 시끄럽고 번잡한 길거리와 시장 골목으로, 무질서와 무질서가 쏟아내는 웃음소리 속으로, 어린 소년이 이해할 수 있는 어떤 고통 속으로 돌아가고 싶었다.

러스의 집은 그 블록에 있는 다른 집들보다 더 점잖고 우아해 보였다. 우리는 현관으로 이어진 길에 차를 세우고 내렸다. 턱이 길고 머리가 하얗게 세어가는 백인 여자가 나와서 우리를 맞았다. 그 여자가 러스였다. 그리고 러스 뒤에 내 키 정도 되는 흑인 청년이 서 있었다. 텁수룩한 흑인 헤어스타일에 뿔테 안경을 끼고 있었다.

"어서들 와. 반가워."

우리 네 사람은 어색한 악수를 나누고 집 안으로 들어갔다. 거실은 널찍했다. 거기서는 머리가 막 벗겨지기 시작한 사파리 복장의 중년 남자가 무릎에 예닐곱 살짜리 아이를 올려놓고 장난을 치고 있었다.

"이 사람이 내 남편이고, 또 우리 막내 조이."

"안녕 조이."

나는 허리를 숙여서 녀석과 악수를 했다. 녀석의 피부는 꿀색이었다. 녀석은 앞니 두 개가 빠지고 없었지만 예뻤다. 러스는 아이의 곱슬머리를 헝클며 장난을 치다가 남편을 바라보았다.

"당신은 조이 데리고 클럽에 가시죠?"

"참, 그래야지. 가자 조이. 자, 두 사람 만나서 반가웠습니다."

소년은 밝은 미소와 호기심으로 아우마와 나를 뚫어져라 바라보다가, 자기 아버지 손에 이끌려 밖으로 나갔다.

"자, 이제 우리만 남았구나."

러스는 우리를 소파로 안내하고 레모네이드를 내왔다.

"난 배리 네가 여기 와 있다는 말을 듣고는 정말 깜짝 놀랐단다. 그래서 마크에게 같은 아버지한테서 태어난 아들이 어떤 사람인지 만나봐야 하지 않겠느냐고 했단다. 네 이름은 오바마지, 그렇지? 그래, 네 어머니는 재혼을 하셨고……. 근데 왜 오바마라는 이름을 계속 가지고 있는지 모르겠네……."

나는 질문의 내용을 알아듣지 못한 것처럼 그냥 웃기만 했다. 그리고 마크에게 말을 걸었다.

"마크, 넌 버클리에 있다면서?"

"버클리가 아니고 스탠퍼드."

마크의 목소리는 저음이었다. 발음은 완벽한 미국식이었다.

"물리학을 전공하고 올해 졸업반이야."

"힘들겠네."

아우마가 끼어들었다. 마크가 어깨를 으쓱했다.

"딱히 그렇지도 않아. 대충 하니까."

"얘야, 그렇게 말하면 안 되지……. 얘가 공부하는 내용이 얼마나 어려운지 제대로 이해하는 사람이 많지 않대."

러스는 마크의 손등을 가볍게 두드리면서 말했다. 그리고 이번에는 나를 쳐다보았다.

"배리, 넌 하버드에 갈 거라면서? 네 아버지랑 똑같이. 머리 좋은 건 아버지를 닮았나 보다. 하지만 다른 건 안 닮았으면 좋겠다. 너도 아버지가 미쳤었다는 건 알고 있지? 술을 마시면서 더 나빠졌어. 오바마 만난 적 있니? 네 아버지 말이다."

"딱 한 번요. 열 살 때."

"딱 한 번만 만난 건 참 잘한 일이다. 그러니 네가 이렇게 잘하고 있지."

이런 식으로 한 시간이 흘렀다. 러스는 끊임없이 아버지의 실패와 잘못을 들추었다. 또, 마크가 모든 방면에서 얼마나 잘하는지 자랑하면서 두 사람을 비교했다. 러스는 아우마는 쳐다보지도 않고 나에게만 질문을 했다. 아우마는 러스가 내온 라자냐만 포크로 뒤적였다. 식사가 끝나자마자 가야겠다고 했다. 하지만 러스는 자기가 디저트를 내올 동안 마크가 우리에게 가족 앨범을 보여줄 거라고 했다. 그러자 마크가 말했다.

"두 사람은 별로 흥미가 없을 것 같은데요, 어머니?"

"아냐. 그 반대야."

그녀의 목소리가 이상하게도 아주 멀리서 들리는 것 같았다.

"오바마 사진들도 있거든. 젊었을 때 찍은 사진들……."

우리는 마크를 따라서 책장으로 갔다. 마크가 커다란 앨범을 한 권 빼냈다. 우리는 소파에 앉아서 앨범을 천천히 넘기며 사진을 보았다. 긴 다리와 큰 눈만 보이는 마르고 키가 큰 아우마와 로이가 각각 어린 동생을 한 명씩 감싸듯이 안고 있었다. 노땅과 러스는 해변에서 카메라를 향해 험악한 인상을 장난스럽게 지어 보였다. 온 가족이 정장을 차려입고 시내로 외출하는 사진도 있었다. 모두에게 행복한 장면들이었다. 그런데 이상하게도 낯설지가 않았다. 마치 내 등 뒤의 또 다른 세상을 살피는 기분이었다.

그 사진들은 내가 오랜 세월 품어왔던 환상, 심지어 나 자신도 모르게 비밀로 간직해 왔던 환상이 사실이 되어 내 눈앞에 펼쳐진 것이었다. 아버지에 대한 환상이 나와 어머니를 그가 살던 케냐로 데리고 갔다. 어머니와 아버지 그리고 모든 형제들이 한 지붕 아래에 사는 환상. 내가 상상했던 게 실제로 이루어졌다면 아마 그 앨범의 사진 속 모습으로 나타났을 것이다. 하지만 역설적으로 그것은 내가 살아온 인생이 얼마나 쓰라리고 아픈 것인지 증명하는 것이기도 했다. 그 사실을 깨닫는 순간 나는 사진에서 눈을 돌리고 말았다.

돌아오는 길에 나는 아우마에게 괜히 가자고 해서 불편하게 만들었다며 미안하다고 했다. 아우마는 손사래를 쳤다.

"더 나쁠 수도 있다고 생각했는데 그보다는 나았는데 뭐. 근데 마크가 참 안됐더라. 너무 외로워 보여. 케냐에서 혼혈로 산다는 게 결코 쉬운 일이 아니거든."

나는 창밖을 보며 어머니와 외할머니, 외할아버지를 생각했다. 정말 고마운 분들이라는 생각이 들었다. 그들이 내 곁에 있었다는 사실, 그들이 해준 이야기들이 고마웠다. 나는 다시 아우마 쪽을 보며 물었다.

"그 여자는 노땅을 마음에서 완전히 떠나보내지 못한 것 같아. 그래 보이지 않았어?"

"러스 말이야?"

"응. 아직도 노땅을 마음에 담고 있는 것 같아."

아우마가 잠시 생각한 뒤에 대답했다.

"그래, 맞아. 내가 보기에도 그랬어. 우리와 마찬가지인 것 같아."

●

그다음 주에 마크에게 전화를 걸어 바깥에서 점심을 함께 먹자고 했다. 망설이는 눈치였지만 그는 마침내 그러자고 했다. 약속 장소는 도심에 있는 인도 음식점이었다. 마크는 처음 볼 때보다 한결 긴장이 풀린 모습이었다. 농담도 하고 캘리포니아와 대학 내의 권력 싸움에 대한 이야기도 했다. 케냐에 와 있으니 어떠냐고 묻자 이렇게 대답했다.

"좋아. 어머니와 아버지를 만나니까 좋지 뭐. 조이도……. 녀석은 정말 대단해."

마크는 사모사를 잘라서 입에 넣었다.

"그리고 그밖에…… 케냐에 대해서는 별다른 감흥이 없어. 그냥 가난한 아프리카 국가구나, 하는 생각밖에."

"여기에 정착하겠다는 생각은 해본 적 없니?"

마크는 콜라를 한 모금 마셨다.

"아니. 물리학자가 할 수 있는 게 별로 없잖아. 이 나라에는 평균적인 수준의 국민도 전화가 없는데 뭘."

거기서 그만뒀어야 했다. 하지만 마크의 목소리에 담긴 확신과 마치 거울 속의 나를 바라보는 듯한 우리의 유사함 때문에 나는 더욱 강하게 밀어붙였다.

"뭔가를 잃어버리고 있다는 느낌이 든 적은 한 번도 없었니?"

마크는 나이프와 포크를 내려놓았다. 그리고 처음으로 내 눈을 정면으로 바라보았다. 그리고 건조한 목소리로 이렇게 대답했다.

"무슨 말을 하는지 나도 잘 알아. 아마도 내가 나의 뿌리를 스스로 잘라내려 한다고 생각할 거야."

그는 냅킨으로 입을 닦고는 그것을 식탁에 내려놓았다.

"네 말이 맞아. 어느 시점에선가, 나는 내 친아버지가 어떤 사람인지 생각하지 않기로 마음먹었어. 당시 아버지는 살아 있었지만 내 마음속에서는 이미 죽은 사람이었어. 그는 주정뱅이였고 아내와 자식들에게는 조금도 관심을 갖지 않았어. 이유는 이것만으로도 충분하지 않아?"

"그런 것들 때문에 화가 단단히 났었구나."

"화가 난 게 아니라 그냥 무감각하게 변한 거지."

"무감각하게 사는 게 아무렇지도 않았어? 힘들지 않았니?"

"그 사람에 대해서만 무감각했을 뿐이야. 하지만 다른 것들에 대해서는 늘 감동받고 상처받기도 했어. 베토벤의 교향곡들, 셰익스피어의 소네트, 또 뭐…… 많잖아. 그래, 나도 알아. 이런 것들을 아프리카 사람이 얼마나 진정으로 느낄 수 있겠어. 하지만 무슨 상관이야. 내가 좋다는데 누가 뭐라고 하겠어. 나는 내가 절반은 케냐 사람이라는 사실을 부끄러워하지 않아. 그렇다고 그 사실을 가지고 수많은 질문을 던지는 따위의 쓸데없는 짓은 하지 않아. 예를 들면, 내가 진짜 누구인가 하는 질문 말이야."

마크는 어깨를 으쓱했다.

"모르겠어. 어쩌면 그런 질문을 해야 마땅한지도 모르지. 나 자신을 조금 더 깊이 들여다보면 그럴 수 있다는 것은 나도 인정해. 하지만……."

마치 절벽에 매달린 암벽 등반가가 발 디딜 곳을 놓쳐버렸을 때처럼, 짧은 순간 마크가 망설이는 빛을 보였다. 나는 그걸 놓치지 않고 간파했다. 하지만 마크는 금방 평정심을 되찾고는 웨이터에게 계산서를 갖다 달라고 손짓했다.

"누가 알겠어. 확실한 건, 나는 그런 스트레스를 원하지 않는다는 사

실이야. 그런 쓸데없는 것 말고도 인생은 충분히 힘들잖아. 그러니 될
수 있으면 피해야지."

우리는 자리에서 일어났고, 내가 계산하겠다고 우겨서 결국은 그렇
게 했다. 바깥에서 우리는 주소를 교환하면서 편지를 주고받자고 했다.
그 뻔한 거짓말에 마음이 더 아팠다. 집에 돌아와서 아우마에게 마크
를 만나서 나눈 이야기를 전했다. 아우마는 잠시 허공을 바라보더니
픽 하고 씁쓸하게 웃었다.

"왜 웃어?"

"그냥 인생이 얼마나 이상한지 생각했어. 노땅이 죽자마자 변호사들
은 상속권을 주장할 만한 사람들을 모두 들쑤시고 다녔어. 그런데 우
리 어머니와 달리 러스는 마크의 아버지가 누구인지 증명할 수 있는
서류를 모두 가지고 있더라. 노땅의 자식들이 많긴 해도, 그 누구도 부
인할 수 없는 유일한 자식이 바로 마크였어. 우습지 않니?"

아우마는 다시 웃었다. 나는 벽에 걸린 사진을 바라보았다. 러스의
앨범 속에 있던 바로 그 사진을 확대한 것이었다. 남자아이 셋과 여자
아이 하나가 카메라를 바라보며 활짝 웃고 있는……

17

케냐에 머문 지 벌써 두 주가 끝나갈 무렵이었다. 아우마와 나는 사파리 여행을 갔다.

처음에 아우마는 별로 내키지 않는다고 했다. 여행사의 팸플릿을 보여주자 그녀는 얼굴을 찌푸리며 고개를 내저었다. 대부분의 케냐 사람들과 마찬가지로, 그녀는 동물 보호구역과 식민 정책을 곧바로 연결시켰다. 그리고 이렇게 물었다.

"케냐 사람들 가운데서 사파리 여행을 할 만큼 여유가 있는 사람이 몇 명이나 될 것 같니? 농사짓는 데 써도 모자랄 땅을 외국 관광객들을 위해서 보존해야 한다고 생각하는 근거가 뭐니? 백인들은 흑인 아이 100명보다 죽은 코끼리 한 마리를 더 중요하게 생각해. 정말 웃기지 않니?"

여러 날에 걸쳐서 우리의 공방은 계속되었다. 나는 다른 사람들의 태도 때문에 자기 나라 땅을 둘러보지 않는다는 것은 말도 안 된다고 했다. 그러자 그녀는 쓸데없이 돈을 낭비하고 싶지 않다고 했다. 그러다 결국 그녀가 항복했다. 내 말에 설득당해서 마음을 바꾼 게 아니었다. 하도 조르니까 내가 불쌍해 보인 모양이었다.

"만약 어떤 동물이 널 조금이라도 다치게 한다면, 나 자신을 용서하지 않을 거야."

그리고 어느 화요일 아침 7시, 건장한 체구의 키쿠유족 운전사가 우리 앞에 나타났다. 이름은 프랜시스였다. 프랜시스는 우리 짐을 미니밴 지붕에 올렸다. 일행은 우리 말고 라파엘이라는 요리사와 검은 머리카락의 이탈리아인 마우로, 40대 초반의 윌커슨 부부가 있었다.

미니밴은 적절한 속도를 유지하면서 나이로비 시내를 벗어났다. 곧 초록색 언덕이 나타나고 붉은 오솔길과 작은 농원들이 나타났다. 농가를 둘러싼 밭에서는 옥수수가 시들고 있었다. 아무도 말을 하지 않았다. 불편한 침묵만이 이어질 뿐이었다. 이런 침묵은 미국에서도 경험했었다. 술집이나 호텔에 들어갔을 때 종종 그랬다. 그런 생각을 하노라니 아우마와 마크, 하와이에 있는 외할머니와 외할아버지, 인도네시아에 있는 어머니가 떠올랐다. 그리고 제이투니 고모가 했던 말도. 모든 사람이 다 가족이면, 가족은 없는 거야. 그 말이 옳을까?

케냐에 갈 때 나는 나를 둘러싼 여러 개의 세상을 단 하나의 조화로운 세상으로 통합할 수 있다고 생각했었다. 하지만 통합이 아니라 분열만 가속되었다. 사소한 일을 놓고도 갈라지고 찢어지기만 했다. 그 전날에도 그랬다. 아우마와 내가 여행사에 사파리 여행을 신청하러 갔을 때였다. 여행사는 인도인 소유였다. 사실 나이로비에 있는 대부분의 소규모 사업들은 아시아인들이 장악하고 있었다. 아니나 다를까, 젊은 인도 여자가 흑인 직원들에게 이런저런 지시를 내리는 것을 보고 아우마가 핏대를 세웠다.

"얼마나 거만한지 너도 봤지? 저 사람들은 자기도 케냐 사람이라고 말해. 하지만 우리와 무얼 나누거나 함께할 생각은 눈곱만큼도 없어. 돈을 벌면 곧바로 런던이나 뭄바이로 보낸다니까."

나는 아우마의 그런 일방적인 태도가 마음에 들지 않았다.

"자기들이 번 돈을 자기가 보내고 싶은 데로 보낸다고 그 사람들을 욕할 수는 없잖아. 우간다에서 무슨 일이 일어났는지 잘 알면서."•

나는 미국에서 친하게 지내던 인도와 파키스탄 출신 친구들에 대해서도 이야기했다. 그들은 흑인의 대의를 적극적으로 지지했으며, 내가 빈털터리였을 때 돈을 빌려주고 잘 곳이 없을 때 기꺼이 자기들의 좁은 방을 함께 쓸 수 있도록 해주었다고 이야기했다.

"바라크, 넌 가끔 가다 보면 너무 나약하고 감상적이야."

아우마는 미니밴의 창밖으로 흐르는 풍경에만 시선을 고정하고 있었다. 아우마에게 그런 이야기를 할 때 나는 무엇을 기대했던 것인가? 제3세계의 연대라는 소박한 공식은 케냐에서는 전혀 통하지 않았다. 케냐에서 인도인들은 인도네시아의 중국인이나 시카고 사우스사이드의 한국인과 다름없었다. 인종 갈등의 틈바구니에서 자기 자신을 지키며 장사를 하고 이문을 남길 뿐이었다. 그러다 보니 도드라져 보였고, 분노의 표적이 되었다. 그건 누구의 잘못도 아니었다. 단지 역사의 문

• 1985년에 티토 오켈로Tito Okello 장군이 쿠데타로 권력을 장악했다. 그러나 무세베니가 저항운동을 이끌어 그를 끌어내리고 1986년 1월에 대통령이 되었다.

제일 뿐이었다. 불행한 삶의 한 진실일 뿐이었다.

어쨌거나 케냐에서 분열은 거기서 멈추지 않았다. 늘 새로운 분열을 만드는 더 섬세한 경계선들이 새로 만들어졌다. 예를 들면, 케냐에 존재하는 마흔 개에 이르는 흑인 부족이 그랬다. 그 부족들 역시 삶의 한 진실이었다. 아우마의 친구들이나 민족과 국가라는 개념을 배우고 성장한 대학생들에게서는 부족 간의 적대감이나 배타성을 찾아보기 어렵다. 하지만 그들이 배우자를 선택할 때나 나이가 더 들어서 어떻게 처신하는 게 자기 경력에 유리할지 고민할 때, 부족주의가 고개를 든다.

대부분의 케냐 사람들은 여전히 옛날 방식대로 살고 있었다. 심지어 제인 고모나 제이투니 고모도 깜짝 놀랄 만한 말들을 불쑥불쑥 내뱉곤 했다. 루오족은 똑똑한데 게으르다거나, 키쿠유족은 돈을 밝히지만 부지런하다거나, 혹은 칼렌진족이 이 나라를 접수한 뒤에 어떤 일이 일어났는지 잘 알지 않느냐는 등. 고모들이 편견을 가지고 이런 말을 할 때 나는 그들의 말 속에 어떤 논리적인 모순이 있는지 지적하곤 했다.

"그런 말을 들으니까 옛날로 돌아간다는 생각이 드네요. 우리는 모두 한 부족의 일부잖아요. 흑인이라는 부족, 인간이라는 부족 말입니다. 부족주의가 나이지리아와 라이베리아를 어떻게 망쳐놓았는지 잘 아시잖아요."

그러면 제인 고모는 이렇게 말했다.

"그래, 서아프리카 흑인들은 다들 미쳤어. 그 사람들 옛날에 식인 풍습이 있었다는 거 아니?"

제이투니 고모도 이렇게 말했다.

"넌 꼭 네 아버지처럼 말하는구나, 배리. 네 아버지도 그런 생각을 가지고 있었는데."

나의 아버지 역시 감상적이었다는 뜻이었다. 역사를 따지기 좋아하더니 결국 어떻게 되었느냐는 힐난이었다.

미니밴이 갑자기 섰고, 나는 상념에서 깨어났다. 작은 농가 앞이었다. 프랜시스는 잠깐만 기다리라고 하고는 차에서 내렸다. 몇 분 뒤에 그는 열두어 살쯤 되어 보이는 여자아이를 데리고 나왔다. 청바지에 딱 붙는 블라우스를 입고 캠핑 가방을 멘 소녀였다. 프랜시스는 소녀에게 아우마 옆자리에 앉으라고 했다.

"딸이에요?"

소녀가 앉을 수 있도록 아우마가 엉덩이를 물리면서 물었다.

"아뇨, 동생입니다. 동물 보는 걸 좋아해요. 늘 나한테 데리고 가달라고 조르거든요. 다들 괜찮죠?"

다들 괜찮다고 하며 소녀를 보고 미소 지었다. 소녀는 사람들의 관심을 부담스러워하면서도 잘 참았다.

"이름이 뭐니?"

영국 여자 월커슨 부인이 물었다.

"엘리자베스예요."

소녀가 작은 소리로 대답했다. 그러자 아우마가 말했다.

"그래, 엘리자베스. 넌 나랑 텐트를 같이 쓰면 되겠다. 내 남동생은 코를 굉장히 심하게 고는데, 넌 아니겠지?"

"그 말 믿지 마라."

나는 얼굴을 장난스럽게 찌푸린 뒤에 비스킷을 내놓았다. 엘리자베스는 비스킷을 하나 집어서 모서리부터 돌려가며 조금씩 뜯어먹었다. 아우마가 비스킷 봉지를 집어서 이탈리아 남자 마우로에게 내밀었다.

"좀 드세요."

이탈리아 남자가 웃으면서 하나를 집었다. 아우마는 다시 비스킷 봉지를 영국인 부부에게 내밀었다.

길은 구릉으로 이어졌다. 구릉으로 접어드니 좀 서늘했다. 여자들이 맨발로 땔감과 물을 날랐고, 소년들은 금방이라도 부서질 것처럼 삐걱거리는 수레에 앉아서 회초리를 날리며 당나귀를 독려했다. 점차 인가가 드물어지고 관목과 숲이 나타나기 시작했다. 그리고 마침내 우리 왼쪽에 있던 나무들이 어느 틈엔가 모두 사라져버리고 탁 트인 하늘만 시야에 가득 들어왔다. 프랜시스가 차를 세운 뒤에 말했다.

"여기가 그레이트 리프트 밸리*입니다."

●

우리는 차에서 내린 다음 단층 절벽 끝에 서서 서쪽 지평선 쪽을 바라보았다. 수백 미터 아래로는 사바나 지대가 끝없이 이어지다가 마침내 하늘과 맞닿아 있었다. 그 하늘에는 흰 구름이 떠 있었다. 오른쪽으로는 외로운 산 하나가 고요한 바다에 떠 있는 섬처럼 솟아 있었고, 그 뒤로 희미한 봉우리들이 늘어서 있었다. 사람이 존재한다는 사실을 일깨워주는 것은 오로지 두 개밖에 없었다. 하나는 서쪽으로 이어진 좁은 길이었고, 또 하나는 위성 방송 기지였다. 방송 기지의 거대한 흰 접시가 하늘을 향해 서 있었다.

길을 따라 북쪽으로 몇 킬로미터 더 간 다음, 가던 길에서 벗어나 작은 길로 접어들었다. 앞으로 나아가는 속도가 더뎠다. 도로에 큼지막한 물웅덩이들이 계속해서 나타났기 때문이다. 도로 전체가 거대한 웅덩이로 변해버린 곳도 있었다. 그뿐 아니라 맞은편에서 트럭이 심심찮게

● 아시아 남서부 요르단강 계곡에서 아프리카 동남부 모잠비크까지 이어지는 세계 최대의 지구대.

나타났고, 그때마다 우리가 탄 미니밴은 제방 쪽으로 조심스럽게 비켜나야 했다. 마침내 우리는 조금 전 위에서 내려다보았던 바로 그 길에 다다랐다. 미니밴은 그 길을 따라서 계곡을 가로질렀다.

풍경은 건조하기 이를 데 없었다. 관목 덤불이나 추레한 가시나무들, 단단하고 검은 자갈뿐이었다. 작은 무리를 이룬 가젤 떼 곁을 지나쳤다. 누 한 마리가 나무 밑동에서 풀을 뜯었고, 멀리 얼룩말과 기린 한 마리가 시야에 들어왔다. 그리고 한 시간 가까이 사람 구경을 못 하다가, 마침내 마사이족 목부牧夫가 멀리 보였다. 자기가 든 지팡이처럼 마르고 꼿꼿한 그 남자는 뿔이 긴 가축 떼를 몰고 텅 빈 평원을 가로지르는 중이었다.

마사이족에 대해서는 책을 통해서 제법 많은 걸 알고 있었지만 나이로비에서는 마사이족을 많이 만나지 못했다. 목가적인 생활 방식과 전투에 임할 때 보여준 용맹함 때문에 마사이족은 영국인으로부터 적개심과 함께 명성을 얻었다고 했다. 그래서 그들은 비록 보호구역 안에 살긴 해도, 인디언 체로키족이나 아파치족과 마찬가지로 영국군에 패하긴 했지만 영웅적인 신화 속 주인공으로 남아 있었다. 그림엽서나 잡지 화보에 우아한 야만인으로. 오로지 마사이족을 향한 서구인의 뜨거운 관심에 다른 케냐 사람들이 분통을 터뜨렸다. 그런데 마사이족의 생활 방식이 특이하다고 생각하면서도 그들의 땅을 동경하는 분위기가 조성되었다. 그러자 케냐 정부는 그런 동경을 잠재우려고 마사이족 아이들을 강제로 교육하려 했고, 마사이족 사회에 사유지 개념을 이식하려 했다. 케냐 관리들은 마사이족이 흑인의 부담스러운 짐이라고 했다. 그리고 불운한 동족에게 문명을 가르쳐야 한다고 했다.

미니밴이 마사이족 영토로 깊이 들어갈 때, 나는 마사이족이 과연 얼마나 오래 버틸 수 있을까 생각했다. 점심을 먹고 차에 기름을 넣기 위해서 작은 교역 마을인 나로크에 들어갔다. 카키색 반바지에 낡은 티셔츠를 입은 한 무리의 아이들이 값싼 보석과 과자 종류를 사라고 외치며 우리 차로 몰려들었다. 두 시간 뒤, 우리는 보호구역으로 통하는 정문에 도착했다. 뉴욕 양키스 모자를 쓴 키 큰 마사이족 남자가 맥주 냄새를 풍기면서 차창 안으로 얼굴을 들이밀고는 싱긋 웃었다. 마사이족의 전통 방벽防壁을 관광시켜 주겠다고 했다.

"40실링. 사진 찍는 값은 따로."

프랜시스가 수렵 관리 사무소에 볼일을 보러 간 사이에 우리는 밖으로 나가서 그 마사이족 남자를 따라 커다란 원형 울타리 안으로 들어갔다. 울타리는 가시덤불로 되어 있었다. 방벽을 따라서 진흙과 가축의 똥으로 만든 작은 오두막집이 늘어서 있었다. 울타리 안의 가운데 공터에는 가축이 여러 마리 있었고 벌거벗은 아기들이 나란히 서 있었다. 한 무리의 여자들이 우리에게 손짓했다. 자기들이 만든 구슬 덮인 호리병박을 구경하고 사라는 것이었다. 그 여자들 가운데 등에 아이를 업은 젊은 여자가 우리에게 어떤 관광객이 자기를 속이고 준 거라면서 25센트짜리 동전을 보여주었다. 나는 그 동전을 실링으로 바꿔주었다. 그러자 여자는 고맙다면서 자기 오두막으로 우리를 안내했다. 오두막 안은 천장의 높이가 150cm밖에 되지 않았으며 비좁고 어두웠다. 여자는 그 안에서 자기 가족이 요리하고 잠을 잔다고 했다. 또 암소가 새끼를 낳을 때도 이 공간을 쓴다고 했다. 연기 때문에 눈을 뜰 수가 없어서 들어간 지 채 1분도 안 되어 밖으로 뛰쳐나올 수밖에 없었다. 그 사이에 나는 여자 등에 업힌 아기의 부풀어 오른 두 눈 주위에 새까만 원을 그리고 앉아 있는 파리 떼를 손을 저어 쫓을까 말까 고민했다.

차로 돌아오자 프랜시스가 벌써 와서 우리를 기다리고 있었다. 우리는 정문을 지나서 좁고 메마른 오르막길을 따라 계속 나아갔다. 그런데 그 오르막길을 다 오르고 나자 놀랍도록 아름다운 광경이 펼쳐졌다. 그보다 더 아름다운 광경은 한 번도 본 적이 없었다. 사자의 갈기털처럼 부드러운 암갈색 구릉이 물결치듯 끝없이 펼쳐진 평원이었다. 강을 따라서 길게 형성된 숲이 이 평원에 주름을 잡아주었으며, 또 군데군데 가시나무들이 점점이 박혀 있는 풍경이었다. 왼쪽으로는 거대한 얼룩말 떼가 밀 색깔의 풀을 뜯어먹고 있었다. 얼룩말의 줄무늬는 정말 놀랍도록 대칭에 가까웠다. 오른쪽으로는 가젤 한 무리가 관목 덤불 안으로 뛰어들었다. 그리고 가운데에 수천 마리의 누가 있었다. 누의 머리는 슬픔에 잠긴 듯했고 어깨에는 커다란 혹이라도 달린 듯했다. 가는 네 다리로 그 큰 덩치를 어떻게 지탱하나 싶었다. 프랜시스가 차를 몰아서 이 누 무리 가까이 다가갔다. 그러자 우리 앞에 있던 누들이 차의 양옆으로 갈라졌다가 차 뒤에서 다시 하나로 모여들었다. 마치 물고기 떼 속에서 헤엄을 치는 기분이었다. 그들의 발굽이 지면을 차는 소리가 마치 해변을 쓰는 파도 소리처럼 들렸다.

아우마를 보았다. 아우마는 한 팔로 엘리자베스의 어깨를 감싸고 있었다. 두 사람은 똑같이 미소를 지으며 말없이 그 광경을 지켜보았다.

우리는 구불구불 흘러가는 갈색 개울의 제방 위 커다란 무화과나무가 있는 곳에서 야영하기로 했다. 수많은 찌르레기들이 나무 위에 앉아서 시끄럽게 떠들어댔다. 텐트를 친 뒤 땔감으로 쓸 나무를 주워오고도 근처를 드라이브할 수 있을 만한 시간이 남았다. 그래서 가까이에 있는 물웅덩이로 찾아갔다. 영양의 일종인 토피와 가젤이 물을 마시고 있었다. 저녁 메뉴는 라파엘의 고기로 만든 스튜였다. 저녁을 먹으면서 프랜시스가 자기 이야기를 했다. 그는 아내와의 사이에 아이가 여섯 명 있으며 키쿠유랜드에 있는 농가에 산다고 했다. 자기들은 커피와 옥수수 농사를 짓는데, 여행사 일이 없을 때는 땅을 파고 일구는 힘든 일을 해야 한다고 했다. 그리고 여행사 가이드 일을 좋아하지만 가족과 떨어져서 지내는 게 싫다고 말했다.

"할 수만 있다면 여행사 일은 때려치우고 농사만 짓고 살겠습니다. 그게 더 좋아요 하지만 KCU 때문에 안 돼요."

"KCU가 뭔데요?"

내가 물었다.

"케냐커피조합을 그렇게 부릅니다. 순 도둑놈들이지요. 우리가 뭘 심고 또 언제 심어야 할지를 그 사람들이 정합니다. 커피 농사를 지으면 무조건 그 사람들에게만 팔아야 하죠. 그럼 그 사람들이 그걸 외국에 다 팔아요. 툭 하면 커피 가격이 내렸다고 하지만, 그들은 우리에게 주는 돈의 백 배는 더 받습니다. 나는 그걸 다 압니다. 도대체 나머지는 다 어디로 가죠?"

그는 머리를 절레절레 흔들었다. 정말 화가 나는 모양이었다.

"정부가 국민의 재산을 훔치다니 말이 됩니까? 끔찍한 일입니다."

"말을 그렇게 함부로 막 해도 되나요?"

아우마의 말에 그가 어깨를 으쓱했다.

"사람들이 될 수 있으면 많이 떠들어야지 뭐가 바뀌어도 바뀌지 않겠습니까. 이 계곡까지 올 때 우리가 지나온 길을 한번 생각해 보자고요. 그 길은 원래 작년에 말끔히 보수를 하기로 되어 있었습니다. 그런데 자갈만 쓰으 뿌려놓고 말았다 이겁니다. 그러니 비가 오자마자 다 쓸려가고 원래대로 돌아갔지요. 그렇게 해서 남긴 돈이 어디로 갔겠습니까? 아마도 어떤 거물이 자기 집을 짓는 데 썼겠죠."

프랜시스는 모닥불을 바라보면서 손가락을 갈퀴처럼 만들어 수염을 빗었다.

"내 생각에는 정부 잘못만은 아닌 것 같아요. 정부가 아무리 잘한다 해도, 우리 케냐 사람들은 세금 내는 걸 싫어하거든요. 자기 돈을 다른 사람에게 준다거나 맡긴다는 생각 자체를 믿지 않아요. 가난한 사람은 당연히 그런 의심을 할 만하죠. 늘 쪼들리니까요. 그런데 도로를 사용하는 트럭을 가지고 있는 사람들도 세금을 내지 않으려 한다니까요. 세금을 강제로 징수하려 든다면, 아마도 그들은 이익의 일부를 세금으로 내느니 차라리 자기 트럭을 부숴버릴 겁니다. 이게 우리 케냐 사람들의 사고방식입니다."

나는 작은 나뭇가지를 모닥불 속으로 던지며 프랜시스에게 말했다.

"미국도 마찬가지예요. 별로 다를 게 없습니다."

"아마 그렇겠죠. 하지만 미국 같은 부자 나라에서는 그래도 여유가 있잖아요. 돈이 넘쳐나니까요."

바로 그때 마사이족 남자 두 명이 다가왔다. 프랜시스가 그들을 반갑게 맞았다. 두 사람이 모닥불 앞에 앉자, 밤에 우리를 지켜줄 사람들이라고 프랜시스가 설명했다. 두 사람은 조용했고 모두 미남이었는데, 툭 튀어나온 광대뼈가 모닥불 때문에 더욱 두드러져 보였다. 가는 팔과 다리가 붉은 슈카스 밖으로 삐죽 튀어나온 모습이 인상적이었다. 그들은 들고 온 창을 자기 앞의 땅에 꽂아두었다. 땅에 꽂힌 두 개의 창이 무화과나무 쪽으로 긴 그림자를 드리웠다. 두 사람 가운데 하나가 스와힐리어로 자기 이름은 윌슨이며, 동쪽으로 몇 킬로미터 떨어진 곳에 산다고 했다. 말 없는 다른 마사이족 남자는 전등을 들고 주변의 어둠 속을 한 번 쓰윽 훑었다. 아우마가 혹시 야생동물이 습격하면 어떻게 하느냐고 묻자, 윌슨이 싱긋 웃었다.

"아무 문제없습니다. 하지만 밤에 볼일을 보러 가야 한다면, 우리 둘 가운데 한 명을 데려가야겠죠."

프랜시스는 두 사람에게 여러 동물의 이동 경로와 습성에 대해서 물었다. 나는 밤하늘의 별을 보려고 모닥불에서 떨어져 나왔다. 도시가 쏟아내는 불빛에서 완전히 벗어나 밤하늘의 별을 바라보는 게 도대체 몇 년 만인지 몰랐다. 별들은 보석처럼 크고 선명했다. 그런데 뿌옇고 흐릿한 게 보였다. 모닥불에서 나는 연기려니 생각하고 조금 비켜서서 바라보았지만 그것은 그 자리에 그대로 있었다. 그래서 구름이려니 생각했다. 구름이 왜 아까부터 사라지지도 않고 계속 그 자리에 있을까 의아해하는데 등 뒤에서 발소리가 났다. 윌커슨 씨였다. 그도 하늘을 올려다보았다.

"저게 은하수인가 봅니다."

"설마……."

그는 손을 들어서 남십자성*의 네 별 들을 가리켰다. 그는 말투가 부드러웠다. 둥근 안경을 썼고, 회색빛이 조금 도는 금빛 머리카락을 가지고 있었다. 처음 그를 보았을 때, 평생을 실내에서만 생활하는 교수나 회계사일 거라고 추측했다. 하지만 겪어보니 그는 거의 모든 종류의 실용적인 지식을 다 알고 있는 사람이었다. 나로서는 도무지 생각도 못 했지만, 늘 부족하다고 생각하며 꼭 배우고 싶었던 그런 지식이었다. 랜드로버의 엔진을 놓고도 프랜시스는 오랜 시간 이야기했다. 텐

● 네 개의 별로 이루어진 별자리. 은하수 속에 있지만 북위 30도 이남에서만 볼 수 있다.

트를 칠 때도 나는 말뚝 하나를 겨우 박았을 뿐인데, 그는 벌써 텐트를 다 치고 나서 손을 툭툭 털었다. 그리고 눈에 보이는 모든 새와 나무의 이름까지도 알고 있는 듯했다.

그래서 나는 그가 어린 시절을 케냐에서 보냈다는 이야기를 듣고 그다지 놀라지 않았다. 그의 아버지는 화이트 하이랜즈에서 대규모 차 농장을 경영했다고 했다. 지난 이야기를 하는 걸 꺼리는 눈치였지만 간략하게 자기가 살아온 이야기를 들려주었다. 그 이야기를 요약하면 이랬다. 케냐가 독립한 뒤에 그의 가족은 곧바로 땅을 팔고 영국으로 이사 가서 런던 근교의 조용한 곳에 정착했다. 그 뒤에 그는 의과대학에 진학했으며, 졸업 후 리버풀에 있는 국립건강보험공단에서 일했다. 바로 거기서 정신과 의사로 일하던 아내를 처음 만났으며, 몇 년 뒤에 아내를 설득해서 아프리카로 돌아왔다. 그런데 아프리카의 다른 지역에 비해서 상대적으로 의사가 많은 케냐 대신 말라위에 정착하기로 했고, 두 사람은 정부의 지원을 받으며 5년 동안 일해왔다고 했다.

"50만 인구가 사는 지역을 의사 여덟 명이 책임지고 있고, 그 여덟 명을 내가 지휘합니다. 충분한 지원을 받은 적이 한 번도 없어요. 정부가 구매하는 전체 물량 가운데 최소한 반은 암시장으로 빼돌려지더군요. 그래서 우리는 가장 기본적인 것에만 초점을 맞출 수밖에 없어요. 어쨌든 간에 아프리카에 절실하게 필요한 거니까요. 사람들은 온갖 질병으로 죽어가요. 설사병, 수두 그리고 지금은 에이즈로 말입니다. 어떤 마을은 에이즈 감염률이 50퍼센트나 됩니다. 말이 안 되는 거죠."

무서운 사실이었다. 그러나 우물을 파고, 어린이들에게 예방 접종을 할 보조자들을 훈련시키고, 콘돔을 나눠주는 등 자기 일을 이야기하는 그의 표정에서는 어떤 감상주의나 냉소주의도 찾아볼 수 없었다. 아프리카에 돌아온 이유가 무엇이냐고 묻자, 그는 그런 질문을 여러 번 들은 것처럼 주저 없이 이렇게 대답했다.

"고향이니까요. 난 그렇게 생각합니다. 여기 사람들, 여기 이 땅……."

그는 안경을 벗어서 손수건으로 알을 닦았다.

"정말 재미있죠? 여기서 살아보면 영국 생활이 끔찍하고 답답하게 느껴져요. 영국인들은 가진 게 많지만 인생을 즐길 수 있는 건 오히려 적게 가지고 있어요. 영국에 있으면 오히려 내가 외국인처럼 느껴지니까요."

그는 다시 안경을 끼고는 어깨를 으쓱했다.

"물론 나도 알아요. 시간이 많이 지나고 나면 누군가 내 자리에 대신 앉겠죠. 그렇게 만드는 것도 내 일입니다. 내가 더는 필요 없는 존재가 되도록 만드는 거 말입니다. 나와 함께 일하는 말라위 의사들은 훌륭합니다. 정말 훌륭합니다. 솜씨가 좋고 헌신적이에요. 우리가 훌륭한 의료 시설을 갖춘 의사 학교를 세울 수만 있다면, 지금 당장이라도 의사의 수를 세 배로 늘릴 수 있어요. 그러고 나면……."

그는 거기서 잠시 말을 끊었다.

"그러고 나면?"

그는 모닥불을 향해서 돌아섰다. 이어지는 그의 말소리가 어쩐지 조금 떨리는 것 같았다.

"아마도 나는 이제 다시는 이곳을 고향이라고 부를 수 없겠죠. 알잖아요, 아버지가 저지른 죄악을. 나는 그것을 인정하는 법을 배웠답니다."

그는 잠시 말을 끊었다가, 다시 돌아서서 나를 바라보았다.

"그래도 나는 이곳을 사랑합니다."

말을 마친 그는 자기 텐트를 향해서 걸어갔다.

새벽이었다. 검은 나무들 위로 하늘이 밝아왔다. 짙은 청색이었다. 그러다가 오렌지색으로 바뀌더니, 다시 매끄럽고 보드라운 노란색으로 바뀌었다. 구름에 묻은 자줏빛이 천천히 엷어지더니, 이윽고 구름이 완전히 흩어졌다. 그리고 별만 하나 남았다. 우리는 텐트를 걷었다. 다 걷었을 즈음에 기린 떼가 나타났다. 일출 직전을 배경으로 선 검은 기린들이 똑같은 각도로 목을 구부린 모습이 인상적이었다.

그리고 그다음부터 펼쳐진 하루의 모습은 어릴 적 보았던 입체 그림 동화책 같았다. 루소가 그린 그림 같기도 했다. 풀밭에서 기지개를 펴는 사자들. 싸구려 장난감처럼 보이는 뿔을 머리에 인 늪의 물소. 물소의 등에서 진드기를 잡아먹는 찌르레기들. 얕은 강 수면으로 내놓은 분홍빛 눈과 콧구멍이 마치 물수제비를 뜨는 납작한 돌처럼 보이는 하마들. 커다란 귀를 펄럭이는 코끼리들.

무엇보다 신기한 건 고요함, 태초의 침묵이었다. 어둠이 완전히 가시지 않았을 무렵, 우리가 야영한 곳에서 그다지 멀지 않은 곳에서 누의 시체를 뜯어먹는 하이에나 무리를 보았다. 오렌지색 햇살 아래 녀석들은 마치 악마의 부하들 같았다. 눈은 흑탄 같았고, 턱 끝에서는 검붉은 피가 뚝뚝 떨어졌다. 하이에나 떼 곁에는 독수리 몇 마리가 서성대면서 자기들에게 돌아올 몫을 끈질기게 기다리고 있었다. 독수리들은 하이에나가 가까이 다가온다 싶으면 훌쩍 날아올라 다시 적당한 거리를 두고 내려앉았다. 원시의 야생 풍경 그 자체였다. 우리는 거기 오래 머물면서 한 생명이 다른 생명을 끝장내는 광경을 지켜보았다. 고요한 침묵을 깨는 것이라곤 하이에나의 이빨에 누의 뼈가 부서지는 소리와 바람 소리, 독수리가 날갯짓을 하며 날아오르는 소리뿐이었다.

천지창조의 순간이 이렇게 고요하지 않았을까 싶었다. 여명의 언덕 위에서 최초의 인간이 걸어 내려오는 상상을 했다. 투박한 손에는 부싯돌을 들고 거친 피부를 고스란히 드러낸 벌거숭이 인간. 하늘을 바라볼 때 느끼는 경외심이나 두려움 혹은 기대를 표현할 수 있는 언어라곤 아직 아무것도 익히지 못한, 그러나 언젠가 자기도 죽을 것임을 희미하게 알고 있는 인간……. 만일 우리가 최초의 인간이 내디딘 첫 발자국, 그가 했던 첫말을 기억할 수만 있다면, 바벨 이전의 시기를 기억할 수만 있다면 얼마나 좋을까.

저녁을 먹은 뒤에 우리는 마사이족 경호원들과 이야기를 나누었다. 윌슨은 자기와 자기 친구가 얼마 전까지 (마사이족 신화의 핵심이라고 할 수 있는) 전사 계급인 모란이었다고 했다. 그들은 남성다움을 증명하기 위해서 각자 사자를 한 마리씩 죽였으며, 야생동물을 수도 없이 사냥했다고 했다. 하지만 이제 전쟁을 치를 일도 없고 야생동물을 사냥하는 것도 까다로워졌다고 했다.

윌슨 말로는, 한 해 전에도 동료 하나가 키쿠유족 감독관이 쏜 총에 맞아 죽었다고 했다. 그래서 윌슨은 모란으로 사는 것은 시간 낭비라고 생각하고는 일자리를 찾아서 나이로비로 갔다. 학교에서 배운 지식이라곤 거의 없어서 그는 은행에서 경비원으로 일을 시작했다. 하지만 경비 업무가 너무 지루해서 미칠 것 같았다. 그는 결국 경비 일을 그만두고 결혼해서 가축을 기르려고 다시 계곡으로 돌아왔다. 그런데 최근에 그가 기르던 가축이 사자에게 잡아먹힌 일이 있었다. 야생동물 보호구역 안에서는 불법이지만, 그와 네 명의 마사이족 남자는 그 사자를 죽였다.

"사자를 어떻게 죽였나요?"

내가 물었다.

"다섯 명이 사자를 둘러싸고 서서 창을 던졌어요. 사자는 딱 한 사람을 노리고 덮칩니다. 그 사람이 몸을 웅크리고 방패로 저항하는 사이에 다른 네 명이 해치우는 겁니다."

"위험할 텐데요?"

말을 하고 보니, 내가 생각해도 바보 같은 질문이었다. 윌슨은 어깨를 으쓱하며 대답했다.

"보통은 그냥 몇 군데 긁히기만 합니다. 하지만 때로는 네 명만 돌아와야 할 때도 있죠."

윌슨은 자기들의 용맹스러움을 자랑하는 게 아니었다. 어려운 작업 과정이나 기계 장치의 작동 원리를 알아듣기 쉽게 설명하려고 애쓰는 자동차 정비공처럼 진지했다. 생명에 대한 그런 태연함을 보고 아우마는, 마사이족은 사람이 죽은 뒤에 어디로 간다고 생각하는지 물었다. 처음에 윌슨은 질문 내용을 알아듣지 못했다. 다시 한번 질문 내용을 자세히 설명하자 그는 싱긋 웃으며 고개를 내저었다.

"어디로 가다니요?"

그는 결국 웃음을 참지 못하고 소리 내어 껄껄 웃고는 이렇게 말했다.

"죽은 뒤에요? 죽으면 아무것도 없습니다. 그냥 흙으로 돌아가죠. 그게 끝입니다."

그러자 이번에는 마우로가 프랜시스에게 물었다.

"프랜시스는 어떻게 생각해요?"

빨간 장정의 작은 성경책을 읽고 있던 프랜시스가 고개를 들고 미소 지었다.

"마사이족은 정말 용감하죠."

그러자 이번에는 아우마가 프랜시스에게 물었다.

"기독교인으로 자랐나요?"

프랜시스가 고개를 끄덕였다.

"부모님은 내가 태어나기 전에 기독교인이 되셨어요."

마우로가 모닥불에 시선을 고정한 채 말했다.

"나는…… 교회를 떠났지요. 지켜야 하는 계율이 너무 많아서요. 때로 기독교가 좋은 종교만은 아니라는 생각을 한 적이 없나요, 프랜시스? 기독교 선교사가 아프리카의 모든 걸 다 바꿔버렸잖아요. 예를 들면…… 뭐랄까……."

"식민지 정책을 들여왔죠."

내가 거들었다.

"예, 식민지……. 기독교는 백인의 종교예요. 그렇죠."

프랜시스는 성경책을 무릎에 놓았다.

"나도 예전에는 그런 것들 때문에 갈등이 많았습니다. 선교사도 사람이고, 사람인 만큼 실수도 많이 했습니다. 나이가 좀 들고 보니, 나역시 잘못을 저지를 수 있다는 사실을 알겠습니다. 하지만 그건 하나님이 실패한 게 아닙니다. 어떤 선교사들은 가뭄이 들어 먹을 게 부족할 때 사람들에게 먹을 걸 주었습니다. 아이들에게 책을 읽는 법을 가르쳤고요. 그런 행위들을 통해서 선교사들이 하나님의 일을 했다고 나는 믿습니다. 우리가 할 수 있는 일은 하나님처럼 살고자 노력하는 것입니다. 비록 늘 모자라긴 하지만 말입니다."

마우로는 자기 텐트로 돌아갔고 프랜시스는 다시 성경책을 들었다. 프랜시스 곁의 아우마는 엘리자베스와 함께 소설책을 읽었다. 월커슨 박사는 무릎을 모으고 앉아서 바지를 수선했고, 그의 아내는 남편 곁에서 모닥불을 바라보았다. 나는 마사이족 남자들을 보았다. 그들은 입을 굳게 다문 채 경계를 늦추지 않았다. 나는 그들이 우리에게 해준 게 무엇인지 생각했다. 어쩌면 그들은 재미있어할지도 모른다는 생각이 들었다. 그들의 용기와 강인함을 접하고 나니 떠들썩하게 시끄럽기만 한 내 영혼이 부끄러워졌다. 모닥불 주위에 둘러앉은 사람들을 돌아보면서 나는 프랜시스와 아우마, 윌커슨 부부도 마사이족 남자들 못지않은 용기를 가지고 있음을 새삼스럽게 깨달았다.

어쩌면 아프리카가 가장 급박하게 필요로 하는 것은 바로 이런 용기가 아닐까 생각했다. 충분히 이룰 수 있는 목표와 야망을 가진, 정직하고 품위 있는 남자와 여자들 그리고 그 목표와 야망을 실천할 수 있는 결단력.

모닥불이 사그라지기 시작했다. 한 사람씩 자기 텐트로 자러 들어갔다. 모닥불 가에는 프랜시스와 나와 마사이족 남자들만 남았다. 내가 자리에서 일어나자 프랜시스가 키쿠유 말로 나지막하게 찬송가를 부르기 시작했다. 내 귀에도 희미하게 익은 곡조였다. 잠시 눈을 감고 그가 부르는 노래를 들었다. 그리고 내 텐트로 걸어가면서 어쩐지 프랜시스의 애처로운 노래를 이해할 수 있겠다는 느낌이 들었다. 그의 노래가 맑고 검은 하늘로 높이 날아올라가 곧바로 하나님에게 가닿는 상상을 했다.

●

마라*에서 돌아온 날, 아우마와 나는 로이가 예상보다 한 주 일찍 도착했다는 소식을 들었다. 서류가방 하나를 달랑 들고 나타나서는, 워싱

●　탄자니아 북부에 있는 주. 동부지역은 세렝게티 국립공원에 속한다.

턴 D.C.에서 일주일을 더 기다릴 생각을 하니 조바심이 나 참을 수 없어서 결국 한 주 앞당겨 비행기를 탔다고 하더라는 것이었다. 그의 귀국에 온 가족이 난리가 났고, 잔치를 벌인 바로 그날 우리가 사파리 여행에서 돌아왔던 것이다. 우리에게 그 소식을 전하며 빨리 오라는 말까지 덧붙인 버나드는, 심부름하느라 큰형을 1분이라도 더 못 본다는 사실에 안절부절못했다. 하지만 이틀 동안 잠을 제대로 자지 못한 아우마는 우선 목욕이나 하고 가자면서 버나드에게 이렇게 말했다.

"조금만 기다려. 로이 오빠한테 가장 짜릿하고 멋지게 보이고 싶어서 그러니까. 너라도 좀 진정해."

제인 고모의 아파트에서 나는 왁자지껄한 소음이 바깥에서도 들렸다. 부엌에서는 여자들이 케일과 얌을 씻고, 닭고기를 토막치고, 옥수수가루를 끓는 물에 갠 아프리카식 죽인 우갈리를 젓고 있었다. 거실에서는 아이들이 식탁을 펼치고 어른들에게 음료수를 돌리고 있었다. 그리고 그 소동의 한가운데에 로이가 두 다리를 쫙 벌리고 두 팔을 소파 등받이에 걸친 채 우리에게 고갯짓을 하며 웃었다. 그는 커다란 손짓으로 우리를 불러서는 차례로 안았다. 로이가 미국에 간 뒤로 한 번도 만난 적이 없었던 아우마는 한 발 뒤로 물러서서 그를 자세히 뜯어보았다.

"너무 뚱뚱해졌잖아!"

"뚱뚱해? 그래?"

로이가 웃었다.

"어른은 어른 사이즈만큼 먹어야지. 특대로."

그러고는 부엌으로 시선을 돌렸다.

"그러고 보니까 생각이 나는데, 맥주가 왜 안 나와?"

그 말이 떨어지기가 무섭게 케지아가 행복한 미소를 지으며 맥주를 들고 왔다.

"배리, 이 사람이 바로 우리 집 장손이다. 우리 가족 중에서 제일 높은 사람."

그런데 한 번도 본 적 없는 여자가 있었다. 풍만하고 젖가슴이 특히 큰 여자였다. 입술에 새빨간 립스틱을 칠한 그 여자는 로이 옆에 앉더니 한 손으로 그의 허리를 안았다. 그 모습을 본 케지아의 얼굴에서 미소가 슬며시 사라졌다. 케지아는 다시 부엌으로 들어갔다. 여자가 로이를 보고 말했다.

"자기, 담배 있어?"

"어, 잠깐."

로이는 셔츠 주머니를 뒤지면서 말했다.

"내 동생 바라크하고 인사했나? 바라크, 여기는 에이미. 너, 아우마는 알지?"

로이가 담배를 꺼내서 에이미에게 주고 라이터로 불을 붙여주었다. 에이미는 담배를 길게 한 모금 빨아들인 뒤, 아우마 쪽으로 몸을 숙이면서 말했다. 말을 하는 동안 그녀의 입에서 연기가 폴폴 나왔다.

"그럼 알지, 왜 몰라? 잘 있었지 아우마? 근데 이거 아니? 너 정말 멋지다! 헤어스타일이 정말 마음에 들어. 진짜. 뭐랄까. 자연스러워!"

로이는 들고 있던 맥주병을 에이미에게 주고 식탁으로 갔다. 그러고는 접시를 하나 들고 김이 나는 큰 냄비에 얼굴을 들이대고 냄새를 맡았다. 그가 큰 소리로 외쳤다.

"짜파티!"

그는 화덕에 구운 밀가루 떡 짜파티 세 조각을 접시에 올렸다. 그리고 또 외쳤다.

"수쿠마위키!"

그는 케일을 잘게 썰어 기름에 볶은 수쿠마를 접시에 수북이 담았다. 그리고 옥수수가루로 만든 우갈리 두 덩어리를 잘라내면서 또 외쳤다.

"우갈리!"

버나드와 다른 아이들은 로이 뒤를 졸졸 따라다니면서 그가 하는 말들을 장난스럽게 따라 했다. 식탁에 둘러앉은 고모들과 케지아가 만족스럽게 웃었다. 케냐에 온 뒤로 본 여러 모습 가운데서 가장 행복한 모습이었다.

식사가 끝난 뒤 에이미가 부엌에서 고모들을 도와 설거지를 할 때, 로이는 나와 아우마 사이에 앉아서 자기가 커다란 계획 두 가지를 들고 왔다고 말했다. 우선, 무역업을 할 계획이라고 했다. 케냐의 진기한 물건들을 미국에 가져가 팔겠다는 것이었다.

"케냐의 옷감이나 목공예품, 이런 것들은 거기서 대박이야! 축제 때 팔 수도 있고, 미술품 가게나 특이한 물건들을 취급하는 가게에다 팔 수도 있어. 벌써 샘플을 몇 개 샀어. 갈 때 가져가려고."

"좋은 생각이네. 뭘 샀는지 좀 보여줘."

로이는 버나드에게 침실에 있는 분홍색 가방들을 모두 가져오라고 했다. 가방 안에는 여러 종류의 목공예품이 들어 있었다. 관광객에게 팔기 위해서 대량 생산한 것들이었다. 그것들을 만지작거리는 아우마의 얼굴에 의심스러운 빛이 떠올랐다.

"이거 다 사는 데 얼마 들었어?"

"한 개에 400실링씩밖에 안 줬어."

"그렇게 많이? 오빠! 오빠 바가지 썼어! 버나드, 넌 왜 옆에서 그냥 보고만 있었니?"

버나드가 어깨를 으쓱했다. 로이도 약간 풀이 죽었다. 그러다가 물건을 다시 싸서 가방에 넣으며 말했다.

"말했잖아, 이건 그냥 샘플이라고. 그냥 투자라고. 시장에서 무엇을 원하는지 알아낼 거야. 돈을 쓰지 않으면 돈을 못 벌어. 안 그래, 바라크?"

"그 말은 맞지."

로이는 금방 활기를 되찾았다.

"그렇지? 내가 일단 시장을 파악하고 난 뒤에 제이투니 고모에게 주문을 할 거야. 그리고 서서히 규모를 키우는 거야. 알지? 서어어서히. 그런 다음에 사업이 정상적으로 돌아가면 버나드와 아보도 우리 회사에 취직할 수 있어. 버나드, 넌 내 부하 직원이 되는 거야."

버나드는 건성으로 고개를 끄덕였다. 아우마는 그런 버나드의 모습을 바라보다가 로이에게 얼굴을 돌렸다.

"커다란 계획 한 가지는 들었고, 다른 하나는 뭐야?"

로이가 싱긋 웃으며 말했다.

"에이미."

"에이미?"

"그래, 에이미. 에이미와 결혼할 거야."

"뭐? 에이미를 마지막으로 본 게 언젠지 알고나 하는 소리야?"

"2년이지. 3년인가? 2년이든 3년이든 그게 무슨 상관이야?"

"오빠는 이 문제에 대해서 그다지 많이 생각하지도 않았잖아."

"에이미는 아프리카 여자야. 내가 잘 알지. 에이미는 나를 이해할 수 있어. 남편과 싸우려고만 드는 서양 여자들과 달라."

로이는 자기 말에 자기가 수긍하면서 고개를 끄덕였다. 그러고는 마치 보이지 않는 손에 이끌리듯이 자리에서 벌떡 일어나 부엌으로 갔다. 그리고 곧 한팔로 에이미를 안고 맥주병을 든 손을 높이 쳐든 채 거실로 나왔다.

"자, 여러분! 가족이 모두 한자리에 모였으니 축배를 듭시다! 여기 우리와 함께 있지 않은 사람들을 위하여! 그리고 해피엔딩을 위하여!"

그러고는 엄숙한 얼굴로 맥주를 바닥에 들이붓기 시작했다. 그렇게 들이부은 맥주 가운데 최소한 반이 아우마의 신발에 쏟아졌다. 아우마가 깜짝 놀라 펄쩍 뛰면서 소리쳤다.

"왜 그래, 미쳤어?"

"미치긴, 조상님들도 드셔야지. 모르니? 아프리카 풍습이잖아."

로이가 웃으면서 말했다. 아우마가 냅킨을 집어서 다리에 묻은 맥주를 닦아내며 소리를 질렀다.

"그건 바깥에서 해야지! 집 안에서 하는 법이 어디 있어! 오빠 도대체 생각이 있는 거야, 없는 거야? 누가 이걸 다 치워? 오빠가 치울 거야?"

로이가 뭐라고 대답하려 할 때 제인 고모가 손에 걸레를 들고 달려왔다.

"괜찮다, 괜찮아."

그녀는 바닥을 걸레로 훔치면서 계속 말했다.

"이거야 닦으면 되지 뭐. 한자리에 모이니까 좋잖아."

한바탕 소란이 끝난 뒤에 가족들 모두 인근에 있는 클럽으로 춤을 추러 가기로 했다. 아우마와 같이 다른 사람들보다 먼저 계단을 내려갈 때 그녀가 혼잣말로 투덜거렸다.

"아유, 못 말리는 오바마 남자들! 미쳐 정말."

그러고는 나에게 말했다.

"자기들 마음대로야! 사람들이 오빠를 얼마나 무서워하고 어떻게 대하는지 봤지? 오빠가 하는 일은 무조건 옳은 거야. 에이미 일만 해도 그래. 에이미와 결혼하겠다는 계획도 외로우니까 갑자기 떠오른 생각이거든. 내가 에이미를 싫어하는 건 아니지만, 어쨌든 에이미도 오빠만큼이나 무책임한 사람이야. 둘이 함께 있으면 두 사람 모두에게 손해야. 둘 다 더 나빠진단 말이야. 어머니나 제인 고모, 제이투니 고모, 그분들 모두 그걸 잘 아셔. 하지만 그분들이 오빠에게 자기 의견을 말할까? 천만에! 솔직하게 말하면 오빠가 화를 낼지도 모르고, 그게 겁이 나서 아무 말도 못 해. 그런 말을 해주는 게 오빠한테 좋다는 게 확실해도 아무 말도 못 해."

아우마는 자동차 문을 연 다음, 고개를 돌려서 뒤따라오는 가족들을 바라보았다. 사람들은 아파트 건물이 드리운 그림자 바깥으로 막 걸어나오고 있었다. 다른 사람들에 비해 로이의 덩치가 두드러지게 커서 마치 커다란 나무 같았다. 로이는 두 팔을 나뭇가지처럼 벌려서 두 고모의 어깨 위에 올리고 있었다. 그 모습을 보자 아우마는 마음이 조금 누그러지는 기색이었다. 아우마는 곧 차를 출발시켰다.

"그래, 오빠 잘못은 아니지 뭐. 가족들의 태도가 날 대할 때완 다르지? 오빠는 가족의 구성원 가운데 한 사람이 아니라 그 이상의 존재야. 오빠랑 있으면 꼬치꼬치 따지지 않아서 편한가 봐."

●

가든스퀘어라는 그 클럽은 천장이 낮고 조명도 흐릿했다. 우리가 갔을 때 이미 사람들로 꽉 차 있었고, 담배 연기 때문에 공기가 무척 탁했다. 손님들은 대부분 아프리카 사람들이었다. 나이 든 사람도 있었고,

일을 마친 점원이나 직원들, 정부 노동자들이 불안정해 보이는 포마이카 탁자 주변에 가득 들어차 있었다. 우리는 빈 탁자 두 개를 치우고 춤을 출 공간을 마련했다. 종업원이 우리가 주문한 내용을 적어갔다. 아우마는 에이미 옆자리에 앉았다.

"그런데 에이미, 오빠한테 들었는데 두 사람 결혼할 거라고 하던데."

"그래, 정말 멋지지 않니? 로이는 정말 재미있어! 자리 잡으면 미국으로 와서 같이 살재."

"떨어져 사는 게 걱정도 안 돼? 무슨 말이냐 하면…….'

"딴 여자 때문에?"

에이미는 큰 소리로 웃었다. 그리고 로이에게 눈을 찡긋했다.

"솔직히 말할게. 난 신경 안 써."

에이미는 살집이 두툼한 팔을 들어 로이의 어깨에 걸쳤다.

"나한테 잘해주기만 하면 뭘 하든 상관없어. 그렇지, 자기?"

로이는 여전히 무표정을 유지했다. 마치 두 사람의 대화 내용이 자기와 전혀 상관없다는 투였다. 게다가 로이와 에이미는 이미 맥주를 너무 많이 마신 듯했다. 제인 고모도 불안한 얼굴로 케지아를 바라보았다. 나는 화제를 바꿔야겠다고 생각하고, 제이투니 고모에게 전에도 가든스퀘어 클럽에 와본 적이 있느냐고 물었다.

"내가?"

제이투니 고모는 나의 무례함에 짐짓 화가 난 듯 눈썹을 치켜세웠다.

"잘 모르나 본데 똑똑히 들어라, 배리. 만일 어디서 춤 대회가 열렸다 하면, 거기에는 반드시 내가 있었어. 여기 있는 사람들이 다 증언해 줄 거야. 춤에 관한 한 내가 챔피언이었다고. 안 그러니, 아우마?"

"맞아, 최고야."

제이투니 고모는 자랑스러운 듯 머리를 곧추세웠다.

"알았니, 배리? 네 고모가 춤을 얼마나 잘 추는지 알았지? 근데 내가 늘 누구와 짝을 맞춰서 춤을 췄는지 알고 싶지 않니? 네 아버지였어. 네 아버진 진짜 춤을 좋아했어. 젊었을 때 우리는 함께 춤 대회에 수도 없이 나갔단다. 그래, 춤과 관련된 네 아버지 이야기 하나 해줄게. 언젠가 네 아버지가 할아버지를 뵈려고 알레고에 왔을 때 일이야. 네 아버지는 할아버지 심부름으로 그날 밤에 어떤 일을 하기로 했었어. 무슨 일인지 기억나지 않지만, 하여튼 그냥 사소한 일이었어. 그런데 네 아버지가 그 일을 하지 않고 몰래 빠져나간 거야. 케지아를 만나서 춤추려고 말이야. 언니도 기억나지? 물론 두 사람이 결혼하기 전이지. 나도 따라가고 싶었는데 네 아버지가 뭐라고 했는지 아니? '넌 아직 어려서 안 돼.' 이러는 거야.

아무튼, 두 사람은 그날 밤 늦게 들어왔어. 네 아버지는 술을 제법 많이 마셨고. 그리고 자기 오두막으로 케지아를 몰래 끌어들일 참이었어. 그런데 네 할아버지가 잠을 안 자고 있다가 두 사람이 울타리 안으로 들어오는 발소리를 들으신 거야. 나이가 들었어도 귀는 기가 막히게 밝았거든. 할아버지가 버럭 고함을 지르셨어. '바라크! 이리 들어오너라!' 그런데 할아버지는 네 아버지가 들어오자 한마디도 안 하셨어. 그냥 뚫어지게 쳐다보면서 성난 황소처럼 씩씩거리기만 하셨단다. '으으음! 으으으음!' 아, 나는 그 모든 걸 네 할아버지 방의 창문으로 훔쳐봤어. 나를 빼놓고 자기들끼리만 춤추러 가서 화가 나 있던 차에 네 아버지가 할아버지한테 혼나는 걸 보려고 졸린 눈을 비비며 기다렸던 거지.

그런데 그 다음에 무슨 일이 일어났는지 아니? 정말 믿을 수가 없었어. 네 아버지가 할아버지께 빌기는커녕 자리에서 일어나더니 할아버지 축음기에 레코드판을 올려놓고 틀지 뭐니. 음악이 흐르기 시작했어. 그러니까 네 아버지가 뒤로 돌아서서 케지아를 부르는 거야. 케지아는 바깥에 숨어 있었거든. '여자야! 이리 들어오너라!' 케지아가 곧 안으로 들어왔어. 너무 놀라고 무서워서 도저히 거부할 수가 없었던 거지. 그러자 네 아버지는 케지아를 두 팔로 안고 춤을 추기 시작했어. 할아버지의 오두막 안을 빙빙 돌면서 말이야. 마치 궁전의 무도회장에서 춤을 추는 것처럼."

제이투니 고모는 머리를 흔들면서 웃었다.

"오빠는 이제 아버지한테 맞아죽었다, 난 그렇게 확신했어. 여태까지 그 누구도 할아버지한테 그렇게 한 사람이 없었거든. 근데 네 할아버지는 아무 말도 없이 그냥 아들이 춤추는 걸 바라보기만 하시더라. 그러더니 갑자기 큰 소리로 할머니를 부르셨어. '여자야! 이리 들어오너라!' 네 아버지보다 더 큰 소리로 말이야. 마치 코끼리가 고함을 지르는 것 같았단다. 그러자 어머니, 그러니까 네가 할머니라고 부르는 사람이 자기 오두막에서 옷을 꿰매고 있다가 놀라서 달려왔어. 네 할머니가 그러셨지. 왜들 이렇게 고함을 지르고 난리냐고. 그러자 네 할아버지가 자리에서 일어나더니 할머니에게 손을 내미시는 게 아니겠어. 춤을 추자고 말이야. 할머니는 아이들 보는데 창피하게 왜 그러느냐며 싫다고 하셨어. 하지만 네 할아버지가 워낙 진지한 얼굴로 무섭게 쳐다보는 바람에 할머니도 어쩔 수가 없었어. 결국 네 사람이 함께 춤을 추더구나. 두 남자는 얼굴을 무섭게 찡그렸고, 두 여자는 남자들이 미친 게 분명하다고 생각하며 무서워서 와들와들 떨었지."

다들 그 이야기에 배꼽을 잡고 웃었다. 로이는 사람들마다 한 잔씩 돌아가게 맥주를 더 주문했다. 나는 제이투니 고모에게 할아버지에 대해서 궁금한 것들을 묻기 시작했다. 바로 그때 악단이 연주석으로 올라가서 자리를 잡았다. 악단은 시시해 보였다. 하지만 연주를 시작하는 순간, 내 판단이 완전히 빗나갔음을 인정할 수밖에 없었다. 사람들이 앞으로 몰려나와 수쿠* 리듬에 맞추어 춤을 추기 시작했다. 제이투니 고모가 내 손을 잡았고, 로이는 아우마의 손을 잡았으며, 에이미는 버나드의 손을 잡았다. 우리는 모두 엉덩이를 흔들기 시작했다. 곧 온몸이 땀으로 젖었다. 키가 크고 새까만 루오족과 키가 작고 갈색인 키쿠유족, 그밖에 캄바족, 메루족, 칼렌진족 사람들이 싱글벙글 웃으면서 고함을 지르고 몸을 흔들었다.

로이는 두 팔을 위로 올리고 아우마 둘레를 천천히 도는 펑키 턴을 시도했다. 아우마는 로이의 그 우스꽝스러운 모습에 웃음을 터뜨렸다. 바로 그 순간 나는 루이의 얼굴에서, 오래전 하와이에서 노땅이 나에게 춤을 가르쳐줄 때 지었던 표정을 보았다. 무한한 자유의 표정이었다.

서너 차례 춤을 춘 뒤, 나와 로이는 파트너들에게 쉴 틈을 주자면서 맥주를 들고 마당으로 나갔다. 서늘한 기운이 코끝을 간질였다. 약간의 취기가 느껴졌다.

"여기 있으니까 좋네."

"좀 아네? 우리 집에 시인이 나오시려나?"

로이가 웃으면서 맥주를 한 모금 마셨다.

"아냐, 진짜로 하는 말이야. 형, 아우마 그리고 다른 식구들과 함께 있으니 좋다고. 마치 내가……."

말을 채 끝맺을 수가 없었다. 뒤에서 병이 깨지는 소리가 들렸기 때

● 휘몰아치는 기타 연주를 전면에 내세운, 가벼운 리듬이 특징인 춤곡.

문이다. 돌아보니 마당 저쪽 끝에서 두 남자가 왜소한 남자 하나를 바닥에 내동댕이치고 있었다. 일방적으로 당하던 남자가 두 사람이 휘두르는 곤봉을 막아보려고 애를 썼지만 쉽지 않았다. 내가 다가가려고 하자 로이가 잡았다.

"남의 일에 끼어들지 마라, 동생아."

로이가 작은 소리로 말했다.

"그렇지만……."

"저 두 사람은 경찰이야. 바라크, 넌 나이로비 감옥에서 하룻밤을 보내는 게 어떤 건지 몰라서 그러지? 난 아니까 끼어들지 마, 제발."

남자는 몸을 웅크려 마구잡이로 날려대는 발길질과 곤봉 세례를 최대한 피해보려고 애를 썼다. 그런데 그물에 걸린 동물이 탈출구를 포착하고는 전력을 다해서 필사적으로 탈출하는 것처럼, 두 사람이 잠시 방심한 틈을 타서 그 남자가 탁자 위로 풀쩍 뛰어오르더니 다시 담장으로 몸을 날려서 기어오르려고 버둥거렸다. 두 사람은 추격할 태세더니 이내 심드렁한 표정으로 바뀌었다. 그럴 만한 가치가 없다고 판단한 모양이었다. 그런데 두 사람 가운데 하나가, 나와 로이가 자기들을 지켜보고 있다는 사실을 발견했다. 하지만 그는 아무 말도 하지 않고 어슬렁거리며 건물 안으로 들어갔다. 갑자기 술이 확 깨는 기분이었다.

"무섭네."

"그래. 그렇지만 도망친 그 친구가 어떤 나쁜 짓을 저질렀는지 우리는 모르잖아."

"하긴 그렇지."

나는 고개를 젖히고 목덜미를 쓰다듬었다.

"근데 감옥에는 언제 가봤어?"

로이는 맥주를 꿀꺽꿀꺽 마신 뒤 철제 의자에 털썩 주저앉았다.

"데이비드가 죽던 날 밤."

●

로이가 그날 밤에 있었던 일을 이야기했다. 두 사람은 술을 마시러 밖으로 나갔다. 로이는 데이비드를 오토바이에 태우고 근처에 있는 술집으로 갔다. 그런데 로이는 거기서 마음에 드는 여자를 만났다. 두 사람은 이야기를 나누기 시작했고, 로이는 그 여자에게 맥주를 사줬다. 그런데 얼마 뒤에 한 남자가 나타나 로이에게 욕을 퍼붓기 시작했다. 그 남자는 자기가 그 여자의 남편이라며 여자의 팔을 잡고 끌었다. 여자는 따라가지 않겠다고 버티다가 넘어졌다. 로이가 남자에게 여자를 내버려두라고 했고, 그러다가 두 사람 사이에 싸움이 벌어졌다. 잠시 뒤에 경찰이 들이닥쳤다. 로이는 신분증을 소지하지 않아서 경찰서로 끌려갔다. 유치장에 갇힌 지 서너 시간쯤 지났을 때 데이비드가 가까스로 면회를 허락받아 로이 앞에 와 섰다.

"형, 오토바이 열쇠 나한테 줘. 내가 형 신분증 가져올게."

"안 돼, 그냥 집으로 가."

"그럼 밤새 여기 갇혀 있을 거야? 열쇠만 줘, 내가……."

로이는 거기서 말을 멈추었다. 우리는 아무 말도 하지 않은 채, 울타리의 격자무늬가 만들어낸 희미한 그림자만 바라보았다. 그러다가 내가 어렵게 입을 열었다.

"그냥 사고였어. 형 잘못이 아니잖아. 잊어버려."

내가 무슨 말을 더 하려는데, 뒤에서 에이미 목소리가 들렸다. 음악 소리 때문에 또렷하지는 않았다.

"거기 두 사람! 우리가 얼마나 찾았는지 알아?"

나는 에이미에게 잠깐 들어가 있으라고 손짓했다. 그런데 로이가 자리에서 벌떡 일어났다. 그 바람에 의자가 쓰러졌다. 로이는 에이미의 허리를 안으며 이렇게 말했다.

"여자야! 이리 오너라! 춤추자!"

18

오후 5시 30분, 우리가 탄 기차는 오래된 나이로비 역사를 빠져나가기 시작했다. 키수무를 향해 서쪽으로 가는 기차였다. 제인 고모만 나이로비에 남겨두고 가족 모두가 기차에 몸을 실었다. 케지아, 제이투니 고모, 아우마가 같은 객실에 들어갔고, 로이와 버나드, 나는 그 옆 객실에 들어갔다. 다른 사람들은 들고 온 짐을 정리하고 선반에 올린다며 부산을 떨었다. 나는 창문을 열고 기차 뒤로 길게 뻗어 있는 철로를 바라보았다. 그것은 케냐의 식민지 시대 역사로 이어지는 철로였다.

그 철도 노선은 당시 대영제국의 가장 큰 토목 공사였다. 인도양의 몸바사에서 빅토리아 호수의 키수무까지 장장 1,000km에 이르는 철로였다. 공사 기간이 무려 5년이었고, 목숨을 잃은 인도 노무자만도 700명이 넘었다. 하지만 이 공사가 끝난 뒤, 영국 정부는 자기들의 자랑거리에 들어간 비용을 부담해 줄 승객이 없다는 사실을 깨달았다. 그래서 백인들을 이주시키기 시작했다. 이주민들이 매력을 느낄 수 있도록 터도 닦았다. 커피나 차 같은 현금성 농작물을 재배하기 시작했고, 철도 노선을 따라 미지의 대륙 심장부까지 영향력이 뻗치는 행정 조직을 갖추었다. 그리고 선교사와 교회가 들어와서 미지의 땅이 자아내는 공포심을 걷어냈다.

처음 이런 역사를 접했을 때는 아주 먼 옛날의 이야기로만 느껴졌다. 하지만 철도 건설의 첫 삽을 떴던 1895년은 나의 할아버지, 후세인 온양고가 태어난 해이기도 했다. 우리가 기차를 타고 가려는 곳은 바로 할아버지가 살던 땅이었다. 그런 생각을 하자 철도의 역사가 생생하게 느껴졌다. 나는 이 기차가 처녀 운행을 하던 당시, 가스등을 켠 객실에 앉아서 창밖으로 멀어지는 관목 덤불을 바라보았을 영국 관리의 심정을 상상해 보았다.

그는 서구 문명의 등대가 마침내 깜깜한 아프리카를 밝혔다는 자신만만한 승리감에 도취되어 있었을까? 아니면 그 어마어마한 공사가 사실은 어리석은 짓에 지나지 않으며, 그 땅과 그 땅에 사는 사람들에 비하면 제국주의적 열망은 덧없고 보잘것없는 몸부림에 지나지 않음을 문득 깨닫고 몸서리를 쳤을까? 나는 강철로 만든 검은 뱀이 연기를 뿜으면서 자기 마을을 지나가는 모습을 처음 보았을 아프리카 사람들을 상상했다. 그 사람들은 자기들이 짊어진 무거운 짐이 언젠가는 가벼워질 것이고, 또 언젠가는 영국인들이 타고 가는 기차에 자기도 앉을 수 있다고 생각했을까? 아니면 폐허와 전쟁을 예감하고 몸을 떨었을까?

나의 상상은 그리 오래가지 못했다. 내 눈앞에 펼쳐진 풍경은 관목 덤불이 아니라 체사레의 판잣집들이었다. 판잣집들은 멀리 시야의 가장 뒤쪽을 막고 있는 산기슭까지 이어졌다. 노천시장의 어떤 빈민가를 지나칠 때 아이들이 기차를 향해 손을 흔들었다. 나도 손을 흔들어주었다. 그때 케지아가 루오족 말로 뭐라고 하는 소리가 들렸고, 버나드가 내 옷을 잡아당겼다.

"머리를 밖으로 내밀지 말래. 쟤들이 돌멩이를 던질 수도 있대."

승무원이 와서 침대칸 배정표를 받아가라고 하며 저녁 식사 시간이 되었다고 알렸다. 우리는 모두 식당차로 가서 자리를 잡았다. 식당차는 사라져간 영광의 희미한 옛 그림자로 남아 있었다. 원목으로 만든 판벽 널은 여전히 멀쩡했지만 어쩐지 곰팡내가 나는 듯했다. 은으로 만든 식기 세트도 진짜였지만 어딘가 어울리지 않았다. 그래도 음식은 훌륭했다. 맥주도 시원했다. 식사를 모두 마치자 매우 만족스러웠다.

"홈 스퀘어Home Square까지는 얼마나 걸리죠?"

나는 내 접시에 남은 소스를 닦아내면서 물었다.

"키수무까지는 밤새 가야 해. 그리고 거기서 버스나 마타투를 타고 다섯 시간쯤 더 가야 하고."

아우마가 말을 마치길 기다렸다는 듯이 로이가 담배에 불을 붙이면서 말했다.

"홈 스퀘어가 아니라 홈 스퀘어드Home Squared야."

"그게 무슨 뜻인데?"

다시 아우마가 나서서 설명했다.

"나이로비에 사는 사람들이 쓰는 말이야. 평소 생활하는 나이로비의 집 말고 고향에도 집을 가지고 있어. 조상 대대로 살아온 집 말이야. 장관들이나 재계의 거물들도 이렇게 생각해. 나이로비에 아무리 거대한 저택을 가지고 있어도, 고향에 작은 집을 하나 마련해 둬. 1년에 한두 번 갈까 말까 하지만. 그리고 누가 어디 출신이냐고 물으면 그 시골을 대지. 거기가 자기 고향이라고. 시골에 있는 작은 집이 진정한 자기 집이라는 거야. 예를 들어, 우리 가족이 고향을 멀리 떠나 나이로비에서 학교를 다니며 다른 사람에게 알레고에 가고 싶다고 말하는 것은, 고향인 홈 스퀘어드squared*에 가고 싶다는 말이 되는 거야."

로이가 맥주를 한 모금 홀짝 마시고는 이렇게 말했다.

"바라크, 너한테는 홈 큐브드cubed**라고 해야겠구나."

아우마가 빙긋 웃으면서 자기 자리에 기대 기차의 규칙적인 흔들림에 몸을 맡겼다.

"이 기차에 얽힌 추억이 참 많아. 기억나, 오빠? 옛날에 우리 고향에 무척 가고 싶어 했던 거. 거기는 정말 아름다워, 바라크. 나이로비는 어림도 없지. 그리고 할머니…… 얼마나 재밌는 분이신지 몰라. 너도 아마 할머니가 금방 좋아질 거야. 유머 감각이 멋지거든."

그러자 로이가 말을 받았다.

"공포 씨와 그렇게 오래 살자면 유머 감각이 뛰어나지 않고선 배겨낼 수 없었을 거야."

"공포 씨가 누군데?"

다시 아우마가 설명했다.

"우린 할아버지를 그렇게 불렀어. 진짜 심술궂으셨거든."

로이는 머리를 절레절레 흔들면서 웃었다.

"진짜! 진짜, 할아버지 심술궂으셨어. 식사할 때 영국인처럼 도자기

● '스퀘어드'는 '제곱'이라는 뜻이다.
●● '큐브드'는 세제곱이라는 뜻이다.

에 음식을 담아서 내게 하신 적도 있어. 그런데 그때 식사 예법에 어긋나는 말을 하거나 포크를 잘못 사용하기라도 하면, 퍼억! 들고 다니던 지팡이로 바로 한 대 터지지. 어떤 때는 왜 맞는지도 몰라. 다음 날 아침에라도 이유를 알면 다행이지."

제이투니 고모가 끼어들었다.

"아니야, 너희들은 할아버지가 늙고 힘이 없을 때만 봐서 그래. 젊을 때는 어땠는데, 아아…… 너희 할아버지는 나를 제일 예뻐하셨단다. 내가 귀염둥이였지. 하지만 나도 뭔가 잘못했을 때는 하루 종일 도망 다녔어. 혼날까 봐 무서워서 말이야. 손님들한테도 엄청나게 엄격하셨어. 손님들이 집에 오면 그 사람들 명예를 생각해서 닭을 여러 마리 잡았단다. 하지만 손님들이 연장자보다 먼저 손을 씻는다든가 하며 관습을 어기면, 너희 할아버지가 직접 매를 들고 때리셨어. 상대방이 어른이라 해도 말이야."

"말씀을 들으니까, 할아버지는 인기가 별로 없었겠네요?"

그녀는 고개를 내저었다.

"아니다. 존경을 많이 받으셨어. 훌륭한 농부셨거든. 알레고에 있는 너희 할아버지 집은 그 지역에서 제일 컸어. 농사에 남다른 재주가 있어서 뭐를 심든 수확을 많이 하셨어. 할아버진 영국인들에게서 농사 기술을 배우셨다. 요리사로 일하실 때 말이다."

"할아버지가 요리사셨나요?"

"너희 할아버지는 땅을 가지고 있었지만, 오랜 세월 나이로비에서 백인을 위해 요리사로 일하셨단다. 굉장히 높은 자리에 있는 사람에게 고용되신 적도 있었어. 세계대전 당시에는 영국군 대위의 요리사로도 일하셨고."

로이가 맥주를 또 주문한 뒤에 한마디 던졌다.

"그래서 할아버지 성격이 그렇게 심술궂게 변하셨나?"

"나도 모르겠어. 늘 그렇게 엄격하셨지. 하지만 공정하셨어. 그래, 이 이야기를 들려줘야겠다. 내가 어린아이일 때였어. 어느 날 어떤 남자가 염소 한 마리를 데리고 우리 울타리 앞에 왔어. 그 남자는 우리 울타리를 가로질러 가고 싶다고 했어. 자기 집이 우리 울타리 뒤에 있는데, 멀리 돌아가기가 싫었던 거지. 그때 네 할아버지는 그 남자에게 이렇게 말씀하셨어. '염소를 데리고 가지 않는다면 얼마든지 내 땅을 마음대로 지나다닐 수 있다. 하지만 오늘은 안 돼. 네 염소가 우리 집에 있는 풀을 뜯어먹을 테니까 말이야.' 그 남자는 할아버지 말을 듣지 않고, 자기가 염소를 잘 지켜보고 절대로 그런 일이 없도록 할 테니까 지나가게 해달라고 계속해서 졸랐지. 남자가 계속해서 사정하니까 너희 할아버지가 나를 부르셨어. 그러고는 이렇게 말씀하셨지. '가서 알레고를 가져오너라.' 그게 뭐냐 하면 할아버지의 팡가였어."

"팡가?"

"응, 폭이 넓고 큰 칼. 할아버지에게는 팡가가 두 자루 있었는데, 무척 날카로웠어. 칼 두 자루를 숫돌에 가는 데 온종일 걸린 적도 있으니 어느 정도였을지 알 만하지? 그 팡가의 이름이 각각 알레고와 코겔로였어. 나는 네 할아버지의 오두막으로 냉큼 달려가서 알레고를 가져왔단다. 팡가를 손에 든 할아버지는 남자에게 이렇게 말씀하셨어. '자, 염소를 몰고는 우리 울타리를 지나가지 못한다고 여러 차례 말했지만 넌 끝까지 고집을 부리고 있다. 그러니 내가 제안을 하나 하지. 염소를 데리고 우리 울타리를 지나가도 좋다. 하지만 우리 울타리에 있는 식물의 이파리 하나라도 건드리면, 분명히 말하는데 이파리 하나라도 건드리면, 난 저 염소의 목을 쳐버릴 게다. 그래도 할 테냐?' 그러자 남자는 그 제안을 받아들이겠다고 했어.

난 비록 어리긴 했지만 너희 할아버지의 제안을 받아들인 그 남자가 무척 어리석다고 생각했어. 마침내 우리는 함께 걷기 시작했어. 남자가 염소를 데리고 앞장섰고, 바로 뒤에 할아버지와 내가 따라갔지. 그런데 한 스무 발자국쯤 걸어갔을까. 갑자기 염소가 고개를 홱 돌리더니 풀을 뜯어먹기 시작하는 거야. 그런데 세상에! 너희 할아버지가 팡가를 번쩍 들어 내리치는데, 염소의 머리가 싹둑 잘려나가지 뭐니. 염소 주인은 너무도 놀라서 엉엉 울기 시작했어. '으아! 이러시면 어떡해요, 후세인 온양고!' 그러나 네 할아버지는 팡가에 묻은 피를 태연하게 닦아내면서 이러셨어. '난 한다면 반드시 하는 사람이야. 그렇지 않으면 사람들이 어떻게 내 말을 믿겠나.'

나중에 그 남자는 네 할아버지를 장로 회의에 고발했어. 자긴 정말 억울하다며. 장로들은 그 남자가 안됐다고 생각했어. 염소 한 마리면 적은 재산이 아니었거든. 하지만 장로들도 네 할아버지의 말을 듣고는 머리를 끄덕일 수밖에 없었지. 할아버지가 여러 차례 경고했는데도 남자가 그 말을 무시했으니까."

"상상이 안 돼요, 난."

아우마는 고개를 내저었다. 그리고 나를 바라보고 말했다.

"난 가끔 이런 생각을 해. 우리 집안에 생긴 모든 문제들은 다 할아버지에게서 비롯된 게 아닐까 하고 말이야. 노땅이 유일하게 두려워했던 딱 한 사람이 할아버지셨지. 할아버지 말씀이라면 벌벌 떨었어."

식당차도 텅 비었고, 종업원은 우리가 어서 나가줬으면 하는 눈치였다. 그래서 우리는 그만 자러 가기로 했다.

누울 공간은 좁았지만 시트가 보송보송하고 감촉이 좋았다. 그래서 늦게까지 잠들지 않고, 기차의 규칙적인 흔들림에 몸을 맡긴 채 버나드와 로이의 숨소리를 들으며 할아버지 이야기를 곰곰이 생각했다. 모든 문제들이 할아버지에게서 비롯되었다, 라고 아우마는 말했다. 그 말이 맞는 것 같았다. 할아버지의 이야기를 모두 종합할 수 있다면, 모든 게 제자리를 찾고 앞뒤가 맞아떨어질 것 같았다.

그러다가 잠이 들었다. 꿈에서 나는 시골길을 걷고 있었다. 구슬 엮은 걸로 사타구니께만 겨우 가린 벌거숭이 아이들이 둥근 오두막 앞에서 놀았다. 내가 지나가자 노인 여럿이 나에게 손을 흔들었다. 그런데 계속 걸어가다 보니까, 사람들이 내 뒤쪽을 보면서 겁에 질린 얼굴을 하고 자기들의 오두막 안으로 후다닥 뛰어들어가는 것이었다. 그제야 비로소 내 뒤에서 표범이 으르렁거리는 소리가 들렸다. 나는 달리기 시작했다. 숲으로 죽어라 달려갔다. 덩굴에 발이 걸려 넘어질 뻔했지만 계속 달렸다. 달리고 또 달렸다. 마침내 더 달릴 수가 없을 정도로 숨이 찼다. 그러다가 나무뿌리에 채여 넘어지고 말았다. 숨을 헐떡이면서 뒤를 돌아보는데 어느새 밤이었다. 마치 주변의 나무들만큼이나 키가 큰 사람이 내 앞에 나타났다. 그 거인이 몸에 걸친 거라곤 허리에 두른 천이 전부였다. 그리고 또 하나 있다면 유령과 같은 가면이었다. 생기가 느껴지지 않는 두 눈에서 뿜어져 나온 강렬한 빛이 내 눈을 파고들었다. 그 순간 천둥 같은 목소리가 들렸다. 이제 시간이 됐다! 그 순간, 내 온몸이 격렬하게 흔들리기 시작했다. 내 몸은 금방이라도 분해될 것만 같았다.

놀라서 벌떡 일어났다. 그 바람에 벽에 달아놓은 등에 머리를 찧었다. 온몸이 땀으로 흠뻑 젖어 있었다. 어둠 속에서 심장은 천천히 평상

시의 박동을 회복했지만, 잠은 이미 달아나고 눈만 말똥말똥했다.

●

동이 틀 무렵 키수무에 도착했다. 우리는 버스 정류장까지 약 1km를 걸었다. 경적을 울려대면서 서로 자리를 차지하겠다고 머리를 비집고 들어가는 버스와 마타투로 정류장은 어지럽고 정신이 없었다. 그런데 차체에 '러브 밴디트'니 '부시 베이비'니 하는 이름들이 저마다 적혀있었다. 우리가 갈 방향의 버스가 서 있었다. 그런데 표면이 반들반들한 타이어가 아무래도 문제를 일으킬 것만 같았다. 아우마가 맨 먼저 버스에 냉큼 올라탔다. 그런데 타자마자 다시 내려왔다. 아우마가 뚱한 표정으로 말했다.

"좌석이 없어."

"걱정하지 마."

우리가 들고 온 짐들은 이미 손에서 손을 거치며 지붕 위의 짐칸으로 올라가고 있었다.

"아우마, 여기는 아프리카야. 유럽이 아니라고."

로이는 돌아서서 요금을 걷는 소년에게 싱긋 웃으며 물었다.

"얘, 우리 좌석 만들어줄 수 있지? 응?"

"그럼요. 이 버스는 일등석입니다."

한 시간 뒤에 아우마는 얌을 담은 바구니와 어떤 아기랑 내 무릎 위에 같이 앉아 있었다. 내 손등으로 아기가 침을 흘렸다.

"삼등석은 어떤지 보고 싶다."

나는 손등에 묻은 침을 닦아내면서 말했다. 아우마가 팔꿈치로 나를 툭 쳤다.

"버스가 웅덩이 하나만 지나가도 그런 농담이 쏙 들어갈걸?"

다행히 고속도로는 포장이 잘 되어 있었다. 주변 풍경은 마른 관목 덤불과 낮은 구릉이 대부분이었다. 그러다가 콘크리트 블록으로 된 집들이 사라지고 그 대신 짚을 이어서 만든 원뿔형 지붕이 나타나기 시작했다. 진흙으로 만든 집들이었다. 우리는 은두리에서 내렸다. 그리고 다시 미지근한 음료수를 마시고 먼지 구덩이에서 뒹굴며 장난치는 개들을 바라보며 두 시간을 보낸 뒤, 마침내 나타난 마타투에 올라탔다.

마타투는 더러운 도로를 따라 북쪽으로 달렸다. 마타투가 바윗길을 올라갈 때, 신발도 신지 않은 아이들 몇 명이 우리를 향해 손을 흔들었다. 그런데 아이들은 웃지 않았다. 우리 앞으로 염소 떼가 달려가고 있었다. 염소들은 좁은 개울이 나타나자 일제히 물을 마시러 내려갔다. 길은 다시 넓어졌고, 마침내 마타투가 한곳에서 멈춰 섰다. 젊은 사람 둘이 나무그늘에 앉아 있다가 우리를 보고는 환하게 웃었다. 로이가 마타투에서 훌쩍 뛰어내려 두 사람을 한꺼번에 안았다.

"바라크, 이분들은 우리 삼촌들이야. 이분이 유수프."

로이가 콧수염을 기른 마른 체구의 남자를 가리켰다. 그리고 이어서 덩치가 조금 더 크고 수염을 말끔하게 깎은 남자를 가리켰다.

"이분은 우리 아버지의 막냇동생, 그러니까 우리한테는 막냇삼촌이지. 사이드 삼촌."

사이드가 나를 보며 미소를 지었다.

"어서 와 배리, 환영한다. 얘기는 많이 들었어. 이리 줘, 가방은 내가 들게."

우리는 두 사람을 따라 도로에서 직각으로 갈라진 길을 따라 걸었다. 길을 가다 보니 높은 울타리가 있는 집이 나타났다. 우리는 삼촌들을 따라 그 집으로 들어갔다. 한가운데에 직사각형의 낮은 건물이 한 채 있었다. 지붕은 물결 모양으로 주름 잡힌 양철로 덮였고 벽면은 콘크리트였다. 그런데 한쪽 벽면에 콘크리트가 무너져내려 갈색 진흙이 그대로 드러나 있었다. 빨강, 분홍, 노랑 꽃을 피운 부겐빌레아가 커다란 콘크리트 물탱크 쪽으로 줄지어 서 있었다. 반대편에는 둥글고 작은 오두막이 있었다. 그 주변에는 오지항아리들이 놓여 있었는데, 닭들이 소란스러운 소리를 내며 모이를 쪼아 먹고 있었다. 그리고 뒤쪽으로 펼쳐진 넓은 풀밭에 오두막이 두 채 더 있었다. 키 큰 망고나무 밑에 있던 앙상한 암소 두 마리가 우리를 흘낏 바라보더니 다시 느릿하게 되새김질을 했다.

바로 홈 스퀘어드였다.

●

"오바마!"

머리에 두건을 두른 덩치 큰 여자가 본채에서 달려나오며 치맛자락으로 두 손에 묻은 물기를 닦아냈다. 할머니였다. 사이드 삼촌과 무척 닮은 얼굴이었다. 유연하면서도 골격이 컸으며, 강렬한 두 눈이 우리를 향해 웃고 있었다. 할머니는 아우마와 로이를 안았다. 마치 레슬링을 하듯이 안아든 다음에 금방이라도 땅에 메다꽂을 것 같은 거친 포옹이었다. 그런 다음에 할머니는 나를 향해 서서 내 손을 잡았다. 진심에서 우러나오는 정을 느낄 수 있었다.

"할로!"

할머니가 어색한 영어로 말했다. 나도 루오족 말로 대답했다.

"무사와!"

할머니는 웃으면서 아우마에게 뭐라고 말했다.

"아들의 아들을 만날 날이 오기를 오랫동안 꿈꿔오셨대. 널 보니까

이보다 더 행복하실 수 없대. 그리고 마침내 네가 고향을 찾아왔다고 하셔."

할머니는 고개를 끄덕인 다음에 나를 끌어안았다. 그리고 우리를 집 안으로 데리고 들어갔다. 몇 개의 작은 창문이 있었지만, 오후의 햇살 은 그다지 많이 들어오지 않았다. 가구도 변변치 않았다. 나무 의자 몇 개, 커피 탁자 한 개, 낡은 침상이 다였다. 벽에는 가족과 관련된 온갖 기념물들이 붙어 있었다. 노땅이 하버드에서 받은 학위증, 노땅의 사진 그리고 25년 전 미국에 간 뒤로 단 한 번도 찾아오지 않았다는 오마르 삼촌의 사진이 있었다. 그리고 그 옆에는 오래돼서 누렇게 변색된 사 진 두 장이 붙어 있었다. 하나는 불만이 가득한 눈으로 카메라를 쏘아 보는 젊은 여자의 사진이었다. 여자는 통통한 갓난아기를 무릎에 올려 놓았고, 그 여자 옆에는 어린 소녀가 서 있었다. 또 한 장은 등받이가 높은 의자에 앉아 있는 노인의 사진이었다. 노인은 빳빳하게 풀을 먹 인 셔츠를 입고 캉가●를 두르고, 두 다리를 영국인처럼 꼬고 있었다. 무 릎 위에는 곤봉처럼 보이는 게 놓여 있었는데, 그 머리 부분이 동물 가 죽으로 싸여 있었다. 광대뼈가 툭 튀어나오고 눈이 가늘어서 동양인 같다는 느낌이 들었다. 아우마가 다가와서 설명했다.

"이분이 우리 할아버지. 이 여자는 우리의 또 다른 할머니인 아쿠무. 이 소녀는 사라 고모. 그리고 아기는…… 노땅이고."

나는 한참 동안 벽에 붙어 있는 사진들을 살펴보았다. 그러다가 마 지막으로 어떤 사진에 눈길이 갔다. 마치 옛날의 코카콜라 광고 사진 처럼 프린트 방식이 여느 사진들과는 달랐고, 무척 오래되어 보였다.

● 아프리카의 민속 의상으로 화려한 무늬가 그려진 면포.

검은 머리카락에 꿈을 꾸는 듯한 눈빛의 백인 여자 사진이었다. 나는 그 여자가 누구인지 물었다. 아우마는 다시 할머니에게 물었다. 그러자 할머니가 말했다.

"한때 할아버지의 아내였던 분이시래. 할아버지는 전쟁 때 버마에서 이 여자와 결혼하셨대."

로이가 웃었다.

"버마 사람 같지는 않은데. 그렇지 않니, 바라크?"

내가 보기에도 버마 사람 같지 않았다. 그보다는 나의 어머니처럼 보였다.

우리가 거실에 앉자 할머니가 차를 내왔다. 할머니는 유수프와 둘이 감당하기에 힘이 부쳐서 토지의 일부를 친척들에게 내주긴 했지만 그럭저럭 먹고살 만하다고 했다. 근처에 있는 학교 앞에서 점심 도시락을 팔기도 하고, 여윳돈이 생길 때마다 키수무에서 물건을 떼다가 파는 걸로 줄어든 수입을 보충한다고 했다. 할머니를 힘들게 하는 문제는 딱 두 가지였다. 하나는 지붕이었다. 이 이야기를 할 때 할머니는 천장에서 새어드는 몇 줄기 햇살을 손으로 가리켰다. 그리고 또 하나는 1년 넘게 아무런 소식도 없는 오마르 삼촌이었다. 할머니는 나에게 그를 만난 적이 있느냐고 물었다. 마음이 아프긴 했지만 없다고 대답할 수밖에 없었다. 그러자 할머니는 루오족 말로 뭐라고 중얼거리더니, 빈 찻잔을 주섬주섬 쟁반에 올려놓기 시작했다. 아우마가 귓속말로 통역을 했다.

"삼촌을 만나면 꼭 이렇게 전해달라고 하셔. 당신은 삼촌에게 바라는 게 아무것도 없고, 다만 삼촌이 할머니를 찾아와서 얼굴을 한 번 보여줬으면 한다고."

나는 할머니를 보았다. 할머니의 나이가 얼굴에 그대로 드러나 있는 것을 그때 처음 깨달았다.

짐을 풀고 나자 로이가 자기를 따라오라고 했다. 우리는 뒷마당으로 갔다. 옥수수 밭과 경계를 이룬 지점에 망고나무가 한 그루 서 있었고, 그 아래에 시멘트로 만든 긴 직육면체 두 개가 놓여 있었다. 마치 무덤에서 관을 발굴한 뒤에 거기에다 놓아둔 것 같았다. 두 개 가운데 하나에 명패가 붙어 있었다. '후세인 온양고 오바마, 1895~1979.' 또 하나의 직육면체는 노란 욕실 타일로 덮여 있었고, 명패가 있어야 할 자리에 명패가 보이지 않았다. 로이는 허리를 구부리고 앉아서 무덤 위로 기어가는 개미의 행렬을 손바닥으로 쓸었다.

"6년……. 6년이 지났는데도 여기에 누가 누워 있는지 이름을 적어놓지 않았네. 바라크, 내가 죽으면 내 이름을 새긴 명패는 꼭 붙여다오. 알았지?"

그는 천천히 머리를 내저었다. 그러고는 집을 향해 발길을 돌렸다.

그날 내가 받은 느낌을 어떻게 설명할 수 있을까? 그날 내 눈에 비쳤던 모든 장면을 나는 한 프레임씩 기억할 수도 있다. 아우마와 나는 할머니를 따라서 오후 장이 서는 데로 갔다. 마타투에서 우리가 내렸던 바로 그곳이었다. 아까와 달리 여자들이 짚으로 만든 돗자리를 깔고, 다리를 쭉 뻗고 앉아서 물건을 팔고 있었다. 옥수수 잎이 버석거리던 소리도 기억나고, 삼촌들의 진지한 표정도 기억나고, 허술한 서쪽 울타리를 고칠 때 우리 몸에서 나던 땀 냄새도 기억난다. 그리고 그날 오후에 고드프레이라는 소년이 집을 찾아왔던 일도 생생하게 기억난다. 그때 할머니는, 그 아이가 사는 동네에는 학교가 없어서 그 부모가 아이를 맡겼다고 설명했다. 또 고드프레이가 커다란 검정 수탉을 쫓아서 바나나나무와 파파야나무 사이로 힘껏 내달리던 모습도 기억나고, 그 수탉이 번번이 아슬아슬하게 피해가자 아이의 이마에 굵은 주름이 잡히던 모습도 기억나고, 마침내 할머니가 그 수탉을 잡은 다음 칼로 모가지를 칠 때 그 아이의 표정도 기억난다. 내가 어릴 때 롤로가 닭 모가지를 치는 모습을 바라보면서 지었던 바로 그 표정이었다.

이런 순간들 하나하나에서 내가 느낀 감정은 단순히 기쁨만은 아니었다. 그것은 내가 하는 모든 것, 내가 만지고 숨 쉬는 모든 것에 내 인생의 무게가 실려 있다는 느낌이었다. 가족의 범위를 규정하는 원 하나가 천천히 닫히기 시작하고, 있는 그대로의 나 자신을 인식하는 느낌이었다. 딱 한 번 그런 느낌에서 벗어난 적이 있었다. 시장에서 돌아올 때였다. 아우마가 카메라를 가져와서 사진을 찍어야겠다며 우리더러 기다리라고 하고는 집으로 달려간 뒤에 할머니와 나만 길에 남게 되었다. 우리는 서로 아무 말도 없었다. 긴 침묵 끝에 할머니가 나를 보더니 빙긋 웃었다. 그리고 이렇게 말했다.

"할로!"

그래서 나는 이렇게 대답했다.

"무사와!"

구사할 수 있는 의사소통 수단이 동나자 우리는 아우마가 올 때까지 하릴없이 먼 산만 바라보았다. 슬펐다. 아우마가 오자 할머니가 그녀에게 뭐라고 말했다. 통역해 주지 않아도 무슨 말인지 알 수 있었다. 아들의 아들과 대화를 나눌 수 없다는 사실이 무척 마음 아프다고 하소연했을 게 분명했다.

"나도 루오족 말을 배우고 싶어 한다고 말씀드려줘. 하지만 미국에서는 시간 내기가 쉽지 않다는 말도. 내가 굉장히 바쁘다고 말이야."

아우마가 통역했고, 다시 할머니가 말했다.

"할머니도 이해하신대. 하지만 아무리 바빠도 자기 동포를 아는 것보다 더 급한 일이 어디 있냐고 하시네."

할머니가 나를 보고 고개를 끄덕였다. 바로 그 순간에 나는, 어느 시점에선가 지금 내가 느끼는 기쁨이 사라질 거라는 사실을 깨달았다. 내 인생은 깔끔하게 잘 정돈되지도 않고 동시에 안정적이지도 않다는 사실, 이 여행이 끝난 뒤에 여전히 어려운 선택들을 앞에 두고 고뇌해야 할 거라는 사실을 깨달았다.

밤의 장막이 빠르게 펼쳐졌다. 어둠 속에 바람이 세차게 불었다. 버나드와 로이 그리고 나는 물탱크로 가서 목욕을 했다. 우리의 매끄러운 몸이 달빛을 받아서 반짝거렸다. 거의 보름달이었다. 집으로 들어가니 저녁이 차려져 있었다. 무척 배가 고팠던 터라 우리는 아무 말도 없이 허겁지겁 먹기만 했다. 저녁을 먹은 뒤에 로이는 만나야 할 사람들이 있다면서 나갔다. 유수프 삼촌은 자기 오두막으로 가서 낡은 트랜지스터 라디오를 가지고 왔다. 한때 할아버지가 쓰시던 거라고 했다. 삼촌은 다이얼을 돌려서 BBC 방송을 잡았다. 잡음이 심하게 섞였고 소리가 들렸다가 안 들렸다가 했다. 라디오에서 들리는 목소리가 마치 다른 세상에서 들리는 환각 같았다. 얼마 뒤, 멀리서 이상한 소리가 들렸다. 동물이 내는 소리였다. 저음이었고, 슬프게 우는 소리 같았다.

"오늘 밤에는 밤사람˚이 나타나겠네."

아우마가 한 말이었다.

575

● 'night runner'를 이렇게 번역했다.

"밤사람이 누군데?"

"마법사 같은 존재야. 요술쟁이라고 해야 하나. 우리가 어릴 때 이분들이……."

아우마가 할머니와 제이투니 고모를 가리켰다.

"우리가 똑바로 행동하도록 가르치기 위해 들려주곤 하시던 이야기 속에 나오는 인물이야. 밤사람도 낮에는 보통 사람과 똑같아. 시장에서 우리를 스쳐 지나갈 수도 있고, 집에서 우리와 함께 밥을 한 끼 먹고 가는 손님일 수도 있어. 하지만 우리는 그들의 정체를 알 수가 없어. 그런데 밤이 되면 밤사람은 표범으로 변신해서 모든 동물들과 대화해. 정말 강력한 힘을 가지고 있는 밤사람은 자기 육체를 벗어던지고 다른 곳으로 멀리 날아갈 수도 있어. 또, 어떤 사람을 그냥 한 번 슬쩍 바라보는 것만으로도 그 사람을 홀릴 수가 있어. 마을 사람들에게 물어보면 지금도 밤사람이 나타난다고 할 거야."

"아우마! 넌 마치 그게 사실이 아닌 것처럼 말하네?"

조명이라곤 일렁거리는 등잔 불빛뿐이어서 나는 제이투니 고모가 그 말을 농담으로 했는지 아니면 진담으로 했는지 분간할 수가 없었다.

"내가 얘기해 주마, 배리. 내가 어릴 때는 밤사람이 마을 사람들에게 해를 많이 끼쳤다. 염소를 훔쳐가고 때로는 소도 훔쳐갔어. 모든 사람들이 밤사람을 무서워했는데 딱 한 사람, 네 할아버지만 무서워하지 않으셨어. 지금도 기억이 생생한데, 어느 날 밤에 네 할아버지께서 염소들이 우리 안에서 시끄럽게 우는 소리를 들으셨어. 그래서 무슨 일인가 하고 나가셨지. 그런데 커다란 표범 한 마리가 사람처럼 두 발로 서 있지 뭐야. 입에 새끼 염소를 물고 말이야. 표범은 너희 할아버지를 보고 루오족 말로 뭐라고 고함을 지르고는 숲으로 달리기 시작했어.

너희 할아버지가 뒤를 쫓아갔지. 끝까지 따라가서 마침내 바로 뒤까지 따라잡았어. 그런데 팡가로 내리치려는 순간, 밤사람이 나무 위로 훌쩍 뛰어올라갔어. 다행히 밤사람이 나무 위로 뛰어올라가다가 새끼 염소를 놓쳤어. 바닥에 떨어진 새끼 염소는 다리가 하나 부러진 것 말고는 괜찮더래. 그래서 네 할아버지는 새끼 염소를 안고 집으로 돌아오셨지. 그리고 나에게 부목을 어떻게 대는지 가르쳐주셨어. 그 뒤로 내가 새끼 염소를 정성껏 치료했고, 얼마 뒤에 염소는 완전히 회복했어."

제이투니 고모의 말이 끝난 뒤, 우리는 모두 아무 말도 하지 않았다. 등잔불은 점차 사위어가고, 사람들은 하나둘 잠자리에 들었다. 할머니가 버나드와 내가 덮을 이인용 이불과 담요를 가지고 왔다. 우리는 좁은 침대에 자리 잡은 뒤에 등잔불을 껐다. 많이 피곤했던 모양인지 온몸이 쑤셨다. 할머니의 침대에 함께 누운 아우마와 할머니가 나지막이 속삭이는 소리가 들렸다. 로이가 어디로 갔을지 궁금했다. 문득 아버지의 무덤을 덮고 있던 노란 타일을 생각했다. 그때 버나드가 속삭였다.

"배리 형, 자?"

"아니."

"제이투니 고모가 한 말 진짜일까? 밤사람 이야기 말이야."

"글쎄……."

"내 생각에는…… 밤사람 같은 건 없을 것 같아. 도둑놈들이겠지. 일부러 이런 이야기를 지어내서 사람들이 무서워하게 만든 거야."

"네 말이 맞을지도 모르겠다."

그리고 잠시 침묵이 이어졌다.

"형."

"왜?"

"고향을 찾아온 이유가 뭐야?"

"확실하지는 않지만, 지금이 고향을 찾아갈 때다, 뭐 그런 말이 들렸던 것 같아."

버나드는 더 묻지 않고 반대편으로 돌아누웠다. 그리고 조금 뒤, 녀석의 고른 숨소리가 들렸다. 나는 어둠 속에서 눈을 크게 뜨고 로이가 돌아오기를 기다렸다.

●

다음 날 아침, 사이드 삼촌과 유수프 삼촌이 아우마와 나에게 같이 동네를 둘러보자고 했다. 우리는 두 사람을 따라서 뒷마당을 지나 좁고 지저분한 길을 걸어갔다. 옥수수 밭과 수수 밭을 지났다. 유수프 삼촌이 뒤를 돌아보면서 말했다.

"너에게는 원시적으로 보일지도 모르겠다. 미국의 농촌과 비교할 때 말이다."

나는 농사에 대해서 잘은 모르지만 땅이 무척 비옥해 보인다고 했다. 그는 고개를 끄덕였다.

"그래, 그건 맞아. 땅은 좋지. 그런데 문제는 여기 사람들이 교육을 받지 못했다는 거야. 개발이라는 걸 잘 몰라. 더 나은 농사 기술이나 뭐 이런 거 말이야. 수익을 올리는 문제나 관개 시설에 대해서 가르쳐주려 해도 들으려고 하질 않아. 루오족 사람들이 원래 고집이 세잖아."

그의 말에 사이드 삼촌이 얼굴을 찌푸렸다. 하지만 따로 뭐라고 말은 하지 않았다. 얼마 뒤에 우리는 갈색의 작은 개울 앞에 섰다. 사이드 삼촌이 큰 소리로 사람 지나간다고 외치자, 개울에서 캉가를 두른 젊은 여자 두 명이 나타났다. 아침 목욕 중인 두 여자의 머릿결이 햇살을 받아 반짝거렸다. 여자들은 수줍게 웃으면서 물풀로 이루어진 섬 뒤로 몸을 숨겼다. 사이드 삼촌은 개울을 따라 이어진 울타리를 가리켰다.

"여기까지가 우리 땅이야. 아버지가 살아 계실 때는 땅이 훨씬 더 넓었어. 하지만 어머니도 말씀하셨듯이 땅을 대부분 넘겨버렸지."

유수프 삼촌은 그만 돌아가자고 했다. 하지만 사이드 삼촌이 우리를 데리고 개울을 따라 좀 더 멀리 갔다 오겠다고 했다. 유수프 삼촌은 집으로 돌아가고, 우리는 개울을 따라 걸었다. 개울을 지나치고 밭도 몇 개 지났다. 오두막이 몇 채 있는 곳에서 여자들이 커다란 천 위에 수수를 고르게 펼치고 있었다. 우리는 한 여자 앞에 다가갔다. 그 여자는 연분홍 드레스에 끈 없는 빨간 운동화 차림이었다. 여자는 하던 일을 젖혀두고 우리 손을 잡았다. 우리 아버지를 잘 안다고 했다. 어릴 때는 함께 염소를 몰고 다니며 풀을 먹였다고 했다. 사는 게 어떠냐고 아우마가 묻자, 여자는 고개를 천천히 내저었다.

"많이 변했지. 젊은 남자들은 도시로 가고, 늙은 남자와 여자, 애들만 남았어. 돈과 재산은 우리를 버리고 떠나버렸어."

여자의 목소리에는 맥이 없었다. 그런데 여자가 말하는 동안 삐걱거리는 자전거를 탄 늙은 남자가 우리 곁에 왔다. 술 냄새를 풍기는 허약한 남자 하나도 가까이 다가왔다. 그들은, 알레고는 살기가 무척 힘들고 자식들은 자기들을 내팽개치고 돌아보지 않는다고 하소연했다. 그러고는 이 어려움을 이겨낼 수 있게 좀 도와달라고 했다. 아우마는 두 사람에게 몇 실링씩 쥐여주고는 그만 가야겠다고 했다. 우리는 집으로 향했다. 우리 목소리가 그 사람들에게 들리지 않을 정도로 충분히 멀어졌음을 확인하자마자 아우마가 사이드 삼촌에게 물었다.

"어떻게 된 거예요? 예전에는 이렇게 구걸하는 사람이 없었잖아요."

사이드 삼촌은 허리를 굽히고는 옥수수 밭의 이랑 사이에 떨어진 나

못가지를 주워서 멀리 던졌다.

"그러게 말이다. 내 생각에는 도시 사람들한테서 구걸을 배운 모양이야. 나이로비나 키수무에서 돌아온 사람들이 저들에게 이렇게 말하는 거야. '당신은 가난해.' 그래서 우리는 가난하다는 관념을 가지게 되었어. 예전에는 우리에게 그런 관념이 없었거든. 너희 할머니를 봐. 절대로 뭘 공짜로 달라고 남에게 손을 벌리는 일이 없어. 늘 무언가를 하시지. 별로 돈이 되지는 않지만, 어쨌거나 나름대로 소중한 일이야. 큰돈을 가져다주는 일은 아니어도 자존심을 지키게 해주지. 누구나 이렇게 할 수 있는데도, 이곳 사람들은 그냥 포기해 버려."

"유수프 삼촌은? 그 삼촌도 더 많은 일을 할 수 있지 않아요?"

아우마의 질문에 사이드 삼촌은 천천히 고개를 내저었다.

"형은…… 마치 교과서처럼 말해. 하지만 스스로 모범을 보이길 싫어하는 것 같아서 걱정이야."

아우마가 나를 향해 돌아섰다.

"유수프 삼촌은 한때 정말 잘나갔어. 학교 다닐 때 공부도 잘했고. 맞죠? 여러 군데 좋은 직장에서 서로 오라고 했지. 근데…… 무슨 일이 있었는지는 모르겠지만, 다 포기하고 지금은 네가 보다시피 할머니와 여기 살면서 잡일이나 하시지. 성공하려고 애쓰는 게 두려우신 것 같아."

사이드 삼촌이 고개를 끄덕였다.

"내 생각에는, 아무리 교육을 많이 받아도 땀 흘리지 않으면 아무 소용이 없는 것 같구나."

나는 사이드 삼촌의 이 말을 머릿속에 담아두고 내내 생각했다. 어쩌면 삼촌의 말이 맞을지도 모른다. 가난이라는 관념, 다시 말해서 새로운 욕구와 필요성은 마치 전염병처럼 나에 의해서, 아우마에 의해서,

유수프 삼촌의 라디오에 의해서 이곳까지 전파되었다. 가난은 한낱 관념에 지나지 않는다고 말하는 것은, 가난이 실제 현실이 아니라는 말은 아니다. 우리에게 가난을 하소연하며 구걸했던 사람들은, 다른 사람들이 자기들과 다르게 실내 화장실을 가지고 있고 날마다 고기를 먹는다는 사실을 무시할 수 없었다. 이것은 앨트겔드의 어린이들이 멋진 자동차와 텔레비전에서 쏟아지는 풍성하고 화려한 온갖 상품들을 무시할 수 없는 거나 마찬가지였다.

하지만 자기들 머릿속에 박혀 있는 무력감을 몰아낼 수 있지 않을까? 사이드 삼촌은 이제 자기가 살아온 이야기를 했다. 돈이 없어서 형들처럼 대학 문턱을 밟아보지 못해 실망했던 일, 민족청년단에 소속되어 전국을 대상으로 개발 계획을 추진했는데 이제 3년 기한이 끝나가는 일 등……. 지난 두 주 동안의 휴일을 나이로비의 여러 사업체를 알아보며 보냈지만, 어느 한 군데에서도 고용해 주겠다는 데가 없었다. 하지만 그는 전혀 낙담한 눈치가 아니었다. 끈질기게 매달리면 반드시 달콤한 결과를 얻을 수 있다고 확신하는 듯했다. 돌아오는 길에 삼촌이 이렇게 말했다.

"점원 같은 일자리라도 연줄이 있어야 잡을 수 있어. 아니면 힘 있는 누군가에게 기름을 잔뜩 발라놓든가. 그런 게 싫어서 나는 속 편하게 내 사업을 시작하려고 해. 비록 작긴 하겠지만 내가 주인이잖아. 난 네 아버지가 이런 생각을 하지 않은 게 실수라고 봐. 아무리 잘났어도 자기만의 독자적인 사업은 아무것도 하지 않았잖아."

삼촌은 잠시 생각하다가 다시 말을 이었다.

"과거의 실수 때문에 시간을 낭비하는 것도 아무런 보탬이 되지 않아. 그렇지 않니? 예를 들면 네 아버지의 재산을 놓고 다투는 것 말이야. 나는 처음부터 누나들에게 그딴 거 잊어버리고 생각도 하지 말라고 했어. 우린 우리의 삶을 살아야 하잖아. 하지만 아무도 내 말을 듣지 않았어. 다툼이 계속되는 동안 그 돈이 다 어디로 갈까? 바로 변호사들한테 가는 거야. 변호사들이야 거저먹는 거잖아. 이럴 때 쓰는 말이 있어. 메뚜기 두 마리가 싸우면 까마귀만 좋아진다고."

"루오족 말에 그런 속담이 있나요?"

내가 물었다. 삼촌은 겸연쩍은 미소를 지었다.

"루오족 말에도 비슷한 표현이 있긴 하지만, 내가 아까 한 말은 치누아 아체베가 쓴 책에서 읽었어. 나이지리아의 소설가인데, 난 그 사람이 쓴 책이 마음에 들더라. 나이지리아 사람이나 케냐 사람이나 다 똑같아. 차이점보다 공통점이 훨씬 더 많아."

집에 돌아오니 할머니와 로이가 본채 건물 밖에서 정장을 차려입은 남자와 대화를 나누고 있었다. 그 남자는 인근 학교의 교장이었다. 그는 벌써 마을에 짜하게 퍼진 우리 소식을 듣고는 할머니를 축하하려고 일부러 찾아왔고, 어젯밤에 먹고 남은 닭고기 스튜를 대접받았다고 했다. 그런데 로이의 커다란 짐 가방이 나와 있었다. 어디 가느냐고 물었다.

"켄두 베이. 교장 선생님이 거길 간다고 하시길래. 나와 어머니, 버나드도 거기 가서 아보를 데려오려고 하는데 가는 김에 태워달라고 부탁드렸어. 물론 선생님이 흔쾌히 승낙하셨고. 너희도 같이 가자. 거기 있는 가족들에게도 인사를 드려야지."

아우마는 할머니와 남기로 했고, 나와 사이드 삼촌은 옷을 갈아입고 교장의 고물 자동차에 몸을 구겨 탔다. 켄두로 가는 길은 고속도로를 달리는 것만 해도 여러 시간이 걸렸다. 왼쪽으로 빅토리아호가 보였다가 사라지기를 반복했다. 호수는 잔잔했다. 은빛 물결이 멀리 초록색 습지로 향하면서 좁아졌다. 우리는 오후 늦게야 켄두 시내로 들어갔다. 시내의 도로는 넓었지만 먼지투성이였고, 양쪽으로 모래 빛깔의 가게들이 줄지어 들어서 있었다. 교장에게 고맙다고 인사한 다음, 우리는 마타투를 타고 미로와 같은 길을 꼬불꼬불 달렸다.

어느새 시내를 벗어나자 광활한 초지와 옥수수 밭이 나타났다. 그리고 한참 더 가서 길이 갈라지는 곳이 나오자 케지아는 운전사에게 차를 세우라고 했다. 우리는 차에서 내려 하얀 골짜기를 옆에 끼고 걸었다. 골짜기에는 초콜릿 색깔의 물이 흘렀다. 여자들이 젖은 옷가지를 바위에 널고 있었다. 제방에서는 염소 떼가 마른 풀을 뜯었다. 그러한 풍경 속에서 흰색과 검은색과 회색의 크고 작은 점들이 마치 대지에 돋은 이끼처럼 보였다. 우리는 다시 가던 길을 버리고 오솔길을 따라 걸었다. 그리고 마침내 어떤 울타리 앞에 다다랐다. 케지아는 걸음을 멈추고 바위와 막대기들을 아무렇게나 쌓아놓은 것처럼 보이는 무더기를 가리키면서 로이에게 루오족 말로 뭐라고 했다. 그러자 루이가 설명했다.

"저게 우리 오바마 증조할아버지의 무덤이란다. 여기 있는 모든 땅을 코바마, 즉 '오바마의 땅'이라고 부른대. 우리는 포코바마, 그러니까 '오바마의 사람들'이고. 우리의 고조할아버지는 알레고에서 자랐는데, 젊었을 때 이곳으로 이사를 오셨대. 바로 이 집이 그 할아버지가 정착하셨던 곳이야. 그의 모든 자손들이 태어난 곳이지."

"그럼 왜 우리 할아버지는 다시 알레고로 돌아가셨지?"

로이가 케지아를 바라보았고, 케지아는 고개를 내저었다.

"자세한 이야기는 할머니에게 물어보라고 하시네. 확실히는 모르지만 할아버지가 다른 형제들하고 사이가 좋지 않으셨던가 보대. 할아버지 형제 가운데 한 분은 지금도 여기 살고 계셔. 연세가 많으시겠지만 뵐 수 있을 거야."

우리는 작은 목조 건물을 향해 걸었다. 키가 크고 잘생긴 여자가 마당을 쓸고 있었고, 그 뒤로 셔츠를 입지 않은 청년이 현관에 앉아 있었다. 여자는 우리를 보더니 눈을 쓱쓱 문지른 다음 손을 흔들었다. 청년도 천천히 일어나서 우리 쪽으로 걸어왔다. 로이가 여자와 손을 잡고 흔들었다. 여자는 아버지의 백모였고 이름은 살리나였다. 그리고 그 청년은 동생인 아보였다.

"그래, 이제들 날 보러 왔어?"

아보는 우리를 차례로 안았다. 그리고 셔츠를 입었다.

"난 형이 진작 배리 형을 데려올 거라고 들었는데, 왜 이제야 왔어?"

"그렇게 됐다. 맞추기가 쉽지 않았어."

"정말 반갑다. 근데 나, 나이로비로 다시 가야겠어."

"여기가 마음에 안 드는구나?"

"너무 지루해. 믿을 수가 없을 정도야. 텔레비전도 없지, 술집도 없지. 이 시골 사람들은 너무 느려. 빌리 형이 오지 않았더라면 아마 미쳐버렸을 거야."

"빌리가 와 있어?"

"그래. 이 근처에 있을 텐데……."

아보는 잠시 두리번거리다가 나를 향해 돌아섰다. 그리고 씨익 웃었다.

"배리 형, 형은 나를 위해 미국에서 뭘 가지고 왔어?"

나는 가방에서 휴대용 카세트 플레이어를 꺼냈다. 버나드에게도 똑같은 걸 선물한 뒤였다. 아보는 그걸 받아들고는 실망스럽다는 표정을 살짝 지었다.

"이거 소니 제품 아니지?"

녀석은 카세트 플레이어를 살펴보더니 재빨리 원래 표정으로 돌아가 내 등을 손바닥으로 쳤다.

"상관없어. 괜찮아, 고마워!"

나는 아보에게 고개를 끄덕이면서 화를 내지 않으려고 애썼다. 아보는 버나드 옆으로 가서 섰다. 둘은 놀랍도록 닮은 모습이었다. 키, 호리호리한 몸매, 매끈한 피부, 심지어 이목구비까지 놀랍도록 비슷했다. 만약 아보의 콧수염을 밀어버린다면 둘이 쌍둥이라 해도 의심할 사람이 없을 것 같았다. 그런데 다른 게 하나 있었다. 아보의 눈빛. 술에 취해 흰자위가 붉게 충혈되었기 때문만이 아니었다. 시카고의 그 또래 아이들을 연상시키는 그 무엇을 녀석의 눈에서 읽을 수 있었다. 그건 불량기 혹은 조심스러움이었다. 자기 인생이 꼬였다는 사실을 어린 시절에 이미 깨달은 사람만이 가질 수 있는 눈빛이었다.

우리는 살리나를 따라서 본채로 들어갔다. 살리나가 음료수와 비스킷을 막 내놓을 때였다. 살리나만큼 인상 좋고 로이만큼 키가 크고 다부진 몸매에 콧수염을 단 남자가 문을 열고 들어오면서 큰 소리로 로이를 불렀다.

"로이! 여기서 뭐 해? 어?"

로이가 일어났고, 두 사람은 포옹했다.

"뭐 하냐고? 먹을 것 찾는 중이지. 근데 넌 여기서 뭐 해?"

"난 우리 어머니한테 얼굴 보이러 왔지. 안 오면 잔소리가 많아지잖

아. 그렇죠?"

그는 살리나의 뺨에 키스한 뒤에 내 손을 우악스럽게 잡고 흔들었다.

"그래, 네가 미국에 사는 내 사촌을 데리고 왔구나. 배리, 네 이야기
는 많이 들었다. 여기서 널 만나다니 믿기지가 않아."

그는 살리나를 향해 돌아섰다.

"배리에게 음식은 줬어요?"

"금방. 금방 줄 거야, 빌리."

살리나는 케지아의 손을 잡고 로이에게 돌아섰다.

"엄마들이 뭘 제일 원하는지 알지? 어머니는 어떠셔?"

"늘 똑같죠, 뭐."

그녀는 천천히 고개를 끄덕이면서 미소를 지었다.

"나쁘지 않은 소식이네."

그녀는 케지아와 함께 방에서 나갔다. 빌리는 소파의 로이 옆자리에
앉았다.

"그래, 로이 나리께서는 여전히 정신이 나가서 돌아다니시나? 야아,
몸 좀 봐라. 우량종 황소 같잖아! 미국에서 재미를 많이 보나 보지?"

"좋지, 암. 몸바사는 어때? 우체국에서 일한다며?"

빌리는 어깨를 으쓱했다.

"봉급은 그저 그래. 많은 편은 아니지만 그래도 꾸준하니까."

빌리가 이번에는 나를 보았다.

"배리, 네 형 로이 말이야, 거친 사나이였어. 솔직히 옛날에는 우리
둘 다 거칠었지. 날마다 사냥하러 다녔으니까 말이야. 안 그래, 로이?"

그는 로이의 허벅지를 손바닥으로 치면서 웃었다.

"그래, 미국 여자들은 어때? 얘기 좀 해봐."

로이는 어색하게 웃었다. 그때 마침 살리나와 케지아가 음식을 들고 들어와서 다행이었다.

"근데 말이야, 배리."

빌리가 자기 접시를 앞에 있는 낮은 탁자에 내려놓으며 말했다.

"너희 아버지와 우리 아버지는 동갑이셨어. 매우 친한 사이였고. 그런데 나랑 로이도 동갑이잖아. 당연히 친할 수밖에 없었지. 네 아버지 이야기 해줄까? 정말 훌륭한 분이셨지. 난 우리 아버지보다 너희 아버지랑 더 가까웠어. 무슨 문제가 생겼다 하면, 제일 먼저 달려가서 의논한 사람이 바라크 삼촌이었지. 그런데 로이, 넌 너희 아버지보다 우리 아버지랑 더 가까웠지? 맞지?"

"우리 집안 남자들은 다른 집 자식들에게는 늘 잘해줬어. 자기 아이들에게는 약하게 보이고 싶지 않았던 거야."

로이가 나직하게 말했다. 빌리가 고개를 끄덕이며 음식을 집어먹던 손가락을 빨았다.

"맞아. 네 말이 딱 진실을 꼬집는구나. 난 말이야, 윗세대가 저질렀던 실수를 똑같이 반복하지 않을 거야."

빌리는 깨끗한 손으로 지갑을 꺼내서 아내와 어린 두 아이들의 사진을 보여주었다.

"결혼하면 달라져야 해. 로이, 나 좀 봐. 나 이제 얌전한 사람으로 변했어. 아내도 바가지를 너무 긁으면 안 된다는 걸 알아. 사이드 삼촌은 어떻게 생각해요?"

그제야 나는 사이드 삼촌이 그 집에 도착한 뒤로 거의 말을 하지 않았다는 사실이 생각났다. 그는 손을 씻고 빌리를 향해 돌아섰다.

"난 아직 미혼이잖아. 그러니 입 다물고 가만히 있어야지. 하지만 이 문제에 관해서는 나도 생각이 있어. 아프리카에서 가장 심각한 문제가 뭐냐 하는 물음에 대해서 나 나름대로 내린 결론이 있거든. 그게 뭐냐 하면, 남자와 여자 사이의 일이야. 우리 남자들은 늘 강해지려고 애를 써. 하지만 때로 엉뚱한 데다 힘을 쏟아버려. 아내를 하나가 아니라 둘이나 셋 혹은 그 이상 두려고 한단 말이야. 우리 아버지들도 아내가 많았잖아. 그래서 우리도 그래야 하는 줄 알고. 결과가 어떻게 되든 생각하지도 않고 말이야. 그렇게 되면 그 여자들은 어떻게 돼? 서로 질투하고, 아이들은 자기 아버지와 멀어지고, 이게……."

그는 여기서 갑자기 말을 끊고 슬며시 미소를 지었다.

"물론, 나는 아내라는 여자가 한 명도 없지. 그러니까 이 이야기는 그만 해야겠다. 겪어보지 않았을 때는 입 다물고 가만히 있는 게 가장 현명한 거야."

"그것도 아체베가 한 말이에요?"

내가 물었다. 그러자 사이드 삼촌은 웃음을 터뜨리고는 내 손을 잡았다.

"아냐, 배리. 그건 내 말이야."

저녁 식사를 끝내고 보니 밖은 이미 어두웠다. 살리나와 케지아에게 고맙다는 인사를 하고, 우리는 빌리를 따라서 밖으로 나가 훤한 달빛을 받으며 좁은 길을 걸었다. 곧 작은 집이 나왔다. 펄럭거리는 나방들의 그림자가 노란 창문에 어른거렸다. 로이가 문을 두드렸다. 그러자 이마에 칼자국이 있는 키 작은 남자가 나왔다. 입은 웃고 있었지만, 음모를 꾸미는 사람처럼 눈동자가 쉴 새 없이 빠르게 움직였다. 그 남자 뒤로 또 한 사람이 보였다. 그는 키가 크고 여위었으며 흰 옷을 입었고, 성긴 염소수염과 콧수염을 달고 있었다. 게다가 머리까지 허옇게 세서 마치 인도의 현자처럼 보였다. 두 사람은 우리와 열렬히 악수했고, 서툰 영어로 내게 말을 걸었다.

"네 조카!"

머리가 허연 남자가 자기를 가리키며 말했다. 그러자 키 작은 남자가 깔깔거리며 웃었다.

"머리가 허연 녀석이 너보고 삼촌이라고 하네? 하하하! 영어 알아들을 수 있지? 이리 와."

두 사람은 우리를 탁자 쪽으로 안내했다. 술병과 보통 잔의 두 배는 됨 직한 커다란 유리잔이 세 개 놓여 있었다. 술병에는 상표가 붙어 있지 않았다. 머리가 허연 남자가 술잔에 술을 따랐다.

"이 술은 위스키보다 좋아."

빌리가 술잔을 들면서 말했다.

"이걸 마시면 남자는 힘이 세지지."

빌리가 단숨에 술을 들이켰다. 로이와 나도 똑같이 그를 따라 했다. 갑자기 가슴이 뻑뻑해졌다. 위장에 수류탄을 터뜨린 느낌이었다. 가슴이 폭발할 것만 같았다. 다시 술잔이 채워졌다. 사이드 삼촌은 마시지 않겠다고 했다. 남은 술을 키 작은 남자가 마셨다. 그가 내 앞에 앉아 있었기 때문에, 술잔을 통해서 그의 얼굴이 일그러지는 모습이 보였다.

"더 해?"

"아니, 이따가……."

나는 기침을 참으면서 대답했다.

"나한테 줄 선물도 있을 것 같은데. 티셔츠? 운동화?"

머리 허연 남자의 말이었다.

"이거 미안한데. 알레고에 다 두고 와서."

키 작은 남자는 내 말을 알아듣지 못한 듯 계속 미소를 짓더니, 다시 내게 잔을 내밀었다. 그러자 빌리가 그 남자의 손을 밀치며 소리쳤다.

"내버려둬! 이따가 더 마시면 되잖아. 일단 할아버지부터 봬야지."

두 사람은 뒤에 있는 작은 방으로 우리를 안내했다. 등잔불이 켜져 있었고, 그 앞에 언젠가 한 번 본 적이 있는 듯한 노인이 앉아 있었다. 머리는 눈이 내린 듯 희었고, 피부는 마치 양피지 같았다. 살집 하나 없는 두 팔을 의자의 팔걸이에 올려놓은 채 눈을 감고 꼼짝도 하지 않았다. 잠이 들었나 생각했는데, 빌리가 다가가자 노인이 우리 쪽으로 고개를 슬며시 움직였다. 하루 전 알레고에서 보았던 할아버지의 사진과 닮은 얼굴이었다.

빌리가 노인에게 지금 누가 와 있는지 설명하자 노인은 고개를 끄덕였다. 그리고 낮고 떨리는 목소리로 뭐라고 말하기 시작했다. 그것은 마치 허공에서 나오는 소리 같았다. 로이가 통역했다.

"네가 와줘서 기쁘다고 하셔. 자기는 네 할아버지의 형이고, 네가 잘되길 바라신대."

나는 만나서 반갑다고 했고, 노인은 고개를 끄덕였다.

"많은 젊은이들이 길을 잃어버렸대. 백인들의 나라에서. 당신의 외아들도 미국에 갔는데 벌써 여러 해째 오지 않는대. 그런 사람은 유령이나 마찬가지래. 죽어도 누구 하나 조문을 갈 수가 없고, 조상님들도 거기까지는 갈 수가 없대. 그러니까…… 네가 고향에 돌아온 걸 무척 다행스러운 일이라고 하시네."

노인이 손을 들었다. 내가 그 손을 잡고 가볍게 흔들었다. 가려고 자리에서 일어서자 노인이 다시 뭐라고 말했다. 로이는 고개를 끄덕이고 돌아서서 나왔다.

"만일 네가 할아버지의 아들을 보게 되면, 고향으로 돌아와야 한다는 말을 꼭 전해달라고 하시더라."

어쩌면 달빛 때문인지도 모른다. 아니면 내 주변에 있던 사람들이 내가 알아들을 수 없는 언어로 말했기 때문인지도 모른다. 할아버지의 방에서 나온 뒤에 있었던 일들을 기억하려고 하면, 마치 꿈속을 걷는 느낌이 든다. 달은 하늘에 낮게 걸려 있고, 로이와 다른 사람들의 얼굴이 옥수수 밭의 그림자와 합쳐진다. 나와 로이는 또 다른 작은 집으로 들어간다. 아까보다 사람들이 더 많아졌다. 여섯 명, 아니 열 명…….

밤이 깊어가면서 사람들은 끊임없이 바뀐다. 나무로 만든 탁자 위에는 술이 세 병 더 있다. 그리고 사람들은 빈 잔에 달빛을 채우기 시작한다. 처음에는 격식을 차리더니 나중에는 더 빠르게 그리고 점차 제멋대로들 잔을 채우고 받는다. 상표도 붙어 있지 않은 병이 손에서 손으로 옮겨간다. 나는 두 잔을 더 마신 뒤에 멈춘다. 하지만 아무도 내가 그만 마시는지 알지 못하는 것 같다. 늙은 얼굴이나 젊은 얼굴이나 모두 흔들리는 불빛 아래서 도깨비불처럼 타오른다. 웃고 고함을 지른다. 어두운 구석에 처박혀 있거나, 담배를 집으려고 혹은 술을 한 잔 더 마시려고 손을 뻗는다. 화를 내기도 하고 좋아서 깔깔거리기도 한다. 금방 폭발할 것처럼 휘몰아치다가도 다시 금방 잠잠해진다. 루오족 말과 스와힐리어, 영어가 한데 뒤섞여서 소용돌이치고, 돈이나 술 혹은 셔츠를 후리려는 목소리들이 이리저리 춤을 춘다. 웃고 또 웃는다. 술에 절어 살았던 한때의 내 목소리이자 할렘과 사우스사이드의 목소리이다. 그리고 우리 아버지의 목소리이다.

얼마나 오래 술을 마셨는지 알 수가 없다. 하지만 어느 시점에선가 사이드 삼촌이 내 팔을 잡고 흔들었다.

"배리, 가야겠다. 버나드가 속이 별로 안 좋은가 봐."

나는 같이 가자고 말하며 자리에서 일어났다. 그런데 아보가 내 쪽
으로 몸을 기울이며 어깨를 잡았다.

"배리 형! 어디 가려고?"

"자러."

"안 돼! 같이 있어야 해! 나하고, 로이 형하고!"

고개를 돌려 로이를 바라보았다. 침상에 구겨져 있던 로이도 나를
바라보았다. 우리 두 사람의 시선이 만났다. 나는 턱으로 문을 가리키
며 고개를 끄덕였다. 그런데 바로 그 순간, 그때까지 실내에 휘돌던 소
리들이 갑자기 어디론가 사라져버렸다. 마치 텔레비전 드라마의 한 장
면처럼 소리가 사라져버린 세상 같았다. 머리가 허연 남자가 로이의
잔에 술을 채우는 게 보였다. 로이를 억지로라도 끌고 나갈까 생각했
다. 그때 로이가 내게서 시선을 거두더니, 껄껄껄 웃으면서 자기 앞에
놓인 잔을 단번에 목으로 털어넣었다. 박수와 환호성……. 그 소리는
계속 나를 따라왔다. 나와 사이드 삼촌, 버나드가 살리나의 집을 향해
밤길을 걸을 때까지도 끊이지 않고 계속되었다.

"저 사람들은 술을 너무 많이 마셔."

밭 사이로 난 길을 걸으며 버나드가 말했다. 사이드 삼촌도 고개를
끄덕이며 나를 바라보았다.

"난 로이가 큰형을 닮은 것 같아서 걱정이다. 네 아버지 말이다. 네
아버지는 이 부근에서 아주 인기가 좋았다. 알레고에서도 그랬지. 네
아버지는 집에 올 때마다 모든 사람들에게 술을 사주고 밤늦게까지 술
을 마시며 같이 어울렸어. 사람들은 그 점을 아주 높이 평가하고 좋아

했어. '당신은 거물이 되어서도 우리를 잊지 않았군. 정말 최고야.' 이러면서 말이야. 그 말을 듣고 네 아버지는 아마 행복했을 거야.

한번은 네 아버지가 나를 키수무로 데리고 간 적이 있다. 메르세데스에 태우고 말이야. 그런데 가던 길에 마타투에 사람들이 타는 모습을 보고는 이러더라. '사이드, 오늘 밤에 우리 마타투 운전사 하자.' 그러고는 다음 정류장에 가서는 앞서간 마타투에 타지 못한 사람들을 태우면서 나더러 요금을 받으라는 거야. 마타투 승차 요금으로. 우리는 메르세데스에 여덟 명이나 태웠어. 그런데 네 아버지는 그 사람들을 키수무까지 태워다줬을 뿐 아니라 집까지, 심지어 태워달라는 데까지 아무리 멀어도 가줬어. 그리고 사람들이 내릴 때 그들이 차비로 냈던 돈까지 돌려줬어. 사람들은 형이 왜 그러는지 몰랐어. 물론 나도 마찬가지였고. 그런 뒤에 우리는 술집으로 갔고, 기다리고 있던 친구들에게 네 아버지가 이 이야기를 했단다. 기분 좋게 웃으면서 말이야."

사이드 삼촌은 잠시 뜸을 들이다가 다시 말을 이었다. 어휘를 신중하게 선택하려고 애쓴다는 걸 느낄 수 있었다.

"그 덕에 네 아버지는 좋은 평판을 얻을 수 있었다. 하지만 내 생각에는 말이야, 실제로는 이런 사람이면서 다른 사람들에게는 저런 사람인 것처럼 행세한다는 건 불가능해. 그렇게 하려고 해서도 안 돼. 마타투 운전사이면서 혹은 밤새 술을 퍼마시면서 어떻게 케냐의 경제 계획을 세울 수 있냐는 말이야. 사람은 자기가 보기에 옳은 일을 함으로써 동포들에게 봉사하는 거야. 안 그래? 다른 사람들이 자기에게 바라는 걸 한다고 해서 봉사가 되는 게 아니야. 하지만 우리 큰형은, 네 아버지는 말이야, 자기가 독립심을 가지고 있다고 자부했지만, 사실은 그렇지 않았어. 술자리에서 일찍 일어나면 사람들이 뒤에서 수군거릴까 봐 그

593

게 두려워서 밤늦게까지 술을 마시곤 했던 거야. 그러니 본인은 얼마나 힘들었겠어."

"정말 바보야, 바보. 난 그렇게 살지 않을 거야."

버나드가 말했다. 버나드를 바라보는 사이드 삼촌의 눈에 후회하는 빛이 어렸다.

"내가 너희 아버지를 깎아내리려고 이런 이야기를 한 건 아니야. 아무렇게나 생각나는 대로 한 이야기도 아니고. 아무리 그래도 너희는 어른들에게 존경심을 가져야 해. 그분들이 힘들게 길을 닦아놓았기 때문에 너희들이 그 길을 조금이라도 쉽게 지나갈 수 있는 거야. 만일 앞서간 어른들이 구덩이에 빠지는 걸 보았다면, 거기서 넌 무엇을 배워야겠니?"

"구덩이에 빠지지 않도록 돌아가야겠죠."

"맞다. 그 길로 가면 안 되겠지. 자기의 길을 찾아야 한다."

사이드 삼촌은 버나드와 어깨동무를 했다. 어느새 살리나의 집이 가까워 있었다. 고개를 돌려 우리가 있던 곳을 바라보았다. 할아버지가 있던 집의 창문에 여전히 희미한 불빛이 보였다. 그의 두 눈이 어둠 속에서 별처럼 반짝인다고 생각했다.

19

다음 날 아침, 로이와 아보는 둘 다 머리가 깨질 듯이 아프다면서 케지아와 함께 켄두에 하루 더 머물겠다고 했다. 그래서 나와 버나드, 삼촌, 이렇게 셋만 홈 스퀘어드로 돌아갔다. 이번에는 마타투를 타지 않고 버스를 탔다. 내가 그러자고 해서 내린 결정이었는데, 곧 후회했다. 돌아가는 길 내내 좌석에 앉지도 못하고 서서 가야 했던 것이다. 게다가 천장이 낮아서 우리는 모두 구부정하게 서 있어야만 했다. 그 자세가 여간 힘들지 않았지만 문제는 그뿐만이 아니었다. 나는 멀미까지 했다. 버스가 흔들릴 때마다 위 속의 내용물이 같이 요동쳤다. 설사 기운까지 느껴졌다. 또 차가 덜컹거릴 때마다 머리가 욱신욱신 쑤셨다.

집에 도착하자마자 할머니와 아우마에게 짧게 손만 흔들고는 조심스럽지만 빠르게 뒷마당의 화장실로 종종걸음을 쳐야 했다. 길을 잘못

들어 뒷마당에서 어슬렁거리던 암소 한 마리가 무슨 일 있냐는 눈으로 나를 쳐다보았다.

약 20분 뒤, 나는 초췌한 몰골로 오후의 햇살 아래 다시 모습을 드러 냈다. 햇빛 한 줄기 들지 않는 감옥에 오래 갇혀 있다가 풀려나는 기분 이었다. 여자들은 망고나무 아래 돗자리를 깔고 앉아 있었다. 할머니는 아우마의 머리를, 제이투니 고모는 이웃집 여자아이의 머리를 땋고 있 었다.

"재미있었니?"

아우마가 물었다. 웃지 않으려고 애쓰는 모습이 역력했다.

"아주 재미있었지."

돗자리에 앉으면서 대답했다. 그때 바싹 여윈 노파가 집에서 나와 할머니 옆에 앉았다. 일흔은 넘어 보이는 노파였다. 하지만 연분홍 스 웨터 차림으로 수줍음 많은 여학생처럼 두 다리를 가지런히 옆으로 접 었다. 그 노인은 나를 자세히 살피더니 아우마에게 루오족 말로 뭐라 고 얘기했다.

"네가 아파 보인다고 하시네."

그 노인이 나를 보며 웃었다. 아래쪽 앞니 두 개가 빠진 게 보였다.

"이분은 할아버지의 동생이신 도실라야. 오바마 증조할아버지의 막 내. 다른 마을에 사시는데, 우리가 왔다는…… 아야! 살살 좀 해주세요, 할머니. 바라크, 넌 머리 땋을 일이 없으니까 참 좋겠다. 아, 무슨 이야 기를 했지? 어, 그래! 도실라 할머니는 우리가 왔다는 소식을 듣고는 여기까지 걸어오셨대. 우릴 보려고 말이야. 마을 사람들 모두가 안부를 전한다고 하셔."

도실라 할머니가 내 손을 잡았다. 나는 켄두 배이에서 그녀의 오빠를 만났다고 했다. 그러자 고개를 끄덕이고는 다시 뭐라고 말했다.

"당신의 오빠는 나이가 무척 많다. 그 오빠가 젊었을 때는 우리 아버지를 꼭 닮았었다. 어떤 때는 자기도 두 사람이 헷갈리곤 했다, 라고 하시네."

충분히 그랬을 것 같다고 맞장구친 다음 라이터를 꺼내서 담뱃불을 붙였다. 그 모습을 본 도실라 할머니가 깜짝 놀라면서 아우마에게 뭐라고 빠르게 말을 했다.

"불이 어디서 나오는지 알고 싶으시대."

나는 그녀에게 라이터를 건네주고는 직접 불을 켜보게 하면서 작동 원리를 설명했다. 그 사이 그녀는 쉬지 않고 말했다.

"세상이 너무 빨리 변해서 눈이 핑핑 돌 지경이래. 할머니는 텔레비전을 처음 봤을 때 거기 나오는 사람들도 당신을 보는 줄 아셨대. 그래서 말을 걸었는데, 아무리 말을 걸어도 대꾸하지 않길래 텔레비전에 나오는 사람들은 다 무례하다고 생각하셨대."

아우마가 통역하는 동안 도실라 할머니가 웃었다. 제이투니 고모는 부엌으로 가더니 곧 머그잔을 하나 들고 왔다. 사이드 삼촌과 버나드는 어디 있느냐고 물었다. 잔다고 말하며 그녀가 머그잔을 내밀었다.

"자, 이거 마셔라."

"뭔데요?"

"여기서 자라는 식물로 만든 거야. 날 믿어. 이거 마시고 나면 금방 속이 편안해질 거야."

미심쩍어서 일단 아주 조금만 맛을 보았다. 아니나 다를까 고약했다. 내키지 않았지만 제이투니 고모가 버티고 서서 다 마시라고 하는 바람에 결국 마지막 한 방울까지 다 마셨다. 그제야 그녀는 만족스러운 미소를 띠면서 말했다.

"이건 네 할아버지의 처방에 따라서 조제한 거야. 네 할아버지는 약초 의사였거든."

입에 남은 고약한 맛을 중화시키기 위해 담배를 피워 물고 한 모금 깊이 빨아들여 연기를 뱉었다. 그러면서 아우마에게, 할아버지 이야기를 해달라는 말을 할머니에게 전해달라고 했다.

"우리 할아버지 말이야. 로이 형 말로는 할아버지가 켄두에서 성장한 뒤 혼자 알레고에 와서 정착했다고 그랬거든."

할머니는 아우마의 통역을 듣고는 고개를 끄덕였다.

"할아버지가 왜 켄두를 떠났는지 아신대?"

할머니는 어깨를 으쓱했다.

"옛날 우리 조상들은 여기 알레고에서 처음 자리를 잡았다고 하셔."

나는 맨 처음부터 이야기해 달라고 했다. 오바마 증조할아버지가 어떻게 켄두에 살게 되었는지, 할아버지는 어디서 일했는지, 아버지의 친어머니가 왜 할아버지와 헤어졌는지……. 할머니가 내 질문에 대답했다. 바람이 약간 세게 불더니 언제부터인가 잦아들었다. 하늘에 높이 뜬 구름들이 산을 넘었고, 길게 드리운 망고나무 그림자 속에서 아우마와 옆집 여자아이의 머리카락이 가지런하게 땋아졌다. 돗자리에 앉은 삼대에 걸친 사람들의 목소리는 개울에 흘러가는 물처럼 한데 뒤섞이기도 하고 갈라지기도 했다. 내가 던지는 질문은 바위처럼 그 물살을 가끔씩 가로막았다. 또 기억의 단절이 물의 흐름을 엉뚱한 곳으로 돌려놓기도 했다. 하지만 결국은 하나의 이야기로 합쳐져서 흘러갔다. 그 이야기는 이랬다.

맨 처음 미위루가 있었다. 미위루 이전에는 누가 있었는지 모른다. 미위루가 시고마를 낳았고, 시고마가 오위니를 낳았고, 오위니가 키소드히를 낳았고, 키소드히가 오겔로를 낳았고, 오겔로가 오톤디를 낳았고, 오톤디가 오봉고를 낳았고, 오봉고가 오코스를 낳았고, 오코스가 오피요를 낳았다. 그 아이들을 자기 몸으로 직접 낳은 여자들의 이름은 모두 잊혔다. 우리 부족 사람들에게는 여자가 중요하지 않았기 때문이다.

오코스는 알레고에서 살았다. 그 이전에는 지금의 우간다 땅에서 살다가 알레고로 옮겨왔다. 그때 우리는 마사이족처럼 가축 떼에게 먹일 물과 방목지를 찾아서 이동하며 살았다. 알레고에 들어온 뒤부터 사람들은 정착 생활을 하면서 농사를 짓기 시작했다. 한편, 다른 루오족은 호숫가에 정착해서 물고기 잡는 법을 익혔다. 그때 알레고에는 반투어를 쓰는 다른 부족들이 이미 살고 있었는데, 루오족이 들어오자 두 부족 사이에 큰 전쟁이 일어났다. 우리 조상인 오위니는 위대한 전사이자 지도자였다. 오위니는 반투족과 벌인 전쟁을 승리로 이끌었다. 하지만 그는 반투족이 알레고에 계속 살도록 허락하고 루오족과 결혼할 수 있도록 했다. 그리고 농사와 새로운 땅에 대한 여러 지식을 우리에게 가르치도록 했다.

사람들이 정착해서 농사를 짓기 시작하자 알레고는 많은 사람들로 붐비게 되었다. 오코스의 아들인 오피요는 장남이 아니었기 때문에 켄두 베이로 옮겨가서 살았다. 그가 처음 거기 갔을 때는 땅이 없었다. 하지만 우리 관습상, 누가 쓰지 않는 땅은 아무나 쓸 수가 있었다. 쓰지 않는 땅은 부족의 공동 재산이었다. 그랬기 때문에 오피요로서는 땅이 없다고 해서 전혀 부끄러운 일이 아니었다. 그는 처음에 남의 울타리 안에 오두막을 짓고 살면서 땅을 개간해 자기 땅을 늘려갔다. 하지만 오피요는 재산을 모으기도 전에 일찍 죽고 말았다. 그에게는 아내 둘과 여러 명의 자식이 있었다. 한 아내가 그의 형제 가운데 한 명의 아내로 들어갔다. 그 여자가 낳은 자식들도 그의 자식이 되었다. 그것은 관습이었기 때문에 전혀 문제가 되지 않았다. 그런데 오피요의 다른 아내가 죽는 바람에 그 여자의 자식이자 할아버지의 아버지였던 오바마는 소년 시절에 고아가 되고 말았다. 오바마는 자기 형제들과 함께 삼촌 집에서 살았지만, 점차 나이가 들고 그 가족에게 짐이 되자 자기 아버지가 그랬던 것처럼 다른 사람의 일을 해주면서 살았다.

오바마가 일해주었던 가족은 부유했다. 가축도 많이 길렀다. 이 가족은 점차 오바마를 감탄의 눈으로 바라보았다. 그가 매우 진취적이며 농사도 잘 지었기 때문이다. 그래서 그 가족은 큰딸을 오바마와 결혼시키기로 했다. 삼촌들이 신부 집에 지참금을 주었다. 그런데 갑작스럽게 큰딸이 죽자, 그는 큰딸 대신 둘째딸과 결혼했다. 그 여자의 이름이 나오케였다. 그리고 그는 모두 합해서 네 명의 여자를 아내로 맞아들였고, 그 여자들은 모두 자식을 낳았다. 그는 부지런히 땅을 개간해서 부자가 되었다. 집도 컸고 소와 염소도 많았다. 그는 워낙 공손하고 책임감이 강했기 때문에 켄두에서 가장 존경받는 어른이 되었다. 사람들은 어려운 일이 있을 때마다 그를 찾아가서 의논했다.

온양고는 나오케의 다섯째 아들이었다. 도실라는 오바마의 네 번째 아내에게서 태어난 막내였다.

그때는 아직 백인이 들어오기 전이었다. 사람들은 가족 단위로 제각기 울타리를 친 집을 가지고 살았지만, 모두 조상들이 정해놓은 규칙에 따라 살았다. 남자는 자기만의 오두막을 가졌고, 자기 땅을 개간하고 경작할 의무와 아울러 다른 부족의 습격이나 야생동물의 공격으로부터 가축을 보호할 의무를 지고 있었다. 남자의 아내는 각기 자기 채소밭을 가지고 있었으며, 그 밭은 오로지 그녀와 그녀의 딸들이 경작했다. 여자는 남자가 먹을 음식을 준비했다. 또 물을 긷고 오두막을 보수했다. 연장자인 원로들이 모든 농작물의 재배와 수확을 통제했다. 그들이 공평하게 품앗이를 하도록 일을 조정했다. 또 과부나 어려움을 겪는 사람들에게 먹을거리를 주었고, 아무것도 가진 게 없는 남자에게는 지참금으로 소를 대신 주기도 했다. 그리고 마을에서 일어나는 모든 분쟁을 조정했다. 그들의 말은 곧 법이었고, 누구든 따라야 했다. 그 말을 따르지 않는 사람은 마을을 떠나 다른 곳에서 새 출발을 해야 했다.

아이들은 학교에 가지 않았지만 부모 곁에서 필요한 것들을 배웠다. 여자아이들은 어머니를 따라다니며 수수를 갈아서 죽을 만드는 법이나 채소를 키우는 법, 오두막을 보수할 때 진흙 반죽을 어떻게 해야 하는지 배웠다. 남자아이들은 아버지를 따라다니면서 가축을 키우는 법과 팡가를 쓰는 법, 창 던지는 법을 배웠다. 한 아이의 어머니가 죽으면 다른 여자가 그 아이를 자기 아들로 받아들여 키웠다. 밤이 되면 여자아이들은 어머니와 식사했고, 남자아이들은 아버지의 오두막에서 아버지와 함께 식사하며 조상들의 이야기를 듣고 삶에 필요한 것들을 배웠다. 때로 하프를 연주하는 사람이 마을에 오기도 했다. 그런 날이면 온 마을 사람들이 그가 부르는 노래를 들으려고 모였다. 그는 과거의 위대한 전사들이나 현명했던 장로들을 노래했다. 농사를 잘 짓는 남자나 아름다운 여자를 칭찬하고, 게으르거나 성품이 잔인한 사람들을 나무랐다. 잘했든 못했든 간에 모든 사람들이 이렇게 전체 구성원의 하

나로 인정받았고, 그 과정에서 조상의 전통이 유지되었다. 그리고 여자
와 아이들이 가고 나면 남자들만 모여서 마을의 공동 관심사에 대해
의논하고 중요한 결정을 내렸다.

온양고는 어릴 때부터 남달랐다. 워낙 한자리에 가만히 앉아 있질
않아서 사람들이 그의 똥구멍에 개미들이 기어다닌다고 할 정도였다.
혼자서 여러 날 동안 여기저기 돌아다니다가 오기도 했다. 그렇게 나
타나서는 어디에 갔다 왔는지 아무리 물어도 대답하지 않았다. 그는
늘 진지했다. 웃지도 않았고, 다른 아이들과 어울려 장난을 치지도 않
았으며, 농담도 하지 않았다. 그는 다른 사람이 하는 일에 늘 관심이 많
았다. 약초 의사가 된 것도 그런 관심이 있었기 때문이다. 약초를 이용
해서 병을 고치는 사람은 주술사와 전혀 다르다. 주술사를 가리켜 백
인들은 마법을 부리는 의사라고 한다. 주술사는 주문을 외우고 세상의
정령과 대화를 나누지만, 약초 의사는 어떤 식물을 어떻게 해서 바르
거나 먹으면 병이나 상처가 낫는다는 걸 잘 아는 사람이다. 할아버지
는 또래 친구들이 천방지축 뛰놀 때 벌써 약초 의사의 오두막을 부지
런히 들락거리며 그가 하는 말과 행동을 듣고 보면서 필요한 지식을
습득했다.

온양고가 아직 소년이었을 때, 백인이 키수무에 왔다는 이야기를 들
었다. 그 백인들은 갓난아기처럼 피부가 부드럽다고 했다. 그런데 그들
은 천둥처럼 우르릉거리는 배를 타고 불 뿜는 막대기를 가지고 있다고
했다. 그때까지만 해도 마을에서 백인을 본 사람은 아무도 없었다. 가
끔 아랍 상인들이 와서 설탕이나 옷을 팔았을 뿐이었다. 하지만 그런
경우도 매우 드물었다. 왜냐하면 설탕을 거의 쓰지 않았고, 염소 가죽
으로 거기만 가렸지 옷을 입지 않았으니까. 장로들은 백인이 키수무에

왔다는 이야기를 듣고는 회의 끝에, 백인이 어떤지 좀 더 자세히 알기 전까지는 키수무에 얼씬도 하지 말라고 사람들에게 일렀다.

하지만 온양고는 장로들의 이런 경고에도 불구하고 너무나 궁금했던 나머지 백인들을 자기 눈으로 직접 봐야겠다고 마음먹었다. 어느날, 마을에서 그의 모습이 보이지 않았다. 그리고 여러 달이 흘렀다. 오바마의 다른 아들들은 온양고가 없는 동안에도 열심히 일했다. 그러다 마침내 온양고가 돌아왔다. 그는 백인들의 바지와 셔츠를 입고, 발등까지 덮는 신발을 신고 있었다. 어린아이들은 온양고의 모습을 보고 기겁했다. 그의 형제들은 그의 변화를 어떻게 받아들여야 할지 난감해했다. 형제들은 오바마를 불렀다. 오바마가 자기 오두막에서 나왔다. 가족이 모두 둘러서서 온양고의 이상한 차림새를 바라보았다.

"왜 이렇게 되었니?"

하지만 온양고는 아무 말도 하지 않았다.

"왜 그런 이상한 껍데기를 걸치고 있느냐 말이다!"

그래도 온양고는 입을 열지 않았다. 오바마는 온양고가 바지를 입은 것은 루오족이 관습적으로 금하고 있는 할례를 했기 때문이라고 생각했다. 그리고 셔츠를 입은 것은 몸에 난 종기를 숨기려고 한 게 분명하다고 생각했다. 그는 다른 아들들에게 이렇게 말했다.

"너희들은 네 형제인 오바마 곁에 가까이 가지 마라. 이 녀석은 더러운 몸이 되었다."

오바마는 그렇게 말하고 자기 오두막으로 돌아갔다. 다른 형제들은 온양고를 비웃으며 그를 피했다. 그러자 온양고는 다시 키수무로 돌아갔고, 그 뒤로 평생 자기 아버지와 틀어져서 살았다.

그때까지만 해도 백인이 계속 그 땅에 눌러앉아 살 생각임을 알아챈 사람은 아무도 없었다. 사람들은 그저 백인들이 자기 물건을 팔려고 온 줄로만 알았다. 그런데 백인들의 관습 가운데 몇 가지가 익숙하게 받아들여졌다. 예를 들면 차를 마시는 게 그랬다. 차를 마시게 되면서 설탕과 찻주전자와 찻잔이 필요하다는 사실을 깨달았다. 그것들을 동물의 가죽과 고기, 채소를 주고 샀다. 나중에는 백인들의 동전을 교환의 도구로 사용했다. 하지만 그런 것들이 생활을 그다지 심각하게 바꿔놓지는 못했다. 아랍 상인들처럼 백인은 여전히 많지 않았고, 그들이 결국은 자기들 땅으로 돌아갈 거라고 여겼다. 키수무에서는 몇몇 백인들이 머물면서 교회를 지었다. 그 사람들은 자기들이 섬기는 신을 이야기했는데, 그들 말로는 자기들 신은 전지전능하다고 했다. 하지만 대부분의 사람들은 터무니없는 소리라 여기며 무시했다. 심지어 백인들이 소총을 가지고 나타났을 때조차 아무도 동요하지 않았다. 왜냐하면 그런 무기가 초래하는 죽음을 아직 한 번도 본 적이 없었기 때문이다. 백인이 가지고 있는 소총이 우갈리를 젓는 국자라고 생각한 사람도 적지 않았다.

그런데 백인이 전쟁을 일으키면서 모든 게 바뀌기 시작했다. 더 많은 총이 들어왔고, 지방 행정관이라고 자처하는 사람이 나타났다. 그 사람은 '브와나 오갈로'라고 불렸다. 압제자라는 뜻이었다. 그는 사람들에게 각각의 오두막에 매겨진 세금을 내라고 했다. 그것도 반드시 백인의 돈으로 내야 한다고. 그래서 많은 남자들이 백인에게 임금을 받으며 일해야만 했다. 지방 행정관은 또 수많은 남자를 강제로 동원해 군수품을 나르게 하거나 자동차가 다닐 수 있는 길을 닦게 했다. 그는 백인처럼 옷을 입은 루오족 사람들을 자기 부하로 삼고 세금 걷는 일을 시켰다.

장로들의 결정에 따르지 않는 사람들도 생겨났다. 이 모든 변화에 대해서 사람들은 저항했다. 많은 사람들이 앞장서서 싸웠다. 하지만 그들은 몽둥이에 두들겨 맞거나 총에 맞았다. 세금을 내지 못하는 사람은 자기 오두막이 불타는 걸 지켜보아야만 했다. 어떤 가족들은 깊숙한 오지로 들어가서 새로운 터전을 마련하기도 했다. 하지만 대부분의 사람들은 자기가 살던 곳을 떠나지 않고 이 새로운 상황에 적응하며 사는 법을 배웠다. 처음 백인이 왔을 때 별것 아닐 거라고 무시한 게 얼마나 어리석은 일이었는지 깨달았지만 이미 늦은 뒤였다.

이 시기에 온양고는 백인을 위해서 일했다. 당시에는 영어나 스와힐리어를 할 줄 아는 사람이 거의 없었다. 사람들은 자기 자식들을 백인이 세운 학교에 보내려 하지 않았고, 대신 자기가 데리고 농사일을 시켰다. 그러나 온양고는 읽고 쓰는 법을 배우고 백인의 문서 체계와 토지 소유권 체계를 익혔다. 당연히 그는 백인이 보기에 매우 쓸모 있는 인물이었다. 전쟁이 났을 때는 도로 건설 노무자들을 지휘하기도 했다. 그러다가 탕카니카*에 파견되어 거기서 몇 년 동안 머물렀다.

그 뒤에 온양고는 다시 켄두에 돌아와서 스스로 땅을 개간했다. 하지만 이때 그는 자기 아버지 오바마의 울타리 안이 아닌 멀리 떨어진 다른 곳에 살았고, 형제들과도 거의 접촉하지 않았다. 그는 또 자기에게 걸맞은 오두막을 짓는 대신 텐트를 치고 생활했다. 사람들은 그런 모습을 본 적이 없었기에 다들 그가 미쳤다고 생각했다. 온양고는 자기가 개간한 땅에 대한 소유권을 확보한 다음, 이번에는 나이로비로 갔다. 그리고 나이로비의 어떤 백인 밑에서 일하게 되었다.

● 아프리카 중동부에 있던 옛 영국령. 1964년 잔지바르와 합병해서 탄자니아가 되었다.

당시에 기차를 탈 수 있었던 흑인은 거의 없었다. 그래서 온양고도 나이로비까지 걸어서 갔다. 두 주 이상 걸리는 긴 여행이었다. 나중에 그는 사람들에게 당시 자기가 겪었던 일들을 자랑삼아 이야기하곤 했는데, 팡가를 들고 표범과 싸운 게 한두 번이 아니었다. 한번은 물소에게 쫓겨서 나무 위로 뛰어올라 갔는데, 거기에서 이틀 동안 내려오지 못한 일도 있었다. 또 한번은 숲속에 난 오솔길에 웬 북이 하나 놓여 있기에 무심코 들었더니, 그 안에서 뱀 한 마리가 불쑥 뛰어나와서는 자기 가랑이 사이로 빠져나가 숲으로 들어가더라고 했다. 다행히 뱀에게 물리거나 다치지 않았다. 이처럼 갖은 고생을 한 끝에 나이로비에 도착한 온양고는 백인의 집에서 일하기 시작했다.

도시로 나간 사람은 온양고뿐만이 아니었다. 전쟁이 끝나고 난 뒤에 많은 아프리카 사람들이 임금을 받고 일했다. 특히 징집된 사람들이나 도시 근방에 살던 사람들 혹은 교회에 발을 들여놓은 사람들이 그랬다. 전쟁이 났을 때 그리고 전쟁이 끝난 뒤에 많은 사람들이 원래 살던 곳을 떠나 다른 곳으로 옮겨갔다. 전쟁은 기근과 질병을 불러왔고, 전쟁이 끝나고 난 뒤에는 많은 백인들이 몰려와서 정착했다. 그들은 가장 기름진 땅을 압류할 수 있는 권리를 가지고 있었다.

키쿠유족은 이런 변화를 가장 빠르게 감지했다. 그들은 백인이 가장 많이 정착해서 살던 나이로비 인근의 고지대에 살았기 때문이다. 하지만 루오족 역시 백인의 규칙이 어떤 것인지 깨우쳤다. 모든 사람들이 식민지 정부에 등록해야 했고, 오두막에 매기는 세금은 꾸준히 올라가기만 했다. 세금으로 인한 압박 때문에 더 많은 사람들이 백인의 농장에서 노동자로 일해야 했다. 알레고에서도 백인의 옷을 입는 사람들이 많아졌고, 또 더 많은 사람들이 백인 선교사가 세운 학교에 자식을 보냈다. 하지만 백인 학교에 간다고 해서 백인이 하는 걸 모두 다 할 수는 없었다. 어떤 지역의 땅을 사거나 어떤 형태의 사업을 하는 것은 오로지 백인에게만 허용되었기 때문이다. 또 어떤 사업은 힌두교도나 아랍인들의 몫이라고 법으로 규정되어 있었다.

몇몇 사람들이 이런 백인의 정책에 반발해서 조직적으로 청원을 하거나 시위를 하기 시작했다. 하지만 그들의 수는 터무니없이 적었고, 대부분의 사람들은 그저 먹고살기 위해서 발버둥 칠 뿐이었다. 노동자로 일하지 않는 사람들은 마을에 머물면서 옛날의 생활 방식을 유지하려고 애썼다. 그러나 마을에도 변화의 물결이 밀려왔다. 새로운 토지 소유권 제도가 실시되면서 땅이 부족해진 것이었다. 새로 태어나서 성장한 아들들이 일굴 만한 땅이 더는 남아 있지 않았고, 모든 땅에 임자가 있었다. 전통을 존중하는 마음이 약해지기 시작했다. 젊은이들이 보기에 원로들은 이제 아무 힘도 없었다. 예전에는 꿀로 만들어서 조금씩 아껴 먹던 맥주가 이제는 병에 담겨 팔렸으며, 많은 사람이 술에 취해서 살았다. 이제 더 많은 사람이 백인의 생활 방식에 맛을 들이기 시작했다. 그리고 모든 사람이 백인에 비해서 우리는 가난하다는 생각을 가지게 되었다.

이런 기준으로 보자면 온양고는 꽤 성공한 셈이었다. 백인의 집에서 일하면서 그들의 음식을 어떻게 준비해야 하는지, 백인의 집에서는 가정을 어떻게 다스리고 유지하는지 배운 덕에 그는 백인 고용자들 사이에서 인기가 좋았다. 심지어 나이로비에서 지위가 가장 높은 백인의 집에서 일하기도 했다. 그렇게 해서 모은 돈으로 켄두에 땅을 사고 소를 샀다. 그리고 마침내 자기의 오두막을 지었다. 하지만 그는 다른 사람들과 완전히 다른 방식으로 오두막을 관리했다. 자기 오두막은 깨끗하기 때문에 거기에 들어올 때는 발을 씻거나 신발을 벗어야 한다고 했다. 그리고 오두막 안에서는 모기장을 치고 모든 음식을 식탁에서 포크와 나이프를 사용해서 먹었다. 손을 깨끗하게 씻지 않고는 음식에 손을 대지 않았으며, 음식은 익자마자 뚜껑을 덮었다. 목욕을 자주 했고 옷도 밤마다 빨았다. 특히 말년에도 주변을 늘 청결하게 유지했으며, 누가 어떤 물건을 제자리에 두지 않았거나 청소를 조금이라도 소홀히 하면 화를 내곤 했다.

그리고 재산에 대해서 엄격했다. 그래도 누가 부탁하면 늘 음식이며 돈이며 심지어 옷까지 나눠주곤 했다. 물론 물어보지도 않고 함부로 그의 물건에 손 대는 사람은 혼찌검을 냈다. 나중에는 자기 자식들에게도 남의 물건에 함부로 손을 대서는 안 된다고 자주 훈계했다.

켄두에 살던 사람들은 이런 그를 이상하게 생각했다. 그래도 사람들은 그의 집을 자주 찾았다. 그는 사람들을 관대하게 대접했고, 그의 집에는 늘 먹을 게 있었기 때문이다. 그러나 그의 집을 찾는 사람들 가운데에는 그가 아내도 없고 자식도 없다는 점을 들어 비웃는 사람들도 있었다. 그게 그의 귀에 들어가지 않았을 리 없었고 그는 아내를 맞이하려고 마음을 먹었다. 문제는, 그가 원하는 대로 살림을 꾸려나갈 여자가 없다는 사실이었다. 그는 지참금을 주고 여러 여자를 집으로 들였다. 하지만 그들이 그릇을 깨거나 게으르게 굴면 사정없이 매를 들었다. 루오족 사이에서는 아내가 제대로 처신하지 못할 경우 남편이 아내를 때리는 것이 관습적으로 허용되었다. 그럼에도 사람들 사이에서는 그가 아내를 너무 심하게 대한다는 말이 돌 정도였고, 여자들은 모두 친정으로 도망갔다. 하지만 그는 자존심 때문에 지참금을 돌려달라는 소리를 하지 않았으며, 그 때문에 많은 손해를 봤다.

그러다가 마침내 그는 데리고 살 만한 자격이 있는 여자를 찾았다. 여자의 이름은 헬리마였다. 그 여자가 그를 어떻게 생각했는지는 알 수 없지만 무척 조용하고 공손했다. 그리고 가장 중요한 점이지만, 그의 높은 요구 수준을 충족시킬 수 있는 살림 솜씨를 가진 여자였다. 그는 켄두에 여자가 살 오두막을 지었고, 여자는 거기서 대부분의 시간을 보냈다. 때로 그 여자를 나이로비에 데려가 자기가 일하는 집에서 머물게 하기도 했다. 몇 년이 지난 뒤, 헬리마가 아이를 낳지 못한다는 사실이 밝혀졌다. 그 사실은 루오족 사이에서 이혼 사유가 되었다. 아이를 낳지 못하는 여자를 친정으로 보내고 지참금을 돌려받을 수 있었던 것이다. 그러나 그는 여자를 친정으로 돌려보내지 않았다. 헬리마에게 굉장한 은혜를 베푼 셈이었다.

하지만 헬리마의 일상은 분명히 따분했을 게다. 그는 하루 종일 일만 했으며, 친구를 만나거나 즐거운 시간을 보낼 만한 일을 따로 하지 않았다. 다른 사람과 술을 마시지도 않았고 담배를 피우지도 않았다. 유일한 낙은 한 달에 한 번 나이로비에 있는 무도장에 가는 것이었다. 춤을 추는 것만큼은 무척 좋아했다. 하지만 춤을 썩 잘 추는 편은 아니었다. 춤을 추다가 다른 사람과 부딪치거나 다른 사람의 발을 밟기 일쑤였다. 하지만 대부분의 사람들은 그에 대해서 이러쿵저러쿵 말하지 않았다. 그의 성격이 불같다는 사실을 잘 알기 때문이었다. 그런데 어느 날 밤, 술 취한 남자 하나가 온양고의 서툰 춤 솜씨를 두고 듣기 싫은 소리를 했다. 대담해진 이 남자는 결국 이런 말까지 했다.

"온양고, 당신은 이미 늙었어. 소도 많고 아내도 있지만 자식이 하나도 없잖아. 얘기 좀 해봐. 당신 가랑이 사이에 무슨 문제라도 있나?"

이 말을 들은 사람들이 웃음을 터뜨렸다. 참다못한 온양고는 그 남자를 무자비하게 두들겨 팼다. 그러고는 곧바로 다른 아내를 찾아나섰다. 켄두로 돌아간 그는 마을에 있는 모든 여자들을 수소문했다. 그리고 마침내 아쿠무라는 이름의 아가씨를 아내로 맞아들이기로 마음을 정했다. 아쿠무는 미모로 소문이 자자했는데, 이미 다른 남자에게 시집을 가기로 되어 있었다. 다른 남자가 소 여섯 마리를 아쿠무의 집에 지참금으로 주었고 나중에 소 여섯 마리를 더 주겠다는 약속까지 한 상태였다. 하지만 온양고는 아쿠무의 아버지와 아는 사이였고, 그 사람에게서 지참금으로 받은 소를 돌려주겠다는 약속을 받아냈다. 대신 온양고는 소 열다섯 마리를 그 자리에서 지참금으로 내놓았다. 그리고 다음 날, 아쿠무의 아버지는 숲길을 걷고 있는 아쿠무를 붙잡아다가 온양고의 오두막으로 데려갔다.

●

고드프레이가 세숫대야에 물을 받아 왔다. 우리는 모두 그 물에 손을 씻었다. 점심을 먹을 참이었다. 아우마가 일어나서 기지개를 켰다. 아우마의 머리는 이제 절반 정도 땋은 상태였다. 아우마는 할머니와 도실라 할머니에게 뭐라고 했고, 두 사람은 아우마에게 길게 뭐라고 말했다.

"할아버지가 아쿠무 할머니를 강제로 아내로 삼았느냐고 물었어."

아우마가 고기를 자기 접시에 올리면서 말했다.

"그랬더니 뭐라고 하셔?"

"여자를 보쌈하는 게 루오족의 관습이었대. 전통적으로 남자가 여자 집에 지참금을 지불하고 나면 여자는 그 남자가 싫은 척해야 하는 거래. 그러면 남자의 친구들이 여자를 붙잡아다가 남자의 오두막으로 데려간대. 이런 의례를 거쳐야만 두 사람은 결혼식을 올릴 수가 있었대."

아우마는 고기를 작게 한 입 베어 물고 다시 말했다.

"그래서 내가 그랬지. 아마 싫은 척한 게 아니라 진짜 싫었던 여자도 있었을 거라고."

제이투니 고모가 우갈리 덩어리를 스튜에 넣으면서 대화에 끼어들었다.

"근데 아우마, 그건 네가 말하는 것처럼 그렇게 나쁘지 않았어. 남편이 나쁜 행동을 하면 여자가 언제든지 떠날 수 있는 핑곗거리가 됐거든."

"하지만 여자 아버지가 딸 생각은 하지도 않고 그냥 아무 남자한테서 지참금을 받는다면요? 그래서 딸이 아버지의 말을 따르지 않겠다고 하면 어떻게 되죠?"

고모는 어깨를 으쓱했다.

"자기 자신과 집안에 먹칠을 하는 거지."

"진짜 그럴까요?"

아우마가 할머니에게 뭐라고 물었다. 뭐라고 대답했는지 할머니의 말이 끝나자마자 아우마가 할머니의 팔을 장난스럽게 때렸다.

"왜?"

"할머니한테, 남자는 친구들이 억지로 데려온 여자와 그날 밤에 강제로 잠자리를 같이하는지 물었어."

"뭐라고 하셔?"

"남자의 오두막 안에서 무슨 일이 일어나는지는 아무도 모른다고 하시네. 그러면서 이러신다. 그릇에 처음 보는 음식이 가득 담겨 있는데, 맛을 보지도 않고 어떻게 그 음식을 다 먹을지 말지 결정할 수 있냐고."

나는 할머니에게 시집올 때 나이가 몇 살이었는지 물었다. 내 질문이 재미있었던지 할머니는 도실라 할머니에게 그 질문을 그대로 했다. 도실라 할머니는 킬킬 웃으면서 할머니의 다리를 손바닥으로 쳤다.

"할머니는 도실라 할머니에게, 할아버지가 언제 자기를 유혹했는지 네가 알고 싶어 한다고 말씀하셨어."

할머니는 나에게 눈을 한 번 찡긋 하더니, 결혼할 때 자기 나이가 열여섯 살이었다고 했다. 그리고 할아버지는 당신 아버지의 친구라는 말도 했다. 남편과 아버지가 친구 사이라는 게 마음에 걸리지 않았는지 묻자 할머니는 고개를 내저었다.

"나이 많은 남자와 결혼하는 건 흔히 있는 일이라고 하시네."

아우마가 통역했다.

"당시에 결혼은 두 사람만의 결합이 아니었대. 두 집안의 결합이었고 마을 전체에도 영향을 끼쳤다고 해. 그러니 불평하거나 사랑이 있네 없네 하고 걱정하지도 않았대. 남편을 사랑하는 법을 배우지 못했을지 몰라도 남편에게 복종하는 법은 배웠다고 해."

여기까지 통역을 마친 아우마는 할머니와 다시 길게 이야기를 주고받았다. 그리고 할머니가 어떤 말을 하자 사람들이 왁자하게 웃었다. 아우마를 제외하고 모든 사람들이 일어서서 접시를 치우기 시작했다.

"두 손 들었어."

아우마는 무척 약이 오른 듯했다.

"할머니가 뭐라고 하셨어?"

"왜 우리 여자들은 정략적인 결혼을 참고 받아들여야 하느냐고 물었지. 남자들이 모든 걸 결정하고, 또 아내를 때리고……. 그런 일들을 왜 참고 살아야 하느냐고 말이야. 그랬더니 뭐라고 하시는 줄 아니? 여자들은 가끔씩 맞아야 한대. 그래야 남자들이 원하는 것이면 무엇이든 다

씩씩하게 한다는 거야. 이게 우리 현실이야. 불평하면서도 여전히 남자들에게 자신들을 개떡처럼 다뤄달라고 부추기는 거야. 저기 있는 고드프레이 좀 봐. 할머니가 하신 말씀을 저 애가 다 들었어. 나중에 어른이 되었을 때 이런 이야기가 저 애의 행동에 영향을 끼치지 않겠어?"

할머니는 아우마가 한 말의 정확한 의미를 이해하지 못했지만 어떤 낌새는 느낀 게 분명했다. 목소리가 갑자기 진지해졌기 때문이다.

"내가 한 말 가운데 많은 게 사실이야, 아우마. 우리 여자들은 무거운 짐을 지고 살아왔지. 물고기가 있다고 쳐. 이 물고기는 새처럼 하늘을 날려고 하지 않아. 다른 물고기와 함께 헤엄을 치지. 사람은 자기가 아는 것만 알아. 만일 내가 요즘 세상에 태어났다면, 내가 살아온 삶을 받아들이지 않을 거야. 아마 내가 느끼는 감정에만 충실하면서 사랑이라는 감정에도 빠져들 거야. 하지만 내가 자란 세상은 그렇지가 않았어. 나는 내가 보고 자란 것들만 알 뿐이야. 내가 보지 못한 건 내 마음을 불편하게 할 뿐이란 말이다."

●

돗자리에 등을 대고 누웠다. 그리고 할머니가 했던 말을 생각했다. 거기에는 삶의 지혜가 담겨 있었다. 할머니는 우리와는 다른 시간, 다른 공간을 이야기했다. 하지만 아우마가 화내는 것도 이해할 수 있었다. 할아버지에 대한 이야기를 들으면서 나 역시 배신감을 느꼈다는 사실을 새삼스럽게 깨달았다. 온양고 할아버지에 대한 내 인상은 비록 희미하긴 해도 줄곧 잔인하고 엄격한 독재자였다.

나는 할아버지에 대해서 독립심이 강하고 백인의 규칙에 저항하는 당당한 인물이라는 이미지도 가졌었다. 하지만 그런 이미지에 대한 근거가 실제로 아무것도 없음을 그제야 깨달았다. 있다면 딱 하나, 할아버지가 하와이로 보낸 편지였다. 당신의 아들을 백인 여자와 절대 결혼시킬 수 없다는 내용의 편지였다. 그 편지와 할아버지가 무슬림이었다는 사실은 내 마음속에서 미국의 이슬람연합이라는 조직과 연결되어 그런 이미지로 내 머리에 그려졌다. 할머니의 이야기는 할아버지에 대한 그런 이미지를 완전히 뭉개버렸다. 대신 고약한 단어들이 불쑥불쑥 뇌리를 스쳤다. 엉클 톰, 반역자, 백인 주인에게 간과 쓸개를 다 빼주고 사는 뱃심도 없는 흑인 하인.

이런 감정을 할머니에게 설명하려고 애쓰면서, 혹시 할아버지가 백인에 대해서 어떤 감정을 품었는지 털어놓은 적이 있느냐고 물었다. 바로 그때 사이드 삼촌과 버나드가 집에서 나왔다. 아직도 피로가 덜 풀렸는지 다리가 허정거렸고 눈에 힘이 하나도 없었다. 제이투니 고모가 두 사람 몫으로 남겨둔 접시를 가리켰다. 그들이 허겁지겁 먹기 시작할 때, 아우마와 옆집 여자아이는 다시 할머니와 제이투니 고모 앞에 자리를 잡았다. 그리고 할머니의 이야기가 다시 시작되었다.

나도 네 할아버지가 무슨 생각을 하는지 늘 알지는 못했다. 그건 쉬운 일이 아니었다. 왜냐하면, 네 할아버지는 다른 사람이 자기에 대해서 자세히 아는 것을 싫어했기 때문이다. 심지어 어떤 사람과 대화를 할 때도, 그 사람이 자기 생각을 간파할까 봐 두려워서 시선을 피하곤 했다. 백인을 대하는 태도도 마찬가지였다. 하루는 이렇게 말했다가도 다음 날에는 정반대로 말하곤 했다. 분명한 건, 백인들이 가진 힘과 무기, 자기 삶을 조직하는 방식에 대해서만큼은 그들을 존경했다는 사실이다. 백인은 늘 자기를 발전시키는 반면에 흑인은 새로운 건 뭐든 의심의 눈길로 바라본다고 말씀하시곤 했다. 때로는 이런 말씀도 하셨다.

"아프리카 사람은 너무 미련해. 어떤 걸 하게 만들려면 그저 몽둥이로 두들겨 패야 해.”

　말은 그렇게 했지만 네 할아버지가 백인을 더 우월하게 생각했던 것 같지는 않다. 사실, 백인의 생활 방식이나 관습 가운데 할아버지가 경멸한 것도 적지 않았기 때문이다. 어리석거나 온당하지 못하다고 생각했던 거다. 그리고 그는 백인에게 단 한 번도 매를 맞지 않았다. 그런 상황을 용납하지 않았던 거다. 그래서 일자리도 여러 번 잃었다. 주인이 매를 들고 때리려고 하면, 대번에 욕을 해주고는 뒤도 돌아보지 않고 나왔다. 한번은 네 할아버지를 고용한 사람이 할아버지를 지팡이로 때리려고 했다. 그런데 할아버지는 지팡이를 빼앗아서 오히려 그 백인을 때렸다. 그 일로 체포되었지만 할아버지는 사건의 전말을 있는 그대로 이야기했고, 결국 벌금만 물고 나왔다.

　네 할아버지가 존경한 것은 힘이었다. 규율과 훈련, 이런 것들. 그랬기 때문에 백인들의 풍습을 많이 배웠지만 루오족의 전통에 철저했던 거다. 연장자를 존경하고, 권위를 존중하고, 모든 일에서 질서와 관습을 중요하게 여겼다. 기독교를 배척했던 이유도 바로 그런 태도 때문이었던 것 같다. 네 할아버지는 잠깐 동안 기독교를 믿기도 했다. 그때는 이름도 존슨으로 바꾸었다. 하지만 적에게 자비를 베풀라거나, 예수라는 남자가 모든 사람의 죄를 씻어준다는 따위의 말을 이해할 수가 없었다. 그가 보기에는 바보 같은 생각이었으니까. 여자들의 마음이나 위로해 줄 수 있는 말로밖에 보이지 않았던 거다. 그래서 이슬람으로 개종했다. 이슬람이 자기 신념에 더 가깝다고 본 거지.

　사실, 그런 엄격함 때문에 그와 아쿠무 사이에 많은 문제들이 생겨났다. 내가 그와 같이 살기 시작했을 때 아쿠무는 이미 아이를 둘이나 가지고 있었다. 첫째가 사라였고, 3년 뒤에 네 아버지인 바라크가 태어났다. 나는 아쿠무를 잘 알지 못했다. 아쿠무와 그 아이들은 헬리마와 함께 켄두에 있는 네 할아버지의 집에서 살았고, 나는 나이로비에서 할아버지와 함께 살면서 할아버지 일을 도왔기 때문이다. 하지만 할아버지를 따라서 켄두에 갈 때마다 느낀 거지만, 아쿠무는 행복해 보이지 않았다. 아쿠무는 반항적인 데가 있었는데, 그녀가 보기에 온양고는 너무 강압적이었다. 네 할아버지는 아쿠무가 집을 제대로 그리고 깨끗하게 관리하지 못한다고 늘 불만이었다. 아이를 키우는 일에 대해서도 아쿠무를 강하게 밀어붙였다. 갓난아기는 반드시 아기 침대에 뉘어야 하고 옷도 자기가 나이로비에서 사 보낸 예쁜 걸로 입혀야 한다고 했다. 그리고 아기가 만지는 물건은 무엇이든 모두 깨끗해야 한다고 강조했다. 헬리마는 아쿠무를 도왔고, 두 아이를 친자식처럼 돌봤다. 하지만 그것도 별 도움이 되지 않았다. 아쿠무는 나보다 겨우 몇 살 많았는데, 그런 그녀가 할아버지의 요구를 충족시키는 건 무리였다. 그래, 어쩌면 아우마의 말이 맞을지도 모르겠다. 아쿠무가 여전히 원래 결혼하려고 했던 남자를 사랑하고 있었는지도.

어쨌든, 아쿠무는 내가 알기로 최소한 두 번 도망쳤다가 돌아왔다. 한번은 사라가 태어난 뒤였고, 또 한번은 바라크가 태어난 뒤였다. 네 할아버지는 자존심을 접고 두 번 다 아쿠무를 데리러 갔단다. 아이들에게는 친어머니가 필요하다고 믿었기 때문이지. 그리고 아쿠무의 집에서도 두 번 다 네 할아버지 편을 들었다. 그러니 아쿠무도 별수 없이 다시 돌아와야 했다. 그리고 남자가 자기에게 무얼 바라고 원하는지 배우면서, 쓰라린 마음을 남몰래 키워갔던 거다.

제2차 세계대전이 터지자 사는 게 좀 나아졌다. 네 할아버지는 영국군 장교의 요리사로 해외에 나갔고, 나는 켄두에 왔다. 아쿠무와 헬리마를 도와서 아이들을 키우고 농사일을 했다. 우리는 한동안 할아버지를 보지 못했다. 그는 영국군을 따라서 여러 곳을 다녔다. 버마와 실론, 아라비아, 유럽까지. 3년 뒤에야 돌아왔는데, 축음기와 버마에서 결혼했다는 어떤 여자의 사진을 가지고 왔단다. 벽에 걸려 있던 사진들도 그때 찍은 것들이다.

온양고도 이제 거의 쉰 살이 다 되었다. 그러자 백인을 위해서 일하는 것도 모두 그만두고 농사를 지어야겠다는 마음이 점점 커졌다. 그런데 켄두 주변에는 농사를 짓거나 방목할 땅이 거의 남아 있지 않았다. 그래서 알레고로 마음이 돌아선 거다. 그 옛날 자기 할아버지가 떠나온 알레고로 말이다. 어느 날, 네 할아버지가 아내들을 모두 모아놓고는 알레고로 이사할 준비를 하라고 했다. 나는 어렸고, 어디서든 잘 적응할 수 있어서 괜찮았다. 하지만 헬리마와 아쿠무에게는 충격적인 소식이었다. 두 사람의 가족이 모두 켄두에 사는 데다 자기들도 평생을 거기서만 살았고, 또 앞으로도 그럴 거라고 믿었기 때문에 다른 곳으로 이사 간다는 생각을 전혀 못 했던 거다. 특히 헬리마가 걱정을 많이 했다. 낯선 곳에서 친자식 하나 없이 살아야 했으니까. 게다가 나이도 온양고만큼 많았으니까. 그래서 자기는 가지 않겠다고 했다. 아쿠무도 그랬다. 하지만 아쿠무의 가족은, 남편의 말을 따라야 하고 또 아이들은 친엄마가 키워야 한다고 아쿠무를 설득했다. 결국 아쿠무도 따를 수밖에 없었다.

그렇게 해서 우리는 알레고에 왔다. 그런데 와서 보니, 너희들이 지금 바라보는 이곳이 전부 관목 숲이더라. 정말 힘들었다. 모두 다……. 하지만 네 할아버지는 나이로비에서 배운 현대적인 농사 기술을 적용했다. 그는 어떤 식물이든 잘 자라게 할 수 있는 비법을 알고 있었다.

1년도 되지 않아서 우리는 가족이 먹고 남은 걸 시장에 내다 팔 정도로 많은 수확을 올렸다. 땅을 깎아서 이렇게 넓은 잔디밭도 만들었고, 나무를 베어내고 밭을 만들어서 온갖 작물이 쑥쑥 자라는 비옥한 땅으로 바꿔놓았다. 너희들이 지금 바라보는 저 망고나무와 바나나나무, 파파야나무도 그때 네 할아버지가 심은 거다.

심지어 소도 모두 팔아치웠다. 소가 풀을 뜯어먹으면 땅이 척박해지고 또 비가 오면 쉽게 쓸려간다면서 말이다. 소를 판 돈으로는 아쿠무와 나, 자기가 각각 기거할 커다란 오두막을 지었다. 영국에서 들여온 수정 세트를 선반에 장식했고, 축음기로 이상한 음악을 틀어놓고 밤늦게까지 듣곤 했다. 내가 오마르와 제이투니를 낳았을 때는 아기 침대와 가운을 사줬다. 그리고 모기장도 하나씩 사줬고. 바라크와 사라에게 사줬던 것과 똑같이 말이다. 음식을 조리하는 오두막에 오븐을 만들어서, 너희들이 가게에서 사먹는 것과 똑같은 빵이나 케이크를 구웠단다.

알레고에 살던 이웃 사람들은 그런 것들을 본 적이 없었다. 처음에 그 사람들은 네 할아버지가 어딘가 좀 모자라는 사람이 아닌가 하고 생각했다. 특히 소를 팔아치웠을 때는 말이다. 하지만 사람들은 곧 할아버지를 존경하게 되었다. 관대한 데다 농사 기술이나 약초에 대해서 많은 것을 가르쳐주었기 때문이다. 심지어 불끈하는 성격까지도 나쁘지 않다고 인정했다. 할아버지가 사악한 마법사들로부터 자기들을 보호해 줄 수 있다는 것을 알았거든. 당시에 사람들은 주술사를 찾아가서 많은 것을 의논하면서도 그들을 두려워했다. 주술사는 사랑의 묘약을 가지고 있어서 의뢰인이 짝사랑하는 사람의 마음을 돌려놓을 수도 있고, 또 무서운 독약으로 의뢰인이 증오하는 사람을 간단히 죽일 수도 있다고 믿었으니까. 하지만 네 할아버지는 세계를 여행했고 책도 많이 읽었기 때문에 그런 것들을 믿지 않았다. 주술사라는 것들은 모두 남의 돈을 후리는 사기꾼으로 여겼던 거다.

한 번은 이런 일이 있었다. 주술사 한 명이 이웃 사람을 죽이려고 알레고에 온다는 소문이 쫙 퍼졌다. 이웃 사람이 인근에 살던 어떤 여자가 마음에 들어 그 여자와 결혼하겠다고 결심했고, 여자의 가족도 허락했는데 그 여자를 좋아하는 다른 남자가 질투심을 이기지 못하고 주술사에게 연적을 죽여달라고 부탁해서 주술사가 알레고에 온다는 거였다. 그러자 이웃 사람이 걱정되어서 네 할아버지를 찾아와 도와달라고 했다. 그러자 그는 팡가와 하마 가죽으로 만든 채찍을 들고 마을 어귀로 나가 주술사가 오기를 기다렸다.

마침내 주술사가 나타났다. 손에는 마법의 약을 넣은 작은 가방을 들고 말이다. 그 주술사가 가까이 다가오자 네 할아버지는 길 한가운데로 나서서 이렇게 외쳤다.

"왔던 데로 다시 돌아가거라!"

주술사는 할아버지가 누구인지 몰랐다. 그래서 할아버지의 말을 무시하고 그냥 지나치려고 했다. 그러자 다시 길을 막아서며 말했다.

"네가 그렇게 무서운 힘을 가지고 있다면 번개를 일으켜서 나를 죽이는 게 좋을 거다. 네가 끝내 이 마을을 떠나지 않으면 내가 널 무지막지하게 두들겨 팰 테니까 말이다."

그래도 주술사는 할아버지의 말을 무시하고 그냥 지나치려고 했다. 하지만 주술사는 한 걸음도 더 떼지 못하고 할아버지에게 두들겨 맞아 바닥에 쓰러졌다. 할아버지는 주술사가 들고 온 가방을 가지고 집으로 돌아왔다.

할아버지는 주술사에게 가방을 돌려주지 않으려 했고, 당연히 이 사건은 문제가 되었다. 그래서 다음 날, 장로들이 분쟁을 해결하려고 나무 밑에 모였다. 물론 할아버지도 그 자리에 불려 나갔다. 주술사가 먼저 나서서 이렇게 협박했다. 할아버지가 자기 가방을 돌려주지 않으면 마을 전체에 재앙을 내리겠다고. 그러자 할아버지는 자리에서 일어나 이렇게 말했다.

"만일 이 남자가 정말 무서운 마법을 부릴 줄 안다면, 지금 당장 번개를 일으켜 나부터 죽이라고 해보십시오."

장로들은 혹시 번개가 자기들에게 잘못 내리칠까 봐 무서워 할아버지에게서 멀찍이 물러섰다. 하지만 번개는 치지 않았다. 아무 일도 일어나지 않았던 거다. 그러자 할아버지는 주술사를 불러들였던 남자에게 다가가 이렇게 말했다.

"너는 이미 다른 남자와 약속이 되어 있는 그 여자를 포기하고 다른 여자를 찾아라."

그리고 주술사에게는 이렇게 말했다.

"이제 그만 네가 살던 데로 돌아가거라. 여기서는 사람을 죽일 일이 없다."

장로들도 할아버지가 내린 결론이 옳다고 의견을 모았다. 하지만 할아버지가 가방을 돌려줘야 한다고 했다. 혹시 모르는데 굳이 위험을 무릅쓸 필요는 없지 않느냐고 말이다. 할아버지도 그러겠다고 했다. 재판이 끝난 뒤에 할아버지는 그 주술사를 자기 오두막으로 불렀다. 그리고 나더러 닭을 한 마리 잡으라고 일렀다. 주술사에게 음식을 대접하려고 말이다. 게다가 할아버지는 그 사람에게 돈까지 줬다. 알레고까지 왔는데 헛걸음을 하게 만들 수는 없다면서……. 대신 조건을 하나 내세웠다. 주술사가 가지고 다니는 약의 성분이 무엇인지 가르쳐달라고 말이다. 주술사는 그에 응했고, 이렇게 해서 네 할아버지는 주술사가 사람들을 속이는 수법까지 알아냈다.

그런데 네 할아버지가 그 사랑의 묘약을 아쿠무에게 썼다 해도 그녀를 행복하게 해주지는 못했을 거다. 할아버지가 아무리 자기를 때려도 아쿠무는 끝까지 지지 않고 대들었다. 자존심이 센 여자였고 나를 경멸했다. 때로는 집안일을 거들지도 않았다. 그때 아쿠무에게 이 아이만 한 셋째 아이가 있었는데, 다시 한번 도망칠 계획을 남몰래 세우고 있었다. 사라가 열두 살, 바라크가 아홉 살일 때 계획을 실행에 옮겼다. 아쿠무는 한밤중에 사라를 깨워서 이렇게 말했다. 자기는 켄두로 도망칠 텐데, 사라와 바라크를 데리고 밤길을 가기에는 너무 힘들어서 그냥 가니 나중에 더 크면 자기를 찾아오라고. 그러고는 어린아이를 데리고 어둠 속으로 사라졌다.

다음 날 그 사실을 알게 된 할아버지는 노발대발했다. 처음에는 아쿠무를 그냥 내버려두려고 했다. 하지만 바라크와 사라가 아직 어린데다 나도 이미 아이가 둘이고, 또 아이 넷을 잘 키울 만큼 경험이 많지 않고 나이도 어리다는 사실을 떠올렸다. 네 할아버지는 결국 자존심을 접고 다시 켄두에 있는 아쿠무의 친정으로 가서 그녀를 돌려달라고 했다. 그런데 이번에는 아쿠무의 가족이 거절했다. 아쿠무를 벌써 다른 남자에게 시집보내고 지참금까지 받았던 것이다. 네 할아버지로서도 더는 어떻게 해볼 도리가 없어서 그냥 빈손으로 돌아왔다. 그때 할아버지가 혼잣말로 이렇게 중얼거렸다.

"괜찮아. 문제없어."

그러고는 나더러, 이제는 내가 모든 아이들의 어머니라고 하더라.

나나 네 할아버지 둘 다 아쿠무가 사라와 작별할 때 자기를 찾아오라고 당부했다는 사실을 알지 못했다. 아쿠무가 집을 나가고 두어 달 뒤, 사라가 한밤중에 바라크를 깨웠다. 자기 엄마가 자기를 깨웠던 것처럼. 사라는 바라크에게 조용히 하라고 주의를 주고는 옷을 입혔다. 그리고 켄두를 향해서 걷기 시작했다. 나는 지금도 그때 두 아이가 어떻게 살아남을 수 있었던지 놀랍다. 거의 보름 동안 두 아이는 걷고 또 걸었다. 사람들이 지나가면 들키지 않으려고 길가에 숨고, 잠은 밭에서 자고, 배가 고프면 구걸을 하면서 말이다. 그러다가 켄두에서 얼마 떨어지지 않은 곳에서 길을 잃고 말았다. 그런데 어떤 여자가 그 아이들을 보고는 불쌍해서 그냥 지나치지 못했다. 너무도 꾀죄죄한 몰골인데다 배가 고파서 기진맥진한 상태였거든. 그 여자는 두 아이를 집으로 데려가서 먹을 걸 챙겨주고 이름이 뭔지 물었다. 그리고 두 아이가 네 할아버지의 자식들인 걸 알고는 할아버지에게 사람을 보내서 그 소식을 알렸다. 그렇게 해서 네 할아버지가 달려왔단다. 아이들의 비참한 몰골을 보고 할아버지는 눈물을 흘렸다. 이때 네 할아버지는 딱 한 번 다른 사람에게 눈물 흘리는 모습을 보였다.

그 뒤로 아이들은 다시는 가출할 생각을 하지 않았다. 하지만 두 아이는 평생 그때의 기억을 잊지 않았을 거다. 사라는 자기 아버지에게 정을 주지 않고 일정한 거리를 유지했다. 마음속으로는 여전히 자기를 낳아준 아쿠무의 편이었던 거다. 그때 이미 충분히 철든 나이였고, 아버지가 자기 어머니를 어떻게 대했는지 잘 알고 있었을 테니까. 자기 어머니 자리를 내가 빼앗았다고 생각하고 나를 미워했을 거다. 하지만 네 아버지인 바라크는 달랐다. 자기를 버린 아쿠무를 용서하지 않았고, 마치 아쿠무라는 여자가 세상에 있지도 않은 것처럼 행동했으니까. 바라크는 사람들에게 자기 어머니는 아쿠무가 아니라 나라고 말했다. 나중에 어른이 되어서는 돈을 부치긴 했어도, 죽는 날까지 아쿠무에게는 냉담했단다.

그런데 이상한 것은 사라의 성격이 자기 아버지를 닮았다는 거다. 열심히 일하고 화도 잘 내고. 바라크는 아쿠무처럼 거칠고 고집이 셌다. 하지만 자기 성격이 어떤지 자기 눈으로는 잘 보지 못하는 게 사람이지 않느냐.

네가 생각하듯이 할아버지는 자식들에게 무척 엄격했다. 일이든 공부든, 무얼 시켜도 힘들고 빡빡하게 시켰다. 그리고 집의 울타리 바깥으로 나가서는 놀지 못하게 했다. 다른 집 아이들은 더럽고 행동거지가 사납다는 게 그 이유였다. 하지만 네 할아버지가 집에 없을 때 나는 그의 지시를 어기고 아이들을 밖으로 내보냈다. 먹고 자는 것과 마찬가지로, 당연히 또래 아이들과 어울리며 놀아야 한다는 게 내 생각이었다. 하지만 그 일은 네 할아버지에게 절대로 비밀이었다. 그래서 할아버지가 집에 오기 전에 울타리 바깥에서 놀고 온 아이들을 깨끗하게 씻기곤 했단다.

그런데 이게 쉬운 일은 아니었다. 특히 네 아버지 바라크는 더 그랬다. 얼마나 장난꾸러기였는지 모른다. 바라크는 아버지 앞에서는 착하고 고분고분했다. 무얼 시키든 절대로 말대꾸를 하는 법이 없었다. 하지만 뒤에서는 제멋대로였다. 네 할아버지가 출장 가서 집에 없기라도 하면, 입고 있던 얌전한 옷들을 다 벗어던지고 친구들과 어울려 씨름을 하고 수영을 하며 놀았다. 남의 집 나무에 열린 과일을 따 먹기도 하고 남의 집 암소에 올라타기도 했다. 그러면 이웃 사람들은 차마 무서워서 네 할아버지에게 직접 말을 못 하고 나를 찾아와서 하소연했다. 그러면 내가 어떻게든 네 할아버지 모르게 무마시키곤 했다. 나는 네 아버지를 친자식처럼 사랑했으니까.

네 할아버지도 비록 겉으로 드러내지는 않았지만 바라크를 무척 좋아했다. 매우 영특했거든. 그 아이가 어렸을 때 네 할아버지가 알파벳과 숫자를 가르쳤는데, 얼마 지나지 않아서 그걸 모두 깨우치더라. 할아버지는 무척 흡족해하셨다. 지식이야말로 백인이 가진 힘의 원천이라고 믿었던 사람이니까. 그는 바라크를 어떤 백인의 아들 못지않게 잘 교육시키겠다고 결심했다. 그런데 사라를 가르치는 문제에 대해서는 별로 관심을 기울이지 않았다. 사라도 바라크만큼 똑똑했는데 말이다. 당시에 대부분의 남자들은 딸을 공부시키는 것은 돈 낭비라고 생각했다. 사라가 초등학교를 마치고 중등학교에 보내달라고 하자 네 할아버지는 이렇게 말했다.

"넌 얼마 뒤에 다른 남자의 집에 들어가서 살 텐데, 내가 왜 너한테 학비를 써야 하니? 다시는 그런 소리 마라! 어서 가서 네 엄마 일이나 도우며 어떻게 하면 좋은 아내가 될 수 있는지 배워라."

그 일로 사라와 바라크는 사이가 더 벌어졌다. 자기가 그렇게 하고 싶어 하는 공부를 바라크는 열심히 하지 않았기 때문에 더 그랬다. 바라크에게는 모든 게 너무 쉬웠다. 처음에 바라크는 인근에 있는 선교사 학교에 갔다. 그런데 첫날 집에 와서는 아버지에게 그 학교에 다닐 수 없다고 했다. 이유가 뭐냐고 물었다. 그러자 여선생이 자기들을 가르치는데 그 내용 중에 자기가 모르는 게 하나도 없다고 대답하더구나. 어떻게 보면 그런 오만한 태도를 자기 아버지에게서 배운 거니까, 아버지도 더는 할 말이 없었겠지. 그 학교 말고 가장 가까운 학교가 10km나 떨어져 있었다. 나는 바라크와 함께 아침마다 학교까지 걸어갔다. 그 학교의 선생은 남자였는데, 그도 크게 낫지는 않았다. 바라크는 늘 그 선생이 내는 문제를 다 풀었고, 어떤 때는 친구들 앞에서 선생이 잘못 알고 있는 걸 지적하고는 올바른 답을 제시하기도 했다. 선생은 무례하다면서 바라크를 꾸짖곤 했다. 바라크는 그래도 자기는 잘못한 게 없다며 끝까지 고개를 숙이지 않았다. 그 바람에 교장에게 매도 많이 맞았단다. 하지만 그런 일을 겪으면서 바라크도 어떤 교훈을 얻었던가 봐. 다음 해에 여선생 반에 배정되었을 땐 아무런 불평도 하지 않았거든.

하지만 학교에 가는 걸 여전히 재미없어했다. 좀 더 커서는 아예 여러 주 동안 학교에 가지 않곤 했으니까. 학교에서 시험을 본다고 하면 그 며칠 전에 반 친구를 만나서 그동안 배운 걸 한 번 쓰윽 훑어보는 게 다였다. 그런데 시험을 봤다 하면 늘 일등이었어, 신기하게도. 그러다가 한 번인가 두 번인가 일등을 놓친 적이 있었다. 그때는 분을 참지 못하고 눈물을 뚝뚝 흘리더구나. 하지만 그런 경우는 거의 없었다. 늘 웃으면서 자기가 똑똑하다고 으스대며 다녔거든.

그렇다고 꼴사납게 잘난 체를 했던 건 아니다. 친구들을 언제나 호의적으로 대했어. 어려운 문제를 물어보면 늘 친절하게 가르쳐주었고. 바라크가 자랑한다고 해봐야 그건 아이들이 달리기를 잘 한다거나 개구리를 잘 잡는다고 자랑하는 것과 다르지 않았다. 그 때문에 바라크는 다른 아이들이 자기에게 나쁜 감정을 품을 거라고는 생각하지 않았다. 어른이 되어서도 마찬가지였다. 술집이나 음식점에서 고위 공직자나 기업가가 된 학교 친구들을 만나면 대놓고 그런 생각은 바보들이나 하는 거라고 면박을 주면서 이렇게 말했다는구나.

"이봐, 내가 수학 문제 푸는 법 가르쳐준 거 기억나나? 그때는 정말 바보 같았는데, 어떻게 이렇게 변했는지 모르겠네."

그러고는 껄껄 웃으며 맥주를 돌렸대. 바라크는 그 친구들을 진정으로 좋아했거든. 하지만 그 친구들은 바라크가 한 말이 사실과 다르지 않다는 걸 잘 알면서도 속으로 화를 냈고, 그 말을 가슴 깊이 담아두었다.

네 아버지가 10대 청소년 시절을 보낼 즈음에 세상이 빠르게 변하기 시작했다. 수많은 아프리카 사람들이 제2차 세계대전에서 군인으로 싸웠다. 용감한 전사가 되어 무기를 들고서 말이다. 버마에서, 팔레스타인에서. 그들은 백인들이 싸우는 걸 보았고, 백인 곁에서 죽었으며, 또 직접 백인을 죽이기도 했다. 그러면서 아프리카 사람들도 백인의 기계를 다룰 수 있다는 사실을 깨달았다. 그리고 미국 흑인들이 비행기를 몰고 와서 외과 수술을 하는 것도 직접 보았다. 전쟁이 끝나 케냐에 돌아온 뒤, 그들은 자신들이 깨우친 지식을 사람들에게 가르치려 했고 백인의 지배를 끝장내고자 했다.

사람들이 독립을 이야기하기 시작했다. 그들은 집회를 열고 시위를 했다. 토지를 몰수하고, 정부가 벌이는 공사에 사람들을 강제로 동원해서 아무런 대가도 없이 일을 시키는 건 문제가 있다고 청원했다. 심지어 백인 학교에서 교육받은 아프리카 사람들까지 일어났다. 그들은 자기가 다니던 교회를 비판했다. 아프리카의 모든 것을 비하하는 왜곡된 기독교를 전파하는 백인들을 비난하고 나섰다. 그런 일들은 대부분 키쿠유족 사람들이 살던 곳에서 일어났다. 백인들 때문에 가장 고생을 많이 한 사람들이 그들이다. 하지만 루오족도 고통받긴 마찬가지였다. 백인들이 동원한 강제 노동에서 많은 사람들이 희생되었거든. 우리 지역에 사는 남자들도 키쿠유족 사람들이 벌이는 시위에 동참했다. 그리고 나중에 영국인들이 비상사태를 선포했을 때 많은 사람들이 잡혀갔는데, 그 가운데는 영영 돌아오지 못한 사람들도 제법 있었단다.

다른 아이들과 마찬가지로 네 아버지도 독립에 대한 이야기에 영향을 받았다. 그래서 집에 오면 자기가 본 집회 이야기를 하곤 했단다. 네 할아버지도 KANU(케냐아프리카민족동맹)와 같은 초기 정당들이 요구하던 주장 가운데 많은 부분이 옳다고 생각하고 거기에 동의했다. 그럼에도 독립운동이 성공할 수는 없을 거라고 보았다. 아프리카 사람들이 백인의 군대를 이길 수는 없다고 생각했거든. 그래서 바라크에게 이런 말을 했다.

"아프리카 사람들이 어떻게 백인을 물리칠 수 있겠니? 자전거 하나도 만들지 못하는 사람들이 말이야."

그는 아프리카 사람은 백인을 절대로 이길 수 없다고 했다. 흑인은 자기 가족과 씨족을 위해서만 일하려고 하는 반면, 백인은 힘을 더 키우기 위해서 협력하기 때문이라고 했다. 그러면서 이런 말도 했다.

"백인은 한 명씩 따로 떼어놓고 보면 개미와 같아. 아무런 힘도 없지. 하지만 협력할 줄 알아. 국가나 사업, 이런 것들을 자기 자신보다 더 중요하게 여긴다고. 지휘자가 어떤 지시를 내리면 아랫사람들은 무조건 따르지. 질문하거나 의심을 품지 않는단 말이야. 하지만 흑인은 그렇지 않잖아. 가장 어리석은 흑인조차도 가장 현명한 사람보다 자기가 아는 게 더 많다고 생각하거든. 이게 바로 흑인이 절대로 백인을 이길 수 없는 이유야."

네 할아버지가 이런 생각을 가지고 있었음에도 불구하고 정부에 체포된 적이 한 번 있었다. 지구 책임자 밑에서 일하던 한 아프리카 사람이 있었는데, 그 사람이 할아버지의 땅을 가로챌 생각을 했던 거지. 게다가 그는 세금을 더 많이 거둬서 착복을 하곤 했는데, 그 일로 할아버

지에게 면박을 당하자 할아버지를 눈엣가시처럼 여겼거든. 비상사태
가 선포되었을 때다. 그 남자가 KANU를 지지하는 사람들 명단에 할
아버지 이름을 슬쩍 끼워넣고는, 백인에게 할아버지가 위험한 인물이
라고 말했대.

어느 날, 아스카리* 여러 명이 와서 할아버지를 끌고 갔다. 하지만 심
문을 받은 뒤 혐의가 없다는 게 밝혀져서 풀려났지. 무려 여섯 달이나
갇혀 있다가 알레고로 돌아왔는데, 몰골이 말이 아니었다. 바싹 야위었
고, 또 지저분했다. 머리에 이가 득실거렸고 게다가 잘 걷지도 못했다.
네 할아버지는 그런 모습을 무척 부끄럽게 여겼다. 우리에게는 아무 말
도 하지 않고, 집에도 들어가려 하지 않았다. 대신 나에게 목욕물을 데
우고 면도칼을 가져오라고 하더구나. 면도칼로 덥수룩한 수염을 모두
깎았다. 목욕도 내가 시켜주었다. 우리가 앉은 바로 이 자리에서 말이
다. 그러고 문득 보니까, 네 할아버지가 어느새 노인이 되어 있더구나.

바라크는 당시에 집에 없었고, 그 사실을 나중에야 알았다. 시험에
합격해서 마세노 미션스쿨에 다니고 있었거든. 남쪽으로 80km쯤 떨
어진 곳에 있던 학교야, 적도 근처에. 그 학교에 다닌다는 사실만으로
도 바라크는 굉장한 자부심을 느꼈을 거다. 중등학교에 가는 흑인이
몇 명 되지도 않았고, 게다가 마세노 미션스쿨은 최고 중의 최고들만
갔거든. 하지만 네 아버지의 장난기는 학교에서도 골칫거리였다. 툭 하
면 여학생들을 기숙사 자기 방으로 끌어들였거든. 네 아버지는 여자아
이들에게 재미있는 이야기도 잘하고 그 아이들이 꿈꾸는 모든 것들을
다 이뤄주겠다고 약속했을 거다. 여자아이들이 꾀는 것도 당연하지. 그

● 백인에게 훈련받고 백인에게 소속된 아프리카 원주민 병사.

리고 급식만으로는 모자랐던지 친구들과 어울려 인근 농가에서 닭이나 양을 서리해서 먹었단다. 하지만 교사들은 네 아버지의 잘못된 행동을 여러 차례 눈감아줬다. 워낙 똑똑한 학생이었으니까. 하지만 그것도 한계가 있었다. 바라크는 결국 학교에서 쫓겨나고 말았다.

네 할아버지는 그 사실을 알고 불같이 화를 내며 바라크의 등에서 피가 날 때까지 때렸다. 그런데 바라크는 도망가지도, 울지도 않았다. 심지어 아버지에게 용서를 빌지도 않았다. 마침내 네 할아버지가 이렇게 말했지.

"내 울타리 안에서 똑바로 행동하지 않겠다면, 네 녀석은 여기에 있을 필요도 없다!"

며칠 뒤에 할아버지는 바라크에게 바닷가 도시로 가라고 했다. 거기 가서 가게 점원으로 일하라고 말이다. 그러면서 이렇게 말했지.

"넌 이제 공부하는 게 얼마나 소중한지 알게 될 거다. 네가 어떻게 네 인생을 즐기면서 네가 먹을 양식을 네 손으로 버는지 지켜보겠다."

바라크는 아버지의 말을 따를 수밖에 없었다. 몸바사로 가서 일자리를 구했다. 아랍 상인 밑에서 일하는 거였다. 하지만 금방 주인과 싸우고는 그동안 일한 보수도 받지 않고 뛰쳐나왔다. 그러고는 다른 일자리를 구했는데, 이번에는 보수가 더 형편없었다. 아버지에게 가서 잘못을 인정한 뒤 도와달라고 하면 될 텐데, 네 아버지는 자존심이 강해서 그렇게 하질 않았다. 바라크는 자기가 새로 구한 일자리가 전에 온양고가 구해준 첫 일자리보다 돈을 더 많이 준다고 거짓말을 했다. 한 달에 150실링을 번다고 말이다. 그러자 네 할아버지가 말했다.

"그렇게 많이 받는다니, 어디 네 고용등록부를 한번 보자."

바라크가 아무 말도 하지 않자, 네 할아버지는 아들이 거짓말을 했다는 걸 눈치챘다. 할아버지는 부끄러운 줄을 알라며 당장 집에서 나가라고 했다. 그러고는 뒤도 안 돌아보고 자기 오두막으로 들어갔다.

바라크는 나이로비에 가서 철도 회사에 일자리를 구했다. 하지만 슬슬 지루해졌고, 다시 정치 쪽으로 관심을 가지기 시작했다. 그때 키쿠유족은 이미 숲으로 들어가서 영국과 전쟁을 벌이고 있었다. 어딜 가든 케냐타를 석방하라고 요구하는 집회가 열렸다. 바라크도 일이 끝나고 나면 정치 집회에 나가기 시작했고, KANU 지도자들을 알게 되었다. 그런데 한번은 네 아버지가 이런 집회에 참석했다가, 집회에 관한 법률을 위반했다는 혐의로 체포되어 감옥에 갇히게 되었다. 그러자 집으로 소식을 보냈다. 보석을 받으려면 돈이 필요하다고. 하지만 온양고는 아들의 부탁을 들어주지 않았다. 대가를 톡톡히 치러야 교훈을 얻을 거라고 했다.

하지만 바라크는 KANU 간부가 아니었기 때문에 얼마 뒤에 풀려났다. 그렇게 풀려났지만 네 아버지는 기분이 썩 좋지 않았다. 변변찮은 인간이라는 아버지의 말이 사실일지도 모른다는 생각이 들었던 거다. 이제 스무 살인데, 도대체 그동안 이뤄놓은 게 뭔가 하는 회의가 들었던 거다. 철도 회사에서 쫓겨나 일자리도 없지, 아버지와 사이도 나빠졌지, 돈도 없고 앞으로 잘될 거라는 전망도 없었다. 그때 바라크는 아내와 아이 하나를 둔 가장이었다.

네 아버지가 케지아를 만난 건 열여덟 살 때였다. 케지아는 켄두에 살았는데, 그녀의 미모에 반해 만난 지 얼마 안 되어 결혼을 결심했던 거다. 그런데 결혼을 하려면 아버지의 도움을 받아야 했다. 신부 집에 지참금을 줘야 하는데, 자기에게는 그만한 돈이 없었으니까 말이다. 그래서 나에게 와서 아버지에게 잘 말해달라고 부탁하더구나.

처음에 네 할아버지는 완강하게 고개를 내저었다. 첫 남편이 죽은 뒤에 알레고에 와서 살고 있던 사라도 마찬가지였다. 사라는 케지아가 재산을 노리고 바라크와 결혼하려 한다고 말했다. 결국 내가 나서서 할아버지를 설득했다. 우리 집이 충분히 여유가 있다는 걸 사람들이 다 아는데, 바라크가 친척집을 돌아다니며 손을 벌리면 우리를 어떻게 보겠느냐고 말이다. 썩 내키지는 않았지만, 그래도 내 말이 맞으니까 할아버지는 그렇게 할 수밖에 없었다. 바라크와 케지아가 결혼하고 1년 뒤 로이가 태어났다. 그리고 2년 뒤에 아우마가 태어났고.

가족을 부양하기 위해서 바라크는 무슨 일이든 닥치는 대로 해야 했다. 그러다가 마침내 술레이만이라는 아랍인을 설득해서 그 사람 밑에서 일하게 되었다. 하지만 바라크는 굉장히 우울한 상태였다. 거의 절망적이라고 할 정도로. 마세노에서 함께 공부했던 친구들이 자기보다 재능이 훨씬 떨어지는데도 불구하고 우간다에 있는 마카레레대학교로 유학을 갔기 때문이다. 심지어 런던으로 유학 간 친구들도 있었다. 거기서 공부를 마치고 케냐가 독립한 뒤에 귀국하면 틀림없이 높은 자리로 올라갈 게 뻔했다. 그때 바라크는 남의 가게에서 점원 노릇이나 하면서 평생을 보내게 될지도 모른다고 생각했다.

그런데 행운이 찾아왔다. 두 명의 미국인 여자가 그 행운을 가져다주었다. 그들은 어떤 종교 단체와 연관되어 나이로비에서 교사로 일하고 있었는데, 바라크의 가게에 들렀다가 우연히 그와 이야기를 나누었고, 그것이 계기가 되어 그와 친해졌다고 했다. 그들은 바라크에게 책을 빌려주기도 하고 그를 집으로 초대하기도 했다. 두 사람은 바라크가 무척 똑똑하다는 걸 알고는 그에게 대학에 진학하라고 권유했다. 바라크는 그럴 돈도 없고, 또 그러고 싶어도 중등학교 졸업장이 없다고 했다. 그러자 그 여자들은 자기들이 나서서 중등학교 졸업장과 동일한 효력이 있는 통신 강좌를 마련해 주겠다고 했다. 아울러, 열심히만 한다면 미국에 있는 대학에 다닐 수 있도록 도와주겠다는 약속도 했다.

바라크는 좋아서 어쩔 줄을 몰랐다. 그리고 곧바로 통신 강좌를 신청했다. 그때 바라크는 난생처음으로 열심히 공부했다. 밤마다, 점심시간마다 책을 읽고 공책에 필기한 내용을 외웠다. 몇 달 뒤에 미국 대사관에서 시험을 보았다. 그런데 시험 결과가 나오기까지 몇 달씩이나 걸렸다. 그렇게 기다리는 게 얼마나 초조했던지 바라크는 식욕을 잃었고 곧 식음을 전폐하다시피 했다. 나중에는 비쩍 말라 저러다가 죽으면 어떡하나 싶을 정도였다. 그러던 어느 날, 마침내 미국 대사관에서 편지가 왔다. 편지를 개봉하는 자리에 나는 없었는데, 편지가 왔다고 네 아버지가 고함을 지를 때 난 이미 결과가 좋은 줄 알았다. 우리는 아주 오랜만에 같이 소리 내어 웃었다. 사실 초등학교 시절 1등 했다고 으스대던 때 이후로는 시험을 잘 봤다고 같이 웃어본 게 처음이었다.

그래도 바라크에게는 돈이 없었다. 그리고 받아주겠다는 대학도 없었다. 네 할아버지도 바라크가 책임감을 느낀다는 사실을 알고는 마음이 많이 누그러졌지만, 그렇다고 외국 유학을 보낼 만한 여유는 없었다. 몇몇 마을 사람들이 바라크를 도울 생각이 있었지만, 혹시 그가 그 돈을 가지고 가서 잘못되면 다시는 볼 수 없을지도 모른다며 선뜻 나서지 않았다. 바라크는 미국에 있는 여러 대학교로 편지를 보냈다. 보내고 또 보내고. 그러다가 마침내 하와이에 있는 어떤 대학에서 답장이 왔다. 입학을 시켜주겠다는 내용이었다. 장학금까지 주면서 말이다. 그때는 하와이가 어디에 붙었는지 아무도 몰랐다. 하지만 바라크는 상관하지 않았다. 얼마 뒤에 바라크는 가족을 나한테 맡기고 미국으로 떠났다. 편지를 받은 지 불과 한 달 만에 말이다.

미국에서 어떤 일이 있었는지는 말할 수가 없고. 아무튼 미국에 간 지 2년이 채 되지 않아서 우리는 한 통의 편지를 받았다. 미국에서 앤 이라는 여자를 만났고, 그 여자와 결혼하겠다는 내용이었다. 배리, 네 할아버지가 그 결혼을 반대했다는 이야기는 너도 들어서 알고 있을 게 다. 네 할아버지가 답장을 써서 보냈는데 내용이 대충 이랬다.

"고향에 처자식이 있고 또 네가 해야 할 일이 있는데 어떻게 백인 여 자와 결혼하겠다는 거냐? 그 여자가 너를 따라 이곳으로 와서 루오족 여자로 살겠다더냐? 네가 이미 결혼했고 두 아이의 아버지라는 사실을 그 여자가 인정하더냐? 내가 알기로 백인은 그런 걸 절대로 이해하지 못한다. 백인 여자들은 질투심이 많고, 응석받이로 자라서 자기 하고 싶은 대로 한다. 혹시 내가 잘못 생각하고 있는지도 모르겠다만, 그렇 다면 그 여자의 아버지를 여기 내 오두막으로 보내라. 둘이 함께 이 문 제에 대해서 이야기해 보고 싶구나. 철없는 아이가 아니라 어른답게 이 문제를 처리해야 한다."

네 할아버지는 또 네 외할아버지 스탠리에게도 편지를 써서 많은 이 야기를 했다.

하지만 너도 알다시피, 네 아버지는 자기 고집대로 밀고 나갔고, 네 가 태어난 뒤에야 모든 사실을 네 할아버지에게 알렸다. 결혼 소식을 듣고 우리는 모두 좋아했다. 그렇지 않았다면 네가 이 자리에 지금 우 리와 함께 있지도 못할 테지. 하지만 네 할아버지는 무척 화가 나서 비 자를 무효로 만들어버리겠다는 말까지 하면서 바라크를 윽박질렀다. 할아버지는 백인들과 함께 살아봤기 때문에 바라크보다 그들에 대해서 더 많이 알고 있었던 거다. 사실 네 할아버지 말이 맞는 게, 바라크가 케냐로 돌아왔을 때 너와 네 어머니는 따라오지 않았잖아. 네 할아버지가 우려했던 대로 말이다.

바라크가 돌아오고 얼마 뒤 백인 여자가 그를 만나러 키수마에 왔다. 처음에 우리는 그 여자가 네 어머니인 앤인 줄 알았다. 그런데 바라크가 그러더라. 다른 여자이고, 이름은 러스라고. 하버드에서 만난 여자인데, 미리 알리지도 않고 무작정 자기를 만나러 왔다고 하더라. 네 할아버지는 그 말을 믿지 않았다. 그리고 바라크가 또 한 번 자기 말을 거역한다고 생각했다. 하지만 나는 바라크의 말이 사실일지도 모른다고 생각했다. 바라크도 마지못해서 러스와 결혼하는 것 같았거든. 하지만 곧 이런 마음이 바뀐 것 같았는데, 무엇 때문에 심경에 변화가 생겼는지는 나도 모른다. 어쩌면 자기의 새로운 생활에 케지아보다는 러스가 더 잘 어울린다고 생각했을지도 모른다. 아니면 자기가 미국에 가 있는 동안 케지아가 다른 남자와 재미를 봤다는 소문을 들었을지도 모르고. 물론 나는 그런 소문은 전혀 사실이 아니라고 네 아버지에게 이야기했다. 네 아버지가 러스를 아내로 인정한 또 하나의 이유가 있을 수 있는데, 그건 네 아버지가 러스를 실제로 좋아했을지도 모른다는 거다.

아무튼 이유야 어떻든 간에, 러스는 케지아의 존재를 인정할 수가 없었다. 그래서 로이와 아우마를 나이로비로 데려가서 둘을 같이 키우게 된 거야. 가끔 로이와 아우마를 알레고로 데리고 올 때 러스는 따라오지도 않았다. 자기가 낳은 데이비드나 마크도 못 데려가게 했다. 네 할아버지는 그런 문제에 대해서 직접적으로는 말하지 않았지만, 네 아버지가 들을 수 있을 만큼 큰 소리로 친구들에게 이렇게 말하곤 했다.

"내 아들은 어른이 되었는데도 집에 올 때마다 자기가 먹을 음식을 자기 아내가 아니라 어머니에게 만들어달라고 한대. 거참."

나이로비에서 네 아버지에게 어떤 일들이 있었는지는 다른 사람들에게서 들었을 게다. 우리는 네 아버지를 거의 못 봤다. 알레고에 왔다가 금방 가버렸거든. 하지만 올 때마다 값비싼 선물과 돈을 주고 갔다. 그리고 커다란 자동차와 멋진 옷을 입은 모습을 보여주면서 모든 사람들에게 깊은 인상을 심어주었다. 하지만 네 할아버지는 여전히 네 아버지를 호되게 꾸짖곤 했다. 네 아버지가 아직도 어린아이인 것처럼 말이다. 네 할아버지 온양고도 어느덧 많이 늙어서 지팡이를 짚고 다니고, 눈도 거의 보이지 않을 정도가 되었다. 심지어 내가 돕지 않으면 혼자 목욕도 잘 못했다. 이런 사실이 아마도 무척 부끄러웠을 거다, 내 생각이지만……. 하지만 아무리 나이가 들어도 불같은 성격은 누그러지지 않았다.

나중에 바라크는 힘을 쓸 수 있는 자리에서 밀려났는데, 그렇게 되어서도 아버지에게는 그 사실을 숨겼다. 그는 계속해서 비싼 선물을 가지고 왔다. 그럴 만한 여유도 없었으면서. 하지만 우리는 바라크가 자가용을 타지 않고 택시를 타고 왔다는 사실을 알고 있었다. 네 아버지는 나한테만큼은 자기가 얼마나 불행한 처지인지 털어놓았다. 그래서 나는 정부 일을 처리하는 데 너무 고집스럽게 구는 것 아니냐고 말했다. 그러면 바라크는 원칙을 이야기했고, 나는 그 원칙이라는 게 자식들에게 무거운 짐을 지우는 거 아니냐고 했다. 그러면 그는 내가 잘 몰라서 그렇게 말한다고 했다. 자기 아버지가 나한테 했던 말과 똑같이 말이다. 그래서 나는 더는 충고하지 않기로 하고 가만히 듣기만 했다.

그게 바로 바라크가 가장 원했던 게 아닌가 싶다. 그냥 그의 말을 가만히 들어주는 것 말이다. 재기에 성공해서 우리를 위해 이 집을 지어 준 뒤에도 바라크는 여전히 마음이 무거웠다. 자식들을 대할 때도, 아 버지가 자기에게 했던 것과 똑같이 대했어. 자식들을 자꾸만 멀리 밀 어낸다는 것을 알면서도 그렇게 하는 것 말고는 다른 방도가 없는 것 같았단다. 여전히 사람들과 어울려 으스대며 웃고 술 마시길 좋아했지. 하지만 바라크의 웃음소리는 공허했다. 그가 아버지를 마지막으로 찾 아왔을 때 어땠는지 기억한다. 두 사람은 각자 의자에 앉아서 마주 보 고 식사를 하면서도 한마디도 하지 않았다. 몇 달 뒤에 네 할아버지가 마침내 조상님들 곁으로 갔을 때, 바라크가 와서 장례식의 모든 일들 을 맡아서 처리했다. 이때 말은 거의 하지 않았단다. 그리고 아버지의 유품을 정리할 때 울더구나. 난 네 아버지가 우는 모습을 그때 처음 보 았다.

할머니는 자리에서 일어나 치마를 털었다. 마당에는 정적이 감돌았 다. 한 마리 새가 지저귀며 그 정적을 깨뜨렸다.

"비가 오려나 보네……."

할머니가 이렇게 말했고, 우리는 돗자리를 걷었다. 그리고 집 안으로 들어갔다.

집으로 들어간 뒤에 나는 할머니에게 할아버지나 아버지의 유품 가 운데 남은 게 있으면 보여달라고 했다. 할머니는 침실로 들어가 낡은 가죽 트렁크를 뒤졌다. 그러고는 얼마 뒤에 여권만 한 크기의 빨간 수 첩 하나를 가지고 나왔다. 색깔이 다른 여러 장의 편지 묶음도 함께 들 어 있었는데, 귀퉁이는 쥐가 제법 많이 물어뜯은 상태였다.

"여기, 거의 전부라고 할 수 있는데……. 이건 정리하려고 보니까 쥐가 이 꼴로 만들어놨지 뭐냐."

아우마와 나는 그 수첩과 편지를 탁자 위에 올려놓고 나란히 앉았다. 수첩의 제본 상태는 좋지 않았지만 표지에 인쇄된 글자는 선명하게 읽을 수 있었다. '가사 하인 포켓 고용등록부'라 적혀 있었고, 그 아래에 작은 글씨로 '가사 하인 등록에 관한 1928년 케냐 식민정부의 포고령에 의거해서 발부함'이라고 적혀 있었다. 속표지에는 할아버지의 왼손과 오른손 엄지손가락 지문이 찍혀 있고 그 위에 2실링짜리 인지가 붙어 있었다. 지문의 나선무늬가 아직도 선명했다. 할아버지의 사진이 붙어 있던 자리가 비어 있었다. 등록부의 전문前文은 이렇게 되어 있었다.

> 이 등록부는 하인으로 등록된 모든 사람들에게 고용 경력에 관한 기록을 제공하고 그의 이익을 보장하는 동시에, 고용주에게 그가 필요로 하는 정확한 정보를 제공하기 위한 것이다.

'하인'의 내용도 규정되어 있었는데, 요리사, 하인, 웨이터, 집사, 간호사, 심부름꾼, 바텐더, 사환, 운전기사, 세탁부 등이었다. 피고용인은 반드시 이 수첩을 들고 다녀야 하며, 수첩을 소지하지 않은 채로 남에게 고용되어 일하거나 수첩의 내용을 임의로 훼손한 사람은 "100실링을 넘지 않는 벌금형이나 6개월을 넘지 않는 금고형에 처하되, 그 두 가지 형벌을 동시에 내리지는 않는다"는 규정에 따라 처리한다고 되어 있었다. 그리고 깔끔한 필체로 기재된 할아버지의 신상 정보는 다음과 같았다.

이름 : 후세인 온양고

등록 번호 : Rwl A NBI 0976717

인종 혹은 부족 : 루오족

비고용 상태일 경우의 주 거주지 : 키수무

성별 : 남자

나이 : 35세

키 및 체격 : 180cm, 보통

피부색 : 검음

코 : 납작함

입 : 큼

머리카락 : 곱슬

치아 : 여섯 개가 없음

흉터나 부족 표시 혹은 기타 특이사항 : 없음

이 등록부에는 할아버지를 고용한 사람들이 직접 서명하고 기재한 내용도 담겨 있었다. 나이로비 총독 관저의 C. 하퍼드 대위는 온양고가 "개인 비서의 일을 부지런히 잘 수행해서 칭찬할 만하다"고 했고, A. G. 딕슨이라는 사람은 할아버지의 요리 솜씨가 뛰어나다고 했다. "그는 영어를 읽고 쓸 줄 알며, 어떤 요리도 능숙하게 해낸다. (중략) 특히 페이스트리 만드는 솜씨가 뛰어나다"고 평가하면서 자기는 이제 사파리를 떠나기 때문에 그를 해고한다고 했다. H. H. 셰리라는 사람은 온양고가 뛰어난 요리사이지만 그보다 더 중요한 일도 할 수 있다고 추천했다. 그런데 이스트 아프리카 서베이 그룹의 아서 W. H. 코울이라는 사람은 딱 일주일 동안 일을 시켜보았지만 "한 달에 60실링을 줄 가치가 없다"고 했다.

우리는 할아버지의 고용등록부를 놔두고 편지들을 살펴보기 시작했다. 편지들은 모두 아버지가 미국의 여러 대학에 보낸 것들이었고, 서른 통이 넘었다.

존경하는 캘번 총장님께. 귀 학교에 대해서는 팰러앨토의 헬렌 로버츠 부인에게서 들었습니다. 로버츠 부인은 캘리포니아 출신인데 지금은 나이로비에 있습니다. 부인은 제가 미국의 대학교에서 공부하고자 하는 열망에 불타고 있다는 사실을 알고는 귀 학교에 입학 신청서를 내라고 추천했습니다. 신청서를 보내주시면 정말 고맙겠습니다. 아울러 제가 어떤 장학금을 받을 수 있는지도 알려주시면 감사하겠습니다.

여러 통의 편지에는 메릴랜드 출신의 문학 전문가 엘리자베스 무니 양이 쓴 추천서가 첨부되어 있었다. "오바마의 학교 성적 증명서를 첨부할 수 없습니다. 몇 년 동안 학교를 다니지 않았기 때문입니다." 그러나 그가 충분한 재능을 가지고 있다고 확신하면서 "대수와 기하 부문에 특히 뛰어나다"고 했다. 또, 능력 있고 헌신적인 교사가 케냐에 절실함을 알리는 한편, "오바마는 조국에 헌신하고자 하는 열망을 가지고 있습니다. 그런 그에게 단 1년이라도 마땅히 기회를 주어야 한다고 생각합니다"라고 했다.

이것이야말로 나의 유산이라고 생각했다. 나는 그 편지들을 할아버지의 고용등록부와 함께 가지런히 정리해 두고 뒷마당으로 나갔다. 나란히 자리 잡은 할아버지와 아버지의 무덤 앞에 섰다. 내 주변에 있는 모든 것, 옥수수 밭, 망고나무, 하늘 등이 모두 사라지는 느낌이었다. 그러다가 마침내 할머니가 들려준 이야기 속의 이미지들만 내 주변에 남았다.

할아버지가 보였다. 빼빼 마르고 입을 꽉 다문 소년이었다. 그는 자기 아버지 앞에 서 있었다. 너무 커서 헐렁한 바지, 단추도 없는 셔츠 때문에 우스꽝스럽기 짝이 없는 모습이었다. 그의 아버지가 등을 보이고 돌아서자 그의 형제들이 웃었다. 그의 이마에 내리꽂히는 뜨거운 햇살을 나도 느꼈다. 팔과 다리가 뻣뻣해졌다. 갑자기 심장이 큰 소리를 내며 뛰기 시작했다. 그가 돌아서서 붉은 황톳길을 따라 걸었다. 비록 그는 알지 못했지만, 인생의 길고 긴 행로로 이어지는 그 길은 결코 되돌릴 수 없는 길이었다.

그는 불모의 이 외로운 땅에서 자기 자신을 새로 세워야 했다. 오로지 의지의 힘과 낡아빠진 세상에 대한 기억만으로 미지의 세상에서 자기 삶을 개척해야 했다. 하지만 깨끗하게 정리된 오두막에 앉아 있는 그는 이제 눈이 어두운 노인이 되어 있었다. 노인이 되어서도 그는 여전히 자기 뒤에서 형제들과 아버지의 웃음소리를 들었다. 여전히 영국군 장교가 진에 토닉을 몇 대 몇 비율로 섞어야 하는지 설명하는 짧은 지시 내용을 들었다. 신경이 날카로워지면서 노인의 목이 뻣뻣해진다. 분노가 쌓인다. 그가 지팡이를 들어서 무엇인가를 때린다. 주변의 모든 걸 때린다. 하지만 자기가 가지고 있는 힘과 의지의 힘이 자기보다 더 오래 세상에 남을 거라는 사실을 깨닫자, 손에 힘이 풀린다. 그의 몸은 의자에 털썩 주저앉는다. 그는 조롱거리의 운명에서 벗어날 수 없음을 알고 있다. 그러고는 죽기를 기다린다. 외롭게.

그 영상은 사라지고 이번에는 아홉 살 소년, 내 아버지의 영상이 나타났다. 그는 배가 고프고 지쳤다. 하지만 자기를 버리고 떠나버린 어머니를 찾기 위해 누나의 손을 악착같이 쥐고 있다. 너무 배가 고프고, 너무 지쳤다. 마침내 그는 힘겹게 움켜쥐고 있던 어머니의 이미지를 놓아버린다. 어머니의 이미지는 허공을 떠돌고 또 떠돌다가 마침내 공허함 속에 묻혀버린다. 소년은 울기 시작한다. 누나의 손을 뿌리친다. 집에 돌아가고 싶다고 외친다. 아버지 곁으로 가고 싶다고 울부짖는다. 새로운 엄마를 찾을 거야. 미친 듯이 놀고 개구쟁이 짓을 하면서 내가 누구인지 잊을 거야! 그리고 내 마음속에 있는 힘이 무엇인지 알아낼 거야!

하지만 그는 그날의 절망감을 결코 잊지 않았다. 12년 뒤에 그는 가게의 서류들이 쌓여 있는 좁은 책상에 앉아 하늘을 바라보면서, 어린 시절의 절망적인 공포감을 다시 느낀다. 그 역시 자기 자신을 새로 만들고 다시 세워야 했다. 주인은 외출하고 없다. 그는 가게의 서류들을 치우고, 가방에서 빽빽하게 적어놓은 주소록을 꺼낸다. 그리고 타자기를 앞으로 바짝 끌어당긴 뒤 타이핑을 하기 시작한다. 수많은 편지를 쓴다. 그리고 봉투에 주소를 적고 편지를 봉한다. 마치 무인도에서 구조를 요청하는 편지를 적어 병 안에 넣고 밀봉해서 바닷물에 띄우는 사람의 심정으로. 그 편지를 읽고 자기를 아버지의 수치라는 무인도에서 구출해 줄 누군가를 기다려야 한다.

마침내 무인도로 배가 한 척 다가왔을 때, 드디어 구조되었다는 생각에 얼마나 기뻤을까. 하와이에서 답장이 날아왔을 때, 그는 드디어 구조되었다고 생각했음이 틀림없다. 신이 축복을 내렸다고 생각했음이 틀림없다. 학위, 애스컷, 미국인 아내, 자동차, 온갖 말들, 숫자들, 지갑, 진과 토닉의 적절한 비율, 빛나는 광택, 허세, 솔기 하나 없이 자연스러운 이 모든 것들은 옛날과 분명 다른 것들이었다. 이제 그의 앞길을 가로막을 것은 아무것도 없었다.

성공을 거두었다. 아버지로서는 상상도 할 수 없었던 방식으로 성공했다. 하지만 그렇게나 멀리 돌았건만, 결국 벗어나고자 했던 감옥, 그 무인도에서 벗어나지 못했다는 사실을 깨달아야 했다. 아버지의 분노와 의심에서 벗어나지 못했던 것이다. 아버지의 분노와 의심은 여전히 생생하고 뜨겁게, 마치 하품을 하는 사악한 입처럼 커다란 구멍을 벌리고 있었다. 그리고 어머니는 가고 없었다. 가고 없었다.

●

나는 바닥에 털썩 무릎을 꿇었다. 그리고 무덤을 덮고 있는 매끄러운 노란색 타일을 손으로 쓸었다.

오오, 아버지! 나는 울었다. 당신이 느꼈던 혼란 속에는 아무것도 부끄러울 게 없습니다. 당신의 아버지 앞에서 당신이 아무것도 부끄러울 게 없었듯이. 공포 그 자체는 부끄러움이 아닙니다. 당신의 할아버지 앞에서 당신의 아버지가 아무것도 부끄러울 게 없었듯이. 공포가 만들어낸 침묵이 부끄러울 뿐입니다. 그것은 우리를 배신한 침묵이었습니다. 침묵이 없었다면 당신의 할아버지는 당신의 아버지에게, 결코 자기에게서 벗어나거나 스스로를 새로 만들 수 없을 거라고 말했을 것입니다. 그리고 당신의 아버지도 당신에게 똑같이 말했을 것입니다.

그리고 아들인 당신은 아버지에게, 당신들 모두에게 손짓했던 이 새로운 세상은 단지 철도나 실내 화장실, 관개 시설과 축음기, 즉 낡은 세상으로 흡수될 수 있었던 생명 없는 도구들보다 훨씬 더 넓은 의미를 지니는 것이라고 말했을 것입니다. 당신은 아버지에게 그 도구들이 위험한 힘을 몰고 왔으며, 그것들이 세상을 다르게 바라볼 것을 요구한다고 말했을 것입니다. 그 위험한 힘은 단지 고난에서 태어난 신념, 즉 새로운 것도 아니고 흑인이나 백인, 기독교인이나 무슬림도 아니라, 아프리카 최초의 마을과 캔자스 최초의 농가의 심장에서 고동쳤던 신념 속에서만 흡수될 수 있다고 말했을 것입니다. 다른 사람들에 대한 신념 말입니다.

침묵이 당신의 신념을 죽였습니다. 신념이 부족했기 때문에 때로 과거에 집착했고, 또 과거를 너무 쉽게 지우려 했습니다. 엄격함과 의심과 남성적 폭력에 집착했고, 할머니의 웃음과 동무들이랑 염소 떼를 몰던 즐거움, 시장의 떠들썩한 소음, 모닥불을 피워놓고 도란도란 나누던 이야기들을 너무 쉽게 지워버리려 했습니다. 총이나 비행기를 대신할 수 있었던 진정한 충성심, 격려의 말, 포옹, 강하고 진실한 사랑을 너무 쉽게 생각했습니다. 당신은 집중력과 매력, 빠른 판단력 등 온갖 재능을 가지고 있었음에도 그것들을 버림으로써 스스로를 온전하고 강인한 인물로 만들지 못했습니다.

나는 오랫동안 무덤 앞에 앉아서 울었다. 얼마나 울었던지 눈물마저 말라버렸다. 그제야 정적이 나를 감싸고 있다는 사실을 깨달았다. 그리고 마침내 가족을 구분하는 동그라미가 완전히 닫히는 걸 느꼈다. 내가 누구이고, 또 내가 누구를 돌보고 보살피는 것은 지성이나 의무의 문제가 아님을 깨달았다. 그것은 말로 규정할 수 있는 어떤 것이 아니었다. 미국에서 보낸 내 삶을 돌아보았다. 흑인으로서의 삶, 백인으로서의 삶, 소년 시절의 자포자기적인 절망, 시카고에서 목격했던 분노와 희망……. 이 모든 것들은 대서양 건너 멀리 떨어진 이 작은 곳과 이어져 있었고, 내 이름이나 피부색을 훌쩍 뛰어넘는 의미를 지니고 있었다.

　내가 느낀 고통은 아버지가 느꼈던 고통이었다. 내가 던진 질문들은 내 형제가 던졌던 질문들이었다. 그들의 투쟁은 태어날 때부터 나에게 귀속된 것이었다.

　보슬비가 내리기 시작했다. 작은 빗방울들이 풀잎 위에 떨어졌다. 담배를 한 대 피우려고 하는데, 내 팔을 잡는 손이 하나 있었다. 언제 왔는지 버나드가 내 곁에 쭈그리고 앉아 있었다. 그는 우산 하나로 내 몸과 자기 몸을 가리려 애쓰고 있었다.

　"괜찮은지 가보라고 해서……."

　나는 싱긋 웃었다.

　"그래…… 난 괜찮아."

　버나드가 고개를 끄덕였다. 버나드가 고개를 들어 구름을 바라보았다. 그러고는 다시 나를 바라보았다.

　"나도 담배 하나 줘. 같이 피우게."

　나는 버나드의 매끄럽고 검은 얼굴을 바라보았다. 그리고 담배를 다시 집어넣었다.

　"담배 끊어야 할까 보다. 그러지 말고 산책이나 할까?"

　우리는 일어서서 나란히 울타리의 대문을 향해 걸었다. 꼬마 소년 고드프레이가 부엌 오두막 벽에 발 하나를 비스듬하게 디딘 채 몸을 지탱하고 섰다가 우리를 향해 겸연쩍게 웃었다. 버나드가 말했다.

　"이리 와. 우리랑 같이 산책하자."

　우리 세 사람은 대문을 나서서 길게 뻗어 있는 길을 걸었다. 길가에서 자라는 식물의 이파리들을 손으로 훑으며 그리고 멀리 봉우리들 사이에 운무가 가득 걸린 것을 바라보며.

20

그 뒤, 나는 두 주 동안 더 케냐에 머물렀다.

우리는 모두 나이로비로 돌아왔고, 이전보다 훨씬 더 많은 식사를 같이 했으며, 훨씬 더 많은 설전을 벌이고 훨씬 더 많은 이야기를 들었다. 할머니는 아우마의 아파트에서 함께 지냈다. 밤마다 나는 아우마와 할머니가 속삭이는 소리를 들으면서 잠이 들었다. 그리고 어느 날인가, 우리는 사진관에서 가족사진을 찍었다. 여자들은 모두 연두색과 노란색, 파란색의 하늘거리는 아프리카 가운을 입었고, 남자들은 모두 수염을 깎고 말끔하게 다림질한 옷을 입었다. 인도인의 피가 조금 섞인 듯한 눈썹이 짙은 사진사는 우리더러 정말 멋진 가족이라며 사진이 잘 나올 것 같다고 말했다.

로이는 그 직후에 다시 워싱턴 D.C.로 날아갔고, 할머니는 홈 스퀘어드로 돌아갔다. 그들이 떠나고 나자 갑자기 조용해졌다. 아우마와 나는 갑자기 울적해졌다. 기분 좋은 꿈을 꾸다가 갑자기 잠에서 깨어난 기분이었다. 어쩌면 우리 역시 헤어져서 각자 또 다른 생활로 돌아가야 한다는 사실 때문에 그럴지도 모른다고 생각했다. 그래서 우리는 아버지의 막내아들인 조지를 만나러 가자고 서둘러 결정했다.

하지만 조지와의 만남은 아픈 기억으로 남고 말았다. 마음이 급했던 나머지 우리는 조지의 어머니에게는 알리지도 않고 제이투니 고모와 함께 단층으로 된 깨끗한 학교로 찾아갔다. 한 무리의 아이들이 널찍한 잔디밭에서 놀고 있었다. 제이투니 고모는 학생들의 휴식 시간을 감독하고 있던 교사에게 다가가서 간단하게 사정을 설명한 뒤에 한 아이를 우리 앞에 데리고 왔다. 머리가 동글동글하고 잘생긴 소년이었다. 소년은 경계하는 빛이 역력했다. 고모는 허리를 굽혀서 아우마와 나를 차례대로 가리켰다.

"이 사람은 네 누나야. 널 무릎 위에 올려놓고 장난을 치곤 했는데…….
그리고 이 사람은 네 형이야. 미국에서 널 보러 여기까지 왔단다."

소년은 씩씩하게 우리 손을 잡고 흔들었지만, 마음은 노는 아이들에게 가 있는지 자꾸만 그쪽을 바라보았다. 나는 그제야 우리가 잘못했다는 사실을 깨달았다. 잠시 뒤에 교장이 와서, 아이 어머니의 허락을 받아오지 않는 한 아이를 만날 수 없다고 했다. 고모가 교장과 말다툼을 벌였다. 아우마가 고모를 말렸다.

"고모, 저 사람 말이 맞아. 우리가 잘못한 거야."

우리는 차에 앉아서 조지가 아이들과 다시 어울리는 모습을 보았다. 하지만 아이들과 섞이고 나자 조지를 찾기가 쉽지 않았다. 하나같이 머리가 동글동글하고 바지의 무릎 부분이 앞으로 튀어나온 녀석들이 낡은 축구공을 좇아서 이리저리 달리고 있었다. 그 순간 아버지를 처음 만났던 때가 떠올랐다. 아버지가 내 앞에 서 있다는 사실이 무섭고 불안했었다. 난생처음 내 인생의 수수께끼와 무거운 마음으로 맞닥뜨려야 했기 때문이었다. 우리 역시 조지에게 그런 짐을 지워줬을 게 틀림없었다. 하지만, 언젠가 많은 세월이 흘러서 조지도 어른이 된다면 아버지가 어떤 사람이었는지, 형들과 누나들이 어떤 사람인지 알려고 할 것이다. 만약에 그때 조지가 나를 찾아온다면 내가 아는 모든 사실들을 하나도 빼놓지 않고 모두 이야기해 줄 수 있을 거라는 사실을 위안으로 삼았다.

그날 저녁, 나는 아우마에게 루오족에 관한 책을 몇 권 추천해 달라고 했다. 그러자 그녀는 예전에 자기를 가르쳤던 역사 선생을 만나러 가자고 했다. 루키아 오데로라고 하는 키가 크고 날씬한 여자였는데, 노땅과도 친구 사이였다고 했다.

　●

우리가 집으로 찾아갔을 때 그녀는 막 식사를 하려던 참이었다. 그녀는 우리더러 함께 식사하자고 했다. 생선 요리와 우갈리를 먹으면서 그녀는 자기를 그냥 루키아라고 부르라고 했다. 그리고 케냐에 대한 소감이 어떠냐고 나에게 물었다. 덧붙여서, "실망하지 않았나?"라고 물었다. 나는 실망하지는 않았고 궁금증을 많이 풀었지만, 그만큼 또 많은 질문을 안고 떠나게 되었다고 했다.

"그거 다행이네."

루키아는 안경을 올리면서 말했다.

"그게 바로 우리 역사학자들이 존재하는 이유이기도 해. 우리는 온종일 앉아서 새로운 질문들을 찾아내려고 애쓰거든. 사실, 지루한 일이

기도 해. 하지만 어떻게 보면 짓궂고 까탈스러운 성격이 우리 같은 역사학자들에게 필요한지도 몰라. 알겠지만, 미국의 흑인 청년들은 아프리카를 낭만적으로 바라보는 경향이 있잖아. 나와 네 아버지가 젊었을 때는 그 반대였어. 우리는 미국에서 모든 해답을 찾으려고 했어. 할렘, 시카고, 랭스턴 휴스와 제임스 볼드윈…….° 우리는 거기서 영감을 얻으려고 했어. 그리고 케네디 대통령……. 케네디 일가는 정말 인기가 좋았지. 미국에 대한 연구 기회가 매우 소중했어. 희망이 가득한 시대였지. 물론, 케냐로 돌아왔을 때 우리가 받은 교육이 우리에게 그다지 도움이 되지 않는다는 사실을 깨닫긴 했지만. 사실 우리를 미국에 보낸 사람도 그다지 많은 도움이 되지 않았어. 그런 엉터리 같은 역사가 사방에 온통 널려 있다고 보면 돼."

나는 미국의 흑인이 아프리카를 방문하고 왜 보통 실망하는지 물었다. 그녀는 고개를 저으면서 미소를 지었다.

"자기들이 의지할 어떤 권위를 찾으려고 아프리카에 오거든. 그러니 실망할 수밖에 없지. 우리가 먹는 이 음식을 봐. 많은 사람들이 루오족은 물고기를 주식으로 한다고 말할 거야. 하지만 이게 모든 루오족 사람들에게 다 맞지는 않거든. 호숫가에 사는 루오족만 그래. 그리고 그 사람들도 다 그런 건 아니란 말이야. 그들도 호숫가에 정착하기 전에는 마사이족처럼 유목 생활을 했어. 식사를 마치고 나면 내가 두 사람에게 차를 대접할 텐데, 케냐 사람들은 우리가 마시는 차의 질이 매우 높다고 자랑스럽게 여기곤 해. 하지만 우리는 이런 습관을 영국인에게

● 1900년대 초반의 30년 동안 미국에서는 흑인의 문화적 역량이 문학, 음악, 미술 등의 분야에서 급격하게 분출되었다. 이른바 '할렘 르네상스'라는 이러한 현상에 대한 연구가 흑인운동과 맞물려 1960년대에 활발하게 일어났다.

서 배웠어. 우리 조상들은 이런 걸 마시지 않았단 말이야. 또 이 물고기를 요리할 때 쓰는 향료도 사실은 인도나 인도네시아에서 넘어온 거야. 그러니 이 간단한 음식 속에서도 우리가 흑인이라고 주장할 수 있는 믿을 만한 권위를 찾기 어려울 밖에. 이건 분명히 아프리카 음식이 맞지만 말이야."

루키아는 손으로 우갈리 덩어리를 만들어서 스튜에 넣었다.

"물론, 결점 하나 없는 완벽한 과거를 원한다고 해서 미국의 흑인을 비난할 수는 없어. 그들이 겪었던 그리고 지금도 여전히 겪고 있다고 신문에 나오는 그 잔인한 처사들을 생각한다면 말이야. 그런데 사실은 그들만 그런 게 아니야. 유럽인들도 마찬가지야. 독일인이나 영국인, 그들은 모두 그리스와 로마의 문화유산이 자기들 것이라고 주장하지. 사실 그들의 조상들이 그 고전 문화를 파괴하는 데 일조했는데도 말이야.

그러나 그것은 아주 오래전 일이다 보니 그 사람들이 그리스와 로마의 문화유산을 자기 것이라고 주장하기가 상당히 쉬워졌지. 그들이 자기 학생들에게 가르치는 교과서에서는 농민들이 겪은 비참한 참상을 찾아보기 힘들 거야. 산업혁명의 부패와 착취, 부족 사이에 벌어졌던 몰지각한 전쟁 등을 보면 유럽인들이 유색인도 아닌 자기 동족을 얼마나 잔인하게 대했는지 자기들도 수치스러울 정도거든. 그러니까 미국에 사는 흑인이, 백인이 발을 들여놓기 전의 아프리카는 황금기를 누렸을 거라고 생각하는 건 지극히 자연스러운 발상이지."

"교정이 필요하네요."

아우마의 말에 루키아가 미소를 띠면서 대답했다.

"진실을 밝히는 것이 보통 가장 좋은 교정 작업이지. 때로 나는 식민주의가 저지른 가장 나쁜 짓이 우리가 과거를 제대로 바라보지 못하도록 한 게 아닐까 생각해. 백인이 없었다면 우리의 역사를 더 잘 활용했을지도 몰라. 우리 조상들의 업적이나 판단을 돌아보면서 소중한 교훈을 얻을 수도 있었겠지. 보존해야 할 것도 있고 극복해야 할 것도 있겠지. 하지만 불행하게도 백인은 우리를 방어적이고 수동적으로 만들어버렸어. 그래서 우리는 현 시대에 더는 유용하지 않은 것들을 붙잡고 매달리고 있어. 마치 우리의 정체성을 지키려면 절대로 잃어버려서는 안 되는 것처럼 말이야. 일부다처제, 토지에 대한 집단 소유권 제도, 이런 것들이 예전에는 매우 유용한 제도였어. 하지만 이젠 남자나 정부가 휘두르는 착취와 억압의 도구일 뿐이잖아. 그런데 이런 말을 하면 서구 이데올로기에 감염되었다는 말을 듣는단 말이야."

"그럼 우리는 어떻게 해야 하나요?"

아우마가 물었다. 루키아는 어깨를 한 번 으쓱했다.

"이런 문제에 대한 해답은 정책을 만드는 사람들이 찾아야 한다고 생각해. 나는 역사학자일 뿐이야. 그렇다고 우리가 처한 상황에 버젓이 존재하는 모순들을 보고서도 그런 게 존재하지 않는 것처럼 행동할 수는 없다고 봐. 우리가 할 수 있는 건 어떤 것을 선택하는 거야. 예를 들어, 여성 할례는 키쿠유족에게 매우 중요한 관습이야. 마사이족에게도 그렇지. 하지만 현대적인 정서로 보자면 야만적이야. 그렇다면 이런 여성 할례를 위생적인 병원에서 하게 해서 그로 인한 사망률을 줄일 수 있겠지. 출혈이 많이 감소할 테니 말이야.

하지만 그렇게 할 경우 원래의 의미는 반도 채우지 못할 거야. 전통적인 관습이나 현대적인 정서, 어느 쪽도 만족하지 않을 거란 얘기지. 그러니까 우리는 선택해야 해. 법에 의한 통치라는 개념도 마찬가지야.

그런 것들이 부족의 동질성이나 유대감을 해칠 수가 있거든. 이럴 경우 법에 의한 통치를 기본으로 하되 몇몇 부족에 대해서는 예외를 두자고 할 수 없잖아. 그럼 어떻게 해야 할까? 역시 선택을 해야지. 만약에 잘못된 선택을 했다면 시행착오를 통해서 교훈을 얻어야지. 이렇게 하면 무엇이 가장 올바른 것인지 알 수 있지 않을까 해."

나는 음식을 집은 손가락을 빨아먹은 뒤에 손을 씻었다.

"하지만 진짜 아프리카적인 게 남아 있을 것 아니에요."

"그거 참 좋은 질문인데…… 아프리카에만 존재하는 독특한 어떤 게 있는 거 같아. 하지만 나도 그게 뭔지는 모르겠어. 멀리 그리고 빠르게 이동해 왔던 아프리카 사람이 시간에 대해서 가지고 있는 독특한 관점일 수도 있겠지. 아니면 우리가 가장 고통스럽게 여기는 것일 수도 있겠고. 어쩌면 그건 그냥 여기 아프리카의 대지일 수도 있어. 글쎄 모르겠어. 어쩌면 나 역시 낭만주의자일지도 모르지. 나는 여기를 떠나서는 오래 못 산다는 걸 알아. 이곳을 떠난 사람들은 늘 이곳 이야기를 하지. 내가 미국에 갔을 때, 미국은 정말 외로운 곳인 것 같더……."

그때 갑자기 정전이 되면서 깜깜해졌다. 루키아가 한숨을 내쉬었다. 조금 있으면 어둠이 눈에 익을 거라고 했다. 내가 라이터를 건네자 루키아가 그것을 이용해서 초를 찾았다. 깜깜한 어둠 속에 가만히 앉아서 나는 제이투니 고모가 들려준 밤사람 이야기를 떠올렸다. 나는 밤사람이 바깥에 와 있을 게 분명하다고 말했다. 루키아가 촛불을 켰다. 촛불에 비친 그녀의 얼굴은 웃고 있었다.

"너도 밤사람 이야기를 아는구나! 그래, 밤사람은 어둠 속에서 강력한 힘을 발휘하지. 옛날 우리 고향에도 밤사람이 많았어. 사람들이 그랬어. 밤사람들은 밤에 하마들과 같이 걸어다닌다고. 한번은……."

그때 다시 전기가 들어왔다. 나갈 때처럼 갑작스럽게.

"그래도 도시에서는 어떻게든 다시 전기가 들어오지. 나갈 때 나가더라도 말이야. 근데 내 딸에게는 밤사람이 아무런 의미가 없어. 내 딸이 처음 배운 말은 루오어가 아니었거든. 스와힐리어도 아니었어. 바로 영어였지. 어쩌다 그 아이가 친구들과 나누는 대화를 듣고 있으면 도무지 무슨 말을 하는지 알아들을 수가 없어. 영어에 독일어, 스와힐리어, 루오어, 뒤죽박죽 잡탕이야. 정말 화가 나. 그래서 난 아이들에게 한 가지 언어라도 제대로 배우라고 말하지."

거기까지 말하고 루키아는 혼자 웃었다. 그리고 다시 말을 이었다.

"하지만 이제는 두 손 들고 포기하기 직전이야. 할 수 있는 게 정말 아무것도 없어. 그 아이들은 모든 게 뒤섞여버린 세상에 살고 있어. 어쩌면 이게 아프리카의 진실한 모습인지도 모른다는 생각이 들어. 결국 나는 진짜 아프리카적인 사람인 내 딸에게 관심을 잃어버리는 이상한 결과를 맞는 거지. 정말 우습지 않니?"

어느덧 밤이 깊었다. 우리는 루키아에게 인사하고 집으로 향했지만, 그녀가 했던 말들이 계속 나를 따라왔다. 그 말들은 내가 가지고 있던 기억들, 가슴속에 품고 있던 질문들에 초점을 맞추고 집요하게 파고들었다.

●

케냐에 머물던 마지막 주에는 아우마와 함께 기차를 타고 몸바사에 있는 오래된 호텔에서 며칠 묵었다. 해변을 향해 서 있는 그 호텔은 한때 노땅이 즐겨 찾았던 곳이라고 했다. 소박하고도 깨끗한 그 호텔에 든 사람들은 대부분 독일인 관광객과 미국인 선원이었다. 첫날에는 그저 책을 읽고 수영을 했다. 그리고 해변을 따라 산책하면서 엷은 색깔의 게들이 유령처럼 종종걸음으로 모래구멍 속에 자취를 감추는 모습을 지켜보았다.

다음 날, 몸바사의 옛 시가지를 찾아가서 '포트 지저스'의 낡은 계단을 걸어 올라갔다. 포르투갈 사람들이 인도양으로 이어지는 여러 교역로의 통제를 강화하기 위해서 처음 지은 요새였다. 그러다가 나중에 오만 사람들이 점령했고, 더 나중에는 상아와 황금을 찾아서 내륙 깊숙이 들어간 영국인들이 해안 거점으로 삼았던 곳이다. 지금 그 요새는 돌로 만든 텅 빈 상자처럼 남아 있다. 거대한 벽면은 마치 파피에 마쉐* 공작물처럼 겉면이 엷은 오렌지색과 초록색, 장미색으로 결을 이루며 벗겨지고 있었다. 그리고 아무 소용이 없어진 대포들의 포신이 향하고 있는 평온한 바다에는 어선 한 척이 한가롭게 그물을 던지고 있었다.

나이로비로 돌아오는 길에 아우마와 나는 큰마음 먹고 버스표를 끊었다. 물론 좌석이 지정된 버스였다. 하지만 호사를 누린다는 기분은 얼마 가지 못했다. 내 앞자리 남자가 비싼 좌석이 제공하는 편의를 최대한 누리려고 의자를 한껏 뒤로 젖혔기 때문이다. 그 바람에 나는 무릎을 펴지도 못하고 죽을 고생을 해야 했다. 그게 다가 아니었다. 갑자기 비가 쏟아졌는데, 천장에 난 틈으로 빗물이 사정없이 떨어졌다. 휴지로 막아보려고 했지만 소용없었다.

마침내 비가 멈추었다. 우리는 차창 밖으로 자갈과 관목뿐인 황량한 풍경을 바라보았다. 이따금 바오밥나무도 나타났다. 바오밥나무의 앙상한 가지를 피리새가 지은 둥지들이 장식하고 있었다. 바오밥나무는

● 종이를 물에 불린 뒤 풀을 섞어서 원하는 형태를 만드는 공작.

아무리 가문 땅에서도 꽃을 피우지 않고 몇 년을 버틸 수 있다는 내용을 책에서 읽은 적이 있다. 나른한 오후의 햇살을 받고 선 바오밥나무를 보면서, 나는 왜 사람들이 이 나무가 특별한 힘을 가지고 있다고 믿는지 이해할 수 있었다. 즉, 인간이 맨 처음 이 나무 밑에서 태어났으며, 이 나무에 조상의 영혼이 깃들어 있다고 믿는지. 불필요한 것들이 모두 제거되어 단순하고 선명하기만 한 하늘을 배경으로 예언적인 형상을 하고 있는, 그 기묘함 때문만이 아니었다.

"저 나무 하나하나가 저마다 어떤 이야기를 담고 있는 것 같지 않니?"

아우마가 한 말이었다. 그건 사실이었다. 모든 바오밥나무들이 제각기 독특한 성격을 가지고 있는 것 같았다. 관대하지도 않고 잔인하지도 않은 성격, 나로서는 결코 알 수 없는 비밀과 또 결코 이해할 수 없는 지혜를 가지고 있으면서 결코 변하지 않고 계속 이어지는 어떤 성격……. 그 나무들을 바라보자니 이상하게도 뭔가 복잡해지면서 마음이 불편했지만, 또 한편으로는 어쩐지 마음이 편안해졌다. 그 나무들은, 지구 어디를 가든 별반 다를 게 없다는 사실, 어떤 순간이든 거기에는 과거가 고스란히 담겨 있다는 사실을 알지 못한다면 금방이라도 뿌리를 거두고 벌떡 일어나서 다른 곳을 향해 뚜벅뚜벅 걸어갈 것만 같았다.

케냐를 처음 방문한 지 6년이 지났다. 그리고 세상도 많이 변했다.

나로서는 이 기간이 비교적 조용한 시기였다. 무언가를 새로 발견하기보다, 더 나은 인간으로 성장하기 위해서는 반드시 해야 한다고 말하는 것들을 묵묵히 수행한 시기였다. 나 자신을 더욱 단단하게 만든 시기였다. 하버드의 로스쿨에 진학했고, 도서관에서 판례와 법전을 들추며 3년을 보냈다. 법은 옹색한 규칙과 난해한 과정을 복잡한 현실에 적용하는 것 같아서 법 공부를 하며 때로 실망스럽기도 했다. 오로지 권력을 가진 사람들의 이익을 옹호하고, 그렇지 않은 사람들에게는 당신들이 처한 환경은 어쩔 수 없이 받아들여야 한다고 설명하는 것밖에 안 된다는 생각에 회의가 들기도 했다.

하지만 그것이 다가 아니다. 법은 기억이기도 하다. 법은 한 국가가 양심을 둘러싸고 벌이는 길고 긴 대화이기도 하다.

'우리는 이 진리들이 자명하다고 생각한다.' 이 표현에서 나는 프레더릭 더글러스Frederick Douglass와 마틴 딜레이니Martin Delany의 목소리뿐 아니라 제퍼슨과 링컨의 목소리도 듣는다. 그리고 마틴 루터와 맬컴 엑스, 그들과 함께 행진했던 수많은 사람의 목소리도 듣는다.• 또한 제2차 세계대전 당시 가시 철망 너머에 억류되었던 일본인 가족들의 울부짖는 목소리를 듣고, 저임금 장시간 노동을 강요하는 로어 이스트사이드의 공장에서 착취당하던 러시아 유대인 아이들의 목소리를 듣고, 박살나버린 삶의 유해들을 트럭에 담는 모래 폭풍 휘몰아치는 미시시피 서부의 황진 지대 농부들의 목소리를 듣는다. 또, 앨트겔드 사람들의 목소리를 듣는다. 이 나라의 국경선 밖에서도 그 목소리는 들린다. 무리를 지어서 미국 남서부와 멕시코 국경 지대의 그란데강을 건너는 깡마르고 허기진 사람들의 목소리……

그 목소리들이 제발 자기의 이야기를 들어주고 인정해 달라고 요구한다. 그리고 그 목소리들은 내 삶의 모습을 형성했던 것과 똑같은 질

• 프레더릭 더글러스는 19세기의 탈주 노예이자 흑인운동 지도자이고, 마틴 딜레이니는 19세기 중반의 흑인 민족주의자이다. '우리는 이 진리들이 자명하다고 생각한다'는 구절은 미국 〈독립선언서〉의 두 번째 문장 첫머리에 나오는 표현이다. 언급한 사람들이 글이나 연설에서 이 표현을 사용했다.

문들, 때로 밤늦게 내가 아버지에게 던진 것과 똑같은 질문들을 한다. 우리의 공동체는 무엇이며, 그 공동체는 우리의 자유와 어떻게 공존할 수 있을까? 우리가 져야 하는 의무의 범위는 어디까지일까? 어떻게 하면 권력을 정의로, 분노를 사랑으로 바꿀 수 있을까? 법률 서적에서 내가 찾은 대답들은 늘 만족스럽지 않았다. '브라운 대 교육위원회 사건'에 대한 최종 판결에도 불구하고,* 양심이 편의주의와 탐욕에 짓밟히는 사례는 수도 없이 많다. 하지만 나는 그 수많은 목소리들에서 격려를 받는다. 그 숱한 질문들이 제기되는 한, 우리를 강하게 묶어주는 힘이 결국 승리할 거라고 믿는다.

때로 신념은 순수함과 달라서 계속 유지하기가 힘들다. 시카고로 돌아갔을 때는 사우스사이드 전역에서 부패의 흔적이 이전보다 더 만연해 있었다. 사람들은 더욱 남루하게 변했고, 아이들은 벼랑 끝에 내몰려 통제할 수 없었다. 중산층은 교외로 이주했고, 감옥은 분노로 이글거리는 눈빛의 청년들로 가득 찼으며, 내 형제들에게는 아무런 전망도 없었다. 우리가 어떻게 했기에 아이들이 그렇게 사납게 변했는지, 그리고 어떻게 하면 그 아이들의 도덕성을 바로잡을 수 있는지, 요컨대 우리가 의지해야 할 가치가 무엇인지 묻는 사람은 거의 찾아볼 수가 없다. 우리는 과거와 늘 똑같이, 그 아이들은 자기 아이가 아니기 때문에 상관없다는 투로 생각하고 행동할 뿐이다.

나는 이런 경향을 바꾸는 데 내가 가진 작은 힘을 보태고자 한다. 나는 변호사로서 주로 교회나 지역의 공동체와 함께 일한다. 지역 공동체에선 빈민가에 진료소와 식품점을 열고 가난한 사람에게 주거 공간

* 1954년 연방대법원은 이 사건과 관련하여 공립학교에서의 흑백 분리는 위헌이라는 판결을 내렸다.

을 제공한다. 때로 인종 차별과 관련된 사건을 맡기도 한다. 이 사건과 관련된 사람들은, 그런 문제는 이제 더는 우리 사회에 존재하지 않는다고 믿어왔기 때문에 자기들에게 일어난 일을 당황스럽게 받아들인다. 그리고 이들을 위해서 증언하겠다고 나서는 백인 협력자들도 마찬가지다. 아무도 문제를 일으키는 사람으로 낙인찍히길 바라지 않지만, 그럼에도 소송을 제기한 사람이나 증인 모두 원칙을 굳건하게 지켜야 한다는 점에는 한결같이 동의한다. 아직도 부당한 차별이 일어나고 있지만, 200여 년 전 독립선언서에 기록된 그 말과 원칙들은 소중한 의미를 지니고 있으며, 그 원칙을 지키고 더욱 확장시켜야 한다고 믿는 것이다. 흑인이든 백인이든, 우리는 미국이라고 부르는 이 공동체에 대해 저마다 권리와 주장을 가지고 있다. 우리는 현재와 미래를 위해서 더 나은 선택을 할 수 있다.

●

나는 요 몇 년 동안 참을성을 많이 키웠다고 생각한다. 나에 대해서만이 아니라 다른 사람에 대해서도. 이런 내 평가가 옳다면, 내가 이처럼 변할 수 있었던 것은 전적으로 아내인 미셸 덕분이다. 아내는 사우스사이드에서 자랐다. 내가 처음 시카고에 왔을 때 사람들을 방문하면서 수없이 많은 시간을 보낸, 방갈로처럼 생긴 집에서 성장한 여자이다. 아내는 나를 보면서 늘 할아버지나 노땅처럼 내가 몽상가일지도 모른다고 걱정한다. 아내의 실용적인 관점과 중서부적인 태도를 보면 투트를 많이 닮은 것 같다. 미셸을 처음 하와이로 데려갔을 때, 할아버지는 내 옆구리를 찌르면서 어디서 저런 '아름다운 여자'를 찾았느냐고 한 반면에, 투트는 나의 예비 신부를 '무척 분별 있는 아가씨'라고 평했다. 물론 미셸은 투트의 이런 표현이 할머니로서는 최상의 찬사임을 알았다.

미셸과 약혼식을 올린 뒤에 함께 케냐로 가서 나머지 반쪽의 가족들을 만났다. 미셸은 거기서도 환대받았다. 나보다 루오어를 더 많이 알았기 때문이기도 했다. 우리는 알레고에서 즐거운 시간을 보냈다. 아우마의 영화 작업을 돕기도 했고, 할머니가 들려주시는 또 다른 이야기를 들었으며, 지난번에 미처 만나지 못했던 친척들을 만났다. 하지만 케냐의 사정은 이전보다 더 힘들어 보였다. 경제는 더 나빠졌고, 관료의 부패와 거리의 범죄는 더 심해졌다. 노땅의 유산을 둘러싼 분쟁은 아직도 해결되지 않았고, 사라 고모는 여전히 케지아와 말도 하지 않았다. 버나드와 아보, 사이드 삼촌은 아직도 안정적인 일자리가 없다. 하지만 그들은 희망을 품고 있었다. 운전을 배운 다음 중고 마타투를 사서 운영하겠다는 계획이었다. 우리는 막내 동생인 조지를 한 번 더 만나보려고 했지만 생각대로 되지 않았다.

켄두에서 처음 만났던 건장하고 붙임성 많았던 사촌 형 빌리는 에이즈에 걸려 있었다. 그는 무척 수척했는데, 이야기하는 도중에도 잠이 들곤 했다. 하지만 평온해 보였고 나를 보고는 무척 기뻐했다. 건강할 때 우리가 함께 찍었던 사진을 보내달라고 했지만 내가 그 사진을 보내주기도 전에 그는 죽고 말았다. 잠을 자다가 조용히 세상을 떠났다고 했다.

그해에 세상을 떠난 사람이 또 있었다. 미셸의 아버지였다. 내가 만난 그 어떤 사람들보다 우아하고 선량했던 그는 딸의 손을 나에게 넘겨주지도 못하고 저세상으로 떠났다. 그 일이 있은 지 몇 달 뒤에는 할아버지가 전립선암으로 오래 고생하다가 눈을 감았다. 제2차 세계대전 참전 용사였던 할아버지는 세 발의 예포가 울리고 영결 나팔 연주가 이어지는 가운데 호놀룰루가 내려다보이는 펀치볼 국립묘지에 묻혔다. 함께 골프와 브리지 게임을 즐기던 친구들이 참석한 조촐한 장례식이었다.

●

이런 아픔이 있었지만 미셸과 나는 예정대로 결혼식을 올렸다. 결혼식장은 트리니티 연합교회의 예배당이었고, 주례는 제레미아 라이트 주니어 목사였다. 피로연에 참석한 사람들은 모두 즐거워했다. 새로 고모와 이모가 된 사람들은 케이크가 멋지다고 했고, 새로 삼촌이 되고 고모부가 된 사람들은 빌려 입은 턱시도가 자기들에게 잘 어울린다고 했다. 자니도 참석해서 하와이에 있을 때부터 사귀었던 오랜 친구 제프와 스코트, 옥시덴탈 칼리지의 룸메이트였던 핫산과 함께 웃고 떠들었다. 앤절라와 셜리, 모나도 참석했다. 그들은 어머니에게 나를 정말 잘 키웠다고 했다. 그러자 어머니는 "저 아이의 나머지 반쪽은 잘 모르시죠?"라고 했다.

자기들이 무척 잘났다고 생각하지만 사실 마야에 비해 나이가 너무 많은 데다 냉수 마시고 정신 차렸어야 옳을 내 흑인 친구들 가운데 몇몇이 마야에게 관심을 보이며 어떤 제안을 했다. 마야는 정중하게 거절했다. 그런 모습을 보고 내가 툴툴거리자, 미셸이 내 등을 두드리면서 마야도 이젠 어엿한 아가씨가 됐으니 자기가 알아서 잘 할 거라고 했다. 물론 미셸 말이 옳았다. 마야는 어린아이가 아니었다. 현명하고 아름답게 성장한 성인이었다. 올리브유를 바른 듯 매끄러운 피부와 검은 머릿결에 검정색 신부 들러리 옷을 입은 마야는 라틴계 백작 부인처럼 우아했다.

아우마는 마야 곁에 서 있었다. 아우마 역시 마야만큼이나 사랑스러

왔다. 그런데 그녀의 두 눈이 어쩐지 부어오른 것처럼 보였다. 놀랍게
도, 아우마는 결혼식이 진행될 때 유일하게 울었던 사람이다. 피로연장
에서 악단이 연주를 시작할 때, 아우마와 마야는 결혼반지를 전달하는
임무를 멋지게 해낸 다섯 살과 여섯 살인 미셸의 사촌들을 파트너 삼
아 춤을 추었다. 두 아이가 내 여동생의 손을 잡고 플로어로 이끌 때,
나는 아프리카의 수직포인 켄테로 만든 모자와 나비넥타이를 맨 그 아
이들이 아프리카의 왕자들 같다고 생각했다.

하지만 그 누구보다도 자랑스러웠던 사람은 로이 형이었다. 정확하
게 말하면 로이가 아니라 아봉고였다. 몇 년 전부터 그는 로이라는 이
름 대신 아봉고라는 원래 이름을 썼다. 형은 또 이슬람으로 개종하고
는 술과 담배와 돼지고기를 입에 대지 않겠다고 맹세했다. 그는 예전
부터 다니던 회계 회사에 계속 근무하고 있었는데, 돈을 웬만큼 모으
면 케냐로 돌아갈 생각을 하고 있었다. 실제로 홈 스퀘어드에서 다시
만났을 때, 그는 루오족의 풍습에 따라서 할아버지의 울타리 안이 아
닌 다른 곳에 자기와 자기 어머니가 살 오두막을 짓느라 바빴다. 그때
무역 사업을 이미 시작했으며, 머지않아 버나드와 아보를 정식 직원으
로 채용하고 보수도 넉넉하게 줄 수 있을 거라고 했다. 그리고 둘이서
함께 노땅의 무덤 앞에 섰을 때, 비어 있던 명패 자리에 노땅의 이름이
적힌 명패가 붙어 있는 것도 보았다.

형은 생활이 달라지면서 몸도 달라졌다. 몸무게가 많이 줄었고 눈빛
도 맑아졌다. 결혼식장에서는 아프리카 전통 의상을 입은 형이 얼마나
근사하게 보였던지, 하객 가운데 몇몇이 형을 나의 아버지로 착각할
정도였다. 그날 그는 나의 보호자로서 형 노릇을 제대로 했다. 내가 거
울 앞에서 요리조리 내 모습을 뜯어볼 때였다. 그는 조금만 더 그러고

있다간 결혼식에 늦을 게 분명하니 아무리 내가 멋있어도 소용없다는 사실을 알고는 초조한 마음으로, 하지만 여유를 잃지 않고 내 등을 떠밀었다.

그의 이런 변화에 긴장이 뒤따르지 않을 리 없다. 그는 틈만 나면, 흑인이 유럽 문화의 유독한 영향을 털어내고 거기서 해방될 필요가 있다고 말한다. 그러면서 유럽적인 태도와 방식이 보인다며 특히 아우마를 나무란다. 하지만 그가 입에 올리는 어휘들은 완전히 그의 것이 아니다. 아직은 과도기에 있으므로 그 말투가 때로 과장되게 들리기도 한다. 하지만 그의 웃음소리에 담긴 마법은 여전하다. 그리고 이제 우리는 서로 미워하지 않고도 의견 차이를 편하게 드러내놓고 말할 수 있다. 이슬람으로의 개종은 그가 이 세상에 두 발을 굳건하게 디디고 설수 있는 근거이자 자부심이 되었다.

그는 그 자리에서 자신감을 차곡차곡 쌓고 있다. 그리고 자신감을 갖고서 더 어려운 질문들을 하기 시작한다. 일체의 형식주의와 선동적인 구호들을 벗어던지고 무엇이 자기에게 가장 바람직한 것인지 판단한다. 그의 마음이 너무도 관대하고 사람들을 대하는 태도가 너무도 부드럽고 정감이 가서, 흑인이라는 존재를 둘러싼 곤혹스러운 문제나 그에 대한 해법들은 그에게 아무런 문젯거리가 되지 않는다.

피로연장에서 그는 비디오카메라를 바라보면서 활짝 웃었다. 그는 나의 어머니와 투트 사이에 서서 두 사람과 어깨동무를 했다. 두 사람의 머리는 형의 어깨까지 오는 정도여서 그들은 그의 어깨 대신 허리를 둘렀다. 내가 다가가자 그가 말했다.

"오오, 동생! 나한테 엄마 두 분이 새로 생겼어."

투트가 형의 등을 톡톡 두드렸다.

"나도 아들이 하나 생긴 것 같구나."

그러면서 투트가 '아봉고'라는 이름을 말하는데, 그녀의 캔자스 영어 발음이 루오어 원음과 많이 달라서 우리는 깔깔 웃었다. 어머니의 턱이 다시 떨리기 시작했다. 형이 프루트펀치가 담긴 잔을 높이 들고 외쳤다.

"이 자리에 우리와 함께 있지 않은 사람들을 위하여!"

나도 한마디 했다.

"해피엔딩을 위하여!"

그리고 우리는 모두 그 자리에 함께 있을 우리의 조상들을 위해서 잔에 담긴 술이며 음료수를 타일 바닥에 각자 조금씩 흘렸다. 그 순간 만큼은 이 세상 누구보다도 행복했다.

옮긴이 **이경식**

서울대학교 경영학과와 경희대학교 대학원 국문학과를 졸업했다. 옮긴 책으로 《문샷》《스노볼》《두 번째 산》《거짓말하는 착한 사람들》《신호와 소음》《소셜 애니멀》, 쓴 책으로 《1960년생 이경식》《청춘아 세상을 욕해라》《나는 아버지다》 외 다수가 있다. 오페라 〈가락국기〉, 영화 〈개 같은 날의 오후〉 〈나에게 오라〉, 연극 〈춤추는 시간 여행〉 〈동팔이의 꿈〉, TV드라마 〈선감도〉 등의 각본을 썼다.

내 아버지로부터의 꿈

1판 1쇄 발행 2007년 7월 5일
2판 1쇄 인쇄 2021년 5월 14일
2판 1쇄 발행 2021년 5월 20일

지은이 버락 오바마
옮긴이 이경식

발행인 양원석 **책임편집** 김효선
디자인 김유진, 김미선 **영업마케팅** 조아라, 신예은

펴낸 곳 ㈜알에이치코리아
주소 서울시 금천구 가산디지털2로 53, 20층 (가산동, 한라시그마밸리)
편집문의 02-6443-8863   **도서문의** 02-6443-8800
홈페이지 http://rhk.co.kr
등록 2004년 1월 15일 제2-3726호

ISBN 978-89-255-8881-0 (03840)